U0112511

浮生

陈仓 著

江苏凤凰文艺出版社
JIANGSU PHOENIX LITERATURE AND
ART PUBLISHING

图书在版编目（CIP）数据

浮生 / 陈仓著 . -- 南京：江苏凤凰文艺出版社，
2024.3
ISBN 978-7-5594-7870-2

Ⅰ . ①浮… Ⅱ . ①陈… Ⅲ . ①长篇小说 – 中国 – 当代
Ⅳ . ① I247.5

中国国家版本馆 CIP 数据核字（2023）第 130810 号

浮　生

陈仓　著

出 版 人　　张在健
责任编辑　　孙建兵
装帧设计　　付诗意
特约编辑　　王 怡　王晓彤
责任印制　　刘 巍
出版发行　　江苏凤凰文艺出版社
　　　　　　南京市中央路 165 号，邮编：210009
网　　址　　http://www.jswenyi.com
印　　刷　　苏州市越洋印刷有限公司
开　　本　　880 毫米 ×1230 毫米 1/32
印　　张　　15.125
字　　数　　375 千字
版　　次　　2024 年 3 月第 1 版
印　　次　　2024 年 3 月第 1 次印刷
书　　号　　ISBN 978-7-5594-7870-2
定　　价　　65.00 元

江苏凤凰文艺版图书凡印刷、装订错误，可向出版社调换，联系电话 025 – 83280257

你盖了一栋房子

我们的一生都在开门和关门中度过。

目录

上部
亲爱的房子

第一章

那是某年某月某日的黄昏，在魔都上海的西北角，陈小元开着车好不容易找到一块清静的空地，刚刚把胥小曼顶在一棵歪脖子树上，正准备好好地亲热亲热呢，突然有一个披头散发的老头疯疯癫癫地跑上来，把一个东西恭恭敬敬地递给了他。

陈小元以为是什么传单，如今拦路散发广告传单的人真多，但是拿在手中才发现，竟然是一个瓶子。不是胭脂红粉的瓶子，不是油盐酱醋的瓶子，也不是啤酒红酒瓶子，而是白酒瓶子，空的，瓷的，白色的，不透明的，沉甸甸的，样子十分好看，像一个景泰蓝花瓶一样精美。他正想扔出去的手又收了回来，再借着最后一束阳光仔仔细细一看，瓶子上的商标被撕去了一半，另一半上隐隐约约地写下了几行小字——

　　让枝头最后的果实饱满。
　　再给两天南方的好天气，
　　催它们成熟，把最后的甘甜压进浓酒。
　　谁此时没有房子，就不必建了。

谁此时孤独，就永远孤独。

陈小元一愣，再回头的时候，送瓶子给他的老头已经不见了，消失在迷离的风中，只留下一串叮叮当当的声音回荡着，分明是几个空瓶子相互撞击而产生的。此时的云像被抛弃的旧旗袍，大朵大朵地堆在天边，可以用上海女人的"作"来形容。什么是"作"呢？陈小元总结出来的意思是，你认识一个美女，你说她漂亮她不高兴，你说她不漂亮她也不高兴，你什么都不说她更不高兴，可谓是变幻莫测，也可以说是风情万种。云的颜色也一样，白不白，灰不灰，黑不黑，彩色不是彩色，而且刚刚还在东边呢，一会儿就跑到了南边或者西边；明明感觉是个大晴天呢，却突然不动声色地下起了大雨。魔都就这么诡异，尤其在变化多端的春天，别说一朵云了，擦肩而过的这么一个人，你也很难对他下一个确切的定义。

那天晚上，陈小元和胥小曼躺在那片空地上看着满天繁星，话题都是围绕着这个瓶子展开的。胥小曼问，这是装什么酒的瓶子啊？陈小元说，不知道，瓶子都这么好看，应该是好酒。胥小曼说，喝掉这瓶酒的是什么人啊？陈小元说，这种酒一瓶起码几千块，应该是有权有势的人喝掉的。胥小曼说，为什么不是有钱人喝掉的啊？陈小元说，好酒，买的人不喝，喝的人不买，多数都是款待别人用的，这就像风骚的女人，睡了的不会娶，娶了的睡不着。胥小曼笑嘻嘻地说，我明白了，这就是你一直拖着不和我结婚的原因吗？陈小元说，你又不风骚，顶多算是漂亮吧。胥小曼一翻身，骑上了陈小元，一边活动一边说，我就风骚风骚给你看看！

两个人云云雨雨地折腾了半天，陈小元又好奇地问，你觉得那个老头为什么要送一个空瓶子给我啊？胥小曼说，他应该是拾破烂的，他觉得挺好看，当破烂吧，太可惜了，就送给你拿回去收藏。陈小元说，大街上人来人往，他为什么偏偏送我？胥小曼说，对呀，他为什么不送我这个大美女呢？难道他是傻瓜或者疯子？陈小元说，我看他的样子倒像一个巫师。

大概又过去一两个月了吧，陈小元从一本书中无意中看到了那几句话，才恍然大悟，写在瓶子上的原来是诗，而且来头不小，竟然出自奥地利诗人里尔克的《秋日》。再后来，他才隐隐地意识到，这个空瓶子是这座城市送给他的礼物，是为数不多的值得被他珍藏的礼物，他和它之间有着某种说不清的关系，甚至感觉它和他有着某些相似之处，他懂它，它也懂他，总有一种要相互诉说的那种欲望。所以，它很乐意被他收藏，他也想把自己装进它的身体里。

这个空瓶子从此就摆在了陈小元的身边，像摆着一件艺术品一样，却从来都没有想到插花，虽然最适合的还是插花，比如插一束百合或者玫瑰。如果真的插了花，那千万别忘记装水。装水或者装着水一样的液体，才是瓶子真正的意图和价值所在。

我们还是言归正传吧，在混沌大开的物欲横流的人世间，最让人揪心割肉的是房子。

呵呵，房子是什么呢？不就是瓶子吗？没有了瓶子，拿什么去装水呢？水不装在瓶子里，那不就四处动荡了吗？水只有装在瓶子里才会是风平浪静的。人世间多数的悲喜剧都是因着瓶子，不对，是房子，是因着房子而起的。没有房子你等于一无所有，有了房子，家、爱情、浪漫、潇洒、自由、安宁，那种优越感，甚至是功名利禄和千里江山，你就什么都有了。

反正时间到了某年的夏天，在梅雨季节来临之前，陈小元和胥小曼经过一段时间的煎熬，迎来了平生难得的一桩大喜事，便是有了一套他们自己的房子。房子正好位于上海西北角，属于桃源地区，小区名叫米罗公元。米罗是西班牙艺术家，所以整体风格偏向欧式，设计是非常文艺的，路面铺着的砖是红色的，外围的门面房也是赭红色的，喷泉，八角楼，罗马柱，还有一个烟囱似的尖顶，尤其是仿制米罗的超现实主义雕塑，《夜之鸟》《逃离的女人》《绿色月亮高高挂》，大门口呀，小路旁呀，草坪上呀，景观河畔呀，不几步就会冒出一个，把小区搞得既洋气、浪漫而又妙趣横生。

在熙熙攘攘的上海，这地段算是比较偏僻的了，也可以说是非常幽静的了，因为东边紧挨着中环线，东北角是火车西站，北边隔着一条桃浦路就是火车轨道，西边两三公里是外环线，南边不到五百米是沪宁高速的起点，像四道栅栏一样团团地围出了一个真正的桃花源。米罗公元坐北朝南，大门规划在南边的桃林路。沿着东西走向的桃林路架设着高压电线，威武的电线塔穿过的同时，下边形成了一条五六十米宽几公里长的绿化带，四季花儿常开不败，有几个人工湖，湖里种着荷花，湖边长着芦苇，几对黑天鹅在里边游弋，据说树林子里还有野生动物出没，比如小灵猫、黄鼠狼和野鸭子，还有夜鹭、乌鸫和斑鸠，偶尔好听地叫上那么几声，搞得像个自然保护区似的。

陈小元最心动的，是出了大门一直向东走，穿过中环线就是真如古镇，古镇上有一条老街，光滑的石板路两边，除了酒吧茶吧咖啡店，大多数是卖文物字画和金石玉器的，不说淘什么宝贝吧，经常去把玩一下砚台、茶壶和奇石，也觉得挺过瘾的。尤其老街上还有一座真如寺，逢年过节可以去烧烧香拜拜佛，即使坐在家里，也许就能听到渺渺的钟声，闻到一股檀香袅袅的味道。胥小曼最心动的，是米罗公元的西隔壁，规划了一个大型花卉批发市场，按照她的想法，建成以后，买花呀，种草呀，不仅方便，应该也很便宜，像皇宫里的后花园，回家或者出门先到花卉市场逛一圈，心情肯定会非常不错，晚上开着窗子应该能闻到吹过来的花香，甚至还会吸引小蜜蜂花蝴蝶朝这边飞舞。

陈小元相中米罗公元以前，早已经和胥小曼同居了。当时同居的房子是一套一室一厅，几个人合租的，他和胥小曼住在小小的卧室里，两个前同事，一个叫小叶，一个叫小孙，支了一张上下铺的架子床住在厅里。出租屋位于苏州河畔，在静安区恒丰路桥南侧，属于为数不多的还没有被拆除的石库门老弄堂，不仅乱糟糟的，而且一点都不隔音，形形色色的人挤在一起，打情啊，骂俏啊，争吵呀，寒暄呀，甚至是男女之间的床笫生活，稍微叽叽歪歪几句都成了现场直播。

陈小元和胥小曼都是干柴烈火的年龄，几乎每天晚上都要干活，在这样的环境中也只能闷在被窝里。他们憋屈了很长一段时间，有一次胥小曼实在忍不住，干脆掀开了被子，放肆地叫了一次床，陈小元被刺激得正起劲呢，抬头一看，发现小叶与小孙就在门外认认真真地听着。其实，房门是有的，却没有门扇，只挂着一条白色碎花的布帘子，如果在白天或者晚上开着灯一照，里里外外像皮影戏一样，都是影影绰绰的了。小叶若无其事地说，你们继续吧，权当我们在看黄色录像。陈小元心里咯噔一下，整个身体一下子就软了。

后来，陈小元出了一个主意，两个人一旦想亲热了，就坐着公交车一直跑到终点站，找个相对僻静的地方，躺在草地上呀，靠着一棵树呀，哪怕偶尔遇到几个人也都是陌生的，根本不需要顾忌什么。如果躺在草地上，身子底下压着几朵野花，或者洒着清凉的露水，那种痒痒的湿漉漉的感觉，自然会增添几分冲动；如果靠着树，树被顶撞着的时候，不停地摇晃着，抖动着，发出沙沙沙的声响，反过来又会感染他们，让他们就多了几分快感。这种生活很浪漫，风清气爽不说，经常能看到满天的繁星，尤其有月亮的时候，皎洁的月光淡淡地洒下来，在两个人的身体上涂抹了一层银光，实在是太美妙了。但是，冬天衣服不敢脱衣服，脱了被冻得直哆嗦；夏天蚊虫太多，往往被咬得一身疙瘩；关键是每次坐公交车来回需要几个小时，动不动还误了末班车，搞得两个人筋疲力尽。

胥小曼说，如果买一辆车就好了，想去哪里睡就去哪里睡，整个天下都是我们的了。那一年，陈小元借着采访的机会，给报社和婚纱摄影企业搞了一个创意策划，五折为农民工拍摄婚纱照，活动不仅引起了社会轰动，还带来了丰厚的经济效益。他发了一笔意外之财，提成了几万元，加上奖金几万元，自己又添加了几万元，狠狠心就买了一辆车。千挑万选，最后选中的牌子是千里马，颜色是香槟金，看上去小，好在两个人个子都不高，坐着也挺舒服的。缺点是躺下来亲热，身体伸不直。

陈小元开上新车的第一天，把胥小曼从医院里接出来，他们哪里都没有去，直接开进了华东师大校园，清清静静地停在丽娃河边，当时已经晚上十一点多，学生宿舍已经熄灯，学生们差不多都睡觉了，只有少数恋人叽叽歪歪地坐在草地上。他们两个人坐在车里，打开收音机，听着歌曲，聊了聊天，然后美美地折腾了一番。

从此，每到周末的时候，他们就开着车满上海跑，建筑工地，大桥下边，苏州河畔，公园里，东海边，哪里黑，哪里清静，他们就往哪里跑，甚至青浦埋死人的福寿园，他们都去过好几次。每次逃脱城市的喧嚣，好好地亲热一番，再回到出租屋，那种感觉比游山玩水还要满足。有时候，他们亲热完，如果不想回出租屋了，干脆在车里搂着睡一晚上，天亮以后迎着冉冉升起的太阳、听着叽叽喳喳的鸟鸣直接去上班。

直到发现了城郊接合部的桃源地区以后，他们才把这里当成了固定的伊甸园。那时候米罗公元刚刚开发不久，有几台挖掘机和推土机在填着几个水坑，铲着齐腰深的荒草。但是很快就全面动工了，开挖，动土，铺路，绿化，奠基，砌墙，而且昼夜不停，搞得尘土飞扬，像一个轰轰隆隆的战场。

某一天晚上，他们依旧来到这片工地，干完活以后就坐在车里休息，没有想到突然亮起了一盏探照灯照射着他们，有人瓮声瓮气地问，你们忙完了没有啊？忙完我就开工了。他们朝着头顶一看，是一台巨大的挖掘机，有一个师傅坐在上边抽烟。他们像"嫖娼"一样落荒而逃，那台挖掘机再次启动，凶猛无比地挥动着臂膀。

胥小曼有点难受地说，我们得买房子了。等到某一个周末，他们真的开着车来到了这块工地。经过几个月火烧火燎的施工，这里已经像一个大公园一样，横着竖着修好了几条路，小路弯弯曲曲地铺着红砖，大路黑漆漆地铺着柏油，有一条清清亮亮的小河蜿蜒着穿过，河两边是起起伏伏的绿化带，草坪像地毯一样绿油油的，碗口粗的白玉兰错落有致地栽着，正开着一树一树的玉兰花，有鸟儿不时地落下来，都是陈小元不认识的，也是胥小曼不认识的，它们在路上跳跃着，拦住了他们的去路。

胥小曼十分着迷，蹲下来，从包里翻出一块饼干，掰碎了扔过去，谁知道人家根本不搭理她。这种不吃嗟来之食的气质，更加激发了她的兴趣。按照她的说法，这里长出来的鸟儿都这么拽，他们将来住在这里的话肯定差不了。

米罗公元的房子并没有建好，但是已经开始对外销售了，售楼处十分气派，和悉尼歌剧院相似，前边的广场中间，有一个喷泉，喷泉中央有一个雕塑，据工作人员介绍，那是根据米罗的作品《逃跑的女人》仿制的，彩色的水柱正从女人的头顶喷薄而出。胥小曼说，这不就是世外桃源吗？陈小元说，是啊，感觉回到了老家似的，住在这里也许就不想家了。

上海的桃浦地区开发之前是一片荒地，除了停靠着许多货运大卡车，最多的是收购废品的，他们在此搭了棚子，安了营，扎了寨，把纸箱子、酒瓶子和破铜烂铁集中起来进行分拣。还有流浪狗与流浪猫在此打闹、嬉戏和交欢，当成了它们的快乐大本营。陈小元原以为这样的地方，不需要拆迁，成本低，房子应该便宜，也不会有太多的人关注，但是来到售楼处的时候，不仅已经人山人海，再一看宣传手册上边的价格，顿时被吓得两眼发呆。他立即拉着胥小曼朝门外跑，似乎停留一会儿就有罪似的。

胥小曼甩开陈小元的手说，怎么了啊，你？陈小元悄悄地说，你没有看到价格吗？胥小曼说，看到了呀。陈小元说，你看花了眼吧，后边是四个零，不是三个零，是四万块，不是四千块。胥小曼说，你以为我老花了吗？在上海，不说静安、黄浦、普陀、长宁和徐汇这些中心城区，也不说宝山、嘉定、青浦、松江和奉贤这些郊区，即使是崇明岛和金山卫，哪里还有四千块的房子呀？陈小元说，那还有什么好看的啊？砸锅卖铁，卖身为奴，我们也买不起，还是赶紧走吧。

胥小曼在地上弹跳着双脚，像撒娇的孩子似的不愿意离开，嘟噜着嘴说，我不管，反正我就要住在这里。陈小元说，那好呀，你重新托生，转世成一棵树，就可以被种在这里了，不过，必须是玉兰树、银杏树或者梧桐树，不然人家还不要你呢。

陈小元一屁股坐在了草坪上，开始给胥小曼算账。陈小元说，最小一套房子是不是一百零三平方米？胥小曼说，最大的一百三十八平方米。陈小元说，最大的就别想了，就挑最小的来算吧，每平方米四万块，四乘一百是多少呢？胥小曼依着陈小元坐了下来，把头靠在他的肩膀上像数星星一样有些憧憬地说，我又不是小学生，你考我干什么呀？陈小元拾起一根树枝子，在地上演算了起来，说不算物业维修基金和百分之多少的税费，四后边需要六个零，总共需要四百万元。胥小曼抬起头看了看陈小元，有些怀疑地说，你确定是四百万吗？陈小元说，是啊，虽然是精装修，总得再添几件家具吧，这笔开支还不算呢。胥小曼轻松地说，那比我想象的少多了。

陈小元愣了一下，说，你什么意思啊？你是大款吗？胥小曼说，我是大款他妈。陈小元说，你是富二代吗？胥小曼说，我祖宗八代都在四川成都乡下，个个都是种地的穷农民。陈小元说，你是小三吗？胥小曼站起来，牵起自己的裙子，像模特似的旋转了几圈，有些得意地说，你看我这身段，我这皮肤，还有我这如花的年龄，你以为我没有条件啊？不是为了你，别说什么小三，我都成小二了。

陈小元有点生气，这让他想起了那个"水桶"。胥小曼在一家医院当护士，"水桶"原来是他们医院的副院长，后来停薪留职，当起了老板，做起了医疗器械生意，推销心脏起搏器和血管支架这些东西，两三年就发了大财，最后开了一家民营医院。大家之所以称呼他"水桶"，是因为他挺着个啤酒肚子，浑身上下一般粗细，走起路来像"水桶"似的晃荡着。"水桶"在当副院长的时候，就在动胥小曼的歪脑筋，一会儿给胥小曼评个先进，一会儿要提拔胥小曼当护士长。开始都是秘密进行的，自从当了大老板以后，不知道是钱烧的，还是不再受体制内的管束，一个离婚的小老头一下子变得有恃无恐起来，经常明目张胆地给胥小曼打电话，要请胥小曼吃饭唱歌，还动不动就开着宝马，带着玫瑰花堵在医院的门口。胥小曼从来都没有答应他，也不敢正面冲撞他，毕竟人家在医院树大根深，所以能推的就推，能溜的就溜掉了。

陈小元说，想做小三，你现在还来得及呀！四百万对于"水桶"来说，确实是一滴小水珠子。胥小曼看陈小元生气了，跑过来搂住陈小元的头，在他的额头上亲了一口，笑嘻嘻地说，别提什么"水桶"了，麻袋我也不在乎，我们继续算账吧。

陈小元说，总价四百万，首付三成是一百二十万，我们连首付都交不起啊。胥小曼说，你怎么回事呀？怎么还是单身时候的想法呀？我们马上就要结婚了，婚一结呀，不是还有我吗？陈小元说，有你？你有多少工资啊？胥小曼说，你怎么这么笨啊！我这个小护士工资不高，但我不是一个人在战斗，我的后边还有我爸我妈，我爸我妈后边还有爷爷奶奶，我爸我妈爷爷奶奶后边还有亲戚朋友，你也是一样，这样推算下去，这个群体是无穷无尽的，所以呀，你别那么紧张，到时候自然就有办法了。

陈小元被胥小曼说得一愣一愣的，但是终究还在现实中，并没有飞到天上去。他叹着气说，可惜十三亿中国人并非都是亲戚，有些还是"敌人"呢。胥小曼说，这只是一种假设，我的意思是人多力量大。陈小元说，每月的银行还款恐怕也要一两万啊。胥小曼说，这样吧，为了表达诚心，我的工资全部交给你，由你自由支配。胥小曼回到车上取出她的包，翻出了两张银行卡，递给陈小元说，一张是我这么多年的存款，一张是我的工资卡，为了我们的房子，为了我们的家，为了我们在这个世界上有一个立足点，从今天起就全部交给你了。

陈小元有些感动，胥小曼平时看上去穿得花枝招展的，也十分体面和优雅，不过，很多衣服要么是在双十一秒杀的，要么是在换季的时候从商场淘出来的打折货。而且她很少涂脂抹粉，按照她自己的说法，她是天生丽质。陈小元明白，她其实是心疼钱，就拿她身上这件连衣裙来说，是他们一起逛批发市场的时候花两百多块钱买的，看上去似乎是法国品牌，其实是假的。她说穿衣服讲的是个款式，不管真的假的，只要是布的，有什么差别呢？陈小元伸手摸了摸胥小曼的脸，笑着说，你就这些家当了吗？胥小曼说，你还真贪啊！最值钱的是我的人，不早就交给你了吗？不过再给你一次无妨。她骑到他的腿上，紧紧地搂住他的脖子热吻了起来。

这个夏天少有的明媚，天也少有的蓝，据说是世博会期间关停了很多企业，大力治理的结果。陈小元在迎接胥小曼的嘴唇的时候，趁机抽出目光，抬起头瞟了瞟白云。它们低低地堆在树梢上，似乎伸手就可以采下来，但是仍旧感觉那么虚幻。

陈小元说，贷款差不多要还三十年！胥小曼进一步的动作被他的这句话给冻结了，有些疑惑不解地看着他。他接着说，你想想，还完银行贷款，你都五十多岁了，我就退休了，大家都老了，说不定爱都做不动了，甚至我已经不在了。胥小曼说，你烦不烦呀！你想那么多干什么，不就三十年吗？日子是一天天过的，又不是一天就过完了，有句话怎么说的？世上最浪漫的事情就是和你一起慢慢变老，我们在还清贷款中一起慢慢变老，不是也挺浪漫的吗？

陈小元无奈地说，从此就停不下来了，什么时候才能熬出头啊？胥小曼说，时间什么时候停下来过吗？你不买房子的话，你一样会变老的，老了能落下一套房子，总比还在四处漂泊的好吧？陈小元说，关键是我花你的钱心里有压力。胥小曼生气地丢下陈小元，一边向停车场走，一边情绪低落地说，说一千道一万，你就是不想娶我对吧？陈小元追了上去，说，我害怕买了房子，负担太重了，让你跟着我受苦。

他们在停车场碰见了那天晚上的挖掘机司机。挖掘机司机说，那天晚上没有打扰你们吧？陈小元笑了笑说，对不起，是我们打扰你施工了。挖掘机司机说，哪里呀，大家都不容易，我知道你们的难处，所以就熄了火，专门给你们创造条件，现在还要我回避一下吗？陈小元说，谢谢啦，光天化日之下不必了。挖掘机司机说，有空就来吧，一劳永逸的办法是买房子。陈小元说，太贵了，买不起啊。挖掘机司机说，贵不贵，这要看人，我们这些打工的，在这里干一百年不吃不喝，才能攒下一套房子，但是你们不一样，你们赚得多。陈小元说，我们也多不到哪里去。挖掘机司机说，你们要长期在这里生活，那还是买吧，不买怎么办呢？房子一直在涨，还会越来越贵的。胥小曼说，连人家师傅都明白的道理，你怎么就想不清呢？我们全当是投资吧。

陈小元刚来上海的时候，那房子多便宜啊，即使是中心城区，哪怕南京路附近，开始只要七八千块，后来涨到一万多块，再后来涨到两万多块，心想一套房子就要两百多万，肯定不会再涨了，再涨下去肯定没有人买了。但是世界上有钱的人太多了，如今已经涨到七八万一平方米，甚至有些已经十几万一平方米，每套房子都在一千万左右。这对于陈小元简直是天文数字，但是每次有新的楼盘开售，不知道从哪里冒出来那么多人，依然排着长队抢房子，像在菜市场买菜一样。

　　有两只小动物，恐怕就是传说中的黄鼬，俗称黄鼠狼，在花草树木之间溜达着。它们浑身金黄，油光发亮，拖着长长的尾巴，像准备参加酒会的情侣，男的穿着燕尾服，女的穿着及地长裙。它们在阳光的照耀下，感觉不是肉体的动物，而是一堆透明的温暖的光。它们似乎已经忘记了自己的身份，一会儿拱一拱开得红艳艳的杜鹃花，一会儿相互追逐着在草坪上打个滚，然后一只骑在另一只的身上使劲地抽动着，吱吱地尖叫着，旁若无人地开始交欢。陈小元说，全当投资吧，我豁出去了。胥小曼说，当房奴，有我陪着你，你还怕什么呀？陈小元说，刚才还挺怕的，看到这两只快活的畜生，现在就不怕了。

　　当天，陈小元就交了五万元定金，是用胥小曼的银行卡刷出来的。按照胥小曼的想法，他们选了一套十四层的，一百零三平方米，单价是三万八千六百元，不算其他各种税费，总价差一点是四百万元。陈小元差不多三十四岁，银行只能贷款二十五年，首付三成一百二十万元，公积金加商业贷款总共二百八十万元左右，每月还款额一万四千元左右。之所以选了十四层，一是这个数字在上海人眼里不吉利，不仅房源剩了下来，而且比其他楼层每平方米便宜一百八十块；二是十四层比较高，有一个卧室朝东，坐在阳台上也许可以看到东方明珠。

　　胥小曼说，以后，我们两个就坐在阳台上，一边嗑瓜子一边看着白云围绕着东方明珠自由地飘吧。陈小元说，那么远，你能看到白云的时候看不到东方明珠，你能看到东方明珠的时候是看不到白云的。胥小曼说，管他呢，我想象一下白云飘飘的样子总该可以吧？

第二章

忘记给各位看官们介绍了，胥小曼的老家属于成都市蒲江县，听上去好像是个城市，其实不然，所在的村庄照样是个穷山区。她在成都上完医学院护理专业以后，才来上海工作的。她的身份很简单，是方济医院的一名普通护士。方济医院在上海滩赫赫有名，至今已经一百多年历史，现在的地址位于闸北区与宝山区交界，北边是中环线，南边是内环高架，东边紧邻着沪太路，交通是十分便利的。

胥小曼的主要工作是在门诊的输液室里打针，一个班上下来，要打几百针，甚至上千针，按照胥小曼的说法，每天通过她的手注入人体里的五花八门的药水储积在一起的话，可以装满几个浴缸。这份工作是枯燥的，但是她干得津津有味，原因是看到那些药水一滴滴地朝下流，她会想到他们家下雨天的屋檐，似乎能够听见那遥远的滴滴答答的声音，这在某种程度上寄托了她对少女时代的回忆和对老家的思念。

陈小元的老家在陕西省丹凤县塔尔坪村，属于秦岭南麓，附近有一个标志性的地点是武关，在古代，无论江南学子进京赶考，还是官员外放回朝，这里是必经之地，李涉、杜牧、韩愈、白居易、元稹等人都以武关为题材写过诗。陈小元记得比较清楚的是白居易"见寄"元稹的那首——

> 往来同路不同时，
> 前后相思两不知。
> 行过关门三四里，
> 榴花不见见君诗。

还有一首是李涉所写，毛主席当年特别喜欢，专门抄录过一遍，题目是《再宿武关》——

> 远别秦城万里游，
> 乱山高下出商州。
> 关门不锁寒溪水，
> 一夜潺湲送客愁。

陈小元在西安的西北大学上完了中文系，又晃荡了那么几年，然后跑到了上海。他的身份相对复杂一些，他原来是《东海早报》的记者，在传媒江湖上还算有些名气，不过在一篇报道上出了问题，把一位领导的名字给写错了。按说一般的差错写个检讨，罚点款，通报批评一下，也就过关了。但是陈小元的这个错，错得十分离谱，人家领导的名字本来叫陈某，在台上讲的是如何加强党风廉政建设和反腐败工作，他写稿子的时候，心想这个脑满肠肥的家伙，肯定不是什么好东西，会上唾沫乱飞地大谈反腐败，背后还不知道有多腐败呢。他一开小差，两根手指头一抽筋，糊里糊涂地就把人家写成了"陈腐"。从编辑到校对，从主任到老总，就这样一路错下去，让"陈腐"给见报了！

事情发生以后，报社上上下下都在推卸责任，甚至还相互吵了起来。陈小元开始是偷着乐，然后是哈哈一笑，干脆大包大揽了下来，说千错万错都是他记者的错，还不等上边来人调查处理，就主动写检查打报告，申请辞去记者职务。报社念在他有才，人品也不错，又有正义感，就没有开除他，暂时把他发配到了下边的发行部，专门负责订户的售后服务。这份工作工资比较低，但是也非常清闲，主要是报纸遗失了呀，送错了呀，缺页了呀，他只需要登记下来，重新给人家补上就可以了。

陈小元好在还有一个业余身份，那就是作家。说作家其实是给他脸上贴金，他充其量只是作者，或者文学爱好者，更多时候充当着一个枪手的角色，因为他写的好多书，大部分署上了别人的名字。每次看到自己辛辛苦苦写下的文字，署着张三李四的名字摆在书店里的时候，他就特别郁闷，像自己的亲生儿子跟着后爸姓张姓李而不姓陈是一样的。他写作似乎也不为出名，就为了喜欢，也为了钱，谁让自己缺钱呢？所以，为了生存，郁闷归郁闷，有人找上门来让他代笔，他还是照样会写的。

交完购房订金以后的那段时间，陈小元和胥小曼都是在紧张的筹款中度过的。胥小曼不仅拿出了自己所有的积蓄，还向关系比较好的同事东挪西借了一部分，加在一起筹措了十五万元。陈小元的第一笔钱来得相对容易一些，有一位老板托报社的同事找到他，想让他代写一本歌颂母亲的书。老板老家是福建莆田的，很小的时候死了父亲，母亲一手把兄弟姐妹拉扯成人。老板发财后，想以著书立传的方式，感念母亲的养育之恩。

陈小元开始拒绝了这桩"生意"，因为这个老板不是别人，正好是对胥小曼有觊觎之心的"水桶"。而且"水桶"开的这家医院歪门邪道，刮宫引产呀，治男女性病呀，照男女性别呀，小病大治呀，尽干一些缺德的事情。陈小元曾经和一位女记者假扮夫妻进行了暗访，本来什么病都没有，到"水桶"的医院一检查，我的天啊，一个是梅毒，一个是淋病，要想治愈的话，每个人需要两三万元。按理说，这种骗子医院被曝光以后，肯定会被关闭的，但是"水桶"听到消息，口口声声说陈小元借机报复他。他先是找到胥小曼，希望以钱私了。胥小曼向陈小元求情的时候，被陈小元臭骂了一顿，说你们以为记者连婊子都不如吗？我们是不会出卖自己的良心的！"水桶"干脆提着一袋子现金，连夜砸在报社副社长的办公室，两个整版的报道都进入印刷厂了，这位副社长一声令下，就那么紧急地撤掉了，换成了两个版的医疗广告。

陈小元叹着气，让同事又联系到了"水桶"，把代笔的买卖应承了下来，不过，在原来谈好的十万元报酬的基础上，"水桶"答应等陈小元的房子到手以后，他叫自己弟弟的家具公司帮忙，包括床呀，书桌呀，衣柜呀，家用电器呀，全部免费配送。

陈小元和胥小曼已经急得到了晚上睡不着白天吃不香的程度，但是两个人的钱加在一起刚刚超过首付的零头。眼看着签订购房合同的日期一天天临近，到底怎么办呢？胥小曼对着那辆破车说，我们把它卖掉吧。陈小元说，我们以后想干点坏事怎么办？胥小曼说，可以重新回出租屋的被窝里，也可以像以前一样，坐公交车去荒郊野外打打游击，或者暂时忍一忍，等房子交了，我们每天干他个十次八次的，把这些天的损失统统补回来。

陈小元说，还有你上班怎么办？胥小曼说，坐公交呀，不就三十分钟吗？陈小元说，那是单程，如果堵车，来回将近两个小时，关键是挤来挤去的，遇到了色狼怎么办？胥小曼说，在大庭广众之下，色狼除了沾一点腥味，总不会把我的奶挤出来吧？陈小元说，你倒是挺大方的！胥小曼说，我是气你的啦，我可以骑自行车，如果坐公交车，我就穿得厚一点，头上插一枝花，脸上涂一层锅底灰，打扮成刘姥姥那样，总该安全了吧？

陈小元最终没有卖掉那辆破车，因为二手车不值钱，人家出价两万多块，主要是真正地心疼胥小曼，自从有了这辆破车，两个人的恋爱生活方便了不少。接下来，他们各自请假，一个回了一次陕西，一个回了一次成都。

陈小元回到陕西丹凤老家的时候，面对年近七旬的老父亲，他试着张了几次口，都没有把借钱的话说出来。父亲看出了儿子的犹豫，问有什么难处吗？陈小元说，我要结婚。父亲说，我眼睛都望穿了，她是哪里的姑娘呀？陈小元说，上次带回来的那个小胥。父亲说，你再没有提过，我以为泡汤了呢，记得小胥是四川人对吧？陈小元说，是的，四川成都下边的。父亲说，四川姑娘好，贤惠，能吃苦，会过日子，我们隔壁的村子，有个小伙子去外边打工，就引回来一个四川姑娘，孝顺得不得了，老公公生病的时候，她端水倒尿的什么都干。

陈小元说，你想让儿媳妇给你端水倒尿对吧？父亲说，我儿子都指望不上，还指望儿媳妇吗？陈小元说，你就说这个儿媳妇怎么样吧？父亲说，人长得挺漂亮的，还在医院上班，打个针，吃个药，都不用求人了。陈小元说，你的意思是审查通过了？父亲说，我审查什么呀，人家不嫌弃你，已经是烧高香了。

父亲看儿子又沉默不语了，又问是不是父母双方要见面，人家嫌我们是土农民对吧？陈小元说，她父母也是农民。父亲说，人家要彩礼，你手头缺钱对吗？陈小元说，没有，她还倒贴钱呢。父亲说，你是不是要买房子？陈小元咬了咬牙说，是啊，我不能让人家嫁给我，连个住的地方都没有吧？父亲说，这道理是对的，再苦也不能苦了人家姑娘。

父亲站起身，从腰上摸出了一把钥匙，打开了一个红色箱子。陈小元自记事时起，就知道这个不大的有些破旧的箱子，里边锁着父亲一生的积蓄。父亲一生没有任何爱好，唯一能让他提起精神的就是存钱。陈小元每次给他带回去的烟酒，他都舍不得吃喝，全部拿到小卖部里换成了钱。无论多少钱，他都会放着，等凑够了一个整数，比如五十，比如一百，再拿到信用社存起来。有的定期一两年，有的定期三五年，到期后把本息一起取出来，再继续存下去。他的钱只要一放进信用社，就永远不会再拿出来花销了。

父亲拿出一个塑料袋，塑料袋已经被磨得发黄，打开后是整整齐齐的一沓存单。他从头至尾数了两遍，又一张张地辨认了一遍，像和它们一一告别似的，然后把它们放在陈小元的手中，说你数数吧，全在这里了，总共八十二张，七万二千二百五十块。

村子里好多年前就传说，父亲是个万元户，陈小元也相信父亲有点钱，但是当父亲拿着这么厚厚一沓存单的时候，还是让他吃惊不小。父亲不会做生意，不会贩卖药材，他唯一的收入来源，春天的时候摘摘金银花，夏天的时候采采天麻茯苓，秋天的时候挖挖柴胡苍术，冬天天寒地冻，只能砍树加工一点木板，近几年主要是种香菇和木耳。父亲生活十分节俭，抽的是自己种下来的烟叶子，吃的是自己种出来的苞谷与麦子，几乎连牛奶也没有喝过几次，不是不想喝或者不习惯，是父亲舍不得。有人问父亲，你存这些钱不花干什么呢？父亲就挠挠自己的头嘿嘿一笑，似乎自己也不知道存这些钱到底要干什么。

陈小元翻着存单，有些已经发黑，有些已经变黄，明白父亲肯定无数次地拿出这些积攒了一辈子的财富，一遍一遍地数着。数钱对父亲来说是最幸福的了。他把存单还回了父亲的手中。父亲说，嫌少吗？陈小元说，哪里呀，我们不缺钱，这次回来主要是征求你的意见。父亲生气了，把存单扔进了箱子，啪的一声锁了起来，再也没有一句话了。

陈小元有些无奈，最后还是接受了父亲的存单，说我的房子就是你的房子，我的家就是你的家，到时候你一定要跟着我去上海。父亲一下子高兴了，乐呵呵地说，他们老问我存钱干什么，我存钱不就为了给儿子娶媳妇吗？等你们结了婚，赶紧给我抱个孙子，我就去上海住些日子。陈小元笑着说，到时候啊，让你儿媳妇好好伺候你。

离开村子的最后一夜，父子两个坐在门枕上，断断续续地聊着天，差不多聊到了天亮的时候。陈小元问得最多的，是今年的麦子苞谷有没有受灾，村子里还有没有人养猪养牛，家里养了几只鸡能下多少蛋，方圆有没有守了寡的老太太，父亲可以领一个回来给自己暖暖脚做做伴；父亲问得最多的，是上海的房子那么高，到底是怎么盖起来的，手一伸是不是能摸到月亮，儿子买的房子有几个窗户，是不是坐北朝南，能不能晒到太阳。

父亲还问，在城市结婚，吹不吹唢呐，抬不抬嫁妆，拜不拜天地，闹不闹洞房，如果摆酒席的话，一桌子大概多少钱？陈小元说，现在举办的都是新式婚礼，没有那么多讲究了，大多数都是放在酒店里，新郎新娘喝一杯交杯酒，亲朋好友们发一个红包，聚在一起吃一顿饭，然后就散场了。父亲说，这么清冷怎么行啊，你结婚的时候能不能回来，我们好好地热闹热闹吧。陈小元说，亲戚朋友都在外边打工，没有几个客人，回来就更加清冷了。父亲长长地叹着气说，你看看，我们这么好的大院子，这么好的堂屋香案，上次办喜事还是你姐出嫁的时候。

陈小元不再吱声了，抬起头看看自己家的院子，这是爷爷留下来的，父亲翻修的，房子盖得宽大而气派，有三间正房和三间厢房，屋檐像一只飞翔的老鹰，合抱粗的柱子上贴着对联，大门被漆成了暗红色的，门头上写着几个斗大的字，几十年前还能清楚地辨认是"清风明月"，墨迹浓厚，字体苍劲有力，经过这些年的风吹雨淋，由于墙皮的脱落已经斑驳得什么也看不见了。

陈小元想，如果自己没有考上大学，或者上完大学以后回到了农村，像父亲和爷爷，甚至像老祖先一样，娶一个媳妇，生一群孩子，种种地，养养牛，采采天麻、茯苓和灵芝，每天早晨睡到自然醒，甚至可以考虑养一匹马，黄昏的时候骑着马在田间的小路上散散步，过着安居乐业而又浪漫的田园生活，也许同样是幸福而美满的吧？那时候自己还有买房子安家的苦恼吗？

陈小元无意识地摸了摸大门，这副大门是由百年橡木打造的，像父亲常年劳作的双手，显得那么坚硬，那么富有质感，被磨得油光发亮。他碰了碰门环，大门被哐当哐当地敲响了，声音浑厚而悦耳地传了出去。此时，天真的亮了，晨曦染红了门前的山头，并染红了这座百年老宅的屋顶。父亲吱咛一声推开了大门，说，不早了，你赶紧眯盹一会儿，下午还要去你姐家呢。

陈小元临行之前，父亲又打开了那个箱子，取出了一个红色的小布袋，从布袋里掏出一枚吊坠。似乎上边有灰尘似的，他用手仔细地擦了擦，然后挂在了陈小元的脖子上。陈小元低头一看，这枚吊坠是白玉的，雕刻着一尊慈眉善目的观音菩萨。陈小元说，太漂亮了！我怎么从来没有见过呀？父亲说，你结婚，它会保佑你的，你就好好戴着吧。

陈小元的眼泪禁不住流了下来，把玉观音紧紧地握在手心，在心里默默地祈祷了一句。他怎么也没有想到，在未来的苦海无边的日月里，大慈大悲的观音菩萨竟然不动声色地救了他一命。

在家吃完了午饭，陈小元又找到了姐姐。姐姐家住得不远，也就四十里路，家里开着一个养鸡场，按说是有一些收入的，不巧的是发生了鸡瘟，几万只鸡一下子死了大半，姐姐正为损失惨重而流泪呢。加上外甥不成器，在西安的建筑工地打工的时候，染上了打牌赌博的恶习，欠了一屁股高利贷，前段时间还打电话向他借钱。陈小元问，你买房子吗？外甥说，我哪里买得起房子啊。陈小元问，你准备结婚吗？外甥说，我结屁的婚啊，女朋友都没有。陈小元说，那你借钱干什么？外甥说，炸金花，输疯了，欠了二十几万，而且是高利贷，每天千分之五的利息，如果不及时还清，人家会砍断我的腿。

陈小元被气疯了，也被吓坏了，沉默了半天，然后说，我给你算笔账吧，每天的利息是一千块，你一个月两千多块的工资，所以我建议你，趁着腿还在身上的时候赶紧跑路！外甥听从了建议，换了手机号，立即卷着被子消失了，跑到榆林一家煤矿挖煤去了。债主找不到外甥，三个人开着车，从西安追到了姐姐家，人家也不闹，也不打，只是在姐姐家的门前支了一张桌子，吃吃喝喝的就那么赖了三天，方圆几十里都知道外甥赌博欠了钱。姐夫是要面子的人，一气之下，去掀人家的桌子。桌子被掀翻了，自己也狠狠地摔了一跤，把盆骨给摔碎了。加上又遇到鸡瘟，债主一看要钱无望，也就开着车走了。

陈小元来借钱的时候，姐夫刚刚从医院动完手术回来，还躺在床上骂骂咧咧的，声称要和儿子断绝关系，如果儿子再进这扇门，他就打断他的腿。

陈小元提出借钱的想法以后才了解到这么多。母亲死得早，他是姐姐一手养大的，所以姐弟的感情非常深。姐姐听说他要买房子结婚，真是高兴得不得了，把自己不到一万块钱的积蓄取了出来，正好政府部门有一项养殖业的扶持政策，就又以养鸡场的名义申请了十万元的无息贷款。陈小元把钱还给姐姐说，外甥在外边一直躲着也不是办法，你们拿去还人家的高利贷吧。姐夫生气地说，我宁愿当成阴阳票子烧给老先人！姐姐抹着眼泪说，你买房子是一辈子的大事，我们也只能帮你这么多，你就不要再推辞了。

陈小元提着钱离开的时候，看着姐姐佝偻着的身影，禁不住又哭了一场。他感觉自己手中提着的似乎不是纸钞，而是古代人使用的铜钱那么沉重。

陈小元又跑到西安找到了童年时的小伙伴陈武。陈武年纪比陈小元大两岁，按照辈分陈小元应该叫他堂兄，他们从小学到中学都在一个学校念书，每次陈小元都考第一名，陈武则考最后一名。陈武的父母整天骂陈武是个大笨蛋，说你看看你们两个都姓陈，人家成绩为什么那么好？陈武说，因为人家名字起得好，"元"是什么意思？就是元角分的元，这是钱里边最大的。父母就骂，你有本事的话，叫陈大元算了。陈武没有改名陈大元，倒是雄赳赳气昂昂地叫了半年的陈元帅，由于成绩依然没有什么起色，也就作罢了，改回了陈武。陈小元不负众望，考上了大学，陈武则名落孙山，回家继续当农民，当时那个羡慕和那个憋屈啊，恨不得把陈小元给杀了。再后来，陈小元大学毕业了，在城里有了工作，尤其跑到上海进入一家报社当了记者，成了方圆几百里的大名人，大人们教育孩子的时候，都会搬出陈小元作为学习的榜样。

陈武则过上了完全不同的生活，毕业那年就找了个农村姑娘结了婚，第二年添了一个女儿，第三年又添了一个儿子。谁也没有想到的是，三十年河东河西，年轻人纷纷涌进了城市，但是没有技术，只能蹬蹬三轮车，在建筑工地里搬搬砖挖挖土，进餐厅端端盘子洗洗碗，不仅是体力活，而且工资非常低，也就勉强赚一点养家糊口的钱。也许调皮捣蛋的人更有发财的命吧，陈武走了一条农村包围城市的路，把家里不多的几亩地完全交给了老婆，自己则买了一台手扶拖拉机，突突突地开着，挨家挨户地收购木耳、香菇、核桃和药材，拉到县城卖给收购站。尤其是核桃成熟的季节，每天要从县城往返五六次，回来的时候再捎带一些水果、蔬菜、猪肉和玩具，卖给村子里的乡亲们。不到几年时间，他就成了全村的首富，据说家里的存款已经达到了七位数。

陈武有了钱，把家里土房子一扒拉，原地盖起了两层小洋楼，成为村子里第一个住楼房、用上煤气灶和洗衣机的人家。他并不满足，把剩下来的钱全部拿出来，从县城东郊的农民手中买了一块宅基地，又盖起了一栋三层小洋楼。小洋楼位于312国道边上，是北通秦晋、南接吴楚的交通要道。小洋楼的楼顶铺着红色的琉璃瓦，外墙全部贴着灰白色的瓷砖，还起了一个院子，安了一扇黑漆漆的大铁门，大铁门外边摆着两只高大的石狮子。他把一楼作为农产品收购站和办公室，二楼三楼按照酒店的规格进行了装修，其中的二楼当成了客房，三楼主要是休闲娱乐，麻将桌呀，卡拉OK呀，洗脚房呀，都是齐全的。他又去工商局注册了一家"鸿运来"农贸公司，有板有眼地当起了总经理。

陈武结识了许多采购员，有食品公司的，有药材公司的，每到了采购旺季就从全国各地来到县城。他把他们一个个安排在自己的小洋楼里，打打麻将，唱唱歌，从外边叫几个美女过来给他们洗洗脚，不仅好吃好喝地招待着，而且分文不收，全是免费的。这样一来二去，这些采购员乐得逍遥，就把采购任务放心地交给了他。他就不再是简单的小贩子了，而真正成了各大公司的供货商，方圆几百里的土特产源源不断地被运来，他雇人分分类、打打包，再贴上"鸿运来"的标签，最后交由采购员们，向西运到了西安兰州，向东运到了武汉合肥南京上海。

陈武很快就发了大财，每年收入都有几百万元。但是，他同样不满足，又过了几年，在西安买了房了，注册了新的鸿运来公司，不仅把一家人都迁到了西安，还把两个孩子送进了私立学校。

陈小元在西安见到陈武的时候，陈武虽然还是一身农民的打扮，不过胸口吊着大金链子，开着的汽车是一辆黑色宝马，搞得陈小元挺伤自尊的，回想到自己当初多风光啊，但是如今除了穿着洋气一点，真是事事都不如人家了，连脸上的表情都不如人家自信，关键还是张口借钱来的。

陈武选择的见面地点在钟楼旁边的百年老店同盛祥，他找了个吵闹的位置坐下来，自作主张地点了两碗羊肉泡馍、两个肉夹馍，又点了一盘酱牛肉、一盘凉皮、一盆凉拌黄瓜，还要了两瓶啤酒，然后才抬起头来笑呵呵地看着陈小元问，大记者是什么时候从大上海回来的呀？陈小元说，就前两天，回村里转了一圈。陈武说，我以为大记者把我们土农民都忘记了呢。陈小元说，这世上有开着宝马的农民吗？陈武说，我即使开着宇宙飞船，这辈子的农民身份是改不了了，哪里像你啊，当年学习好，考上了大学，户口一转，摇身一变成了城市人。陈小元说，城市人有什么用，照样是吃粮食，又不吃钢筋水泥。陈武说，你们吃的粮食起码不是自己种的，都是我们农民种的。

陈小元说，你种的粮食在哪里？我这次回去的时候，看到你们家的地里一棵庄稼也没有，全部撂荒了，这是农民干的事情吗？陈武说，你也知道，如今粮食不值钱，种一亩地收不到几把粮食，扣除化肥呀人工费什么的，其实是赔本的。陈小元说，所以你这农民是假的，估计连苞谷麦子都不认识了。陈武说，你们城里人难道还认识苞谷麦子吗？陈小元说，简直废话！我天天吃的就是。陈武说，你吃的是面条和大饼，和苞谷麦子有什么关系？

陈小元说，你这叫忘了老本知道吗？我们是还没有出五服的兄弟，你见了我不叫一声哥就算了，还那么使劲地挖苦我。陈武说，你竟然倒打一把，我比你大两岁，你属猪的，我属鸡的，你是九月出生的，我是八月出生的，叫哥的应该是你好不好！陈小元抬起头盯着陈武说，我还真忘记了，不过，你们大老板到底吃香的喝辣的，又没有什么压力，看上去比我年轻多了，哪里像我，三十多岁，头发白了不算，你看看这张脸，黄皮瓜瘦的，像被揉成一团的火纸。陈武说，这倒是真的，刚刚看到你，还以为是你爸呢，在大上海闯荡江湖，吃了不少苦头吧？

两个人聊着聊着，饭菜也都上来了，虽然两份一模一样的，但是各自吃出了不同的滋味。陈武不停地喝酒不停地抽烟，不仅很少动筷子，而且瞧也不瞧一眼，这些饭菜似乎根本引不起他的兴趣。而陈小元胃口大开，因为在上海吃不到这些地道的小吃，即使也有不少陕西餐馆，都是根据江南人的口味改造过的，比如凉皮里不放辣子油，肉夹馍不是腊汁的，羊肉泡馍里会加一些糖和酱油，吃起来甜滋滋的，也不配糖蒜和红红的咸咸的辣子酱。陈小元呼呼噜噜地吃完了，问陈武怎么不动筷子。陈武把自己那一份推到陈小元面前说，我经常来，已经吃腻了，你把我的这份也解决掉吧。

从同盛祥出来，陈武一边朝停车场走一边问，你在西安停留几天，如果不急着走，就别住酒店了，住到我家里去，我家三室两厅，两个孩子住校，房子都是空着的。陈小元说，不了，我直接去火车北站，坐高铁回上海。陈武说，那我送你。陈小元说，我坐地铁就行，前边就是地铁站，方便得很。陈武说，你看看，根本不把我当哥看待，这么客客气气的，不是怕我以后去上海找你，那赶紧上车吧！

陈小元不好再推辞，就钻进了宝马。他第一次坐这么高级的车，确实与自己的小破车不一样，宽敞，舒展，隔音，前边有一个屏幕，正在播放着陕北民歌，尤其玻璃窗是贴了膜的，里边能看到外边，外边绝对看不到里边，一旦把玻璃窗摇上去，立即就置身于纷纷扰扰的尘世之外了。最大的不同，是坐在车上的心态变了，原来坐着自己的千里马，起步时那迟钝的反应，加速时那巨大的轰鸣声，即使面对自行车和电动车，也总有一种无法言说的自卑感。而如今坐在宝马里，像阅兵的将军一样，底气，傲气，优越感，从屁股底下升腾而起，注入了自己的体内。当宝马从拥挤的人流与车流中耀武扬威地钻过去，行人注视的时间明显长了，似乎一下子变得文明了，纷纷礼让了起来。他们也许会想，坐在如此豪华的轿车上，肯定是非富即贵之人，但是他们哪里会知道，他陈小元不过是一个四处举债的搭车者而已。

前往火车北站的路上，两个人什么话也没有，陈武不停侧眼看着陈小元。陈小元则一直透过车玻璃看着窗外，他的心情太复杂了。他本来是想借钱的，但是看到陈武的气势和气派，反而怎么也张不开口了，这其中有一些不好意思，有一些自卑，也有一些心里没底，万一陈武拒绝了他，那就太尴尬太伤自尊了。

在火车北站分手以后，陈小元差不多走出了十几米远，陈武突然在他的身后喊了一声，陈小元你等一下！陈小元回过头说，不用再送我，你赶紧回去吧。陈武说，我想问一下，我们这次见面，你就没有别的事情了吗？陈小元说，我能有什么事情呀？就是七八年不见了，好好"撮"你一顿，顺便聊聊天。陈武呵呵一笑，说我们是老同学，而且还是兄弟伙的，你准备嘴硬到什么时候呢？你姐姐已经打电话给我了！

陈小元不好意思地说，她打电话都说什么了？陈武说，她说你这次回来是为了借钱，我一直等着你张口呢，谁知道你太不诚实了。陈武说着，把手中提着的一个塑料袋扔到陈小元怀里，说你们这些有文化的人，还真是死要面子活受罪。陈小元心想，自己确实是死要面子活受罪，不过，从想主动借钱，如今变成了陈武主动送钱，这样一颠倒，自尊心就被保住了。陈小元说，袋子里是什么？怎么这么沉？陈武说，你快点收起来吧，这是刚刚收到的货款，本来想给你存在银行卡里，但是出门走得急，直接就提了现金，整整二十万。陈小元吃惊地说，二十万？！这也太多了吧。陈武说，你也不用数了，火车站里有 ATM 机，存进卡里比较安全。

陈小元高兴地说，我也就不瞒你了，我终于要结婚了。陈武说，你早应该结婚了，我女儿今年秋天都上高中了。陈小元说，结婚必须得买房子，可是房子太贵了。陈武说，你不用解释，堂堂的大上海，那是什么地方？那是黄金宝地！有套自己的房子在那里，安个家在那里，花多少钱都是值得的。陈小元说，我给你打个欠条吧。陈武说，我们讲这些干什么？马上进入收购旺季，需要大量的周转资金，我只能帮你这么多了，不过，你想还多少就还多少，想什么时候还就什么时候还。

陈小元感动得几乎要流眼泪，但是控制了一下情绪，掏出笔写了一张欠条，说我怎么谢谢你呀？陈武说，这有什么好谢的，以后求你的地方多着呢，我女儿非常崇拜你，她的理想是去上海上大学，到时候你可不能不认我们。

第三章

陈小元回到上海的时候，胥小曼还没有回来。他打电话给她，她要么关机，要么不在服务区。两天后，她把电话打了过来，问陈小元那里怎么样了。陈小元说，我很好啊，你那里呢？她说，我这里还好吧，只是还得再等几天。陈小元说，千万不要为难你爸妈啊。她说，放心吧，我有分寸的。

胥小曼事实是七天后回到上海的。她回到上海的时候，陈小元去火车南站接她，她一见陈小元就扑了上去，抱住陈小元哇哇地哭了起来。仅仅过了十天，胥小曼明显黑了，而且有了黑眼圈。陈小元说，亲爱的，你怎么了？胥小曼擦了擦眼泪说，人家想你了嘛！陈小元说，真的想我了吗？胥小曼嘟噜着嘴说，不想你想谁啊？陈小元明白胥小曼刚才的那些泪水，有几分思念在里边，更多的应该是受了委屈。他一时还不清楚那种委屈到底是什么，但是她不告诉他，他也就不好再问了。

胥小曼不是什么大小姐，她父母都是成都市蒲江县乡下的农民，她家离发生过大地震的汶川只有一百多公里，山上没有什么药材，也没有多少土地，好在父亲是当兵的出身，在部队里学会了开车，退伍后自己买了一辆大卡车，长年在外跑运输，日子过得还是可以的，在蒲江城区买了房子，从村子里搬了出来，在城里安下了家。但是前些年出过一次车祸，把一个老大妈给撞残了，大卡车被全部赔了进去，如今只能给人家当司机过日子。

胥小曼回成都市蒲江县的收获，比陈小元想象的大多了。她拉起他的手，把一张银行卡啪的一声放在他的手心，然后盯着他的眼睛说，你猜猜有多少？陈小元说，应该有十万吧。胥小曼说，你太小看我了，再猜。陈小元说，难道是二十万？胥小曼说，你胆子能不能稍微大一点呀？陈小元说，看你嘚瑟的样子，不会是一千万吧？胥小曼把卡一把夺了回去，生气地说，你在讽刺我对吗？你再不好好猜的话，我就全部没收了啊！陈小元说，那就是六十万。胥小曼又把卡放回了陈小元的手心，笑嘻嘻地说，完全正确！六十万元人民币！你老婆我厉害吧？

六十万元是陈小元最理想的数字，他总共借了差不多三十八万元，首付加上其他费用的缺口刚刚需要六十万元。他听到这个理想的数字，顿时泪流满面，不知道怎么形容自己的心情，原来看似不太可能实现的愿望，还真像做梦一样就这么实现了。

走出火车站的时候，胥小曼像个瘸子似的。陈小元问，你坐的是硬座吧？胥小曼说，硬座比卧铺便宜两百多块呢，我本来想省点钱的，没有想到把腿都坐折了。陈小元十分内疚地说，你个傻瓜，三十多个小时啊，我背你出去吧。胥小曼说，你推着我就行。然后像个贪玩的孩子坐在自己的行李箱上。

此时是凌晨五点多钟，火车站的旅客并不多，停车场也比较清静。陈小元把胥小曼抱上了车，放在了后座上，然后把她紧紧地搂在怀里，狂热地亲了过去。从头发到眼睛，从鼻子到嘴巴，从下巴到脖子，从肩膀到胸脯，最后一寸不剩地亲到了她的骨头里，心里，魂里……他们两个不管不顾地纠缠在一起，想把这些天淤积在心头的各种情绪统统地发泄出来。在这些情绪中，有感动，有委屈，有无畏，有无奈，有伤感，有忧郁，有不安，有难受，有牵挂，有担心，有失望，有信心，有自卑，有自尊，有意外，有惊喜，有欺骗，有羞辱，可谓是五味杂陈、百感交集。胥小曼还有一丝遮遮掩掩的令陈小元无法说清的东西，全部汇聚在一起变成了汩汩流淌着的河水，河水里带着愿望即将实现的兴奋，和对未来的欢快的遐想。

这么多的情绪太需要交流一下了，而此时唯一的交流方式只有尽情地做爱。将近一百万元啊，这么一个天文数字，突然之间就被他们完成了。他们发现自己的能量竟然如此之大，所以他们像借钱一样，放肆地狂叫着，猛烈地穿越着彼此的身体，把各种各样的情绪，从骨头里，从心里，从魂里，掏出来，然后一点点地传递给对方，再由对方传递给整个世界。当一切彻底平静下来，他们已经折腾了足足一个半小时。太阳刚刚还是红色的，现在已经变成了橘黄色的；刚刚还在地平线上，现在已经跃上了这个城市的上空。这个早晨的颜色、高度、角度和声音，宛如都是从他们两个人的身体里流露出来的。

在回出租屋的路上，陈小元还是没有忍住，装作平静地问，你这些钱从哪里来的？胥小曼说，抢的呗，还能从哪里来的。陈小元说，从哪里抢的？看你这样子，你以为你能当强盗啊！胥小曼说，当然可以呀，我先施美人计，然后再灌迷魂汤，他们就把财物乖乖地主动地送上了门。陈小元说，我看呀，这天下，恐怕只有你父母才会心甘情愿地被你抢。胥小曼说，难道没有第三个人了吗？陈小元说，还有谁这么傻吗？还有谁这么在乎你吗？胥小曼说，你呢？你不在乎我吗？假如我问你借钱，你会不会借给我？

陈小元被这出其不意的一问，一时陷入了沉思。陈武之所以能借钱给他陈小元，因为两个人之间确实有几分感情，毕竟是从小一起长大的。不过，更多的原因是陈武小时候处处不如自己，被父母数落，被别人嘲笑，有一种自卑心理。如今他财大气粗，终于有机会也有能力从自己的身子下边爬起来，用对他来说根本不算什么的二十万元，狠狠地打击一下自己，以此获得精神胜利，也可以告诉所有人，他陈小元考上了大学有什么用？是城市户口有什么用？在上海工作有什么用？还不照样求我陈武！但是胥小曼呢？胥小曼的钱到底是从哪里借来的呢？除了她的父母以外，难道真有一个第三者对她的在乎，已经达到了可以借出巨款给她的程度吗？再反过来仔细想想，如果胥小曼不是他陈小元准备结婚的女朋友，她向自己张口借钱的时候，自己借不借呢？自己能借给她多少呢？其实，他陈小元对自己是没有百分之百信心的。

陈小元想到这个结果，刚刚的高潮就有些低落。陈小元说，我当然在乎你，但是一下子拿你这么多钱，心慌啊。胥小曼笑嘻嘻地说，你什么意思？这房子分明不想让我住呀。陈小元说，我就是这么想的，等拿到房子以后，如果一脚把你踹出去，看你怎么办吧。胥小曼拍了一下陈小元的肩膀说，我明白了，你怕我拿这些钱绑架你，你就放一百个心，我不会缠住你的。陈小元说，我卷款潜逃你也放心？胥小曼说，你能跑到哪里去呀？陈小元说，比如投入其他女人的怀里，所以你把钱收回去还来得及。

胥小曼噘着嘴说，我知道了，你不想和我结婚！这样的话你更应该放心了，我们万一真的结不了婚，那就权当是生意伙伴吧。陈小元说，你什么意思？你和我在做生意吗？胥小曼说，我们合伙投资买房呀！这次我比你出资多，所以我控股。她猛地亲了陈小元一口，笑嘻嘻地说，你看看房子天天升值，我要发大财啦！陈小元说，你想得挺美！我就是感觉有压力，吃人的嘴软，拿人的手短，我以后在你的面前，恐怕是抬不起头直不起腰了，估计都不敢上床了。胥小曼说，这倒是真的，如果你没有良心，以后做出什么对不起我的事情，我就让你睡在床底下。

两个人一路聊着，很快就回到了出租屋下边，胥小曼看陈小元还是一脸疑惑，就淡淡地安慰他，说钱都是她爸妈的，他们已经说了，权当给她置办的嫁妆，等房子入住了，他们就来上海转转。他们还没有来过上海呢。陈小元说，我爸也是这么说的。胥小曼说，我们到时候把他们一起接过来，再好好地孝顺孝顺他们吧。

陈小元直到很久以后，才了解到胥小曼回四川借钱的经历，这让他感觉格外的心酸。胥小曼在上海大医院工作，她爸她妈平时在左邻右舍和亲朋好友们面前，免不了会流露出一些自豪感：比如，上海最高的楼房有一百多层，自己闺女就是坐在半空中给人看病的，顺手抓一片白云都能给人家包扎伤口；又比如，上海的大街上奔驰宝马稠巴巴的一片，甚至一辆汽车就值上千万元，差不多我们几个镇一年的财政收入。

大家本来就嫉妒得不得了，如今遇到她爸她妈来问大家借钱，不管表面说得怎么样，背后的议论十分刻薄。有的说，以为在上海上班有多了不起呢，还不是照样买不起房子吗？有的说，坐在半空中的人，要房子干什么呀？难道不是睡在白云上的吗？有的说，为什么不去当强盗啊？从大街上随便抢一辆汽车，买几套房子的钱都有了；有的说，在医院上班工资那么高，天天还有红包呢，估计根本不是护士，而是人家的小保姆；有的说，那么好的条件，为什么不去当小姐，听说上海的小姐来钱最快……

胥小曼她爸她妈丢尽了脸，上上下下跑了几天，借遍了左邻右舍和十几个亲戚朋友，还从信用社贷了五万元，总共加起来才不到六万元。但是风言风语很快就传到她爸的耳朵里，她爸又是非常爱面子的人，哪里受过这种羞辱，到后来就不仅仅为了借钱，而是为了争一口气，偷偷地和她妈商量，说我们把房子卖掉吧。胥小曼她妈说，房子卖掉的话，我们一家子住哪里去？她爸说，回村子里住呀，我们住在城里，原来自己跑运输，图个方便，如今给人家当司机，住在县城意义不大，而且搬回村子的话，还可以种种地呢。

胥小曼她妈平时在县城的马路边摆了一个小摊子，主要卖袜子呀拖鞋呀毛巾呀这些日常生活用品，虽然赚不了什么大钱，却可以补贴家里的油盐开支，所以商量下来的结果是，回村子不现实，不过，可以把房子卖掉，然后在同一个小区租一套小房子住住。于是，胥小曼家的那套房子，便以不到二十五万元的价格急急吼吼地卖掉了。

那么，六十万元中的另外三十万元是怎么来的呢？陈小元多次问起过胥小曼，胥小曼一会儿说，我父母卖房子的钱呀。陈小元说，卖房子只有二十五万。胥小曼说，还有借的钱呀，可能我父母还有存款吧。陈小元说，你父母说他们没有存款。胥小曼说，你问这么多干什么呀？反正他们交给我的时候就是六十万。

对于另外的三十万元，陈小元有很多猜测，比如向什么朋友借的，比如在路上捡的，比如中了彩票，比如抢了银行，比如贩毒，比如卖掉了身体上的某个部位，这些都是比较流行的大家梦想着一夜暴富的方式。还有一种结果是他梦见的。他梦见她有一个相好的，对方把她给怎么怎么了，然后人家给了她一大笔补偿。

陈小元问胥小曼的时候，对前几种说法，她都是连连点头的，只有最后一种说法，她矢口予以了否认，并且气愤地说，这是哪个王八羔子小混蛋胡传的呀，明显在败坏本姑奶奶的名声嘛，亲爱的你可不能相信啊！陈小元说，不是人家传的，而是我在梦里梦见的。胥小曼说，陈小元，我警告你，心里能不能单纯一点？你这是借着梦来诈我，你再这么胡思乱想的话，本姑奶奶是要生气的！

这些就是后话了。到了那时候，他们已经拥有了亲爱的房子，有更大的更多的快乐和痛苦在折磨着他们，陈小元也就没有闲情再追究下去，而且追究下去又有什么意义呢？

陈小元和胥小曼好好睡了一觉，起来已经是下午了，太阳落入西边的楼群里，把一块块玻璃幕墙镀成了金色的，同时反射出来的光芒却非常刺眼。他们按照售楼小姐的要求，赶在银行关门前，去办了一张新卡，把所有的钱都转了进去。

胥小曼有些急不可耐，想直接去售楼处把手续办掉，但是打电话一联系，人家差不多快下班了。陈小元看胥小曼有些失落的样子，就安慰她说，你见过这么多的钱吗？胥小曼说，没有，像做梦一样。陈小元拉起胥小曼的小手，把银行卡放在她的手心说，今天晚上这笔巨款就由你保管，你趁机体会一下当富婆的感觉吧。

胥小曼把银行卡捂在胸口，像教徒在祈祷一样，闭着眼睛沉默了几分钟。陈小元说，快点说说，富婆的感觉怎么样？胥小曼说，心脏怦怦地跳。陈小元说，还有呢？胥小曼说，浑身麻丝丝的。陈小元说，还有吗？胥小曼说，我好像一下子长高了，骨头也硬了。陈小元说，没有别的感觉了吗？胥小曼说，这么多的钱竟然都是羽毛做的，我感觉马上就要飞起来了。胥小曼继续闭着眼睛，展开双臂，真像小鸟要起飞似的，忽闪忽闪地扇动着翅膀。陈小元说，这是富婆的感觉吗？我怎么觉得像一只煮熟的鸭子。胥小曼说，安静！别吵！胥小曼又过了两分钟才睁开眼睛，把银行卡还给陈小元，撇了撇嘴说，你来试试吧。

陈小元也把银行卡捂在胸口，沉默了一会儿，笑着说，我怎么感觉与你恰好相反呀，心里凉哇哇的，浑身冷丝丝的，个子本来就不高，现在又矮了半截，骨头也酥了软了，别说飞起来了，整个人一直朝下坠，像要坠入万丈深渊似的。胥小曼说，你的感觉是对的，这才是真正的大富翁，你知道为什么吗？陈小元说，为什么啊？胥小曼说，因为这张银行卡是你的名字。

陈小元愣住了，他不知道胥小曼这句话的意图是不是在计较自己的名分。陈小元说，那到底怎么办啊？我们把名字改过来？胥小曼说，你个傻瓜，我开玩笑的啦。胥小曼说完，当着来来往往的行人嘻嘻嘻地笑了起来。

胥小曼的皮肤白，人又长得苗条，平时素面朝天的时候也非常漂亮，只有遇到重要的活动才会描描眉涂涂口红，脸上再打一层淡淡的胭脂红粉，虽然化妆以后不见得更好看，但是像一朵半开半放的玫瑰花会显得特别妖娆。

第二天一清早，麻雀刚刚叽叽喳喳地叫，胥小曼就起了床，坐在镜子前好好地化了化妆，又挑了一条裙子穿着，然后催着陈小元赶紧起来。陈小元说，我正在做美梦呢，被你吵醒了。胥小曼说，不会是春梦吧？陈小元说，这都夏天了，哪里还有春梦呀，估计和揣着银行卡有关吧，我梦见自己真的成了家财万贯的财主，家里不仅仅有前庭后院，院子里种满了千奇百怪的花，还有一群群的丫环，有的给我捶背，有的给我洗脚。胥小曼说，应该还有人陪你睡觉对吧？陈小元说，你不叫醒我的话，贾宝玉和花袭人初试云雨情那样的美事肯定是少不了的。

胥小曼轻轻地拍了拍陈小元的脸蛋子，说你就别做春秋大梦了，赶紧洗脸刷牙穿衣服，我们得出门了，说好了要去售楼处的啊。陈小元说，你别急吼吼的呀，又不是出嫁。他发现胥小曼已经打扮得像出嫁一样，便瞅了瞅贴在床里边的一张日历，有些严肃认真地说，即使出嫁，也得好好挑一个黄道吉日吧？胥小曼说，你看看窗外，天气这么好，天那么蓝，风那么轻，不就是好日子吗？而且这些钱放在银行卡里多可惜呀。陈小元说，我的大富翁瘾还没有体会好呢。胥小曼说，我先走了啊，你就继续在被窝里体会吧。

当天的天气确实太好了，阳光中像调入了牛奶，显得稠稠的，橘黄色的，甚至能闻出一股淡淡的香味，天空不仅没有一片白云，而且蓝得十分纯粹，薄得像一张窗户纸，轻轻一指头就能捅出一个窟窿，顺着这个窟窿就能直接进入另一个世界。加上又是周末，清晨的车辆比较稀少，陈小元开着车，走在悬在半空的高架上，感觉格外不真实。

陈小元说，我怎么感觉不太对劲啊，总有一种不在人间而在天堂的幻觉。胥小曼说，我们是在天堂啊！陈小元说，天堂好是好，可惜不是人住的地方，而是神仙住的地方。胥小曼说，我们现在有钱了，准确地说是马上就有房子了，所以和神仙是一样的。陈小元说，其实差远了，大家都羡慕神仙，想当神仙，神仙从哪里来的？是死人变出来的！也就是说，只有死了才能当神仙，住在天堂里的人都是死人。胥小曼有些生气地说，你不要这样吓人好不好？今天这么高兴的日子，你说这些不吉利的话干什么！

陈小元说，我这是高兴过头了，所以不敢相信这一切都是真的。胥小曼说，想证明是不是真的很简单，你把手伸过来。她抓住陈小元的手，照着胳膊狠狠地咬了一口，差不多都咬出了血，痛得他大叫了一声，说你干吗呀？你是不是疯了？胥小曼笑嘻嘻地说，你能感觉到痛，而且流出了血，那肯定是活着的，不是死了的。陈小元说，这是什么原理啊？胥小曼说，死人会痛吗？死人有血吗？没有！所以，你就放心吧。

陈小元和胥小曼笑闹着，很快就到了售楼处，这时才发现，别人来得更早。售楼处还刚刚开门，但是已经排起了长队，每个人的脸上都洋溢着笑容，被阳光一照就更加灿烂了。好不容易轮到了陈小元和胥小曼，当他们带着一百二十万元的首付款，无比愉悦又无比雄壮地走进售楼处的时候，胥小曼甜蜜地挽着陈小元的胳膊，她的感觉像是走进了甜蜜幸福的婚礼现场，而陈小元的感觉像一个民族英雄走向就义的刑场，或者是被人投进了一间反动派残酷无比的监狱。

接待他们的售楼小姐不男不女地留着小平头。小平头问，你们的资料呢？签订合同的资料带全了吗？陈小元把事先准备好的一堆复印件和各种各样的证明交给了小平头。小平头翻了翻，然后不耐烦地说，你是外地人对吗？陈小元说，我在上海工作。小平头说，户口呢？陈小元说，我办了人才引进类居住证。小平头把陈小元的材料扔在桌子上，高声大气地说，居住证算什么证呀！你得有上海市公安局颁发的居民身份证，不然你是没有资格买房子的。陈小元愣住了，就问，外地人就不配住在房子里对吗？小平头说，你们以为在菜市场买萝卜青菜啊！外地人在上海买房子是有条件的你知道吗？陈小元说，你们为什么不早说？我订金都交了，几百万元都准备好了，差不多都要签合同了。

因为吵闹声太大了，引来了一位漂亮的女经理。陈小元之所以说她漂亮，因为她长得和胥小曼有些像，个子不高，身材苗条，皮肤白白净净，皮肤下的血管像一条条青色的蚯蚓，穿着一套灰色的职业一步裙，笑吟吟地走过来的时候，那弯弯的眉毛中间像藏着一个太阳，眼睛一眨巴就是一片春光。小平头说，我跟你们说不清楚，这是我们柳红经理，让她给你们解释吧。

柳红把陈小元和胥小曼引到了旁边的茶吧，取了两个杯子，给他们各倒了一杯水，让他们坐下来有话好好说。柳红问，你们没有上海户口对吗？陈小元说，我是陕西的，她是四川的，都是你们眼里的乡下人。柳红笑了笑说，你们是什么关系？陈小元说，买房子还要查关系吗？柳红说，我的意思是，你们两个是夫妻对吗？陈小元说，差不多吧。柳红笑吟吟地说，到底差多少呢？胥小曼说，我们马上就要结婚了，就等着这套房子结婚呢。柳红说，那就是说，你们目前都还是单身对吧？陈小元说，是的。

胥小曼拧了一下陈小元的胳膊说，你怎么就成单身了啊？我们住在一起算什么呀？柳红说，看样子，你们只是同居，还没有正式登记，并不是合法夫妻，按照上海市有关规定，属于外地户口的单身人士是不能买房子的。陈小元说，光棍就不能安家了对吗？柳红说，家是家，房子是房子，房子代替不了家。陈小元说，没有房子怎么安家？我一辈子单身呢？是不是一辈子只能租房子住？柳红无奈地说，目前是这样的，以后政策会不会变，谁也说不清楚。陈小元说，这是什么狗屁规定啊？也太不人性了吧！全上海统一的吗？柳红说，是呀，你去其他楼盘也一样。

胥小曼听着听着就哭了。陈小元说，我们借来这么多的钱不容易，柳经理你就帮帮我们吧，听你口音，是陕西人吧？柳红说，我是陕西蓝田的。陈小元说，我是陕西商洛的,商洛你知道吧？我们就隔着一个秦岭，如今秦岭下边建成了隧道，从你家到我家也就半个小时。胥小曼有点不高兴地说，你还有心情泡妞啊！陈小元说，柳经理是我在上海碰见的第一个老乡，我没有两眼泪汪汪已经算好的了。胥小曼噘着嘴说，要不要我回避一下，你靠在人家的肩膀上痛哭一场？陈小元笑着说，我又不怕你，有什么好回避的？而且你只知道傻傻地吃醋，我这是打感情牌你懂不！

陈小元扭过头问，我说柳经理，你看在老乡的分上，就没有别的办法了吗？柳经理说，你就实话告诉我吧，你们真不是情人关系？陈小元说，你看我这穷酸的样子，找老婆都危险，哪还有情人啊。柳红笑吟吟地说，你们一进来，我就注意到了，那么腻歪，年龄又相差了不少，妹妹又这么漂亮,还以为是你的小三呢。我们这里环境好，住在这里有情调，不少房子是有钱人买下来准备金屋藏娇的。陈小元说，我对毛主席发誓，她真是我的女朋友，虽然我不配她，但肯定是要结婚的。胥小曼说，他虽然长得丑，但是心好，善良，所以我是自愿的，你就帮帮我们吧。陈小元说，我们陕西人都是善良的，比如漂亮的柳经理，一看心肠就非常好。

柳红笑吟吟地说，你把感情牌打烂了也是没用的！柳红翻了翻陈小元的材料说，根据上海的规定，只要有上海户口，单身也是可以买房子的，我看你办了居住证，社保也交满了七年，已经达到了落户条件，第一个办法是你赶紧把户口迁过来。陈小元说，我以前疏忽了，总是听别人说，居住证和身份证的待遇是一样的，没有想到被忽悠了，现在去转户口肯定来不及了。

柳红说，你过去在上海买过房子吗？陈小元说，这是第一次。柳红说，没有上海户口的已婚人士，记住了，是已婚人士，凭着居住证和结婚证，也可以购买一套住房，所以第二个办法嘛，最关键的就是结婚证，外边的黑中介有这项业务，他们也许可以帮帮你。陈小元说，怎么帮我？是假结婚对吗？柳红说，这是有风险的，为了买房子炒房子，假结婚的情况挺多的，大多数人都没有问题，房子买好了再离婚，但是也有极少数人，房子买好了，婚却离不掉了，比如要分房产呀，虽然是假结婚，但手续是合法的，婚姻是有效的。

胥小曼醋兮兮地说，这个办法不错，柳经理你赶紧给他找个人结婚吧。陈小元就故意气胥小曼，嘿嘿地笑着说，找就找，你以为我害怕呀！万一被人缠住了，那岂不是更美？胥小曼说，是啊是啊，那样你就财色双收！要我说呀，找中介干什么呀，柳经理这么漂亮，心肠又这么好，你们还是老乡，帮忙帮到底，直接领证去算了！柳红说，妹妹你放心，就他这样子，在你眼里是白马一匹，在我眼里只是青蛙一只，所以不管真真假假，我绝对是没有兴趣的。

陈小元说，柳经理，她吃醋了，你别和她一般见识，赶紧说说有没有第三个办法。柳红说，第三个办法嘛，最简单，也最有效，就是你们两个别再闹腾，赶紧回家登记结婚，反正你们已经同居，扯张结婚证的事情，几天也就办下来了，我看在老乡的面子上，把这套房源给你们留着。陈小元说，你能给我们留多长时间？柳红说，我给你们一周时间吧，如果一周之内你们带着结婚证来，这套房子还是你们的，否则这套房子就保不住了。

陈小元和胥小曼相互盯着看了半天，像突然变得不认识似的。他们谈恋爱是奔着结婚去的，但是从来没有好好想过什么时候结婚，也根本没有仔细地计划过结婚的事情，如今被房子逼到了必须结婚的地步，内心还是有些恐慌的。陈小元说要回去商量一下，胥小曼突然一句话没有了，有些心事重重地挽着陈小元的胳膊。

柳红把他们送出售楼处的时候，拉着胥小曼的手说，我开始看你们反差挺大的，和你们一接触，倒觉得你们其实是天生一对，不为买房子，纯粹从婚姻的角度看，你也是值得嫁给他的。然后又笑着叮嘱陈小元，亲亲的老乡，你回去好好地准备一束玫瑰花，再给妹妹好好下个跪，认认真真地求个婚，我等着吃你们的喜糖呀。

第四章

天空不知道什么时候已经变了，不是变阴了，也不是下雨了，而是变厚了，颜色自然也变得灰突突的了，阳光倒是若有若无的样子，有种不阴不晴不明不白的沉闷感。

陈小元与胥小曼钻进车，无精打采地朝回开着。他们一直都沉默着，这种沉默是从来没有过的，从相识到相恋，从相恋到同居，总是你一句我一句，把气氛搞得非常活跃，即使吵个架拌个嘴，也都那么富有生气。有点像每天早晨的小麻雀，它们总是相互呼应着，叽叽喳喳地叫成一片。但现在是中午时分，小麻雀都不见了踪影，也没有了任何声音。

陈小元想到这里，看了看车窗外的梧桐树，茂密的枝叶中间安安静静的，不仅看不到小麻雀的身影，也看不到一个鸟窝，显得单薄而空虚。他突然意识到，小麻雀在树上跳跃的时候，这些树才神秘而丰富起来，才有了所谓的生气和远方，树们的世界才是广阔的。因为小麻雀像叶子一样，本来就是树的一部分，而树就是小麻雀的家。自己之所以一直感觉很无力很茫然，主要是在上海没有家，具体一点来说，就是没有自己的房子。

两个人回到出租屋楼下，已经过了午饭时间，他们钻进一家东北饺子馆，陈小元点了一个拍黄瓜，一个大拉皮，一个拔丝土豆，一个地三鲜，又要了半斤酸菜猪肉水饺。这些东西不贵，却都是胥小曼平时喜欢吃的。胥小曼说，你全点我爱吃的，是不是在巴结我啊？陈小元说，是呀，你看看怎么办吧？胥小曼说，黄瓜吗？凉拌！陈小元说，你别装了。胥小曼说，你以为我是猪呀，用三个清清淡淡的素菜就想拿下我？陈小元说，哎哟妈呀，我真的忘记了，不过饺子里是有肉的吧？他向服务员招了招手，意思再加两个荤菜和两瓶啤酒，却被胥小曼拦住了，说最近又胖了几两，得减肥了。陈小元说，你已经皮包骨头了，再减肥抱在怀里不舒服。胥小曼说，抱着不舒服，你可以背着啊！

　　胥小曼吃饭的时候，发现陈小元定定地盯着她，就像刚刚见面似的，羞答答地问，你动嘴呀，看着我干什么啊？陈小元说，你还没有告诉我怎么办呢。胥小曼说，你找你老乡去呀！她和我长得挺像的，只是我笑起来没心没肝，她笑起来风情万种，而且她对你也挺有意思的，你们去领一张结婚证，把房子弄到手了再说。陈小元严肃地说，我舍不得你呀。胥小曼说，你真假！不准备买房子的时候，你怎么从来没有表白过？陈小元说，骗你是猪，我一个人生活的话，买不买房子其实是无所谓的，但是我觉得不能亏待了你，你各方面条件都好，想找个什么样子的男人都行，却偏偏死心眼地跟着我，这是我下决心买房子的动力。

　　陈小元竟然一下子泪流满面。胥小曼放下了筷子，替陈小元擦擦眼泪，干脆抱在一起好好地哭了一场，搞得周围的人莫名其妙地盯着他们。哭完了，胥小曼拿起筷子，大口大口地吃着，把桌上的菜一扫而光，然后说，撑死我了，如果我长成了麻袋，你可不许嫌弃我。陈小元说，放心吧，你如果长成麻袋，我就专门用来装钱，变成我们家的钱袋子。

　　江南的天气谁也捉摸不透，真是一日三变啊。天空好像一条大鱼，被谁一刀捅破了似的，噼里啪啦地下起了雨。只不过下的是太阳雨，阳光和雨水搅拌在一起感觉像淡淡的柠檬汁，甚至都能闻到柠檬汁的味道。胥小曼很开心，光着头钻进雨中，仰着脸，展开双臂，像一个陀螺似的在地上欢快地转着圈子，任由着太阳雨从她倾斜的脸上哗哗流淌。

陈小元悄悄地钻进了旁边的一家花店，挑了二十二朵玫瑰，代表着"爱爱"或者"爱你"，然后冲进了雨中，捧给了胥小曼。胥小曼不再转圈子，愣了半天才冷冷地问，这是什么？陈小元说，你不会不认识玫瑰吧？胥小曼说，玫瑰是干什么的？能吃吗？胥小曼说着，就从上边揪下一片花瓣放进嘴里嚼了起来。陈小元说，你不喜欢吗？我记得你是喜欢玫瑰的呀。胥小曼说，喜欢的东西就一定要买回来吗？我想要你的头，你也能给我吗？陈小元说，给！怎么不给！你可以随时拿刀剁下来。

胥小曼瞪着眼说，我不喜欢这些虚头巴脑的！其实吧，我生气的，是你老乡让你买玫瑰，你还真是言听计从呀！你把这些花送给她可能更合适。陈小元说，亲爱的，别生气啊，我知道你嫌弃我乱花钱，但是我们恋爱至今，我没有送过你什么东西，今天送给你一束花，就请你嫁给我吧。陈小元咕咚一声就跪下了，正好跪在一小潭积水里。积水里的影子破碎了，溅起了一团水花。

胥小曼说，哎呀我的天啊，你还真跪呀！陈小元说，嫁给我吧。胥小曼说，这满大街的人都看着呢，你丢不丢人啊？陈小元说，嫁给我吧。胥小曼说，你这是求婚吗？我怎么觉得你是在上坟啊？人家求婚是单膝跪地，你倒好了，双膝跪地，这不是要我的命吗？陈小元继续重复了一句，你嫁给我吧。胥小曼说，你怎么这么死皮赖脸的呀！你赶紧起来吧，回家跪搓衣板去！陈小元说，你答应我了？胥小曼说，我什么时候拒绝过你啊！陈小元呼的一声从地上爬起来，抱着胥小曼的脸就亲。那束玫瑰花夹在他们中间被揉碎了，好看的花瓣纷纷落了一地。

当天晚上，他们两个人一夜无眠，躺在床上翻来覆去却又无话可说。合租的小叶就隔着帘子问，这么安静，你们没事吧？陈小元说，没事呀。小叶说，那今天怎么不折腾了啊？陈小元说，我们在外边折腾过了。小叶说，你们又出去车震了吧？是不是震坏了舌头，不然怎么像哑巴似的，连打情骂俏都没有了？陈小元说，我们改邪归正了。小叶说，我们听你们叫床已经上瘾，你们这样安静，我们睡不着啊。陈小元说，你们真贱！小叶说，吸毒的人都这德行，胥小曼是安眠药和海洛因，我们兄弟一场，所以帮帮忙，让她哼哼两声吧。

胥小曼躲在被窝里扑哧扑哧地笑，说安眠药和海洛因都是要钱的，哪里有免费的呀？小叶说，你们借我们的钱，需要多少直接从里边扣。胥小曼笑嘻嘻地，你们听好了啊。她像练武术一样哼哼哈哈地大叫了几声。小叶说，这是叫床吗，怎么像杀猪啊？陈小元你换人了吧？陈小元说，你们这帮畜生赶紧闭嘴，不然天就亮了。

说着说着，天就真的亮了，小麻雀叽叽喳喳地叫了起来，准备出门摆摊子的，早起晨练的，也陆陆续续地醒了，把老弄堂的楼板和楼梯弄得呼扇呼扇、吱吱咛咛地响。陈小元与胥小曼也赶紧起了床，把没有来得及彻底打开的行李，又简单收拾了一下，就匆匆忙忙地赶往了火车站。他们在火车站买好了票，分头向单位的领导发信息请假。这次请假的理由不是借钱，更不是结婚，而是感冒发高烧了，为了可信度，他们还发了一张提前储存的打吊针的照片。

他们坐了一天一夜的火车，早晨八点来到丹凤县城，先登记了一家宾馆，放下行李，洗了把脸，就奔着民政局去了。

陈小元在民政局院子碰见一个女人，她一边走一边盯着他说，你不是陈小元吗？陈小元马马虎虎地说，是啊是啊，你看着怎么好眼熟呀？女人说，你们大上海人，眼睛长在耳朵背后，肯定不认识我了。她个子本来就矮，又非常胖，圆滚滚的，感觉像泄了一半气的皮球，走路的时候在地上缓缓地滚动着。女人说，我是酸菜，你记得酸菜吗？陈小元说，你帮我们家腌过酸菜对吗？女人说，算了算了，我是杜鹃啊！

陈小元挠了挠头，感觉特别尴尬，因为他们是初中同学和同桌，在情窦初开的时候，在心里还是相互倾慕的对象。杜鹃倾慕陈小元，是因为陈小元学习成绩好，总是学校里的第一名；陈小元倾慕杜鹃，因为她爸是学校校长，他们之所以成了同桌，都是校长有意安排的。杜鹃经常穿着一件花格子衬衣，课间十分钟的时候，在操场上踢毽子、跳绳，活泼得像一只狐狸，惹得整个学校的男生，心脏随着她的动作怦怦乱跳。等到上课铃声一响，她又会像狐狸回窝一样，乖乖地回到陈小元的身边，这让陈小元感觉十分得意而幸福。

陈小元的家离学校远，每周末才能回去一次，从家里带到学校的干粮和酸菜，吃到后边几天基本就断档了，但是每到星期四早晨，当他坐在座位上，手往桌斗里一伸，都能摸到几个又大又白的馒头，而且在旁边的窗台上还放着一桶酸菜，上边贴着一张纸条，写着陈小元的名字。尤其是酸菜，是雪里蕻腌出来的，里边放了蒜瓣、姜丝和辣椒，真是好吃极了。

陈小元非常奇怪，问过几次杜鹃，是不是她送的。杜鹃都会摇着头说，我为什么送你这些呀？陈小元把班里的同学问遍了，竟然没有一个人承认，大家都说，可能遇到了狐狸精。陈小元说，怎么可能？要是也是仙女。直到毕业的那天晚上，同学们一起告别，杜鹃塞给陈小元一封信，祝他有一个美好的前程，下边的落款是"你的酸菜"。陈小元知道秘密以后非常感动，但是校长工作调到了县教育局，杜鹃也随着转学了，从此他们再没有见过一面。

陈小元从万千的思绪里回过神，再次打量了一番杜鹃，才发现这个昔日的"初恋"根本没有往日的影子,只有那种迷迷离离的眼神依然如故。陈小元说,你是我的老同学杜鹃!?这变化也太大了吧?杜鹃说,是啊,我变成老太婆了,不过你也老了,白头发都出来了,后边这位姑娘是你女儿对吧?陈小元得意地说,是啊,丫头,快点叫阿姨。胥小曼还真叫了一声"阿姨好"。

几个人说笑着,已经进了婚姻登记中心的办事大厅。杜鹃说,你今天来民政局干什么?陈小元说,我呀,给女儿办结婚证。杜鹃说,那女婿呢?陈小元说,他呀,太忙,我代替一下行吗?杜鹃说,行!怎么不行!不过,你比我大两岁,怎么可能有这么大的女儿?她到法定结婚年龄了吗?陈小元说,她呀,还未成年呢。胥小曼站在旁边噘着嘴说,陈小元你见了老相好的,就忘记自己是谁了,这结婚证还办不办啊?不办的话我就走了。杜鹃一听,有些尴尬地说,陈小元你个王八蛋,一二十年不见,我差点被你骗了。

杜鹃是婚姻登记中心的副主任,所以事情办得比较顺利。唯一有点折腾的是拍完照片以后,胥小曼有些不满意,说自己坐了一晚上火车,早晨起来又忘记化妆,所以显得十分憔悴。她跑到杜鹃的办公室,借着杜鹃的化妆品涂了涂口红,描了描眉毛,补了补胭脂,但是她对拍出来的照片还不满意,一会儿说自己眼睛瞪得像铃铛,一会儿说自己一副愁眉苦脸的寡妇相,一会儿说两个人中间隔着一条缝,像二婚似的,也不吉利。

陈小元害怕工作人员不耐烦,说将就一点吧,又不是演戏,哪能十全十美的呀。胥小曼说,人生比演戏重要,只有这么一次机会,所以必须留下最美的一面。杜鹃也跟着帮腔,说办结婚证的过程,其实是照妖镜照妖的过程,谁为了情,谁为了钱,谁为了官,谁是被逼的,他们在拍照片的时候,我们是看得清清楚楚的,妹妹这样认真,说明她不是草率的，对你们的婚姻是用心的。最后，胥小曼对贴在结婚证上的照片非常满意，叽叽喳喳地说，你看看，我漂亮吧？陈小元说，简直可以闭月羞花了。

丹凤县城又叫龙驹寨，是古代有名的水旱码头，丹江漂流呀，船帮会馆呀，凤鸣老街呀，商山四皓呀，贾平凹老家清风街呀，景色虽然比不上江南，却也是青山绿水秦风楚韵，而且还有很多小吃，鸡丝馄饨呀，水晶包子呀，水磨热豆腐呀，都是养在深闺人不知的美味。陈小元本来想在县城住上一晚，带着胥小曼到处逛逛，再顺便回村子见见父亲，但是胥小曼说，还是算了吧，这次走得这么急，什么都没有准备，也没有什么心情，以后有的是机会。

两个人一看时间还早，干脆退掉了宾馆，在大街上随便吃了点饭，直接赶下午五点三十六分的绿皮火车去了。在返回上海的路上，胥小曼坐在车窗边，捧着两本大红的结婚证书左看看右看看，似乎在研究一本藏宝图似的，不放过上边的每一个字，也不放过上边的每一个疑问。

胥小曼的第一个问题是，结婚证有什么用？陈小元说，旅游的时候住酒店，没有结婚证住不了一个房间。胥小曼说，这是老皇历了，现在谁管你呀！你和老母鸡开房，人家问都不问。陈小元说，你倒是挺有经验的啊。胥小曼说，有经验的是你，你今天早晨登记宾馆，我们还没有这个证呢。

胥小曼的第二个问题是，结婚证为什么有两本，要男女各持一本，既然已经结婚了，都睡在一张床上了，身心都合二为一了，结婚证也应该合二为一才对，不应该分得这么清楚，也没有必要分得这么清楚。陈小元说，还真是这样子的，不像户口本，一家只有一本，大家挤在一起，感觉挺温暖的。

胥小曼的第三个问题是，结婚证是红色的，那么离婚证是什么颜色的呀？陈小元说，这我见过，是绿色的。胥小曼说，为什么不选黑色的呀？陈小元说，估计离婚的原因多数是由绿帽子造成的吧？胥小曼说，那还贴照片吗？陈小元说，应该贴的吧？不贴怎么知道是谁的呀？胥小曼说，那贴的还是两个人的合影吗？陈小元说，既然分手了，应该是单人照吧？胥小曼说，如果是单人照的话，怎么知道和谁离的婚呀？陈小元说，唉，别问了，还是赶紧睡吧，都已经大半夜的了。

绿皮火车哐当哐当地走着，显得十分缓慢。两个人有一句没一句地聊着，很快就到了深夜，整个车厢安静极了，偶尔能听到磨牙声和呼噜声，还有孩子的啼哭声。胥小曼十分疲倦，但是躺在下铺怎么也睡不着，睁着眼睛自言自语地问，你还没有见过我爸我妈吧？陈小元说，是呀，想去拜见二老，一直都没有时间。胥小曼问，我没有征求他们同意，他们会不会不认你？陈小元说，现在婚姻自由，你认我就行了。

胥小曼迷茫地问，我们真的结婚了对吗？陈小元说，真的啊，这还有假吗？胥小曼问，我已经是有夫之妇了对吗？陈小元说，那当然了，所以你以后要小心了。胥小曼说，我小心什么啊？陈小元说，小心出轨犯法啊，我们的关系从现在起是受《婚姻法》保护的了。胥小曼说，我是被强迫的，强迫的婚姻是无效的。陈小元说，我是怎么强迫你的？拿刀子还是拿枪？胥小曼说，拿房子。

陈小元说，你空口无凭，我们得讲法律，根据法律规定，你现在有责任也有义务，你知道义务是什么吗？胥小曼说，什么义务啊？陈小元说，你有义务陪我睡觉。陈小元从自己的中铺跳到了下铺，一把搂住了胥小曼，急吼吼地去剥她的衣服。胥小曼说，我想要！陈小元说，你想要什么？胥小曼说，想要尽义务啊！陈小元说，那我给你，车子，房子，整个人，全世界，今天晚上都统统地给你。

有人被吵醒了，故意地咳嗽着；有人从上铺伸出头，朝这边看了看；

有人倒有些害羞，像偷窥似的躲进了被窝。陈小元说，我们还是小声点吧。胥小曼说，你怕什么？我们现在是持证上岗。她虽然这么说，还是从床上爬了起来，拉着陈小元说，走，我们换个僻静的地方，第一次合法经营，我们不能憋着自己，要大声吆喝才行。陈小元说，去哪里？胥小曼说，你跟着我吧。

胥小曼把陈小元带到了洗手间，反手把门一插，先把自己脱了个精光。陈小元说，你倒是轻车熟路的……话还没有说完，嘴已经被胥小曼给堵住了。他们透过可以清晰地车窗看到，星星点点的灯光在猛烈地后退，影影绰绰的树木在猛烈地后退，高高低低的建筑在猛烈地后退，整个世界只有他们两个人在迅速地向前。似乎正是因为他们向前、向前、再向前，整个世界才被弄得后退、后退、再后退。最刺激的还是火车撞击铁轨的哐当哐当声，这节奏和他们的呼吸与身体的动作一致，显得那么合拍，那么有力，又那么富有激情。他们肆无忌惮而又惊心动魄，似乎要向所有人宣告，他们正式结婚了。

他们回到卧铺的时候，陈小元搂着胥小曼问，你觉得这时的火车像什么？胥小曼说，像你的宝贝。陈小元说，那么这个夜晚像什么？胥小曼说，像我的身体，永远没有尽头，但是你的火车永远不会停止，这辈子都在我的身体里穿行。陈小元说，你和我的想法是一样的，我希望我的火车这辈子永远穿行在你的夜晚里。

不过，那类似于新婚的一夜，火车总在一些无名的小站停下来，上上下下的乘客总会把他们吵醒，所以他们是在半醒半睡的甜蜜而又伤感中度过的。

第五章

　　陈小元他们的房子是期房，正式交房需要等到一两年以后。陈小元签订预售合同的时候，是老乡柳红经理亲自接待的，各种各样的手续办得还算顺利，中间唯一出现的插曲是关于房贷保险的。

　　根据保险公司的解释，房贷保险主要有两部分内容：一是承保房屋损失，包括火灾、爆炸、暴风、暴雨、台风、洪水、雷击、泥石流、雪灾、雹灾、冰凌、龙卷风、崖崩、突发性滑坡、地面突然坍陷、空中运行物体坠落，以及外来建筑物和其他固定物体倒塌等原因，造成房屋直接损失的，将由保险公司负责赔偿；二是保障购房者，当购房者因意外伤亡，丧失还款能力的时候，保险公司负责向银行偿还剩余贷款。到底要不要购买保险呢？陈小元与胥小曼两个人纠结了半天。

　　胥小曼是一贯的乐天派，觉得没有必要，说上海很少下雪，即使下雪，也是轻轻薄薄的几片，不可能构成什么灾害；虽然上海台风呀暴雨呀雷击呀比较多，但是不太可能把那么结实的钢筋水泥的房子吹倒；尤其是上海没有一座像样的山，最高的叫佘山，海拔刚过一百米，泥石流呀滑坡呀崖崩呀自然无从谈起，而且距离米罗公元几十公里，即使火山大爆发也不会影响到自己。所以不知道这份保险的意义在哪里。

胥小曼正说着呢，有一架大飞机从西边不远处的空中徐徐滑过，清晰得都可以看到航空公司的标识。陈小元说，出了外环线就是航道，飞机起起落落的，如果哪一天一头栽下来怎么办？胥小曼说，你这叫杞人忧天，照着你这么想，天塌下来了怎么办？保险公司的业务员说，这份保险的意义重点不在于自然灾害，而在于人，万一，我说的是万一，万一贷款的人发生意外，残疾呀，死亡呀，一旦没有还贷能力，房子就不是你的了，就成了人家银行的了。银行的人补充说，你是以房子抵押来贷款的，你如果还不起房贷的话，我们银行就会把房子收回去进行拍卖，如果有了这份保险的话，你就可以高枕无忧了，剩余的贷款就由保险公司来负担。

陈小元说，我懂了，你们的意思是，投了这份保险，我一旦出了意外，贷款就不用还了。业务员说，人生无常，你们不要觉得话不好听，但道理就是这个道理，我们什么稀奇古怪的情况都见过。陈小元听着这七嘴八舌的说法，就更加拿不定主意了，于是转头征求柳红的意见。柳红说，你们还是买吧，大部分人都会买的，几百万都花出去了，这点钱是不好省的。陈小元拍着桌子说，买吧！我听老乡的。

大概两个多小时吧，陈小元拿到了一份购房合同和几张收据。他把一个文件袋提在手中掂量了几下，觉得真是太神奇了，这么轻飘飘的几页纸就是他一百多平方米的房子。他花了几百万元买下来的房子竟然就装在这么一个浅蓝色的半透明的塑料袋子里，被自己毫不费力地提在手中，除此之外根本感觉不到与以前有什么差别。不知道为什么，陈小元突然联想到了骨灰盒，一个人活在世上，那么重，那么立体，那么复杂，那么多彩，但是去世以后就会被压缩成几把粉尘，装在一个狭小的轻飘飘的空间里，被别人毫不费力地提在手中。

陈小元走出售楼处，靠着路边的一棵香樟树，把资料掏出来又仔细地翻了翻，终于感觉到了这之中的巨大差异——他的银行卡里，原来有一百二十万元，如今已经被掏空了；他的另一张银行卡里原来是空空如也的，从现在开始，每天每月每年，都会源源不断地滋生出债务和利息，像永远喂不饱的野兽一样，张着一张血盆大口，不停地吸着他的血，吃着他的肉，消耗着他的时光……他原来的生活虽然艰苦了一些，但是并不欠这个世界什么，如今却成了一个巨债缠身的人。

陈小元这么一想，感觉手中的分量轻了，而心中的分量越来越重，这不仅仅是一套房子，还有自己未来的家、爱情婚姻、一生的归宿、几条亲人的命和整个世界。

胥小曼的想法就简单多了，她除了满脸的兴奋和喜悦之外，还在为刚才买保险的事情生气。她埋怨陈小元说，我的话你不听，你老乡的话倒是听得屁颠屁颠的。陈小元说，不存在听不听谁的，关键看谁说的有道理。胥小曼说，她的道理在哪里？她那是串通一气骗我们，目的是让我们掏钱买保险。陈小元说，这对她有什么好处吗？胥小曼说，好处多了，比如拿回扣。

有人在不远的地方横穿马路，公交车为了紧急避让，踩出了一串尖利的刹车声，随之响起了叫骂声、争吵声和救护车的呼救声。陈小元提了提手中的资料袋说，回扣不回扣我不关心，我关心的是手中的这些欠债，你仔细想想啊，我哪天被车撞死了，几十年几百万的贷款，你一个人怎么还？我不放心你知道吗？胥小曼说，你又说不吉利的话了。陈小元笑着说，你想想吧，有了这份保险，我不仅踏实了，甚至还有一点点期待，我哪天一出事啊，你也就彻底解脱了。

陈小元这么一想，立即又高兴了，夸自己太高明了，说哪天累了，懒得再还贷款了，我就从楼上跳下去，你别忘记向保险公司索赔。胥小曼说，你可别胡思乱想啊！我们有了房子，房子里如果没有你，我一个人还有意思吗？所以我不要解脱，我要你好好地活着。

那天，他们没有急着离开，在售楼处前边的草坪上黑灯瞎火地相互依偎着坐到了半夜。夏天的风非常凉爽，夜色也显得非常迷离，附近并没有太像样的高楼和小区，远远地可以看到真如寺的塔顶闪烁着，那是避雷针的光，像点着的一盏天灯，正在将人间的疾苦和喜乐一点点地传递到天国。

他们依然聊着自己十四楼的一百多平方米的房子，他们的想象力是匮乏的，因为除了住过几次廉价酒店、在单位的办公室里打打盹之外，他们从来没有在十四层那么高的楼房里睡过觉，也没有进入过真正意义上的上海人家，不知道作为上海人的家是什么样的结构，有什么样的装饰和摆设。他们不知道以后的房子，门是白色的好，还是红色的好；安装水晶灯好，还是古典宫灯好；铺着木地板好，还是大理石好；电视大点好，还是小点好；沙发是布的好，还是皮的好；洗澡是淋浴好，还是泡浴好。他们甚至弄不清楚，煤气是从哪里接通的，自来水是怎么从高楼上流出来的。

他们两个人争论不休的是阳台，封闭了好，还是不封闭好。陈小元的意思是封闭以后，养些花呀，种点草呀，淋不到雨，吹不到风，根本没有办法自然生长。而胥小曼则认为，不封闭的话，上海雨水多、风大，不仅不能晒衣服，根本没有办法坐在阳台上看景色，比如说看那戳破天的东方明珠。胥小曼问，主卧室的床呢？我们买多大的床？陈小元说，最好买单人床，不到一米宽的那种，不占地方，搬起来方便，小叶小孙在出租屋里睡的就是单人架子床。胥小曼说，单人床两个人怎么睡？难道你想睡大厅里的沙发吗？陈小元说，你怎么可以让家长睡沙发呀？胥小曼说，难道你想让我睡沙发吗？

陈小元笑着说，我们现在是有房子的人，你能不能换一种思维，你一直都是横着想问题，现在应该竖着想一想问题。单人床窄了点，但是房子有多高，这张床就有多高，如果人与人叠在一起，单人床别说睡两个人，十个人都宽宽有余！胥小曼一愣，定定地盯着陈小元说，我终于明白了，我们房子将近三米高，我们的床就有三米高，这样的话，哎哟我的妈呀，简直不敢想象，我的身上至少可以睡十个男人！陈小元说，你想得挺美啊，不过小心被压扁了。胥小曼说，压扁了事小，我想在床上打滚了怎么办？所以呀，本姑奶奶决定了，还是买一张超大的双人床吧。陈小元说，我现在就想打滚！

陈小元抱着胥小曼在草坪上翻滚了起来，但是人工种植的草不如自然生长的草柔软，扎得人极不舒服，甚至有几份刺痛。他提议去售楼处，说那边有个厕所，半夜三更，空无一人，我们去厕所吧。胥小曼说，我看你对厕所上了瘾，所以我们的厕所到时候绝对不能马虎，要好好布置一下，灯光呀，毛巾架呀，排气扇呀，抽水马桶呀，都得挑最好的，因为它们一举两用，我们还得用它们干坏事呢。陈小元说，房子是精装修，这些东西都是开发商定的，我们哪里有选择的余地呀。

胥小曼说，在墙上贴什么画，我们有权利吧？陈小元说，你想贴什么画？胥小曼说，贴一些漫画，看着就能哈哈大笑的那种。陈小元说，你哈哈一笑，这爱还做得下去吗？我觉得应该贴上风情万种的大美女刺激刺激我。胥小曼说，为什么不贴上高大威猛的大帅哥刺激刺激我？陈小元说，那就贴春宫图吧。

两个人在公共厕所云云雨雨地寻完欢，胥小曼一边整理衣服一边说，这不是厕所，而是我们的洞房，甚至比入洞房的感觉还要舒服。陈小元说，你没有入过洞房，哪里知道洞房是什么样子？胥小曼说，不就是刚才的那种感觉吗？我们就把今天当成洞房花烛夜，你快点站在我的旁边，我们拜堂成亲吧。陈小元说，怎么拜？我不懂啊。胥小曼说，你听我指挥就行，无非是下跪、磕头和鞠躬罢了。陈小元说，拜堂还需要红蜡烛，红蜡烛在哪里？

胥小曼突然发现天空挂着一轮上弦月，正在薄薄的云层中穿梭，于是指着月亮说，你快看看，蜡烛已经点起来了。陈小元说，只有一支呀。胥小曼说，你眼睛睁大一点，地上的水里不是还有一支吗？陈小元说，拜堂还需要定情信物，我还没有准备定情信物呢。胥小曼像老鼠一样朝着四周看了看，眼睛忽然一亮，从草坪上揪了一根青草，笑嘻嘻地说，你听说过草戒指吗？你赶紧给我戴上吧。陈小元说，你别听电视剧里胡说八道，不仅太牵强了，也太委屈你了。胥小曼说，这多浪漫啊！有什么好委屈的，凡是大自然给予的都是精华。

陈小元在身上仔细地摸了摸，他摸到了自己脖子上挂着的那枚玉观音。这是父亲不久前刚刚送给自己的，他挂在胸口的时间不长，但是已经养成了一个习惯，每当有什么事情发生的时候，他会像虔诚的教徒祷告一样，用右手，隔着衣服，把它按在自己的心窝里。

陈小元把慈眉善目的玉观音在心窝里按了按，在心里默默地说了一句"阿弥陀佛"，然后从脖子上取下来，握在手心摩挲了几下，替胥小曼挂在了脖子上，高兴地说，亲爱的，我竟然忘记了，这不是现成的吗？胥小曼说，俗话说，男戴观音，女戴弥勒，我戴着合适吗？陈小元说，观音菩萨又不分性别，有什么不合适的呀。胥小曼说，我觉得还是不行，这枚玉观音估计是你们祖先传下来，专门保佑你的，你送给我的话，谁来保护你啊？陈小元说，你可以保护我啊。胥小曼说，我的责任好重大啊，无所不能的观音菩萨呀，你赶紧施予我一点法力吧。

胥小曼闭上了眼睛，双手捧着玉观音咕咕嘟嘟地祈祷了几句，然后睁开眼睛，无比幸福地说，谢谢亲爱的，我们开始拜堂吧。陈小元说，拜堂呢，又不是行为艺术，何必选在这么荒凉的地方，等拿到了亲爱的房子，在自己家里正正经经地办个婚礼多好。胥小曼说，你怎么婆婆妈妈的呀？在什么地方很重要吗？重要的是你的心！还缺一条红盖头呢，你身上的 T 恤衫不错，赶紧脱下来盖在我的头上吧。

胥小曼把一切准备妥当，拉着陈小元一起跪在地上，像司仪一样唱了起来——第一项，拜天地：一叩首，感谢天赐美好姻缘；再叩首，感谢地造完美一双；三叩首，感谢月老牵红线，才子佳人结连理。第二项，拜高堂：一叩首，感谢父母养育之恩；再叩首，祝愿父母健康长寿；三叩首，全家团圆步步高升。

磕完了头，胥小曼把陈小元从地上拉起来，让两个人面对面而立，然后继续唱道——第三项，夫妻对拜：一鞠躬，手拉手，相敬如宾，恩恩爱爱一起走；二鞠躬，头顶头，尊老爱幼，和和睦睦到白头；三鞠躬，脸贴脸，风雨同舟，幸幸福福到永久。随着胥小曼有板有眼的唱喝声，他们跪在淡淡的月光下，对着面前寂静而幽暗的工地拜了又拜。

胥小曼又吆喝了一声：新郎挑盖头啦！陈小元把 T 恤衫从她的头上慢慢揭开，此时的她，表情羞涩、妩媚、神圣，眼睛里泪光闪闪，有银色的泪珠顺着腮帮子滚落而下，那既是新娘子的幸福，也是一个女人的忧伤。胥小曼再吆喝道：新人喝交杯酒吧，一朝共饮交杯酒，一生一世永相随！

他们两个人象征性地，拳头对着拳头碰了一下，胳膊交缠着做出一饮而尽的动作，然后紧紧地搂在一起。她趴在他的肩膀上，用嘴轻轻地蹭了蹭他的耳朵，最后喃喃地说道：好，礼成！让我们再次祝福这对新人相亲相爱，白头偕老！

他们开始还觉得挺好笑的呢，但是拜着拜着就都严肃了起来，似乎真正地举行了一场婚礼。回出租屋的路上，陈小元问胥小曼，她那些拜堂成亲的话是从哪里学的。胥小曼说，你先说我像不像司仪吧？陈小元说，太像了，简直和婚礼一模一样，你不会结过婚吧？胥小曼说，当然啊，而且还不止一次呢！

胥小曼告诉陈小元，她小时候和小伙伴们经常玩"过家家"的游戏，不过，在游戏中，她不仅是司仪，还是新娘子。陈小元一时有些疑惑，胥小曼刚刚主持的，是"过家家"的游戏呢，还是正式的婚礼呢？

那时候，夏天已经过去了大半，天气依然十分炎热，不过昼夜的温差明显加大，到了半夜的时候已经有了一丝丝凉意。虽然米罗公元的房子一部分已经建起来了，一部分还存在于图纸和想象之中，但是自从签订了购房合同以后，压力归压力，陈小元和胥小曼感觉一颗心还是慢慢地落了地。

原来，陈小元和胥小曼对这座城市是迷茫的，是没有方向感的，甚至是飘浮在半空中的，现在人生有了目标，整个世界有了坐标。这个坐标就是他们未来的房子，无论在单位，在路上，在其他任何地方，他们总是有意无意地朝着西北角瞟上一眼，那边的天空似乎是一块巨大的磁铁在吸引着他们。有那么几次下班的时候，他们开着车毫不犹豫地朝着那个方向冲去，等来到了售楼处的时候，才明白那地方还不算家，还只是一片工地而已。

有一次，胥小曼指着工地上空的一个白色飞行物问，你说说那是什么东西？陈小元说，像别人放的风筝。胥小曼说，风筝不会这么飘忽，你再猜猜吧。陈小元说，难道是一只鸟？胥小曼说，鸟不会这么盲目，你再猜猜吧。陈小元说，应该是一只塑料袋。胥小曼说，那确实是塑料袋，你猜猜它原来是干什么用的。陈小元说，原来是人家装东西用的，现在被掏空了，就被抛弃了。

胥小曼说，它就是原来的我们，总有一种无力感，飞吧又飞不上去，落吧又落不下来，只能随着风在空中飘啊飘啊，有一天终于挂在一棵树上，从此才安定了下来，像那棵树的一部分，又像一面小小的旗帜。陈小元说，其实是吊死在这棵树上。胥小曼说，吊死有什么不好的吗？你不要老是这么消极。

在前几个月的时间里，胥小曼和陈小元几乎每个周末，都会钻入米罗公元的工地，欣赏他们未来的家，并且和工人们一起干活。看到工人在挖土，他们就提起铁锹帮人家铲铲土；看到工人在砌墙，他们就帮人家推推车搬搬砖；看到工人开始安装窗户，他们就拿起毛巾帮忙擦擦玻璃；发现工人开始补充绿化，他们就和人家一起在地上挖挖坑填填土。白玉兰树大，坑也要挖得大一点；枫树比较小，坑就挖得小一点。

工人们看他们干活不要钱，又这么卖力，就很开心，喝水吃饭的时候，像对待工友一样，总会招呼他们一声。有那么一阵子，胥小曼在医院里上中班，下班比较晚，白天根本没有时间，只好改在了晚上九点以后。这时候工地停工，没有什么活干，他们就默默地坐在工地上，叫上几个工人一起喝酒聊天。

某一天晚上，在胥小曼的请求下，工人老李根据设计图纸，找到陈小元家的那套房子。房子已经封顶，但是并没有安装电梯，也没有接通水电，而且没有任何装修，内外墙壁都是水泥的。胥小曼特意带了两包花生米和四瓶石库门老酒，像女主人待客一样，叫上了老李和他的工友老王，大家坐在空荡荡的房子里，黑漆漆地看着远处的灯火，兴致勃勃地喝酒聊天。

聊着聊着，工人老王就问，你们为什么这么好啊？不会是老板派来监工的吧？胥小曼说，你们屁股底下就是我们未来的家，所以我们就想搭把手，快点把房子盖起来。老王听了就很感动，有些醉醺醺地说，你们怎么不早说啊！早说的话，我们会挑最大的玉兰树种在你们家的楼下，挑最好的窗户安在你们家的墙上。胥小曼说，树小点会长大的，玻璃烂了可以换的，这有什么关系呀。老李则吞吞吐吐地说，关键是这些墙，现在说什么都晚了，要是早点认识你们，起码把你们家搞好一点。老王拍打着墙壁说，是啊，这些王八蛋，简直太缺德了。当时，陈小元以为老李老王仅仅是喝醉了，也就没有放在心上，直到很久很久以后，他才恍然大悟起来，两位师傅是话里有话，不过已经来不及了。

银行的还贷日期是每月十四号，前两个月还完贷款，陈小元与胥小曼几乎分文不剩，生活一下子陷入了困境。陈小元不抽烟，很少喝酒，没有其他任何大的花销，每天早餐就两个包子，晚餐就吃一碗面条。中午饭比较好解决，单位有一个不错的食堂，两菜一汤加一个水果，米饭是无限量供应，每个月会准时往饭卡里充值四百块，有时候吃不完还可以在一楼的超市里消费。他最大的开销就是那辆破车，不过排量小，加一箱油能跑半个月，而且单位每个月会发六百块的交通补贴。

胥小曼毕竟是女人，基本的化妆品是少不了的，好在没有什么应酬的时候，她喜欢素面朝天，买一瓶化妆品要用很长时间，所以这方面的花费也不是太大。唯一苦了胥小曼的是穿戴，好在原来存货不少，暂时添不添新衣服也没有多少影响。但是在上海生活，并不是吃饭穿衣服这么简单，没有钱是寸步难行的，比如每天十几块钱的停车费，还有好几千块的房租，都是一笔不小的开支，而且日日月月年年如此，没有一时一分一秒的日子是免费的。

陈小元的房东是个女的，长得很肥，个子又矮，腿就显得特别短，脸有盆子那么大，加上喜欢穿着藏青色的衣服，邻居都笑称她一个"大冬瓜"。某一天清早，陈小元准备上班呢，被"大冬瓜"拦在弄堂里，抱怨外边的房租又涨了。陈小元说，你不会想涨价吧？大冬瓜说，涨不涨价以后再说，但是离交租的日期已经过去好几天了，我还没有收到钱，这是违约，我有权把房子收回来你们知道不？陈小元说，哎哟妈呀，真的忘记了。大冬瓜说，你就装糊涂吧，我知道你买了房子，如今手头紧张。

陈小元就笑着说，那能不能再宽限几天？大冬瓜说，我宽限你，谁宽限我呀？实不相瞒，我在银行也有按揭，今天正是还款日期，还指望这点房租呢。陈小元说，我上班要迟到了，我们回头再说行吗？大冬瓜说，不行，今天见不到钱，我就得收钥匙了。陈小元笑哈哈地说，我现在身无分文，唯一的办法就是卖身。大冬瓜说，你这身臭肉又不值钱，谁稀罕呀！胥小曼从后边跟了上来，笑嘻嘻地说，我是尝过的，他的肉挺香的，我把他卖给房东吧。大冬瓜也笑了说，好呀，你想转手，那开个价吧。胥小曼说，二百五。大冬瓜说，看来不是一堆臭肉，简直就是垃圾废品啊。

三个人在那里嘻嘻哈哈地聊了聊，气氛一下子就轻松了。大冬瓜说，我们别逗了，合租的那两个人呢？让他们先垫付一下吧。胥小曼说，这两个小色狼还在房间里睡懒觉，麻烦房东上去走一趟，稍微地那么色诱一番，保准他们乖乖地掏钱。

陈小元脱了身，刚刚到单位呢，小叶就打电话来了，说房租已经交了，叮嘱不要重复了。陈小元说，刚刚好，自己手头紧，你们把账记着，以后再还给你们。当月的房租才这样蒙混过去。

又是一天早晨，小叶小孙结伴去乌镇那边游玩去了，胥小曼看到出租屋如此清静，就钻进陈小元的怀里，揪揪他的耳朵，捏捏他的鼻子，再在他的胸脯上轻轻地蹭着。这是她发出的想要的信号，但是陈小元忽然发现，自己像一根信号不好的电视天线，反应有些微弱、迟钝和麻木。刚刚签完购房合同的时候还好，自从还完第一个月的房贷以后，他发现一切都被改变了，他满脑子都是银行贷款，压迫得他连气都喘不过来，竟然忘记了他和她已经好久没有做爱了。

陈小元说，我知道你想了。胥小曼说，知道还不赶紧上来？陈小元说，我总感觉浑身无力，今天就辛苦你吧。胥小曼说，不辛苦，我愿意为老板效劳。她一骨碌爬起来，骑到了陈小元的身上。陈小元说，不打伞了？胥小曼说，当然要啊，这几天正好是排卵期。但是她拉开床头柜翻了半天，拿出一个安全套盒子，盒子里是空的。

陈小元说，你别找了，已经用完了。胥小曼说，怎么不提前准备着呢？陈小元说，我忘记了，主要是这几天身无分文，哪有心情买安全套啊。胥小曼听了，没有蠕动几下呢，像一只泄气的轮胎，突然栽倒在床上。陈小元抚摸着她的后背说，你不是总嚷嚷着想体验一下光头的感觉吗？胥小曼一听，呼的一下子又爬了起来。陈小元说，不过，你要想想清楚，万一怀孕了怎么办？我们都养不活自己了，再添一张嘴的话，那还了得！

胥小曼再一次瘫了下去，把脸捂在被子里不吭声了。陈小元有些内疚地说，你别生气啊，我有更好的办法呢。胥小曼嘟哝着说，你有办法快点使出来呀！陈小元说，这办法就叫隔空掏火，保证能够满足你。他说着，像一只蜗牛一样，爬上了胥小曼的背，把自己的触角从贝壳里伸出来，开始亲她的脖子，亲她的耳朵，亲她的肩膀，亲她的腰……然后，陈小元像翻动盘子里的一条鱼，把胥小曼轻轻地翻了个边，再从下朝上亲起，脚趾、膝盖、肚脐、胸口，嘴唇鼻子眼睛额头。不放过每一寸皮肤，不放过每一个凸起，也不放过每一个凹陷。他像蜗牛一样蠕动着，认真，缓慢，不停地张开，又不停地闭合，经过的地方一片潮湿、波光闪闪。

最后，陈小元把自己的脸深深地埋进了人世间的桃花源。陈小元把舌头尽量挺直，挺成一根快要熔化的钢管。胥小曼再也忍不住了，梗着脖子，苍白着脸，像被人狠命地捅了两刀，嗷嗷地吼叫了几声以后，整个身体像一只气球被扎破，里边填充着的空气瞬间一泄而空。

胥小曼在床上躺了好半天，才慢慢地苏醒过来，有气无力地问，亲爱的，这就叫隔空掏火对吗？你从哪里学的这么一招啊？陈小元说，无师自通，临场发挥。胥小曼说，我不信，除非你是天才。陈小元说，其实吧，男人的身上并非只有一枚高射炮，还部署着无数的导弹和核武器，随便掏出一个来，绝对可以满足你们女人。胥小曼说，我的妈呀，你快点说说吧，你把武器都藏在哪里了？陈小元拍了拍自己的胸口说，都藏在心里，只要有心，心里有爱，一条舌头，十根手指头，哪怕是几根胡子，都可以为自己的女人而战。

胥小曼意犹未尽地问，你刚刚用的是什么武器？陈小元说，你先说说怎么样吧？胥小曼说，我们在一起这么多年，这次才真的是死去活来啊。陈小元说，哎呀呀，这功夫厉害，这下我就放心了，不仅弄不大你的肚子，也不怕自己变成阳痿。胥小曼说，是啊，从今往后啊，你的宝贝暂时休息休息，或者当成废物，扔进垃圾桶算了。陈小元说，怎么会是废物啊！等哪一天你嘴馋了，可以剁下来当成火腿肠，是不是可以大吃一顿？

胥小曼翻身而起，说我现在就想吃火腿肠，你好好躺下吧。陈小元半天不动，也不说话。如果是往日的话，他早就应该是万马奔腾的了，但是他的下身不知道怎么回事，如今像一只睡着了的病猫那样，懒洋洋地耷拉着脑袋，怎么也不听使唤，任由心里的老鼠如何作祟，竟然软塌塌的一点动静都没有。

陈小元暗淡地说，我哪里还有心情啊！接下来的日子怎么过呀？胥小曼枕着陈小元的胳膊躺了下来，说这有什么好怕的，你娶了个好老婆，我的油水多着呢。

当时，胥小曼刚刚从门诊部的输液室调到了住院部，陈小元估计她所说的油水是医药代表和病人发的红包，于是严肃地说，你的油水是放在锅里炖出来的还是熬出来的呀？胥小曼说，生着啃就行了，不用那么麻烦的。

陈小元忧心忡忡地说，收红包是违规的，犯不犯错误不提，人不能坏了良心！胥小曼说，我们小护士又不是医生，我知道轻重的，你就省省心吧。陈小元说，不管怎么说，房贷刚刚还了两三个月，以后还有几十年，这样真不是长久之计。胥小曼说，日子都是一天天过的，你想那么长远干什么呀？

第六章

胥小曼之所以想方设法调到住院部，确实是冲着油水多而去的，哪里知道风声紧，上边查得严，没有人送红包，医生也不敢收红包了。尤其来到住院部以后，发现和输液室完全不同。在输液室里，大部分人感冒啊发高烧啊咳嗽啊，患的都是头痛脑热的小毛病，打个三两天的吊针就好了。而住院的人，多数生了大病，有些还是绝症，住上几个月算是正常的了，每天花钱哗哗啦啦的如流水。不过，做做手术，痊愈回家算幸运的，好多人倾家荡产，最后也没有救回一条命。

胥小曼看着这些呼天抢地的病人和那些绝望而又伤心的家属，有时候都忍不住跟着流眼泪，别提收人家的好处了，有时候还力所能及地帮帮小忙，能节省的就尽量替人家节省着点。上班不到两个月呢，大家纷纷夸她人漂亮、心地善良，有什么事情都喜欢找她商量。

有一个阿姨生了乳腺癌，儿子下班来照顾她的时候，看到胥小曼就两眼放光，开始猛烈地追求胥小曼，搭讪，献殷勤，送礼物，请看电影，最后写情书，几乎每天一封，都被胥小曼笑而不答地拒绝了。

阿姨告诉胥小曼，她儿子是土生土长的上海人，不仅脾气好，而且很孝顺，名牌大学研究生毕业，现在在一家外企上班，每月工资好几万，家里还有两套房子，其中一套就在医院旁边不远，走过去也就二十分钟，如果胥小曼当她的儿媳妇，真是要什么有什么，小日子不要太拽啊。阿姨问胥小曼，两个人能不能先交往起来，不合适的话再分手不迟。胥小曼说，阿姨，真的不行啊。阿姨说，你和阿姨说心里话，你到底嫌弃我儿子哪里？现在外边的骗子很多，我这个当妈的亲自做媒，你还有什么好担心的？你也老大不小了，也应该找个对象结婚了。胥小曼笑嘻嘻地说，关键是我已经有对象了。

阿姨很失落，还想说服说服胥小曼，有一次语重心长地说，你是外地人，在上海挺不容易的，如果嫁一个上海人的话，你在上海就有了家，尤其能解决上海户口，现在研究生落户都很难，你一旦嫁给我儿子，不仅你自己可以落户，生了孩子也可以直接落户，上学呀考大学呀就业呀，甚至是医保和退休呀，包括买房子呀，待遇都不一样了。胥小曼有些不耐烦地说，阿姨，我要给别的病人换药去了。阿姨说，你不要嫌阿姨啰嗦，这都是对你好，你对象是哪里人？胥小曼说，是陕西人。阿姨眼睛一亮，就问，他是上海户口吗？胥小曼说，不是。阿姨眼睛更亮了，再问，他在上海有房子吗？胥小曼说，刚刚买了一套。阿姨说，有银行贷款吧？胥小曼说，有的。阿姨说，贷了多少？胥小曼说，不多，就两百多万吧。阿姨说，他在哪里上班？胥小曼说，在报社。

阿姨似乎看到了无穷的希望，有些不屑地说，我知道这个行业，现在非常不景气，别说工资不高，还常常拖欠不发，甚至有些报社都倒闭了，他哪里还得起房贷呀！这种人是靠不住的，你千万不能和他结婚，你如果和他一结婚，一辈子就毁掉了。胥小曼挣脱了阿姨的手，笑嘻嘻地说，关键是我们已经结婚了。阿姨吃惊地张了张嘴，像一只电量过大的灯泡子，发出一束强光以后就熄灭了。

陈小元正好去医院接胥小曼下班，问：刚刚那位阿姨是谁呀？怎么拉着你的手不放啊？胥小曼说，她是病人，求我不要嫁给你，嫁给她的儿子。陈小元说，她儿子怎么样？胥小曼说，不说条件有多好，起码长得比你帅，你知道像谁吗？特别像唱歌的王力宏。陈小元说，王力宏不是你的偶像吗？你不答应她，我猜你是怕重婚吧。犯了重婚罪要坐两年的监狱。胥小曼笑嘻嘻地说，我们赶紧离婚吧，你如果不同意离婚，坐牢我也是愿意的。陈小元说，你还不如直接把自己卖掉呢！胥小曼说，我已经把自己卖掉了，一根毫毛三千块，是不是挺划算的？

这三千块正是这位阿姨给的，胥小曼当时推脱了半天，但是听到阿姨那种不可一世的口气，就觉得非常生气，心想上海人就了不起吗？就是本姑娘要下嫁的绝对理由吗？加上当时人来人往，让别人看见了不好，她干脆就收下了，算是对她这个乡下人心灵伤害的补偿。

胥小曼从包里掏出一个信封子递给了陈小元。陈小元说，你胆子太大了。胥小曼说，我是被逼急了。陈小元说，这种钱能花吗？花一分离坐牢就近了一步。胥小曼说，如果哪一天我进了监狱，你会送饭给我的吧？陈小元说，这又不是古代，现在的监狱是管饭的。胥小曼说，那就求你不要抛弃我，而且我冬天特别怕冷，你要给我送一件棉袄进去。她说着说着，真像进了监狱似的，心酸地趴在陈小元的肩头哭了起来。

苦巴巴的几个月一晃而过，上海慢慢地进入了秋天。在现实生活中，上海是没有秋天的，炎热而沉闷的夏天以后，气温倒是没有太大变化，植物也没有太大变化，该开花的照样开花，该凋零的依然凋零。但是仔细观察的话，江南之所以四季常青，并非树木的叶子永远不黄不落，而是一茬一茬地黄，一片一片轮换着落，有种你方唱罢我登场的感觉。

尤其明显的是立秋过后，天气立即变得阴冷起来，这种阴冷主要来自潮湿的海风的吹拂。估计受了这种气候的影响吧，上海人的处事方式也与别处不同，要么像春天一样故作清雅，要么像夏天一样奴颜媚骨，要么像冬天一样高冷无情。这被外地人视为势利，而被当地人解释为服从规则，或者叫"老克勒"的绅士风度。

陈小元原来当记者的时候，每个月扣除各种税费，拿到手差不多也有八九千，再加上赶赶场子，打打秋风，拿几个红包，冠冕堂皇的说法叫车马费，这样每个月毛收入一万多，但是如今到了发行部，工资只有六千左右不说，连一分钱的外水都没有。

某一天早晨上班的时候，陈小元在信息栏里看到张贴着一份告示，《东海早报》准备进行新一轮竞聘上岗，他就想找分管的副社长问问，能不能趁机调回记者部，以便增加一点收入，来还自己的房贷。

副社长姓银，名叫银志顺，刚刚年过五十，上海本地人，当过兵，练过几年空手道，会几下拳脚，加上有眼色，根又正，苗又红，就给某领导当上了警卫，也就是保镖，前途本来是一片大好，谁知道时运不济，这位领导因腐败被抓，他也就成了没娘的孩子，只好到了《东海早报》。不过，瘦死的骆驼比马大，他还是当上了报社副社长，享受正处级待遇。

银副社长有许多战友，从部队退伍以后，要么下海经商当了老板，要么进了机关当了领导。他凭着这些丰富的人脉资源，在经济情况普遍向好的时候，每年给报社拉来的广告收入，少则近千万元，多则一两千万元。这位银副社长，长着一副色眯眯的刀子一样的三角眼，尤其喜欢盯着漂亮女人的胸脯笑眯眯地看，所以大家便不叫他银社长，而叫他银子或者银总，用上海话一念，就像叫"淫贼"。

陈小元在银子的办公室刚刚坐下，还没有开口呢，银子便说，我正有事找你。陈小元说，我也有事找你。银子说，那你先说吧。陈小元说，请银总一定要帮帮我，不怕你笑话，我现在穷得叮当响，前一阵子和老婆同房，连一盒安全套都买不起了。银子说，你们这些年轻人要转变观念，现在谁还用安全套啊！陈小元说，看来银总过得挺快活的，不过你是领导，得了不三不四的病，去医院可以报销，生上三五个孩子养得起，我们是平民百姓，可不能不用。

银子说，我们不贫嘴了，继续说你的事情吧。陈小元说，我刚刚买了房子，外边借了一大堆，尤其每月要还银行贷款一万四千左右，这压力真是太大了，房租都拖欠几个月了。银子说，你想问我借钱对吗？陈小元说，你借吗？银子说，钱是有的，但是你也知道，上海男人在家里地位低，有时候还不如保姆，我所有的收入全部上交了，每个月的零花钱买两盒安全套没有问题，但是想拿出万儿八千的，需要打报告申请，凭着我以往的经验，我们家的财政部长是不会批的。陈小元说，银总啊，你别装穷了，你每年拉广告提成那么多，肯定没有上缴财政，养一两个偏房三五个小蜜也花不完，除非你真有十个八个私生子。银子说，你可别胡说八道啊，你这是敲诈知道不？

陈小元嘿嘿地笑着说，银总放心吧，我今天来不借钱。银子说，你为报社的这次竞聘上岗来的？陈小元说，对的，你也知道，关于那次差错，我的责任最小，我替大家背黑锅，挨处分，调离工作岗位，虽然是我心甘情愿的，但是事情已经过去那么久了，"陈腐"也真的被抓起来了，你看看能不能把我调回记者部？不仅为了多拿一点工资，也因为我喜欢当记者。银子说，我找你也是为了这件事情，你有才，人品好，又仗义，关键是有社会责任感，当个记者是绰绰有余的。陈小元说，谢谢银总，你的恩情我会记住的，我保证不会让你失望。

银子用刀子一样的眼睛，盯着陈小元看了一会儿说，我话没有说完呢，你也知道，如今报纸不景气，好多报社都关了门，我们勉强支撑了下来，但是日子非常艰难，以前办公室和楼道里摆放的绿化植物都是从花卉公司租来的，为了减少开支，只好都退了回去，你看看现在的报社，没有一点绿意，没有一朵花，光秃秃的连一点生气都没有，即使这样下去，下个月工资能不能按时发放都成问题，所以上边要求继续降低成本，这次竞聘上岗的主要目的就是"三减三定"，减版减薪减员，重新定岗定编定员，不仅仅要减少一些版面的数量，减少编辑记者相应的职位，发行也是重点清理对象，因为报纸的发行和以往不同了。以往以零售为主，现在全部通过邮局订阅，报纸由邮递员投送，售后服务由邮局负责，所以发行部多数岗位都会撤销，没有必要再留这么多人吃闲饭。

陈小元说，报社这是什么意思？是要辞退我对吗？银子说，最后还没有定下来，我一直都很关心你，所以提前提醒你，要做最坏的思想准备。

陈小元像遭到当头一棍，糊里糊涂地都不知道怎么从银子的办公室出来的。报社的经营状况确实不好，前段时间由于拖欠印刷费，印刷厂发不出工资，几十名工人拉着横幅喊着口号，围住报社的办公楼讨债，搞得社会上的传言很多，说报社要清算破产了。这毕竟是一家老牌报纸，其中一位创办者还是革命前辈，如果倒闭的话将造成巨大的负面影响，所以上级主管部门打了一份报告，希望财政给予一些补贴，但是迟迟没有得到市里的批复。

陈小元想，如果报社发不出工资怎么办？如果报社真的倒闭了怎么办？如果自己被辞退了那又怎么办？他不比以前了，以前有记者身份的时候，重新找一份工作，比如传媒公司，比如公关公司，骑着马找驴，还是比较轻松的。但是现在在发行部工作，人家都以为他是在街头卖报纸的，头顶上没有了任何光环，估计去当外卖小哥还差不多。当外卖小哥，风里来雨里去，这种苦他是受得了的，唯一受不了的是彻底被边缘化，在上海这样一个势利的城市，那点自尊心将无法得到丝毫的保护。他决定再找一个时间去求求"淫贼"，不管如何得先保住工作，然后再从长计议。既为了自己可怜的新闻理想，也为了有一份生存下去的工资，更为了报社的这块金字招牌。在报社里工作的人，无论怎么样都被人高看一眼，起码不敢轻易地骗你。

某一天下班以后，陈小元开车接上了胥小曼，又来到米罗公元建设工地。他们想去自己家里坐坐，但是小区已经建起了围墙，围墙两边长着齐腰深的荒草，荒草中堆放着垃圾，有破碎的玻璃，有废弃的钢筋，有多余的砖头和水泥疙瘩，还有两扇临时安装的大门被铁链子拴着。围墙外边的梧桐树是提前几年就栽好的，所以已经有碗口那么粗，而且是枝繁叶茂的了。

胥小曼说，我们翻墙进去吧。陈小元说，那么高，上边又有铁丝网，我们还是上树吧。陈小元忽悠两下就蹿上了一棵树，然后把胥小曼也拉了上去，两个人像猴子一样坐在树上，透过围墙欣赏着自己未来的家园。此时小区的主体建筑已经基本完工，几条内部道路铺上了红砖，一条景观河若隐若现地流淌着，绿化植物经过一个夏天的适应，大部分已经成活，在秋风里使劲地摇晃，大片大片的是墨绿色的香樟树，中间夹杂着的白玉兰是半黄半绿的，银杏树是金黄色的，枫树是鲜红色的，像一团团燃烧起来的火焰，那些雕塑们形态各异地站立着，还有已经基本建成的高楼掩藏在树丛之中，感觉幽静极了，高雅极了。

陈小元他们不得不承认，这里的环境太美了，美得让他们暂时忘记了眼前的苦恼。他们用目光搜索到自己家的那栋楼，远远地看着十四楼的黑洞洞的窗户，像看着亲人失明的眼睛，或者初生婴儿紧闭着的眼睛，充满了怜悯和心酸，同时也充满着期待。期待这两只眼睛某一天突然睁开，亮起一盏灯，照射着他们，迎接着他们，并拂去他们一身的风尘和满心的疲惫。

陈小元本来不想把自己的处境告诉胥小曼，如今看到房子，心情不免有些暗淡，于是唉声叹气地说，我要失业了。胥小曼问，你又犯错误了吗？陈小元说，我这么个破岗位能犯什么错误呀。胥小曼说，比如花花办公室的小姑娘，犯了作风问题啊。陈小元说，还没有犯这个错误的资格。胥小曼说，你想跳槽了对吗？陈小元说，不是跳槽，是被炒鱿鱼，前几天领导找我谈话，说报社经营不善，要裁人了。胥小曼生气地说，前几天？前几天的事情你为什么瞒着我？！陈小元说，我害怕你操心啊。胥小曼说，你不要忘记了，我们已经结婚了！

陈小元说，我真的挺内疚的，觉得你不应该嫁给我。胥小曼说，你放屁！我把人交给你了，钱也交给你了，我不嫁给你能行吗？不说这些丧气的话了，其实也没有什么好怕的，你重新找一份工作就得了。陈小元说，你以为好工作那么容易找吗？关键有些工作我放不下架子啊。胥小曼说，你是大作家呢，万一找不到工作，专门待在家里写文章也行。陈小元说，我算狗屁作家！虽然在家里写作是我这辈子最大的理想，但是靠写作养家糊口都难，哪里有能力还房贷呀，所以我得想办法把目前的工作保住。

胥小曼说，你给领导送点礼吧。陈小元的眼睛一亮，瞬间又熄灭了说，我也想到过送礼，但是我堂堂六尺男儿，以扬清激浊为使命的前记者，怎么能干这种龌龊之事啊！胥小曼说，你太傻了，也太纯洁了，如今这世道不送礼的话，哪里能办成事情呀。陈小元说，这就是文人的清高，也是文人的悲哀，我这么多年从来没有给人送过礼，同事们出差回来呀，过年过节呀，总是趁机给领导送东西，我自己不送也就罢了，还看不顺眼，骂人家是腐败分子。

胥小曼说，你就豁出去当一次腐败分子吧。陈小元委屈地说，你说说送什么好吧。胥小曼说，送钱吧。陈小元说，我们有钱吗？关键是送钱太俗气了。胥小曼说，那就送烟酒吧。陈小元说，送档次低一些的烟酒，比如老家生产的葡萄酒和猴王烟，太便宜人家看不上，送飞天茅台和上海中华吧，太贵了我们送不起。胥小曼说，那送你写的书，体现一下你的才气。陈小元说，我写的那些书，大部分署着别人的名字，而且这些王八蛋从来不看书，还总是嘲笑我们这些写书的人太寒酸。

胥小曼说，那你们领导有什么喜好吗？陈小元说，他呀，叫银子，又叫淫贼，报社的副社长，除了喜欢钱之外，最喜欢的是女人。胥小曼说，这不就结了，你送给他一个女人不就行了吗？！陈小元苦笑着说，我真恨自己不是女的，要不我明天去做变性手术吧。胥小曼拍了一下陈小元的肩膀，笑嘻嘻地说，何必绕那么多弯子，你不是女的，我是女的呀！我们一家人不说两家话，你把我送给他吧。

胥小曼的笑声给陈小元带来了不少宽慰，但是越过树梢，越过楼顶，越过寒凉的秋风传到远处的时候，总有一股毛骨悚然的味道，惊得几只鸟扑闪扑闪地乱飞。

陈小元回到出租屋，把整个房间翻了个遍，想准备点像样的东西，却什么也没有找到。按说当记者那几年，别人也送过不少五花八门的礼品，比如宜兴紫砂壶呀，龙泉青瓷茶杯呀，景德镇花瓶呀，世博会纪念币呀，苏州刺绣工艺品呀，他当时清正廉洁，多数拒收了，少数勉强收下以后，出租屋里没有地方摆，干脆随手送了别人。

陈小元的目光落在了床边的桌子上。桌子上凌乱不堪，角落里摆着一个白酒瓶子，因为落满了厚厚的一层灰尘，几乎被埋没在一堆杂物里，早已经是面目全非的了。但是他从来没有忘记它，经常会不经意间注视一下它。他把瓶子拿起来使劲地晃了晃，又颠倒过来倒了倒，再次确定真是一个空瓶子。空空荡荡的，连一粒灰尘也没有。他十分歉意地擦去了上边的灰尘，瓶子上的里尔克的几句诗立即显示了出来。他一时感慨，就在旁边也写了一首——

有人送我一个瓶子，空的

颠倒过来也倒不下一滴

这个瓶子原来装着的

是一种很浓烈的东西

它们有着让时间倒流的技巧

能把几百年的岁月发酵成扑面的阳光

能把阳光发酵成一百个花园一千个宫殿

我准备扔出去的手又收了回来

这个瓶子从此摆在我的身边

像摆着明清时代的青花瓷

我一直最怕的是把它打碎

宛如还装着容易流逝的液体

　　陈小元说，你还记得这个瓶子吗？胥小曼说，怎么不记得，今年春天的时候，有一个疯子送给我们的。陈小元说，现在再看看上边的几句诗，我感觉他不仅不像疯子，很有可能真是一个巫师，什么房子呀，什么孤独呀，分明在暗示着我们啊。胥小曼说，他会不会告诉我们，这是什么文物呀？陈小元说，文物谈不上，纪念意义和装饰效果应该是有的。

　　胥小曼说，要不，你把这个瓶子加上你写的诗一起送给淫贼，就说是老祖先从古代传下来的瓷器。陈小元说，这哄不了人的，小孩子都不信。胥小曼说，或者买一瓶几十块钱的白酒罐进去，然后找一张茅台的标签贴上去，反正各种酒的味道都差不多。陈小元笑了笑说，你太天真了，这老家伙厉害着呢，喝过的好酒比我泡过的妞还多，酒一沾舌头就能尝出是什么牌子。

　　胥小曼从脖子里掏出了那枚吊坠，有些试探地问，要不然，把玉观音送给他？陈小元说，他这种人配吗？我们不能玷污了观音菩萨！胥小曼赶紧双手合十地说，阿弥陀佛，罪过罪过……

陈小元万般无奈，从床底下搬出了两个石头，这是恐龙蛋化石，南瓜那么大，连体的，据说非常珍贵。好多年前，他坐汽车从上海回家过年，南京，合肥，信阳，南阳，经过西峡的时候，顺便去表妹家串了串门子。临走的时候，表妹夫送给他一件礼物。陈小元说，这不是两块石头吗？表妹夫说，在我们土农民眼里是石头，在你们文化人眼里可就是宝贝。

陈小元平时就喜欢石头，这世间的万物只有石头看着最顺眼，它们不会腐烂，不会轻易融化，更不会说话，没有什么虚荣心，即使含金带玉，也从不暴露出来，总是默默地注视着人间的一切，所以人们喜欢拿它们做墓碑，雕刻上自己的名字，希望永垂不朽，也希望它们保守秘密。陈小元说，难道是化石？表妹夫说，对呀，而且是恐龙蛋化石。陈小元说，我的妈呀！这就是传说中的恐龙蛋化石？你从哪里弄来的啊？表妹夫说，我家隔壁有一个恐龙遗迹园，没有开发保护的时候，恐龙蛋化石像红薯一样，随便在地里一挖就是一窝，我们用来砌猪圈，盖房子，修地，可惜当年不认识，无意中留下了两个，而且是连体的，你们文化人拿回去研究研究吧。陈小元说，我又不是科学家，能研究出个屁呀！不过，恐龙在几亿年前主宰过这个世界，它们比神仙年龄还大，我倒是可以带回去镇镇宅。他兴奋极了，把恐龙蛋化石偷偷地带回了上海，这些年不停地搬家，各种东西能扔的都扔了，只有这东西一直收藏着。

陈小元拿卫生纸干干净净地擦了擦，它们很快就透出了玉的颜色，细腻，温润，透明，龟裂的蛋壳里，像孵化的小鸡即将破壳而出的感觉，下边是天然黄泥巴形成的底座，散发着淡淡的乡土的香味。

胥小曼说，你想拿它们送淫贼？陈小元说，你觉得行吗？胥小曼说，你最喜欢的东西，你真能舍得呀？陈小元说，但是我们已经走投无路了啊。胥小曼说，他不识货怎么办？他那么爱钱，一看，不是玉，也不是黄金，当成普通的石头或者水泥疙瘩，不仅不稀奇，而且以为你糊弄他，那就糟糕了。陈小元说，这些我倒不在乎，关键是拿自己心爱的东西行贿，而且行贿的又是这么个东西，感觉被人羞辱了一顿似的。

胥小曼说，恐龙就是龙，我们这样糟蹋龙，说不定要遭报应的！陈小元说，要不先送给他，我再想办法偷回来怎么样？胥小曼说，你不就成小偷了吗？陈小元说，我偷自己的东西，这能算小偷吗？胥小曼说，算不算小偷不重要，重要的是心里不踏实。陈小元说，那我们从中间切开，送一个留一个怎么样？胥小曼说，这明明是一对双胞胎，拆开太可惜了吧？

陈小元与胥小曼，一个要送，一个要留，商量来商量去总是犹豫不决。陈小元说，我仔细想了想，我们留着它有什么用啊？胥小曼说，可以吃呀。陈小元说，你以为这是鸡蛋，可以煮荷包蛋啊！胥小曼说，可以欣赏呀。陈小元说，其实，它们长得挺丑的，还没有石头好看。胥小曼说，可以当文物收藏呀。陈小元说，万一是假的呢？胥小曼说，你表妹夫送的，不太可能是假的吧？陈小元说，现在什么都能造假。胥小曼说，我们当成真的就是真的，你说过恐龙蛋化石可以镇宅，等新房子交了，我们把它们放在门口。陈小元说，放在门口还不让人搬走了？

胥小曼把耳朵贴着恐龙蛋化石听了听，大呼小叫地说，我的妈耶，我怎么感觉里边有动静啊？会不会小恐龙要出生了呀？陈小元说，你就瞎掰吧，如果真能生出两只小恐龙，我们就没有这么多烦恼了。胥小曼说，如果生出两只小恐龙，你准备用来干什么？陈小元说，我们一人一只，平时骑着上班下班，放假的时候骑着周游全世界，这样不用再买飞机票，也不需要那辆小破车了。胥小曼说，骑着恐龙上班，这也太伟大了吧！陈小元说，那你呢，你是怎么想的？胥小曼说，我想开一个恐龙公园，你当老板，我当老板娘，对全世界的游客开放，票价不能太低，也不能太高，和迪士尼乐园持平，你看看怎么样？陈小元说，如果这样下去的话，过不了多少时间，别说买一套房子，我们把整个迪士尼买下来也不在话下了。

胥小曼说，所以，这两个宝贝蛋还有一个用途，就是用来孵化恐龙。我有一个主意，从今天晚上开始，我要抱着它们睡觉，孵化小鸡需要二十一天，生孩子需要怀孕十个月，哪吒需要怀胎三年零六个月，二十一天不行就十个月，十个月不行就三年，三年不行就十年，这辈子不行，下辈子接着干，我们如果孵化一只恐龙出来，所有的问题就都解决了。陈小元说，你这是做梦吧？胥小曼笑嘻嘻地说，算你聪明！我连小鸡都没有孵化过，怎么可能孵出小恐龙呢？我说的就是梦，这样吧，今天晚上，我如果梦见了恐龙，你就把恐龙蛋送人，如果我梦不见恐龙，我们就把恐龙蛋留下来。

胥小曼似乎是认真的，她拿来一卷卫生纸，把两个恐龙蛋化石包了包，好好地放在床上，然后脱光了衣服，真像抱窝的老母鸡，把它们紧紧地抱在怀里，眯着眼睛假装着睡着了。陈小元紧跟着钻进了被窝，说你知道企鹅吗？它们是母的下蛋，公的来负责孵化，谁让我是龙爸呀，所以我来帮帮忙吧。那天晚上，他们两个人像过家家一样，把恐龙蛋化石放在中间，真像两只老母鸡，贴着它们，护着它们，暖着它们，不停地去听听它们，充满了幸福的不安和忧伤。

第二天早晨，胥小曼问，你有没有做梦？陈小元说，梦倒是做了一个，但是并没有梦见恐龙，而是梦见了麻雀，据说麻雀就是由恐龙退化而来的。胥小曼说，瘦死的骆驼比马大，再怎么退化，也不可能化得这么小。你听听窗外麻雀叫得多欢，所以麻雀不是你梦见的，是人家本来就存在于现实之中的。

陈小元说，你呢？你做梦了吗？胥小曼说，我还没有找到梦的入口呢，就已经醒了，这就是天意，我们听天由命吧。陈小元说，老天的意思是让我们把恐龙蛋留下来？

胥小曼说，对呀，我们天天抱着它们，我就不相信它们无动于衷。

第七章

报社的竞聘工作正式开始，根据公布的编制来看，陈小元目前的岗位已经被取消。那天晚上，陈小元躺在床上翻来覆去睡不着，于是穿好衣服说，自己心里一片麻乱，想去外边安静一会儿。胥小曼说，我陪着你吧。

两个人干脆漫无目的地开上车，顺着南北高架一直朝北走，在宝安公路旁边的一个院子前黑灯瞎火地停了下来。陈小元当记者的时候，来这里采访过殡葬问题，知道这是一家火葬场，现在看着清清冷冷的，白天就挺繁忙的了，因为有死者不停地被送过来火化。

死者被送过来的时候，还有一两百斤重呢，被提走的时候就剩下几斤重了，绝大部分蒸发了在茫茫的人世间。死者的遗体在被火化以前，美容师要给他们进行化妆，帮他们刮刮胡子，理理发，洗洗脸，涂一层胭脂，还要帮他们擦擦身子，换一身干净而体面的衣服。死者如果受过严重的外伤，美容师还得为他们好好地整整容，把歪鼻子裂嘴扶扶正，把脸面上的伤口缝合缝合。如果死不瞑目，美容师必须想办法合上他们的眼睛，甚至修整一下嘴角的弧线和眉毛的弯度，让他们看上去像睡着了一样安详，甚至带着某种淡淡的微笑。所以，对于那些生前过得并不怎么风光的人来说，死亡的时候竟然成了他们最美丽的时候。

如果在火化前要举行一个简短的告别仪式，就由主持人带领大家默哀三分钟，然后由死者的单位领导或者亲属做一个简单的致辞，总结死者一生的成绩和荣耀，细数死者生前的种种好处，以表对死者的悼念之情，祝愿死者安息。最后是瞻仰遗容，大家绕遗体一周，并向遗体三鞠躬。如此结束之后，遗体由工作人员或家属送到火化间，目送着遗体缓缓地投入熊熊烈火之中，像投入一个热气腾腾的大澡堂子，接受人生中的最后一次沐浴。

人活着的时候，总是洗啊洗啊，希望洗掉自己身上的污垢和满心的疲倦，但是从来没有洗干净过。他们万万没有想到，原来不是自己不努力，也不是自己不够虔诚，而是用错了洗澡水。如今才恍然大悟，只有火，才能把所有的伤疤和皱纹，杂质和杂念，负面的情绪和有毒的阴影，清除得干干净净彻彻底底，换一种说法就叫作灰飞烟灭。

死者在活着的时候，毕竟是经历过九死一生的，是接受过风吹、日晒、雨淋和昼夜煎熬过的，是在各种苦难、甜蜜、幸福和希望中浸泡过的。所以，火化的过程并非一烧了之，即使温度从二百度开始，慢慢升到九百多度，也烧不烂死者的铮铮铁骨。工作人员从火化炉的杀菌釜里，扫出来的仍然是骨头的碎片，还需要使用粉碎机，即骨灰研磨机，像磨面机一样，磨成沙土状的粉末。这些粉末没有一丁点的人的形状、标识和痕迹，再也无法与大地上的沙土进行区分，才算是真正的骨灰，至此火化才算正式完成。

水需要瓶子，人活着的时候需要房子，人死了以后需要另一个容器。在过去，这个容器是棺材，现在不允许土葬，这个容器可以是好看的陶瓷瓮，更多人选择了简单的木盒子。这就是骨灰盒了，骨灰盒是死者的房子和家。骨灰盒有金色的，有黄色的，有暗红色的，也有黑色的。骨灰被放入骨灰盒里，主要用途就不用说了，是被亲人们带回去，要么安埋在地下的坟墓里，要么摆放在家里的香案上，成为一个逝去的生命的象征，在冬至呀春节呀清明呀，得到大家的怀念和叩拜，安慰着那些仍然活着的人。

虽然都生之为人，骨灰的颜色却有所不同。比如，骨灰呈现黑色，也许生前中毒过深，或者受过严重外伤；比如，骨灰呈现绿色或者黄色，也许是生前吃药过多；比如，父亲的骨灰是灰色的，母亲的骨灰是白色的，因为母亲在十月怀胎与喂奶的时候，过度消耗了自己骨头里的营养物质。

人体被火化以后，人毛呀，皮呀，肉呀，血呀，水呀，筋呀，骨呀，五脏六腑呀，专业术语叫有机质，已经全部被烧成了灰烬，剩下的部分就是无机质，成分以钙、磷、氧、碳为主要元素，这和石头粉末是一样的。所以，骨灰还有两种不同寻常的处理方式：一是因为骨灰的主要成分为钙和磷这样的矿物质，可以作为细菌非常喜欢的肥料撒向大地；二是因为骨灰中含有碳，可以被加工成人工钻石，高僧大德的佛骨舍利子应该就有着钻石一样的品质。请大家一定注意，遗体经过火化以后，可以产生体重百分之四左右的骨灰，也就是说，在一般情况下，每个人留下的骨灰有好几斤，甚至十几斤，但是师傅们只会扫出一小部分，放入骨灰盒中交给亲人们带走。那么大部分骨灰去了哪里呢？

陈小元想到这里，不免大胆地想象了一下，那些悠闲的有情调的喜欢养花养鱼的人，他们使用的花肥鱼食之中，说不定就含有剩下来的骨灰；甚至某些人戴在手上的钻石戒指，别看它闪着蓝色的荧光，每克拉几千元几万元，象征着永恒、忠贞和尊贵，说不定是由骨灰加工出来的呢！

陈小元无意识地按了一下自己的心口，才明白那枚玉观音已经作为定情信物送给了胥小曼。他与胥小曼如果正常举行婚礼的话，金戒指银戒指太俗气，而天然的钻石戒指是买不起的，免不了也要买一枚廉价的十分可疑的人造钻石戒指，分别套在两个人的无名指上。他想到此处，不免又会心地笑了笑。

当然，关于遗体火化的故事，都不是陈小元亲眼所见亲身经历，而是火葬场的师傅们告诉他的。他陈小元在上海这座城市里举目无亲，除了胥小曼和几个朋友以外，别说活着的亲人了，连死去的亲人也不存在，不仅没有资格参加一场葬礼，而且根本没有资格来见证一个人从死亡到火化，从火化到安葬，从安葬到祭祀，这样一个神圣而又悲凉的过程。

胥小曼说，你发什么呆呀？这是什么地方，怎么感觉阴森森的。陈小元从死亡的气息中回过了神，他不想吓着了她，于是骗她说，这是一家工厂。胥小曼说，我闻到了一股焦煳的味道，会不会是食品加工厂啊？陈小元说，你鼻子真灵，这是专门生产月饼的。胥小曼说，估计他们把月饼烤煳了。陈小元说，不可能吧？八月十五过了，应该已经停工了。

陈小元抬起头看了看那根大烟囱，此时清清冷冷地戳入了半空。在火葬场繁忙的时候，烟囱里就会排出淡淡的若有若无的热浪滚滚的烟雾，这些烟雾升腾到一定的高度就化成了云，再混合着尘埃汇入空气中，就形成了这个世界的天空。或者说，云和尘埃，就是由这些化成烟雾的人的肉体和灵魂形成的，善良的正直的阳光的英勇的幸福美满的灵魂多了，天上就飘着白云和彩云，否则就飘着乌云和阴霾。

陈小元终于回到了正题，忧心忡忡地说，我们总不能坐以待毙吧？胥小曼说，是啊，你想想，在什么情况下，不给淫贼送礼就能把事情办成呢？陈小元说，第一种情况，我是他的情人。胥小曼说，他又不是同性恋，这条路你是走不通的。陈小元说，第二种情况，我是他情人的情人。胥小曼说，这办法不错，我批准你，从明天开始以色诱的方式，拿下他的情人怎么样？陈小元说，不怎么样，因为我不知道他的情人是谁。胥小曼说，这就更简单了，你把自己的情人送给他得了。陈小元说，关键是我只有一个情人啊。

胥小曼瞪着陈小元说，这下说漏嘴了吧！你赶紧老实交代，你的这个情人是谁？陈小元说，除了你，还能有谁？胥小曼说，你别糊弄我了！我总算明白了，我们过去在一起的时候，你像挖掘机一样多厉害，这几个月倒好了，没有做过一次像样的爱，原来你在外边吃饱了！陈小元说，我的天啊，你不会爬起床就不认账了吧？胥小曼说，你玩出来的新花样能算吗？那样子根本不需要你，我自己就可以解决。陈小元说，你可以舔到自己？除非你是妖怪，有三尺长的舌头。胥小曼说，但是，我有三尺长的手胳膊呀。

胥小曼本来一半是撒娇一半是开玩笑的，却一下子戳到了陈小元目前的软处。陈小元立即想到了自己威猛的第一夜，他的思绪一下子又回到了好多年前。

陈小元当时带着胥小曼回老家那边玩，火车倒汽车，汽车换摩托车，然后步行，他们回到村子的时候已经凌晨一点，因为下了很大很大的雪，天气特别特别的冷。胥小曼躺在床上瑟瑟发抖，说你们这里真冷啊。陈小元坐在床边，趁机吓唬她，说冷不是重点，重点是这里动物特别多，狼、豹子和野猪经常破门而入，把人叼着就跑。胥小曼说，它们把我这么大的美女叼回去，估计也舍不得吃吧？

陈小元说，还有蛇，胳膊那么粗，经常会从床下边爬出来，缠住人的脖子。胥小曼说，现在冰天雪地，蛇早就冬眠了。陈小元说，最讨厌的是老鼠，它们等你睡着了，会从天花板上溜下来，咬你的手指头，甚至是亲你的嘴。胥小曼说，这样啊，我倒要体验一下它们亲我的味道和你有什么不同。

陈小元说，还有一点必须告诉你，我们这里鬼多，晚上经常会闹鬼，鬼披头散发，张着血盆大口，尤其喜欢对付外来的陌生女人。胥小曼笑嘻嘻地说，什么鬼？是画皮吗？我看你心里有鬼才对。陈小元装作很紧张的样子，竖起耳朵听着雪花沙沙的落地声，拍着屁股下边的床板说，我不开玩笑，我哥和我妈，都死在这张床上，你听听，他们来了。胥小曼终于被吓住了，呼的一声从床上坐了起来，紧紧地抱住了陈小元。

陈小元趁机把胥小曼按倒在床上，骑在了她的身上，亲她，摸她，揉她，但是接下来怎么办，就茫然不知了。他曾经看过几次黄片，觉得男女之间那点事，比拧一个螺丝还轻松，但是现在才发现，自己没有螺丝刀，而且螺丝被烧得通红，根本就无从下手。他像一副石磨子一样，双手紧紧地搂着她的腰身，双腿紧紧地缠着她的双腿，想要压扁她，撕碎她，消灭她，但是他像一只迷途的小鹿，不知道怎么进入她的身体，也不知道从哪里进入她的身体，更不知道怎么安放自己的手脚，尤其是那只振翅飞翔的鸟，在一片茫茫的大海中，死活找不到落脚的树梢。

突然，陈小元一着急，一股热流涌出了体外。胥小曼笑嘻嘻地说，你怎么连野兽都不如啊！陈小元有些恼火地说，你快点教我！胥小曼说，你们这里不是野兽多吗？你让它们教你吧。胥小曼说着，岔开了双腿，像举重一样，把他轻轻朝起一托，再突然一松手，然后把他的屁股朝下一搂。咕咚一声，陈小元这副石磨子一下子就掉进了万丈深渊。坠落深渊的那一刻，他幸福极了，快活极了，心要爆炸了，要晕厥过去了，但是他仍然不知道下一步应该怎么办，胥小曼就不停地把他托起来，然后放下去，再托起来，再放下去……事后，陈小元打了一个形象的比方，他本来是磨面粉用的石磨子，被胥小曼一下子调教成了舂米用的石臼。

胥小曼原来住在医院的集体宿舍里，自从那次回到上海以后，就主动搬到了陈小元的出租屋和他同居了。在第一夜之前，两个人确定恋爱关系的时间已经不短，每次约会的时候，接吻啊，抚摸啊，所有的地方都被陈小元经手了一遍，但是每到最后一步就会遭到胥小曼的强烈反抗，这让陈小元伤透了脑筋，差点闹到了分手的地步。胥小曼给出的原因很简单，她的最后一寸土地，必须留到新婚之夜。胥小曼经常感慨，陈小元拿下她的那一招真狠，像吸毒一样让她上瘾，不然她早就不是他的人了。陈小元则无限得意地说，你是我的启蒙老师，幸亏教会了我，不然有女人送上门的话，我都不知道怎么享受。

可以说，他们的第一夜，像两台永动机一样，不知疲倦，无休无止，做一次眯瞪一会儿，然后再做一次又眯盹一会儿，到底做过多少次，他们已经说不清了。陈小元说是四次，依据的是自己发射了几颗炮弹，胥小曼说是五次，依据的是自己达到了几次高潮。不管是几次，天就那么被他们弄亮了，太阳被他们弄得旭旭地升了起来。

陈小元无数次地回味过那种死去活来的感觉，以至于他们每次在一起，他为了尽快地发动自己，都会想象着坠入深渊的那一幕。所以，他以前的性欲是强烈的，性生活是完美的，虽然不像第一天晚上那么多，至少每天晚上都想要，很多时候还不止一次。

陈小元一直以为，男人下边那东西，平时看上去吊儿郎当，其实到了关键时候，像一块大理石一样。对，就是大理石，老家的石臼都是大理石造出来的。但是，自从买完了房子，他的身体连一块铁都不如了。铁虽然会生锈，起码不影响硬度。他像什么呢？像接触不良的插销，无论怎么添油加醋地回忆第一次，再也无法把电源顺畅地接通了，甚至怀疑自己年纪轻轻的就阳痿了。

陈小元明白自己的病根，是那压得人喘不过气的房贷和外债，严格意义来说，其实就是房子，整栋房子都压着他。他天真地想，等到房子交到自己手里的时候，也许会像吃了西地那非一样，作为男人的功能也就恢复了。

陈小元从记忆中回到现实，委屈地说，你真是冤枉了我，我变成这样都是因为房子，房贷像石碾子一样，来来回回碾压着我，别说离阳痿不远了，再这样下去的话，总有一天会把我碾成粉末的。

陈小元一时伤心，说着说着就哽咽了起来。胥小曼不再吱声了，默默地搂住了陈小元，张开嘴，伸出舌头，轻轻地舔他的眼睛，把他的眼泪一滴一滴地舔进嘴里，又一滴一滴地吮吸下去。直到他的眼泪变成一粒粒盐，再由一粒粒盐变成一颗颗晶体，她才从他的眼睛向四周扩散。她和他走的路线一模一样，这是从他那里学来的，当时他没有动用一个男人与生俱来的武器，却让她获得了无穷的满足和安慰。如今她要用这种方法，把那种满足和安慰全部还给他。

胥小曼像一台迷你型的割草机，把他的每一根毫毛每一寸皮肤每一块骨头都卷入舌下，嚼碎，搅拌，揉和。她所经过的地方，他的身体像一根雪糕一样，在一点一点融化，在一点一点消失。他的激情和欲望在湿答答地流，在慢慢地膨胀。

胥小曼坐在陈小元的怀里，重复着，回旋着，把汽车喇叭弄得哇哇直叫，把刮雨器弄得疯狂摇摆。他们共同坐在驾驶员的位置，共同扶着前边的方向盘，共同面对着透明的挡风玻璃，像共同驾驶着一艘宇宙飞船，在不停地拉升，在真空中悬浮。

陈小元透过车窗玻璃，朝外看了看，半夜的天空很蓝，很幽深，像冰块一样冷，加上没有一丝云彩，感觉格外的空，格外的虚无，格外的麻木，格外的让人不踏实。他此时的身体和火葬场的那根大烟囱相似，看起来多么威武而又不可一世，把黑茫茫的夜空戳出了一个大窟窿，却因为烟油子太厚了或者停工了，滚滚的浓烟根本喷射不出来，或者根本没有浓烟，也没有迅速塌陷而疲软，依然十分不甘心地坚挺着，显得无比的空虚又落寞。

胥小曼没有发现什么异常，非常得意地盯着陈小元说，我厉害吧？把你的毛病一下子治好了。陈小元装作很满足的样子说，我都不知道你还有这些绝技，真是深藏不露啊，快说说跟谁学的吧？胥小曼说，你装什么糊涂，老师不就是你吗？你说男人身上能硬起来的东西很多，其实女人不比你们差，我们身上的每条缝缝每个窟窿每根毛孔，都是一个让男人乐此不疲的无底洞。陈小元说，难道耳孔、鼻孔和眼睛也可以？胥小曼笑嘻嘻地说，那当然了，什么时候让你尝试尝试吧。陈小元说，你越来越骚情了。胥小曼说，关键有个骚情的好老师。

陈小元把车再次发动了，他们回到出租屋的时候，已经差不多清晨了，麻雀已经开始叽叽喳喳地叫了。两个人重新在床上躺了下来，但是依然无法入睡，胥小曼就说，我们再商量商量吧。

陈小元说，其实还有一种办法，比如抓住了"淫贼"的把柄。胥小曼说，他不是经常找情人吗？我们在他的办公室偷偷安装一个摄像头，把他光屁股的镜头录下来就行了。陈小元说，你怎么知道他在办公室找情人？胥小曼说，这又不是什么秘密，老板们都是这样的，比如"水桶"那个王八蛋。

陈小元有些愤怒地说，"水桶"在办公室胡搞，你亲眼所见还是亲身体会？胥小曼有些生气地说，我都是听同事们闲聊的时候说的！你再想想吧，淫贼还有别的坏事吗？陈小元说，多着呢，贪污受贿，拿回扣，有偿不闻。胥小曼说，什么叫有偿不闻？陈小元说，就是拿了好处以后，不让负面新闻见报。胥小曼说，是不是像"水桶"那次一样？陈小元说，别再提那个王八蛋好不好？胥小曼说，对不起，亲爱的你接着说吧。

陈小元盯着天花板说，你仔细想想，假设分管我们的局长是我叔叔会怎么样？胥小曼说，那你起码可以当一个部门主任，管一堆的美女记者，她们少不了投怀送抱。陈小元说，假设管报社的是我舅舅会怎么样？胥小曼说，那副社长就不是"淫贼"的了，就应该是你的了，这时候不是你送礼给他，肯定是他送礼给你，说不定要把女儿送给你。陈小元愤愤不平地说，还真被你说对了，"淫贼"要人品没有人品，要能力没有能力，之所以当上了副社长，原因是人家有一个当大官的靠山，好在这个靠山突然被抓了，如果不被抓的话，"淫贼"别说什么副社长，副市长恐怕都当上了。

陈小元停顿了一会儿，接着说，你知道"淫贼"的主子为什么当上了大官吗？据说人家有一个当大官的老丈人。我的老丈人假设是市长，你想想会怎么样？胥小曼眨巴着眼睛想了想说，如果是这样的话，就意味着我爸是市长，我是市长的千金，你就不可能是我老公，你到底会是我们家的什么人呢？陈小元说，应该是保镖，"淫贼"是保镖出身。胥小曼说，保镖要会武功，你没有这个本事。陈小元说，应该是司机，"淫贼"当初兼任着司机。胥小曼说，市长家的车应该很高级，你没有开豪车的技术。陈小元说，那就是看大门的。胥小曼说，给市长家看大门的应该都是警察，你没有这个机会。

陈小元翻了翻白眼，饯了一句，你别嘚瑟了，你当市长千金的机会又是多少呢？胥小曼说，我算了算，我爸这个大卡车司机，这辈子有机会开宇宙飞船，绝对没有机会当市长，所以我成为市长女儿的概率是零。陈小元说，所以呀，我的机会比你多，你爸成不了市长，但是我成为市长女婿的可能性还是有的。胥小曼说，我也算了算，你要成为市长的女婿，除非天下的男人差不多死光了，所以你的这个概率是无穷小，无穷小的结果也等于零。

陈小元笑着说，我们这样想就对了，说一千道一万，不怪天不怪地，怪我们没有一个有权有势的亲戚，你们家怎么样我不清楚，我们老陈家祖祖辈辈连一个当村书记的都没有，这就是我们干任何事情比别人都艰难的原因，这就好比推着一块石头爬山，人家在关键的时候就有人帮忙抬轿子，而我们每一个坡每一个坎都必须自己一步一步地走，都必须花费百分之百的力气，还不能喘口气歇会儿，稍微一松劲就会滚回起点，甚至跌入更低的深渊。

胥小曼突然侧过身子，盯着陈小元激动地说，让我爸当市长的愿望实现不了，让淫贼当你爸的愿望还是可以实现的，你干脆认他做干爸吧！陈小元愣了愣说，认贼作父，我有那么贱吗？他认我当干爸还差不多！胥小曼笑嘻嘻地说，为了我们的房子，目前保住工作要紧，你就和他闹着玩玩，拉拢拉拢关系，进行一点感情投资，说不定比送礼的效果更好。

胥小曼本来是开玩笑的，但是陈小元一听，觉得挺有意思，忍不住嘿嘿一笑，心想趁着机会闹一闹也不错。陈小元再上班的时候，有时间就往银子的办公室里泡。银子问他有事情吗？他说没有事情，就想和领导套套近乎，增加一点革命感情。

陈小元这种清高的人一旦放下架子，其实比茅坑的石头还难缠。他在银子的办公室并不闲着，不时地帮忙擦擦桌子，倒倒垃圾，浇浇花，换换饮水机上的"水桶"；如果有人来找银子汇报工作，他就给人家倒倒水，招呼招呼，最后帮忙送到楼梯口；每到中午吃饭的时间，他就去食堂打一份饭，送到银子的办公室，等银子吃完了饭，再把碗筷收拾收拾，送回楼下的食堂；银子的级别是不能配秘书的，出席重要的活动或者参加民主生活会，往往为了讲话稿或者学习笔记而烦恼，他就主动帮忙写一份稿子，而且稿子写得妙语连珠，给银子赢了不少面子，也引起了不少的怀疑。

银子提醒陈小元说，请你离我远点吧，这样影响非常不好。陈小元说，这有什么影响啊？我是男的，又不是女的，即使是女的，也属于自动送上门的，又不是你故意勾引的。银子说，你这是什么乱七八糟的思想！你总在这里转悠来转悠去，我都被你转晕了。陈小元说，我都不晕，你晕什么啊？银子说，我明白地警告你，你在故意败坏我的声誉知道吗？认识的人都以为你是我的小马仔！不认识的人都以为你是我的秘书，我这个级别的干部，配秘书是违纪的！

银子越是恼火，陈小元越是高兴，跑的次数就更多了。银子忍无可忍地说，你有事情就说事情吧。陈小元说，关键是我没有事情呀。银子说，你没有事情以后就别来了，不然我要叫保安了。陈小元说，我不来不行啊，最近非常奇怪，满脑子总是想着领导，看不到领导心里慌得很。银子说，你哪里是想领导呀！你是想你自己的工作了。

陈小元说，那就实话实说吧，我根本不想来你这里，是被人逼的。银子说，是谁逼你的？陈小元说，这个你不用问。银子说，有人逼你来祸害我？陈小元说，当然是来救你，你前几天是不是去玉佛寺烧过香拜过佛？银子有些警觉地说，我是党员，党员是唯物主义者，不准烧香拜佛，我去那里转了转，看了看景色而已，你知道吧，玉佛寺的大雄宝殿修缮，要向北平移三十点六六米，还要向上顶升一点零五米，工程完工以后就更加宏伟了。

陈小元说，这就对了！你前脚刚走，我后脚就到了，我和你打招呼，你装聋卖傻不理我，当时大门外边有一位师父，非得拉住我问，认识不认识你，我说当然认识啊，他是我的顶头上司，某某报社牛哄哄的副社长，享受正处级待遇。师父就告诉我，他看过你的面相，说你人中发红，印堂发黑，恐有无妄之灾，搞不好的话……不说了，说出来你以为我在咒你。

银子被吸引住了，有些怀疑地问，你别吞吞吐吐的！师父当时为什么不直接告诉我？陈小元说，他好心想告诉你，你骂了人家一句"滚开"。银子说，我以为他是骗子！师父还说了些什么？陈小元说，师父告诉我，救人一命胜造七级浮屠，他让我放下前嫌，为你消灾去难。银子说，你说出来听听，怎么个消灾去难法。陈小元说，人的命都是相生相克的，你最近结识了克你的人，而我一直是旺你的人，你有没有觉得，每次和我打交道，都会给你带来好运？比如"水桶"那次投放广告，你拿了那么多回扣。

银子有些警惕地说，不是回扣，是按照报社规定提成的。陈小元说，比如我犯了"陈腐"的错误，被调离记者岗位的时候空出一个编制，你安插了一个朋友家的孩子。银子说，不是安插，是按照正规流程公开招聘进来的。陈小元说，我就不一一举例了，估计我不知道的还有一大堆。

银子像猛然醒悟过来了似的，笑眯眯地说，我终于明白了，你不是来救我的，你是来敲诈我的！既然这样，你不应该来找我，而应该赶紧去纪委！纪委不行可以去市委，市委不行还可以去中央！陈小元笑着说，领导啊，你误会我了，我要是想敲诈你，天打五雷轰，出门被车撞。银子说，发毒誓有什么用？你天天朝这里跑，目的不是为了工作？！陈小元顿了顿说，我之所以天天来找你，因为实在张不开口啊！今天我就豁出去了，你知道玉佛寺的师父怎么说的吗？他说不尽快帮帮你，你有生命危险，而救你的方法就是让你……陈小元欲言又止。银子就问，他让我干什么？陈小元说，师父让你认我做干爸。

银子一听，噗哧一声，把喝进嘴里的茶喷了出来。他啪的一声一拍桌子，呼地一下子站了起来，指着陈小元的鼻子说，放你娘娘的屁！你绕着圈子来骂我！我多大年纪？你多大年纪？我看不是我老命不保，估计是你的小命不保！陈小元搓着手赶紧说，哎哟妈呀，领导你别生气，我说颠倒了，师父的意思是，我想救你的话，就认你做干爸。

银子又坐下了，余怒未消地说，我承受不起！你赶紧给我滚吧。陈小元说，其实吧，我也反对，你是我的顶头上司，是国家领导干部，又是上海本地人，我这个陕西的土包子哪里有这个福气呀！不过，师父也说了，认个干哥或者表哥也是可以的。银子忍不住又笑了起来，问陈小元，你说什么？陈小元说，认你当表哥，你不反对的话，从现在开始，我就叫你表哥吧。银子眯眯一笑，有些嘲讽地说，我求你放过我！你这不是来救我，纯粹是来给我讲笑话的！你的目的就是闹事，我就老实告诉你，我仅仅是个副社长，别说表哥，就是亲哥，我也帮不了你。

陈小元依旧如故，天天往银子的办公室跑。某一天，银子主动请陈小元坐下，说你女朋友在医院工作对吧？陈小元说，我们已经领证，持证上岗，她已经不是女朋友，而是老婆。银子说，听说你老婆还挺漂亮的对吧？陈小元说，领导啊，我提醒你一下，你看上哪个女记者，我给你拉皮条保证没有问题，你不嫌弃我是男的，支使我也没有问题，如果打我家属的主意，即使你是我表哥，我也会杀了你的。银子笑眯眯地说，我还真要打她的主意，你死皮赖脸地缠着我，这一招确实够狠的，不过，要想让我帮你说话，你得给我一个说话的理由。

陈小元说，什么是说话的理由？你想认我老婆当干女儿对吗？银子说，我的湿女儿也有好几个，谁稀罕这个干女儿呀！陈小元说，难道你指的是 money？银子说，我喜欢喝牛奶，不需要什么马奶。陈小元说，你别遮遮掩掩的了，你想要我怎么表示表示，就明白说出来吧。银子说，表示个屁！我说的是贡献，你说说你对报社有什么贡献吧？我觉得你对报社什么贡献都没有，我的意思是你得立功。陈小元不解地说，我拿老婆怎么立功？银子说，你听说了吧，有一个女记者突然晕倒在采访的路上，拉到医院一检查，已经到了乳腺癌晚期，前几天去世了，家属到上级部门闹事，说主要原因是我们好几年都没有安排员工体检。我还兼着报社的工会主席，正在给全休职工联系体检的医院，你老婆不是在方济医院上班吗？如果能够牵个线搭个桥，最好是把合同签下来，这就是你的重大贡献，我在社委会上替你说话，也就名正言顺了。

陈小元说，报社准备出多少钱？银子说，如果需要费用的话，还用得着你吗？你想想，记者多牛啊，可以说是正义的化身，如果在他们医院体检，这算是形象代言，我们不收费算好的了。陈小元说，那给人家多少广告版面进行置换？比如给人家免费刊登几个版的医疗信息？银子说，开医院的"水桶"你认识吧？他好像和你老婆关系不错，听到消息昨天已经打电话来了，不仅愿意免费提供服务，而且每个去体检的人补贴两百块交通费。

陈小元说，"水桶"这东西没有别的条件？银子说，他们希望巴结我们，和我们建立友好关系，等再有负面新闻的时候，凭着友好关系也好网开一面。陈小元笑呵呵地说，你们正好可以狼狈为奸了。

银子瞟了一眼陈小元，有些得意地说，但是被我一口回绝了！原因是什么？一是他们目的不纯，二是为了给你一个机会。所以啊，你别想着要什么回报，而且事情很急，必须一周之内看到结果。

第八章

陈小元下班回到出租屋，把免费体检的事情原原本本地告诉了胥小曼，说你只是一个普通护士，哪里有这么大的权力，而且你们是三甲公立医院，也用不着害怕报社，所以就别操心了，我还是另谋出路吧。胥小曼倒是挺乐观地说，我明天就找院长，如果院长不同意，我也用死缠烂打这一招，我这花枝招展的大姑娘，天天泡在院长办公室，院长也坚持不了几天。陈小元说，我是男的，泡那个淫贼是安全的，你是女的，院长真起了色心怎么办？胥小曼说，如果这样啊，大不了以身相许呗。陈小元很生气地说，常在河边走哪有不湿鞋的？我最怕你这种豁出去的样子，如果哪一天你做出对不起我的事情，我们只有一条路，就是分手。胥小曼笑嘻嘻地说，你个傻瓜，我们院长也是女的！陈小元一下子开心了，说女的也危险，万一同性恋呢？

到了第三天傍晚，陈小元去医院接胥小曼下班的时候，胥小曼果然拿出了一份免费体检合同。陈小元十分吃惊地盯着她看了半天，这个显得小巧而柔弱的女人，一位再普通不过的小护士，大街上司空见惯的外来务工者，没有任何根基，没有什么关系，没有多少资本，她到底从哪里迸发出这么大的能量呢？如果说胥小曼有根基的话，仅仅是在方济医院里工作了几年时间的经历；如果说她有关系的话，只有他陈小元这样一个曾经当过记者如今面临下岗的男人；如果说她有资本的话，她的资本就是漂亮，就是年轻，就是热情，就是天生的乐观，还有愿意为他陈小元付出一切也在所不惜的精神。除此之外，她是单薄的，是无力的，是游离的，是边缘的，而且自从买了房子以后，是穷困潦倒的。胥小曼在这个世界上拥有的力量，和充满痛苦、病毒与哀号的护士岗位是相一致的，只能是举起一个注射器，扎入一根针，刺破脆弱的皮肉，把点点滴滴的药水缓慢地推入人们的身体。她的这种力气太小了，这个支点太不值一提了，有时候还不如保姆手中的奶瓶、厨师手中的勺子和出租车司机手中的方向盘那么重要。

胥小曼此时此刻面对的这个大都市，虽然有两三千万人口，却没有谁在为她一个人着想，那么多的华灯没有一盏专门为她而亮，那么多的光芒没有一束来自她的身上，那么多的窗户没有一扇朝着她打开，那么多的花草树木没有一棵受她支配，那么多的高楼大厦没有一间房子让她安家。她走在拥挤不堪的彼此毫不相干的马路上，处于一群陌生而动荡的人流中间，像海水中间的一滴，像尘埃中间的一分子，似乎并不低人一等，没有什么太大差距，甚至回头率还挺高的，但是一旦回到自己的圈子，出现在固定的两点——单位和出租屋，她一下子就被区分得清清楚楚了。

陈小元想起上次筹集首付款的时候，虽然胥小曼的几十万元至今来路不明，但是可以肯定，她的手段无非一个"借"字。无论借谁的，借的方式是什么，最后都是要还的，只是还的方式不同而已。而这次不一样，面对的是等级森严、优越感极强、硕士博士成群的公立医院，她能拿下这份免费的体检合同，凭的是什么呢？她的手段真是死缠滥打吗？她会以什么东西来回报人家呢？

陈小元总觉得自己对胥小曼是了解的，了解她哪里有一颗痣，了解她哪一根头发分叉，了解她哪一根脚趾最长，了解她每一个眼神后边的情绪，了解哪里是撩拨她的兴奋点。但是，如今看着她再一次干出超越自己能力和身份的事情，他既要刮目相看，又感觉十分陌生和心慌。

陈小元一言不发地开着车，不时地侧过头看看胥小曼。他发现她的下巴上，有一块不易被人觉察的桃红色的淤块。是腮红打重了吗？是被什么撞击后的伤疤吗？是霓虹灯照射的吗？是被激吻后留下的痕迹吗？他胡思乱想，也许还有别的原因，反正这个世界各种各样的意外太多，作用力与反作用力，光与反光，根本无法清楚地判断这块图案的真实来源。

胥小曼被看得有些不自然，说我们都老夫老妻了，你干吗含情脉脉地看着我？陈小元说，你没有发现你今天不一样吗？胥小曼有点慌张地掏出小镜子照了照说，哪里不一样了，我怎么没有发现？陈小元说，你看看你的脸。胥小曼说，我的脸很正常啊！陈小元说，你的脸今天特别漂亮，我想多看几眼，害怕哪一天就看不见了。胥小曼说，你随时随地都可以欣赏，我又飞不了。陈小元说，你在单位我就看不到。他的心思有些莫名其妙地乱，在穿越一条十字路口的时候，差点撞上前边的一辆宝马。他被自己紧急的刹车声给叫醒了，有些自言自语地问，我们这是要去哪里啊？胥小曼说，你问谁？方向盘在你手上。

车很快开到了米罗公元，陈小元很想找一个人问问，房子已经盖好了为什么还不交房，但是小区的大门仍然被锁着，施工已经停止，没有一个工人，没有一盏灯，四周一片昏暗，只有楼顶上的避雷针一闪一闪的，还有几只流浪猫在草丛中溜达，显得比原来更加荒凉而清冷。

陈小元说，怎么感觉像烂尾楼一样，开发商不会携款逃跑了吧？胥小曼说，你不是有个美女老乡吗，你可以问问她呀。陈小元拨通柳红的电话便问，老乡你还好吧？柳红说，我挺好的呀，我以为你过了河，就把我忘记了呢。陈小元说，我一直想感谢你，只是没有找到机会而已。柳红说，你今天打电话是不是想请我喝酒？陈小元说，你似乎挺能喝的啊，你现在在哪里呢？柳红说，我在床上躺着呢。陈小元说，这么早就睡觉了？柳红说，今天有点不舒服。

陈小元说，你是感冒了吧？最近天冷了，要多穿衣服，注意照顾好自己。我想顺便问问，售楼处怎么已经关门了啊？柳红说，第一期的项目已经结束了，我现在在负责第二期的项目，就在你们隔壁，还没有正式开盘，现在买什么都不如买房子，你还想买房子的话就来找我。陈小元说，其他事情就不能找你了吗？柳红说，你不怕你们家的醋坛子，随时可以约起来，喝酒，吃饭，干什么都行，我们是老乡呢。

陈小元言归正传，问房子已经盖好了，为什么还不交房啊？柳红说，还要质检呀，面积测量呀，水电气三通呀，估计至少还要大半年吧。陈小元说，原来手续这么复杂啊。柳红说，交不交房子，你都躺着发了财，你们小区这几个月，每平方米上涨了好几千，你那套房子如果卖掉的话，现在起码净赚三十多万，拿去泡妞找女人的话，起码可以玩三百多次。

胥小曼果然吃醋了，脱掉鞋和袜子，把脚搭在挡风玻璃上，看着车窗外的夜空，哼起了《天边有朵雨做的云》。陈小元放下电话的时候，她酸溜溜地说，你的心情不错啊！陈小元说，是啊，我们的房子已经涨了三十多万。胥小曼说，涨不涨对我们有意义吗？我看不是因为房子，是因为你的老乡吧？陈小元说，你什么意思？胥小曼说，床上呀，喝酒呀，约会呀，你把这几个词连起来，意思不是很明显吗？约着见面以后干吗？去喝酒！喝完酒以后干吗？去上床！上床以后干吗？这不用我教你了吧？

陈小元笑着说，你光顾着吃醋了，还没有告诉我，你是怎么拿到体检合同的。胥小曼说，我懒得理你，你自己琢磨去吧。陈小元说，我琢磨不透，也懒得琢磨了，反正有了这份合同，我的工作就保住了，我的工作保住了，我们的房子就保住了，谢谢你啊亲爱的。胥小曼说，你不要太嘚瑟了，我们医院和你们报社都没有盖章，合同目前是无效的，你表现不好的话，我立即撕掉它。

陈小元一下子抱住胥小曼一边亲一边说，亲爱的，你太伟大了，我现在就给你盖章子，我要把章子盖遍你的全身。

天空越来越黑了，路灯隐藏在绿化树的林荫中间，显得十分的迷离、斑驳而落寞。秋末的风也凉凉地吹着，吹来了许多黄叶和残花。陈小元经过大约半个小时水与火的攻击，胥小曼终于尖叫一声，达到了高潮。

这一次，陈小元的下边仍然没有多少反应，但是和以往的那么几次不同，他并非为了完成任务，也不是尽一个男人的责任，而是心甘情愿地想看到她的快乐，以此表达他对她的爱意和感谢，所以除了没有多少肉体的快感之外，他的内心获得了巨大的满足和安慰。

陈小元凭着一份免费体检合同，在《东海早报》的岗位竞聘中保住了工作。不过，他并没有留在发行部，也没有恢复记者身份，而是进了广告部。他最不喜欢的就是拉广告了，在那些财大气粗的老板面前，广告部的业务员简直像孙子一样，被呼来唤去的不说，经常被指着鼻子臭骂一顿，连一点尊严都没有。

陈小元尤其同情广告部里的女人，她们把自己打扮得花枝招展，不停地朝老板们的办公室里泡，按照她们的自嘲叫"送货上门"，陪着唱歌、喝酒、打牌、打球，和在夜总会上班的三陪差不多，打情骂俏算轻的，有些女人天长日久就被拉下了水。

报社曾经有一个业务员叫英子，老家是哈尔滨的，人长得非常漂亮，皮肤白皙，个子高挑，像白杨树一样的身段，还有东北人干脆利落的腔调，男人见了没有不动心的。她原来在汽车销售公司上班，被前去买车的银子一眼看中，引进到了报社的广告部。她主要负责汽车广告，最多的一年拉来的收入，差不多有六百万元，个人提成也有几十万元，成了普通员工收入最高的。

陈小元曾经还暗暗地喜欢过英子那么几天，后来有人提醒，她是银子的人，你不怕戴绿帽子的话就追吧。陈小元后来放弃的原因，并非碍于银子的淫威，而是关于她的传闻很多，传得最凶的，是为了拿下某汽车品牌的广告，干了不三不四不清不白的事情。报社上上下下议论纷纷的时候，陈小元替英子辩解过几句。有一次，几个女记者嚼舌头，说英子丢报社的人，与其这样拉广告，不如直接当小姐卖身算了。陈小元听了，很生气地骂道，你们这些王八蛋，真不知道好歹，整天牛哄哄的，有本事拉几个广告回来试试？如果不是她的这种敬业精神，你们早喝西北风去了，哪里有钱发你们的工资？！发不了工资的话，我和你们都得卖身去了！

陈小元骂过不久，汽车公司老板的老婆像疯子一样闹到了报社，见到英子就扑了上去，先给了两个耳光，然后在每一间办公室窜来窜去地骂，小三，婊子，破鞋，妖怪，狐狸精！反正什么侮辱的词都用光了，声音大得整个大楼都听得清清楚楚。但是没有人制止，反而幸灾乐祸地说，这就是报应。陈小元挺身而出，啪的一拍桌子，大喝一声，你给我滚！疯子一愣，半天没有回过神，怯生生地问，你是谁？陈小元说，你管我是谁！你再敢闹下去，我就不客气了。疯子说，你怎么个不客气法？我是受害者，我在维权你知道吗？陈小元说，你维权，有证据吗？如果有证据的话，你跑错了地方。疯子说，你说说我应该去哪里？

陈小元说，你能去的地方很多，比如法院，比如公安局，比如你老公的公司！疯子说，如果我没有证据呢？陈小元说，你今天的每一句话我都录了音，如果你没有证据，这叫什么？叫诽谤，是要坐牢的。疯子有点胆怯地说，你到底是谁？陈小元说，我是社长。疯子说，你姓什么？陈小元说，我姓银，他们背后叫我银子。疯子说，你就是银志顺银总呀！我来之前，我们通过电话，是你让我来的，你不会忘记了吧？陈小元说，我有些糊涂了，我让你来干什么？疯子说，你让我来闹一闹，就会有人替我做主。

陈小元明白了，这是银子在背后煽动的，目的是为了驯服英子。他正想说点什么的时候，银子出现了，阴沉着脸告诉疯子说，他根本不是社长，你别听他胡说八道，社长怎么可能这么丑！疯子说，社长长得很帅吗？银子说，你别啰嗦了！这是办公场所，你赶紧走吧，再不走的话，我们就报警了。

疯子说，他不是社长，那为什么这么嚣张？银子说，他是英子的男朋友。疯子有些鄙视地问陈小元，这样的破鞋你也敢要？陈小元说，请你说话注意一点，真正的破鞋是你老公！他以为自己投了几十万广告就了不起，以不付广告款为由，处处要挟英子，纠缠英子，骚扰英子，这叫什么你知道吗？这叫性骚扰！《刑法》第二百三十七条规定，以暴力、胁迫或者其他方法强制猥亵妇女或者侮辱妇女的，处五年以下有期徒刑或者拘役。

疯子说，你有证据吗？你如果没有证据那也叫诽谤。陈小元说，我的证据一大堆，照片，录音，信息，都在手机里存着，你赶紧回去告诉你老公，三日之内把拖欠的广告款付清，不然的话后果是什么知道吗？疯子说，是什么？陈小元说，后果是你们夫妻两个准备好了去监狱里见吧。

估计是银子偷偷地拨打了110，两位警察赶到了。疯子显得有些慌张，便灰溜溜地走了。事后不久，英子不顾一切地辞了职。在离开的那一天，她给陈小元发了一条短信，问他：对我的事情怎么知道得那么多？你不会在暗中调查我吧？陈小元说，我还用调查吗？你的故事都写在你的脸上。

英子说，不管如何，我都要谢谢你，可惜我们不能共事了，而且我要回哈尔滨了。从此，很久没有英子的消息了，据说她回哈尔滨干起了老本行，不过不再销售汽车了，而是销售起了哈尔滨啤酒。

报社竞聘结果在信息栏张贴出来的时候，陈小元非常恼火地冲进了银子的办公室。银子说，怎么样？开心吧。陈小元说，你说说我为什么要开心？银子说，你总算留下来了啊。陈小元说，留在广告部，和炒鱿鱼有差别吗？银子说，差别太大了，炒鱿鱼就是滚蛋，留在广告部说明你还是报社的员工。陈小元说，你不懂我，我和你不一样，你见钱就跟见了女人，但是我不能沾钱，我一和钱打交道，尤其和来路不正的钱打交道，像接触来路不正的女人，身上就起鸡皮疙瘩。

银子笑眯眯地说，那是你太穷，打交道太少，钱是天下最好的东西，摸着钱的那种感觉要比摸着大美女的屁股舒服。陈小元说，那是因为你把女人的屁股摸得太多了。银子正了正色，换成刀子一样的目光说，话又说回来了，我完全为了你好，才把你安排在这个岗位上，一是原来的岗位撤销了，二是你缺钱花，如果你好好干的话，每个月拿两三万都不在话下，你原来暗恋的那个英子就是例子。

陈小元说，你还好意思提英子？人家为报社当牛做马，你却为了争风吃醋，设圈套欺负人家，把人家整得那么惨。银子说，我怎么欺负她了？陈小元说，你怎么欺负的你自己心里清楚！我想知道的是，我拉不到广告怎么办？银子说，拉不到广告只有基本工资。陈小元说，基本工资是多少？银子说，两千块。

陈小元生气地说，这不就得了！每一分钱都需要自己十倍一百倍地赚回来，我可没有这样的本事。银子严厉地说，你想怎么样？你想下岗吗？陈小元说，我们当初是有约定的，我拿到免费的体检合同，你就得保住我的工作，如今工作看似保住了，其实和下岗是一样的。

两个人聊得非常不愉快，陈小元又像从前一样，天天往银子的办公室跑，不管有没有第三者在场，都嘻嘻哈哈地口口声声地叫表哥。有人私下里就问陈小元，你们原来又不认识，怎么搞七搞八的就成了亲戚了呢？陈小元也不作解释，只是嘿嘿一笑。

　　这一回合，陈小元想干什么就干什么，银子把他当成空气，不生气，不理会，也不阻拦。不过，在竞聘工作总结大会上，银子公开批评了陈小元。银子滔滔不绝地说，新媒体来势汹汹，报社不改革就是死路一条，不改革大家都会失业。漂亮女人失业不要紧，可以让老公养着，帅哥失业也不要紧，大不了吃几天软饭。那单身汉失业了怎么办？必须重新、立即、赶紧找工作，外边的工作可不是好找的，即使找到了也不见得有报社这样的体面。所以必须改革，虽然改革是痛苦的，会牵扯到部分人员的利益，但是不管怎么改，对于有能力有才华的员工，他们都会得到重用，都是改革的受益者。

　　银子扫视了一下台下，用手指头敲了敲桌子说，相反，有些人，确切地说就那么一两个人，总觉得报社对不起他，好像报社上辈子就欠他，这次竞聘，不让他当记者，不让他当主任，甚至不让他当社长，报社就亏待了他似的。但是报社就是报社，不是养老院，更不是福利院，他不从自身找问题，不去提高自己的工作，而是用一些无赖的办法，来纠缠和威胁我，甚至拿"表哥"来称呼我，我在此提出严厉警告，他这样是行不通的！

　　银子虽然没有直接点名，坐在台下的几百号人都明白批评的是陈小元。陈小元坐在最后一排，大家不停地回过头，挤眉弄眼地去看他，并不时地发出哄笑声。陈小元坐不住了，呼的一声站了起来，像学生举手发言一样，又像一只大公鸡引吭高歌一样，朝着主席台大声地质问，银子先生，你说的这个人是谁？银子端起茶杯，喝了一口水，慢腾腾地说，这还要回答吗？陈小元说，当然要回答！银子说，那你分析一下是谁？

陈小元说，你是党员干部，我们党的优良传统是批评与自我批评，所以我觉得你说的是你自己。银子说，我确实要自我批评，不过我今天批评的不是我自己。陈小元说，我觉得就是，因为你是副社长，你刚才说这个人想当社长，我们平民百姓根本没有当社长的这个资格。银子有些尴尬地说，你不要信口开河！做人要有自知之明，你不觉得我说的是你吗？陈小元说，这怎么可能是我？！首先我不是无赖，其次我没有威胁过你，也没有纠缠过你，相反我还在巴结你。银子说，你怎么巴结我的？

陈小元说，我本来想送礼给你，但是我翻遍了出租屋，可谓是穷得叮当响，最漂亮的东西是一个瓶子，但不是花瓶，不是金瓶银瓶，而是一个空酒瓶，里边的酒不是我喝掉的，那么高档的酒我们喝不起，应该是被你这样的人喝掉的；我认为最贵重的东西是两块石头，但是我了解你，你不喜欢石头，而是喜欢钱，前几天你还告诉我，钱比美女的屁股还要好。所以，我没有送礼给你，瓶子，石头，这些玩意送给你，估计你也不会收。

银子又喝了一口水说，我当然不会收，收礼是违法的，我们党员干部必须廉洁自律。陈小元说，我不是担心你违法，我觉得这些东西在你眼里一文不值。银子说，那是你自己的猜测，别说两块石头了，你就是送两颗星星，我的态度都是一样的。陈小元说，它们虽然不是星星，但也不是普通的石头，有可能是两块化石，有可能是两块玉石，说不定还含着金子呢，据说摆在家里可以镇宅辟凶，你如果不嫌弃的话，我明天就送到你的办公室……

银子终于打断了陈小元的话，十分严厉地说，这是在开会，请你严肃一点。陈小元说，我挺严肃的呀，你当众批评了我，我就应该把话说清楚——前一段时间，你为了弥补工作的失职，指使我联系免费体检的事情，我不惜一切代价把老婆都派上了用场，那可是为了巴结你。银子说，你巴结的是整个报社，所以报社对你网开一面，把你留了下来，你不要不知好歹！你还有别的话要说吗？陈小元说，别的就是，我叫你表哥，你说是不是？我的表哥啊！

整个会议室哄堂大笑起来，感觉不像在开会，倒像不太正经的公堂辩论，或者是两个人说的相声。银子也跟着笑了笑，他高高地抬起手腕。他的手腕与往日不同，如今竟然戴着一块亮晶晶的手表。他像电视购物频道里的促销员一样，从不同角度认认真真地展示了一下，然后把手表摘下来，上了上发条，郑重其事地说，大家看到了吧，我这块手表不是劳力士，不是江诗丹顿，不是欧米茄，我这是民族品牌上海手表，周恩来总理也戴过这么一块，目前陈列在国家博物馆。那么，我戴的这块机械表到底值多少钱呢？我不妨告诉大家，在南京东路步行街的地摊上，几百块钱而已。所以，我不是"表哥"杨达才，你陈小元以此叫我表哥，你说说到底想达到什么目的？！

陈小元明白了，这家伙是有备而来的，他手腕上的手表已经出现了好多天。他最近一段时间，总喜欢抬起手腕看时间，逢人就摘下手表，一边上发条一边问，你看看这手表怎么样？他这么做，原来都是作秀，为解释"表哥"制造舆论环境。

陈小元准备说明一下，自己口中的表哥是亲属关系，和银子嘴里所说的这个表哥概念完全不同，一个"表"不是东西，另一个"表"是东西。但是银子把陈小元晾在下边，又抬起手腕看了看，和旁边主持会议的总编辑商量说，已经下午四点了，时间差不多了，会议是不是到此结束？于是，总编辑宣布，请各部门主任回去以后，组织大家认真学习讨论会议精神，把竞聘工作和改革任务落到实处，会议到此结束。

陈小元还没有顾得坐下来，会议就已经结束了。他五味杂陈地回到广告部，一时还无法从银子的批评中回过神来，而且工作也不知道如何下手，迷茫得像一个刚刚走向社会的大学生，可怜兮兮地坐在办公室里。

广告部林主任带着同情的心情启发他，说你原来当过记者，在过去的采访中肯定接触过不少企业，从他们身上入手，先打打电话，能登门拜访的就登门拜访，能约出来喝酒唱歌的就喝酒唱歌，自己不能投怀送抱的，那就去桑拿房或者夜总会花钱雇一个，不管用什么手段，目的只有一个，让他们掏钱。陈小元说，这些花费能报销吗？林主任说，这都是投资，你的投资是有回报的，拉到了广告会有百分之五到百分之二十的提成。

陈小元按照林主任的指点，翻出一堆名片和通讯录，把潜在的客户分出来，开始一个一个地去打电话。他不打电话也就罢了，这电话一打过去，才知道世态炎凉程度远远地超出了想象。

陈小元原以为当记者的时候帮过那么多人，不说有恩于对方吧，起码双方的交往是有感情的，自己的正直和无私是会得到别人尊重的，哪怕现在不当记者了，这么多年不联系了，他们应该还惦记着自己，甚至怀念着自己。但是结果让他十分沮丧，他一口气打了几十个电话，有三个人手机已经停机，有三个人已经离职，有四个人无论怎么提醒，别说什么恩呀惠呀的，人家已经不记得他是谁了。

陈小元最气愤的，是那帮搞宣传工作的，比如医院的通讯员呀，比如企业的媒体公关呀，比如律师事务所的外联专员呀，他当记者的时候，他们和他称兄道弟、点头哈腰，恨不得把单位的美女介绍给他，而且隔三岔五地发信息问好，端午节到了送点粽子，中秋节到了送盒月饼，春节到了送点瓜子花生，虽然东西都不太值钱，但是挺温暖的，让他感觉到了社会对记者的敬重，还有自己对于这个世界的重要性。

陈小元不仅是一个富有正义感的人，同时也是一个重感情的人，在不影响客观公正的情况下，采访的时候就尽量给人家以关照，用行业的说法，叫人文关怀。比如，遇到台风呀寒潮呀高温呀，就以健康提醒的方式，让医生和医院的名字见见报；遇到有关法律案件呀突发事故呀，就以以案说法的方式，让律师和律师事务所的名字亮亮相；如果企业遇到了困难，或者做了什么善事，会帮忙呼吁一下，或者好好地传播一下。哪怕是这些人的私事，比如想去探望一下犯罪的亲戚，他都会以记者的名义想想办法。

但他帮助过的一些人，可谓是势利小人，接到他的电话态度发生了一百八十度的大拐弯。有人带着几分嘲笑的口吻说，陈小元我怎么不认识啊，你不就是"陈腐"吗？有人带着几分不耐烦的口气说，你现在在广告部对吧？我这是宣传部，你有什么事情的话，让条线记者来联系吧。有人混得不错，升官了，口气也跟着变大了，打着官腔说自己在开会，有什么事情先找他的秘书。还有几个人，和陈小元一样，又臭又硬又清高，所以就混得越来越差了，在单位根本没有发言权。

陈小元十分生气，挂掉电话以后，对于那些白眼狼，有名片的就把名片撕碎，然后扔进垃圾桶，存着电话号码的就把电话号码删除，发誓这辈子即使被饿死在大街上，再也不会和他们有任何瓜葛了。

陈小元下班见到了胥小曼，把自己打电话的情况一说，立即得到了她的共鸣。胥小曼告诉他，她遇到过几个病人，都是有头有脸的人物，号称什么董事长啊总经理啊，有的身家都好几个亿了，他们到医院看病的时候拍着胸脯告诉她，有事情尽管找他们。胥小曼破口大骂，这些人啊，都是无情无义的龟孙子！我就实话告诉你吧，上次买房子的时候，我电话打过去的经历和你差不多，全部被人家拒绝了，这天下呀，除了父母，除了老公老婆，关键时候能依靠的人不多，反而有那么一种人，感觉不怎么样，关键时候还是能用得着的。

陈小元问，你说的是哪种人呀？胥小曼说，是真心喜欢你的人。陈小元说，你上次借那么多钱，有一部分来源不明，是不是从这种人身上借的？胥小曼说，是啊，我算是想透了，要检验一个人爱不爱你，你就问他借钱，如果他不爱你，肯定不会借钱给你。陈小元说，你说的这个人是不是"水桶"？胥小曼一愣，盯着陈小元看了看说，你又开始胡思乱想了吧？我说的这个人呀，不是别人，也不是你，你猜猜是谁？陈小元说，我猜就是"水桶"……胥小曼说，你有眼无珠！这个人就是本姑娘！如果我不爱你的话，我会为你借那么多钱吗？

陈小元听到这句话，内心十分感动，感动淹没了他的醋意。他突然怀疑，胥小曼上次借钱和这次拿到免费合同，很有可能都是"水桶"帮的忙。"水桶"或许就是胥小曼口中那个除了父母和亲人之外，喜欢你的，万不得已的时候可以利用的那种人。

陈小元又想了想，像自己爱这个世界，而这个世界并不爱自己一样，即使"水桶"真的爱着胥小曼，也并不能说明什么，因为胥小曼是被爱着的，而她深深爱着的是他陈小元，她所做的一切都是为了他陈小元。

陈小元把胥小曼轻轻地搂进怀里，像他们第一次亲吻那样，仅仅用嘴唇对着她的嘴唇。他的亲吻内敛、简洁、笨拙、羞涩、朦胧、温和而干净，而且没有肆意地向外扩张，不去亲她的眉毛、耳朵和脖子，也不用舌头纠缠她的舌头，更没有动用身体上的其他部位，没有把手伸进她的衣服，没有用大腿去摩擦她的大腿……他的动作里没有抚摸、揉捏和撕咬，没有气喘吁吁、撕心裂肺和嚎叫。

陈小元只是用自己的嘴唇，轻轻地，浅浅地，静静地，亲吻了她的嘴唇，因为他要表达的是爱。只有纯粹的亲吻才能纯粹地表达爱，而其他任何火热的激烈的粗鲁的越界的动作都带着发泄性欲的气息。

第九章

陈小元在广告部的第一个月，仅仅接到了几十条牛皮癣一样的分类广告，身份证挂失啊，企业搬迁公告啊，遗物招领啊，求职雇人啊，招生培训啊，征友求偶啊，厂房出租啊，园林绿化啊，墓地销售啊，每条信息三四十个字，字印得像蚂蚁一样，收费也就两三百块。

陈小元收到过一条长稿，是通过传真发来的，正得意着呢，仔细一看内容，竟然是一则讣告——

我是一名快递员，人称外卖小哥，老家是甘肃天水的，伏羲和女娲的老家就在天水，他们两个都是人首蛇身，尤其女娲特别厉害，抟土造人，炼五彩石补天，都是我的偶像。

不扯了，言归正传吧，你们看到这条讣告，其实我已经离开了你们。我请你们表扬我的一生，尽管活着很艰难，但总的来说，我是一个快乐而满足的人。

本人姓杨，名叫杨晓敏，我的另一半叫柳忠杰，杨对柳，敏对杰，从名字看我们就是天生绝配。不过，我得提醒你们，看到我们的名字，别以为我是女的，也不要以为我娶了个男人，我可以对着一只活蹦乱跳的麻雀发誓，我是纯爷们，我老婆女人味十足，我觉得她是中国版的玛丽莲·梦露。

我们三年前结婚的时候，主持人就把我们搞颠倒了，说新郎柳忠杰、新娘杨晓敏如何如何，我当时没有跟他计较，因为我和老婆彼此相爱，不需要分得那么清楚。你们问我，结婚这么久还没有生儿育女，我们是不是有什么问题？我可以告诉你们一个秘密，我和老婆去医院检查过，我们的生殖功能都很健全。

主要是我不争气，结婚的第二年就查出了肝癌晚期……我向老婆隐瞒了自己的病情，继续上班下班，继续乐呵呵地生活，而且时刻提醒自己，不能让老婆怀孕。我是一个带着病毒的人，我害怕把病遗传给我的孩子，也不想让我的孩子一出生就失去了父亲，尤其放心不下的是老婆，她带着一个拖油瓶还怎么改嫁啊？

十分可惜，不到两个月前，因为我一度陷入昏迷，不得不住进医院，我得了癌症的消息被老婆发现了。她说我是骗子，如果我不骗她，她还可以把自己的一个肝脏割给我，但是一切都为时已晚。

我住院的这些天，她寸步不离地守着我，昼夜不停地哭，比原来更瘦了，更无助了。我想顺便给我老婆——不，此时此刻，我已经不在了，她已经自由了，已经不再是我的老婆了，那就叫前妻或者朋友吧——我想顺便给她打一个征婚广告：柳忠杰，绝对女性，身高一米六一，体型偏瘦，可谓杨柳细腰，反正在我眼里，她是世界上第二漂亮的女人，第一漂亮的是谁？玛丽莲·梦露！她似无沉鱼落雁之容貌，却有闭月羞花之德行，性格温顺，心地善良，善解人意，我用什么词形容她都不为过。我希望为她找一个重感情的男人，陪她好好地度过刚刚开始的余生。

我再交代两句，我对不起你忠杰，我们在一起这么些年，没有给你一个家，没有让你过上一天安稳日子。所以，我走以后，不要太麻烦，不要进太平间，不要告别仪式，不要选择良辰吉日，不要有任何停留和犹豫，立即把我拉到火葬场火化。火化之前，不要给我化妆，我活着的时候香皂都不太用，你们给我涂抹胭脂红粉我不自在，关键不能太帅，太帅了，只会令人更加不舍。另外，也不要给我换什么新衣服，这样不仅是一种浪费，而且我喜欢平时穿着的黄色的工作服，防水，防晒，保暖，有一顶帽子可以遮风，骑着电动车穿着它，无论阴晴雨雪，我都感觉十分拉风，也许，也许，下辈子，我还要当外卖小哥。如果一定要换衣服的话，那就把工作服给我穿上吧。

　　最重要的，不要把我安葬于墓地，听说墓地比住宅还贵，我生前都买不起房子，死后就别花那个冤枉钱了。但是，我有一个请求，不要把我带回老家，老家山美水美，不过，有些冷清，我还是喜欢热闹的上海。

　　你们把我撒在上海的一棵树下吧，或者撒在绿化带里的草坪上吧，其实做一根小草挺好的，不怕赚不到钱，不怕感冒发高烧影响上班，如果昏迷过去，明年春天风一吹，就又醒了。而且，不会遭到别人的谩骂和歧视，因为再卑微的一根小草也是大家眼里的风景。

　　我忘记告诉大家了，我今年三十二岁，你们也许觉得太年轻，但是我觉得已经活够了，各种美好、希望和痛苦，该经历的都经历了，世界给我的太多太多了，我都不知道怎么回报世界。

　　唉，你们看看，啰嗦了这么多，竟然把正事忘记了。在这最后时刻，利用这最后一口气，我要告诉大哥大姐大叔大妈，在过去送快递的时候，我闯过不少红灯，干过几件缺德的事情：比如遇到一位大爷摔伤了，虽然不是我撞的，我竟然没有扶起他；比如情人节的那天，有一束玫瑰花少了两朵，那是我偷走的，我拿回家送给了老婆；比如查出绝症的那天，医生告诉我活不过半年的时候，我把一位妹妹点的一份外卖，扔给了公园里的流浪猫……

我给自己写这份讣告的目的，是想好好地说一声对不起，如果那个叫杨晓敏的家伙，在他短暂而又匆忙的一生中得罪过你，冒犯过你，做过令你不愉快不舒服的事情，希望你们能够原谅他。如果真的还有来生，他发誓继续好好做人。再说一句，活着真好，不过死了也没有什么大不了，各自保重，再见！

陈小元看到结尾，已经是泪流满面的了。他总感觉这不是一份讣告，而是某个文学青年写出来的一篇抒情散文，于是按照文章末尾留着的联系方式，把电话打了过去，是一个柔声细气的女人接的。女人哽咽着问，你找谁？陈小元说，我找快递员杨晓敏。女人说，他不送快递了，他已经走了。陈小元说，他是不是回天水老家了？女人说，他已经去世了，前天晚上去世的。陈小元伤感地说，人死不能复生，你就节哀顺变吧。女人说，你是谁呀？

陈小元说，你是他老婆柳忠杰对吧？我是《东海早报》的业务员，杨晓敏投过来一篇稿子，你知道吗？柳忠杰又呜呜地哭了一会儿，悲悲切切地说，那是他给自己写的讣告，我想问一下，发出来需要多少钱？我把费用打给你们。陈小元说，广告需要钱，讣告是免费的。柳忠杰说，谢谢你们，大概什么时候见报？我等着见报以后，再送他去火葬场。陈小元说，明天吧，争取明天。

其实，讣告也要收费。陈小元就拿着稿子找到了副刊部。副刊部的编辑一看，也被深深地打动了，就在第二天的副刊版面以文学作品的形式发了出来。为了不被读者误解，编辑在前边加了一个"编者按"，强调这不是一篇常规意义上的文章，而是一份自己写给自己的讣告，在这篇文章见报的时候，主人公杨晓敏已经去世了。

陈小元没有想到，讣告见报以后引起了不小的轰动，有几位好心市民在网上发起众筹，准备给杨晓敏在上海买一块墓地，而且有不少市民纷纷前往火葬场送别。但是陈小元得到的消息，杨晓敏在当天早上已经被火化，按照他生前的遗愿，骨灰已经被撒入了某个公园。柳忠杰没有透露具体撒在了哪个公园，但是很长一段时间，陈小元看到绿油油的草坪，就会联想到杨晓敏，总觉得这些小草就是杨晓敏，或者就是杨晓敏的墓碑。

这只是陈小元调到广告部以后的一个插曲。话说第一个月，陈小元经手的广告总额不过一万多元，提成不过一千多元，扣掉税收和公积金，总共到手了三千多一点。他苦恼极了，报社发工资的日期是每月五号，离十四号的还贷日期不过几天，到哪里弄钱弥补那么大的缺口啊？他收到工资条的时候，非常郁闷地告诉林主任，单位扫地的阿姨，大门口的保安，也不会这么少，报社这是在羞辱我吗？

林主任说，你原来拿多少？陈小元说，当记者的时候一万多，在发行部的时候也有六七千。林主任说，记者的事情就别提了，我们说说发行部吧，你在发行部帮忙发发报纸，处理几个读者投诉，就能拿到那么高，你觉得公平吗？在报社，最公平的是广告部，全是凭本事吃饭的，所以没有人羞辱你，能羞辱你的只有你自己。你仔细想一想，我文凭没有你高，笔头子没有你好，也没有你当记者的经历，照样不是上海本地人，你知道我这个月拿了多少吗？

林主任把工资条递上来说，我拿了差不多三万。陈小元说，因为你是主任。林主任说，我这狗屁主任顶用吗？在金钱面前狗屁不顶！我刚来的时候还不如你，领到手一千多一点，到月底身无分文，吃碗面都不敢要大份的，今天的日子都是一点点熬出来的。陈小元说，我恐怕连这个月都熬不过去了。

林主任叹着气说，唉，我告诉你吧，拉广告就像泡妞，是千万不能急的，你得慢慢地养着她，等把她的心养肥了，只要轻轻一撩拨，她自动会为你宽衣解带。陈小元说，关键是我没有撩拨的本事也没有撩拨的心情啊。林主任说，你就别谦虚了，你把泡我们银总的功夫拿出来就够了。

某一天早晨，陈小元决定不打电话，直接去附近一家民营医院看看。他刚刚走到医院门口，就被导医当成患者殷勤地迎进了大厅，问需要看什么科目。陈小元笑而不答，使劲回忆当初认识的一位副院长的名字。那位副院长和他关系非常不错，经常请他出来喝喝茶吃吃饭。

导医看陈小元吞吞吐吐，以为有什么难言之隐，就笑微微地说，你放心吧，我们这里保证隐私，你要看男科对吗？陈小元说，什么叫男科啊？导医说，大哥，男科嘛，不育呀，性功能障碍呀，梅毒呀，淋病呀，包括艾滋病呀，要看的病多数是和女人有关的，我看你很有女人缘，莺莺燕燕的肯定比较多，是不是下半身不舒服？陈小元说，下半身是指哪里啊？

导医说，大哥你就别装了，你如果有性病什么的，那就来对了地方，我们医院有全国最好的专家，治愈率是百分之九十九。陈小元说，我估计就是那百分之一。导医说，大哥你不能这么悲观。陈小元说，不悲观不行啊，你们原来不是眼科医院吗？导医说，眼睛属于上半身，看上半身的病根本不赚钱，所以我们早就改治下半身了。

陈小元说，对不起啊，我除了有点近视以外，上半身与下半身都挺健康的，你们有一个姓刘或者姓李的院长还在吗？导医的态度由热气腾腾的大蒸笼，一下子变成了冰凉的大冰箱，冷森森地说，我知道了，你是医药代表来推销的对吗？陈小元说，差不多吧。导医说，我们这里禁止推销，你赶紧离开吧。两名保安听到这边的对话，手持警棍跑了过来，凶巴巴地说，请你赶紧离开吧。

陈小元吃了一鼻子灰，心情真是糟糕透了，便开着车，在内环高架下边，漫无目的地转着，从北转到了西，从西转到了南，在南北高架下边调了头，然后顺着原路朝回绕。他远远地看了看米罗公元的那个方向，越过一片老房子、真如寺和中环线，隐隐约约地看到那几栋高楼的影子。

它们轻飘飘的灰蒙蒙的，颜色比天空深一些，怎么看也不像是住人的房子。不像房子像什么呢？他看第一眼的时候，感觉像几颗竖起来的钉子，紧紧地把大地与天空钉在了一起；他看第二眼的时候，感觉像用淡淡的墨汁画上去的，有些美却并不真实；他看第三眼的时候，感觉像缝在一件衣服上的几块补丁，透出几分冬天即将来临时的萧条；他看最后一眼的时候，感觉和乌云没有什么两样。

天突然暗淡了下来，而且很快就起风了。风冷飕飕地吹着，梧桐树上的叶子早就黄了，被风吹得纷纷飘落了一地。也许是秋末冬初的原因吧，不打雷，不闪电，暴雨还是噼里啪啦地下了起来。

陈小元想了想，还是看看自己的房子去吧。他从来没有在这样的大雨中看过自己的房子，不知道被雨淋湿的房子会不会更加温暖，因为房子最本质的作用还是避风挡雨。另一方面，也是对房子隐隐约约的担心，比如窗户没有关好呀，比如阳台是开放的呀，不知道能否经得住风雨的冲刷。

陈小元在中山北路金沙江路十字路口，等着红灯准备左转的时候，车门突然被拉开了。有人收起伞，坐在了车后，然后急切地说，师傅，请快点去虹桥机场！

陈小元一时还没有反应过来呢，背后又重复了一句，快点去机场吧，不然我就赶不上航班了。

陈小元奇怪地启动了车，通过后视镜打量了一下，这是一个面容清瘦的女孩。他努力地回忆着她到底是谁，为什么用不容商量的口气指使自己。他最终确定，他并不认识她，她要么上错了车，要么把自己的车当成了出租。他不动声色地说，请问一下，你去机场对吗？女孩说，是的，T2航站楼，下午一点二十分准时起飞。陈小元说，应该来得及，放心吧。

女孩终于发现了异样，有些紧张地问，师傅，你的车怎么没有计价器呀？没有计价器，你怎么收费呀？陈小元说，你上错车了吧？女孩仔细地打量了一下车内，吃惊地说，哎哟妈呀，你这不是出租车吗？陈小元说，当然不是，你这么马虎，好在是打车，如果是嫁人，那可就出事了。

女孩有些不好意思地说，雨下得太大了，我没有看清楚，求求大哥，你就当我上错了轿子嫁错了人，帮帮忙，送我一趟，我付钱给你行不？陈小元说，这不就成黑车了吗？你不会在钓鱼执法吧？女孩说，钓鱼执法的人哪里有我这么漂亮的大姑娘呀！陈小元说，鱼饵嘛，这样更有诱惑性。女孩说，你看看我的机票，你就行行好吧，我可以把钱提前付给你。陈小元说，钱是小事，外边这么大雨，你下车一时半会打不到出租，肯定是要误机的，所以我就学一回雷锋吧。

两个人边走边聊，反正又不认识，说话就没有什么顾忌。陈小元把自己如何犯了"陈腐"的错，从牛X哄哄的记者被贬到发行部，再从可怜巴巴的发行部被贬到广告部，一五一十都道了出来。

陈小元说，刚刚去一家医院拉广告吧，又被人家无情地赶了出来，原来只知道人情如纸，没有想到哪里有纸呀，简直是赤裸裸一丝不挂。女孩捂嘴一笑，说不会那么可怕吧？这世界上重情重义的人挺多的，比如你。陈小元说，虽然你在讨好我，不过你说的不假，我确实把情义看得很重，但是世界上只有一个好人的话，有什么用呀？女孩说，还有我呢，在这茫茫人海里，两个好人碰到了一起，说明好人还是挺多的。

陈小元说，我原来也是这样认为的，总觉得这世界真美好，人好，景好，事事都好，哪怕看到一个乞丐一个罪犯都觉得人家是有苦衷的，看到一根小草一棵大树总以为是专门为自己而绿的，但是从买了房子开始，眼光被压扁了，感觉也就变了。

女孩敬佩地说，你真厉害，在大上海能买得起房子。陈小元说，厉害什么呀，房子好像是我的，其实是银行的，银行贷款二十几年，我不及时还款的话，房子就成银行的了，再过几天就是还款日期，我还不知道去偷去抢呢。女孩说，你没有工资吗？陈小元说，有啊，刚刚发了，三千多一点，仅仅是每个月房贷的零头。

女孩惊讶地说，三千多一点，即使不买房子，你能活下去吗？陈小元说，不买房子还行吧，吃不上山珍海味，倒也能吃饱穿暖。女孩说，你不养家吗？陈小元说，养什么家啊？我爸在山里，自己种自己吃，不需要我养。女孩说，家里没有其他人了吗？陈小元说，有啊，还有一个没有结婚的老婆。女孩说，这是什么意思？陈小元说，领了证，但是因为穷，还没有举行婚礼。女孩说，这样啊，她不需要你养吗？陈小元说，我差不多就是个吃软饭的，如果没有她，我估计已经要饭去了。

女孩又捂嘴一笑，说我知道了，你把自己痛贬一顿，其实是在炫耀你讨了个好老婆。陈小元嘿嘿地笑着说，算是吧。

女孩说，你倾诉完了，我来说说我吧，我叫兰惠，兰花的兰，贤惠的惠，目前在深圳一家公司上班，我这辈子最大的理想就是当老师，拿着白色的粉笔，把方程式、奥数题和几何图形，唰唰地写在黑板上，那简直太酷了！如果发现台下有学生开小差，我猛一转身，一个粉笔头扔过去，直接命中目标，像不像武林高手？陈小元说，你这叫体罚。兰惠说，我又不打学生，我只是让我扔的粉笔像子弹一样，从他们耳边呼啸而过。陈小元说，想当老师应该很容易吧？兰惠说，太不容易了，是要持证上岗的，所以我报考了华东师大的研究生，这次来现场确认报名，住在刚刚上车的地方。

双方聊着聊着，一时熟悉了起来，便交换了联系方式。陈小元说她如果考上了研究生，他就请她好好地去吃一顿陕西菜，云南路上有一家西安小吃楼，那里的辣子油泼面、岐山臊子面、肉夹馍、羊肉泡馍都特别的正宗。兰惠说不管考上考不上，她这次回去就申请在陈小元他们的报纸上投放广告。陈小元说，你准备投放什么广告？兰惠说，征婚广告。陈小元说，你要给自己征婚吗？兰惠说，我呀，不用打广告，后边都是一个加强连，我想给天下所有的好人征婚，我们公司叫真爱网，主要业务是婚恋交友，你知道珍爱网吧？陈小元说，当然知道，是大企业，广告词是"成就天下姻缘"。

半个小时就到了虹桥机场，兰惠非要付两百块钱给陈小元。陈小元有些不好意思地说，你以为我这么傻吗？我们聊得这么投机，如果再收钱的话，就变成了生意关系，友谊就一笔勾销了。兰惠笑着说，你这才是钓鱼呢，你就等着我的消息吧。

陈小元接胥小曼下班的路上，把自己当天遇到兰惠上错车的事情说了出来。胥小曼说，我真不知道你这么丑的男人，为什么处处都有女人喜欢。陈小元说，上天是公平的，他给我一个丑陋的面孔，然后又给我一颗正直善良的心。那么多人喜欢我什么呢？不就喜欢我正直善良吗？胥小曼说，你别嘚瑟了，你这不叫善良，叫好色好不！陈小元说，我对你就好色了，你能把我怎么样？

陈小元说着说着就去亲吻胥小曼。他的心情之所以有所好转：第一，因为无意中做了一件好事，让他从兰惠的身上看到了希望，如果与客户们好好相处的话，得到广告并非没有可能；第二，他突然发现了一条出路，万不得已的时候可以开着他的小破车去拉客。

第二天早上，陈小元刚到办公室，正愁着工作没有头绪的时候，突然接到一个来自深圳的电话。陈小元以为是推销的，自从买完房子，各种电话就特别多，有搞装修的，有卖建材的，有封阳台的，有做窗帘的，有卖奶粉的，有搞教育培训的，甚至有卖墓地的和搞殡葬的，乌七八糟的什么都有。

　　陈小元准备挂电话的时候，听到一个嗲嗲的声音问，你怎么把我忘记了啊？我是兰惠，我说话算数吧？陈小元说，我哪里敢忘记兰大美女呀！你怎么样？不会已经考上研究生了吧？兰惠说，你以为考研究生是买菜，一时半会就有结果了啊！我是来告诉你一个好消息的，广告已经申请下来了。陈小元说，这是真的吗？兰惠说，当然是真的，我们公司有一份婚恋状况的调查分析报告，想在媒体上刊登一下，我把报告发给你看看，你赶紧拿一个方案，包括怎么报道，需要多少版面，大概的预算是多少。

　　陈小元激动地说，我的妈呀，我正为广告的事情准备跳楼呢！我怀疑你根本不是搭车的，而是下凡的仙女，专门为了救我来的。兰惠说，我是救你的仙女不假，不过，每个人的福气都靠自己的修行，你想想董永，不卖身葬父，七仙女怎么可能放弃天庭的生活与之婚配？你想想许仙，上辈子不救一条白蛇，这辈子哪里会得到白娘子以身相许？

　　陈小元放下电话不到一个小时，便收到了兰惠发来的调查报告。他大体浏览了一下，然后立即向广告部的林主任进行了汇报。林主任说，我说吧，你付出多少就有多少回报，报社马上迎来创刊六十五周年，正在策划出版纪念特刊，我们把婚恋这一块纳入进去，给出两个版，你看看怎么样？陈小元说，我看了看材料，两个版不行，起码得要六个版。林主任说，六个版具体做什么呢？

　　陈小元说，除了调查图表之外，对比较有意思的数据进行解读，比如什么地方的女孩子最受欢迎呀，什么地方的恋爱成本比较低呀，哪个行业的剩女最多呀，几代人约会的场地、表白的方式有什么不同呀，近几年年轻人婚恋观的变化呀，我们请婚恋专家一一进行解读分析，这样出来不仅美观，可读性非常强，而且把真爱网的品牌也体现进去了。

林主任一听，感慨地说，陈小元啊陈小元，你真是广告天才！陈小元说，我是一个狗屁，这只是当记者的时候学到的一点皮毛，我就老实告诉你吧，这广告不是我拉的，是人家主动送的。林主任说，商家没有一个是傻瓜，人家送你广告有什么企图吗？陈小元说，没有，就是想报答我。林主任说，谁要报答你？人家为什么要报答你？陈小元说，我也不知道是谁，估计是一条白蛇，我上辈子救过她的命，所以这辈子她就来报答我。

林主任说，你以为你是许仙吗？你别说得那么玄乎，告诉我人家的预算是多少？陈小元说，人家没有预算，让我们报个价就行，林主任你看看报多少合适？林主任说，这次的特刊不是硬广告，带着新闻性质，所以可以优惠，六个整版，你可以先报三十万，我们的底线是十五万，你自己掌握情况吧。

陈小元赶紧草拟了一份策划书，迅速传给了兰惠。兰惠也连连地夸奖他，说他的想法太好了，公司不想让人家感觉广告的痕迹太明显。陈小元说，直接打广告的话，像买卖婚姻似的，效果肯定不会太理想，现在把广告隐藏在调查报告里边，更容易得到人家的信任，你们公司里肯定有高人。兰惠笑着说，那当然，高人就是蕙质兰心的我！你们的报价是多少？

陈小元知道兰惠想帮自己一把，不想狮子大张嘴反咬人家一口，就按照林主任给出的底线说，预算是十五万，你看看怎么样？兰惠有些怀疑地说，多少钱？陈小元说，十五万呀。兰惠说，总共十五万，你确定是人民币吗？陈小元说，是呀，不好意思，是不是太高了？兰惠说，不是太高了，是太低了，我再给你加一些吧。陈小元说，你们公司再财大气粗，也不是慈善机构，我看还是算了，这是报社开出来的优惠价，你给得再多也到不了我的手中。

兰惠说，那好吧，你把报社的账户发过来，我让公司明天打款给你们。陈小元说，不用这么急吧，还没有签订合同呢。兰惠说，你再过两天就要用钱了。陈小元说，你还记得这个呀？真是太感人了，这是要我哭的节奏啊。兰惠说，你现在就哭给我听听吧。

兰惠的十五万元广告款很快进入了报社的账户，陈小元立即打了一个报告，提前从财务部支取了自己的那部分提成，扣掉个人所得税，领到了一万四千多元现金，刚刚可以支付当月的房贷。

十四号是银行的扣款日期，陈小元不想太早也不想太晚还钱，所以就把这些钱在自己身上暖了一夜。直等到十四号当天，他才早早地起了床，趁着胥小曼还在赖床，悄悄下楼去买早餐之前，先找了一个二十四小时柜员机，把钱一股脑地存入了房贷专用的银行卡。

那天天气真好，天空瓦蓝瓦蓝的，白云丝丝缕缕地点缀着，像一块玻璃笼罩着苍生大地一样通透而又干净。风微微吹过的时候，像绸缎摩擦着皮肤一样光滑而又凉爽。上海的初冬就这样，一旦天晴了，就有一种脱离尘世的幻觉，似乎大家都走在前往天堂的路上，或者就生活在与天堂一步之遥的隔壁。

陈小元站在柜员机前思绪万千，原以为把自己搞得焦头烂额的这么一笔钱，分量应该很重，但是掏出来放在手中掂了掂，却是轻飘飘的，不过几两而已，而且薄薄的一沓，也就一厘米多厚。他把钱一张一张地捋了捋，整整齐齐地放进了柜员机。柜员机像一头怪兽，张开血盆大口，把水红色的纸币一张一张地叼进嘴里，然后咔嚓一声合上了。柜员机张开又合上，合上又张开，反复了五六次，随着哗哗啦啦的声响，纸币被撕烂了，被嚼碎了，被吞咽下去了，很快就全部消失了，连一根骨头都没有留下，最后只有窄窄的一张纸条和小小的几个数字被吐了出来。

陈小元想，这和人生多么相似啊！他们把所有的东西，比如时间和生命，比如情感和灵魂，不停地存放进一台机器，然后苦苦地等待着结果，但是最后什么都没有等到，顶多只有一张通知，死亡一样的通知，证明他们曾经付出过，挣扎过，在世界上走过一遭而已。

从筹集首付款开始，付出太多太多的，是胥小曼，不是他陈小元，他为此感觉无比内疚和自卑，男人的自尊心受到了强烈的伤害。他存完了钱，从银行出来的时候，虽然差不多又变得身无分文，但是第一次完完全全凭着自己一个人的能力还掉房贷，而没有动用胥小曼一分钱，这是多么欣慰开心的事情，让他感受到了最近一段时间从未有过的充实和轻松，甚至感觉自己都高大了许多。

陈小元想起前一天晚上，胥小曼把她的工资交给他的时候，他把钱还给了她，无比欣慰地告诉她，这个月的房贷已经有了。胥小曼说，你的意思是不用我了？陈小元说，你的人还是要用的，钱你自己留着花吧。胥小曼说，你的钱从哪里来的？陈小元说，我自己拉广告赚的，你还记得前几天被我送去机场的那个兰惠吗？她投入的一笔广告已经到位了。胥小曼说，这么神速？陈小元说，是啊，我也觉得奇怪，几天时间就投入这么多，她要么是公司头目，要么是老板的千金大小姐，不然怎么有这么大的权力呀？胥小曼神情黯然地说，恭喜你，终于傍了一个白富美，穷日子过到头了。

陈小元岔开了话题，说我突然想起一件事情，你们家有没有开醋厂的？胥小曼说，没有。陈小元说，你们老祖先是不是山西的？胥小曼一头雾水地说，你想拉醋厂的广告吗？陈小元说，不是啊，我建议你辞职吧。

胥小曼说，你别以为搭上一个富二代，能养得起我这糟糠之妻，就能养得起房子。陈小元说，你误会了，我在想啊，如果搭上一个开醋厂的老板娘多好啊。胥小曼说，你什么意思？我不懂。陈小元说，你真笨，我的意思是说，你整天酸溜溜的，不开醋厂太可惜了。

胥小曼并没有被陈小元拐弯抹角的玩笑所打动，依然情绪低落地说，你知道吗？你越是不依靠我，我越发感觉不踏实。

胥小曼说着说着，竟然哭了起来。陈小元帮她擦了擦眼泪，解释着说，亲爱的，你说说，你身上的羊毛衫都穿多少年了，我们第一次约会的时候你就穿着它对不对？我把钱留下来，是想让你拿着给自己买几件衣服，尤其冬天已经来了，天已经冷下来了，你连一件像样的棉袄都没有。胥小曼听了，哭得更厉害了，说穿得再烂再破我都不怕，我最怕的是失去你。

胥小曼以往吃醋的时候，撒撒娇，发发嗲，就完了。如今她太难受太失落了，因为在她的心里，他们的夫妻关系是建立在买房子之上的，他们的爱情是在筹集房款的时候得到升华到达高潮的，他们在对方心中的分量和地位是在还款中得到体现的。他们的喜怒哀乐，他们的性爱生活，他们的社会关系，已经完全被房子所左右，房子已经成为他们的主导。

可以说，房子已经成了支撑她胥小曼精神世界的一根柱子，如今这根柱子突然被撤走了似的，让她有一种坍塌的危机感和失落感。

陈小元存完了钱，带着几个包子和两包牛奶回到房间的时候，胥小曼已经准备起床了，问他下楼干什么去了？陈小元说，买早餐去了。胥小曼说，买点早餐怎么这么久，不会躲到外边给你的白富美打电话去了吧？陈小元说，你就放心吧，我这么小气的一个人，根本舍不得电话费。胥小曼说，我才不信呢。陈小元说，我顺便去了一趟银行，把房贷还掉了。

陈小元还在回味着刚刚的那种哗哗啦啦的声音，加上看到胥小曼半裸着身子，那种久违的感觉似乎又恢复了一些。他像一只气球被一股力量迅速充满，下身的那根柱子立即竖了起来。

陈小元一下子掀开被子，像掀开刚刚起锅的蒸笼一样，看到白白净净的大馒头正冒着腾腾的热气。他伏下身子开始亲她，估计因为马上要出门上班，或者自己发动得太快了，他这次没有从嘴巴和耳朵开始，而是直接冲着双腿之间而去。

胥小曼穿着一条白色带着碎花的内裤，正好被一道透过窗户的阳光照着，可以隐隐约约地看到一条流动的波光闪闪的小溪。陈小元伏下去，目光因为离得太近而恍惚，感觉自己像一只羊在迎着晨光，舔食着小溪两边的小花、水草和露珠。如果是以往，胥小曼会哼哼着，主动脱掉内裤，请求他赶紧。但是她的精神还没有从昨晚的失意中恢复，竟然冷冷地拉过被子，把自己严严实实地捂了起来。

陈小元抬起头，有些不解地问，你不想吗？胥小曼说，懒得想。陈小元说，为什么啊？胥小曼说，你把我一脚踢开，让别人帮忙还房贷，我感觉非常不高兴。陈小元说，那不是别人的钱，是我自己赚的钱，而且我们是夫妻，无论从法律角度还是从家庭角度来讲，你的钱就是我的钱，我的钱就是你的钱。

胥小曼说，反正我的理解就是，你不要我的钱，就别想要我的人，所以你赶紧让我穿衣服，我要上班去了。陈小元说，我都要，钱和人我都要，这样还不行吗？胥小曼破天荒地拒绝了，说上班已经晚了。

晚上下班的时候，胥小曼带回来几件衣服，说是趁着中午吃饭的时间去医院隔壁的商场里买的。她给陈小元买了一件羊毛衫，鸡心领的，豆绿色的，还有一件灰色的夹克外套。陈小元试了试，大小挺合身的，又舒服，又暖和，款式也非常好看。他往身上一穿，立即显得时尚而年轻了许多。

胥小曼在旁边笑嘻嘻地说，夹克外套还有米黄色的，你穿着应该更帅，但是我偏偏挑了灰色的，你知道为什么吗？陈小元说，估计没有适合我的尺寸吧。胥小曼说，错了！什么尺寸的都有，我只是想让你继续丑下去，但你现在还是太帅了，这下不知道又要花人家多少小姑娘。

陈小元说，你自己呢？胥小曼说，我也有一条。陈小元发现胥小曼仅仅给自己买了一条牛仔裤，就十分歉疚地说，你太偏心了，有空给自己也买一件外套吧。胥小曼说，你这种款式的羊毛衫和夹克外套，其实商场里都有情侣装。陈小元说，那怎么不买呀？我们还没有穿过情侣装呢。胥小曼，都太贵了，就这样我的工资已经花去了不少。

陈小元一阵心酸，几颗眼泪不由自主地在眼眶里打转。胥小曼看到陈小元差不多哭了，反而高兴得像小麻雀一样叽叽喳喳地叫，把过去的那点不快一下子就忘光了。

第十章

接下来的半个月，除了亲自动手采访编辑，把珍爱网的专题好好呈现在报纸上以外，陈小元的工作重新陷入了困境，不仅没有签到一分钱的合同，连"牛皮癣"也没有得到几条，因为报社把分类广告外包给了广告公司。

时间很快迎来了元旦假期，以前放假的时候，陈小元是非常期待的，还要琢磨着到哪里去游山玩水，而如今放假让他觉得恐怖，企业都不上班了，电话也不好乱打了，他也就毫无希望了，整个人陷入了茫然无措之中。尤其是时间总在不停地流逝，地球从来不会停止转动，他的下一个还贷日期，像一只龇牙咧嘴的恶狗跟在后边，从不停歇地追着他，一天一天地逼近他。这让他害怕极了，他不知道如何才能超越和摆脱在前边奔跑着的世界。

元旦前一天晚上，陈小元和胥小曼商量，自己业余时间能不能开着车去拉客。胥小曼说，你这灵感是从白富美那里获得的吧？陈小元说，是啊，她下车的时候给我两百块，被我拒绝了。胥小曼说，你以为我不知道，你之所以不收钱就是想泡人家。陈小元说，我这叫放长线钓大鱼，或者叫好心总有好报，你看看一下子赚了一万多，事实证明我是聪明的。胥小曼说，这叫什么聪明？这叫见色起意！

陈小元说，我们不提她了，你快点帮我算算，如果跑一趟只收一百块，每天遇到十个这样的客人，那收入是多少？胥小曼说，是一千块。陈小元说，每月按二十天算，那收入是多少？胥小曼说，是两万块。陈小元说，那减去房贷还剩下多少？胥小曼说，还剩下五千多块。陈小元说，有了五千多块，我们是不是可以天天下馆子吃大餐了？胥小曼说，我看呀，应该是进看守所。陈小元说，你什么意思？胥小曼说，你那是开黑车，因为扰乱营运秩序，轻则罚款几万，重则是要被抓起来的。

陈小元坦然地笑着说，你曾经告诉我，你如果坐了牢，你希望我不要抛弃你，要给你送一件棉袄进去，如果我被抓了你会怎么办？胥小曼说，你如果被抓了啊，这会严重影响我的声誉，我有权单方面提出离婚。陈小元说，你有这么无情吗？胥小曼说，当然，我还要把房子马上卖掉，然后拿着钱，重新找个不花心的小白脸。

陈小元突然严肃了，说我们干脆先把婚离了吧，这样就不会影响你的声誉了。胥小曼说，你这么一本正经的干什么啊？陈小元说，我不是开玩笑的，我已经走投无路了，我不能再拖累你了。

胥小曼盯着陈小元看了半天，发现他确实不像开玩笑的样子，也就认真地说，我骗你的啦，你如果坐牢了，多久我都等着你，不仅要给你送棉袄，还要天天给你送饭。陈小元说，我告诉过你，现在不像古代，监狱里是管饭的。胥小曼说，他们管的饭肯定不好吃，我要送你最爱吃的肉夹馍、红烧肉和醋熘土豆丝。陈小元说，再没有别的了吗？胥小曼说，你想我了，我随时可以去陪你。陈小元说，你怎么个陪我法？胥小曼说，我可以陪你睡觉呀。陈小元说，探监的时候是隔着铁窗的。胥小曼说，那我就把人送进去给你。陈小元说，监狱不允许同房。胥小曼说，我也可以开黑车，让他们把我也抓进去，把我们关在一间房子里。陈小元说，你确定他们会把我们一男一女关在一间房子里？胥小曼说，当然可以，我可以女扮男装。陈小元说，你确定他们不会检查你的性别？

胥小曼说，男女性别怎么检查？无非查查身份证而已，我可以办一张假的！我的天！我突然想，在监狱里比在火车上亲热是不是更刺激啊？我真想好好地体验一下了。陈小元说，你想象力挺丰富的啊！不过，你会失望的，我咨询了一下同事，只要注册一个顺风车软件，拉客就合法了。

胥小曼撇了撇嘴说，这样太辛苦了吧？你还要上班，哪里有时间啊？陈小元说，时间嘛，俗话怎么说的？即使是男人的乳房，挤一挤都会有的。胥小曼说，听说顺风车司机经常骚扰女乘客，你拉客不违法，但是你那么挤啊挤的，哪一天挤了人家的乳房，照样是要坐牢的，罪名是性骚扰，岂不更加丢人？我看还是算了吧。陈小元哈哈大笑着说，亲爱的，这个你放心，我是高手，会把握尺度的。

陈小元在同事的帮忙下，很轻松地注册了顺风车。元旦假期结束的时候，他把那辆千里马小破车开进汽车美容店，好好地洗了洗，换了一套白色坐垫，又弄了两张贴纸，在左边的车门上贴了一句"你一招手，我就发笑"，在右边的车门上贴了一句"顺风车，祝你一路顺风"。猛一看上去，挺像出租车的。

自此，每天下班以后，陈小元先去接了胥小曼，然后正式开始拉客了。胥小曼一个人不愿意回出租屋，非得赖在车上陪着，嗲声嗲气地说，我回去一个人多孤单啊，而且面对两个小色狼太不安全了。陈小元说，你就瞎掰掰吧，又不是一天两天了，人家都是正人君子。胥小曼说，我关键不放心你，你好色是一方面，心又那么软，遇到漂亮女人就免费服务。

陈小元哈哈大笑着说，这一点倒是真的。胥小曼说，所以呀，你当司机，我当售票员，这叫夫唱妇随，明白不？陈小元说，顺风车是手机自动支付。

胥小曼说，我帮忙吆喝吆喝总可以吧？陈小元说，顺风车也不需要吆喝。胥小曼噘着嘴说，你什么意思？！你故意想摆脱我对吗？

陈小元万般无奈地说，你坐在车上，人家会反感的，而且会投诉的。胥小曼说，我这么大的美女当三陪，陪坐，陪聊，陪玩，人家高兴还来不及呢。陈小元拉了几个客人，发现胥小曼说得不错，因为有她坐在车上，男人的心情特别好，遇到堵车呀，走错路了呀，都不太会斤斤计较；女人更不用说，尤其半夜三更的，多了一个人陪着，人家更有安全感。

有女人不理解，问胥小曼是不是拼车的。胥小曼就说，我不是拼车，我是专职安全员，既监督司机，又监督乘客，因为他是我老公；有男人好奇，问胥小曼是干什么的。胥小曼说，我是专职陪聊的，你们坐在车上多无聊啊，我和你们说说话多好啊。多数男人知道是开玩笑的，照样天南海北地聊起来，往往下车的时候还意犹未尽。偶尔也会遇到有想法的男人，纠缠着要留电话号码，胥小曼就会直接告诉人家，前边的司机是她老公。陈小元一般就会笑笑，一脚油门到底，把车开得飞快，然后大声地说，你们坐稳了啊！人家就不敢吱声了，而胥小曼就会嘻嘻地笑。

后来，胥小曼一不做二不休，干脆把他们的结婚证带在身边，只要有人怀疑或者不安，她就拿出结婚证给人家看。他们的车虽然破了一点，有时候开起来还嘎嘎直响，但是大家看到这对小夫妻，竟然如此恩恩爱爱，也就顿生敬佩之心。许多人不仅不嫌弃，而且留下了陈小元的电话号码，希望下次用车的时候直接叫他。

第一个月挺顺利的，虽然没有那么多的白富美，每天晚上五六百块的收入还是有的，扣除各种各样的花销，比如加油呀，比如洗车呀，比如偶尔的交通罚款呀，剩下来的数目虽然没有估计的那么多，但是仍然十分可观。

某一天，还完了房贷，陈小元得意地问胥小曼，你猜猜我们赚了多少。

胥小曼说，应该有四五万了吧？陈小元说，那是理想主义的数字，理想和现实之间是有差距的，我们实际的纯收入是一万六千多，还完本月的房贷还剩下两千多。胥小曼说，怎么会这么少？是你贪污了，还是又给哪个女人免费了？陈小元说，天地良心，你天天像尾巴一样跟着，我哪里有机会呀。胥小曼说，那可不一定，我上厕所的时候，或者打盹的时候，你可是无孔不入的。

陈小元说，你是我的老婆吗？怎么像黄世仁啊。胥小曼说，看在你这么辛苦的分上，我就饶了你，你看看多出的两千块准备怎么花？陈小元说，我想好好给你买件棉袄，天气一天比一天冷了。胥小曼笑嘻嘻地抱着陈小元说，不需要，你就是人皮大衣，多暖和啊。

陈小元可以说信心满满，对工作也就不放在心上了，觉得离开工作也可以活下去，虽然不是自己理想中的有人生意义的那种活法，起码是凭着血汗钱有尊严地活着。所以，他每天上班以后，打打电话，开开会，翻翻报纸，晚上六点准时离开办公室，然后进入他的顺风车模式。

某一天黄昏，天空下着毛毛雨，冬天里的雨又湿又冷，需要打车的人就特别多。陈小元刚刚从报社出来，就搭上了一个去外国语大学的女学生。他暗暗得意，觉得自己运气不错，就发短信告诉胥小曼，先送完了这个大美女，再返回来接她下班。胥小曼说，不许和对方聊天，不许留电话号码，最重要的是不准免费。陈小元说，放心吧，我已经告诉她，我是一个不会说话的哑巴。胥小曼说，你这叫此地无银，你不要光顾着泡妞，一定要注意安全。

胥小曼刚刚提醒呢，突然有一辆奔驰从右边超车。陈小元反应快，来了一个紧急刹车，车祸避免了，但是因为惯性，女学生的额头磕在了前座上，受了伤。他把女学生送到医院，进行了包扎和处理，花费的钱倒是不多，也就几百块而已。但是女学生看完了病，仍然赖在医院里，哭哭啼啼地问医生，自己会不会毁容？医生说，谈不上毁容，只是擦破了点皮，留下一点疤痕是有可能的。

胥小曼接到消息，已经赶了过来，看到黄皮瓜瘦的女学生，像从战场上逃出来的难民，尤其龇着一颗大板牙，不仅谈不上漂亮，而且还有一点丑，就上前悄悄地问，你说的美女呢？陈小元尴尬地笑了笑说，女的，涂着美宝莲口红，简称美女。

女学生盯着陈小元说，你怎么知道我的口红是美宝莲？陈小元说，你刚刚在车上化妆，我从后视镜里看到的。女学生说，怪不得出了车祸，因为你心不在焉！你说怎么办吧？陈小元说，你说怎么办吧？女学生说，赔偿就算了，万一毁容了你得负责。陈小元说，医生都说了，不会毁容的。女学生说，我说的是万一，你们的车难道没有保险吗？陈小元说，我怎么把保险的事情忘记了啊？

陈小元立即拨打了保险公司的电话，但是得到的回复很明确，两车没有直接相撞，又没有购买车上人员意外险，所以不属于理赔范围。

陈小元说，我再赔你一点钱怎么样？女学生说，也只能这样了。陈小元说，你看看多少合适吧？女学生说，两万块钱。胥小曼说，多少？你这是敲诈吗？女学生说，你们什么意思啊？以为我在碰瓷对吗？那我们就报警吧。陈小元说，我说大妹子，你可能误会了，关键是我没有那么多钱，昨天刚刚还了房贷，身上剩下不到三千，我全部给你行吗？女学生说，不说毁容了，后期还要换药，三千块怎么够呀？

陈小元说，我打欠条给你吧。女学生说，我们又不认识，我到哪里去找你啊？陈小元说，那就没有办法了，这点钱本来要给老婆买棉袄的。女学生看了看胥小曼说，她就是你老婆？陈小元说，是啊，这么冷的天了，她还没有穿棉袄呢。女学生收下了三千块钱，无奈地说，那算了，你留一个电话吧。

陈小元把女学生送回学校，已经是晚上十一点多了，小雨还在似有似无地下着。他已经无心拉客，就直接回了出租屋。在回出租屋的路上，胥小曼不停地审问，女学生到底是怎么受伤的。陈小元说，是紧急刹车。胥小曼说，她坐在哪里？陈小元说，她坐在后边。胥小曼说，人家都说了，你心不在焉，我觉得是你非礼了人家。陈小元说，你说说看，怎么个非礼法？胥小曼说，亲呀，摸呀，还有舔呀，这是你天下无敌舌头功。陈小元笑着说，我怎么偏偏把人家的额头弄伤了啊。胥小曼说，这还不简单吗？你用力过猛。陈小元说，即使如此，她的额头有什么好亲好摸好舔的呢？胥小曼说，你这么一说，倒也提醒了我，不是你非礼人家，而是人家非礼你，我给你示范一下吧。胥小曼伸手朝着陈小元的下身一抓。陈小元一激灵，立即来了一个猛刹车。胥小曼说，明白了吧？

陈小元又生气又好笑地说，今天晚上放了空炮不说，又搭进去三千多块，心里本来就慌得很，你别老是吃醋了好不？胥小曼说，不吃醋可以，你答应我，她再联系你，不要接电话好吗？陈小元说，为什么啊？胥小曼说，她那么丑，你就听我的吧。陈小元叹着气说，好吧。胥小曼说，你不要嫌我烦，等我哪一天不吃醋了，也许就不爱你了。

陈小元原本计划和从前一样，每到周末的时候就休息，以此保留一份白领的那份优越感，但是他闲不住，这两天的生意又特别好，就从早到晚在外边跑。胥小曼除了上班加班，大部分时间也都风风火火地跟着。陈小元发现，她每次上车之前，都要喝一粒药片子，就问她哪里不舒服，喝的是什么药？胥小曼说，我喝的是避孕药。陈小元说，我们又不做爱，喝那东西干什么呀？胥小曼说，以防万一，万一突然想了怎么办？陈小元说，想了就戴套子，我们过去都是戴套子的，不想戴还可以隔空掏火。胥小曼说，你看看我天天坐在车里，都胖了好几斤，再下去就成了肥婆，避孕药同时也是减肥药。陈小元说，吃避孕药减肥，谁告诉你的？胥小曼说，我们同事说的。

陈小元说，你原来不是晕车吗？现在怎么不晕了？胥小曼说，也许是习惯了。陈小元生气地说，习惯个屁！你喝的是晕车药！亏你还是护士呢，不知道晕车药喝多了，对身体伤害很大吗？胥小曼发现隐瞒不住了，就委屈地说，人家就想陪着你。陈小元说，你本来就傻，再这样闷在车里，估计要变成大傻瓜了，从明天起不准你再跟着了。胥小曼说，你想赶走我，没门！哪怕变成大笨蛋，我也要好好地监督你。

陈小元明白，胥小曼监督他是假，相互陪伴才是真的。她在这个人海茫茫的大都市，没有一个亲人，也没有一个去处，甚至没有一个可以说话的人，与其一个人待在出租屋，确实不如陪在他的身边。而且他一个人穿行在夜色蒙蒙的大街小巷，拉上一个个陌生人，又放下一个个陌生人，枯燥地等着红灯，单调地打着方向盘，那种孤独是可怕的，也是非常迷茫的。她要陪着他，哪怕起不到多少作用，哪怕默默无语，只要身边有她，他就不会太无聊和绝望。

陈小元想到这些，心里就非常愧疚，在经过动物园呀，自然博物馆呀，南京路步行街呀，陆家嘴呀，外滩呀，凡有风景的地方就强行把胥小曼放下去，让她独自一个人到处逛逛。胥小曼逛公园的时候，遇到什么开心的事情，会随时打电话给陈小元。比如在动物园里看到一只刚刚出生的小老虎呀，在自然博物馆看到一块陨石呀，在陆家嘴看到一盏五彩斑斓的霓虹灯呀，哪怕看到两只小麻雀从头顶飞过，她也要大呼小叫地予以分享。

有一次，胥小曼再次兴奋地提起小麻雀，陈小元就故意地逗她，我也看到了小麻雀，这有什么好稀奇的啊。胥小曼说，这能相比吗？我这里的小麻雀会叽叽喳喳地叫。陈小元说，我这里的小麻雀会叽叽喳喳地唱歌。胥小曼说，我这里的小麻雀是站在电线上的，它们站在电线上竟然不会触电。陈小元说，我这里的小麻雀更厉害，是站在高压线上的，它们玩杂技走钢丝，不仅不会触电，摔下来也安然无恙。胥小曼说，我这里是两只。陈小元说，我这里是三只。胥小曼说，我这里是一对情侣，你那里多出的一只是谁？不会是小三吧？陈小元说，多出的那一只呀，是这对情侣的宝贝。

胥小曼说，你故意和我作对对吗？陈小元说，亲爱的，你别生气呀，我又仔细地看了看，我看到的这三只，其实就是你看到的那两只。胥小曼说，那第三只跑哪里去了？陈小元说，第三只呀，在它妈妈的肚子里。

胥小曼开心地说，你终于懂我了！世界上那么多景色，不能和你一起分享，那简直是狗屁不如。

胥小曼又反过来劝陈小元，说你周末休息休息，别开顺风车了。陈小元说，我开的不是顺风车，而是赛车，我在和房贷赛跑，中途怎么能休息呢。胥小曼说，你答应给人家写书的事情呢？还是趁着周末的时候兑现了吧，不然新房子里的家具怎么办？陈小元说，你怎么知道我给"水桶"写书的事情？胥小曼说，你曾经自己说出来的，而且"水桶"已经打过好多次电话了。

陈小元听了，很不高兴地说，他打电话，我怎么不知道？胥小曼说，你整天忙着筹集房贷，把他的书耽误了下来，但是他不找中间人，也不直接找你，却把电话打给了我。陈小元说，要写书的是我，又不是你，这王八蛋分明不安好心！

某一天，两个人正在开车呢，胥小曼又接到了"水桶"的电话，陈小元一把夺过手机，十分恼火地说，你这个王八蛋，你当时怎么答应的？你当时说好了要保密的！"水桶"说，你迟迟不动笔，我急呀。陈小元说，你急什么急？我告诉你，我不写了！"水桶"说，你不写谁写啊？陈小元说，你可以找别人写。"水桶"说，别人没有你的才气，关键是你已经收了钱，你不会赖账吧？陈小元说，我就赖账怎么样？不行你去告我！"水桶"说，放在别人身上，我还真要去告你，如今看在胥小曼的面子上，我就不告了。

陈小元说，胥小曼在你面前面子挺大呀。"水桶"说，反正比你的面子大，我和她是老同事。陈小元说，我写书的事情和她无关，所以你想到哪里告就到哪里告，而且我们没有合同，我当时答应写，并没有答应什么时候写，你想继续让我写也可以，不过，拖到牛年马月我也不清楚。"水桶"说，你挺无赖的！

胥小曼在旁边弱弱地提醒陈小元，你不写，还有家具呢，我们的家具怎么办？"水桶"趁机说，我的陈大作家，你看看人家胥小曼多懂事，你就别那么大火气了，我知道你忙着还房贷，你看看这样行吗？我再替你支付一个月的房贷，你好好利用这些时间去一趟我的老家。陈小元说，我去你老家干什么？"水桶"说，你不需要去那边采访吗？这本书涉及我妈、我的兄弟们、我的左邻右舍，你得和他们好好聊聊，不然你凭空想象啊？

陈小元放下电话，狠狠地瞪着胥小曼。胥小曼说，你瞪着我干什么？陈小元说，我没有想到你竟然帮着他说话。胥小曼说，亲爱的，我知道你自尊心强，心里不舒服，但是你毕竟拿了人家的钱，而且我们的房子很快就要交了，如果"水桶"反悔了，不给我们家具，我们怎么办？陈小元说，家具有什么了不起的？没有家具照样住！有些装修比较先锋的小剧场，水管呀，水泥墙呀，都暴露在外边，也挺时尚的；没有床我们就睡地板，没有衣柜我们就拉一根绳子把衣服挂起来，剩下书桌呀椅子呀，也值不了几个钱。

胥小曼说，我们是住家过日子，又不是剧场演戏，那样也不是长久之计啊！陈小元说，那我们自己买吧。胥小曼说，自己买，一整套下来也需要六七万。陈小元说，我们买些简单的，不需要实木的，压缩板的就行。胥小曼说，压缩板的甲醛含量高、污染太严重，会得白血病的。陈小元说，那怎么办？要不自己打一套？胥小曼说，你自己会打家具吗？陈小元说，我小时候打过，这没有什么难的，我的意思是回老家，从山上砍几棵树，再请木匠打一套。胥小曼说，这样可以呀，你请木匠的时候一定交代清楚，再给家具打一对翅膀，让这些家具自己飞过来。

陈小元说，你阴阳怪气的，什么意思啊？胥小曼说，我的意思是，不管这些家具好不好看，关键是运过来的话，豆腐已经变成肉了，而且电视机、电冰箱、洗衣机和空调，开发商的精装修里是不包括的，你自己也会造吗？陈小元沮丧地说，这些真的不会，所以呀，妈的，我还是低一下寒酸的头吧。

胥小曼抱着陈小元的额头亲了一口，心疼地说，你这头是高贵的，一点都不寒酸，现在委屈委屈你，等搬进了新房子，我再好好补偿你，何况"水桶"对我也不能怎么样，你就放心吧。陈小元说，谁知道呢。

第十一章

时间转眼到了春节前夕，大家提前进入了过年模式，有的忙着置办年货，有的已经无心上班，干脆提前回家了。陈小元正好请了一周年假，独自一个人去了一趟福建莆田，本来是要坐火车的，但是"水桶"说不能委屈大作家，所以就主动购买了一张来回的机票。

陈小元去机场的时候，胥小曼非得坐地铁送他。清晨的地铁空空荡荡，只有稀稀拉拉的几个乘客，每个人的表情都很平淡，从不在乎身外的事物。这似乎不是地铁，而是一趟星际列车，下一站即将离开地球，开往另一个星球。搭乘这趟列车的，其实也不是人，不是稍纵即逝的生命个体，而是穿梭于各个星球之间的另一种生命形式。

他们的时间不以秒秒分分日日月月年年岁岁来计算，而是用世纪、千年、前世今生，甚至是永恒来表示。他们之间毫不相干、貌合神离，就此一别将会化为不同的族类，比如一条白蛇和一位善良的书生，比如一块补天的五彩石和一个爱吃胭脂的花花公子，如果想再一次相遇相识相爱，恐怕又要经历绵绵无尽的修炼和轮回。

胥小曼就是他们其中的一个，她眼里充满着泪水，默默无语地靠在陈小元的肩头，像一只恋恋不舍的小海豚，不时地用头蹭一蹭陈小元的脸，感觉不像是送别，而像是生离死别。陈小元也确实像一去不回一样难受，他这辈子很少坐飞机，因为他的老家不通飞机，更多的原因是他舍不得坐飞机。这次好不容易坐一回飞机，偏偏是"水桶"买的机票，又偏偏不是去其他地方，而是去"水桶"那个王八蛋的老家，去探访那个暴发户的成长、情感和根脉，让他感觉别扭极了。

胥小曼在陈小元即将走进安检通道的时候，又冲了上去，死死地抱住了他，热烈地亲吻了他。陈小元说，这么多人，你不害羞吗？胥小曼说，我亲自己老公有什么好害羞的。陈小元说，那要不要当众做一次爱再走？胥小曼说，做就做，你以为我不敢啊？！我在想啊，飞机的厕所里是不是更好。

陈小元笑了笑，他没有在飞机上上过厕所，真不知道那里边是什么样子，所以他无法回答她，而且一想到这趟行程，他的心里就隐隐地痛了一下。

陈小元过去对于坐飞机的感受还是比较新鲜的，他喜欢那种没有翅膀飞翔的感觉，尤其坐在舷窗旁边，看着飞机快速地冲向前方，一点点地倾斜，一点点地拉升，一点点地脱离地面，人在慢慢地变小，汽车在慢慢地变小，高楼大厦被慢慢地抹平，大地很快被抛弃在身后，白云很快被踩在自己脚下。世界上最具体的最庞大的只有自己，自己似乎一下子变成了整个世界的主宰，不仅仅可以俯视一切，还可以目空一切。

这不就是进入天堂的感觉吗？不就是菩萨、神仙或者上帝的样子吗？所以每次坐飞机的时候，陈小元多么希望飞机不要下降，不要到达目的地，不要回到尘世。但是如今呢？他还没有起飞呢，已经希望尽快降落，哪怕是飞机失事，也毫不畏惧。

陈小元在福建莆田并没有待到七天，而是提前三天就结束了采访，返回上海的那天非常阴冷，天空有雪花片子零零落落地下着。上海是容不下雪花的地方，你明明看到雪花片子飞舞着，花白花白地飘洒着，好像在告诉你，它有多纯洁多干净似的，等你伸手接住的时候，白色立即不见了，已经是浑浊的小水滴子了。有时候连小水滴子都不见了，只有一团淡淡的雾气或者阴霾。

陈小元是晚上十一点到达的，远远地就看见了站在栏杆外的胥小曼，像雪花片子似的使劲地挥舞着小手。陈小元责怪，我不让你来，你为什么不听话？胥小曼说，人家想你了，想早一点见到你。陈小元说，这能早多少时间啊！胥小曼说，起码早两个小时吧。陈小元说，两个小时能干什么啊？胥小曼羞答答笑嘻嘻地说，能干的事情多了，可以陪你一起坐车，还可以陪你亲嘴……

陈小元上前，伸出手正想抱着胥小曼亲热一下呢，突然从胥小曼的背后走出一个男人，从地上拖起陈小元的行李箱，一边走一边说，我们去停车场吧。陈小元一下子愣住了，僵着手问，胥小曼，他是谁？！胥小曼有些尴尬地说，我不认识。

陈小元从体形和神态已经意识到这是谁，这个人以前像影子一样，总是在他的脑海里苦恼地出现。他也无数次地想象过某一天，他们见面的方式是什么，见面的场合是什么，自己会不会冲上去来一巴掌。但是他万万没有想到，这个人会在机场的到达厅出现，而且与胥小曼一起出现，出现的目的还是接他回家。

陈小元带着讥讽的口气说，你不认识，我也不认识，估计应该是鬼吧！

这个男人停住脚步，回过头说，陈大作家，你不认识我，我可认识你，我自我介绍一下，我就是你们嘴里的那个"水桶"，外边在下雪，又这么晚，应该不好叫车，我就开车接你来了。

陈小元一句话没有，也不知道应该怎么说。他真想臭骂一顿胥小曼，但是骂不出口，也不忍心。他从来没有这么生气过，甚至第一次有点恨胥小曼，恨她这么羞辱了自己。

陈小元扭头就走，很快钻进了地铁。胥小曼一直跟在后边，像一个做错事的孩子似的，不停地解释着说，亲爱的，你别误会，我和他不是约好的，我到机场以后才看见了他，他说你是替他干活去的，所以就来接接你，你的机票是他订的，也是他改签的，自然就知道了你的航班信息。

胥小曼嘟嘟囔囔了一路，陈小元则一路都是沉默着的。他相信胥小曼的话，"水桶"不是她叫来的，她对"水桶"的行动并不知情。但是他从机场出来的时候，看到胥小曼的那一刻，心里就咯噔了一下，因为她身上穿着一件棉袄，大红色，高领子，拖到膝盖那么长，前边有一排银色的金属纽扣。这件棉袄很明显是新买的，是冬季刚刚上市的新款，价格绝对不菲，按照胥小曼以往的消费习惯，怎么舍得添置这样的新衣服啊？

陈小元怀疑地想，他仅仅走了这么几天，胥小曼不太可能对自己突然大方起来，那么这件棉袄从何而来呢？会不会与"水桶"有关呢？不管她是不是被动的，棉袄严严实实地包裹着她，这是改变不了的事实，而且还以这样一种美丽而温暖的打扮来迎接他，这让他无论如何都接受不了。

两个人回到出租屋，胥小曼打了一盆洗脚水，有些讨好地说，你走了一路应该累了，我给你泡泡脚解解乏吧。胥小曼让陈小元在床沿上坐下，帮着脱掉了他的鞋和袜子，强行把他的脚丫子按在水里，一个趾头一个趾头地揉，一块一块地搓，一点一点地捏，不像清洗萝卜白菜，而像清洗一件非常了不起的玉器，那么小心，那么心疼，那么爱怜。

陈小元闭着眼睛，上身仰躺在床上，装着打起了呼噜。胥小曼说，别装睡，你听我说，你这聪明的人，不要上了别人的当，今天的事情会不会是人家的离间计？胥小曼帮着洗完了脚，手就不声不响地朝上走，抚摸着他的脚踝，抚摸着他的小腿，抚摸着他的膝盖，等抚摸到大腿之间的时候，她把他的拉链拉开了。

胥小曼正要继续扩大地盘的时候，陈小元一下子坐了起来，自己脱掉了自己的衣服，淡淡地若无其事地说，太晚了，赶紧睡吧。胥小曼的动作被打断了，不禁觉得十分伤心，躺在床上先是嘤嘤地哭了半天，然后就面对着墙壁赌气地睡了。

那天晚上，胥小曼的新棉袄就挂在对面的墙上，像一团大火一样烫得陈小元无论如何也睡不着。

陈小元失眠了，这一次不为房贷，而是为了他心爱的女人。

他们也算新婚燕尔，本来准备回老家过春节，至于回陕西还是回四川，两个人都没有什么意见，反而是相互谦让着的。胥小曼说，你爸年纪大了，过一年少一年了，还是回你们家吧。陈小元则说，你妈上次打电话的时候都哭了，我们回去看看你妈吧。但是他们思来想去，最终还是放弃了，回老家过年，路费呀，烟呀，酒呀，红包呀，没有一个月的房贷是打发不了的；最关键的是，刚刚借过那么多钱，即使没有人主动讨债，大家遇到一起也有很大的压力。好在现在的年，农村越来越清冷了，倒是城市越来越热闹了，灯光秀，游园，电影，庙会，小吃博览会，春节大联欢，总能过出各种各样的花头，而且年夜饭时兴在饭店里吃，省去了许多麻烦和辛苦。

陈小元在上海已经过了不少年，开始是一个人过，不需要提前预订年夜饭，等到天黑了，随便找一家小饭馆，炒两个菜，要一瓶啤酒，靠着一扇不大的窗子坐下来，总能吃出一些孤胆英雄的悲壮；后来有了胥小曼，就两个人一起过，提前预订一家像样一点的酒店，点四菜一汤，要一瓶红酒，找一个温暖点的角落，总能吃出一些情意绵绵的忧伤。两个人吃完了年夜饭，还要去豫园那边看看灯，或者去外滩那边听听新年倒计时的钟声。

但是今年的大年三十不同，胥小曼还要去上一个下午五点到凌晨一点的大夜班，陈小元只好把年夜饭提前到了中午，预订的是离出租屋不远的海底捞火锅。

大年三十那天的天气不错，上海天气不错的时候就有些暖和，和春天已经差不多了，不时地会有淡淡的花香飘过来，甚至还有那么一两只小蜜蜂在阳光下晒太阳。所以，北方过春节的时候，其实还处于天寒地冻之中，而江南的春节与春天是同步的，过春节的时候春天就紧跟着来了。

陈小元依然起了个大早，想开着车出去转转，拉客是一方面，另一方面是为了透透气。从福建莆田回来以后，他的心情特别不好，尤其提不起精神。他努力工作、开顺风车，辛辛苦苦地供着房子，在某种程度上并非为了自己，而是为了胥小曼。自从生活中有了胥小曼，他快乐的方向就变了。他单身的时候，快乐就是自由自在，只在乎精神层面的享受，比如写了一篇文章，比如写了一本新书，不管这些文章发不发表，这本书是不是署着自己的名字，看到从自己心里流露出来的字，他就会会心一笑。

这有点像糊里糊涂地生了一个私生子，孩子没有跟着他陈小元姓陈，孩子不知道自己是他的后代，其他人也不知道是他的后代，但是孩子的血管里流着他的血液，孩子的眉眼里带着他的表情，孩子的性格里有着他的密码，而且一代代地遗传下去，没有任何人能够更改，只有时间可以慢慢稀释，这是多么奇妙的事情。

世界上那么多有钱的有权的有势的有房子的人，似乎和你毫无关系，但是说不准他们的 DNA 和你部分吻合，他们几十年前就是你隐秘的亲人，或者在几十年后真就变成了你的亲人。比如胥小曼，以前和他陈小元有什么关系呢？但是随着两个人的相亲相爱，随着时间慢慢流逝，他们慢慢苍老，从感情上来讲，她已经变成了他的亲人，她哪天再给他生个孩子的话，那将永远成了自己的亲人。

自从买了房子，陈小元最得意和开心的，就因为这套房子将成为胥小曼的安身之所，会给她遮风挡雨并带来幸福，她的幸福就是他的幸福，她的幸福就成了他的目标。但是从福建莆田回来，他竟然发现她与"水桶"一同出现在机场，尤其她的身上穿着一件红色的新棉袄，这件新棉袄不是他买的，是来历不明的。

陈小元认为胥小曼的一切，包括衣服，包括肉体，包括心灵和影子，包括情绪和精神，都应该由自己提供才行，都应该属于自己才对。但是现在呢？她多出了一件不属于他的东西，他的心里像被抽走了一根筋，让他有些失魂落魄。

陈小元要出门的时候，胥小曼拦住了他，说过年呢，你就歇歇吧。陈小元说，银行贷款不过年啊，我歇一天，我们的房贷就差一天。胥小曼说，你如果闲不住，就在家里写书吧，不是说好了，这个月的房贷由"水桶"付吗？

陈小元听到"水桶"两个字，心里七上八下的更加难受，但是大过年的也不好发火，只好默默地有些幽怨地盯着胥小曼。胥小曼赶紧爬起床，欢快地说，那好吧，你等等我吧，我们就以赚钱的方式庆祝新年。她说着，从墙上取下了那件红棉袄。

陈小元忍不住了，说你就别穿衣服了。胥小曼说，你要我光着屁股陪着你吗？陈小元说，我不是这个意思，我的意思是你别穿棉袄。胥小曼说，外边不冷吗？陈小元说，不是不冷，是没有必要。胥小曼说，是这件棉袄不漂亮吗？陈小元说，不是不漂亮，是太红了。胥小曼说，过年就应该穿红的，而且我这红花花的大姑娘，你不让我穿红的，难道要我穿绿的吗？

陈小元说，因为太红了，晃得我睁不开眼睛。胥小曼有些气愤地说，我早就发现了，你这些天都不好好看我，哪里是棉袄的原因呀，分明是已经厌烦了我！陈小元说，你要穿棉袄可以，那就换一件吧。胥小曼说，你怎么怪怪的，到底为什么呀？

陈小元真想告诉她，单纯从棉袄的角度看，它齐膝的长度，火红的颜色，暖和的羽绒，都是他喜欢的。但是眼睛一沾这件棉袄，他就不由自主地怀疑"水桶"。他真想好好地问问她，它是从哪里来的，如果真是"水桶"送的，她接受的理由是什么？但是，他忍住了，它不是"水桶"送的还好，万一真是"水桶"送的，那他怎么办呢？还给"水桶"？剪成碎末？烧掉它？偷偷地扔掉它？他看得出来，她是喜欢这件棉袄的，关键是她原来有件棉袄已经很旧了，她真的需要这么一件新棉袄了。

陈小元说，人家是喜新厌旧，我却是喜旧厌新，你原来那件旧棉袄呢？你穿着那件旧棉袄的时候，我就有一种初恋的冲动。胥小曼说，真的吗？陈小元说，真的。

胥小曼和陈小元谈恋爱的时候，确实有一件橘黄色的短棉袄，领子后边带着一个帽子。她更喜欢那件棉袄，尤其喜欢那种颜色，按照陈小元的说法，穿在身上的时候，像一支蜡笔。但是有些旧，袖子上又沾了一点油污，所以就很少上身了。她却又舍不得扔，干脆压在床下边的一只箱子里。

胥小曼打开箱子取出旧棉袄换在身上，开心地说，几年没有穿，依然挺合身的。陈小元说，说明你和当初一样苗条。胥小曼说，那你快点过来冲动一下吧。然后就抱着他亲了起来。陈小元看到胥小曼的样子全部回来了，而且回到了好多年前，回到了青葱岁月，心情一下子好转了很多。

因为都放假了，外地人回家探亲去了，本地人又时兴旅游过年，整个上海显得空空落落的，原来拥堵不堪的交通，如今也畅通无阻了。陈小元开着车，围绕着火车站转了好几圈，就靠边停了下来，叹着气说，看来运气不佳啊。胥小曼说，运气是什么？是放屁吗？

胥小曼像练气功一样来了一个深呼吸，真的噗哧一声憋出了一个响屁，然后笑嘻嘻地说，怎么样？我运出来的气不算差吧？陈小元被逗笑了，说没有拉到一个乘客，还烧了这么多汽油，根据我们老家的说法，来年是要倒霉的。胥小曼说，我不就是乘客吗？陈小元说，你算什么乘客呀，乘客是要买票的。

胥小曼就从包里掏出一个红包，像模像样地说，师傅，请开车吧。陈小元打开红包数了数，然后一本正经地说，请问妹妹，你要去哪里？胥小曼说，我不去机场也不去车站，世界这么大，我就想去远方，你就使劲地往前开吧。陈小元说，好嘞！妹妹你坐稳了。

陈小元被彻底逗乐了，一时忘记了人间的烦恼。他把车一溜烟地开了起来，南北高架，内环高架，逸仙路高架，再从宝杨路一直朝东，很快就来到了江杨路码头。这里是长江和黄浦江的入海口，曾经有前往崇明岛的轮渡，如今已经彻底关闭，成了一条景观大道，旁边连接着吴淞口国际邮轮码头，经常有泰坦尼克号似的邮轮停靠，再旁边就是吴淞炮台湾湿地公园，因在清朝的时候建过水师炮台而得名。

胥小曼站在废弃的码头上朝着浩瀚宽阔的江水喊：大海啊大海，我来看你来了！陈小元说，这不是大海，是长江。胥小曼说，你以为我傻啊，再流下去不就是大海了吗？她像一只海鸥一样张开双手一边奔跑一边喊，海鸥啊海鸥，我飞起来啦！陈小元说，你不是海鸥，顶多也就是一只大白鹅。胥小曼说，你以为你很聪明吗？我即使是大白鹅也有一颗海鸥一样飞翔的心。

两个人玩得非常开心，不觉得已经到了中午十一点，陈小元催着回去吃年夜饭,胥小曼却死活赖着不走,非得让他打电话把订好的火锅退掉。陈小元害怕太清冷,又害怕饿着了胥小曼,于是开着车跑到街上,买了两瓶饮料和一堆饼干面包,还买了两只气球,两个人坐在江边,看着茫茫的天水一色,碰杯,打滚,放飞气球,追逐着海鸟,拥抱接吻,甚至还想做一次"露水夫妻",以如此盛大的节目来辞旧迎新。

真讨厌,有一个披头散发的男人,像潮水拍打着江岸一样,在他们面前来来回回地徘徊着。他们猜测,他可能是流浪汉或者拾荒者,也可能是神经病,最后得出了一致的结论,他和他们一样无家可归,以一种特别的方式来度过这一年的最后一天。

陈小元也去了医院,陪着胥小曼把班上到了凌晨,回到出租屋的时候已经凌晨两点,两个人躺在床上刚刚眯了一会儿,天就麻麻亮了,麻雀就叽叽喳喳地叫了。但是陈小元依然醒嗷嗷地睡不着,赖了半天的床以后实在难受,干脆穿了衣服下了床,在门与窗子之间不停地走来走去。

窗外比大年三十更加清冷了,大街上没有行人,也没有几辆小车,公交车依然来来回回地开着,大部分都是空荡荡的。即使是出租屋,也因为小叶和小孙的回家,显得无比空旷。

陈小元想出门开车,但是按照习俗,大年初一不宜营业,估计也没有客人可拉。胥小曼问他烦躁不安的干什么?陈小元说,人真是贱啊,平时总希望世界安静一些,希望自己能清闲一些,没有想到真安静了清闲了,反而不适应了。胥小曼说,你可以动笔写稿子了。

陈小元有点不开心地说,你倒是挺操心的,今天大年初一呢,我可不想把一元复始的第一天,用在那个王八蛋的身上。胥小曼倒是嘻嘻哈哈地说,你们陈家的老祖先是不是山西人?陈小元说,是啊,听我爸说,山西洪洞县大槐树那边的。胥小曼说,难怪了,你们老祖先肯定是开醋厂的。

陈小元明白过来，自己曾经这样捉弄过她，于是就说，我不是吃醋，是吃蛆，想到那个王八蛋就恶心。胥小曼说，亲爱的，你也别恶心了，为了那个王八蛋不值得，这样吧，你就把第一天用在我身上吧。陈小元听到胥小曼也骂了一句"王八蛋"，心里一时痛快了许多，说你不过一亩三分地，丘丘壑壑，毛毛草草，稀稀落落，空空洞洞，我一时半刻就搞定了，哪里需要一天时间呀。

胥小曼穿着一件睡衣，正好起身去上厕所，经过陈小元身边的时候，顺势一个趔趄倒在了他的怀里。陈小元从背后搂住了她，隔着睡衣把她的两个乳房抓在手里，像和面一样用力地揉捏着。也许被他天长日久地揉呀捏呀，她的乳房像两个彻底发酵的被蒸熟了的白馒头，柔软中带着筋骨，细腻中带着紧张。他揉捏了一会儿，就把手伸进了她的睡衣，用两个食指分别按住两个乳头，像弹奏一把吉他一样，轻轻地轻轻地拨动着。随着他的拨动，她的两个乳头像两只破壳的小鸟，翅膀硬起来了，站起来了，扑棱棱的要飞出去了，而她的嘴里则发出了优美的伴奏。

陈小元基本完成任务以后，太阳已经彻底升起来了，这让他又陷入了百无聊赖之中。陈小元说，接下来怎么办？胥小曼说，我要用新年的第一天来回报你，你快点躺下来，我想玩一次愤怒的小鸟。陈小元说，这不是一种过时的游戏吗？胥小曼说，当然不是，是我刚刚获得的灵感，我们来测试一下好不好？陈小元说，算了，太浪费弹药了。胥小曼说，你太没劲了！那趁着外边车少，你教我开车吧。

大街上确实人烟稀少，但过年的气氛还是挺热烈的，虽然主城区已经禁止燃放鞭炮，不过偶尔还能听到一声声炸响，空中不时有断线的气球飘过，大门上多数贴着春联，窗户上处处贴着福字，还不时地传来欢笑声和碰杯声。陈小元说，过年呢，我们去看看房子吧。胥小曼说，前段时间太忙，都忘记给新房贴春联了。但是两个人跑了几条街，所有的超市都关门了。

两个人把车开到米罗公元，绕着小区围墙转了三圈，然后在大门外边下了车。陈小元拾起一块红砖，在地上敲碎，说自己写个上联，你对个下联吧。胥小曼说，对好了有什么奖赏吗？陈小元说，对好了，我就教你开车。陈小元想了想，在大门右边写下了"喜迎新春"。胥小曼想都没想，就提起红砖，在大门左边写下了"快搬新宅"。

胥小曼龙飞凤舞地写完，把红砖一下子扔进了大门，也许正好砸到了流浪猫，听到一声惨叫。胥小曼开心地说，下联对的怎么样？陈小元拍着手说，不仅对得工整，而且字也写得漂亮，我只好甘拜下风。胥小曼说，那赶紧上车吧。

陈小元教胥小曼开起了车。胥小曼坐在副驾驶的位置上耳濡目染了好几年，所以不到两个小时，就可以开着车在无人的马路上行驶了。陈小元说，你真是当司机的天才。胥小曼说，都是因为遇到了一个好师傅，人常说，要想会，跟着师傅睡，我陪你睡了那么久，再不会点什么的话那就是傻瓜。

陈小元哈哈大笑着说，既然和我睡觉有这么多好处，以后就多陪着我睡睡吧。

第十二章

大年初一一过，人们陆陆续续地冒了出来，各种生意一下子就好了。陈小元的顺风车也不例外，从早到晚很少落空，于是两个人就轮换着来，有客人的时候陈小元开，没有客人的时候胥小曼开。到正月初七假期结束，胥小曼除了不会倒车以外，已经像一个老司机似的非常顺溜了。

胥小曼找到护士长，说自己准备当妈妈，所以不能再熬夜。护士长说，你还没有结婚呢，这妈妈怎么当啊？胥小曼说，没有举办婚礼，不等于没有结婚，自己持证上岗已经快一年了，马上是奔三的人了，再晚几年会影响宝宝发育。胥小曼又撒娇又发巧克力，护士长就把她调到了住院部的白班。胥小曼的白班是下午四点半下班，洗个澡，换了白大褂，等到陈小元下午五六点赶到医院会合，两个人在医院食堂吃完晚饭，然后就一心一意地开始拉客去了。

某一天晚上，胥小曼抱着方向盘说，以后我来开车赚钱，你就安心写书吧。陈小元说，我可不放心，老婆被人拐走了事小，车被人开走了，那损失就大了。胥小曼掏出一台手提电脑，说，我从医院借的，我开车拉人，你就坐在车上写书，同时还可以盯着我，这可是一举两得的好事，你说我聪明吧？

陈小元说，聪明个屁，你没有驾照，无证驾驶是违法的，万一出点事故怎么办？胥小曼说，你陪在身边，出事了你可以顶包呀。胥小曼果然聪明，竟然把一辆破车，开出了性别，遇到女乘客，就稳稳当当地开，遇到男乘客，就生猛狂野地开，加上又是美女司机，这样一来，生意更好了。

陈小元慢慢也就放心了，无论有没有乘客，他只管坐在后边，把电脑架在大腿上，安安心心地进入写作状态。

又一天晚上，胥小曼从虹桥火车站接到一个小伙子，十分帅气，留着一头长发。长头发看到开车的司机是个大美女，就兴奋地拿出一台摄像机，问能不能拍拍胥小曼。

胥小曼说，你是干什么的啊？长头发说，我是电视台纪录频道的。胥小曼说，这样啊，你就随便拍吧，你想拍纪录片对吗？长头发说，差不多吧。胥小曼说，这么说，我就是演员？长头发说，是啊，而且是主角。胥小曼笑嘻嘻地说，那你要不要付我片酬？

长头发得到了同意，就对着胥小曼一边拍一边说，绝对没有问题，你想要多少？胥小曼说，至少一个亿，范某某都是这个数，我不比她差吧？长头发说，人家还有床上戏呢。胥小曼说，开车比上床，技术含量高多了，你还没有告诉我，你到底要去哪里？长头发说，你看看哪里漂亮就往哪里开吧。胥小曼说，上海漂亮的地方太多了。长头发说，延安路高架，南京路、外滩、豫园、陆家嘴，统统兜一圈吧。

天上静静地挂着一轮圆月，像一块泥巴疙瘩，更像得了黄疸肝炎似的，暗淡、焦黄，任何一盏灯的光芒都赛过了它。它是那么落寞那么沮丧地被人们遗弃在了天空。陈小元本来安心地写着东西，听到长头发与胥小曼的对话，忍不住插了一句，你得先付费！你付完了费，想去月球都可以，今天晚上最漂亮的是月亮。

长头发这才发现，后座上还有一个人。他的镜头对着圆月拍了拍，然后扭过镜头，对着陈小元有些好奇地问，你是谁？陈小元说，我是安全员，专职的！长头发说，这不是顺风车吗？用得着配安全员吗？陈小元说，你管得着吗？长头发说，这是我叫的专车，请你下车吧。陈小元说，下车的应该是你，你赶紧把手中的家伙收起来，你这么乱拍一气，征求我们同意了吗？

长头发说，这位大姐同意了啊！陈小元说，她是她，我是我。胥小曼笑嘻嘻地说，你们两个都闭嘴吧，我说这位帅哥，他确实是安全员，类似于我的保镖。长头发说，你的保镖？这又不是运钞车。胥小曼说，虽然不是运钞车，但是车上的大美女更需要保护。

长头发说，他是专门保护你的？胥小曼说，是呀。长头发说，他是你雇的？胥小曼说，对呀。长头发呵呵一笑，有些藐视地说，就他这样子，估计连我都打不过，能当保镖吗？陈小元气愤地说，你那么多废话干什么？！我明白地告诉你吧，我是她的老公！胥小曼得意地解释，他确实是我的老公，嫌我开车不安全，而且又孤单，所以就陪着我了。

长头发怀疑地说，他是你老公？这也太无聊了吧！胥小曼说，你可不要小看了他，他是一个大作家，他坐在车上一举两得，还兼着写书呢。胥小曼回头对陈小元说，亲爱的，你把刚刚写的东西念给这位帅哥听听吧。陈小元说，你以为我和你一样是疯子吗？！

长头发尴尬地问，他写什么书啊？胥小曼说，这次写的是关于母亲，告诉大家母亲如何养育了我们。长头发说，我怎么看你们都不像夫妻。胥小曼拿出结婚证说，你检验一下吧。长头发把结婚证接过来一看，十分惊奇地说，你叫胥小曼，他叫陈小元，你们一个是四川人，一个是陕西人，你们什么时候来上海的？胥小曼说，已经记不得了，感觉有几个世纪了吧。长头发说，你们开顺风车是业余的对吗？胥小曼说，是啊，我们都有本职工作，你猜猜我是干什么的？

长头发说，你呀，应该是护士。胥小曼说，你不会在我们医院看过病吧？长头发说，我算出来的，我是算命先生。胥小曼说，你算算我老公是干什么的？长头发说，他呀，酸溜溜的，应该是搞文字工作的，算是半个文人。我就奇怪了，你们都是有工作的，还在乎这点辛苦钱啊？胥小曼说，我们刚刚买了房子，以此缓解一些还款的压力，不然谁愿意半夜三更地在外边奔波呀。

长头发感慨地说，其实吧，老婆开车，老公陪着，一个赚钱，一个写书，这样也挺浪漫的。胥小曼笑嘻嘻地说，是挺浪漫的，今天农历十五元宵节，如果不是拉了你，我们还要去郊区的月光下做"车上运动"呢。陈小元瞪了一眼胥小曼，教训道，你不知道害臊吗？什么都说！

长头发听到这些故事以后，摄像机就拍得更加兴奋了。他从身上掏出两千块钱，说今天晚上我把你们小夫妻包了，你们看看怎么样？胥小曼说，你包我们去哪里呀？长头发说，我想拍拍你们的故事，我刚刚已经说了，你们完全不用管我，大姐想拉客就拉客，大哥想写作就继续写作，你们真的想做"车上运动"就做"车上运动"，尽管按照原来的样子干你们的，我想把全部过程拍下来。

胥小曼说，你不会拍三级片吧？长头发说，我还没有那么低俗，我只是想拍一部纪录片而已，名字都想好了，就叫《女司机和她的男保镖》，到时候在电视台一放，保证会火起来的。胥小曼说，那你坐好了啊。她一脚油门，车就飙了出去。

胥小曼把车已经开上了延安路高架。高架像一条飘带一样在半空中飞舞，这座东方的魔都像一个辣妹舞者一样，也有着上半身和下半身，嘈杂、混乱、破旧和低矮的下半身全部隐藏在了高架下边，只剩下高耸、气派和辉煌的上半身被五彩斑斓的灯光，装饰得如梦如幻，显得无比的美艳。

长头发对着胥小曼拍摄的时候，胥小曼就露出开朗、快乐而幸福的笑脸，镜头对准陈小元的时候，陈小元就厌恶地用手遮挡着。长头发无奈地说，大姐，你这个保镖不配合呀。胥小曼说，你给那么一点钱，想让人家怎么配合？长头发说，我再加两千块怎么样？胥小曼说，这还差不多，亲爱的，看在钱的分上，你就委屈一下吧。陈小元说，我还要一张老脸，你喜欢钱，你想怎么出镜都行，如果觉得这样还不够，脱衣服我都没有意见。胥小曼噘着嘴生气地说，脱就脱，谁不敢啊！

长头发呵呵地笑着说，你们还是回家脱去吧。他把镜头一会儿推近，一会儿拉远，一会儿上车拍，一会儿下车拍，一会儿拍胥小曼和陈小元，一会儿拍窗外的街街巷巷，而且一边拍一边解说，既描绘外边美丽的景色，又讲述这对小夫妻的故事。

这个元宵节的晚上，他们开着车，去了外滩，去了豫园，爬上了南浦大桥，跨过了黄浦江，还去陆家嘴搭载了一个客人。拍到晚上十二点左右的时候，长头发说，我去你们家看看行吗？

胥小曼说，我们还没有家呢。长头发说，你们不是买了房子吗？胥小曼说，房子还没有交呢。长头发说，你们现在住在哪里？胥小曼说，我们住在出租屋，几个朋友一起合租的，在离火车站不远的石库门里。长头发说，那麻烦你一下，先去你们的出租屋楼下看看，然后再去你们小区的工地吧。

最后，胥小曼把车开到了米罗公元，清清静静地停在一片茂密的树林中，此时的路灯被遮挡住了，远方的霓虹灯已经熄灭了，月亮就露出了本来的面目，显得十分皎洁而明亮。长头发拍了拍陈小元家的那栋楼，拍了拍几扇黑洞洞的窗户，拍了拍天上的那轮圆月，拍了拍这对小夫妻在夜色中的眼神……长头发拍着拍着，竟然一下子泪流满面，他的泪水里有羡慕有感动也有感慨。他收起摄像机的时候，掏出了两千三百块钱，说自己身上就这么多了。

胥小曼不好意思地说，钱就不要了，你到时候把拍好的片子，拷贝一份留给我们做个纪念吧。长头发说，这确实是值得纪念的，你们同意我们播放吗？胥小曼说，不会在美国的奥斯卡播放吧？长头发说，奥斯卡也不过如此，先在我们电视台吧。胥小曼说，我要上电视了对吗？长头发说，是啊，是长三角纪录频道。胥小曼说，这恐怕不行吧？长头发说，为什么啊？你们在上海打拼的故事，应该会引起很多人共鸣的。胥小曼说，我今天没有化妆，这形象太差了。长头发说，大姐，其实吧，你没有化妆反而更美。

胥小曼转过头问陈小元，亲爱的，你快看看，我的头发乱不乱？脸上有没有什么不对的？陈小元埋着头在电脑上心烦意乱地打字，就有些不耐烦地说，你啊，真的像个疯子！胥小曼说，疯子就疯子！本姑娘决定了，我不但同意播放，还要进军好莱坞！长头发说，太好了，谢谢你们。

长头发下了车，抬头看了看挂在楼顶的月亮和洒在脚下的月光，然后重新叫来一辆出租车。胥小曼要开车送他回家，长头发说，不用了，你们就留在这地方做自己喜欢的事情吧。

长头发拍出来的纪录片在电视台播放以后，果然在社会上引起了巨大轰动，尤其是胥小曼一下子成了网红，许多乘客认出她的时候，不仅要求一起合影，还会多付一些车费。几位大老板则通过电视台，千方百计地联系她，想请她做专职司机，开的都是奔驰宝马，而且月薪一万多块。

长头发把消息转告过来的时候，使劲地做胥小曼的思想工作，说她在医院工作安稳虽然安稳，不过整天打打针换换药，都和有病的人泡在一起，是苦闷和无聊的，上次之所以猜到她是护士，就因为她身上有一股药水味，换到大企业给老板开车的话，身上就会是香水味了，起码可以拿到更多钱，时间长了还能转岗，进入管理层不说，也许还能持股呢。

某一天凌晨，胥小曼拉完客回到出租屋，躺在床上死活睡不着，就问陈小元当司机的事情怎么办？陈小元对播放纪录片本来就不高兴，于是讽刺挖苦说，这有什么好犹豫的，赶紧辞职呀！胥小曼说，你真是这么想的？陈小元说，你现在是大明星，要进军好莱坞的，当个小护士多屈才啊。

胥小曼在陈小元的胸口上蹭了蹭说，亲爱的，我知道你在生气，你以为我在乎上电视吗？我在乎的是钱，是我们的房子，是我们两个人的家，你仔细想想啊，房贷一天不还清，我们就得当一天的奴隶，如果可以赚更多的钱，提前把房贷还清了，不就真正地解放了吗？但是你一点都不懂我，吃吃醋就算了，如今还讽刺挖苦我！

胥小曼说着说着，就趴在陈小元的身上委屈地哭了。陈小元心里明白，胥小曼确实不是虚荣的人，如果真为了虚荣心，也不可能嫁给又穷又丑的他。

陈小元替胥小曼擦了擦眼泪，心疼地说，你也好好想想，那些大老板为什么想请你当司机？胥小曼说，因为我长得漂亮啊。陈小元说，这就对了，他们在打你的主意，天天和色狼待在车里，你稍微不小心的话，就会落于他们的手中，到那时候就人财两空了。胥小曼说，我可以挑一个女老板啊。陈小元说，女老板为什么想请你当司机？胥小曼说，不仅因为女人在一起方便，而且因为我车技好啊。

陈小元说，你千万别嘚瑟了，你车技再好有用吗？你把驾照拿出来让我看看吧，上什么电视呀，给老板开什么车呀，大家都知道你会开车，一旦知道你无证驾驶，那就惨了。胥小曼一下子从床上跳了起来，害怕地说，我的妈呀，我四处招摇，竟然忘记自己是无证驾驶，真是鬼迷心窍了，你怎么不早点提醒我啊？

陈小元说，我提醒你有用吗？所以你就认命吧，从明天起好好当你的护士，先别逞能开车了，等再过一阵子，先报一个驾驶培训班，争取把驾照考出来，有了驾照以后，别说想给老板开车，就是想给老板开飞机，我也会尊重你的选择。胥小曼乖乖地说，还是老公聪明，我听老公的。

年也过了，十五也过了，日子晃晃荡荡地进入了二月。上海彻底算是春天了，不仅仅处处鲜花盛开，而且天气暖和得不得了，年轻女孩子已经按捺不住，纷纷地穿起了裙子。

某一天早晨，陈小元送胥小曼去上班，在一条马路前等红绿灯的时候，突然飞过来一只蝴蝶，乳白色的，带着淡紫色的花纹，翅膀轻薄而通透。它先在车前的挡风玻璃上款款地停留了一会儿，再翩翩地飞进了旁边的绿化带，然后钻进了一束报春花中。胥小曼很激动，打开车门，追随而去。陈小元把车靠边等了又等，胥小曼才懒洋洋地回来了，她上车也不说话，只顾着歪在陈小元的肩膀上哭。

陈小元安慰她说，不就一只蝴蝶吗？你喜欢的话，有时间我带你去科技馆，那里有几万只蝴蝶标本。胥小曼说，你有没有看清楚，它仅仅是一只蝴蝶吗？陈小元说，不是蝴蝶是什么？难道是一只小妖精？胥小曼说，你想想它是什么颜色的？陈小元说，白色的呀。胥小曼说，它张开翅膀的时候像什么？陈小元说，像一只风筝。胥小曼说，不是它像风筝，而是风筝像它，如果我们把它放大一百倍像什么？陈小元说，放大以后还是蝴蝶，只不过是大蝴蝶。胥小曼提醒说，你想想它和我有什么关系吧。

陈小元想了半天，也没有想出一个所以然，就不太确定地说，它上辈子难道就是你？胥不曼，它上辈子是梁山伯。陈小元说，你下辈子难道就是它？胥小曼说，我下辈子是祝英台。陈小元说，呵，我明白了，你长得像一朵花，而它想钻进你的身体里。胥小曼说，你总算沾点边了，不过说颠倒了，不是它钻进我的身体，而是我钻进它的身体。如果我钻进它的身体,你想想它像什么? 陈小元说,是不是像一条婚纱? 胥小曼说,你再仔细想一想,它像不像我们刚刚见过的那条婚纱?

陈小元恍然大悟,这只蝴蝶确实像一条婚纱,曾经出现在他们的面前。那是前不久的时候,他们路过真如老街上的一家婚纱影楼,看到橱窗里展示着一条婚纱。胥小曼站在橱窗外看了很久,说自己没有穿过婚纱,不知道穿上它会是什么样子。陈小元说,你身材好,穿上它,一转身,应该像一只蝴蝶。陈小元当时真想许诺她,等经济稍微宽裕一点,他就把这条婚纱买下来,让她穿着去拍一套结婚照,甚至是好好地举办一场婚礼。但是,他想了想自己的处境,还是拉着胥小曼默默地离开了。

陈小元说,亲爱的,过段时间,我们去拍婚纱照吧。胥小曼说,算了,我在心里和梦里已经穿过婚纱了,当下最要紧的还是房子,等房贷还得差不多了,我们再拍也不迟。陈小元说,到那时候,我们已经老了。胥小曼说,老了更有意思。陈小元说,到那时候,我们已经发福了,你长胖了,我更矮了。胥小曼说,所以呀,我们要注意保养。陈小元说,到那时候,说不定我已经不在了……

陈小元把话说到这里已经有了几分哽咽,但是他忍了忍,等到胥小曼下了车,才任由着泪水唰唰唰地流。房子贷款二十几年,刚刚过去大半年呢,他感觉自己心都碎了,半条小命都没有了。男人的日子过得怎么样,性生活是非常重要的指标。性生活不如意,别以为都是身体不好,其实大部分是精神问题。男人不举、不坚挺、不持久,往往怪罪于肾,认为是肾虚的原因。为了壮阳补肾,喝虎骨牛鞭酒,吃乌龟王八蛋,但是球用不顶。对了,男人的下身还有一个称呼,叫"球",这不是皮球,不是沙球,更不是铅球,而应该是气球,必须向里边充气,最好是充氢气或者氦气,因为它们比人类赖以生存的空气轻。

气球只有充了气,它才能鼓起来,才会飞起来。不过,这个会飞的球,不能压力过大。无论内压、外压，一旦大了，就爆掉了，就泄气了。其实真正可以壮阳的，是正面而积极向上的情绪，是一种可以挺起来的精神状态，包括放松、自信、得意、爱以及被爱。

他陈小元的身体再好，爱情再滋润再甜蜜，但是由于生存压力太大，慢慢就走上了半性生活，也许很快就会走上无性生活。他的性功能，不能说是彻底阳痿吧，但"隔空掏火"的方式是不正常的，是单方面的，是被动的，是不协调的不合拍的，甚至是孤独的，不是常规意义上的你中有我，我中有你，然后在彼此的身体里得以溶解、消化，从而成为一体，同时享受升华的快感和满足。

说得再明白一点恋人之间的那点房事，最自然而完美的境界就在于，同一时间，同一空间，同一情绪，心领神会，说云就一起飘飘荡荡，说雨就一起稀里哗啦。像人工降雨那样，雨倒是下了，不打雷不闪电，爽的恐怕只有几枚干巴巴的火箭弹而已。

陈小元刚刚来到报社还没有坐下来呢，林主任就来告诉他，赶紧去银子的办公室，银子已经找他好几次了。陈小元问，他找我干什么啊？林主任说，应该不是什么好事情，你那次公然顶撞他，他还没有找你算账吧？

陈小元磨磨蹭蹭了半天，本来想置之不理的，谁知道在厕所里遇到了银子。陈小元说，领导也需要方便吗？银子说，你以为呢？陈小元说，我以为领导们高高在上，只会口吐莲花，是从来不会排泄的。银子说，不排泄的都是低级动物，比如单细胞的草履虫，你好像是变着花样骂我，意思是我没长屁眼对吧？不过，真有一种动物，没有肛门，只进不出，招财聚宝，神通特异，你知道叫什么吗？它就是和龙、凤、龟、麒麟齐名的貔貅，一种可以辟邪的神兽。

陈小元说，领导懂得挺多啊！按照你的说法，你是哪一种野兽？银子说，我当然就是貔貅了。陈小元说，你这只进不出的貔貅找我有何贵干呢？银子说，当然是替你辟邪的了，不过你架子挺大的呀。陈小元说，我就是为了见你才来排泄的。银子说，你排完了吗？排完了就走吧，去我办公室一趟。陈小元说，我本来尿完了，被你这么一撩呀，把屎又给撩出来了，我还要蹲一会儿坑，你现场办公如何？银子说，陈小元，你就好好蹲着吧，最好是回家蹲着更舒服。

林主任也来蹲坑了，他敲了敲挡板说，陈小元啊，我好心提醒一下你，千万不要太过分了，你没有听到银子话中有话吗？陈小元说，我早就预料到他想炒我的鱿鱼，我拉完了屎就上去会会他，看看这个王八蛋又要耍什么花招。

陈小元去见银子的时候，双手插在裤兜里，还吹了几声口哨。银子没有让座，黑着脸说，你日子过得挺逍遥的啊！陈小元说，我这是苦中作乐，你有什么事情就直说吧。银子说，你调到广告部几个月了？陈小元说，大概五六个月了吧。银子说，你感觉自己工作怎么样？陈小元说，不怎么样。银子说，那你分析一下，原因到底是什么？陈小元说，原因是这个岗位不适合我。银子说，你说反了吧？不是岗位不适合你，是你不适合这个岗位。

陈小元说，这不一样吗？银子说，当然不一样，你是优秀记者出身，要资源有资源，要关系有关系，要能力有能力，条件比其他人好了很多。陈小元说，你分析分析，当记者挺优秀的，拉广告就不行了，关键问题在哪里呢？银子说，关键是你没有用心，你的心用错地方了，按照大家的说法，叫不务正业。

陈小元警惕地盯着银子问，我的正业是什么？银子说，你的正业是广告，你刚才吹的口哨是"解放区的天是蓝蓝的天"对吧？陈小元说，对呀，你看看外边的天是不是挺蓝的？银子说，是挺蓝的，蓝得让人有些陶醉，蓝得让人不可思议，所以你要从我们穷报社解放出去了是不是？

陈小元说，表哥！不对，银总！我们这些小巴拉子的，再怎么样都是猴子一只，被你压在五行山下五百年都翻不了身，这辈子估计解放不了了。银子说，你可别谦虚，你现在是大红人、大作家，有人给我算过一笔账，说你们开顺风车的，每天晚上的收入比夜总会的小姐还多。

陈小元终于明白了，银子找他的重点是顺风车。陈小元说，银总，你知道小姐每天晚上能赚多少吗？银子说，至少一两千块吧。陈小元说，小姐干什么能赚这么多呢？银子说，除了卖身还能干什么呀！陈小元说，你去过夜总会吧，不然怎么知道得这么清楚啊？银子说，你别给我下套，我没有杀过猪，难道没有吃过猪肉吗？陈小元说，我就老实说吧，我们不是卖身的，所以根本赚不到那么多。

银子说，你赚多少和我没有关系，我找你就是想告诉你，你这样严重影响了本职工作，职工们的意见非常大。陈小元说，职工们是谁？到底谁有意见了？银子说，而且影响也非常坏。陈小元说，有什么影响？影响坏在哪里了？银子说，报社职工在外边开黑车，这影响还不恶劣吗？陈小元不屑地说，这是诽谤！那是顺风车，不是黑车。银子说，即使不是黑车，本职工作不好好干，而在外边兼职，这是绝对不允许的。陈小元说，我拉客是为人民服务，又不是拉皮条。

银子说，这和拉皮条差不多，上级主管部门接到投诉，要求报社严肃处理，你说说怎么办吧。陈小元说，这都是被你们逼的，如果我继续当记者，或者报社的工资高一点，我还会兼职吗？银子说，你是被房子逼的，你不买房子的话，还会有这些烦恼吗？

陈小元在银子的对面坐了下来，伸手从桌子上抽出一根烟，点着了。他从来都不抽烟，看到银子云雾缭绕的样子，突然就有了抽烟的欲望。

陈小元深深地吸了一口烟，慢腾腾地说，你的意思是，我们这些人不配有房子对吧？银子说，你没有房子的时候难道一直住在树上吗？陈小元说，那叫房子吗？那叫出租屋好不好。银子说，都有窗户，都有门，都有墙，都可以和女人睡觉，这有什么差别吗？陈小元说，差别太大了，你没有住过出租屋吧？银子说，我家有房子，用不着。

陈小元说，你的房子从哪里来的？银子说，有一套是老人遗留下来的，有一套是单位分的。陈小元说，你有两套房子，而且都没有花钱对吗？银子说，你又不是纪委，你有什么权力问这些？我老实告诉你，我的房子都是合法财产。陈小元说，所以，你根本无法体会我们的心情，我想问问银总，你应该有女人吧？银子说，废话！我孩子都结婚了。陈小元说，孩子是老婆生的吧？银子说，简直是屁话！我自己又不会生孩子。

陈小元吐了一口烟，气定神闲地说，这就是差别，房子和女人一样，你的房子就像你的老婆，里里外外都是你自己的，是可以给你生儿育女传宗接代的，而出租屋是你找的小姐，全部都是别人的，让你临时用一下而已，你给她买衣服和化妆品，再怎么打扮她讨好她，从合法性的角度讲，她永远不会是你的，不仅心不在你的身上，哪怕生了孩子也只能叫私生子，不可能光明正大地叫你爸。

银子一愣，说你别拿我打比方，也不用那么多废话，我找你就是传达一下，经过报社研究决定，你要么回来好好上班，要么辞职继续开你的顺风车，你回去好好考虑考虑，三天之内把结果回复给我。陈小元说，这太不讲道理了吧！我又没有卖身给报社，我凭什么不能支配八小时以外的业余时间？

银子说，你拿的不是计时工资，而是绩效工资，考核标准不是工作时间，而是完成了多少业绩，你这几个月的考核结果是不合格，明白了吗？

陈小元在桌子上按灭了烟头，本来已经出了门，但是突然返了回来，嘿嘿地笑着问，我刚刚被你们气糊涂了，你们说我兼职，有证据吗？银子说，电视台都播了，而且是纪录片，全上海人都看到了，这不就是证据吗？陈小元说，在片子里，我在干什么啊？银子说，你在开顺风车啊。陈小元说，你确定我开的是顺风车，而不是宇宙飞船吗？银子说，当然，你还想抵赖不成。

陈小元说，我还得叫你一声表哥！表哥你再看看那个电视，我当时坐在什么地方吧。银子说，你坐在车的后排。陈小元说，所以呀，我没有开车，我开的肯定是宇宙飞船，开车怎么可能坐在后排呢！

银子又愣了一下，说你老婆开顺风车和你不是一样的吗？陈小元说，她是她，我是我，怎么可能一样呢？银子说，不开车，你坐在车上干什么？陈小元说，电视名字叫《女司机和她的男保镖》，已经说得很清楚了，我只是她的保镖而已，这里的"保镖"是一种比喻，也是电视台的噱头，而且仅限于那天晚上。

银子说，你哄哄我可以，但是有人信吗？陈小元说，你说自己是辟邪的貔貅，所以你得保护我们这些平民百姓，建议报社重新研究一下，如果不给我一个说法，无缘无故处理我，我就继续去电视台。银子说，你去电视台想干什么？陈小元说，我去电视台拍续集，名字就叫《男上司和他的倒霉记者》，不过这次不拍顺风车，而拍一下报社记者的遭遇，到时候不仅仅要影响报社形象，估计还会拔出萝卜带出泥，影响报社领导的大好前程。

银子笑眯眯地说，你在威胁我们对吗？我们不怕你的威胁，而且我好心提醒提醒你，亏你还记者出身呢，这种片子舆论导向有问题，拍出来电视台敢播吗？根本不会播出的！咔嚓一声，就被枪毙了。银子扬起手，像扬起一把刀，朝着自己脖子一抹。

陈小元说，我说貔貅同志，亏你还是神兽呢，这都什么年代了？这是自媒体时代！网络比电视台传播力更强，而且尺度更大，人家不能传到网络上去吗？

陈小元说得理直气壮，心情却是挺沮丧的，自己辛辛苦苦开顺风车，没有别人眼红的那样赚了多少多少，但是加上一点工资，起码可以勉强支付房贷，对未来也就不会如此绝望了。

下班以后，陈小元接上了胥小曼，没有再去拉客，也没有回出租屋，而是带着几瓶啤酒，把车开到了米罗公元。此时，大地早已经返青，小草已经茂密地冒了出来，他们在不远处的绿化带里找了一块草坪，坐下来开始喝酒。胥小曼说，你喝，回去的时候我来开车。陈小元说，你又忘记了，你的驾照在哪里？

那天晚上，不停地出现酒瓶子十分清脆的碰撞声，似乎稍不注意就会破碎一样，但是喝酒的只有胥小曼一个人。胥小曼喝了一口酒，盯着陈小元说，亲爱的，你说吧。陈小元说，你让我说什么呢？胥小曼说，你的眼神骗不了我，你们报社又出幺蛾子了吧？陈小元说，如果是幺蛾子倒好，淫贼那个没有屁眼的家伙，他竟然称自己是貔貅，和单细胞的草履虫差不多，这种捏造出来的东西不是我们人类对付得了的，他今天找我谈话，竟然逼着我辞职。

胥小曼说，理由是什么啊？陈小元说，理由是兼职影响我的工作。胥小曼说，他怎么知道你兼职的啊？陈小元说，你傻啊！电视台那么一嚷嚷，乌龟王八都知道了。胥小曼说，对不起，我做错了，你想好怎么办了吗？陈小元说，我也不知道啊。胥小曼说，要不，你代替我，给哪个老板当司机去吧。

胥小曼试着打了几个电话，都被老板们支支吾吾地拒绝了。胥小曼说，要不，你就专门开顺风车吧。陈小元说，谁知道政策会不会变，哪天顺风车被禁止了，或者我们的小破车坏了，不就死路一条了吗？胥小曼说，走一步看一步，大不了再找一份工作而已。陈小元说，算了，从今天起，还是不开车了，先把工作保住再说吧。

两个人都不再吱声了，随着欲碎未碎的碰撞声，胥小曼越喝越来劲，开始小小地抿一抿，后来一口气就是半瓶子，再后来一仰头就把一瓶啤酒咕嘟咕嘟地喝光了。她很快就喝醉了，提起一个空瓶子，朝着一棵歪脖子柳树捅了捅，咬牙切齿地说，貔貅啊，你这么坏，是要挨揍吗？她挥舞着空瓶子，左右一阵狂砸，把刚刚长出来的柳树叶子，砸得像秋天的落叶一样纷纷飘落。她砸完了，砸累了，然后轻轻一松手，空瓶子落在树下的一块石头上，砰的一声碎了。碎得那么彻底，碎得那么痛快，碎得那么刺耳。

天空也被胥小曼砸碎了，下起了毛毛细细的雨。胥小曼像一块无法复原的玻璃碎片一样，倒在草地上一边打滚一边嘻嘻哈哈地笑。当她滚到陈小元身边的时候一把抱住他一边亲一边痛哭流涕。

胥小曼一会儿叫老公，一会儿叫亲爱的，一会儿直呼陈小元，一会儿静静地盯着他，像不认识他似的问，你是谁啊？陈小元说，我是树。胥小曼说，你是什么树啊？陈小元说，我是柳树。胥小曼说，你这么帅，怎么可能是柳树呢？陈小元说，我是草。胥小曼说，你是什么草啊？陈小元说，我是小草。胥小曼说，你这么有才，怎么可能是小草呢？陈小元说，我是雨。胥小曼说，哇，雨好大啊。

雨似乎是被胥小曼叫大的，随着她的话音一落，雨点子一下子大了，密了，急了，落在地面上，落在树梢上，落在楼顶上，由远及近，由近及远，发出一片沙沙声。胥小曼抬起头，张开手，接着雨点子，任由着雨水夹带着泪水，洗刷着自己的头发和脸庞，洗刷着自己的全身和心境。

胥小曼说，你真的是雨吗？陈小元说，当然是真的，没有一点用处的雨，不信你过来检查。胥小曼走过去，把陈小元死死地顶在那棵柳树上，痴痴地盯着他的嘴唇说，这么说，我是被你淋湿的？陈小元说，也许吧。

她拿起他的手，按在自己的下身，说我上上下下都湿了，只剩一个地方没有湿，你赶紧摸摸我吧，让我湿个干净好不好？

陈小元抽出手，把胥小曼揽进怀里，十分心酸地说，雨太大了，小心着凉了，我们回车上去吧。胥小曼嗲嗲地说，这里多好啊！我还没有在雨中做过爱呢。

陈小元本来就没有什么精神，再被大雨凉飕飕地从头顶一泼，就更加萎靡不振了，但是又不好败胥小曼的兴，他的手就被她的手拖着拽着，被动的，也可以说是僵硬的，在她的身上四处游移。他湿漉漉的手，把湿漉漉的她，从上到下摸了个遍，头发，耳朵，鼻子，下巴，嘴唇，舌头，然后从扣子中间钻进去，在她的乳房上停留了很久。

胥小曼像第一次下厨的厨师，按捺不住自己的激动，急于贡献自己的美食，一下子撩起自己的衣服，把胸口送到了他的嘴边。她的胸口像刚刚从油锅里捞出来一样，滚烫，光滑，膨胀……她卿卿我我叽叽歪歪地说，亲爱的，你的手呢？不要忘记还有下边，快点摸摸我的下边。

陈小元显得有些慵懒，所以总是顾此失彼，这让胥小曼有些不满，干脆抛开他自顾自地自摸了起来。也许是喝了酒又淋了雨的原因吧，这应该算得上是胥小曼自己和自己的第一次。

第十三章

陈小元无奈地回归了报社，他到银行仔细查询了一下，自己开了几个月的顺风车，到底还是有了一点点积蓄，加上两个人的工资在内，勉强可以支撑两个月。所以，这两个月算是过渡期，必须找到下一步的出路，不然生活又将陷入新的绝境。

陈小元觉得自己除了写作，根本没有其他什么特长，好多广告公司挺看重他的，但是工作性质和报社一样，开出来的基本工资也差不多，绩效工资照样需要自己替别人十倍一百倍地赚回来。倒是有一家影视公司，想请他去给某著名编剧当枪手，每集可以拿到一万多元，但是必须在播出以后才能兑现，如果播不出来，一分钱没有。

胥小曼说，这太不靠谱了，还是跳槽去医院吧，医院不仅效益好，相对稳定一些，而且也挺体面的。陈小元说，我不是学医的，去医院当护工吗？听说医院的护工收入挺高的。胥小曼说，你知道护工都干些什么吗？陈小元说，和清洁工差不多吧？胥小曼说，差远了！清洁工不过收收垃圾，拖拖地板而已，而护工是照顾危重病人的，病人生活不能自理，全靠着护工帮忙，洗脸呀，梳头呀，擦身体呀，这些活还简单，但是不能进食的，你要帮忙注射营养液，不能大小便的，你要替他们注入开塞露，用盆子在下边接着屎尿，这些活就不是那么好干的了。

胥小曼还没有说完呢，陈小元已经哇的一声吐了一地。胥小曼说，所以，这种又脏又累的活，我怎么舍得让你去干啊！陈小元说，那你什么意思，让我当院长去吗？胥小曼说，你的才气和本事，当个行政院长绰绰有余，不过咱们慢慢来吧，我无意中听到一个同事说，她在帮朋友新开的医院招人，专门负责对外宣传。

陈小元满怀希望地说，这种工作不错呀，我当记者的时候认识几个这样的通讯员，他们的工作和记者差不多，平时给领导写写讲话稿，遇到重大新闻的时候，比如火灾呀车祸呀，有伤员送到了医院，有媒体来采访就接待一下，没有采访就自己动笔，根据各种各样季节性的疾病，比如春寒感冒呀，高温中暑呀，某些职业病呀，结合就诊的典型案例，写成新闻稿发到媒体去，顺带着宣传一下医院和医生。胥小曼说，对呀对呀，人家要招的就是这种。陈小元说，不会是你们医院吧？胥小曼说，你别管什么医院，我们凭本事去上班，又不看别人脸色、吃别人的软饭，你如果同意了，我就和对方约一下，你去见面谈一谈。

陈小元专门抽了一个下午，根据胥小曼的联系去了那家医院，双方谈得非常不错，只等着把合同一签就可以上班去了。

陈小元对即将得到的这份新工作非常满意，这家民营医院新开不久，位于武宁路真北路立交那边，离未来的家就一两站路，以后上班下班都不用开车，也不用坐公交车，步行也就二十来分钟，不仅可以节省很多时间，还可以顺便锻炼一下身体。最关键的是交完个税和社保，每个月工资不低于一万四千元，刚刚可以支付房贷，这样一来，胥小曼的工资刚刚可以支撑两个人的生活。

陈小元认为，另一点也相当重要——他从此不用再受淫贼的压迫和欺负，为自己这几年所受的窝囊气找回一些尊严。仔细想一想，虽然不当记者了，提起自己的单位是报社，在社会上还是很风光很得意的，但是除了这点虚幻的光环，在某种程度上保护了他，让他不受那些势利小人的歧视之外，他的工作还能给他带来什么呢？起码在报社里，涨工资，升职的机会，喜好的记者岗位，关键是别人的尊重，他什么也无法获得。

如果去医院工作的话，即使不是当医生护士，似乎也不会太差，这世上的人没有不生病的，生病了就要看病，而如今看病太难，比如挂个号呀，咨询一下病情呀，找个信任的专家呀，谁能保证不会用到他陈小元呢？那个狗日的淫贼，哪一天得了不三不四的病，说不定也有需要自己的时候。

陈小元从医院出来，踩着脚下乳白色的大理石，扶着来来回回运转的扶梯，看了看宽阔明亮的天花板，有一种即将得到解放的兴奋，忍不住又吹了吹"解放区的天是晴朗的天"。

陈小元想立即把好消息告诉胥小曼，掏出电话还没有拨出去呢，就与一个人撞了个满怀。他抬头一瞥，发现挺眼熟的，很快就认了出来，这不就是让他难以释怀的"水桶"吗？

陈小元意外地问，怎么是你？"水桶"说，我啊，我来看病。陈小元说，你是来看性病的吧？你们这些暴发户，整天花天酒地的，不生性病天理难容。

"水桶"呵呵一笑，指了指大堂里的沙发说，陈大作家，你有空吗？我们坐下来聊聊行吗？陈小元说，我和你有什么好聊的？"水桶"说，你别斤斤计较好不？我们聊聊书稿的事情，你帮我写稿子，总得认真采访采访我吧？陈小元说，我已经说过了，我不想采访你，你把你想说的话，还有你自己的经历，都写在纸上交给我，你不想写或者不好意思写出来的，我就发挥自己的想象力瞎编瞎编。

"水桶"说，我不怕你瞎编，但是怕你对我有误会，在文章里故意抹黑我，到时候把我写成忤逆不孝的坏蛋，那就不是我的初衷了。陈小元说，你就放心吧，我基本的职业道德还是有的。"水桶"把一个小本本递给陈小元说，那好吧，这上边是我记下来的，都是一些基本素材，供你参考参考，三个月内能完稿吗？

有一个拖地板的清洁工，走到"水桶"面前的时候，深深地鞠了一躬，问候了一声，院长好！

陈小元感觉不太对头，就问"水桶"，你是哪家医院的院长？"水桶"说，你管这些干什么呀？陈小元说，我突然想起来了，你不是开性病医院的吗？你为什么不在自己医院里看病？"水桶"笑了笑说，我还有事情，回头再告诉你吧。"水桶"说完，就起身上楼去了。在楼梯口遇到他的人，都毕恭毕敬地和他打着招呼。

陈小元问清洁工，他是谁？清洁工说，他是我们的老板，这家医院就是他新开的。陈小元愣了半天，赶紧追上去问，这家医院是你开的？"水桶"笑着说，是啊，怎么了？陈小元说，我今天来应聘的情况你知道吗？"水桶"说，我知道啊，听我们的人事经理说，你的合同还犹豫着没有签，我看在胥小曼的面子上，给你开了这么好的条件，你还有什么不满意的吗？

陈小元顿时感到一阵羞辱，他揪住"水桶"的衣领，但是张了张嘴巴，不知道说什么好，最后还是松开手走了。

已经到了下班的时间，陈小元没有心思再回报社，也没有心情去接胥小曼，而是开着车绕着内环高架不停地转圈子。他也不知道转了几圈，感觉累了，晕乎乎的了，就从武宁路下匝道开了下来。他本想着去米罗公元那边再转一圈，在经过真如老街的时候，忽然被闪耀着的霓虹灯吸引住了。

陈小元仔细地辨认了一下电子招牌，上边闪烁着的是"如意酒吧"几个大字，只是如意的"意"字已经残缺，那颗"心"像被人用刀剜走了似的。其实，这家酒吧并不是新开的，他也不是第一次从门前经过，只不过过去被他忽视了而已。他从来没有进过酒吧，也没有一个人喝酒的习惯，但是在这个夜色斑斓而伤心的晚上，觉得自己有必要进去喝上几杯。

陈小元停好了车，钻进了酒吧，要了几杯烈酒。他从来没有喝过这么高度的酒，只觉得这不像是酒，而像一支支睡着了的火苗。这些火苗钻进他的嘴巴，咬着他的舌头，扎着他的咽喉，搅动着他的肚子，进入他的血管，就被彻底点燃了，熊熊地燃烧了起来。他慢慢地发现，自己喝下去的不是酒，也不是火苗，而是自己的房子；自己的房子也不是由钢筋水泥组成的，而是由一粒粒沙子堆起来的；这些沙子是竖着朝上堆的，显得那么脆弱，那么不堪一击，似乎一股风就会把它们吹散；这些沙子也不是固体的，而是熔化成了液体的。

陈小元开始用杯子喝，后来直接用瓶子喝，喝着喝着就喝出了一场波涛汹涌的大火。在这波涛汹涌的大火里，一会儿是银子，一会儿是"水桶"，一会儿是胥小曼，他们不管是好人还是坏人，都像妖魔鬼怪或者神仙菩萨一样，在火海中间漂浮着跳跃着舞蹈着，更多的是胥小曼的挣扎和胥小曼的痛苦。

最后，陈小元像一口锅，锅里没有添水，空空的，被架在火海上烧着。他被烧热了，被烧红了，很快就要被烧化了，目光开始恍惚起来。

陈小元抬起做梦一样恍惚的眼睛，突然看到一个披头散发的男人，贴着如意酒吧的朦朦胧胧的玻璃窗，在向他招手，甚至在向他挤眉弄眼。陈小元以为这是镜子里的自己，但是再定睛一看，发现这男人长得不像自己，动作也不受自己控制。于是，他提着半瓶子酒，跌跌撞撞地走出了酒吧，在霓虹灯照射不到的角落里，找到了这个乞丐模样的男人，然后靠着他坐了下来。

陈小元对着瓶子吹了一口酒，然后舌头僵硬地问，你，你，你认识我吗？乞丐说，我不认识你。陈小元说，那你叫叫我出来干干什么？乞丐说，我叫你了吗？陈小元说，你没有叫叫我，我怎么出出出来的？乞丐说，你本来就在外边的呀。陈小元说，好好好吧，我怎怎么么称呼你呢？乞丐说，我姓巫，你就叫我巫叔吧。

陈小元一愣，盯着他看了看，感觉在哪里见过似的，便好奇地问，是巫师的巫吗？巫叔说，差不多吧。陈小元说，你是怎么变成乞乞丐丐的呀？巫叔说，我不是乞丐，我是捡垃圾的。陈小元又一愣，有点尴尬地说，这么干干净净的世界哪有垃圾啊？巫叔说，怎么没有垃圾？空瓶子不算垃圾吗？我最喜欢的就是空瓶子。

陈小元这才恍恍惚惚地发现，巫叔面前摆着一长串的酒瓶子，全是空的，没有盖子，反射着幽蓝色的光。巫叔手中握着两根筷子，时不时地敲打着空瓶子，发出叮叮当当的音乐。他原以为是乱敲乱打的，听着听着就听出了一些名堂，有《江河水》《广陵散》《平沙落雁》这样的古典名曲，也有神神叨叨的前几年走红世界的《忐忑》，还有他们老家办丧事的时候唱的孝歌。虽然这些曲子被敲打得并不那么准确，有些已经变形走样，但其中的情绪是存在的，甚至是更加悲伤了。

陈小元跟着巫叔敲打出来的伴奏，魔魔怔怔地唱了一段孝歌——

孝子哭得泪涟涟，唱段孝歌把你劝：
孝子不必太伤感，人的生死古难全。
生老病死是常情，莫怪亡者寿路短。
大人虽然归了阴，也许上天成了神。

生生死死古来有，是长是短各有数。

彭祖活了八百岁，果老活了两万年。

甘罗十二已拜相，子牙七十才出山。

天增岁月人增寿，只当大人换新颜。

孝子不必泪淋淋，人人都有父母亲。

为人在世多行孝，何必人死泪滔滔。

多买钱纸灵前烧，好送亡者到阴曹。

亡者上了奈河桥，辞却阳间路一条。

孝子不必太伤心，世上哪有不亡人。

大道轮回无尽头，有的走了有的来。

顺其自然听安排，转身不见如投胎。

不用哭来不用哀，只求子孙大发财。

陈小元唱着唱着，倒像真的上了灵堂一样，已经是泪水涟涟的了。巫叔敲打完了这首曲子，陈小元唱完了这首孝歌，两个人默默地坐了半天，然后叮叮当当地敲打着空瓶子，断断续续地聊了起来，默契得像一对一起行乞的父子。

陈小元清醒了一些，巫叔却像喝醉了一样，把自己来自哪里，将去向何方，年龄到底多大，原本是干什么的，都忘记得一干二净了。他只知道自己一直喜欢捡垃圾，小时候捡，长大了捡，老了老了还在捡。现在与过去不同的是，他不再捡别的垃圾，只捡那些空瓶子。人家遇到他来捡瓶子，就骂他，驱赶他，捉弄他，看不起他。但是他喜欢那些空瓶子，一捡空瓶子就高兴，看不到空瓶子就失魂落魄。

陈小元问，你捡瓶子是为了钱吗？巫叔一脸迷茫地问，钱是什么东西呀？陈小元说，钱啊，干什么都行，你不为钱的话，难道为了打发日子吗？巫叔说，日子是什么东西呀？陈小元解释不清，有些无奈地说，你难道没有家吗？巫叔说，什么是家呀？家是什么呀？

陈小元提起已经被自己喝空了的酒瓶子看了看，忽然发现这空落落的酒瓶子确实挺漂亮的，扔掉吧舍不得，不扔吧又没有用处，似乎和自己的人生一样。他笑了笑说，你看看我，像不像一个空瓶子？巫叔说，不像，空瓶子不喝酒，但是你好像喝醉了。陈小元说，我没有喝醉，我只是装醉，不信我们干杯吧。

陈小元用自己手中的酒瓶子朝着巫叔晃了晃说，我平时很少喝酒，就因为今天心烦，我的烦心事就是那边的房子。他抬眼朝着西边一看，米罗公元的房子就在远处隐隐约约地耸立着。

巫叔说，你烦是因为那边的房子漏水吧？陈小元说，那边的房子还没有交呢。巫叔说，你信不信，它一定会漏水的，像雷峰塔一样。陈小元说，雷峰塔漏过水吗？巫叔说，不漏水怎么会倒掉呀？陈小元说，雷峰塔倒掉是因为下边压着妖怪，你的意思是那边的房子下边也压着妖怪？巫叔说，也许吧。陈小元说，那边的房子也会倒掉？

巫叔不言语了，连连地念叨着说，罪过，罪过……陈小元不以为然地说，从另外一个角度来讲，我的烦恼确实是漏水，不过不是房子，而是欠款和房贷。巫叔说，什么是房贷呀？陈小元原本也不知道什么是房贷，如今最了解的就是这种吃人不吐骨头的东西，于是就把自己如何借钱贷款买房子，这段时间开顺风车如何成了网红，单位以不许兼职为名如何逼着自己辞职，去新单位应聘的时候如何遇到了冤家对头，都一五一十地倾诉了出来，唯独把胥小曼和"水桶"暧昧不清的关系隐瞒了起来。

不知道什么时候，有一个五十多岁的大妈，靠着巫叔坐了下来，加入到了聊天的行列之中。她好像才是真正的乞丐,面前摆着一个白瓷大碗,大碗里丢着几枚硬币,看上去又与乞丐不同,留着剪发头,头发梳得利利落落,穿戴得十分破旧却洗得干干净净。

大妈说,你们这些凡间俗子,表面上风风光光,其实狗屁不如,日子过得还不如一个瓶子。你看看你巫叔捡的这些瓶子,空是空了点,却无忧无虑,自由自在,多好啊。陈小元说,你是谁呀?大妈说,我是要饭的。陈小元说,你认识巫叔吗?

大妈拍了一下巫叔的肩膀,笑呵呵地说,老巫,你说呢?你认识我吗?巫叔并不吱声,又敲打了一首《酒干倘卖无》,吸引了不少的醉汉朝着这边张望。夜已经有些深了,喝醉的人也越来越多了,他们循着声音跑了过来,有人朝着大妈的大碗里扔一枚硬币,有人摇摇晃晃的,不小心就把大碗踢翻了。

陈小元有些不服气地告诉大妈,你不要看不起我,我原来是记者,牛皮哄哄的记者,市长见我都要点头哈腰。大妈说,你不会吹牛吧?陈小元说,当然不吹牛,有一次开反腐倡廉大会,某领导在台上把自己说得像包青天转世一样,会议结束以后,我想补充采访几句,就上去打招呼,主动和他握手,不料,他厌恶地看了一眼我伸出的手,走了。

陈小元嘿嘿一笑,有些得意地说,你想想,我是记者呢,他都这样子,对普通老百姓还不知道怎么欺压,不是贪官污吏才怪呢,所以你知道后果是什么吗?大妈说,他被你扇了一耳光?陈小元说,我可没有这么粗鲁。大妈说,你写信举报了他?陈小元说,我可不会那么傻,也没有那么阴暗,大丈夫光明磊落,我只用了一个字,就把他给咔擦掉了。大妈说,难道是一个"杀"字?你不会把他杀了吧?陈小元说,我是秀才,又不是杀手,你知道杀人的最高境界是什么?

巫叔微微地闭着眼睛,插了一句,说,那叫杀人不见血!陈小元说,巫叔厉害，被你猜对了，我在写稿子的时候，仅仅用了一个字，就把他给杀掉了，自从那个字在报纸上登出来以后，也许是一个蝴蝶效应吧，这个腐败分子很快就被抓了。

巫叔说，那个字是腐败的"腐"。陈小元十分吃惊地问，巫叔你怎么知道的？巫叔说，你姓陈，叫陈小元。陈小元更加吃惊地问，巫叔，你到底是谁呀？怎么对我的底细这么清楚啊？

大妈笑呵呵地说，他掐指算出来的，他不仅仅是个捡垃圾的。陈小元说，那就请巫叔再算一算，我现在的单位是什么？大妈说，这个我来算就行，你应该还在报社吧？陈小元说，我在报社是干什么的？大妈说，你应该不是记者了，会不会在广告部呢？陈小元说，我在广告部干得怎么样？大妈说，不怎么样，估计快要下岗了。陈小元笑着说，这些都是我刚刚告诉你们的。

大妈得意地说，你想不想保住工作？陈小元说，想倒是想，我沦落至此也是万不得已呀。大妈说，我看你也不容易，还算一个好人，就给你支一招吧，今天晚上老巫就是你的救世主。陈小元说，阿门，那就奉耶稣的名，请巫叔救小民于水火之中吧。大妈说，这是要收费的。陈小元说，收多少呢？大妈说，你随心吧。陈小元说，不瞒你们，我身上仅剩下三十块钱，全部给你们不会嫌少吧？大妈说，不少！不少！少乎哉？不少也！

陈小元从口袋里掏出钱递给了大妈，大妈接过了其中的一块，扔在了面前的大碗里，说看在一块钱的分上，老巫给你提供一条新闻线索，这家如意酒吧是一个连锁店，全上海市三十多家，在静安区的一分家店里，曾经喝酒喝死了个人，当时喝的是风力啤酒，风力啤酒你知道吧？这可是世界有名的品牌，最后家属把啤酒公司告上了法庭。

陈小元说，你骗我的吧？如果是真的，这新闻确实不错，不过我已经不是记者了，而是一个拉广告的了，我需要的是有人投入广告，而不是新闻线索。大妈说，当记者和拉广告，这有什么差别吗？

陈小元侧过头，半信半疑地看着巫叔。巫叔什么也没有说，从怀里摸出一个牛皮纸信封子塞给了他。信封子皱巴巴的，黑乎乎的，透着一丝丝酸腐的气息，像从垃圾堆里捡出来的。大妈解释说，这是老巫捡垃圾的时候捡来的，你只要去风力啤酒公司走一趟，交给公司的老板看一看，你的事情大概就有结果了。陈小元说，什么材料，有这么厉害吗？大妈说，一切自有定数，天机不可泄露，接下来就看你的修行了。

陈小元犹疑之间，侧过脸，目光越过茫茫的夜色和身边的巫叔，想看看大妈的表情的时候，发现巫叔身边已经空无一人，摆在地上的那个白瓷大碗也不见了。

什么漏水呀，什么雷峰塔呀，什么救世主呀，什么天机不可泄露呀，陈小元对这些话更加不以为然了，但是直到半年以后吧，当一切都应验了的时候，他才惊奇不已地发现，那个披头散发的神秘莫测的巫叔，要么是通灵的巫师，要么真是上天派来的。

后来，陈小元再没有遇见过大妈，倒是在如意酒吧附近，遇见过一两次巫叔，巫叔却不认识他了。不过，大部分时间是见不到巫叔的。也许巫叔云游四方捡空瓶子去了，因为世界上时时刻刻都有无数的空瓶子产生；也许根本就没有这个人的存在，巫叔仅仅是陈小元喝醉酒后的一个幻觉而已。

回头再说说胥小曼吧。下班后，胥小曼等了半天，都没有见到陈小元来接她的影子，开始以为是堵车了，或者被什么事情耽误了。但是等着等着，天都等黑了，灯都等亮了，才觉得有些不对劲了。陈小元和她恋爱这么久，从来没有这么安静过，哪怕迟到几分钟，或者有任何意外，都要打个电话，起码会发条信息，让她不要担心和着急。何况今天下午，他去医院面试了，这次面试是自己精心安排的，为了不引起他的怀疑，照顾一下他的自尊心，所以只是走走样子，根本没有任何悬念。这样的好消息，他没有理由不告诉她呀？但是他为什么如此安静呢？像没有一丝风的天气，沉闷得让人提心吊胆，怀疑会不会马上就有暴雨来临。

胥小曼先发信息不见回复，干脆直接打了一个电话，让她意外的竟然是关机。如今人人都有手机，关机的原因有哪些呢？一是没电了，二是手机坏了，三是在开会或者秘密约会，四是在特殊情况下故意关机……陈小元会是哪一种呢？天啊，她竟然忽视了第五种，那就是发生了意外！他会不会发生什么意外了呢？比如发生车祸，比如被警察抓了，比如手机被偷了。

胥小曼在医院的更衣室洗好了澡，换好了衣服，开始在休息室里等，后来就站在医院外边的大门口，看着一辆辆汽车开过来又开过去。每次有汽车停下来，她就激动地挥舞着小手，但还是一次次地失望了。她又反过来一想，他无论出现什么情况，都有很多方式和自己取得联系，哪怕真的发生了意外，也会有警察通知自己，如今没有接到任何消息，反而说明他是安全的。所以，最大的可能就是，他不想联系她，故意关机了。

胥小曼突然意识到，陈小元的失联会不会和下午的应聘有关呢？难道自己安排的事情已经暴露了吗？

胥小曼正在胡思乱想的时候，电话铃响了，果然是"水桶"的声音。"水桶"说，你方便吗？胥小曼说，你有话快点说吧。"水桶"说，下午遇到了你们家的大作家。胥小曼说，在哪里遇到的？"水桶"说，在我们医院。胥小曼说，你是故意的吗？"水桶"说，你冤枉我了，我去医院的时候，差不多快下班了，你总不能不让我上班吧？胥小曼说，我们说好的，起码等他签完了合同，办完了辞职手续，你这样存心不良，分明是在羞辱他，也是在羞辱我……

胥小曼说完就挂断了电话。她爬上了公交车，匆匆忙忙地赶回了出租屋，小叶和小孙还没有回来，陈小元也没有回来；她坐着公交车赶到了《东海早报》，大厦仍然灯火辉煌，编辑们像打仗一样忙碌着，但是广告部早已经下班了，办公室一片漆黑。

胥小曼心想，在这个城市里，他陈小元能去的，可以去的，除了报社和出租屋，还有最后一个地方，那就是他们未来的家。天已经很晚很晚了，她胥小曼不能再心疼钱了，就在报社楼下拦了一辆出租车，朝着西北偏北的方向赶去。

胥小曼围着米罗公元跑了几圈，一边跑一边喊着陈小元的名字。毕竟已经是春天了，正是流浪猫发情的季节，回应她的只有猫的叫声。那叫声听上去并不像猫，而像是婴儿的啼哭声，绝望，凄凉，撕心裂肺。她不知道转了多少圈，不知道喊了多少遍，不知道拨打了多少电话，但是始终没有见到陈小元。她太饿了，太渴了，太累了，已经跑不动了，就由跑改成了走。

胥小曼走着走着，由开始的深情呼唤改成了叫骂。胥小曼骂道，陈小元你干吗关机啊？你的手机掉进屎坑里了吗？你的心让狗吃了吗？你的脑袋被门夹了吗？你是傻瓜笨蛋蠢货吗？你是找工作上班呢，看在钱的分上，心眼就不能比针眼大一点吗？你为什么就不信任我呢？"水桶"那个王八蛋再怎么想，这和我有什么关系呢？你生气了，不理我了，就真的上当了，就掉进那王八蛋的"水桶"里了。不对，是掉进人家的粪桶里了！

胥小曼骂着骂着，就变成了哭。她哭着说，陈小元你个大坏蛋，你的心真狠啊……到了最后，她就不哭了，也不知道怎么骂了，干脆什么话也不说了，只是看着地面慢慢地走着走着。

陈小元和巫叔漫无目的地聊了聊，再加上被习习的晚风一吹，他慢慢地就开心了，酒也就慢慢地醒了，于是爬起来拍着屁股说，我要回家啦。巫叔说，你不邀请我去你家看看吗？陈小元说，我的家多着呢，你想去哪个家呀？巫叔说，当然是你的新家。陈小元说，我的新家还一片荒凉，有什么好看的呀？巫叔说，我就喜欢荒凉，荒凉的地方垃圾更多，你忘记我是捡垃圾的。陈小元说，那走吧，正好前几天，我老婆在那里喝过酒，留下了几个空瓶子，我就用空瓶子招待你吧。

两个人摇摇摆摆地朝米罗公元走，不一会儿也就来到了大门外。陈小元远远地看到了胥小曼，她还在垂头丧气地走着，缓慢得像一只受伤的蜗牛。他忍不住喊了一声"胥小曼"，但是她没有一点反应。她似乎生活在太空，没有空气，没有重量，没有声音，当然也没有时间，没有人间烟火，没有尘埃和阴影，没有其他任何事物，仅仅只有她一个人，像仙女或者孤魂野鬼一样，孤独、自我、寂静而失重地存在着。

陈小元知道，胥小曼已经找遍了整个上海，之所以出现在这里，因为这里是他们的家。即使这个家还不能住人，但是已经成了他们心灵的栖息地。她相信他陈小元，无论发生了什么意外，遇到了什么不开心，最后一定会出现在这里。

陈小元跑了过去，有些内疚地说，胥小曼你跑到这里干什么呀？胥小曼像刚刚从梦中醒来过似的，懵懵懂懂地问，你喊谁？陈小元说，我喊胥小曼。胥小曼问，胥小曼又是谁？陈小元说，她是和我睡觉的老婆。胥小曼问，你又是谁？陈小元说，我是和你睡觉的老公。

胥小曼的头抬也不抬一下，大声叫道，你放屁！我的老公喂狗了！她继续朝前走着，开始自言自语地骂道，你个狠心的王八蛋……陈小元上前拦住她问，你说谁是王八蛋？胥小曼依然不搭理他，继续围着小区缓慢地转着圈子。

巫叔提着几个空瓶子跟了过来，他围绕着他们叮叮当当地敲打着。

巫叔问陈小元，她是疯子吧？陈小元说，你才是疯子呢！你赶紧带着你的空瓶子滚吧。

巫叔仰天长笑了几声。这一次，他把一个空酒瓶子塞进了胥小曼的怀里，就消失在了茫茫的夜色中，随之远去的还有清脆的撞击声，奏出了一首《济公》主题曲。陈小元紧紧地拉着胥小曼的手，跟着伴奏沙哑地唱了起来——

鞋儿破，帽儿破，身上的袈裟破。你笑我，他笑我，一把扇儿破。南无阿弥陀佛，南无阿弥陀佛……

陈小元唱完了歌，拿出巫叔留下来的酒瓶子一看，发现不是啤酒瓶子，而是一个白酒瓶子，空的，瓷的，白色的，样子像一个景泰蓝花瓶，标签上歪歪扭扭地写着两行字。

陈小元说，这个瓶子怎么和出租屋的那个瓶子一模一样啊？胥小曼瞄了一眼说，这种酒在世界上成千上万，瓶子一样有什么好奇怪的！陈小元说，两行字为什么也这么眼熟啊？胥小曼又瞄了一眼说，字是同一个人写的，这又有什么好奇怪的！陈小元说，谁写的呀？胥小曼说，还有谁？刚刚那个疯子！

陈小元朝着巫叔消失的方向指了指说，你是指巫叔对吗？陈小元想到了出租屋里摆着的那个瓶子和那几句里尔克的诗，再拿起手中的瓶子自言自语地一念，顿时失声大叫了起来，我的天啊！竟然都是巫叔写上去的！

你说要有光，
世界慢慢就有了光……

陈小元抱歉地对着胥小曼说，今天，不是我心狠，是手机心狠，我的手机没有电了。胥小曼说，我又不认识你，有没有电和我有什么关系！陈小元说，亲爱的，你别生气了，我们来发电吧。他说着，就从背后一把抱住了胥小曼，用耳朵摩擦着她的耳朵，用下巴拱着她的头发，用舌头舔着她的脖子，用鼻子嗅着她的气息。

胥小曼叫了几声，有人非礼呀！快来抓流氓啊！她的声音很轻，不像是呼救，倒像是撒娇。她虽然这么叫着，但是忽然一转身，双手更紧地环住了陈小元，把她的嘴唇向着他的嘴唇贴了上去。

他们的舌头像两条从冬眠中刚刚醒来的久别重逢的蛇，你把我请进了自己的洞穴里，我把你让进了自己的洞穴里，就这样在对方的洞穴里欣赏着，蠕动着，流连着，往返着。他们的舌头在迎来送往的过程中，相互纠缠着，彼此勾引着，同时挑逗着，一会儿看似一条蛇，一会儿看似两条蛇，一会儿又根本没有蛇，只有几道水汪汪的光芒划过天际。

他们深情一吻之后，对于这次应聘的不愉快，陈小元没有质问胥小曼，胥小曼也没有做任何解释，似乎这件事情就这么过去了，或者并不存在。但是终究和以往不一样，以往无论发生什么事情，高兴的，不高兴的，痛快的，不痛快的，事后都会说得清清楚楚，交流得明明白白。即使交流的时候只有只言片语，但是加上几个亲密的动作和几个多情的眼神，彼此的心底是透亮的，是释然的，是不留痕迹的。像一块玻璃，上边蒙上了灰尘，只要轻轻地擦一擦就干净了，但是这一次，灰尘落在了一杯清水里，似乎看不到灰尘的存在，却没有办法把灰尘从水中分离出来。

第二天早上，陈小元的酒已经醒了，不过人还是有些晕晕沉沉的。胥小曼本来想烧醒酒汤的，但是出租屋没有材料，又从来不开伙做饭，所以出门称了两斤橘子回来，剥出果肉一瓣一瓣地喂给陈小元吃了，再把橘子皮捣碎了放在杯子里，倒上开水一泡，硬逼着他连汤带渣地喝下去。

陈小元说，太苦了，你想谋害我吗？胥小曼说，我宁愿自残，也不会谋害亲夫，这是我调制的醒酒汤，你不要忘记我是学护理专业的，别说醒酒汤了，孟婆汤我也调得出来。陈小元吃下了橘子皮，痛苦地说，你确定是醒酒的？胥小曼说，对呀，效果是不是挺好的？陈小元说，你是不是搞错了配方，弄成了孟婆汤，不然的话，我怎么什么都不记得了？胥小曼说，你记得我是谁吗？陈小元说，你是谁啊？胥小曼伸手拍了拍他的脸蛋子说，我是你妈！快点叫妈吧。陈小元说，妈，我想吃奶。胥小曼拿起一个完整的橘子塞进他的嘴里，笑嘻嘻地说，乖儿子，你好好吃吧！

两个人闹腾了半天，陈小元还是觉得不舒服，说自己估计是夹带着喝了洋酒、白酒和啤酒的原因，不然也不会如此痛苦。胥小曼就又让他枕着自己的大腿，好好地给他按摩了一番，而且建议他请假在家里休息一天。

但是陈小元硬撑着爬了起来，把胥小曼送到了医院，然后照常回报社上班去了。中间接到几个陌生的电话，他估计是那家聘他的医院的人事经理打来的，所以都被他毫不犹豫地按掉了。

第十四章

　　时间又过了几天，陈小元坐在办公室里写了一会儿破书，感觉真是无聊极了，就看着窗外发呆。窗外有一群白鸽咕咕嘟嘟地来来回回地飞过，梧桐树的叶子已经巴掌那么大在轻轻地摇晃，大街上花花绿绿的行人多数已经穿起了露胳膊露腿的夏装。

　　部门林主任唉声叹气地说，陈小元啊，你再这么无所事事地干坐着不是等死吗？赶紧琢磨琢磨怎么拉米去吧。陈小元说，什么是拉米啊？林主任说，拉米是我们的行话，也就是找钱的意思。陈小元的下巴朝着外边指了指说，这呀，我正琢磨着呢。

　　林主任朝着窗外看了看说，你这是发呆卖萌，几棵梧桐树，几只鸽子，它们又不会投放广告，你琢磨它们有个屁用啊！陈小元说，你想想看吧，鸽子不投广告，但是养鸽子的人投不投广告？梧桐树不投广告，但是栽梧桐树的人投不投广告？我现在才明白了，其实人人都会做广告，满世界都是商机，只不过被我们忽视了而已。

　　林主任说，光想不练是不行的，既然这么多商机，还不赶紧联系联系去啊？陈小元说，我已经联系了，你听听鸽子怎么说的？它们说我们

184

报纸太小了，它们的广告都投给了蓝天；你看看梧桐树为什么摇头？它们说我们报纸太低俗了，它们的广告都投给了大地。林主任无奈地说，你别再写诗了！有心思多打打电话、多出去跑跑，万一不行就看看报纸吧。

陈小元说，现在的报纸已经没有什么好看的了。林主任说，我让你看的不是新闻，我让你看的是信息，其实你刚才说得不错，好多新闻信息里都藏着广告，比如前几天，有一家媒体报道说，某矿泉水不如自来水，如果这时候去矿泉水公司一晃荡，你都不用开口，广告就送上门了；比如今天，各大报纸都刊登了一条新闻，在地铁里抓住一个咸猪手，看似是纯粹的社会新闻，但是同样有广告的存在空间，因为这个咸猪手是一家食品公司的高管，清明节马上到了，他们公司正在主打青团系列产品，你去联系广告，他们敢不投放吗？如果不投放的话，在追踪报道的时候，把高管的龌龊行为和公司的品牌一联系，青团销售必然要受到极大的影响。

陈小元听了，十分震惊。他知道某些不良媒体已经为了生存下去堕落了，却没有想到堕落到猪狗不如的地步。陈小元说，你们就是这样拉米的吗？这和强盗有什么差别啊！林主任说，现在媒体不景气，尤其是报纸受到新媒体冲击巨大，你清高可以呀，结果是什么？报社倒闭，员工走人，银总已经找你谈过了，你再拉不到米的话，那就等着走人吧。

陈小元已经无心再看窗外了。他忽然想起了捡空瓶子的巫叔，于是从包里翻出那个牛皮纸信封。脏兮兮的信封里有一份某某法院的判决书，大意是有一对情侣，在酒吧里喝了两瓶风力啤酒以后，其中一人发生意外而死亡，家属怀疑是啤酒中毒导致的，就将啤酒公司和酒吧同时告上了法庭。经过相关尸检报告显示，被害人生前患有心脑血管疾病，猝死的主要原因是突发脑出血，但是相关部门检验发现，啤酒里存在沉淀物，确实有质量问题，虽然与死亡并无直接关联，但是有其一定的诱导因素。

陈小元看完判决书，原本对大妈和巫叔的话将信将疑，如今听了林主任刚才的话，立即意识到这确实是一个炸弹，其威力并不在于新闻本身。

陈小元原来当记者的时候采访过一次环保骑行活动，活动是风力公司赞助的，就认识了公司的公关部经理。经理和胥小曼同姓，名字叫胥海清，长相比胥小曼还要漂亮几分。她过去经常找陈小元帮忙写写软文，两个人一来二去关系混得不错。后来，陈小元不当记者了，从此就失去了联系。

陈小元从手机通讯录里翻出了胥海清的电话打了过去。胥海清还知道他，有些关心地问，好久不见了，陈记者你怎么样啊？已经当主任了吧？陈小元说，我一没有你的能力，二没有你的姿色，哪有升迁的机会呀。胥海清咯咯咯地笑着说，我觉得你很帅呀，尤其那一头卷发还是挺酷的吧？陈小元说，你要是我的领导就好了，我一定为你献身。

胥海清说，我不是领导，你就不可以献身了吗？陈小元说，献！当然要献！只可惜你喜欢的一头卷发一根不剩，现在变成了一个光头。胥海清说，是被女朋友折磨的吧？我记得你的女朋友也姓胥。陈小元说，她是姓胥，不过，我不是被你妹妹折磨的，而是被岁月那个小老头折磨的。

胥海清说，我看啊，也不能怪岁月，八成是被你们银总欺负的。我听说了，你被调到了广告部，你那么清高，自尊心又强，这地方根本不是你待的。陈小元情绪有些低落说，估计啊，这破广告部也待不了几天了，不说我了，说说你吧，你已经当老总了吧？胥海清说，我啊，确实当老总了，不过绝对和姿色无关。陈小元说，你真牛，既升官发财，又守身如玉，神仙也不过如此。

胥海清说，你今天打电话，专门拍马屁来的吗？陈小元说，我找风力公司有点事情，你今天在公司的话，我们见个面如何？胥海清说，真是不好意思，我忘记告诉你了，我已经跳槽到百世可乐中国总部了，你要去风力公司联系广告的话，我给你介绍一个叫章子的人，他是风力公司的副总，分管广告投放和对外宣传。

陈小元感动地说，那太好了！为了表示我的感谢，你什么时候有空，我把自己送过去。胥海清咯咯咯地笑着说，等你的一头卷毛重新长起来的时候吧。

陈小元放下电话就开着车出发了。风力啤酒公司位于闵行区，企业环境非常优美，像一个植物园一样，院子中间是一个人工湖，睡莲带着小花浮在水面，湖的四周除了小桥流水，还有大片大片的月季已经开放。办公楼的顶层，有一个巨大的玻璃房，里边像一个热带雨林一样，植物十分茂盛而疯狂地生长着，中间有一条哗哗流淌着的小溪，溪水中养着几只乌龟和各种颜色鲜艳的鱼，沙发和茶几就摆放在植物丛中。

陈小元在玻璃房里等了半天，章子才姗姗来迟，见面就质问，你是从哪里拿到我的电话的？陈小元说，是你们胥海清给的，她是我的小姨子，我老婆也姓胥。章子说，胥经理啊，她已经把我们抛弃了，刚才在电话里我没有听清楚，你是什么单位的？陈小元说，我是《东海早报》的。章子说，你想采访我对吗？陈小元说，也不算采访吧。章子说，那你是拉广告来的？陈小元说，我只是想让你看一份材料。

陈小元把信封子里的文件掏出来递了过去，章子看了看，态度一下子大变，把文件朝茶几上一摔，有些愤怒地说，你今天来的目的到底是什么？！

陈小元不知道怎么回答，就装作一边喝茶一边欣赏着面前的植物。这些植物确实有些奇怪，它们的叶片很大，颜色很绿，叶脉里似乎充满了毒汁，一副很疯狂的样子。他不明白，如此之美的花花草草，不见一只蝴蝶也不见一只蜜蜂，难道是玻璃房没有入口吗？难道这些植物是假的吗？

章子说，你是胥经理的亲戚，也不像不辨是非的人，所以我就直说了吧，那是两瓶啤酒，又不是什么毒液，即使有一点质量问题，怎么可能喝死人呢？你又是搞媒体的，大家都很清楚，这种案子不管我们企业是输是赢，只要媒体大肆一炒作，在消费者心里都会产生负面情绪，我们的品牌都会受到影响，所以当时为了息事宁人，不让媒体无中生有，也出于人道主义考虑，二审的时候才同意调解，我们给家属补偿了不少钱，但是并不意味着我们就输了官司。

章子缓和了一下情绪，显得十分无奈地说，而且吧，这是几年前的事情了。陈小元有些疑惑地问，这不是刚刚发生的案子吗？章子说，你看看文件后边的日期吧！陈小元翻开文件一看，果然是两年以前的案子了，就尴尬得又不知道如何说话了。

章子说，你们《东海早报》上次来采访，我们和你们已经沟通过了，你们总不能揪住不放吧？陈小元说，上次？上次有人来采访过了？章子说，是啊，在调解结案前的时候，你们报社来了两个人，其中一个大美女是广告部的，听口音是东北的。陈小元说，名字叫英子对吗？章子说，好像是叫英子。陈小元说，这条新闻见报了吗？我怎么一点印象都没有。

章子说，当然没有见报，不过稿子都写好了，洋洋洒洒的好几千字，而且起了一个耸人听闻的标题，叫"两瓶风力啤酒把人喝上了天"。你们在见报的前一天晚上，把两个整版的大样传给我，让我审定一下，我被吓了个半死，这么大的篇幅，这么一个标题，一旦见报了，后果简直不敢想象，所以我赶紧让公关部门想办法，当时胥海清还没有跳槽，是她亲自去你们报社，找到了你们的银总，连夜把火给灭掉了。

陈小元听到银子的名字，心里顿时就明白了，这不过是他一手策划的阴谋，因为真正要见报的新闻稿件，绝对不允许传给批评对象审定。如果在稿子见报前传给当事人，目的就不是为了新闻，而是为了广告或者牟取私利，这种做法无异于敲诈，从来是陈小元所不齿的，却是淫贼一贯的套路。

陈小元笑了笑说，胥海清是怎么灭火的？不会是对我们银总施了美人计吧？章子说，你也是银总派来的吧？陈小元说，是呀。章子说，那我实话告诉你，我们胥海清人漂亮，行事也很泼辣，但绝对是个正经人。陈小元说，那当时是不是投了广告？章子说，反正差不多吧，你回去告诉银总，大家得讲信誉，不要揪住一个案子，放我们两次血。

陈小元诈了一句说，我也不瞒你，银总派我来的时候告诉我，你们一分钱广告也没有兑现。章子说，广告没有见报是真的，我们花了钱是假不了的，这怎么叫没有兑现呢？陈小元说，你们花了多少钱？章子说，这不能告诉你。陈小元说，钱交给谁了？章子说，这不是我经手的，胥海清不是你小姨子吗？你问问她就清楚了！

陈小元离开风力公司的时候心里真不是滋味，不仅有些沮丧，更多的是淫贼的行为给他带来的一种羞耻感。他以前引以为豪的记者的光环在章子的眼神中消失了，他看到章子的目光是复杂的，有几分无奈，有几分恐慌，有几分戒备，有几分冷漠，还有几分嘲讽和鄙视，唯独看不到一丝敬佩和信任。这和自己看到银子时候的情绪差不多。这也难怪了，原来的《东海早报》，是大家心中的救星，是舆论监督的阵地，是企业展示形象的舞台，但是现在被银子这种小人把持着，正义不可彰，侠气不可言，成了他们牟取私利的手段，成为他们坑害企业的帮凶。

陈小元本来是带着几分好奇来的，没有想到会得到这么一个灰头土脸的结果。他一屁股坐在风力公司大门口的马路边，先给英子打了一个电话，但是英子的电话处于关机状态。他又给胥海清打了一个电话，胥海清说，这么快就谈好了？陈小元说，谈好了，不过生了一肚子气。胥海清说，谁敢气你呀？陈小元说，除了那个王八蛋还能有谁呀！胥海清说，章子为人挺儒雅的呀，不投广告也不至于惹你生气吧？

陈小元说，是"淫贼"！胥海清说，谁是"淫贼"呀？章子难道是个"断背哥"，我怎么从来没有听说过啊？陈小元说，我说的是银子，我们报社私下都叫他"淫贼"。胥海清说，哎哟妈呀，这称呼对他太贴切了。

陈小元叹了口气说，我想问，风力啤酒的那起官司，你是用什么办法把"淫贼"拿下的？胥海清咯咯咯地笑着说，还能有什么办法，当然是色诱呀。陈小元说，怎么个色诱法，讲出来听听吧。胥海清说，其实很简单，抛几个媚眼而已。陈小元说，你的媚眼有这么大的魅力吗？胥海清说，你不信的话，什么时候试试吧，保证让你神魂颠倒。

陈小元说，你继续瞎编吧，人家章子把什么都告诉我了。胥海清说，那我也不骗你了，"淫贼"还真不是东西，我去找他的时候，刚进办公室呢，他就把门关了起来，把我一下子顶在了墙上。陈小元说，他对你动手了？胥海清说，是呀，看样子是老手，差不多直中要害。陈小元说，你的要害在哪里？胥海清说，我不告诉你，有本事自己来研究。陈小元说，你就轻易被他拿下了？

胥海清说，我看着他都恶心，说时迟，那时快，钞票出手了。还是钞票厉害，对着他翻了几个白眼，他立即像龟孙子一样听话。陈小元说，你们送给他多少钞票？

胥海清想了想说，我看在你们家胥小曼的面子上，就给你吐露一下，整整两个巴掌。陈小元说，一万块？胥海清说，陈小元啊，你太没有出息了！陈小元说，我明白了，是十万块，这王八蛋真是吃人不吐骨头啊！胥海清说，不说了，不说了，百世可乐回头投放广告的话，我交代一下就联系你吧。

陈小元下班见到了胥小曼，真想把自己掌握的情况都告诉她，但是怕女人守不住嘴，只好老老实实地憋在肚子里了。当天晚上，他想来想去，怎么也睡不着了，他的脑海里反反复复地浮现出胥海清和十万元的镜头，他不知道胥海清被抱在怀里是什么感觉，不知道十万块放在一起有多厚，不知道银子面对娇美的胥海清和这么一叠钞票的表情到底有什么不同。

陈小元越想越生气，越想越睡不着，直到凌晨的时候，趁着胥小曼熟睡的机会，他披衣而起，悄悄地打开电脑，发送了一封邮件。他的邮件没有发给别人，而是发给了银子。有些事情，电话里说不好，当面说更不好，最好的方式就是通过电脑。这种不受时间和空间限制的虚拟世界是冰冷和麻木的，自然少了一些人味，也就少了一些羞耻感和没有必要的尴尬。

本来春分刚过、清明将至的这么一个季节，如果放在陈小元陕西老家那边的话，肯定真正地进入了山花烂漫的温暖的春天。不过，上海只有冬夏，实际是没有春秋的，天气稍微转暖了那么几天，哗啦一下子就上升到了闷热的夏天。

第二天早晨，陈小元稍微眯盹了一会儿就起了床。他下楼买了早餐，返回来的时候，出租屋依然十分安静，小叶和小孙还在床上呼呼大睡，胥小曼则坐在床上看着窗外发呆。窗外是石库门老房子的屋顶，本来是土红色的，由于天长日久的阴暗和潮湿，被一层青苔和灰尘覆盖以后就成了黑色，显得污答答脏兮兮的了。

陈小元把一杯豆浆和两个包子递了过去，胥小曼木然地咬了一口包子，似乎不是她在吃包子，而是包子咬了她一口。陈小元说，你发什么呆呀？上班快要迟到了。胥小曼说，它们为什么不上班啊？

陈小元看出去，发现有两只灰色的鸽子在屋顶悠闲地迈着步子。陈小元说，因为它们不需要吃饭。胥小曼说，它们难道喝西北风吗？陈小元说，因为它们不需要看病。胥小曼说，它们难道长生不老吗？陈小元说，因为它们不需要养家。胥小曼说，它们难道不生儿育女吗？陈小元说，最重要的是它们不需要房子。胥小曼说，它们难道住在天上吗？

陈小元说，其实呀，它们也需要上班，只不过不给人打针，也不拉广告，而是捉虫子。胥小曼说，它们又不吃虫子，捉虫子干什么啊？我估计你根本不认识它们。陈小元说，它们不就是鸽子吗？胥小曼说，虽然是鸽子，你看看人家穿的是什么？陈小元笑呵呵地说，它们在跳舞，应该穿的是裙子吧？胥小曼说，是啊，人家鸽子都穿裙子了，我要是鸽子就好了。陈小元说，你今天到底怎么了，是不是身体不舒服啊？胥小曼说，天这么热，我穿成这样能舒服吗？

陈小元这才发现，她的上身穿着一件水红色的毛衣，虽然不太厚，早晨也不是太热，还是被捂出了一头的汗珠。床上胡乱地扔着几件衣服，其中有一条白色连衣裙，这是往年夏天她最喜欢的。她穿着这条裙子确实非常漂亮，从大街上走过的时候，风也白了，气也清了，天也蓝了，总会掀起一阵目光汇成的巨浪。

陈小元说，你也穿裙子吧。

胥小曼站了起来，叹了口气说，唉，走吧，上班去吧。

在上班的路上，在陈小元一再地追问下，胥小曼才告诉他，科室的几个小护士几天前就穿了裙子，而且是刚刚流行的新裙子。她们说她的身材好，天气都这么热了，为什么不穿裙子呢？她解释的理由是自己怕冷，春天还没有走，夏天还没有来。其实，她昨天借着午休时间，在医院附近的商场里转了转，各种新款的裙子已经上了市，尤其受到奥运风潮的影响，一件黑白条纹 T 恤，一条白色半裙，一双浅灰粉底的球鞋，如果再配一顶鸭舌帽，那真是曼妙与健美并存。但是这么一套衣服下来，没有两千多块根本打发不了，所以她只好放弃了。她晚上下班回到出租屋，把旧裙子翻了出来，放在清水里洗了洗，今天准备穿着上班的，才发现侧面的拉链坏了，本来想修理一下，谁知道一用力，又撕出一条口子。

陈小元内疚地说，亲爱的，真是对不起，我这个无用的家伙。胥小曼说，你对不起什么呀！我又不是因为没有裙子生气的。我生气的是自己手笨，把裙子撕烂了。

陈小元把胥小曼送到医院以后，打算先去百世可乐公司见一见胥海清。他并非被胥海清的美色和言语所诱惑，而是想看看她所说的广告能不能尽快兑现，挽救一下他已经陷入失业边缘的工作，也为了胥小曼能有一条像样的新裙子。

陈小元正走到半路上呢，突然接到了一个电话，是报社人事部的小姚打的，让他赶紧去人事部一趟。他听小姚的口气，并非什么好事临头，反而有了一些不祥的预感，就匆匆地返回了报社。

小姚说，报社让我正式通知你，经过几个月的工作量统计，你的绩效考核不达标。陈小元说，不达标会怎么样？小姚犹犹豫豫地说，从即日起要停止你的工作。陈小元说，我明白了，你们要炒我的鱿鱼对吧？小姚说，不是我们，是报社，也不是炒鱿鱼，而是待岗。陈小元说，待完岗呢？小姚说，后边的事情我也不知道，我只是传达社委会的决定。

陈小元问，待岗工资怎么发？小姚说，按照上海市最低工资标准发放，刚刚涨了一下，大概两千多块吧。陈小元说，待岗多长时间？小姚说，这要看情况了，其他部门愿意接收的话，立即就可以恢复工作，如果没有部门接收，顶多两个月吧。陈小元说，两个月后呢？小姚说，那只好解除劳动合同了，不过大多数人面子过不去，三五天就自己辞职了。

陈小元嘿嘿一笑，骂道，你们这些婊子养的，分明是逼着我辞职啊！其实想让我辞职很简单，你们就开除我吧！小姚红着脸说，你骂我无所谓，如果骂人家领导，被领导听到了，万一真的被开除了，在档案里记那么一笔，再找新工作的时候就难了，所以待岗是最好的结果，你还是冷静冷静吧。陈小元说，我已经很冷静了，如果在领导面前，估计早就上拳头了。

　　陈小元从人事部出来，看到许多同事围着楼道的信息栏议论纷纷。他远远地扫了那么一眼，上边贴着的正是自己待岗的处理决定。他慢腾腾地走上前，大声地念了念，像揭皇榜一样把文件撕下来，揉成一团，来了一个单手投篮，准确无误地扔进了旁边的垃圾桶，然后吹着口哨大摇大摆地走了。

第十五章

陈小元推开了银子的办公室。银子一反常态，赶紧离开了座位，笑眯眯地迎了上来，像对待好久不见的朋友或者来访的客人一样，要与陈小元握手。

陈小元并不伸手，像回到自己办公室一样，在饮水机上给自己接了一杯水，一边喝一边在桌子前面坐了下来，然后嘿嘿地笑着说，常话说，无事献殷勤非奸即盗，表哥从来没有像今天这么热情，不会有什么事情求我或者害我吧？

银子说，你又开始叫我表哥了！以后想叫就叫吧，如果觉得开心的话，叫我表弟也行啊，至于你和我之间嘛，还存在求不求、害不害的事情吗？陈小元说，我刚刚见到人事部的小姚了。银子说，怎么了？你不会对人家姑娘起什么邪念了吧？陈小元说，起邪念的，不是我，是她。银子说，你什么意思？她喜欢你？陈小元说，你恰恰说反了，她委婉地告诉我，你是她最喜欢的人，我是她最讨厌的人。

银子扬起刀子一样的眼睛说，你说说看吧，她到底是怎么委婉的！陈小元说，她说她喜欢报社，报社是谁的？不就是你的吗？所以等量代换，物质不灭定律，我猜测她暗暗地喜欢你。银子说，那怎么就讨厌你了呢？陈小元说，她如果不讨厌我的话，为什么暗示我赶紧辞职呢？

银子表现出吃惊的样子说，她暗示你辞职？陈小元说，我待岗了你不会不知道吧？银子装作很意外的样子说，我知道，但是不知道这么快。陈小元说，她说报社在打太极拳，待岗的结果就是辞退，还不如主动辞职算了，而且这是你的主意。

银子拍了一下桌子说，她简直是胡说八道！你待岗的事情是社委会研究的，怎么可能是我的主意呢？！我一个小小的副社长，小拇指头一根，太极拳怎么打？你把她给我叫下来，我们当面对质吧。

陈小元盯着银子的眼睛笑了笑说，那你的态度是什么？银子放下了刀子一样的眼睛，缓和了一下语气说，从工作的角度讲，我的态度是服从，服从社委会的决定；从私人感情的角度讲，待岗也没有什么不好的，这样可以缓冲一下，好好想想下一步的计划，如果你继续待在广告部，或者待在报社其他部门，你觉得有前途吗？我感觉前途不大，不仅因为你的工作不达标，也因为报社越来越不景气，外边的世界那么大，像你这种情况，如果有出路的话，晚辞职不如早辞职。

陈小元嘿嘿一笑，反问了一句，你为什么不辞职？银子说，我是国家在编人员，而且我干得好好的，没有什么生活压力，没有任何辞职的必要！你回去好好想想吧，如果真想离开报社，我在江湖上毕竟混得久，认识的大老板比你多，需要帮忙推荐的话，尽管开口就好了。陈小元说，还是表哥心肠好！不过，你不要失望，我也干得好好的，是绝对不会辞职的。

银子看到陈小元意志坚决，就有些不耐烦地说，我们就这样吧，我这里还有事情，马上有个会要开。

银子已经站了起来，走到门前要送客的样子。

陈小元并不起身，依然坐着说，银总，我还有一件事情，我这里有一份材料，是朋友提供的线索，非常好的线索，如果做新闻的话，起码是两个整版的量，如果开发广告的话，最少也能拿到十万块，我本来想自己联系的，可惜我已经不是记者，如今又要待岗，用不上了。银子说，材料在哪里？陈小元说，已经发到你的邮箱了。银子有些敷衍地说，我空了看看吧。

陈小元回到广告部的时候，财务部呀，行政部呀，保安部呀，都已经派人拿着各种清算手续，在楼道里点头哈腰地等着了。陈小元问部门的林主任，这些人原来凶巴巴的，今天这是怎么了？林主任笑呵呵地凑过来说，他们啊，这是在讨好你呢。陈小元说，为什么要讨好我啊？林主任说，因为你解脱了，但我们依然是苦海无边、回头却无岸，希望你在外边有了发财的机会，千万不要忘记了兄弟们啊！

陈小元说，我怎么越听越糊涂了？林主任说，我好坏也当过几天你的领导，你就不要再瞒哄我了，刚刚从人事部传出的消息，你把我们抛弃了，所以他们主动上门服务，等着替你办辞职手续呢。

陈小元奇怪地问，我要辞职？我辞职去哪里？林主任说，他们说，好多公司都想聘请你，其中有一家医院想聘请你当宣传科科长，还有一家网约车公司，看到你们的纪录片很感动，想聘请你当副总经理，不仅每月工资好几万，还配了个女秘书，这么活灵活现的消息不会有假吧？

陈小元明白了，这是有人故意传播谣言，想把自己往辞职的死路上逼，而这些同事们之所以这么主动这么讨好他，是希望他不要有什么纠缠，把被动的辞职手续办得利索一点。

陈小元嘿嘿一笑，说林主任啊，如果是你，你怎么选择？林主任说，如果是我，肯定选择网约车公司，这是新兴行业，未来前途无量，公司哪天一上市，分一些股份给你，你一夜之间就是千万富翁，甚至亿万富翁都有可能，到那时候你再杀回来，把我们《东海早报》一收购，记者和主任算根鸟毛，谁当社长，谁当副社长，不都是你说了算吗？

陈小元说，你分析得很有道理，看在你是我顶头上司的分上，而且这些日子又这么关照我，这个伟大的机会我就让给你吧。林主任瞪着眼睛吃惊地说，那你呢？你准备去医院当科长？陈小元说，我呀，哪里都不去，还是老老实实地在报社里蹲着吧！

报社各部门的人陆续凑了过来，先恭喜陈小元跳槽高升，又告诉陈小元辞职手续怎么办，应该注意哪些问题。陈小元也不解释，也不生气，一会儿说马上要吃午饭了，一会儿说自己有急事要处理一下呢，一会儿说我在忙着打泡泡堂游戏啊，你们先回自己的办公室，我需要的时候再叫你们。这些人隔会儿就来晃荡一圈，直到下午四五点钟也不见什么动静，实在忍不住了，就提醒陈小元，天快黑了。

陈小元说，天黑了多好，灯就亮了。有人就说，马上要下班了。陈小元说，下班了多好，可以回家泡妞去了。有人就说，按照领导的意思，最好是今天把手续办了。陈小元说，办什么手续啊？结婚手续还是离婚手续？有人就说，我们刚才说过了，是辞职手续呀。陈小元说，谁要辞职呀？有人就说，你呀，你不是要辞职吗？

陈小元说，你们听错了吧？要辞职的是银总。有人就说，我们怎么会错呢，如果是银总辞职，为什么叫你办手续啊？陈小元说，对呀，太奇怪了，银总辞职和我有什么关系啊？难道我已经当社长了吗？

天还没有黑透，先是商场里的霓虹灯急不可耐地亮了，亮得东一块西一块的没有一点秩序，像遭遇了一顿不明不白的拳脚那样，不仅鼻青脸肿晕晕乎乎的，而且恍恍惚惚懵懵懂懂的。并且亮得一点也不单纯，赤、橙、黄、绿、青、蓝、紫，还有白色，相互掺杂搅拌在一起，最后就没有一种颜色是纯粹的了。上海每一天的这个时候，看上去是拥挤的，其实是清冷的，因为夜生活还没有开始，只有煎熬和等待。

包括林主任在内的同事们，过去下班离开的时候，会和陈小元打个招呼，问怎么还不下班？但是现在再问这句话分明很尴尬，所以大家都悄无声息地溜掉了，办公室里已经空无一人了，只有门外的走廊里多出两名保安转来转去。

陈小元的心情看似平静，其实像霓虹灯在电脑屏幕上的反光，不安，模糊，茫然，躁动，甚至无比复杂。他拿起桌子上的座机拨打了一下银子的座机，当对方刚刚出声的时候他又迅速地挂断了。此时此刻，他应该和银子说什么呢？问对方下班了吗？问自己明天还要上班吗？问那封邮件收到了吗？他说什么好像都是多余的，都会暴露出自己内心的恐慌和胆怯。

陈小元在办公室稍微滞留了一会儿，才背起包，吹着口哨，装作若无其事地出门了。他走到楼下的时候，不由自主地回过头，留恋地看了看一闪一闪的报社招牌。他第一次发现这些光真刺眼，几乎一下子扎痛了他的眼睛，令他禁不住流下了泪水。

陈小元回到家，无心再写那本破书，懒洋洋地躺在床上盯着天花板。天花板像一个电影屏幕一样，支离破碎地播放着这几年时间发生的点点滴滴——靠在树上做爱，开着车四处打游击，借钱买了米罗公元的房子，为还房贷开起了顺风车，从发行部调整到了广告部……流着眼泪的姐姐，数着存折的父亲，戴着金项链的堂兄，回到哈尔滨的英子，售楼处的经理柳红，珍爱网的兰惠，当了老总的胥海清。出现最多的，自然是穿着白大褂或者光着身子的胥小曼，但是最清晰的最刺眼的竟然是银子和"水桶"，这两个老不死的男人总带着嘲笑和不怀好意的表情看着他。

胥小曼摸了摸陈小元的额头说，你病了吗？这个时候上床还是第一次。陈小元说，我们刚在一起的那段时间，哪一天不是早早就上了床呀。

胥小曼说，这倒是真的，每天一下班，两个人一见面，稍微有一点机会，就赶紧找一个场合，你死我活地搂在一起，不过当时也不算睡觉，而是没完没了地亲热和做爱，有时候把天都做亮了。哪里像现在呀，睡觉时间越来越晚了，睡不着的时间越来越多了，倒是爱做得越来越少了。

胥小曼有些哀怨地问，我们上一次做爱大概有半年了吧？陈小元说，前几天不是刚刚做过吗？胥小曼说，那不算做爱。陈小元说，你死去活来的样子，不算做爱算什么啊？胥小曼说，那呀，差不多算是自慰吧。

胥小曼瞟了陈小元一眼，然后就陷入了长长的沉默。她不知道从哪里弄来了一堆针线和一条拉链，坐在床边开始缝补那条破旧的白色连衣裙。她穿针引线的动作有一些笨拙，时不时地就扎到了手。她的手是十指连心的，每被扎一下都会痛得全身一激灵。她把扎破的针眼放在嘴里轻轻地吮吸着，像一个吮吸手指头的婴儿。

陈小元说，别缝了，我们买一条新的吧。胥小曼说，你可别乱花钱，我和你一样是喜旧厌新的。喜旧厌新的人都重感情，这条裙子已经穿出了感情，哪里舍得抛弃呀，我自己这么补一补，起码再穿一个夏天。

晚上十点多的时候，胥小曼终于把裙子补好了，穿在身上旋转着说，我厉害吧？你看看像不像新的？陈小元看着胥小曼兴奋的样子，真像买回来一件新裙子似的，心酸地从背后抱住了她，正准备亲亲她呢，电话却突然响了。

陈小元毫不犹豫地挂断了电话，但是它一次又一次地十分顽固地响起，铃声是一首叫作《荣耀》的歌，其中有两句歌词引用了顾城的《一代人》——

　　　黑夜给了我黑色眼睛，
　　　我却用它去寻找光明。

陈小元在心里不由自主地跟着唱了起来，后来一不小心就唱出了声。胥小曼酸溜溜地说，刚刚还像病猫似的，怎么突然就快活了呢？这么不依不饶的电话，是谁打来的呀？陈小元说，是骗子的。胥小曼说，骗子就是虚情假意的情人，情人就是痴情的骗子，我看啊，会不会是你的某个小情人啊？

陈小元说，你看看，你又来了，我现在有色心色胆，也没有这个精力。胥小曼说，你不敢接我来接吧。胥小曼接通了，刚刚喂了一声，把电话像烫手的山芋一样扔给了陈小元，嘘着声音说，我的妈呀，你们领导打来的！

陈小元来了一个深呼吸，才不动声色地对着电话说，你谁呀？银子说，你连我的声音都听不出来了吗？陈小元说，我听出来了啊，你不就是骗子吗？银子说，我不是骗子，我是银总啊！陈小元说，我们银总整天吃的是鱼翅燕窝，把声音保养得像歌星李玉刚，你这破铜烂铁一样的嗓子怎么可能是银总，是淫贼还差不多。

银子说，会不会是信号不好啊？我确实是银志顺啊，你现在有没有时间啊？陈小元说，你啊什么啊，狐狸露出尾巴了吧？你这一套我见多了，先是冒充我的领导，说你正在开车向单位赶，约我半小时后去你的办公室谈话，再然后说你在路上发生了车祸，把自己的脑袋呀屁股呀，别人的胳膊呀大腿呀，撞坏了，紧急住院需要钱，骗我赶紧转账给你。

银子严肃而又无比和蔼地说，我说陈小元，你就别再演戏了，我不需要你来办公室，我也不需要你转账，你就在家里等着我吧，我半小时左右到你们楼下。陈小元说，天啊！你真是银总？什么事情这么火烧火燎的，不能等到明天上班再说吗？我都已经脱衣服睡觉了。

银子说，赶紧把衣服穿起来，如果不想穿的话，光着身子来见我也行。陈小元说，关键是老婆也脱了，正抱着我不松手啊。银子说，你别再废话了，我已经在路上了，马上在你们楼下见。

陈小元有些好奇地问，你知道我住在哪里吗？银子说，当然知道，不就在恒丰路桥下边的老弄堂里的永平小区西二门五号吗？陈小元说，你是不是跟踪调查过我？银子说，是关心好不好！我请你去对面喝咖啡吧。

陈小元想，如果没有猜错的话，银子急着见自己的原因，应该是看到了那封电子邮件。他一时有些得意，干脆放声地唱了一句"黑夜给了我黑色眼睛"。他已经很久没有得意的事情了，在报社工作这么多年，银子下班以后从来没有主动找过自己，更别说请自己喝咖啡了，尤其在这么晚的时候。

人和人之间的交往，白天在一起的时候多数是工作关系，黄昏之后晚上九点之前在一起的时候，多数是普通朋友关系和商业利用关系，晚上十一点至凌晨之间在一起的时候，该吃的饭已经吃饱了，该认识的已经认识了，该谈的生意已经谈完了，该睡的人已经睡着了，该放纵的欲望已经满足了，该灭的灯已经灭了，那迷离的夜色伴随着朦胧的睡意一起涌来，身体关闭，心灵敞开，世界的空间由外转向内，就真正属于私人的了。这时候适合交心、谈情和说爱，加餐呀，品酒呀，饮茶呀，喝咖啡呀，唱歌呀，目的不关饥饱，只在于感情和精神，所以能一起消磨这段时光的，多数自然是知己和爱人了。

银子在这时候约他陈小元，不管出于什么用心，肯定都有示好的成分。

陈小元感觉自己像一只气球，被轻轻地扎了一针以后，肚子里的那股怨气就噗噗地向外冒。气球瘪了，不飘了，反而踏实了，有些力气了，下身也就勉强地挺了起来。

陈小元把胥小曼抱起来轻轻地放在床上，掀起那条刚刚补好的连衣裙，然后拉开自己裤子的拉链，把那只郁郁寡欢的小鸟从笼子里蔫巴巴地放了出来。胥小曼说，你急什么呀！陈小元说，不然就来不及了，银子只给了我半个小时。胥小曼说，再急也不能不脱衣服吧！我辛辛苦苦补好的裙子，如果再被你弄坏了，我明天就光着屁股去上班。

陈小元删繁就简地扛起她的两条腿，正慌张着呢，银子的电话又响了。陈小元按了免提键，故意装作一脚踩空的登山者掉进了无底深渊，啊啊啊地尖叫了几声，并且喘着气说，你等会儿啊！银子听了听说，你在爬山吗？陈小元说，上海哪里有山呀？我在睡觉呢。银子说，睡觉为什么喘气，不会是在做爱吧？陈小元说，睡觉不就是做爱吗？银子说，不啰嗦了，你麻利一点吧，我去对面的凯撒会馆等你。

也许过于直接和潦草的原因，也许被电话干扰的原因，陈小元并没有恢复往日的威风，大概两分钟就泄了。胥小曼翻身而起，一边抚弄着他，一边撒娇发嗲地说，亲爱的，我还早着呢，你再来一次吧。

在过去，陈小元从胥小曼的身体里滑出来，像一条搁浅在沙滩的鱼，只要重新放入水中，立即就会重现活力。如今倒好，她用乳房去蹭，用口水润滑着轻轻地去摸，他的它仍然一动不动，像一只溺水身亡的猫。最后，她的高潮还是凭着两个人的手完成的。

完事以后，陈小元又在床上稍微躺了一会儿，才爬起来整理好衣服说，走吧，吃夜宵去，这次淫贼请客。胥小曼说，算了，这么晚，你们估计有重要的事情要谈，带着家属多不方便啊。陈小元确实不想让胥小曼了解得太多，如果知道自己的处境如此艰难，说不定又要去求王八蛋"水桶"了，这是他最无法忍受的痛苦和折磨。

陈小元住在恒丰路桥的东侧，凯撒会馆就在桥的西侧，他天天从这栋建筑前边经过的时候，都会像小偷似的加快脚步，因为他太自卑太渺小了，而它太高傲太宏伟了。它的整个建筑都是金黄色的，被射光灯照耀得熠熠生辉；门前摆着两只张牙舞爪的石狮子，门楼装饰得像皇宫一样气派，起码有三层楼那么高，两个装饰性的门环比篮球还大；门楼上方是古罗马风格的浮雕，正中间有一座巨型雕像，应该是俯视人间的凯撒大帝。大帝左手挽着自己的袍子，右手指向天空，下边有一个孩子抱着他的大腿。

这个来历不明的孩子多像他陈小元啊！他陈小元紧紧地时时刻刻地抱着命运之神的大腿，害怕稍微一松手一歇气就会跌倒，就会落入万劫不复的深渊……

陈小元经常会想，出入这种地方的人，不是亿万富豪的话，应该就是吃白食的权贵们吧？自己这辈子恐怕没有机会进去。但是万万没有想到，看似不可企及的奢望，竟然被银子给实现了，而且在这么一个不经意的日子。

陈小元走进凯撒会馆的时候，脚步尽量放慢一点，神态尽量平和一点，不敢东张西望左顾右盼，也不敢流露出丝毫的惊讶，以免遭到保安的歧视而阻拦。等他在一个小包厢里坐下来，只有他和银子两个人的时候，这才像刘姥姥走进大观园一样打量了起来。

陈小元有些失望地发现，这里像一座刚刚完成建筑的寺庙，还没有请佛入住，也没有出家的僧人和前来敬香的香客，更没有香火、诵经声和木鱼声。这和一个爱慕虚荣的人一样，富丽堂皇都是表面的，并没有多少神奇的内涵，无非是一些虚幻的东西，比如魔幻的灯光，比如脂粉味十足的装饰，比如几张欧式的沙发，比如桌子上点着的两根蜡烛，还有走廊里移动着的一手叉腰一手端着盘子的侍者，以及一群神出鬼没的拖着白色长裙的女人，他们像从一个模子里倒出来的机器人，看似优雅、顺从、微笑、轻言细语，实质带着金属一样的僵硬、克制、冰冷和空洞。

银子笑眯眯地说，你这么慢腾腾的，杀头猪的时间都有了。陈小元说，杀猪多简单，白刀子进，红刀子出，而干那事，进进出出，来来回回，起码要费十倍的工夫。银子说，再复杂，也不需要一个多小时吧？陈小元说，不是你催的话，前前后后没有两个小时根本结束不了。银子说，真羡慕你们年轻人啊！陈小元说，银总怎么样？不会两分钟吧？

银子说，人老了，什么都软了，能坚持两分钟就烧高香了。陈小元说，有机会我帮你治治，我有祖传的秘方。银子说，那赶紧说出来听听吧。陈小元说，这个秘方很简单，如果你把自己当人，才会把别人当人，如果你把自己当成无情无义的畜生，遇到再漂亮的女人也是没有感觉的。银子说，这太深奥了吧。

陈小元说，你这样想想吧，你老想着自己是一条狗，或者把别人当成一条狗来对待，你不疲软才怪呢，所以呀，做爱做爱，你得先做人再做爱，或者说你得先去爱别人，才有能力去做别人。

陈小元联想到这些日子自己在性生活上的表现，之所以应付差事，主要是没有精力去爱，起码是没有能力把爱付诸实施。他们这些背负着债务度过一生的人，社会上有一种说法，叫房奴——房子的奴隶。

银子说，你这是在变着花样骂我，不过我不生气，不跟你一般见识。陈小元说，这才有点领导加表哥的样子。银子说，我们别再贫嘴了，你想喝点什么随便点吧。陈小元说，我还没有吃晚饭呢，你难得请我们这些下人，我得好好宰你一顿。

陈小元吹了一声口哨，让侍者把菜单拿过来，点了一份蒜泥大龙虾、一份白松露面包圈和一份枸杞鱼翅汤。银子说，你尽挑贵的，我可没有带多少钱，到时候这个单谁来买？陈小元说，你以为我傻呀！这顿饭根本不需要你买单。银子说，即使是吃白食的，你也得注意一下吃相吧。陈小元笑着说，说实话，我们的贫穷你不懂，大龙虾呀，鱼翅燕窝呀，有什么好吃的，而且吃下去消化不良。我之所以要这么点，就想试探一下你，你却一点诚意都没有。银子说，我如果没有诚意，半夜三更的不找女人，找你这个大男人干什么？

银子吩咐侍者说，先来一瓶拉菲，再配一点洋葱圈呀花生米呀什么的，其他你就听他的，今天他是老板。陈小元把菜单交回给侍者，不好意思地说，刚点的那些全部取消，你就给我来一杯白开水吧。

银子指了指包厢外边的美女说，你不吃大餐，我叫一个进来陪陪你？陈小元说，怎么陪？银子说，你想怎么陪就怎么陪。陈小元说，免了，陪酒，我不喝酒；陪睡，我刚刚睡过了。银子说，你刚刚睡的是老婆，老婆和她们是好比的吗？陈小元说，你想比什么？比胭脂有多厚？比乳房有多大？比个子有多高？银子说，当然是下厨的功夫了，炒、爆、熘、炸、烹、煎、贴、焖、炖、蒸、汆、煮、烩、炝、拌、腌、烤、卤、熏、卷、焗，人家是样样精通，你老婆行吗？何况老夫老妻的，炒出来的菜也没有什么新鲜感了吧？陈小元说，你说的即使是下厨，我们这种穷人，什么都不想比，要比就比实惠，老婆起码是免费的。

等拉菲上来了，银子就倒了两杯，说这是世界上最好的葡萄酒，难得开一次洋荤，你尝尝口味怎么样？但是陈小元一滴不沾，只捧着自己的白开水，耐心地等着银子进入正题。

两个人默默地坐了一会儿，银子终于开口了，说你知道我为什么找你吗？陈小元说，不知道，是不是为我送行，像对待临刑前的犯人？银子说，我有那么可怕吗？陈小元说，这不是可怕，是可耻。银子说，你真是冤枉我了，我这么晚找你，都是为了你的工作。陈小元说，我知道，他们说了，你已经下令，限定我天黑以前就办辞职手续。

银子说，陈小元啊，你这个人什么都好，问题是分不清好坏，我刚刚听到你要辞职的消息，马上就赶过来了，不仅不是为了送行，而且是劝你留下来。陈小元说，你下午还在劝我辞职，现在又劝我留下来，这也太虚情假意了吧。

银子说，下午，我那是假设，代表我个人的想法，现在我代表的是报社，希望你能留下来，不管如何你也算个人才，报社除了几台电脑就只有几个人才，我们之所以让你待岗，其实就是想留住你，到底怎么留住你，还没有具体的方案，你自己有什么想法吗？

陈小元喝了一口白开水，笑着说，我的想法很简单，软柿子也不是那么好捏的。银子说，你哪里是软柿子呀，分明是茅坑里又臭又硬的石头！陈小元说，这不能怪我，如果换成了别人，你们也许就捏出了乳房的感觉。银子说，换成谁？陈小元说，换成花姑娘，比如英子，比如胥海清。

银子听到胥海清的名字，目光里的刀子恍惚了一下，低下头给自己的杯子里添满了酒，端起来喝了一个底朝天，然后望着空杯子说，我今天就给你交个底吧，我们得一步一步来，先把你调回发行部干几个月，你的臭脾气该改的改一改，工作该努力的就努力一把，然后再找机会调回记者部，你看看这样如何？

陈小元装作很吃惊地问，这是报社的决定吗？银子说，不是，我先听听你的意见，你觉得可以的话，我再向社委会建议，不过我答应你的，我就会据理力争。陈小元说，我吧，都听你的。银子说，你不准备谢谢我吗？

陈小元端起白开水和银子碰了一下，嘿嘿一笑，说，谢谢表哥，不不不，谢谢银总。

两个人坐了不久，因为已经无话可说，就从凯撒会馆出来了。银子说自己喝了酒不能开车，请陈小元开车送送他。在路上，陈小元从后视镜里看着银子，银子则是一副喝多了的样子，自始至终都在打盹，只字未提电子邮件的事情。

陈小元有些糊涂了。晚上与白天，银子态度发生一百八十度大转弯到底因为什么呢？难道真的代表报社，想要留住自己？难道真的害怕了，想先稳住自己？

　　陈小元在银子下车的时候真想试探性地问问，那封邮件到底收到了没有？但是看着银子摇摇晃晃的背影，他把到嘴边的话又咽了下去。

第十六章

陈小元此后的好几天，没有收到任何银子的消息，心里的嘀咕就越来越大了。他嘴上再怎么强硬，如果工作得不到解决，逼死自己的不是报社，而是无穷无尽的银行贷款。

这两个月，房贷都是胥小曼还的，陈小元知道实质上是"水桶"资助的，目的看似是让他安心写书，其实不过是一个借口而已。放在过去，饿死他陈小元也不会接受这种施舍，但是再骄傲再清高再义气，在一分钱面前都是苍白无力的。

胥小曼那天要去还款的时候，陈小元没有一句话，也没有问钱从哪里来的，甚至没有勇气进入银行的大门。他默默地站在外边，听着"进门请上锁"的提醒以及柜员机哗哗啦啦的存款声。他那时的感觉十分复杂，像听到自己的女人和别人私通，而自己却束手无策一样，含着羞辱、愧疚和绝望。他背过身子，看着银行对面的那条大街，泪水再也忍不住地流了下来。

相对于房贷来说，向亲戚朋友们的借款压力似乎要小一点，但是对人的心理绝对是一种可怕的折磨。为了避免不必要的尴尬，陈小元和胥小曼都不敢回老家，也不敢轻易和亲戚们联系。尤其是前几天，堂兄陈武突然打电话转着圈子问，我们的大记者还好吧？上海天气已经热了吧？弟媳妇怀上了吧？直到最后才绕到了房子上，说房子已经住进去了吧？他虽然一个"钱"字没有提，但是陈小元感觉每一句话都是冲着钱来的，因为自从借钱以后自己像消失了一样，再没有任何说法了。

陈小元主动而又无奈地说，你的钱一时还还不了，对不起啊。陈武说，我打电话不是来要钱的，我就想看看你是不是又把我们土农民忘记了。姐姐也打过不少电话，毕竟是一奶同胞的姐弟，所以不用绕那么多弯子，而是直接告诉陈小元，十万元的无息贷款到期以后，如果还不上的话就要转为低息贷款。还有合租的小叶和小孙，他们搬家吧，不好意思，不搬家吧，天长日久收不到陈小元的房租。

陈小元对小叶和小孙说，我把账都记着，无论牛年马月，你们垫付的房租我会一分不少地还给你们。胥小曼则笑嘻嘻地说，你们无情，休怪我们无义，你们敢搬家的话，我就投诉你们偷窥。两个朋友宽厚地说，我们不搬的话，你们拿到房子就解放了，我们怎么办？胥小曼说，你们搬到我们家里去，继续住在一起，多好呀。两个朋友说，那可不敢，你们搬新家之日，就是兄弟分别之时。现在威胁我们偷窥，一旦住到你们家里，说不定要投诉我们性骚扰，这辈子碰见了你们，算我们为下辈子积德吧。

某一天下午，陈小元心事重重地发着呆，突然被银子派来的小姚叫了过去。银子并不急着说话，只是笑眯眯地盯着陈小元的胸脯。陈小元说，领导啊，我又不是女的，你能盯着看出花来吗？银子说，你确实得买一束玫瑰花献给我，刚刚开了社委会，我把你的事情提了出来，没有想到你的人际关系那么差，有人反对，有人一言不发，没有一个人正面响应的，最后实在没有办法，我又拍胸脯，又拍脑袋，差不多就拍桌子了。陈小元说，结果呢？银子说，结果啊，这要看你的表现了，现在全报社上上下下都知道你是我的人。陈小元说，你是我的表哥，我是你的表弟嘛……

银子摆着手说，我说陈小元，以后请不要这样称呼我！陈小元笑了笑说，那好吧，我的意思是，你是官，我是民，官民本来就是一家人，领导帮了草民这么大忙，我虽然不能为你献身，以后就为你挡挡枪吧。

银子呵呵地笑了几声，停顿了一会儿说，你是不是已经发现有人用黑枪瞄着我了？

陈小元明白，终于要涉及电子邮件的事情了。他还是忍了忍说，你又没有干什么违法乱纪的事情，仅仅有些好色而已，男人嘛，都一样。银子说，谁好色了？那些风言风语，别人传，你不能传！说实话吧，高处不胜寒，在副社长的位子上，难免会得罪一些人，会引起很多人的误会，如果背后有人要对付我，你替我解释解释，关键时候挡一挡，也不枉我这么关照你。陈小元说，我恩怨分明着呢，你就放心吧。银子说，不说这些了，你的事情已经通过了，赶紧去人事部办手续吧。

陈小元在广告部转了一圈又回到了发行部，岗位从原来的订户服务，调成了印务主管，负责联系印刷厂，工作不仅轻松了，工资还涨了一千多，而且职务上带着个"主"字，像真成了主宰别人也主宰自己的主子似的，在社会上说起来也就像模像样的了。

陈小元刚刚办好手续，搬到一间新的办公室，银子就进来了，笑眯眯地说，这间办公室满意吗？陈小元说，还行吧。银子说，什么叫还行啊？！坐北朝南，不仅风水好，而且差不多是个单间，部门主任也没有这样的待遇，你就不要太贪心了。陈小元笑着说，谢谢领导关照，我们年轻不懂事，却是知恩图报的人。银子说，你只要明白一点就好，我们没有干过亏心事，永远就不怕鬼敲门。

陈小元接胥小曼下班的时候，先在医院门口的商场里逛了逛。如今工作已经有了着落，他想刷一刷自己的信用卡买一件衣服给胥小曼。他找到了胥小曼喜欢的那套裙子，确实又漂亮又青春，但是太短了，还不及膝盖，半条白生生的大腿都遮不住。他不想让胥小曼那么招摇，就另外挑选了一条无袖连衣裙，波希米亚风格，底色为宝石蓝，印着灰色和淡蓝色的百合花，远远看上去像一幅水彩写意画。胥小曼皮肤白，身材好，平时又活泼，穿着它从阳光下袅袅而过，肯定像翩翩飞舞的蝴蝶那样，不知道它从哪里来又向何处去，却有一种轻盈、脱俗、神秘之美。

他们吃晚饭的时候，陈小元建议，第二天周末都不上班，可以去看一场电影。胥小曼咋咋呼呼地说，哎哟妈呀，我都忘记电影是什么玩意了。陈小元说，这几天正在播放《我的个神啊》，讲一个女人与外星人谈恋爱的。胥小曼笑嘻嘻地说，我最好奇的是外星人有没有小鸡鸡。陈小元说，你一个女人，说话能不能含蓄一点？胥小曼说，那好吧，他们有小弟弟吗？陈小元说，当然有啊，有时候像一朵花，有时候像一片叶子。胥小曼说，都是软塌塌的东西，干那种事能行吗？陈小元说，不是行不行，是太威猛了，你看看风一吹，它们就摇摇晃晃，这就是被弄的，和外星人干坏事一个样子。胥小曼说，他们有高潮吗？陈小元说，没有高潮那花是不会开的。

胥小曼说，你这么清楚，不会和外星人有过一腿吧？陈小元说，是啊，而且不止一次。胥小曼说，外星女人下边是什么样子的呢？陈小元说，和你的差不多，唯一不同的就是没有长毛。胥小曼说，你老实交代，这个没有长毛的家伙是谁？陈小元指了指天空说，就是它，嫦娥。

天空正好升起一轮圆月，在灯火辉煌的照耀下显得有些暗淡，但是天气晴好，仍然显得卓尔不群。胥小曼撇了撇嘴说，原来月光是你射出来的？陈小元说，对呀。胥小曼说，月亮的肚子是被你弄大的？陈小元说，对呀。胥小曼说，对个屁！这些年物价飞涨，拉面从八九块一碗已经涨到十七八块了，电影票也应该很贵了吧？陈小元说，不贵，也就五十块一张。胥小曼说，这还不贵？两张票可以买五十个包子了，所以呀，我们不看电影了，我们去看你和嫦娥骚情吧！

陈小元和胥小曼把车开到了米罗公元，十几天没有来，发现变化挺大的，售楼处已经被拆除搬迁，正在重新建设小区的大门，围墙两边的垃圾已经被清理，绿化树已经枝繁叶茂，一点也不像是移栽的，倒像是天然就长在这里。估计是装修工人临时住在小区里，所以原来的安静被打破了，响起了刺耳的切割声和敲打声，黑洞洞的窗口有些已经亮起了灯，阳台上晾晒着几件T恤和裤衩，上边有斑斑点点的涂料油漆，应该是工人们换洗下来的工作服。

陈小元拦住一个工人一问，证明了自己的猜测，装修公司已经入驻小区，正在进行装修施工，再过一两个月就会交付入住了。

陈小元和胥小曼听到消息都非常激动，不知道如何才能表达这样的喜悦。胥小曼说，我们脱光了衣服，绕着小区裸奔吧。陈小元说，好呀，你裸奔给我看看吧。胥小曼说，你以为我不敢吗？

胥小曼身上穿着的是刚刚补好的白色连衣裙，她把拉链拉开，耸了耸肩，裙子就滑向了地面。月光柔和地照着她，使得她像一尊汉白玉雕塑，更像从天而降的圣洁的仙女。

陈小元一下子呆住了。他在灯光下、阳光下、水中和雨中都见过一丝不挂的她，在如此皎洁美好的月光下看到赤裸着的她还是第一次。胥小曼说，你发什么呆啊？陈小元说，发呆的是你，你怎么还不裸奔啊？胥小曼说，我一个人裸奔没有意思，算了，你为我更衣吧。

陈小元走上去，替胥小曼把裙子从地上提了起来。胥小曼再次把裙子抖落在地上，撒着娇说，我不穿这条，我要穿你车上的那条！陈小元说，你怎么知道我买了一条新裙子？胥小曼说，我又不是傻瓜，新裙子不会是送给嫦娥的吧？

陈小元回到车上，把新裙子拿过来帮胥小曼穿上了。胥小曼穿着波希米亚风格的新裙子旋转着，也许是风吹起了她的裙子，也许是她的裙子引起了风，她越发像飘飘而落的仙女。她疯了一会儿，跑过来一把搂住了陈小元，捧着他的脸静静地看着，像鹊桥相会的牛郎和织女，缠绵，痴情，兴奋，忧伤。

胥小曼说，这条裙子真好看。陈小元说，是你好看，所以裙子才好看。胥小曼说，这是在医院门口的商场买的，一千二百八十八块对吗？陈小元说，你怎么这么清楚呢？胥小曼说，我算的，我就是嫦娥，有什么算不出来的呀！陈小元说，嫦娥变成算命先生了。胥小曼说，你透支了信用卡对吧？陈小元说，放心吧，很快就能还上的。

胥小曼说着，又换上了旧裙子，把新裙子认真地叠了叠，装好袋子递给了陈小元，然后十分满足地说，谢谢亲爱的，你明天把它退掉吧。陈小元说，为什么呀？你不喜欢，还是不合身？胥小曼说，颜色，款式，尺寸，我都喜欢得不得了，只是太贵了，难道你又遇到了白富美，发了什么横财不成？陈小元说，亲爱的，我还真是发了横财，今天我在报社的厕所里，发现黄花花的一坨，以为是臭狗屎呢，轻轻一扒拉，老天啊，竟然是一疙瘩黄金！

胥小曼说，我估计啊，你看花了眼，想钱想疯了。陈小元说，我对天发誓，我很正常，你知道这黄金是谁拉的吗？胥小曼说，谁啊？有人把金条忘在了厕所里？陈小元说，是银子，我就告诉你一个惊天动地的好消息吧。

陈小元一五一十地告诉胥小曼，自己已经调回发行部当上了主管，工资比原来高了不少，如果不出意外的话，恢复记者身份也指日可待，到那时候工资还会涨，还房贷绰绰有余。

陈小元说，加上房子马上又要交了，我们算是双喜临门，而且啊，夏天已经来了，新裙子你就安心地穿着吧。

胥小曼有些忧伤地说，你别骗我了，我听到的消息是你已经被停职了。陈小元说，那绝对是胡说八道，你可以打电话问银子，是银子一手安排的。胥小曼说，你不送礼他肯定不会帮你，你在外边莺莺燕燕的一大把，除非把哪个小情人送给了他。陈小元说，我啊，把自己送给了他，我们是拜把子的兄弟，他现在是我的表哥，他不帮我帮谁呀？

胥小曼惊喜地问，这是真的吗？陈小元说，当然是真的，不信你咬我一口试试。胥小曼果真拉起他的胳膊狠狠地咬了一口，咬得他哇哇大叫，让两个人都体会到了一丝痛快。

胥小曼说，你懂得低头了就好，如今这世道，刀子难生，泥鳅好活，人不能站得太正了。陈小元说，这次啊，应该归功于观音菩萨保佑。他就把如何缠着银子，如何捉弄银子，如何一口一个银子表哥地叫，自己怎么演的这出戏都讲了出来。只是，他没有告诉她，玉佛寺的师父是真的，师父关于银子的那段话却是假的，都是他瞎编出来的。最关键的部分是电子邮件，他更是只字未提。

胥小曼听了，念了一句"阿弥陀佛"，赶紧从脖子里掏出玉观音，捧在双手中间，朝着天边拜了又拜。

清明过后是谷雨，谷雨过后是立夏，上海真正地进入了夏天，樱花、桃花、杏花、油菜花和杜鹃花纷纷地飘落了，玫瑰、茉莉、葵花和荷花接着就陆陆续续地开放了，尤其是白玉兰，先开花后长叶子，自三月开到现在，已经进入了盛花期，墨绿色的叶片已经冒了出来，把玉兰花衬托得更加雪白。除了太阳有些毒辣，相对而言却是上海的美好时光，因为很快就会进入湿答答黏糊糊的梅雨季节。

陈小元经过了那么多的波折以后，又慢慢过上了平静的日子。他每天早晨准时坐在办公室，上午基本是在喝喝茶干干私活中度过的，下午把第二天报纸的版数、印数和色彩，统计一下传真给印刷厂，如果遇到特殊情况，比如广告客户需要加印，或者遇到了重大新闻要出版"号外"，再和印刷厂对接一下就可以了。

加上房子即将进入交付期，陈小元和胥小曼的心情也是一时大好，几乎每天都会跑到小区那边，有时候在外边的草坪上坐到很晚，像孩子一样玩一玩数星星的游戏；有时候干脆在绿化带里的条椅上过夜，反正天气炎热，除了蚊子多以外，比出租屋凉快多了；有时候直接溜进小区，东瞅瞅，西逛逛，还会爬上楼，要么送几瓶水给工人，要么帮着工人们干点什么。

某一天晚上，胥小曼央求一名工人，能不能放他们进入自己的家，看上一眼，但是被工人拒绝了，说钥匙不在身边，全由公司统一保管。他们万般无奈，就爬上了十四楼，门上正好有一个洞，是留着安装猫眼的。胥小曼贴着这个洞一边朝里看一边问，你知道我看到什么了吗？陈小元说，你看到沙发了吧？胥小曼说，你傻呀，怎么可能有沙发呢，沙发是需要自己配的！陈小元说，你看到白色墙壁了吧？胥小曼说，简直太不可思议了，雪白雪白的墙壁，米黄色的大理石地板，再向前是阳台，安装着落地玻璃窗，透过窗子可以看到外边的白玉兰，开得像散发着香气的和田玉。陈小元说，我们在十四楼，有这么高的树吗？

胥小曼说，你不是傻，简直是痴呆，我不能像上帝一样斜着朝下看吗？天啊，我看到了厕所里的抽水马桶。陈小元说，厕所在旁边，你的眼睛会拐弯吗？胥小曼说，我是上帝，我的眼睛不仅会拐弯，还有透视功能呢！抽水马桶也是雪白雪白的，屁股天天坐在上边，估计也会变白的吧？陈小元说，你的屁股已经够白的了。

胥小曼说，哇，我看到了卧室，中间摆着一张床，估计有两米宽，床上铺着的被子是大红色的，上边印着一对鸳鸯，还有一对大红色的枕头，上边印着双喜字，怎么布置得像洞房一样，难道有人要在里边结婚吗？陈小元说，房子还没有交付，这也太奇怪了，你快点让我来看看吧。

胥小曼笑嘻嘻地让开了。陈小元对着猫眼看了又看，房间里黑乎乎一片，除了黑暗之外还是黑暗，那些情景都是胥小曼的想象而已。这让他想起了莫泊桑的短篇小说《恐惧》，里边有两句话特别令他震撼——

先生，你不认为没有幽灵的黑夜是空荡荡的，连黑暗也显得平庸无奇吗？人们想，神怪没有了，古怪的信仰没有了，一切尚未被解释的东西都是可以解释的……黑暗中既然没有鬼魂，黑暗就显得不那么深沉啦。

人生就是一块跷跷板，坐在两头的多数都是夫妻。陈小元这一头升起来了，胥小曼那一头也许就要降下去了。

又一天晚上，两个人吃完了饭，胥小曼督促陈小元赶紧去洗一洗。陈小元那段时间疲软不振，心里有些胆怯地说，你想要我了对吗？胥小曼说，我不是想要你，我是想要一个孩子。陈小元更加恐慌地说，目前这种情况，再添一张嘴，我们养不起啊！等我记者的事情解决了，工资高了，再考虑吧。胥小曼说，再等下去，黄花菜都凉了。陈小元说，我们这么年轻，生孩子就是睡一觉的工夫，这有什么好担心的呀！

胥小曼说，你一点都不关心我，我本来想瞒着你，现在不说不行了，我们医院正在改革裁员，听说像我这样的，没有高学历，没有高职称，又是聘任制的员工，合同到期以后一般不再续聘，我的合同再过一段时间就到期了。

陈小元忽然意识到，自从背上房贷的包袱，除了接送胥小曼下班上班，确实把她的工作都给忘记了，似乎她不是去医院护理病人，而是串门子看望亲朋好友去了。

医院是一台显微镜，不管男的女的，不管身份高低贵贱，身体不舒服了，生病了，受伤了，都要被推进医院进行观察，哪里发炎了，哪里肿大了，哪些细菌超标了，哪里发生癌变了，尤其是拍下来的 X 光片，人不再是有血有肉的，而是一堆森森的白骨，这就是生命的本来面目。面对茫茫的时光岁月，这就是所有人都会面临的下场。

在过去，陈小元总是兴致勃勃地缠着胥小曼问七问八，比如有没有被人戳瞎了眼睛而无法数钱的大老板呀，有没有被人咬掉了舌头而无法讲话的处长局长呀，有没有屁股生疮乳房流脓而无法偷情的小三呀。胥小曼说，你的心眼也太坏了吧？陈小元说，不是我的心眼坏，是有钱有势的人太坏，像报社"淫贼"那样的坏蛋，老天口口声声地说，要惩罚他们，但是结果呢？他们活得比任何人都滋润。陈小元问得最多的是，还有没有帅哥给她写情书，有没有大妈要给她做媒，"水桶"是不是还在纠缠她。胥小曼说，这呀，太多了，你不好好表现，我随时都可以一脚踹掉你。陈小元听了，心里虽然酸溜溜的，但是像在菜里加了醋一样，吃起来就更有胃口了，生活就更有味道了。

在过去，胥小曼上班的时候，尤其上夜班的时候，陈小元经常在医院里陪着，静静地坐在一边看着，有人绝望地呻吟，有人痛苦地哀号，有人从昏迷中苏醒，有人转眼就离开了世界，他总能体会到人生的无常和沧桑，总能敏感地捕捉到胥小曼的那颗仁者之心，随着病人们的生生死死而起起落落。她那欣慰的笑，她那无奈的叹，她那忧伤的哭，总能打动他，感染他，他也会随之而笑、而叹、而哭。在那种时候，胥小曼似乎不是护士，而是一个反反复复的病人，一会儿令他高兴，一会儿令他悲伤，一会儿令他绝望，一会儿令他敬仰，这种复杂的情绪汇集在一起，最后都转化成了一种爱怜，促使他更深地爱着她了。

但是现在呢，好像一切都变了，他陈小元甚至已经很久没有看到胥小曼穿着白大褂的样子了。

陈小元无比内疚地说，这么大的事情，你为什么不早点告诉我啊？胥小曼说，我不想让你担心，你自己都是泥菩萨过河。陈小元想了想说，我有点不太懂了，生孩子和工作之间有什么关系吗？胥小曼说，我原来也不懂，别人就告诉我，按照劳动法的规定，怀孕期间是不能解聘的，我一旦怀了孕，工作就保住了，躲过这次裁员也就安全了。

陈小元苦笑着说，原来这样啊，我们赶紧上床吧。他的身体本来就不太好，加上这次完全为了生殖繁育，刚刚进行了两分钟就草草地收场了。他有些沮丧地说，哪怕制造一块盖房子的砖头，还要挖泥巴，和泥巴，脱坯，晒干，再放在窑里用大火烧，何况是造人呢，我们这么仓促，肯定不行的。胥小曼说，造人比造砖头简单，你这么虚晃一枪，起码射出了几十亿颗子弹，它们都会拼命地向前冲，只要有一颗子弹冲到终点，命中目标就成功了，不过，也是要靠缘分的，我们努力过了，就顺其自然吧。

胥小曼像练功夫的杂技演员，头朝下，脚朝上，靠着床头倒立着，说这样可以让子弹再飞一会儿。陈小元则像观摩一场百米赛跑，举着拳头不停地喊着"加油"。

折腾了半个小时，像孩子已经怀上了似的，陈小元摸着胥小曼的肚皮说，孩子，快点出来见爸爸！胥小曼说，你也太心急了，小蝌蚪长成青蛙都要三个月呢，我们的孩子长成小蝌蚪起码需要五六十天。陈小元说，再小也算一条命，它应该能听见我的召唤。陈小元又把耳朵贴上去听了听，然后惊讶地说，我的妈呀，你的肚子里有声音，孩子似乎在叫爸爸！胥小曼说，那是我饿了。她说完，扑通扑通地放了两个臭屁，引得陈小元赶紧掀起被子捂着两个人的鼻子。

从同房的第二天开始，胥小曼早晨起床第一件事情，就是拿着早早孕试纸进行测试，那么测试了好几天，发现什么反应都没有。陈小元有些自责地说，我说我的子弹不行吧。胥小曼说，不是子弹不行，也不是枪法不准，而是不到时间，怀孩子不是种土豆，三五天是发不了芽的。陈小元说，那你急吼吼的测什么测？胥小曼说，这是一种仪式，一种欢迎仪式。

但是又过了好多天依然没有动静，胥小曼反过来安慰陈小元，说现在的东西不可靠，要么试纸是假冒的，要么测试的方法不对。

某一天早晨，胥小曼一边起床一边抱怨，说自己换洗的衣服挂在阳台上两三天都晾不干。陈小元说，不太好干，说明衣服面料好，是纯棉的，关键在于天天下雨、空气潮湿。胥小曼说，难怪了，被子褥子都是湿答答的，盖在身上显得很沉，所以这些天经常做噩梦，昨天晚上竟然梦见一只仙鹤，忽悠一下子飞过来要啄我的眼睛。刚才呀，我不是天亮了醒的，是被吓醒的。陈小元问，你确定自己梦见的是仙鹤吗？胥小曼说，对呀，红顶、白翅膀、黑尾巴，简直是活灵活现的。陈小元从床上坐了起来，有些激动地说，哪里是噩梦呀！我觉得是胎梦啊！

在上班的路上，胥小曼突然问，梦见仙鹤意味着什么？陈小元说，意味着要生一个仙女。胥小曼说，仙鹤没有雄性的吗？陈小元说，也对，也有可能是仙子。胥小曼说，你喜欢儿子还是女儿？陈小元说，只要是你生的，我都喜欢。胥小曼说，你的马屁拍过头了吧？我生的，不见得就是你的孩子。陈小元说，这世界上能让你生孩子的，除了我难道还有别人吗？

胥小曼说，多了，满大街都是，你可要小心点。陈小元说，你想和谁生就生去吧，我绝对不拦着你，只要孩子能保住你的工作，以后能好好孝顺你就行。胥小曼突然严肃地说，我们不要这个孩子了吧？陈小元惊奇地问，难道真有什么问题？胥小曼说，问题大了！

胥小曼一本正经的样子把陈小元吓了一跳，他盯着她看了半天，忐忑不安地问，问题在哪里呀？胥小曼说，问题就在这个胎梦，因为梦里的仙鹤看上去一点都不孝顺，我是他妈呢，他竟然凶巴巴地冲过来，要啄我。

陈小元放心了，笑着说，那不是啄，那是亲，应该是亲你。胥小曼马上又高兴了，幸福地说，我回想了一下，还真有点亲我的样子。

陈小元又充满疑虑地问，我们同房已经超过十四天了吧？胥小曼说，是呀，已经半个月了。陈小元说，你的大姨妈已经推迟好几天了吧？胥小曼说，是呀，正好一个星期了。陈小元说，你们医院三楼就是妇产科，上班不忙的时候去抽血化验一下，免得自己测来测去，像猜谜语一样。胥小曼说，你挺有经验的啊！过去带谁化验过吧？陈小元说，我给自己化验不行吗？胥小曼说，你化验的结果怎么样？陈小元说，结果是天下男人都因为肠子太直，肚子太小，患了先天性的不孕不育症，上天才把这么光荣伟大的任务交给了你们女人。

胥小曼说，我觉得不是肚子大小的问题，是太笨太傻的问题！你也不好好动动脑子，医院现在多敏感啊！我去抽血化验的话，同事们肯定会起疑心，我们的目的不就暴露了吗？而且大张旗鼓地一检查，没有怀孕怎么办？即使真的怀孕了，中途流产了又怎么办？简直把人丢到太平洋去了。

胥小曼还是决定去医院检查一下，便告诉陈小元，你再往前开吧，去前边的中医院检查，不就神不知鬼不觉了吗？陈小元说，还是老婆聪明，想得周全。胥小曼说，我事先警告你，我一旦真的怀了孕，无论在什么情况下，你对不起我可以，不能对不起孩子。陈小元说，如果没有怀孕呢？胥小曼说，从今天起，天天晚上做作业，怀不了孕就誓不罢休。

胥小曼的抽血化验结果很快就出来了，陈小元看到化验单一头雾水，着急地问怀上了没有？胥小曼接过去一看，哇的一声就哭了，伤心地说，怀了个狗屁！陈小元听了，也挺失望的，只能安慰她说，这有什么关系呀，我们马上回家睡觉吧。胥小曼说，你还有心思睡觉啊？

陈小元说，不睡觉，孩子从哪里来呀？胥小曼说，我还要上班呢，你去报社好好休息，多喝水，多吃肉，养足了精神，晚上准备开战吧。陈小元说，老婆你别生气，我什么都听你的。

第十七章

时间是个不知疲倦的小老头，不声不响地又走过了半月，雨没完没了地淅淅沥沥地下着，见不到太阳不说，而且没有什么风，各种各样的植物都在疯狂地生长，弄堂里的墙角和房顶上的青苔像返青的麦苗，绿油油一片。雨再下这么两天，从气象学意义上来说，上海差不多就要入梅了。

又是一天早晨，陈小元刚刚坐到办公室倒了一杯水，广告部林主任笑呵呵地跑进来说，陈主任啊，我有事情找你。陈小元抬起头，朝着左右看了看，怀疑地问，谁是陈主任呀？你跑错地方了吧？林主任说，你现在是印务主管，我再直呼大名不合适，再说了，有银总在后边撑着，你当主任也是迟早的事情。

陈小元说，我可是被你们广告部扫地出门的，你有事情就说事情，不要曲里拐弯地嘲笑我。林主任说，谁嘲笑你就是猫日的，你走着瞧吧，不出三个月，你的好事就要临头了。陈小元说，我不倒霉就算幸运了，你是不是要加印报纸？林主任说，是啊，电力公司明天将要刊登四个版的广告，所以他们想要五百份报纸。

陈小元说，加印报纸的钱付了吗？林主任说，人家投了几十万，五百份报纸也就一千块，是不是可以免费赠送啊？陈小元说，请你理解一下，那不是一千块钱，那是规矩。林主任说，如果让银总签字呢？陈小元说，签字也不行。

林主任没有想到会碰一鼻子灰，尴尬地掏出一千块钱放在桌子上，赌气地说，我自掏腰包总可以了吧？陈小元说，谢谢，不过，我不能收，你得交给财务部。林主任出门的时候骂骂咧咧地说，真牛 X 啊！

不久，从楼道里传来了嚷嚷声，银子出乎意料地说，林主任，这就是你的不对了，人家陈小元也是秉公办事。林主任说，银总啊，我们辛辛苦苦地拉广告，怎么就不对了呢？银子说，按照有关规定，广告客户的样报是五十份，超出部分都得自己买，钱虽然不多，规定在那里，不然不就乱套了吗？林主任说，这么大的一个客户，让人家掏钱买报纸不现实吧？银子说，如果是特殊情况，你可以打报告呀。林主任说，他说了，打报告让你签字也不行。

银子沉默了一会儿，提高了声音说，我签字还真不行，你得听他的，他是主管。林主任说，主管算什么东西啊？！银子说，请注意你的言辞，不管是不是东西，都代表着报社的发行。林主任说，看样子，钱非得我自己出了。银子说，羊毛出在羊身上。林主任说，银总啊，你太偏心了！

银子的声音很高，从空旷的楼道一直扩散开来，整个报社都听得清清楚楚的。陈小元感觉，银子是故意说给自己听的，中间有几分讨好的意思，这让他有些不安。银子平时多么狡猾多么霸道的一个人，如今对自己百般依顺、百般维护，是不是埋藏着巨大的等待爆发的炸弹呢？

下午的时候，陈小元接到了一个顺丰快递，里边装着一张粉红色的《入伙通知书》。他看到"入伙"两个字，第一反应是原始股之类的推销广告，因为这种诈骗的信息是无孔不入的。不过，他的电话又响了，他以为还是推销的，就一下子按掉了。

对方再打过来的时候，笑哈哈地说，你别挂，你再挂，我就去你们报社找你。陈小元说，你是谁啊？对方说，你自己干的好事，你不会不承认了吧？陈小元说，你到底什么意思啊？对方说，我怀孕了。陈小元愣了一下，就试探着问，你是胥小曼吧？你别变着声音来捉弄我了，你早上说怀了个狗屁，难道是骗我的？对方说，你还真花心啊！胥小曼是谁呀？你这无情无义的家伙，我是你米罗公元的老乡呀，你竟然把我忘得干干净净的了。

陈小元不好意思地说，我的天啊，你是柳红？你在座机上的声音变化太大了，原来听上去是一只白天鹅，现在听上去怎么像一只乌鸦。柳红说，我好坏有恩于你，你起码得把我比喻成喜鹊吧？陈小元说，好吧，请问你打电话有事情吗？柳红说，喜鹊嘛，当然是报喜来的了。陈小元说，我明白了，你怀孕了，那恭喜呀。柳红说，我一个黄花大闺女，没有男人怎么怀孕？我那是诈你的，没有想到你在外边真有花头，不怕我告诉你媳妇吗？陈小元说，胥小曼就是我媳妇，买房子的时候你见过的。柳红说，你媳妇怀孕了？陈小元说，现在没有，应该很快了吧。柳红说，你收到快递了吧，是通知书，米罗公元下周六要交房了。

陈小元赶紧拿起顺丰快递又看了看，原来是交房通知书！他一时高兴，对着电话亲了一口。柳红说，什么响声？陈小元说，还能有什么响声？我的飞吻啊！柳红说，你吻谁？陈小元说，还能有谁呀？当然是报喜的喜鹊！柳红笑着说，别来这些虚的，有本事现场见吧，记着下周六早点来啊！

老天爷这家伙还算知趣，从接到交房消息的那天开始，下了几天的雨一下子就停了，不过也没有完全晴起来，浓浓淡淡的云层把阳光全部遮挡住了，显得无比的压抑、沉重而闷热，这种状态和陈小元的处境是完全吻合的。他为没完没了的压力而喘不过气，又为即将入住新房子而兴奋不已。

相反，胥小曼为了期盼已久的房子，加上随时都有可能要当妈妈，倒是格外的简单而快乐了。她高兴坏了，在床里边的墙上贴出一张日历，用红水笔在交房日期上画了一个大大的五角星。

每天晚上睡觉前，胥小曼都会像一只大熊猫，呆头呆脑懵懵懂懂地问，明天星期几？陈小元说，昨天星期一，今天星期二，明天自然是星期三。胥小曼就会拿起一支笔，在明天的日期上画一个圆圈；每天早晨一睁眼睛，胥小曼又会像一只小鸽子咕咕嘟嘟迷迷瞪瞪地问，距离交房还有几天？陈小元说，你减一减不就知道了吗？胥小曼就用手指头在他的胸脯上演算演算，然后在当天的日期上边画一个箭头，把剩下来的天数写在箭头上。几天下来，那张日历醒目而夸张地贴着，像一张行军打仗的节节胜利的地图。

交房的前一天早晨，胥小曼一醒来就冲着陈小元问，明天星期几？陈小元说，星期六呀。胥小曼问，我们离新房还有多远？陈小元说，还有二十六个小时呀。胥小曼说，那你还有心思睡懒觉啊！赶紧起床准备准备吧。陈小元说，还有一天呢，有什么好准备的。胥小曼说，你得积极一点，提前把交房的相关资料拿出来，万一什么东西到时候找不到，那就麻烦了。

陈小元觉得挺有道理，就把发票和购房合同，两个人的身份证和结婚证，甚至是毕业证和学位证，凡是相关的证件都找了出来，然后早早地带到了报社，趁着大家还没有上班的时候统统地复印了三份，清清楚楚地装在了档案袋里。

最后一个晚上都半夜了，他们怎么也睡不着，躺在床上东一句西一句地聊天。胥小曼说，你激动吗？陈小元说，太激动了。胥小曼说，为什么激动啊？陈小元说，我们赶紧睡吧，明天还要早起呢。胥小曼说，关键是我睡不着啊。陈小元一边哼着摇篮曲一边轻轻地拍着她的胸脯，说我来哄哄你吧。胥小曼说，这哪里是催眠曲，分明是催情曲，我们来做爱造人吧，好像只有做爱才能表达我现在的心情。

胥小曼一骨碌爬起来，坐在了陈小元的身上。陈小元说，我们现在做了，明天怎么办？胥小曼说，这和明天有什么关系？陈小元说，你想想啊，明天收了房子，你最想怎么庆祝？胥小曼说，贴对联，放鞭炮，好好吃一顿。陈小元说，这么多年我们四处打游击，让你受了那么多委屈，终于有了自己的房子，你知道我最希望的庆祝方式是什么吗？

胥小曼说，不就是做爱吗？今天做了，明天继续啊。陈小元说，关键是子弹有限啊！加上这段时间压力大，我本来就力不从心，明天想庆祝的时候发动不起来就完蛋了。

胥小曼已经扒掉了自己和陈小元的衣服，正骑在上边蠕动着呢，听到这句话，像遭到了雷击的一棵树一样，耷拉着带着火苗的脑袋倒在了陈小元的身边。

胥小曼说，为了明天，为了房子，为了我们的庆祝，我就先忍一忍吧。

陈小元也有些沮丧，不知道自己为什么要说这些。但是对于有了新房子的庆祝方式，他在脑海中无数次地盘算过，最令他心动的确实是做爱，最令他期待的也是做爱。他想象过住在出租屋里和住在自己家里的区别，最本质的其实就是做爱。自己的疲软症是因为新房子而生的，也许随着新房子的入住就痊愈了，甚至会变得前所未有地威风和凶猛，这不仅仅关系到对胥小曼的爱和怜，也关系到一个男人的自信心和自尊心。

天麻麻亮，随着麻雀叽叽喳喳地叫，胥小曼已经早早地起了床，坐在镜子前开始梳妆打扮。她少有地涂了胭脂红粉，还专门准备了一支口红，这是一种十分喜庆的颜色。而且早在几天前，她就把那双唯一的高跟鞋擦得锃锃发亮，把那条波希米亚风格的带着淡蓝色百合花的像水彩画一样的新裙子，洗好了。她穿戴整齐以后，在陈小元的面前转了两圈，问自己打扮得怎么样？陈小元说，你让我检验一下，看看是不是下凡的仙女。

陈小元上前轻轻地揪了一下她的脸蛋子说，肯定是仙女，不然皮肤不会这么光滑而富有弹性。胥小曼说，只有仙女是这样的吗？陈小元说，是啊，仙女们整天腾云驾雾的，像在健身房锻炼出来的一样。

胥小曼听到赞美，十分开心地说，我当然要打扮得漂亮一些，你知道为什么吧？因为今天见到的都是邻居，古话是怎么说的？远亲不如近邻，即使亲戚也有分离的时候，而邻居就不一样了，从此以后，七十年之内，是天天都要见面的，所以必须给他们留下一个深刻的好印象。

陈小元说，那我也打扮一下吧。胥小曼说，你就不必了。陈小元说，为什么？胥小曼说，你再怎么打扮也就这样了，而且呀，你越不打扮，越显得又老又丑，我们的反差就越大，邻居们一看，老公这么丑这么老，能娶这么漂亮的老婆，说明什么？说明你更有本事，肯定是非富即贵之人，就会尊敬你崇拜你了。陈小元说，你说得很有道理啊，如果被邻居家的小姑娘崇拜上了，岂不是太爽了？胥小曼说，兔子还不吃窝边草呢，你难道连兔子都不如吗？

天放晴了，太阳出来了。交房时间是九点钟开始，陈小元与胥小曼来得实在太早了，就手拉着手在四周转了转。小区四周是几条黑漆漆的柏油大路，被洒水车清爽爽地冲洗了一遍，而且重新画上了白生生的斑马线，像放在亮光光的油锅里涮过了似的。大路两边是两排青春时尚的梧桐树，经过一个夏天的生长已经生机勃勃，彼此的枝枝叶叶已经是拉拉扯扯的了。沿着大门外边的桃林路是那条又宽又长的绿化带，里边种满了桃树、杏树、桂花树、石榴树，以及许许多多不知名的植物花卉，绿油油的草坪像刚刚理过发一样精神。最令人青春萌动的是一个网球场和一个露天的汽车电影广场，紧接着广场的是一个不规则的人工湖，湖水干净而透明，荡起了微微的波澜。波澜中浮着一片片睡莲，已经开出了粉红色的莲花，也许是几只野鸭子或者天鹅，在睡莲下边钻来钻去。湖边零零散散地种着几棵高大的香樟树，每棵树下都设着一张条椅。椅子是鲜红色的，有一对白发苍苍的老人坐在椅子上安详地晒着太阳。

胥小曼说，他们幸福吧？陈小元说，是啊，简直太幸福了，这就是传说中的世上最浪漫的事情。胥小曼说，我们以后也要这样。陈小元说，我们还要上班呢。胥小曼说，挑周末的时候来，又不影响上班，上班又不影响变老。

小区南边和西边两个大门已经开放，大门上各挂着两个大红灯笼，围墙上拉起了几条横幅，写着"欢迎各位业主回家"和"米罗公元是我家，美化环境靠大家"。胥小曼说，我还没有被欢迎过呢。陈小元说，我也一样，这种感觉太好了。

小区内部的变化更大，健身广场中间建着一个喷泉，随着一首首音乐的节奏，正在向空中喷射着水柱；广场四周安装着奇形怪状的健身器材，胥小曼仅仅认识秋千，就坐上去荡了荡；小区中间的景观河呈 S 形穿过，河上架着的几座桥都是木板的，胥小曼站在桥上清晰地看到了水中的倒影，说我们家以后都不用买镜子了，你看看河水不就是镜子吗？陈小元哈哈地笑了起来，说河水清成这个样子，我们都不用在家里洗脸了。

景观河的北边种着一排柳树，树都不大，已经垂下了丝丝的柳枝，偶然落上一两只无名的小鸟。陈小元说，是鸽子。胥小曼说，还没有人住呢，哪里来的鸽子，应该是白鹭吧？景观河的南边是一条小路，小路上铺着红砖，路边的栏杆上雕刻着寓意吉祥的蟾蜍，挤眉弄眼地盯着路上的行人。

每一栋大楼前边的草坪上，都立起了一块巨大的黄山石，靠着石头栽种着银杏和枫树，它们的叶片在轻轻摇晃，已经流露出了固有的风情和优雅。这是陈小元喜欢的石头，也是他非常喜欢的植物，一旦过了夏天到了秋天，银杏叶黄灿灿的，枫叶红艳艳的，总能给他金子般的生命质感，火一样的生活激情，甚至是热血沸腾的那种感觉。

两个人正转悠着呢，柳红经理打电话问，陈小元你怎么还不见人啊？陈小元说，我在小区里逛逛。柳红说，以后有的是时间，你赶紧过来排队吧，交房地址改在二期售楼处这边了，你们从南门出来左拐，大概两百米左右。

陈小元匆忙赶到现场的时候，果然已经排成了长长的队伍。柳红笑吟吟地说，姗姗来迟，不会是怕了吧？陈小元说，我怕什么呀？高兴还来不及呢。柳红说，你不怕的话，兑现一下那个 kiss 吧。陈小元有些尴尬地回过头，看了看站在不远处的胥小曼，提醒柳红说，我的老婆胥小曼就是她，你们是见过的。

柳红说，我们见过吗？我怎么感觉上次和这次不是同一个人啊？胥小曼走了上来，说我们陈小元本事大，天天都在换新的。柳红说，妹妹你吃醋了，要我看啊，他换一百次，估计也找不到你这样的女人了，你看看你越来越漂亮了，我险些都不认识了，陈小元说你怀孕了，怎么一点都不显怀呀？

胥小曼怒气冲冲地问，我说陈小元，我什么时候怀孕了，我自己怎么不知道！陈小元说，我只是告诉柳经理，很快。胥小曼说，你们之间，一会儿 kiss，一会儿快快慢慢，这哪里是老乡呀，倒像是真正的夫妻。柳经理拍了拍胥小曼的肩膀，尴尬地说，对不起啊，算我说错了话，你们赶紧办手续去吧。

陈小元让胥小曼去旁边乘凉，说自己一个人排队就行。他排了不到半个小时，身份资料查验完毕，补充协议呀，物业托管协议呀，各种文件几分钟便签完了字。他又傻傻地等了半天，就有些不好意思地问，我们的钥匙呢？能不能把钥匙交给我们？

工作人员瞪着眼睛问，你的钱交清了吗？陈小元说，签订合同的时候四百万一次性交清了呀。工作人员说，你交的那是房款，现在要交的，有物业维修基金，有一年的物业管理费，有超出实测面积的那部分房款，如果委托办理房产证，还要代收房产税，杂七杂八的零零碎碎的多着呢。陈小元迷茫地说，具体怎么交，要交多少，你得给我一个清单吧？工作人员有些不耐烦地说，这些在《入伙通知书》里都列得清清楚楚的，你自己好好看看再来吧。

陈小元拿出快递，仔仔细细地翻了翻，问清单在哪里？我怎么没有看到？工作人员奇怪地问，这张是粉红色的，还有一张白色的呢？你会不会把它弄丢了？陈小元说，我把自己的老婆弄丢，也不可能把这么重要的东西弄丢。

现场一片哄笑，排在后边的一位大妈说，小伙子，你听我说啊，你老婆就是在旁边乘凉的那位吧？这么漂亮的老婆，如果被你弄丢了的话，我就拾回去给我当闺女。前边的一个男人回过头说，阿姨说得对，老婆多重要啊，而那份清单不过一张纸，丢了也就丢了，不管是谁弄丢的，再去复印一张就行，老婆是复印不出来的。

大家嘻嘻哈哈地正说着呢，柳红补了一张清单递了过来，说今天是大喜的日子，大家都和气一点吧。陈小元拿到清单一看，他一下子傻了眼，上边详细列出了各种账目，其中两项数目比较大，一是需要补交的房款，二是代收的契税，再加上有线电视初装费、煤气初装费、水电预付费、垃圾清运费、物业管理费、房产证代办费，总共需要支付十一万多。他提前是有心理准备的，所以这些天尽量省吃俭用，在自己的银行卡里勉强留出了三千多，但是万万没有想到，如今连零头都交不起。

陈小元开始的想法很简单，购房合同早就签了，房款早就交了，今天只要把钥匙一领，就可以入住新房了。按照农村的习俗，乔迁新居得选一个良辰吉日，在城市虽然没有那么多忌讳，但是也不能随心所欲，日子就不用挑了，起码得把握一下时辰。预计办完交房手续，大概就在早上十点多，太阳正好升到了半空，他要像发射卫星一样，掐出一个精准而吉祥的时间，比如十点十六分，比如十点二十九分，比如十点五十八分，分秒不差地把钥匙插进锁孔里……而且门被推开的那一刻，他们能看到照进家里的阳光。

但是现在，太阳已经挂到了头顶，分明已经错过了一天中的最佳时光。陈小元十分尴尬地走出了交房现场，拉起胥小曼在草坪上一屁股坐了下来。草坪是刚刚被修剪过的，看着挺舒服挺精神的，却并不像野草那么柔软，坐上去像针一样扎得他的屁股一阵刺痛。

胥小曼说，亲爱的，怎么回事？陈小元骂了一句，他妈的，简直就是剥削！胥小曼说，谁剥削我们了？陈小元说，我也说不清楚！胥小曼说，我们又不是资本主义，剥削阶级早就被打倒了，谁在剥削我们平头百姓，我怎么看不出来啊？

陈小元说，因为你太单纯了，你想想这个地球，是不是大家共同所有的？胥小曼说，是呀，《游击队之歌》里唱的，每一寸土地都是我们自己的。陈小元说，我们在自己的土地上买房子安家，开发商凭什么要卖这么贵？胥小曼说，因为盖得漂亮啊。陈小元说，盖得再漂亮，也不值四万一平方米吧？胥小曼说，这倒是真的，前几年在老家，我爸妈盖了一个院子，砖砖瓦瓦的也漂亮得不得了，总共花了不到四万，我们一套房子花了四百万，可以盖一百个院子，比我们整个村子的人家还多。

陈小元越想越气愤，有些过激地说，还有呢，我们从银行贷了几百万，几十年的利息都有一百万，房子看上去是给我们盖的，其实是开发商给自己盖的，看上去是我们买的，其实是人家银行买的，我们一辈子都在给开发商和银行卖命。

胥小曼说，所以还是亲戚朋友好，他们借钱都是无息的，帮我们都是义务的。陈小元说，还有可恶的税务局，我们买房子和他们何干，他们为什么要收那么多税？我们交的那么多税都被谁花掉了？这还没有完呢，物业公司，水务公司，电力公司，煤气公司，通信公司，环卫公司，都在那里排着队收钱。

胥小曼迷茫地说，我也不懂，被你这么一说，突然觉得好奇怪，上海本地人的房子，要么是祖先留下来的，要么是拆迁安置的，要么是单位解决的，尤其上一辈人，工作分配，房子分配，多好的政策啊，为什么要改呢？好像专门欺负我们这些农村出来的苦孩子。我们同事说，你们不高兴，可以回农村去啊！他们也不想想，如果我们都回了农村，上海估计就要瘫痪了，马路谁扫？快递谁送？房子谁盖？苦活累活谁干？从某种意义上来说，城市是谁建设的？是我们这些农村人建设的，起码我们有很大的贡献。

陈小元盯着胥小曼说，你这家伙，竟然是个思想家！被你这么一启发，我彻底明白了，这个世界不是我们的，起码这个城市不是我们的，或者说我们根本不属于这个城市，所以我们吃饭要收钱，撒尿要收钱，睡觉要收钱，做梦要收钱，什么都得靠自己奋斗。

陈小元看了一下天空，眼睛有些刺痛地说，我看一眼太阳也是要付费的，我不付费的话，根本就看不到太阳。胥小曼说，太阳是无私的吧？我们晒太阳不需要付费吧？陈小元说，你不买坐北朝南的房子能晒到太阳吗？胥小曼说，亲爱的，太阳快要偏西了，我们不好好办手续，发这么多牢骚干什么呀？

陈小元把交费清单递给了胥小曼，无限沮丧地说，这房子交不成了。胥小曼看了看清单，沉默了一会儿，安慰陈小元说，不就十几万吗？我们分头想想办法吧。

陈小元琢磨了半天，实在想不出应该找谁，就试探着一个个去打电话。他首先找到了大姐，问家里的养鸡场还开不开。大姐说，不开了，养鸡太辛苦，而且还赔钱。陈小元说，那外甥在哪里？不赌博了吧？大姐说，他去了煤矿，照赌不误，算了，不提他了，权当没有这个儿子。陈小元听到大姐在那边哭，就安慰着说，也不用太操心，反正他身无分文，随他折腾去吧。

陈小元第二个找到的是堂兄陈武，问侄女学习怎么样。陈武说，这丫头估计在谈恋爱，学习直线下降，我正要找你呢，你帮忙参谋参谋，到底怎么办吧。陈小元说，等空了，我打电话和她好好聊聊。陈武说，根据模拟考试成绩，想上好一点的大学比较悬，但是她一门心思想去上海，你是大记者，又是大作家，到时候找找关系，花多少钱都行。陈小元说，你财大气粗，但是高考不是开玩笑，哪里是钱能解决的啊！

陈武说，我也不瞒你，我这两年运气不好，有两个关系不错的生意伙伴被抓，差点把我牵扯了进去，不是我不惜血本，估计都蹲监狱去了。陈小元说，你现在还在西安吧？陈武说，西安哪里待得下去呀！外边的货款收不回，这边的货款还不上，所以我把西安的公司关掉了，又回到县城来了。陈小元说，回到县城也挺好的，瘦死的骆驼比马大。

陈武说，还是你们这些有文化的人好，不管世事怎么变，影响都不会太大，我也想通了，为了孩子上学，豁出去也得投资。

陈小元说，高考还有一年，再好好合计合计。不过，你劝劝她，上海看上去灯红酒绿，但是外地人生活压力太大了，仅仅安家的房子，有些人半辈子都翻不了身。陈武说，我提醒过她，她说自己是女孩子，长相又不难看，嫁个有房子的人就行了。陈小元想到了胥小曼，她要工作有工作，要长相有长相，结果如何呢？陈小元说，我借你的钱恐怕一时还不了。陈武说，你看看，你又见外了不是？

陈小元又拨打了几个电话，英子仍然是关机的，胥海清张口就说，你一定要改变思维，必须懂得用钱生钱，这样才有翻身农奴得解放的机会，我闺蜜开了一家P2P金融公司，你有闲钱的话交给我，我帮你生生儿子吧。兰惠接到电话很意外，说你还记得我啊？陈小元说，我对美女是过目不忘的。兰惠说，那对过手的美女呢？陈小元说，那当然是没齿不忘了，你曾经支援过我，我一直等着谢谢你，我就想问问你，计划什么时候来上海。兰惠说，哎呀，别提了，研究生考试没有通过，所以我辞了职，专门在家里复习呢。

陈小元翻了翻通讯录，发现可以联系的，有可能帮自己的，不会让自己尴尬的，只有英子、胥海清和兰惠这可怜巴巴的三个人，而且都是女人。也许面对女人的时候，他会稍微放放自己的自尊心，会更加轻松自信，而且女人的温柔和美丽总能软化他的情绪，使他生出无限的爱怜来，这种爱怜又会得到她们应有的回报。所以，他把三个人的电话接通以后聊着聊着才发现，自己根本就不好意思张口借钱。

胥小曼似乎也碰了一鼻子灰，从树林子里打完电话回来的时候，一边抹着眼泪一边骂骂咧咧地说，真是王八蛋，想乘人之危，除非姑奶奶不要脸了！陈小元说，你骂谁呀？胥小曼说，你别问了！

陈小元知道她说的这个人，也许提出了什么条件，或者说了什么难听的话，不然也不会惹得她生这么大的气。她在上海基本没有交际，朋友比他还少，医院里的那帮同事吧，也都是马马虎虎的工薪阶层，勉强可以张口的再没有什么人了。

两个人都放下了电话，陈小元的思绪真是复杂极了，自己过得不好起因是房子，那么其他人过得不好因为什么呢？是自己造成的吗？是别人造成的吗？不远处的马路上有几辆渣土车，相互追赶着呼啸而过，卷起一股股滚滚的尘土。他隐隐地觉得，这个高速发展的世界，对他而言似乎就是一辆渣土车，它们超载、超速，急躁而危险，沉重而颠簸。

而渣土车上拉着的就是他陈小元这样的一代人，他们坐在这种疯疯癫癫的专车上向前奔跑，显得比任何时候都要付出更多，不幸被摔下来就成了尘埃，幸运没有被摔下来的，将以形形色色的建筑物的形式存在着。这似乎是一代人应该有的牺牲，而到了下一代，自然是风轻云淡、阳光明媚、安居乐业。

陈小元想，等到他们这一代人完成了买房子安家的使命，也许下一代人就安稳了，不用再受这么多的磨难了吧？

陈小元与胥小曼一直坐到下午，眼看着太阳慢慢地偏了西，工作人员都快下班了。左邻右舍已经进了门，四处响起了嘻嘻哈哈的欢笑声，夹杂着各种各样的庆贺声和碰杯声。陈小元突然拍了一下脑袋说，我怎么把她给忘记了？！胥小曼说，谁？陈小元说，还能有谁，我的美女老乡呀！

柳红接到电话跑了出来，奇怪地问，你们坐在这里干什么？入住手续还没有办完吗？陈小元说，我求你一件事情吧，你帮我们把房子的钥匙领出来行吗？柳红说，领钥匙，又不是领盒饭，你们自己去呀，这还需要帮忙吗？陈小元说，凭空又生出那么多费用，我们手头紧张，一时交不了那么多，手续他们根本不给办。柳红说，这个我恐怕帮不了你们，钥匙是物业管理的，不交钱肯定不行。陈小元说，我写一份保证书，尽快把钱凑齐行不？

柳红说，你们也不用在乎几天时间吧，迟几天入住不是一样吗？胥小曼说，怎么能一样呢？胥小曼想起刚刚在电话里遭到的那种羞辱，一时格外地心酸，便把头埋在自己双腿之间嘤嘤地哭了起来。柳红上前摸了摸胥小曼的头，安慰着说，妹妹你别哭，你们需要补交多少？陈小元说，加起来十一万多一点。柳红说，你们自己能拿出多少？陈小元说，现金，银行卡，信用卡透支，我估计能刷出几千块吧。

胥小曼说，我账户上大概还有七八千。柳红说，那就得了，我替你们想想办法吧。陈小元带着几分自嘲地说，我怎么报答你啊？你看看我这么穷酸潦倒，以身相许怎么样？柳红笑吟吟地盯着胥小曼说，妹妹，你说呢？胥小曼擦了擦眼泪，撇了撇嘴说，事到如今我说了能算吗？只是便宜了陈小元财色兼收！

胥小曼说着，从脖子上取下一枚玉观音，捧在手心祈祷了一会儿，然后挂在柳红的脖子上，说这枚玉观音是陈小元家的祖传之物，我们结婚的时候他送给我的定情信物，平时许许愿，灵验得很。

柳红把玉观音握在手中，激动地搓了搓，不停地赞叹，真是太好看了！妹妹你要送给我吗？胥小曼说，先当作陈小元的卖身契，押在你这里，送不送，以后再看你和它之间的缘分。柳红说，妹妹这么深情大义，把结婚的东西交给我，我也不能小家子气，你们差的十万块我就借给你们，你们跟着我来吧。

陈小元说，我马上写一张欠条给你。他说着，顺手拿出一张白纸，给柳红写下了一张欠条——今借柳红人民币十万元，并且签上了"陈小元"三个字和他的身份证号码。

陈小元感觉自己是非常严肃的，写字的手都因为认真而在微微地颤抖。但是他万万没有想到，正是这么一张欠条，随着时光的推移，竟然变成了一个旋涡，差点毁了自己的一生。当然，这又是后话了。

陈小元把欠条恭恭敬敬地递给了柳红，然后双脚并拢，啪的一声敬了一个礼。柳红收下欠条看了看，然后笑吟吟地说，欠条是必需的，说一句丑话吧，我们说起来是老乡，其实没有什么太深的交情，我今天借钱给你纯属心软和冲动。陈小元说，你一冲动，我就激动。柳红说，你别贫嘴了，也别激动了，我不是看在你的面子上，而是看着观音菩萨的面子上，尤其是妹妹的眼泪吧嗒吧嗒地朝下流，楚楚可怜的样子简直太让人心疼了。

大家开了开玩笑，心情也都好转了起来。陈小元说，原来我们家胥小曼的眼泪这么值钱，早知道我就去街上摆摊子卖她的眼泪。柳红说，你把妹妹的眼泪专门卖给男人，一万块一滴应该没有问题。胥小曼说，只可惜柳经理是女人，不然，别说眼泪了，我放十滴血给你都行。我倒是寻思着，柳经理借钱给我们，不怕我们不还你吗？柳红说，这有什么好怕的啊！几百万的房子在这里拴着，你们还能跑得了吗？

有时候，钱这东西是万能钥匙，代表着时间和效率。柳红的钱一到位，仅仅几十分钟吧，陈小元就把手续完全办妥了。

陈小元抓起胥小曼的小手，把三把拴在一起的钥匙啪的一声放在了她的手心。

下部
亲爱的家

第十八章

胥小曼把钥匙提到半空，仔仔细细地看了半天，似乎那不是一串钥匙，而是一串神奇的密码，或者是国王的权柄。胥小曼说，它们黄灿灿的，不会是金子的吧？陈小元说，当然是金子的，甚至比金子还要贵重。

胥小曼又提起来摇了摇，像孩子一样好奇地说，它们竟然还能发出叮叮当当的响声。陈小元笑了笑说，它们又不是哑巴，你把它们别在裤带上，它们还会唱歌呢。

胥小曼笑嘻嘻地说，走吧，柳经理，你去我们家里坐坐。柳红说，今天就算了，等你们真正地搬过来了，我再到你们家里去混饭吃。陈小元说，混饭恐怕是假的，讨债才是真的。

天已经接近黄昏，大红灯笼亮了起来，路灯也亮了起来，幽静的小路，轻轻摇晃的树林，此起彼伏的虫鸣和鸟叫，把整个小区装点得格外迷离。陈小元和胥小曼进了房子，本来打算第一件事情就是做爱，但是现实与设计的并不一致。

房子虽然是精装修，但是除了储物柜和衣柜镶嵌在墙壁里以外，差不多是空空荡荡的，没有床，没有窗帘，没有沙发，没有椅子和桌子，连坐下来休息的地方都没有，而且地面上落满了灰尘，还扔着烟头、卫生纸和垃圾。最关键的是折腾了一整天，他们滴水未进，已经是筋疲力尽的了。

陈小元随着胥小曼在房子里转了一圈，然后紧紧地抱在了一起。首先涌上心头的，不是情欲，不是兴奋，不是冲动，而是这些日子遭受的各种各样的心酸，以及未来茫茫无尽的压力和债务。胥小曼勉强地提议，我们做爱吧。陈小元说，你还有力气吗？胥小曼忧伤地说，没有了，第一次发现把做爱的力气都用光了。陈小元说，所以还是等到明天吧。

胥小曼建议晚上就睡在新房子里，反正天气热，不需要被子褥子。陈小元觉得地板太脏，又硬邦邦的，她又那么瘦，睡在上边不舒服。胥小曼说，每天好几百块的房贷，相当于四星级酒店，空着不住简直太浪费了。陈小元说，关键是睡到半夜三更，我们恢复了体力，想做爱了都没有地方。胥小曼说，地方多的是，尤其在厕所里，水盆，马桶，窗台，你还记得火车上的厕所吗？我们已经好久没有那么刺激过了。

陈小元说，自己家的东西，我们得爱护它们，万一压坏了多不好。胥小曼说，那就靠着墙，靠着白生生的墙应该比过去靠着树舒服吧？陈小元说，那可不一定，当时，你一会儿靠着树，一会儿抱着树，我使劲一动弹，树就沙沙地摇晃，而墙是纹丝不动的。胥小曼说，还有厨房呢，你把我当成一块肉，放在厨房的案板上，是不是更有味道呀？陈小元说，当成什么肉？胥小曼说，牛排，猪腿，什么都行。陈小元说，被你这一说，我的口水都流出来了。胥小曼眼泪汪汪地说，亲爱的，你饿了，我也饿了。

小区外边的配套设施并不齐全，两个人找了半天，没有找到一家饭馆，只好在超市里买了两桶方便面和两瓶矿泉水，将就着填了填肚子，然后又回到了楼上。他们商量的结果是，回出租屋再睡最后一夜，顺便和合租的小叶小孙告别一下，等到明天再来好好收拾收拾，正正经经地搬过来不迟。

他们离开新房之前，在阳台上背靠着背坐到了半夜。胥小曼说，果然能看到东方明珠。陈小元说，那是因为空气好，又是晴天。胥小曼说，我们数星星吧，今天晚上的星星真亮。陈小元说，那是因为环境好，而且没有月亮。胥小曼说，这个小区真大，那么多窗户都亮起了灯。陈小元说，我已经算过了，应该有几千户人家，每家最少四扇窗户，每扇窗户里起码有一盏灯，等到大家全部入住了，整个小区就有上万盏灯，这就是传说中的万家灯火。

两个人说着说着，胥小曼实在太累，就呼呼地睡着了，脸上浮出了淡淡的微笑。陈小元在这淡淡的微笑里，意外地发现了几丝不易觉察的皱纹。他用手在皱纹上心疼地擦了擦，可惜这不是生活暂时留下的痕迹，而是岁月的车轮从一个年轻女人身上碾压而过时留下的永不磨灭的记忆。

第二天是星期天，他们准备采购一些日常生活用品，完全从出租屋搬走算了。但是胥小曼突然接到一个电话，科室里的同事家里出了意外，请她帮忙代值一天的班，所以她就早早地出门上班去了。

胥小曼临出门的时候忧心忡忡地问，家具怎么办？还要不要让那个王八蛋帮忙？陈小元说，这不是帮忙，这是我的劳动所得。胥小曼说，关键你的书稿也不知道哪一天能交，我们不能老是欠着他的，不然我怕他……陈小元说，他为难你了对吗？胥小曼说，也没有，毕竟吃人家的嘴软。陈小元说，那就算了，我们自己将就将就，虽然出租屋里的东西简陋了一些，不过也挺好看的，直接搬过去就行了。胥小曼说，你这个办法不错，说实在话，新家具有污染，对生孩子不利，而且这些旧家具陪我们过了这么多年，已经有感情了。

胥小曼说得不错，拖把，扫帚，洗脚盆，晾衣架，门帘窗帘，一副沙发，都是她精挑细选一件一件买回来的；一台29寸的长虹电视，是某一年商场促销的时候，她抽奖抽到的，几乎放着没有怎么用过；床、书桌、餐桌、椅子和书架，是前一位租客急着要出国，便宜留给他们的，全部是用实木手工打造的，被染成了绛红色，有几分红木家具的味道。出租屋里的每一件家具，都是他们美好生活的见证者，她撒娇呀，他发牢骚呀，她说梦话呀，他打呼噜呀，她的乳房呀，他的光屁股呀，他们每一次恩爱缠绵呀，它们都是眼睁睁地看着的，都是竖起耳朵偷偷地听着的。

糟糠之妻都不下堂，何况这些难兄难弟，更应该有难同当有福同享，如果一下子抛弃了它们，还真有些于心不忍。陈小元说，是啊，正好把它们搬过去和我们一起过过好日子。胥小曼抱着陈小元亲了一口，十分高兴地说，亲爱的，真是万事俱备，同事们答应送我一套厨具，我在医院隔壁的商场已经预订好了窗帘，除了这些东西，那就辛苦你，把能搬的就都搬过去吧。

胥小曼又列出了一张采购清单，详细地写出了注意事项——对联两副：我们不能自私，在楼下大门上贴一副，在自己家门上贴一副，请注意对联的内容，不是庆贺春节的，而是祝贺乔迁之喜的；门神一张：农村的大门有两扇，所以门神应该有两张，一张是秦琼，一张是敬德，但是城里的大门只有一扇，如果买不到一张的那种门神，就买一张"福"字，一定要大红色的，而且不能太小；糨糊一瓶：用来贴对联和门神，千万不要双面胶，用双面胶贴上去，以后撕不下来，显得非常不干净；鞭炮六千响：进门入户的时候燃放，请注意一定要买电光炮，这种炮晚上燃放的时候特别好看；钥匙环三个：最好是卡通形象的，我一个，你一个，未来的宝宝一个，最好是三种颜色，这样比较容易区分；打火机一个：放炮专用，以防到时候借不到火；另外，香烟两包，拖鞋四双……

陈小元说，我怎么看不懂啊，我们两个人又不抽烟。胥小曼说，客人不抽烟吗？陈小元说，我们在上海有客人吗？胥小曼说，我发现你脑子又不行了，你好好想想呀，来安装窗帘的工人，或者来串门子的邻居，我们总得招待一下吧？你倒是提醒了我，记得再买几瓶啤酒，不要瓶装的，而要罐装的，不仅看着高档一些，也不用准备杯子了。陈小元说，我明白了，那四双拖鞋，两双我们穿，两双是为客人准备的对吧？胥小曼说，这是为了保护干净明亮的大理石地板。陈小元说，亲爱的，你太能干了，我尽量早点完成首长交办的任务，然后去接你下班回家。胥小曼说，不用接了，你安心搬家，我自己回来在家里会合吧。

胥小曼又递来一个信封子，叮咛说，里边是两千块钱的专项经费，你千万别太小气了，什么东西都尽量买好一点的，不图别的，就图一个顺顺当当。陈小元死活不接，说我有信用卡呢，你这钱哪里来的？胥小曼说，绝对不是哪位小白脸送的，你就放心吧。

陈小元把胥小曼送到医院，顺便取了窗帘，匆匆地回到了出租屋，在附近的农贸市场叫了一辆小货车和两名搬运工，加上小叶和小孙在家休息，就帮忙搭了一把手，把属于自己的家具和生活用品，不管三七二十一先笼统地拉到了新家。

因为东西本来不多，陈小元把家具在新家里一件件摆好，把床上的被子褥子铺好，把东西收拾好，把地板拖好，等师傅把窗帘子安装好，竟然刚刚过了午饭时间。他随便地吃了一碗面，开着车跑到了百联中环广场，这是小区附近最大的购物中心，地下一层有一家大型的华联超市，胥小曼交代的东西在超市里大部分都有，只是六七月的天，不辞旧，不迎新，根本没有鞭炮。他最后才明白过来，上海已经颁布了禁放令，在主城区燃放烟花爆竹都是违规的。

胥小曼听到消息，说这是安家呢，如果不放鞭炮，听不到噼里啪啦的声音，不仅少了喜庆的气氛，而且感觉挺憋屈的，你再去郊区的杂货店试试吧。陈小元说，即使买回来，不能放怎么办？胥小曼说，如果放了，他们也不能怎么样，顶多按照规定罚款一两百块。陈小元说，这得图个吉利，入住新家第一天，就被人家罚款不太好，我倒是有个办法，外环线以内禁燃禁放，我们就去外环线以外的郊区，而且等到夜深人静的时候，燃放起来就更漂亮了。胥小曼说，你干脆再买几根烟花，具体到哪里放，什么时候放，我们再商量吧。

陈小元在布置好的家里转了几圈，真是感慨万分。古话说得太对了，人是衣裳马是鞍，位置决定价值，把自己放在记者岗位的时候，多风光，多牛 X，放在广告部门的时候却是灰头土脸的了。这些家具也一样，摆在老弄堂里的时候看着一点也不起眼，而且有些土气、陈旧和暗淡，甚至有些腐朽的味道，但是摆放在新家里，擦一擦上边的灰尘，顿时闪耀着不可名状的光芒，散发出了纯朴、古老而经典的气息。

陈小元是喜欢这种气息的，这和农村出身的带着乡土气息的他非常一致，所以他不仅没有陌生感，还有一种住了十年八年的亲切感和陶醉感。但是，他从卧室转到大厅，从大厅转到厕所，从厕所转到厨房，从厨房转到阳台，不知道到底转了多少圈，总觉得还缺少了一点什么，但是一时又说不清楚。

新家的下午是静谧的，加上远离了喧嚣的闹市，有一点家具的摩擦声和人的脚步声，都显得特别清晰而纯粹。陈小元再次转到阳台的时候，突然听到楼下的院子里有人在说话，大概是一个捡破烂的，拦住一个中年男人问，有没有要扔掉的破烂。

男人说，我们刚刚搬来，一切都是新的，哪里会有破烂啊？捡破烂的说，破烂和新不新没有关系，有些东西越旧反而越好，比如文物，比如酒，有些东西因为没有用处，再新也就成了破烂，比如喝完酒要扔掉的瓶子，你们家里有没有空瓶子啊？男人说，你说的空瓶子倒是有几个，你跟我上楼拿去吧。

随后就听到一阵叮叮当当的声响，是瓶子与瓶子清脆而危险的碰撞声。陈小元突然联想到了喜欢捡瓶子的巫叔，又由巫叔想到了那两个双胞胎一样的空瓶子。他不由得骂了自己一句"笨蛋"，然后急急忙忙下楼而去。虽然无法证实这个捡瓶子的人是不是巫叔，不过，十分幸运，他再次赶回出租屋的时候，小叶和小孙已经出门了，巫叔曾经送给自己的那两个空瓶子还在门后，像即将被遗弃的孩子，和一堆垃圾掺杂在一起。

　　陈小元很高兴，把它们抱回了新家，按照以前预想的那样，摆在了卧室的窗台上。

　　胥小曼是天黑以后进门的，她像一只撞进笼子里的鸟，在房间里快速地扑腾了一圈，然后在阳台的落地窗前停留了下来。那刚刚装上去的窗帘，白底，浅浅的荷花，淡淡的荷叶，透而不明的质地，挂起来像一幅水墨画一样，被过滤下来的光不刺眼也不沉闷，反倒感觉十分清静而幽雅。

　　胥小曼看中这款窗帘的时间，其实比购买这套房子早了很多。当时有一个同事家里装修，她陪着去医院隔壁的商场挑选窗帘，她建议的就是这款，可惜人家认为太土，色彩不够鲜艳，并没有采纳她的意见。她当时就想，如果自己拥有一扇窗户，那一定要用这样的窗帘。从此，她经常去这家商场闲逛，就是为了看一眼这款窗帘。奇妙的是，日子一天天地过去了，每次看到这款窗帘的时候，她的心情总像回家一样，喜欢的程度不仅一点没有减少，反而有了越来越强的幸福感。她一直提心吊胆，生怕这款窗帘被淘汰下架，有一阵子商场停业改造，她特别担心这家店铺关门。好在一切都在坚持，在茫茫无尽的岁月中，把这种美坚持成了经典中的经典。得知交房的日期以后，她第一时间预订了这款窗帘，选择了实木式的窗帘架，并提供了窗户的大小尺寸。

　　哗啦一声，胥小曼把窗帘拉开的时候，拉开的好像不是窗帘，而是封闭已久的身体。她似乎听到了窗外的几束光瞬间注入了自己的体内。窗外夜色初起，那几束幽蓝的光是透过白玉兰的树梢爬上来的，把她原本就十分好看的脖子照耀得像是一块魔幻的琉璃。

陈小元从背后搂住了胥小曼，把火热的嘴巴凑了上去，开始亲吻她的脖子，有些激动地说，我可怜的小鸟好像要醒了！胥小曼迷离地说，是真的吗？陈小元说，你一进门，把窗帘一拉开，它就有了要醒过来的样子。胥小曼说，你知道它已经昏迷多久了吗？陈小元说，我记不清楚了，我只知道我的身体像一台机器，从买下这套房子开始，螺丝就在慢慢地生锈。

陈小元的下巴在她的头发上一边蹭一边说，过去的时候，无论是在出租屋蜗居，还是去野外打游击，墙是人家的，灯是人家的，树是人家的，空气是人家的，夜色和风是人家的，全世界都是人家的，有时候怀疑你会不会也是人家的，所以总觉得特别没劲。胥小曼说，那现在你还记得我是谁吗？陈小元说，不记得了，我连自己是谁都不记得了。

胥小曼指着窗外影影绰绰的树木、雕塑和断断续续的小河、小路，也以无比抒情的口气说，当初的选择是对的，吃了那么多的苦也是值得的，这地方真好，感觉像个公园。陈小元说，不像公园，像皇宫。胥小曼反手在他的光头上啪啪啪地不轻不重地拍了三下，然后说，现在记得了吗？我是你的妃子！你是我的皇上！

陈小元如梦如幻，摸着自己的光头，跟着胥小曼开始巡视这个迷你型的皇宫。她摸了摸大厅里的皮沙发，沙发是乳白色的，既干净又高雅；她打开电视搜索了一下，正在播放着宫斗剧，画面又大又清晰，演员脸上的汗毛和胭脂都看得清清楚楚；她拍了拍绛红色的餐桌，四周整齐地摆着四把椅子，椅子靠背呈九十度弯曲，坐在上边腰板挺得很直，显得很有教养的样子；她抬起头仰望着吸顶灯，橘黄色的光线如阳光一样拍打着她，让她温暖而陶醉。

吸顶灯是开发商统一安装的，当时有两种选择，一种是西洋的水晶灯，一种是古典的中国式宫灯，他们选择的是后一种，如今和家具搭配起来，像穿越到了汉唐，觉得格外的遥远……

最后，胥小曼推开了主卧室的门，有一个刚刚搬来的书架，上边已经稀稀落落地摆放着几本书。她取下一本徐志摩的诗集翻了翻，正好翻到了赠日本女郎的那一首，于是就念了起来：

> 最是那一低头的温柔，
> 像一朵水莲花不胜凉风的娇羞，
> 道一声珍重，道一声珍重，
> 那一声珍重里有蜜甜的忧愁——
> 沙扬娜拉！

胥小曼的目光温柔、娇羞而甜蜜地落在了那张两米宽的大床上。这是一张传统的木板床，虽然没有席梦思床垫，却垫着一张牛毛毡；床上铺着一套浅紫色的被子褥子，被子上印着的图案也是荷花；两只天蓝色的大枕头，胖乎乎地竖着放在一起，像两个人背靠背而坐。床头两边各摆着一个床头柜，其中一个上边放着一盏台灯，实木的灯座像一只单腿独立的仙鹤，灯盏有排球那么大，乳白色的，圆圆的，发出了橘黄色的光，把整个卧室挥洒得十分温馨。

胥小曼说，这些东西不会是你搬过来的吧？陈小元说，都是我从神仙那里偷来的。胥小曼说，你可以改行当小偷了。陈小元说，你相信这是我们的新家吗？胥小曼说，相信呀！为什么不相信啊？别人的家会让你进来吗？陈小元说，是啊，仔细想想，这么多年了，我还没有真正进过一次上海人的家。胥小曼说，即使进过上海人的家，你也不可能睡到上海的女人。

陈小元说，哎呀，我仔细想了想，都活这么大岁数了，至今还没有睡过一个上海女人。他一把把胥小曼推倒在床上，一边剥她的衣服一边说，我终于明白了，我是你的老公，你是我的老婆，而且是合法的。

胥小曼躺在床上，随便陈小元在她身上怎么游动，而她闪闪烁烁的目光像觅食的老鼠一样在房间里兴奋地溜达着。她身体里那股强烈的电流一半来自陈小元，一半来自她目光触及的一切，似乎整套房子全部被塞进了她的体内，把她的身心撑得满满的鼓鼓的胀胀的，即使是还没有来得及挂上壁画的白色墙壁，也像兴奋剂一样让她刺激不已。胥小曼说，亲爱的，你快点，我想要……陈小元故意假装不懂地问，你想要什么啊？胥小曼说，我想要你的钥匙！你快点拿钥匙来开我！

胥小曼像一扇门上的锁一样，从来没有说过这样的话。陈小元一听，整个身体像一条短路已久的电流被迅速接通，从已经勃起的下身延伸到了每一块骨头每一条血管每一根神经。他站在大床的下边，高高地举起了她的双腿，像握着那把金黄色的钥匙似的，把自己的身体试探性地插进了锁孔，再试探性地左拧一圈右拧一圈，随着那富有磁性的摩擦，终于发出咔嚓一声，接着又发出吱咛一声，门就被彻底地打开了……

陈小元打开的是一个崭新的世界，虽然这个世界只有一百多平方米，但是这个世界属于他和她，是完全由他和她来支配的。他发现，从开始准备买房子，到如今把房子交到自己手中，这段时间以来所受的压力，所受的委屈，所受的羞辱，那种无奈、恐惧和绝望，以及自己在男欢女爱上的有心无力，都随着门被打开的那一瞬间，像泉水一样从每一个细胞里汩汩地流淌了出来，汇聚成破堤的洪水一泻千里。

伴随着胥小曼海浪一般的呻吟，陈小元肆无忌惮地大叫了几声，啊……啊……他的吼叫声在胥小曼的身体里传得很远很远，而且余音袅袅，像打雷闪电一样为他们撕破了上海的夜空。真的雨和假的雨，随之同时下了起来，一会儿落在树梢上可以听见沙沙声，一会儿落在窗台上发出细碎的敲击声，一会儿笨拙，一会儿聪敏，一会儿急切，一会儿迟缓，一会儿重，一会儿轻，一会儿松，一会儿紧，一会儿是直的，一会儿是弯的，一会儿朝下，一会儿朝上，一会儿近，一会儿远，一会儿远，一会儿近。

两场不同的雨相互掺杂在一起，从室外下到了室内，从室内下到了室外。从他下到了她，从她下到了他。从体外下到了体内，从体内下到了体外。从头发下到了耳朵，从胸脯下到了脊椎，从屁股下到了脚跟。小到每一寸皮肤和每一根头发，大到每一棵树和每一个人，都被雨覆盖了，浸透了，慢慢地就下得没完没了了。

天彻彻底底地黑了，陈小元穿好了衣服，在房间里无所适从地转悠着。他东摸摸西擦擦，不太确定地问胥小曼，刚刚的爱做得怎么样？胥小曼还舍不得穿上衣服，依然光着身子仰躺在床上，十分满足地说，简直太爽了！陈小元说，比第一次还爽吗？胥小曼说，谁还记得第一次呀！陈小元说，第一次在山里，当时下着大雪。胥小曼说，这才是真正的第一次，你简直太厉害了。陈小元说，不是我厉害，是房子厉害吧？

陈小元说的不假，从那天起，看到雪白的天花板，看到天花板上的灯，看到那张大床和床上的被褥，看到四周的一切，而这一切又都是自己的，他身体里就会涌动出巨大的归宿感，从而短暂地恢复了一个男人应有的豪气和威猛。

第十九章

雨连续又下了那么几天，气象部门很快宣布，上海真正地进入了梅雨季节。陈小元的老家和江南这边不同，老家一瓢雨浇下去，立即就会降温，甚至有些凉爽，而上海像一只大蜘蛛，把雨水织成了一张大网，不透风，不透气，不露日月，黏糊糊的，湿答答的，所以越是下雨就越是沉闷而难熬，人们像落在网里的一只只飞蛾，就越发地烦躁不安了。加上兴奋，连续几天晚上，陈小元和胥小曼躺在床上醒熬熬的怎么也睡不着了。

胥小曼觉得第一个睡不着的原因，是搬新家的时候忘记放炮了，放炮不仅可以带来喜气，还可以辟邪、驱凶、安神和催眠。某一天晚上，两个人聊天聊到凌晨，眼看着天边已经泛白，胥小曼翻身而起，说我让你买的鞭炮呢？陈小元说，在车的后备厢里。胥小曼说，那快点穿衣服，我们放炮去吧。陈小元说，炮也不是乱放的，吃年夜饭以前，入洞房的时候，添丁进口以后，都得挑挑时间的，这不早不晚的凌晨，我们放哪门子炮啊？！

胥小曼说，你没有赶过庙会吧？敬第一炷香的最佳时间就是这个时候。这个时候为什么叫拂晓？因为佛在这个时候头脑最清醒，向它许愿祈福最灵验，所以你就别啰嗦了，赶紧拿炮去吧。陈小元说，另外，没有地方放啊。胥小曼说，我有一个放炮的好地方，去楼顶。陈小元说，楼顶能上去吗？胥小曼说，当然可以，有一个天窗，搭着一把梯子，估计是工人们爬上爬下用的。

两个人穿好衣服，带着鞭炮和烟花爬上高高的楼顶，先把鞭炮噼里啪啦地放了，然后又把烟花砰砰地放了。麻雀的叽叽喳喳声，狗的汪汪声，床板的吱咛声，人们下床的脚步声，还有婴儿的吵闹声，随之响成了一片。天空被炸开了一条条裂缝，光泄露了出来。黎明来了，世界全都醒了。

陈小元他们本来就是醒着的，被一道道电光和一朵朵美妙的烟花刺激得格外清醒，感觉自己的生活从未有过如此的勃勃生机。胥小曼说，我们坐一会儿，等着一起看日出吧。陈小元说，这是什么天气呀，能看到日出吗？胥小曼说，怎么没有日出？没有日出的话天会亮吗？

两个人便坐在水塔下边，胥小曼的头靠着陈小元的肩膀，陈小元用手紧紧地拉着胥小曼的小手，就这么静静地守着，似乎太阳真的会从天边冒出来一样。雨小小地下着，白茫茫的雾气缭绕着，眼前的能见度非常低，远处的高楼大厦像放入显影粉中的一张黑白底片，隐隐约约地浮现出了虚无缥缈的轮廓。

陈小元说，你看看像不像仙境？胥小曼说，我们已经修成了仙，本来就住在仙境里。陈小元说，下边的那条河是不是银河？胥小曼说，是啊，河里流着的就是忘情水，住在河边就能忘记所有尘世的烦恼。陈小元说，每栋楼上一闪一闪的那是避雷针吧？

胥小曼说，它有避雷的功效，同时也是神仙们的信号塔，像我们手机的天线，在来回传递着天上人间的消息。陈小元说，神仙传递消息，肯定需要收费，我们的手机都是收费的。胥小曼说，这倒不用，三界之中，只有人间没有免费的午餐。

陈小元又指着浮现出来的一座高高的建筑，问是东方明珠还是金茂大厦？胥小曼说，应该是真如寺里的真如塔，我们赶紧许愿吧。两个人双手合十，都感觉手心有些空，就伸手在各自的脖子里摸了摸，这时候才突然醒悟过来，玉观音已经交给了柳红。

他们准备起身下楼的时候，胥小曼无限感慨地说，这里除了放烟花、看日出、数星星、赏月、乘凉以外，你猜猜还可以干什么？陈小元刚刚随着胥小曼踏上楼顶的时候，第一个感觉并不是高高在上的优越感，也不是像神仙一样可以俯视苍生的悲悯感，而是一种随时都要坠落下去的恐惧感。

所以陈小元不假思索地说，还可以跳下去。胥小曼说，跳什么跳啊，你又不是跳伞运动员，我的意思是这里视野开阔，做爱应该非常不错。高潮高潮高处的潮，那种快感之所以叫高潮，不就是这么来的吗？

陈小元又自言自语地重复了一句，我觉得最适合的还是跳楼！他朝着楼下瞥了一眼，被自己的想法吓了一跳。这栋十八层的楼应该有五十多米高，这点距离如果与地面平行，对于不会飞却善于走路的人类而言，确实是微不足道的，步行不到四十秒，跑步只要八九秒，世界最高纪录不到六秒，关键是人人都可以为之。但是，如果与地面垂直的话，而且没有梯子的时候，这无异于一个要命的数字，无论普通人还是世界冠军，如果真的跳下去的话，不说是粉身碎骨吧，绝无一点生还的希望。

直到后来的某一天，陈小元跳楼的这种想法越来越强烈，并计划付诸实施的时候，他依然没有改变对于楼顶的印象，以至于还写了几行叫《楼顶》的小诗——

我们没有蝴蝶的翅膀

唯一有机会的一次飞翔

只能是站在高高在上的楼顶

向低处纵身一跳

胥小曼觉得第二个睡不着的原因是床上的力气没有用完，就从网上搜索出一篇夫妻恩爱十大秘笈的文章，游龙戏凤呀，男耕女织呀，攀龙附凤呀……她像照着菜谱炒菜一样，要求陈小元和自己一招一式地体验一遍。

他们花费了好几个夜晚，等马马虎虎地齐齐地试了一遍，才发现这些招数过去基本都会。胥小曼就问，谁教你的？陈小元说，你教的，你是我的老师，我是你的学生。你呢，怎么会这么多啊？胥小曼说，我把自己交给你的时候是原装的，可以证明我的清白，你怎么证明你的清白？陈小元说，你记得第一次吧，我死活找不到地方，至今还羞愧不已呢。胥小曼笑嘻嘻地说，想起来了，你像一头梅花鹿，迷茫得到处乱撞，差点撞死在我的身上。陈小元说，原来我们两个都是天才啊，我们以后以自己为原型写本书吧，书名就叫《空空幻新编》怎么样？

陈小元的身体好像恢复了活力，但是男人与女人到底不同，隔一天做一次还行，每天都做的话就有些应付差事。他有时候实在有心无力，干脆闭着眼睛装作呼呼大睡。胥小曼知道他装睡，就不停地撩拨他……

陈小元被撩拨得更加难受，有一次就惊恐地说，从明天开始，我们必须减少做爱，而且做爱的时候也得悠着点了。胥小曼说，为什么呀？陈小元说，可能有一双眼睛盯着我们。胥小曼说，谁？眼睛在哪里？又不是在出租屋，难道有人偷窥吗？陈小元说，这双眼睛在你的肚子里，这些天做了这么多爱，你万一怀孕了呢？胥小曼被吓了一跳，担心地说，我的妈呀，这下惨了，我怎么把怀孕的事情忘记了！我一旦怀孕了，我们做的事情，我们说的话，被宝宝听见了权当是胎教好了，如果把怀上的宝宝吓跑了，那可怎么得了啊！

胥小曼因为担心，格外无法入睡了，经常拿出测试笔测来测去，结果还是没有什么反应。胥小曼就哭着问，我会不会生不了孩子呀？陈小元说，我的身体倒是真的有问题，你这么健康，怎么可能呀！

他们两个人又分头去医院检查了一次，发现一切正常以后，胥小曼又十分自责地说，恐怕是自己时时贪欢，把宝宝给折腾死了。陈小元又不停地安慰她，说宝宝也没有那么脆弱，不然怀孕的人都要禁欲了。

陈小元觉得睡不着的主要原因是下雨，说人都是泥巴捏出来的，雨淅淅沥沥地下着下着，就把人泡得软乎乎的了。胥小曼说，不下雨，我身上也是软乎乎的。陈小元说，我说的是心，一下雨你是不是就烦？就特别容易想家？胥小曼说，确实这样，不过太奇怪了，在出租屋的时候我还不太想家，搬到这里以后我就开始想家了，尤其想我妈蒸的大米饭了。陈小元说，天气好点了，凉快点了，就把你妈接过来，顿顿给我们蒸大米饭吧。胥小曼，干脆把你爸也接过来。陈小元说，让他们住在一起，你爸不会吃醋吧？胥小曼笑嘻嘻地说，这个想法挺好，刺激刺激我爸，省得他不在乎我妈。

某一天半夜，胥小曼爬起床打开窗户，把手伸出窗外接着雨水，有些傻傻地问，你知道天上在下什么吗？陈小元说，当然是下雨。胥小曼说，错了，开始下的是鱼，后来下的是刀子，现在下的是小手。陈小元说，手明明是你自己的。胥小曼说，你不信拉倒，我的手是从天上掉下来的。陈小元说，我当然信，你是林妹妹，整个人都是从天上掉下来的。

胥小曼把手中接了半天的雨水，滋滋溜溜地喝掉了，说天上下的其实是酒，你赶紧起来我们喝酒吧。陈小元说，我就陪着你疯吧。两个人就坐在窗前，装作碰杯的样子，痴痴地看着窗外。窗外依旧是雾蒙蒙一片，树树木木像墨水一样化开，那条景观河涌动着流去，邻居们的灯差不多已经熄灭，几盏藏在林荫中的路灯睡意蒙眬。

胥小曼看着看着，真像喝醉了酒似的，拉着陈小元兴冲冲地说，这么好的家，这么好的环境，这么好的心情，我们在这里无所事事，真是犯罪啊！陈小元说，你想怎么样？胥小曼说，我想做爱，你如果不行的话，那就下去散散步吧。陈小元说，谁会半夜三更去散步啊？胥小曼说，神仙！我们不是已经成神成仙了吗？神仙都是趁着夜深人静的时候下凡的。

两个人披起衣服出了门，在小河边静静地走着。胥小曼心血来潮，脱下自己的鞋子，光着脚丫子，在大大小小的积水里大踏步地向前奔跑。她小时候最喜欢玩这种光着脚丫子踩水的游戏，世界上存在的东西，天空，白云，树木，房子，包括自己，积水里都有相同的一份，只是所有的东西都是颠倒的而已。胥小曼每次把脚丫子高高地抬起来，再使劲地踩下去，看到积水溅开，世界被踩得粉碎，然后再迅速地复原，简直是痛快极了。

当天晚上的积水里，虽然除了夜色什么都看不见，陈小元还是被感染了。他紧紧地跟着胥小曼，把世界踩出一连串的水花，最后拦住胥小曼，提议说，我们打滚吧。胥小曼两眼放光地说，你的意思是我们打滚对吗？陈小元说，是的，在地上打滚，我们家的牛就是那样，高兴了就在草地上打滚。

陈小元抱着胥小曼在草坪上滚了起来。每一根草都像一把刀子或者一只小手，扎得挠得他们一半是痛一半是痒。露水和雨水洒落下来，凉丝丝地滴进他们的头发、眼睛、耳朵和嘴巴，很快把他们的里里外外都打湿了。他们一边打滚一边亲吻着，一边打滚一边嗷嗷大叫，那叫声远远地听上去，比做爱的声音更有穿透力。胥小曼说，既然没有怀孕，那我们继续做爱吧。陈小元说，你怎么老是想着做爱呀！我们正在和小区发生关系，这不就是做爱吗？胥小曼说，我的世界这么多水，原来都是被你弄出来的？

他们一边打滚一边呻吟一边尖叫，似乎产生了从未有过的快感。非常不可思议的是，自从那天晚上疯够了回到家，他们两个人都是倒头便睡，第二天早上差点都睡过了头。

陈小元分析，人吃的穿的用的，都是从土里长出来的，没有一样是从天上掉下来的。从这个角度来看，人其实都是从土里钻出来的，根都是要扎在土里的，魂都是要藏在土里的，死了以后都是要埋在土里的，连住着房子的地基也是要挖地三尺盖起来的。但土和土是不一样的，颜色不一样，气味不一样，适合生长的东西也不一样。他们这么尽情地敞开心扉地一闹，也就是接通了地气，和土地爷对上了暗号，所以心和魂就安了，睡得自然也就踏实了。

胥小曼同意陈小元的看法，进一步分析说，你不是说了嘛，我们和小区做了一次爱。人和人不做爱，就成不了爱人，人和土地不做爱，这片土地就成不了家。很多人不在自己家里睡觉会失眠，长期不做爱也会失眠，也许就是这个道理吧。

胥小曼每天下班回来，总会带着一点东西，纸巾呀，毛巾呀，杯子呀，抱枕呀，垫子呀，小装饰呀，锅碗瓢盆呀，很快就把他们的家布置出了生活的气息。尤其是阳台上，不几天就摆满了大大小小的花盆，不过都是空的。

胥小曼让陈小元从小区外边的绿化带里铲了一些泥巴装进去。陈小元问，为什么没有花呀？胥小曼说，要花干什么呀？陈小元说，看啊。胥小曼说，花盆不好看吗？陈小元说，要摆就摆古玩瓷器，哪有摆着花盆的呀？胥小曼说，你如果想看花，小区里，邻居家，哪里都是免费的，用得着花钱去买啊？陈小元说，现在的花贵死了，其实你是舍不得钱。胥小曼说，花和老公是一样的，还是自己培养的好，省钱是一方面，关键能享受那个过程。

胥小曼就从农贸市场买回来几包种子，什么牵牛花呀，什么太阳花呀，三五块钱一包，但是撒下去又浇水又施肥，时间一天天过去了，花的影子都没有，只长出了几根小草。胥小曼很生气，说种子有问题，要去找人家算账。陈小元说，算了，过程你也享受到了，我们刚刚搬家，别伤了和气，而且有位诗人说，花开，还是不开，不开比开还要累，也就别难为人家了。

胥小曼还是不服，找人家理论。人家说，这什么季节？夏季！根本就不是种花的时候。胥小曼说，那你为什么在夏季卖种子给我？人家说，夏天不能种花，不等于不能做生意，你可以买我现成的花。

胥小曼被气得够呛。陈小元安慰着说，你说你想家了，其实想的是庄稼，要不我们在花盆里种菜吧？胥小曼的气一下子就消了，说这个主意好，一举四得，既有过程，又算是绿化，还可以回忆种地的时光，寄托一下思乡之苦，关键是种出来的菜可以吃。这么多的花盆都种菜的话，我们两个人吃不完就送给邻居们。

两个人最想种的是辣椒和韭菜。青辣椒剁碎，放上盐一拌，那种嫩生生的青草味，夹馒头，吃干拌面，简直太香了；韭菜长得快，而且是多年生的植物，做饭的时候随时掐一把下来，很快就又长出来了。只可惜，种辣椒需要秧苗，种韭菜需要根，城市里的蔬菜都是从外边运来的，和他们两个人一样，都是无根的。

他们无奈，就买了几个土豆，切成块种了下去，这倒是非常不错，几天时间就发了芽。胥小曼太高兴了，每天早晨上班前先去浇水，每天晚上一下班就冲上阳台看看。土豆不愧是一种随遇而安的庄稼，长势十分喜人，不长时间就长了半尺高，一嘟噜一嘟噜的十分茂盛，而且开出了星星点点的小白花。

胥小曼说，我们逮几只小蜜蜂回来传花授粉吧。陈小元说，不需要。胥小曼说，它是风媒吗？那开着窗子吹吹风吧。陈小元说，更不需要，亏你还是学医的呢，人家是无性繁殖。胥小曼说，这是什么意思啊？难道不做爱也能生孩子吗？陈小元说，差不多吧，反正自己和自己就能繁殖的那种，所以土豆是独立性最强而且又耐得住孤独寂寞的植物。胥小曼说，哎呀呀，我们要是土豆就好了，自慰一下就怀孕了，也省去了那么多的男男女女的麻烦。

可惜的是，秋去冬又来，陈小元兴致勃勃地挖开泥巴，花盆里竟然一个土豆都没有，搞得两个人惆怅不已。当然，这还是后话了。

胥小曼最早开始布置的是他们的卧室兼书房，她把借回来的那台手提电脑放在书桌上，用酒精棉球擦得油光发亮，跟新买的一样漂亮，然后陆陆续续地带回来一堆东西。比如一个无线鼠标、一个红色的鼠标垫、一个专用台灯；比如给椅子配了一个软乎乎的海绵背垫，说是省得坐久了屁股痛；比如从单位拿回来一台迷你型的小风扇，有一个巴掌那么大，说家里还没有装空调，太热太闷的时候就对着脖子胸口吹一吹。

胥小曼还买了钢笔、铅笔、橡皮、尺子和各种颜色的水笔。陈小元说，现在是电脑时代，要这些东西干什么？胥小曼说，钢笔是让你给别人写信或者在书上签名用的，水笔是让你看书的时候做批注或者记录灵感用的，至于铅笔、橡皮和尺子，万一你要绘图呢，是让你涂涂画画用的。

最后，胥小曼在书桌里边的墙上贴了一幅字，字是陈小元一个练书法的朋友送的，写着"观海听涛"四个激情澎湃的大字，而且把那两个连体的恐龙蛋化石搬过来放在书桌下边。陈小元问，这两样又有什么讲究呢？胥小曼说，你坐在这里不时地看看这四个字，会不会像坐在大海边一样文思泉涌？陈小元说，那恐龙蛋化石的作用是什么呢？胥小曼说，你说过这是镇宅的对吧？你坐在这里的时候双脚踩在上边，不仅仅感觉很舒服，会不会一下子接通了三叠纪、侏罗纪和白垩纪的信息？像穿越了几亿年一样，顿时神灵附体能量无穷？

等家里的一切布置完毕，胥小曼问陈小元还缺什么，陈小元说还缺一个书童。胥小曼笑嘻嘻地问，书童是干什么的？陈小元说，沏茶呀，研墨呀，红袖添香呀。胥小曼说，这呀，我不就是现成的吗？而且还可以陪书生睡觉呢！陈小元说，你哪里是书童，分明是监工，把这里的氛围弄得这么好，明显是逼着我开工啊。

胥小曼幸福地说，亲爱的，你的工作已经稳定，我们也安了新家，是应该开工了吧？陈小元说，你又操心"水桶"的那本书了吧？胥小曼说，"水桶"是什么东西啊？我就觉得你的理想是写作，那就好好为自己写一写，凭着你的才气好好当个作家，岂不是名利双收的事情？

胥小曼又拿出一本新版字典放在陈小元的手边，说这是我送给你的礼物，不会的字就查查吧。陈小元随手翻了翻，看到在字典的扉页上写了一行字——

亲爱的，愿你写出更多更好的文字，也不枉我爱你一场！

陈小元一时感动，坐在书桌前泪流满面地打开了电脑，敲出了他在新家里的第一行字。这么多年，为了生存，为了爱，为了有点尊严地活着，尤其为了房子安家，他已经精疲力竭了。当年树立起来的写作理想像一盏灯，虽然从现实中被一而再、再而三地挤到自己内心的某个角落，越来越暗淡，越来越微弱，但是从来没有熄灭过。

陈小元以为全世界已经没有人知道他心里存在着这盏灯，连自己有时候也怀疑是不是有这么一盏灯。但是胥小曼不仅记得，而且向里边加了加油，拨了拨灯芯，让这盏灯又燃烧了起来，照得他的胸膛一时亮亮堂堂的了。

陈小元与胥小曼的心绪真正安定下来，是搬进新家两个星期以后。那是一个星期六，陈小元还睡得迷迷糊糊的，胥小曼就神神秘秘地起了床。陈小元说，今天周末又不上班，你起这么早干什么？胥小曼说，你别管我，你昨天晚上熬夜写作，就继续睡你的吧。陈小元说，你是不是要去菜市场？胥小曼说，你怎么知道的？陈小元说，你昨天晚上在厨房摆弄了半天，看架势是要开伙烧饭了。

胥小曼说，是呀，住在出租屋没有条件做饭，只好在外边打打游击吃吃食堂，现在有条件了，再像原来一样就太对不起这个家了。陈小元说，买菜也不用起这么早吧？胥小曼说，这你就不懂了，如果去晚了，菜都是被人家挑剩下的了。陈小元说，你等等我，我陪着你去。胥小曼说，我又不是逛街，有什么好陪的呀？陈小元说，我觉得这比逛街浪漫多了。

陈小元赶紧爬起床，简单地洗漱了一下，就跟着出门了。小区刚刚入住，配套的菜市场还没有开通，最近的菜市场在隔壁的铜川路上，距离大概有两公里，需要穿过真如老街。陈小元要开车，胥小曼说散步过去顺便锻炼一下身体岂不是更好吗？

天上还在下着毛毛雨，两个人撑着伞，手拉着手，顺着桃林路绿化带赏赏花看看景，半小时也就到了。刚刚还是一片清晨的寂静和清冷，很快就熙熙攘攘热闹非凡起来，虽说是菜市场，其实是一个巨大的综合早市。市场外边不宽的铜川路两边摆满了生活用品，睡衣呀，袜子呀，拖鞋呀，毛巾呀，儿童玩具呀，锅碗瓢盆呀，可以说是应有尽有，而且物美价廉；进入市场有一条通道，两边是专门卖熟食和早点的，油条呀，豆浆呀，馒头呀，包子呀，生煎呀，大饼呀，饭团呀，稀饭呀，米线呀，面条呀，牛羊肉汤呀，可以说是大江南北的小吃都有；真正走进菜市场，发现青菜新鲜欲滴，大肉手起刀落，鱼儿活蹦乱跳，市场被大妈大爷小媳妇小伙子们挤得水泄不通。

陈小元与胥小曼逛着逛着就被感染了，原来真正的生活是有烟火气息的，是拖泥带水的，是有血有肉的。按照陈小元的总结，他们过去过着的，那还不叫生活，只能算是活着。生活和活着的差别关键在于"生"，生命的生，生长的生，生机的生，生气勃勃的生。人仅仅活着还不够，还必须要有"生"。"生"是人与动物的不同之处，只有人才能把生和活联系在一起。人可以叫生活，动物是没有生活的，只能叫活着。所以说，他们的过去，还没有真正地生活成人，仅处于半动物的状态。

生活像一条鱼，进入菜市场之前，它是有生命的，是有美好愿望的，是在江河湖海中游来游去的，是可以为了自由而挣扎的。它的一生是有想象余地的，即使不幸被捕被捞当成一种食物，也有无数种烹饪的方式供人选择。但是被端上了餐桌以后，它就失去了生命，它就脱离了波浪，只能以一道菜的形式存在下去。这种存在是没有"生"的，只是一种不由自主的"活法"。比较直观的道理是放一放就会腐烂。

胥小曼就买了一条鲫鱼，刚刚还是一条生命呢，如今已经被开膛破肚，一动不动地躺在塑料袋里。如果不及时吃掉它，把它转化成另一种存在，它不仅不新鲜了，而且还会腐烂变质的。如果它还是生命的话，那么天生就有一种防腐功能，继续以一条鱼的形式游弋于人世间。

他们买完了菜，坐下来吃早餐。陈小元问是不是比逛街浪漫而有趣多了？胥小曼说，是啊，没有想到真正的生活竟然如此美好……然后，胥小曼像一位不太成熟的牧师，在主持教堂婚礼之前进行彩排一样，低着头一边喝豆浆一边说——

我们今天欢聚在伟大无比的菜市场，这不仅需要双方一生一世的相爱，更需要一生一世的相互信赖。陈小元你对天发誓，从今往后无论是顺境或者逆境，无论是富裕或者贫穷，无论是健康或者疾病，无论是快乐或者忧愁，你愿意毫不犹豫地陪着我买菜吗？

陈小元一听，赶紧把半个包子塞进嘴里，腾出右手举起来，瓮声瓮气地说，我愿意！胥小曼说，我也愿意！我全心全意嫁给你作为你的妻子，无论是顺境或者逆境，富裕或者贫穷，健康或者疾病，快乐或者忧愁，我都将在买菜中毫无保留地爱你，我将努力去理解你，完完全全信任你，我们将成为一个整体，互为彼此的一部分；我们将一起面对人生的一切，去分享我们的梦想，作为平等的忠实伴侣，在买菜中一起度过今后的一生。

陈小元已经吃完了，抬起头，幸福地盯着胥小曼说，从今以后，我们不再饥肠辘辘，因为我们天天都来买菜。从今以后，我们不再觉得寒冷，因为我们互相温暖彼此的心灵。从今以后，我们仍然是两个人，但只有一个生命。愿我们的日子，天天大鱼大肉，直到天长地久……

两个人闹腾完了，胥小曼笑嘻嘻地说，陈小元啊陈小元，你愣着干什么啊？准备好的戒指呢？交换戒指的时候到了。陈小元哈哈大笑着说，胥小曼呀胥小曼，你有没有搞错呀，我们这是买菜呢，还是举办婚礼呀？胥小曼说，其实吧，买菜和举办婚礼是差不多的。

中午的第一顿开锅饭，陈小元本来想露一手，帮忙炒上两个菜，比如醋熘土豆丝和西红柿炒鸡蛋，但是胥小曼说，你是尊贵无比的家长，下厨这些小事就放心地交由我这个家庭主妇来干吧。她把陈小元推出了厨房，泡了一杯茶放在书桌上，说你继续创作吧，等开饭的时候我来叫你。

家里很快就响起了咔嚓咔嚓的切菜声和叮叮当当的锅碗瓢盆的碰撞声，涌动起了扑鼻的香味和油烟味。陈小元经不住诱惑，几次跑出来要欣赏欣赏，都被胥小曼赶走了，说是厨房重地，谢绝参观。等到十二点多一点，胥小曼轻轻地敲了敲房门，压低了声音叫道，亲爱的，开饭啦，可以出来啦！

梅雨天，外边本来就阴沉沉的，加上窗帘被胥小曼拉上了，家里就像夜晚一样一片昏暗。陈小元说，天怎么说黑就黑了啊？胥小曼说，现在老天爷听我的，我想让它黑它就黑，我想让它白它就白。

胥小曼把餐桌上事先准备的两支红蜡烛点燃了。那小小的烛光跳跃着，像两只舌头在轻轻地舔着黑暗，把黑暗舔得越来越薄，越来越朦胧了。陈小元隐隐约约地看到，烛光下满满当当一桌子，一个清蒸鲫鱼，一个红烧百叶结，一个腊肉炒土豆，一个西红柿炒鸡蛋，一个青菜炒豆腐，一个茄子炒肉末，一个西红柿鸡蛋汤。陈小元说，天啊，六菜一汤。胥小曼说，取六六大顺之意。陈小元说，都是你炒的？胥小曼说，是啊，我厉害吧？陈小元说，简直太厉害了！我怎么不知道你会炒菜啊？胥小曼说，你不要忘记我是四川女人，四川女人从小就得帮着家里做饭，上辈子还是灶王爷身边的帮厨。

胥小曼拉开椅子让陈小元坐下，有些内疚地说，我突然发现这顿饭也有硬伤。陈小元说，简直是色香味俱全，硬伤在哪里啊？胥小曼说，你只顾着拍马屁，没有发现西红柿炒鸡蛋和西红柿鸡蛋汤重复了吗？重复了会不会不吉利呀？陈小元说，你说说看吧，怎么个不吉利法？胥小曼说，一餐不能重样，一夫不事二主。

陈小元说，你想的太多了吧？生活本来就是日复一日，有什么好忌讳的呀！何况一个是菜，一个是汤，一个是炒的，一个是煮的，怎么是重复了呢？胥小曼说，不愧是大作家，被你这一解释，我心里就踏实了。陈小元说，我倒是觉得太丰盛了，吃不完多浪费啊。胥小曼说，这顿饭本来就不是吃的，按照我们四川的习惯，开锅饭比过年还重要，剩下来的越多越好，意味着顿顿有余。陈小元说，你还挺讲究的，那我们开始吧。胥小曼，你别急呀，还有酒呢。

陈小元这才发现，桌子上还摆着几瓶红酒和两个高脚杯。陈小元把红酒打开，斟满了两杯，然后端起来说，亲爱的，我们干杯！胥小曼说，亲爱的，我们干了！

两个人一边吃菜一边喝酒，只听到一声接着一声的碰杯声透过窗子传了出去，差不多传遍了半个小区，馋得两只流浪猫似乎也闻到了酒香，喵喵喵地朝着这边遛了过来。他们开始碰杯的理由是为了乔迁之喜，随后是为了爱情万岁，随后是为了上海繁荣昌盛，随后是为了世界友好和平，随后是为了人类的幸福。最后，陈小元提议，为了伟大的杜甫碰几杯，胥小曼有些不解地问，为什么呀？杜甫又不是你爸。陈小元说，因为杜甫会写诗，尤其那首《茅屋为秋风所破歌》写得绝妙。胥小曼说，我明白了，为了安得广厦千万间，大庇天下寒士俱欢颜，来吧，干杯！

两个人每碰一杯都有一个宏大的理由，宛如他们不是普普通通的打工者，而是人生的赢家、上海的主人、世界的主宰、人类的英雄。实在没有什么理由了，他们就石头剪子布，就大压小，就打手溜子，就词语接龙，就唱歌比赛，反正五花八门的方式都用遍了，很快把四瓶红酒喝得只剩下了半瓶。两个人的脸都喝红了，头都喝晕了，眼睛都喝迷离了，心跳都喝快了，舌头都喝直了，是真正地都喝醉了。

即便如此，他们还是觉得不尽兴，无法表达入住新家的快乐和幸福。陈小元说，太热了。胥小曼说，那是穿得太多了，我们可以脱衣服。陈小元说，脱成光膀子不怕人家笑话啊？胥小曼说，我们又不在大街上，不在原来的出租屋，我们在自己的家里，我们想怎么脱就怎么脱，别人能管得着吗？

他们商量，准备来赌一把，谁先脱得一丝不挂，谁把剩下的小半瓶红酒喝光。两个人说着说着，你替我脱一件，我替你脱一件，陈小元很快就被脱得一丝不挂，而胥小曼还剩下一条粉红色的内裤。

胥小曼说，你输了，喝酒吧。陈小元恍恍惚惚地说，真奇怪，我们穿的一样啊，你怎么还剩一件呢？胥小曼说，因为我是女的，女的永远比男的多一件。陈小元说，多哪一件啊？我怎么不知道啊？胥小曼从地上捡起自己的胸罩，凑到陈小元的鼻子下边，笑嘻嘻地说，多一个罩罩。陈小元说，我还是不理解，为什么男人不需要戴罩罩呢？胥小曼说，男人也可以戴啊，谁说不可以戴啊？陈小元说，我这辈子还没有戴过罩罩呢，你帮我戴上让我尝尝戴罩罩的味道吧。

胥小曼就把胸罩给陈小元戴上了。陈小元把半瓶红酒分成两半，说，来，亲爱的，我们干杯！胥小曼说，提前说好了的，谁脱光了谁喝，你不会要赖吧？陈小元说，你剩下一条内裤，我剩下一件胸罩，我们打了个平手而已。胥小曼看着戴着胸罩的陈小元，笑得东倒西歪地说，好吧，平手！干杯！为了胸罩和内裤干杯！

两个人赤裸着身子在家里嬉闹了半天。胥小曼说，我们洗澡去吧？陈小元说，你知道澡堂子在哪里吗？胥小曼说，澡堂子早就成为历史了，我们家有独立的浴室啦。陈小元说，我们家里的浴室可以男女共浴吧？胥小曼说，按道理不可以，不过我们是夫妻，睡在一张床上的夫妻是可以的。

胥小曼打开了水龙头，痴痴地看着花洒问，我们家住在几楼啊？陈小元说，十四楼呀。胥小曼说，这些水是怎么爬上来的啊？陈小元说，水都长着腿呀。胥小曼说，水从来都是走下坡路的，它们现在爬到了十四楼，是不是很神奇啊？陈小元说，这有什么了不起的，你看看外边的雨水都爬到天上去了。胥小曼说，这些水原来在哪里啊？陈小元说，是从长江流过来的呀，长江是上海的水源。胥小曼说，长江里的水从哪里流到我们家的啊？

陈小元说，从地下，地下有水管，被你这么一说，我突然发现这些水呀，应该是从我们老家的秦岭流过来的。胥小曼说，你们老家离这里十万八千里，怎么可能啊？陈小元说，你想想呀，我家门前的小河流到了丹江，丹江里的水流到了汉江，汉江里的水流到了长江，长江里的水流到了上海，再通过一根根管子流到了这里。我们现在淋着的竟然是老家的水，这些水里说不定还有我爸撒的尿和吐的唾沫。胥小曼说，哎哟妈呀，难怪感觉又亲切又舒服又温暖。

两个人越说越高兴，越说醉得越深。你给我搓搓背，我给你挠挠痒；你给我打打香皂，我给你涂涂洗发水。就这样洗着洗着，自然而然地抱在了一起，在哗哗啦啦的水柱下做了一次爱。这次爱做得与以往任何一次都不同，分不清哪些水是从身体里流出来的，也分不清哪些声音是水发出的，而且没有那么多的激烈，也没有那么多的急促，像是这顿烛光午餐的一部分，也像是日常生活的延续，全是平平淡淡从从容容而又充满了自信和耐力，让他们感觉每一块骨头，每一块肌肉，每一根经络，每一个细胞，都得到了浸润和满足……

他们倒在浴室里迷迷糊糊地睡着了，等他们睁开眼睛的时候，天已经真正地黑了。直到第二天酒醒了以后，他们才明白住在自己家里，与住在别人家里的差别之一是，可不可以一丝不挂地转来转去，而且能不能显得无比的从容和坦然。

第二十章

从第二天开始，陈小元与胥小曼早晨起来的第一件事情是去跑步。从小区跑到铜川路菜市场，买一点菜，坐下来吃吃早餐，手拉着手走回家，然后冲一个澡才开着车去上班。

按照胥小曼的说法，他们以前那叫流浪和漂泊，如今才算真正地过起了日子。所谓的日子也就是图个安定，他们这么多年一直像塑料袋，都是在半空中飘着的悬着的，连浮萍都不如，浮萍起码还浮在水上。如今算是一棵树，一棵被移栽的树，虽然根扎得有些吃力，毕竟是有方向的，是长着的生着的活着的，是接了地气、通了神的。

他们去上班之前，并不直接出门，而是穿过一片树林和鸟鸣声，顺着景观河绕一绕。有那么几次，已经走到了停车场，胥小曼不想上车，又回头走一遍。陈小元说，你这是干吗呀？胥小曼说，我忘记东西了。当他们返回楼下的时候，发现一切都带着呢，她不过是找个借口溜达溜达而已。陈小元说，上班要迟到了。胥小曼说，我都舍不得上班了，要是能在小区上班多好。陈小元说，你可以当保安。胥小曼说，有女保安吗？陈小元指了指说，你看那边的白玉兰下边站着的就有一个。胥小曼说，真羡慕他们，能和白玉兰一起上班，而且可以站在白玉兰下边。

　　每天晚上下班回家，胥小曼第一件事情就是炒菜。她原来只会炒那么几个菜，为了变变花样，专门买了一本菜谱，照着菜谱做扬州三丝，做西湖牛肉羹，甚至是自己蒸馒头。每天的晚餐，都有三菜一汤。除此之外，她知道陈小元爱吃面食，还买来了一根擀面杖和苏打粉，隔三岔五地挽起袖子，做一顿手擀面或者烙一个大锅盔。陈小元在她做饭的时候，老想着上去帮一把，她总是对他说，让开点，你管吃就行了。他便站在她的身后，不停地咂吧着嘴，说真是太香了。

　　每次吃饭的时候，胥小曼都会情绪高涨地问，你不觉得缺点什么吗？陈小元说，这么丰盛，不缺了吧？胥小曼就说，你有点情调好不好？她就拿出一瓶葡萄酒打开，只是不像第一次那样拼命喝，而是各自倒上半杯浅浅地抿一抿。别小看这抿一抿，日子的味道不一样了，日子的格调不一样了，脸色和心情也就不一样了。胥小曼又说，我感觉还缺点什么。陈小元说，我早就流口水了，别再完美主义了。胥小曼说，你这个老公还真不浪漫！胥小曼又拿出两支红蜡烛点着了。

　　陈小元说，我们天天都要这样吗？胥小曼抿一口红酒说，当然了，四百万啊，不这样过日子，能对得起这么豪华的房子吗？

　　吃完了晚饭，陈小元与胥小曼便会手拉着手下楼去散步。小区门口新开了健身房，可以跑步、游泳和打球，但是胥小曼嫌花钱，说散步是最好的运动，没有必要浪费了小区里的花花草草。他们东坐坐西坐坐，猜猜花的名字，追追蝴蝶和麻雀，去健身广场荡荡秋千。因为处于梅雨季节，时不时地会下一阵小雨，而且搬进来的人还不多，所以显得十分幽静，蛐蛐与青蛙的鸣叫声格外悦耳。

　　他们散完步回到家，胥小曼就给陈小元泡一杯茶，督促他赶紧去写作，而自己则洗洗衣服拖拖地板，打开电视看看"非诚勿扰"之类的相亲节目，然后才意犹未尽地上床睡觉去了。

胥小曼睡觉前，常常喊叫着说，你把我们的房产证拿出来，我看看有没有把我们的名字写错了。陈小元就从抽屉里拿出那个绿皮本本，两个人抱着从头至尾看一遍再看一遍。

陈小元总是疑惑不解地问，土地性质为什么是"国有"啊？胥小曼在网上搜了搜说，这块土地是归国家所有的，我们只有土地的使用权。陈小元说，天啊，那意思就是，房子是属于我们的，土地是不属于我们的，我们买的是房子而不是土地。胥小曼说，这有什么好担心的啊，土地是国家的，国家是我们的，土地就等于是我们的了。

陈小元又问，关键是土地的使用期限只有七十年，房子是盖在土地上的，等到七十年以后，土地到期了，被国家收回去了，我们的房子怎么办？胥小曼又搜了搜说，七十年以后，如果要拆迁，应该有拆迁补偿，如果不用拆迁，土地的使用权会自动续期，费用会根据相关的政策办理。陈小元说，那是不是意味着，我们得再花一次钱？胥小曼说，哎呀，七十年后，我们的孩子都老了，你想那么复杂干什么啊？

胥小曼总是天真幼稚地问，我叫什么名字？陈小元说，你叫胥小曼呀。胥小曼说，你叫什么名字？陈小元说，我叫陈小元呀。胥小曼说，我们两个的名字为什么写在了一起？陈小元说，我们是夫妻呀。胥小曼说，不是夫妻可以写在一起吗？陈小元说，除了父母或者子女，其他人应该不可以。胥小曼说，如果夫妻离婚了怎么办？是不是要把名字拆开？陈小元说，是啊，房子也要拆开一人一半。

胥小曼说，这么好的房子拆开多可惜，看在房子的面子上，我绝对不会和你离婚。陈小元说，你放心吧，买房子主要为了你，我们万一离了婚，我就净身出户，把房子全部留给你，如果我不小心出了意外，我的财产全部由你继承。

胥小曼说，真的？陈小元说，当然是真的，不信我可以立个字据。他说着就拿出一张纸，竟然认真地写成了一份《遗嘱》——

我是陈小元，身份证号码 612523XXXXXXXXXXXX。我现在没有喝酒，没有吸毒，没有生病，目前意识清醒，不存在头脑发热，没有受到任何胁迫，能够理解自己行为的法律含义，并在完全自愿的情况下订立本遗嘱：

我位于米罗公元的房产，系我和老婆胥小曼共同所有，如果我们离婚，或者我不幸死亡，其中属于我名下的部分，将全部归胥小曼一人所有或者由其继承。另外，我的银行存款、文字版权、保险获利等，包括其他遗漏的财产，我宣布也按上述原则进行处理。本遗嘱于某年某月某日，由本人在上海亲自订立，并由某某律师见证执行。

胥小曼以为就是闹着玩玩的，谁知道陈小元一口气写完，还一本正经地拨通了某某律师的电话，说自己有一份文件想请他见证执行。这位律师姓周，陈小元当记者的时候，有些涉及法律问题的新闻经常采访他，因为他在报纸上露面的机会多，所以名气非常大，好多读者就放心地把案子委托给了他，《东海早报》还聘请他做了法律顾问。周律师说，什么文件呀？这么半夜三更的。陈小元说，我立的遗嘱。周律师说，小陈啊，你这么年轻，立什么遗嘱呀？不会受到什么刺激了吧？

陈小元一边打电话一边溜出了门，不知不觉地爬上了楼顶。世界的坑坑洼洼起起伏伏似乎被夜色填平了，楼顶的那种坠落感并没有减轻，只是比白天少了一些眩晕。他靠着水塔望着脚下的深渊说，周律师呀，世事无常啊，你看现在大家都睡得挺香的，说不定有些人天亮就醒不过来了，你知道我在哪里吗？我在我们家的楼顶，稍不注意就滑下去了，瞬间就灰飞烟灭了。

周律师说，陈记者，你不会干傻事吧？陈小元说，我刚刚搬了新家，日子过得正好，你就放心吧。陈小元把遗嘱的内容念了一遍，周律师听了，笑呵呵地说，原来是拍马屁讨好老婆的！你是不是在外边犯了什么错误啊？陈小元说，错误保证没有，讨好老婆倒是真的，你愿意不愿意当个见证人？

周律师说，我当然愿意了，你陈记者的事情，而且是哄老婆开心的事情，我就欣赏这样有担当的男人。陈小元说，那你什么时候帮我签字？周律师说，你新搬的家是不是米罗公元？我现在就在你们家附近的武宁路上开车。陈小元说，太好了，麻烦你顺路来一趟吧。

周律师十分钟后就赶到了楼顶，两个人靠着水塔闲聊了几句，他也不管陈小元是严肃的，还是胡闹着玩的，就在遗嘱后边签上了名字。

周律师说，你们小区真不错，你的本事太大了，好多土生土长的上海人也没有你住的豪华。陈小元说，你银行有贷款吗？周律师说，这个没有。陈小元说，你外边有欠债吗？周律师说，别人欠我的倒是有一些。陈小元说，你的房子多大？周律师说，两套，加起来不到两百平方米。陈小元说，都是你自己买的吗？周律师说，当然不是，是我和老婆两家的拆迁安置房，不然我哪里买得起房子，这就是我佩服你的原因。

陈小元说，你佩服个球！这房子其实不是我的，而是银行的，为了买这套房子，亲戚朋友借了一大堆，银行还有一大笔贷款。周律师说，每月还多少？陈小元说，每月一万四千多块，几十年永不间断，估计到死也没有出头之日。周律师说，你这么一说，我倒是有些同情你了，你就没有其他办法了吗？

陈小元说，我们这些底层打工的，除非去抢银行，我也不怕你笑话，我经常梦见有人拿着刀子在后边追债，把我们从房子里赶了出来。周律师说，按照法律规定，你几个月不还房贷，银行就可以起诉你，申请拍卖房产了。陈小元说，我本月的房贷已经过期了，但是报社的死工资还不发，如果几个月不发工资，我不就完蛋了吗？

周律师说，报社被印刷厂告了，账户被查封了，即使有钱也发不了，估计一时半会还解决不了。陈小元吃惊地问，你是律师，你见多识广，有没有不还房贷又能保住房子的办法？周律师说，欠债还钱，天经地义，普通情况下是没有的，你贷款的时候已经签过抵押合同。陈小元说，我耍流氓，死活不搬，他们能把我怎么样？

周律师笑呵呵地说，你这样能够得逞的话，银行不就倒闭了吗？这些老奸巨猾的东西从来不做赔本的买卖，把什么情况都考虑进去了。陈小元说，那有没有特殊情况呢？周律师说，你购买房子的时候是不是买了房贷险？陈小元说，买了，花了不少保险费呢。周律师说，房子的主贷人是你对吗？陈小元说，对呀，胥小曼帮着还还款。周律师说，你知道这个保险是干什么的吗？陈小元说，我知道一些，不过不太具体，你帮我解读一下吧。

周律师说，假设，我说的是假设，主贷人发生了意外，剩下的贷款就由保险公司来理赔。陈小元说，发生意外是什么意思？周律师说，是指意外身亡或者伤残。陈小元说，它们赔多少？周律师说，如果意外身亡，赔百分之百，如果意外伤残，根据伤残的程度赔一定比例，比如七级伤残，只赔百分之十。陈小元说，怎样才算七级伤残啊？周律师说，比如三肢瘫痪呀，一侧肺叶切除呀，单肾切除呀，反正是挺惨的。

陈小元没有被吓着，反而两眼放光地盯着周律师问，就这么简单？周律师说，你好好听着，意外死亡并不简单，天天都有一堆人死亡，意外死亡的人并不多。陈小元自信地说，我觉得很简单，比如现在，我突然从楼顶上掉下去了。周律师说，你这是跳楼，自杀是不算的。

陈小元严肃地说，周律师你永远记着，我哪一天从这里滑下去了，你一定要替我做证，那百分之百是意外，我绝对不可能跳楼，我好好的日子还没有过够呢，我凭什么要跳楼自杀啊？

胥小曼原以为陈小元上厕所了，久等不见，打电话不接，在小区里找了一圈，然后就找到了楼顶。胥小曼说，谁要跳楼啊？陈小元说，没有谁，是周律师误会了。胥小曼说，我找你半天了，你竟然偷偷地溜出来搞起了断背山。陈小元说，断什么背？山什么山？他是周律师！律师是那么好泡的吗？周律师说，她是谁？陈小元说，她是我的家长。周律师嘿嘿一笑，说原来是弟妹啊！长得这么漂亮，你这马屁拍的值得。

胥小曼说，周律师，这么黑灯瞎火的，你无凭无据为什么说我漂亮？周律师说，你走过来的时候像一棵春天的柳树，斜风带雨，这就是铁证。胥小曼说，大律师果然是能说会道，你们躲在这里密谋什么呢？周律师说，你们陈小元要立什么遗嘱，半夜三更地把我叫过来，说是律师不签字，你就不让他上床。

陈小元就把签好字的遗嘱交给了胥小曼，严肃认真地说，你好好保存着，从今天开始就正式生效了。胥小曼笑嘻嘻地说，我这下发大财了！

胥小曼一边笑一边走过去，搂住陈小元的脖子亲了一口。周律师说，你们还是回家尽情地折腾去吧。陈小元说，你不去家里坐坐喝杯水吗？周律师说，你们这样叽叽歪歪的，恐怕连倒水的心思都没有，算了，天这么晚了，改日登门拜访吧。

三个人说笑着就一起下了楼。在楼下临别之时，陈小元又叫住了周律师，说你现在相信我了吧？周律师说，相信你什么呀？陈小元说，相信我不会跳楼啊。周律师说，绝对相信了，娶了这么好的老婆，再想不开跳楼的话，那简直就是傻瓜笨蛋神经病。陈小元说，所以，你得答应我，我万一出了事，那一定是意外，有关法律方面的事情就拜托你了。

周律师说，我们兄弟一场，你就放心吧。周律师说完这句话，总觉得有些怪怪的，于是回头又看了一眼陈小元。此时，陈小元与胥小曼搂在一起站在门洞里，根本看不清表情，也就不明白他所说的话，到底是有心呢还是无心的。

搬家以后，陈小元离单位远了，但是沿着中环线稍微绕一下，接送胥小曼就成了顺路的。某一天早晨，他把车刚刚开到医院门口，突然接到一个陌生的电话，对方说她是银行信贷中心的，提醒他本月的房贷还没有到账。陈小元说，我不还呢？你们能拿我怎么样？对方说，不还的话，得重复计息，超过三个月，你就会被起诉。陈小元听到冷冰冰的语气，生气地说，你们去起诉好了。

胥小曼问，电话是谁打来的？陈小元说，是骗子。胥小曼说，是骗财还是骗色？陈小元说，估计财色双骗。胥小曼说，我看你才是骗子！你越来越不像话了，有事情总是瞒着我。陈小元说，我就实话实说吧，我这个月的工资拖到现在也没有发，原以为等几天就行，但是听周律师说，报社的账户被查封了，不过，我已经有了办法，你赶紧上班去吧。

胥小曼已经走进了大门，想到陈小元忧忧郁郁的样子，突然又转回来隔着车窗问，你的办法是什么？陈小元说，哎呀呀，你就放心吧。胥小曼说，你答应我绝对不能干傻事啊！陈小元说，你所说的傻事不会是跳楼吧？胥小曼笑了笑说，跳楼有人给钱吗？我的意思是只要不出卖色相，其他的随便你！

陈小元哪有什么办法啊！他回到报社就去询问工资，财务部与周律师的说法一样，不知道猴年马月能兑现；他问能不能先借一部分，财务部说账户被查封，一分钱也支付不了。他在楼道遇到了银子，银子神秘地说，办法是有的，你如果能拉到广告，这些钱可以先支付你的工资。陈小元说，报社的账户不是被查封了吗？银子说，这你放心，我们偷偷地开了一个临时账户。

陈小元想到了胥海清曾经答应过的广告，但是打电话一直不在服务区。等到中午吃饭的时候，胥海清才把电话回了过来，张口就问，你有闲钱要投资了吗？陈小元说，我还投资呢，差不多要破产了，你朋友的P2P公司有没有贷款业务？胥海清说，有是有，但是不能贷给你。陈小元说，嫌我穷吗？胥海清说，当然不是，利息太高，不想害你。

陈小元问，那百世可乐的广告能投入一点吗？胥海清说，暂时没有投放计划，不过可以以联谊为名，无条件地给你三百箱饮料，你拿一部分发给报社员工，其余由你自己处理好了。陈小元说，卖掉也是钱，饮料就饮料吧，请问明天能到位吗？胥海清说，明天怎么可能呀！我需要打报告走流程，至少需要两周吧。陈小元说，那黄花菜都凉了。

陈小元就把自己的处境一五一十地告诉了胥海清，说我现在只剩下一个办法，那就是卖身！胥海清咯咯咯地笑着说，卖身比卖饮料容易多了，你准备标价多少？陈小元说，我这一身臭肉，估计比猪肉便宜吧？胥海清说，你不要这样作践自己，我捡个便宜，你看看两万怎么样？陈小元说，我打个折，一万五成交，你看什么时候交货？胥海清说，权当是期货，先在你那里存着吧，我想要了随时来取，你把账户发给我，我马上转给你。陈小元说，你别见怪，我再问一句，利息怎么算啊？胥海清说，这次啊，无色，无味，无息，绝对是友情支持。陈小元感动地说，谢谢老板啊。

陈小元放下电话，感觉自己比卖身的小姐还要悲凉。人家卖身的人总算是有交易的，这种交易是平等的，是相互的，而且事后用不着愧疚。但是胥海清和自己之间，根本不存在交易，也不存在多深的交情，那么这一万多块算什么呢？其实连借款都不算，本质算是一种施舍。施舍的本质就是同情，是一种对尊严的出卖。

陈小元一直犹豫到下午，最后才眼睛一闭，把账号信息发了过去。他很快就收到了胥海清的钱，仍然是两万元。他找到一家二十四小时柜员机，把钱转入了房贷账户。转账与存款不同，存款还有哗哗啦啦的数钱声，但是转账不动声色，静悄悄的什么声息都没有，只有显示屏幕上单薄的一个数字。

陈小元本来想打印交易凭条，不小心又按错了键，屏幕直接返回了首页，到最后像什么都没有发生似的。他朝着柜员机吐了一口唾沫又拍了一巴掌，恶狠狠地骂了一句，真是吃人不吐骨头的狗杂种！

下班的时候，天已经黑了。上海越是天黑越是灯火辉煌，尤其梅雨不停地下着，时时涌动的大雾和汽车排放出来的尾气混合在一起，把天空搞得无比的厚、无比的低，感觉伸手可及的样子，甚至是把人活活地埋在了空中，所以白天反倒更加阴暗和压抑了。

陈小元接上了胥小曼，顺着沪太路开上了中环线。这条线路是搬家以后重新设计的，看起来绕了一些，但是红绿灯少，相对方便快捷。此时还处于下班高峰，高架上堵成了一条红线，急得陈小元不停地拍打着方向盘。原来没有家的时候，他们从来不在乎堵车，因为在哪里都一样，但是搬家以后心态就变了，变得有些急切了。

陈小元是急着回家写东西，胥小曼则急着回家做晚饭收拾家务，更多的是享受家里的那种温暖而幸福的气氛。胥小曼说，亲爱的，你是不是饿了？陈小元说，饿倒不饿，就是堵得人心里发毛。胥小曼说，你不要急，我正在想办法，今天问医院借钱，被医院拒绝了，因为马上要启动改革裁员，所以财务管理收紧了。

陈小元从上车的那一刻起，已经感受到了胥小曼从来没有过的黯淡，现在才明白她在单位里碰了一鼻子灰。陈小元说，我刚刚已经把房贷还了，而且差不多还了两个月，你就放心吧。胥小曼说，你不会骗我吧？你哪里来的钱啊？陈小元说，我不是说过吗，卖身呀。胥小曼又开心了一些，笑着说，你这样子也能卖出去，我太为你骄傲了！你快点说说，谁这么识货啊？陈小元说，她呀，也姓胥，名字叫胥海清，是百世可乐公司的，她一次性给了两万块。

胥小曼说，我听说过她，你们关系一直不清不白，金钱是检验关系的唯一标准，她出手这么大方，看来你们的关系非同一般！如果按照市场价，找性服务人员一晚上一千块，你们完成这笔交易，你得陪她二十个夜晚，我的天啊，这么下去，你还是我的老公吗？陈小元又好笑又生气，说你别想多了好不？！她本来要投广告，听说我急着用钱，就先借给了我，这迟早是要还的，你以为白给吗？

胥小曼说，亲爱的，我开个玩笑而已，你想想你一个男人，而且这么丑的男人，在关键时候还能借到钱，说明是真的人缘好，哪里像我们女人，而且是漂亮的女人，借钱都这么艰难，真怀疑人品是不是有问题。陈小元说，你这么好的女人已经绝种了，别人不借钱给你，或者别有企图地借钱给你，都是这个社会的人渣。

胥小曼一时有些伤感，把头靠在陈小元的肩膀上，眼泪汪汪地说，在这个世界上，也只有你把我当宝贝，而且不图回报、义无反顾。

第二十一章

陈小元把车好不容易开到了中环线西段，突然指着不远处的楼群说，老婆，你快点看看那边，是不是我们小区？胥小曼说，好像是米罗公元二期。陈小元说，你确定吗？胥小曼说，基本可以确定，很明显还没有封顶，上边还有塔吊。

陈小元说，应该还没有开盘吧？胥小曼说，你不会头脑发热，想买第二套房子吧？陈小元说，我如果是一只猫有九条命的话一定会这么干，我就是觉得那栋楼歪着脖子，好像是倾斜的。胥小曼说，你说房子是倾斜的？陈小元说，是啊，随着大风一吹，好像还在摇晃。胥小曼说，我怎么看不出来啊？你的眼睛有毛病吧？陈小元说，你可以对比一下，旁边的房子都很正常。胥小曼说，这么雾蒙蒙的天，我看是你的错觉。

陈小元从铜川路下匝道开出了中环线，来到这栋房子前边的时候，发现确实是在建的米罗公元二期。他绕着工地转了一圈，从不同的角度又看了看，最后得出的结论是，在十几栋高楼中，有一栋房子有点倾斜，那种倾斜非常微妙，很难用尺子去丈量，只能凭着楼与楼之间的缝隙的宽窄来判断。

二期的售楼处和一期的售楼处一样，像一只海鸥展开两只白翅膀在飞翔。此时的售楼处还没有下班，有几个客户在忙着选房子。陈小元正想推门进去，被人撑起来的雨伞撞了一下，他抬头一看却是柳红。

柳红说，你还认识我吧？陈小元迟疑了一下说，我怎么不认识你？！你是我无比仰慕而又自豪的老乡，是具有菩萨心肠的大美女柳经理。柳红说，你这马屁拍得太假了，我看你躲着我还差不多，我打过两次电话你都不接，估计是怕我。胥小曼插话说，你冤枉他了，他做梦都在想你，有几次说梦话，还叫着你的名字。柳红说，妹妹你说说，我叫什么名字？

胥小曼说，本来只知道你叫柳经理，陈小元在梦中念叨的次数多了，我才知道你姓柳名红，今日再得一见，正所谓是："桃红复含宿雨，柳绿更带朝烟。花落家童未扫，莺啼山客犹眠。"

陈小元说，别卖弄了胥小曼，你胡扯些什么呀？！我什么时候说过梦话啊？胥小曼说，你说梦话你自己知道吗？我只是不和你计较而已。

柳红笑吟吟地说，你们两口子唱戏对吧？今天找我有何贵干？陈小元说，我们不找你，只是路过。柳红说，我以为你们找我还钱呢，你们手头紧的话，晚几天也不要紧，哪怕不还也可以，只是不要拿我开涮就行。陈小元说，最近确实紧张，估计要等上一段时间了。胥小曼说，人家柳经理已经说了，看在你对她一片情深，不还都可以，你怎么拎不清啊？柳红说，妹妹，你真是醋坛子，我不让他还钱，不是看他的面子，而是看观音菩萨的面子。

柳红从脖子下边掏出那枚玉观音捧在手心拜了拜，说自从戴上这枚玉观音，她的运气特别好，做什么成什么，不仅被提拔了，买的几支股票也都大涨了，最最关键的是有一次遇到一个玉器行家，他看了看这枚玉观音，说市场行情起码值十万元。陈小元说，我只知道是从祖先手上传下来的，没有想到这么值钱，你愿意就卖给你吧。

胥小曼不高兴地说，陈小元啊陈小元，这是你送我的定情信物，你有什么权力做主？陈小元说，我们家胥小曼说的对，那就继续押在柳经理这里吧，等我有钱了再赎回来。柳红说，怎么样都可以，谁让我们是老乡呢，我要下班回家了。

陈小元拦住柳红说，我有点事情顺便问问你，你看看前边那栋楼，它有什么毛病没有？比如倾斜，比如摇晃。柳红透过蒙蒙的雨雾看了看，说你神神叨叨的，我怎么听不懂啊？胥小曼说，他说那栋楼是倾斜的。陈小元说，不过倾斜度很小，一般人发现不了，我就好心提醒一下，万一质量有问题，被风吹倒了，那麻烦可就大了。

柳红抬头看了看楼顶，低头瞄了瞄陈小元和胥小曼，然后笑吟吟地说，风可以把你们两个吹倒，怎么可能把房子吹倒呀？人家都是专业的建筑公司，那是盖房子呢，又不是塔积木，你们两个人太好玩了。陈小元说，你仔细一点看，我保证。柳红说，你保证什么啊？你们最好去医院检查一下，看看眼睛有没有斜视吧。

有几位客户听到议论就跑了出来，陈小元就着急地问，你们来看看那边的楼是不是倾斜的？有个大姐看了看说，没有呀，它们站得挺直的呀！有个大伯说，你这年轻人，你想把我们吓跑对不对？你这招太傻了，买不到房子，也不能瞎说对吧？陈小元说，我们有房子，我们的房子是第一期，就在隔壁，已经入住了。有个大嫂就问，你一期的房子有没有倾斜啊？

陈小元回过头看了看说，没有，我们的房子是直的。柳红笑吟吟地说，你就别杞人忧天了，我们回头再聊啊！

陈小元无奈地回到自己家的楼下，绕着看了几圈，确定自己家的这栋楼是正常的，整个一期的房子都是正常的。他觉得自己很无聊，甚至对自己产生了怀疑，有些郁闷地说，我会不会真的有毛病？比如说眼睛坏了，比如说精神不正常。胥小曼说，要有病也是别人有病，我虽然没有看出所以然，但是隐隐地感觉那房子真有问题。不过，算了吧，有问题和我们有何相干呢？

陈小元说，看上去没有关系，其实也有关系，毕竟是一个开发商，是同一个小区的两期，假设那房子出事了，肯定会波及我们，起码这里的房价会大幅下跌。胥小曼说，再怎么跌，也和我们无关，我们买房子是住的，又不是投资。陈小元说，如果是整体质量有问题怎么办？胥小曼说，人家柳红说的对，这又不是塔积木，万一质量有问题，可以维权，申请赔偿。

胥小曼很快就把这件事情给放下了，和从前一样没心没肺地开心着，脸上总是带着幸福的笑容不说，常常发出爽朗的吆喝声和咋咋呼呼的惊叫声。比如，做了一顿可口的饭菜，看到窗外开了几朵新花，吓唬吓唬落在树梢上的不知名的鸟儿，追一追从花园里窜过的油光发亮的黄鼠狼，带着面包诱惑诱惑绿化带里的流浪猫，给小日子增添了无尽的动感。

不过，从那天开始，也许因为倾斜，也许因为压力，也许因为过了新鲜感，陈小元无论如何也做不到风轻云淡，每次出门或者回家都会远远地抬起头，仔仔细细地打量着房子和房子之间的缝隙。那些缝隙像一把把刀子高悬着，随时有可能砍下来一样。

陈小元走进家里的心情也隐隐地发生了变化，原来看到家里的一桌一椅和小区里的一草一木，心里都非常亲切、轻松和踏实，如今恰恰相反了，从迈进小区的那一刻起，心里像放进了一块块石头，总觉得有些沉重而郁闷，甚至有着莫名其妙的恐惧。包括他的夫妻生活，刚刚搬进来的时候，这套房子这栋楼像一根柱子，完全支在了他的体内，给了他充实、信心和力量，让他恢复了男人的坚挺，让胥小曼获得了无穷的快感。但是这一切又在一天一天地衰退，像一股退潮的海浪，从他的体内流向体外，一层一层地压在了他的头顶。

陈小元的心态彻底被扭转是在一场台风以后，当时已经是秋天了，不过和夏天也没有太多差别，依然又闷又热又潮，依然时断时续地下雨。刮台风的那天，据天气预报称，预警的级别达到了蓝色，相比之下风力不大，而且登陆点在浙江，也不在上海，但是上海受到的影响不小，航班停飞，高速公路封闭，轮船开进了避风港。

在黄昏的时候，小区保安提着小喇叭反复提醒，请关闭好窗子，尽量不要出门，注意安全防护。胥小曼按照要求，把搭在阳台上的几件衣服收了收，把家里的窗户都关了关。狂风暴雨是从晚上九点左右逐渐加大的，开始阴云密布，然后乱云飞渡，再然后黑云压顶，天空像塌陷下来的废墟，把上海鳞次栉比的楼群给抹去了，整个城市像世界末日一样阴森恐怖。

陈小元和胥小曼都在内陆地区长大，从小经历过的风力最大不过四五级，而且被大山包围着，根本感受不到狂风暴雨的那种气势。他们来到上海以后，几乎每年都刮台风，但是住在低矮的出租屋里，除了云多天暗风大雨大之外，没有什么特别的经历，也仅仅是在台风结束以后出门，看到树枝被折断，高空中的广告牌被刮倒，阳台上的花盆和杂物被吹落。陈小元当记者的时候，几次申请前往一线"追风"，都没有得到批准，他就私自开着车带着胥小曼，想去海边寻找一点刺激，半路都被交警给拦住了。

如今待在自己十四层的家里，住在高高的半空中，不仅可以欣赏一下八九级大风和大雨的痛快，还能体会到拥有房子的优越感和安全感，让陈小元他们都有一种掩饰不住的兴奋。

胥小曼吃完晚饭，收拾好碗筷，拉了两条椅子，翻出一包瓜子，喊叫着陈小元一起坐在了阳台上，完全是一副要欣赏风景的样子。

住在高楼上对于台风的感受确实不太一样，窗户像一群狮子，同时发出呜呜呜的怒吼声，这种声音野性十足、雄壮有力。胥小曼听着听着，就有些忍不住了，反着椅子坐在陈小元的怀里，解开自己上衣的扣子，随着狂风呼啸的节奏，用胸脯深情地蹭着他的脸。

陈小元明白，胥小曼又想要了，她总是把这个家里发生的再鸡毛蒜皮的事情，做饭，拖地，看书，凡是与幸福美好有关的，最后都上升到了性爱，似乎自己所干的一切，目的都是为了性爱，或者为了性爱而做的铺垫。

陈小元的眼睛被变幻无穷的大风牢牢地吸引住了，心思根本不在胥小曼的身上，但是他没有拒绝也没有回应，只是自言自语地问，这些风都是从哪里来的啊？胥小曼堵住他的眼睛说，当然来自男欢女爱呀，我们两个人在这里一喘气一呼吸，在太平洋对岸就会形成一场飓风和海啸，今天晚上的台风说不定就是哪一对鸳鸯造出来的。陈小元说，你以为我们是上帝啊！胥小曼说，你傻了吧？这就是蝴蝶效应知道不？我们两个人的小心脏呼扇呼扇地跳，迸发出来的力气肯定超过了几只蝴蝶。

陈小元又问，这么多的风，平时都储存在哪里啊？胥小曼又用乳房堵住了他的耳朵说，平时啊，它们就住在我们的身体里。风是皇上是菩萨是神仙是上帝是妖魔鬼怪，凡是有情有义有爱有恨有生有死的地方，都是宫殿是寺是庙是教堂是地狱是监狱，比如树叶子，比如小草，比如河，比如水，比如我们的身体，比如你的舌头我的乳房，都住着或者说是储存着大量的风。你要想把风释放出来，树就得摇晃，小草就得生长，河就得流淌，水就得荡漾，我们两个人啊，就得同房！

这一次，也许是为了押韵，胥小曼没有再说"做爱"。她把乳头塞进了陈小元的嘴里，有些急切地说，你赶紧舔我，把所有的风都释放出来吧！陈小元说，你神神叨叨的倒像个诗人似的！同房是需要灵感的，我还没有什么灵感呢。

陈小元一说话，牙齿不小心咬到了胥小曼的乳头。她痛得尖叫了一声，收回了自己的胸脯，从陈小元的大腿上溜了下来，无比委屈地说，我说陈小元，你的心思在哪里啊？你到底懂不懂我啊？我的重点不是做爱，重点是想造人，如果不尽快造个人出来，我的工作就危险了。

陈小元从风中回过了神，关心地问，你的工作到底怎么样了？胥小曼说，裁员的事情推迟了，听说也就推迟几个月而已，所以我们得加把力，赶紧把孩子生出来，而且现在有了家，我们都老大不小的了，也到了生儿育女的时候了。陈小元说，亲爱的，我听你的，不过得把握好时机。胥小曼说，今天的时机就不错，离大姨妈来临十四天，正好是排卵期，又大风起兮云飞扬，这时候同房接地气、顺天意、遂人愿，如果怀孕的话，不说生个汉高祖楚霸王那样的英雄，起码不会生出我们这样的狗熊。陈小元笑着说，我们怎么就成狗熊了啊？胥小曼说，从外地来的平民百姓都是狗熊，大部分人连狗熊都不如，我们算是幸运的了，你赶紧打起精神吧。

陈小元被她这么一逗一骂一说，加上油然而生的责任感，还真有了不少的冲动。他站起来，把胥小曼的衣服一件件地剥了，然后把她顶在阳台的落地玻璃窗上，从上到下地亲了一遍。玻璃窗本来是透明的，因为结了一层厚厚的雾气，外边就什么也看不见了，但是胥小曼的屁股贴着玻璃吱吱咛咛地晃来晃去，在那层雾气上画出了各种各样的图案。陈小元一边动作一边顺着这些图案看着窗外。窗外的树木像一群张牙舞爪的怪物疯狂地奔跑着，天空似乎随时会被它们咬破，再被它们撕碎。

这一次，陈小元虽然不够坚挺，持续时间也不够长，但是有一股洪水随着一阵暴雨噼里啪啦地砸了下来，唯一不同的是暴雨砸向了地面，而他的洪水泄入了胥小曼的体内。

台风此时才算正式开始了。胥小曼要求陈小元立即把她抱回房间。她没有像以前那样靠着墙壁进行倒立，而是把两个枕头叠在一起，高高地垫在屁股底下，像架在湖面上的一座石拱桥一样躺在床上。胥小曼说，你的表现不错，我预感孩子这一次跑不了了。陈小元说，你说过这是缘分，那就顺其自然吧。

两个人又躺着说了一会儿话。胥小曼的话题多数围绕着孩子，说要是怀孕了，我就去真如寺烧香。陈小元说，不仅要烧香，还要到楼顶上放炮。胥小曼说，如果没有怀孕，我就扇自己十个耳光。陈小元说，你细皮嫩肉的，不经打，还是扇我的脸好了。

陈小元想继续谈谈窗外正在刮着的台风，说风吆喝了半天，雨才迟迟而来。胥小曼说，雨这家伙挺拽的，有点像我们的孩子。陈小元说，这么大的风这么大的雨，会不会把那栋楼刮倒啊？胥小曼说，你惦记着那栋楼干什么呀？以后多关心关心我们的孩子吧。

陈小元不再说话了。他也不知道他的脑海里为什么总有一栋楼倾斜着，似乎倾斜的不是楼，而是他的脑袋。

狂风暴雨一直持续到第二天天亮，那是一个周末，胥小曼起得早，说要去菜市场，顺便再买一些早早孕测试笔，问懒洋洋的陈小元还想不想一起？陈小元说自己昨天晚上透支，浑身都酸溜溜的痛，今天请假睡个懒觉，请家长体谅批准。胥小曼说，准了！我正好也自由自在一次，你多睡一会儿起来吃饭就行。

胥小曼刚刚出了卧室，就大呼小叫地说，哎哟我的妈呀，这到底怎么回事啊？陈小元以为又遇到了什么鸡毛蒜皮的事情，比如土豆开花或者生了虫子，比如昨晚在阳台折腾，把花盆什么的弄翻了。但是胥小曼说，你赶紧起来看看，我们家怎么发大水了？！

陈小元听到"发大水"三个字被吓了一跳，光着屁股跑过去一看，大厅里竟然是水汪汪的一片。他以为水龙头忘记关了或者是水管爆裂了，但是在家里巡视了一圈，水龙头和水管都没有问题。他挪开了大厅的沙发，才发现漏水点在沙发背后的墙壁上。

墙壁湿漉漉一片，有些墙皮已经脱落，有一个小小的裂缝，像锅里焖着一锅煮熟的粥，还在咕咕嘟嘟地冒着气泡，地上堆着一摊稠巴巴的泥浆，估计是跟着雨水渗进来的。胥小曼提醒，小心漏电，因为漏水点旁边就是电源插座。她按了按开关，灯果然不亮，家里已经停电了。

陈小元惊慌失措地打电话给曾经施工的师傅老李，咨询到底是怎么回事？老李说，唉，我当初就暗示过你们，这房子是有毛病的，没有想到连一场台风都挡不住。陈小元说，李师傅，能不能请你跑一趟，过来帮帮我们啊。老李说，对不起啊陈先生，我早就离开上海了，没有电估计是跳闸了，你赶紧找物业吧。陈小元说，那漏水怎么办啊？老李说，那更应该找物业了。

陈小元的心里像钻进了几只虫子一样难受，自己辛辛苦苦买的这么一套房子，不就是为了遮风挡雨的吗？怎么会经不起狂风暴雨呢？他以前不知道物业是干什么的，也不知道物业在哪里。他穿好衣服匆匆地下了楼，找到保安问清楚了物业的地址。

物业设在小区最后边一栋楼的底层，虽然是周末，又是清早，但是人非常多，把不大的办公室挤得满满当当的。有位大叔看到陈小元就问，你们家里漏水了吧？陈小元说，是呀，你怎么知道的？大叔说，这满屋子的人都一样。陈小元原本是迷茫的，是无比恐慌的，发现这么多人遭遇一样，漏水的不止自己一家，心里也就稍微镇定了一些。

有一个梳着大背头的人，无论别人怎么吵怎么闹，他依然坐在"经理室"里笑眯眯地看着电脑，脸上写满了傲慢和不屑，宛如整个小区都是他家的，他才是小区真正的主人。陈小元挤到大背头面前问，你是经理对吗？大背头勉强抬起头，浅浅地瞟了一眼陈小元，又对着电脑埋下了头，轻轻淡淡地说，我是经理，我姓王，你有事情就说。

陈小元说，我说王经理，你还有心思玩电脑吗？王经理又抬起头说，我不是玩电脑，我这是在工作好吧？你家漏水了对吧？那先去登记一下吧。陈小元说，然后呢？王经理说，然后我们会上报给开发商，目前还在保质期内，由开发商负责维修。陈小元说，维修一下就行了吗？万一维修不好怎么办呢？

王经理有些不耐烦地说，我们是物业公司，这些问题得问开发商，你等他们来了，问他们好了。陈小元说，他们什么时候来？王经理说，我们已经通知他们了，他们具体什么时候来，说不清楚，不过，即使来了，维修的事情也得等到秋天吧。陈小元说，立秋好久了，已经是秋天了。王经理说，我说的秋天是秋高气爽的秋天，起码不再下雨。陈小元说，什么时候不再下雨？王经理说，这得问老天爷了，我只知道现在雨兮兮的，根本没有办法施工。

王经理再一次把头埋进了电脑。大叔挤过来问，我们就没有别的办法了吗？王经理说，有啊，你们可以申请退房。大叔说，你说的是屁话！如今房子涨价了，如果房价跌了，你还会这么拽吗？陈小元问，停电了归谁管？王经理说，这个归物业管，你先回去等着吧，这次台风破坏性很大，我们物业只有一个电工，从昨天晚上忙到现在还没有吃饭呢。陈小元说，要等多久？王经理说，也许下午，也许晚上，我们按照报修顺序第一时间通知你。大叔气愤地拍着桌子说，你搞搞清楚，这小区是谁的？是我们业主的！你们如果不称职，我们炒了你们！

陈小元本来觉得，房子不管贷了多少款，只要自己住一天，就能当家做主一天，但是现在才发现，即使没有一分钱房贷，房子完完全全是自己的，也不由自己管理，好多东西自己说了根本不算。

陈小元回到家的时候，胥小曼告诉他，不仅仅大厅里漏水，阳台上，卧室里，都有渗水，墙皮已经起了泡。陈小元再仔细地检查了一遍，很快就沮丧地发现，衣柜后边，书桌后边，窗台下边，很多隐蔽的墙壁不知道什么时候已经发霉，变成黑色的了，又因为渗水一泡，像长满了水痘。

胥小曼着急地说，我们正怀孩子呢，会不会中毒呀？陈小元只能安慰她，仅仅是发霉，对生孩子关系不大，物业已经答应很快就来维修了。但是他打了好多电话，一直等到天黑，仍然没有见到物业的影子。他被气得直跳，恨不得跑到物业大闹一场。

胥小曼倒是很快就平息了情绪，从家里翻出一根蜡烛，说趁机享受一顿烛光晚餐。两个人在上海没有经历过无电的生活，虽然点着蜡烛感觉挺浪漫挺温馨的，不过很快就烦躁不安起来，因为没有办法洗澡，没有办法给手机充电，打不开电视电脑，生活一下子瘫痪了，似乎回到了原始社会。

他们黑乎乎地躺在床上，四只眼睛像四只老鼠骨碌骨碌地盯着天花板，清醒得怎么也睡不着了。胥小曼说，你是不是又要失眠了？陈小元说，应该是吧，想到我们的家被泡成这个样子，比自己出了水痘还要难受。胥小曼说，我想了想，其实也不用太担心，渗点水也没有什么，修一修也就好了。陈小元说，你真乐观啊，万一修不好呢？

胥小曼说，万一修不好，我们就和他们打官司。陈小元说，即使打赢了官司，赔点钱又能怎么样呢？我们花几百万买房子，欠了那么多债，没完没了的贷款，如果成了豆腐渣工程，真是心有不甘啊！胥小曼跟着骂了一句，他妈的，这些开发商真黑！

陈小元犹豫了一下说，我担心的还不只是漏雨这件事情。胥小曼说，你还担心什么？陈小元说，我就是瞎想。他把自己家的漏水联系到了二期的倾斜，心里总觉得二者之间有着某种说不清的关系，但是他欲言又止了，他怕吓着了胥小曼。

非常奇怪，越是黑灯瞎火，越是睡不着，人越是敏感起来，什么东西都被无限地放大了，像孙悟空手中握着一根毫毛慢慢变成了冲天金箍棒。本来是非常安静的深夜了，陈小元却总能听到细如钢丝一样的嗞嗞溜溜的声响，似乎是自行车与马路的摩擦声，又似乎是草丛里的虫子的嘶鸣声，还似乎是地球旋转时发出的声音。

陈小元越听越烦，越听越不对劲，越听就越睡不着了。到了后半夜，马路上汽车稀少了，整个小区都安息了，世界似乎已经停止了运转，他竟然隐隐约约地听出了滴答滴答的声音。这声音非常非常的微弱，又非常非常的清晰，而且还十分规律，不像雨滴子降落下来那么变幻。

陈小元想，会不会是时间流逝的声音呢？会不会是自己的心跳在房子里的回音呢？会不会是楼上的空调滴水呢？他偷偷地爬起床，站在椅子上贴近天花板，甚至把耳朵贴着墙壁，仔细地寻找着声音的来源。他从卧室找到大厅，从大厅找到阳台，从阳台找到厨房，最后发现这声音不在窗外或者墙外，而在自己家厕所的天花板上。

滴答，滴答，滴答……这声音从不间断，那么顽固，那么无休无止，而且那么不亢不卑。陈小元可以明确地判断，厕所的天花板里是漏水的。他试了试，天花板根本打不开。即使打开了，又能怎么样呢？他又不会维修，顶多在下边铺一团卫生纸，让滴水的声音变得轻柔一点而已。他只好偷偷地回到床上，躺下来盯着天花板发呆。他感觉那一滴滴水从头顶落下来，像一把凿子一样一下一下地凿着他的心，似乎要在他的身上演示什么叫水滴石穿。

陈小元的心情从无奈慢慢变成了不安，从不安慢慢变成了恐惧，从恐惧慢慢变成了绝望，而且那一滴一滴的绝望不停地扩大成了汪洋大海。好在胥小曼已经睡着了，酣睡的呼吸声响彻房间，勉强压住了那种声音，稍微给了他某种安慰，让他支撑到了天亮。

第二天清早，陈小元用两包红双喜香烟把电工请来了。电工仔细检查了一遍，原因果然是因为漏水造成短路。电工帮忙换了一下插座，把电闸推了上去，无奈地告诉陈小元，你们将就将就吧，等到开发商来了再说。

第二十二章

台风过后，大大小小地下了大半个月的雨，也出现过几个晴天。每逢下雨天，陈小元家里的渗水一直不停，发霉的地方也越来越黑，墙壁上的水痘也越来越厉害，尤其是每次雨水稍微大一点，家里就会跳闸停电。他还要上班，只好天天打电话，后来电话也不想打了，一旦遇到了停电，也懒得再找电工，干脆自己找到电表箱，把电闸往上一推了事。

整个小区，漏水的有三栋楼，牵扯到的人家比较多，有几个老头老太太没有工作，天天早晨起来就去物业公司吵架，后来吵累了，就搬着小凳子坐在物业公司门口聊天。开发商派人来过几次，和物业公司的说法一致，要施工必须等到天气朗然一些的时候，不然修也是白修。

终于迎来了持续多日的好天气，秋老虎一下子飙到了近四十度，整个城市像大火炉一样，能看到空气中滚滚的热浪。陈小元就向报社请了假，在家里等着开发商派来的施工队。施工队的两名工人是中午赶来的，他们像蜘蛛一样爬出窗外在墙壁上刷了一层防水油漆，然后就收工了。

陈小元觉得大热天的挺辛苦，下楼买了两包烟和两瓶盐汽水招待工人，问这样刷一刷能行吗？工人说，先试试吧。陈小元说，试试是什么意思啊？工人吞吞吐吐地说，你不像本地人，买套房子不容易，我就实话告诉你吧，如果是得了癌症的话，你涂点狗皮膏药起个球用啊！陈小元说，还有室内的墙壁怎么办？工人说，室内由装修公司负责，我们是建筑公司派来的，只负责室外。

陈小元又联系了几天，装修公司派人来了，说是建筑公司的问题。建筑公司的人来了，说是装修公司的问题。几方面就这样推来推去，果然如工人所料，那层防水油漆毫无效果，中间下了一场比较大的雨，许多人家又被淹了。而这一次，无论怎么投诉，连工人的影子都见不着。受影响的业主们更生气了，跑到物业大吵了一场，尤其几个老头老太太，赖在物业公司的地板上又哭又闹。

傲慢的王经理终于坐不住了，说我们物业公司是你们的管家，和你们是一伙的，小区的开发商叫仁河公司，建议直接去公司，不仅要闹，而且要大闹。如果闹出了人命，你看看那些王八蛋管不管？有人问，仁河公司在哪里？王经理说，购房合同上写得清清楚楚。有人根据查到的电话打过去，开始一直无人接听，再后来就变成了忙线；有人根据合同上的地址找到了中山北路，但是公司大楼不许入内。

陈小元跟随着大家去过一次仁河，他没有表明自己的目的，而是打着记者的旗号，说要采访公司的总经理。保安问，你有预约吗？陈小元说，预约了呀。保安说，但是我们没有接到通知，你是记者你有证件吗？陈小元掏出身份证说，我登记一下吧。保安笑呵呵地说，你这身份证是外地的。陈小元说，外地的怎么了？是不是"外地人和狗禁止入内"？保安说，我可没有这么说，你说自己是记者，我要看的当然是记者证。陈小元说，记者证忘记带了不行吗？保安笑呵呵地说，那我们都别废话了。

陈小元十分生气，真想扑上去给嚣张的保安两个耳光，被邻居们给拦住了。他非常沮丧，他不是粗鲁野蛮的那种人，如果人家好好沟通，积极地面对问题，积极地解决问题，比如一个微笑、一个问候、一点尊重，他也许就软下来了，不再那么激烈那么斤斤计较了，反而像兄弟哥们一样，好好地配合着，朝着阳光的那一面去努力。他仔细地琢磨过如何维权，查询过相关的法律法规，还想到了最终可以接受的结果，但是从来没有想到竟然投诉无门。这是买房子，几万元一平方米的房子，几百万元一套的房子，必须耗费一辈子或者搭上性命才能还清债务的房子，这天大的一桩买卖竟然像遇到了骗子似的，这让他心理太意外、太不平衡、太不知所措了。

陈小元忍无可忍地回到物业，揪住王经理的衣领说，你代表物业对吧？王经理说，对呀对呀。陈小元说，物业是开发商指定的对吧？王经理说，是啊，有什么话好好说，你先把手放开吧。陈小元说，那很简单，你们公司就是开发商派来的，开发商不见我们，那么从今天起，我们就拿你开刀。王经理说，你们把我剁成碎片也没有用，我给你们再出个主意，开发商远在天边近在眼前，我们小区隔壁就是米罗公元二期，二期的售楼处正在开盘，你们去那里闹，也许效果更好。

陈小元嘿嘿一笑，松开王经理说，你这个主意不错。有人随之振臂一呼，大声吆喝着说，邻居们走吧，我们去隔壁！

因为是周末，二期又有两栋楼开盘，前来看房的人络绎不绝，办理手续的人更多，在售楼处的门前排成了长长的队。几名保安看到一大群人，以为都是来抢房子的，就拉起了一道栅栏，有些嘚瑟地说，你们以为是买菜吗？还是赶紧回去吧。陈小元说，我们就是买菜来的，赶紧让你们经理出来说话。保安说，别说找经理，你找总理也没用，总共不到两百套房子，早已经被人抢完了。

陈小元说，我们不稀罕这里的房子，我们是隔壁一期的业主，我们要找开发商问问，漏水的事情什么时候才能给个说法。保安向里边通报了一声，然后回复说，我们经理在开会，而且这里是售楼处，你们有事情可以先找物业。陈小元说，你们经理不接待我们对吗？保安说，不是不接待，是正在开会，走不开。陈小元说，那好吧，你们继续开会，我们也来开个小会！陈小元对着正在办理手续的人拍了拍手，大声喊道，我是一期的业主，你们能不能听我说几句？

但是大家都处于兴奋之中，笑声和喧哗声把他的声音淹没了。有人不知道从哪里弄来一个小喇叭塞给了陈小元。陈小元把音量调到最大，大声地说，各位朋友们，你们能不能静一静？你们是在买房子，几百万一套的房子，而不是几块钱一斤的萝卜青菜，除非你们的钱是偷来的抢来的，如果是你们的血汗钱的话，请你们花费几分钟时间，听我介绍一下这个小区。

陈小元的声音终于压过了所有的吵闹，在热火朝天的建设工地回荡。大家顿时鸦雀无声，停下手中的活静静地朝这边听着。陈小元接着说，我是一期已经入住的业主，这里的房子好不好，我有发言权，说句公道话，这里看上去特别好，交通便利，闹中取静，绿化优美，设计高雅，相比较而言价格便宜，但是我们不能被外表所欺骗！我们花一生的心血买房子图什么？图的是住！图的是安家！但是前几天刮台风下大雨，我们很多人的家被水淹了。

陈小元爬上了一张桌子，大声地问，为什么被水淹了？我们不清楚，开发商应该清楚。出点事情不要紧，要紧的是把事情处理好，积极地把问题调查清楚，拿出相应的解决办法就行。但是开发商是大爷，不，说重一点，更像是一个骗子，他们派人在墙上刷了两次狗皮膏药，球用不顶，治标不治本。现在连狗皮膏药也不刷了，我们打电话无人接听，我们找到仁河公司，公司不准入内，实在没有办法，我们今天才来这里，你们刚刚已经听到了，他们给出的答复是，经理正在开会……

这时候，从售楼处挤出来一个人，原来是柳红。柳红对陈小元说，是你呀！有事情下来说吧，站在桌子上多不像话呀。陈小元说，老乡你等一下，让我把话说完。他清了清嗓子，接着说，我们是米罗公元一期，你们要买的是二期，房子都是一个开发商建的，我们的今天就是你们的明天，你们如果不相信我，我们千疮百孔的家就是样板间，你们可以随意去参观。

陈小元又指着售楼处旁边的那栋楼说，你们看看吧，那栋楼是不是倾斜的？它为什么会倾斜？它倾斜了意味着什么？它会不会被风吹倒？我不清楚，你们也不清楚，但是开发商应该清楚，老天爷应该更清楚，我的话说完了！我的结论是，这样的房子，这样的开发商，你们如果想继续买的话，我并不拦着你们。

大家都抬起头，朝着陈小元所指的方向打量着。中午的阳光有些灿烂，照得人睁不开眼睛。有人说倾斜了，有人说没有倾斜，有人说按照建筑标准，稍微倾斜一点是可以的。大家议论了半天，大部分人和前边的态度一样，怀疑是没有抢到房子的人搞出来的阴谋。还有一小部分人是炒房子指标的，他们根本不在乎陈小元的话，在乎的是这里的房子一直在涨，只要拿到了购买指标，仅仅倒一下手，就可以轻松地赚上几万元甚至十几万元。

所以，陈小元的话像一颗手榴弹扔进了浩瀚的大海，扑通一声翻起一个浪花，出现一阵骚动以后，现场很快又恢复了原来的秩序。他不明白到底为什么，是自己没有表达清楚吗？是自己小题大做了吗？是这些人被冲昏头脑了吗？和他一起前来维权的邻居们，也茫然地看了看他的眼睛，又茫然地看了看那几栋还在建设的高楼。

有个老太太说，这楼倾斜不倾斜和我们有什么关系？陈小元说，如果倾斜，说明质量有问题。有个老头说，这边质量有问题和我们那边有什么关系？陈小元说，侧面证明我们的房子质量有问题。有个年轻人说，我们的房子质量有问题，我们得找开发商维权，你和这些人费这么多口水有什么用啊？保安也在旁边起哄，我刚说了，你们应该去找物业，在这里瞎折腾能起球用。年轻人就吆喝了一声，说我们回去找物业吧。

大家就纷纷地散了。陈小元委屈地看着柳红。柳红笑吟吟地说，你呀，傻了吧？赶紧下来吧。陈小元从桌子上跳了下来，说我想见你们领导，你能帮忙引荐一下吗？柳红说，你找领导干什么呀？陈小元说，我想扇他几个耳光，但是看在你的面子上，我就和他讲讲道理。柳红把脸朝前伸了伸说，我就是领导，想扇就来扇吧。陈小元说，你就是一个小小的客户经理，算哪门子领导啊？如果你是领导，这么细皮嫩肉的，我还舍不得扇呢。

陈小元听到背后有动静，回头一看是胥小曼来了。胥小曼说，哎哟妈呀，我说陈小元，你还挺会怜香惜玉的呀！柳红尴尬地说，你们家的醋坛子来了，你还是赶紧回去吧。胥小曼说，我来叫你回家吃饭，饭冷了可以再热，不用急的，你不是要扇柳经理的耳光吗？我倒要看看我这个老公是不是男人。

柳红笑着说，陈小元，我就让你扇几下吧，不然你回家吃不上饭，估计还要跪搓衣板的吧？陈小元说，我们家没有搓衣板，倒是有酒瓶子的碎玻璃，为了不受惩罚，我就扇了啊？

陈小元抬起手对着空气左一下右一下地扇了两下，柳红则随着他的巴掌朝右一歪又朝左一歪，从投在地上的影子去看，他的巴掌还真像是落在了柳红的脸蛋子上。胥小曼更不高兴了，说你哪里是来讨说法的，明明是来演戏的，你们继续演吧，我不打扰了。

柳红见胥小曼是真生气了，便收起了笑脸，严肃地说，我们闹也闹够了，就言归正传吧。你今天这样一闹，其实影响不小，仁河公司指示我接待你们,你回家把相关情况写成材料,然后再送过来给我。陈小元说,写什么内容?柳红说,你是报社的人,写这应该很拿手吧?你就写写房子受损情况,写写对你们生活的影响,再写写你们有什么诉求。陈小元说,你的意思是可以解决了对吗?柳红说,我只是联系沟通,真正的决策权在上边,不过上边会好好研究的。陈小元说,谢谢老乡,总是在关键的时候帮我。

陈小元想在家里召集邻居们开会,商量商量写维权材料的事情,但是胥小曼还在生气,说找你老乡去吧,她那里有空调,多舒服呀。陈小元一想也有道理,天气这么热,自己家里连台像样的风扇都没有,而且没有那么多椅子可以坐,就真的给柳红发了一条信息,问能不能借售楼处用一下,业主们开个会,收集一下意见。

但是被柳红给拒绝了,说你们小区中心有一个大草坪,绿油油的,软绵绵的,大家席地而坐,顶着蓝蓝的天,吹着微微的风,再弄几瓶啤酒,像露天晚会一样,那种感觉多美妙呀。陈小元说,这主意不错,你能不能一起来,正好听听大家的想法。柳红说,我就算了,到时候大家把矛头都指向我那就麻烦了。

陈小元就下了楼,挨家挨户地按响了可视性的门禁,说家里漏水的话就派一个代表,晚饭后在小区中心的草坪上汇合,商量商量怎么维权,欢迎自带酒水和零食。

秋分过后,昼短夜长,所以天黑得越来越早,恰好又是一个农历十五,有一轮圆月像得了黄疸肝炎的没有娘的孩子一样,无精打采地孤苦伶仃地从楼群的缝隙间,先是慢慢地爬上了天际,然后爬上了远处的真如寺,再然后就爬上了陈小元他们小区的楼顶。

吃完晚饭,受影响的三栋楼陆陆续续来了一百多个邻居,有人带着啤酒,有人还带了白酒,围成一圈一边喝一边说话。大家开始显得有些乱,你一言我一语的，根本毫无头绪，甚至出现了争吵。陈小元就主动当起了主持，说自己已经和开发商联系上了，他们中午派了一位经理接待了我，这位经理是个女的，很漂亮，而且是我的老乡。她建议我们写一份材料交给她，我们今天晚上的主要目的，就是收集一下各方面的信息。这样吧，大家先简单介绍一下自己的身份，再讲一讲自己家里受害的情况，最后谈谈有什么要求。

陈小元家的楼上住着一个老板，姓牛，哈尔滨人，满口都是东北话。老牛说，你们猜猜我多大年纪了？有人说，估计六十多了吧？老牛说，你们太善良了！人家都说七八十了，其实刚过五十岁生日。我绝对不是吹牛，我原来还是挺帅的，冒充八零后花花九零后小姑娘，啥问题都没有，但是为了房子，这么短时间，头发胡子全白了，而且大把大把地脱落，从三毛一下子变成了秃子。有人说，有这么夸张吗？

老牛急了眼，说谁夸张谁是乌龟王八蛋，我真的太遭罪了！儿子谈了个女朋友，漂亮得像章子怡，是上海本地人。儿子第一次去女朋友家登门拜访的时候，因为是外地人，加上没有房子，被人家活生生地撵了出来。儿子死缠滥打，在人家门口坐了一天一夜，不吃不喝，估计是苦肉计吧。亲家母就勉强答应了这门婚事，不过提了个条件，结婚前必须买房子，起码得买在中环线左右。我的生意是收购二手车，其实就是收破烂的，为了给儿子买这套婚房，把祖宗三代的血都抽了个空。

老牛气愤地说，但是，台风过后，亲家母来考察，一进门，发现四处漏水，墙壁像一张尿布一样霉迹斑斑，问怎么像给畜生住的啊？我说亲家母，你这不是骂人吗？亲家母说，我这是实话实说，我家闺女在这里结婚的话，是要遭到亲戚朋友们笑话的。亲家母呵呵一笑，就把婚礼无限期地推迟了，现在正逼着两个人闹分手呢。我告诉儿子，咱们争口气，分手就分手吧。但是儿子死活不答应，说他爱她，如果分手了，他就从楼上跳下去。我要知道有今天，绝对不买十五楼，就买一楼二楼，他想什么时候跳什么时候跳，我也不用提心吊胆的了。

陈小元说，他真要跳的话，在哪里都可以跳，比如我们那栋楼的楼顶，我爬上去过，边上连像样的栏杆都没有，那可是跳楼的好地方。老牛惊慌地翻了翻白眼，说我赶紧回家看着去，这小子万一想不开，我也就活不成了。老牛抹着眼泪离开了，大家看着他苍老而疲惫的背影，都感到了一阵悲凉。

陈小元家的楼下住着一位公务员，甘肃天水人，姓马，三十多岁，法律专业博士，女儿是在这套新房子里刚刚出生不久的。小马说，你们看到的是表面，我害怕的是装修有没有污染，发霉的墙壁会不会有毒，比如甲醛超标呀，霉菌挥发呀，伤害都是挺大的，好多白血病就是这么得来的。孩子一旦得了白血病，或者其他什么怪病，我们这辈子不就毁了吗？陈小元说，我们都听到了，孩子半夜三更撕心裂肺地哭呢，你最好带她去正经的医院好好检查检查。

小马忧心忡忡地说，我让医生朋友来家里初步看了看，除了耳朵下边淋巴结有点肿大，倒没有其他什么症状，但我们总是不放心。陈小元说，淋巴结肿大就是血液病的症状，这可千万马虎不得，我老婆在方济医院工作，要去检查她可以帮你。小马说，那太好了，只是孩子现在太小，等到满月了再说吧。

陈小元是最后一个介绍自己的。他说，我和大家的情况差不多，天花板滴滴答答的漏水声搞得我有些失眠，二期那边倾斜的房子搞得我有些疑神疑鬼，总担心哪一天突然就朝着我们倒了下来，又担心自己精神上是不是出了毛病，但是总体上生活没有受到致命的影响。小马说，我觉得吧，你的生活不仅没有影响，过得还挺滋润的。陈小元说，滋润不滋润只有自己清楚，我们的苦恼你们不懂。

小马说，我怎么不懂啊，你们小夫妻的床上生活，估计整个小区都懂吧？你们再这样折腾下去啊，说不定哪一天就把你们家的地板，我们家的天花板震塌了。十六楼的邻居老朱说，那么大的动静原来是十四楼的陈老弟弄出来的啊！开始听到鬼哭狼嚎的声音，还以为老公打老婆呢，后来贴着窗户一听，原来你们那是有了快感就尖叫。小马啊，你们家的天花板算什么呀？我担心哪一天把大家的天空给捅破了。小马拍了拍陈小元的肩膀说，陈哥啊，我总算明白了，那天的台风和暴雨是你们把天空给捅漏了。

大家听了，都哈哈地大笑起来，郁闷的气氛顿时缓和了不少。陈小元不好意思地说，你们说到这里，我就实不相瞒了，我受的是内伤，似乎不痛不痒，却生不如死。我绝对不是吹牛，在没有买米罗公元的房子以前，我每天晚上可以杀三五头猪，自从买了房子以后慢慢就不行了，连几只蚊子都拍不死了。刚刚搬过来的时候，因为住上了新房子，情况有所好转，但是你们说说看，那天刮过台风以后，我们家是不是挺安静的？因为我们发现，花费几百万元安的新家，他妈的竟然漏水发霉！我天天晚上失眠睡不着事小，事大的是差不多都变成了阳痿！

十六楼的老朱说，这倒是真的，我还以为一场台风，把陈老弟那家伙给连根拔起了呢。从这个角度来说，我们是要感激台风的，一是暴露了小区的质量问题，二是我年纪大了，性功能不行了。台风以前陈老弟雄风四起，发出的声音把我老婆给撩拨的啊，说你看看人家跟杀猪一样，你怎么像一只病猫，搞得我自尊心大受伤害。小马说，是的，我老婆坐月子，是禁止同房的，本来就憋坏了，被陈哥两口子一刺激，差点就犯了错误。

陈小元笑了笑说，你们其实挺笨的，看在大家邻居一场，我就教你们几招。你们得记着，男人除了下半身，还有上半身啊。老朱说，陈老弟啊，你快点说说吧，上半身到底怎么个用法？陈小元夸张地伸了伸手，然后神秘地说，你们明白了吧？以后遇到这种事情，君子动手又动口，全身总动员，保证让她们死去活来。小马说，原来还挺佩服陈哥的呢，你竟然用的是这招啊！

有几个小媳妇和老太太先是一言不发，实在忍不住了，就笑骂着说，你们这帮臭男人，能不能换个话题？我们是维权大会，又不是房事大会，更不是流氓交流大会。老朱嘿嘿一笑，说你们也学着点，回家也是用得着的。再说了，房事房事，也就是房子的事。看上去是性生活，其实就是维权；看上去是维权，其实和性生活是一样的，我们得投入全部精力。

听到远处有东西坠落的声音，陈小元朝着自己家那边一看，发现胥小曼站在阳台上，似乎在听着这边的说话声，似乎在欣赏着头顶的月亮，似乎在给花盆里种着的土豆浇水。陈小元说，不多说了，我介绍一下自己，我在《东海早报》上班，但是和你们相比，是小拇指遇到了大拇指。

大家都说，你原来是当记者的呀，难怪做事有板有眼又一身正气。陈小元说，我曾经是记者，现在不是了。大家都说，那就是升官了，当领导了。小马说，那我们成立一个维权小分队，我推荐陈哥当我们的队长，大家没有意见的话就鼓掌吧。

大家纷纷地鼓起了掌，掌声热烈而经久不息，不像是推荐维权的头目，倒像是选举了一位市长。陈小元说，我只是牵个头而已，我们中间有经商的，有学法律的，有当老师的，有退休老干部，都是响当当的人物，也是这座城市的功臣。但是遇到这件事情，我们却显得特别无力，这是因为什么？因为我们还没有团结起来，俗话说人多力量大，三根筷子绑在一起就是顶天柱，只要大家劲往一起使，不相信就讨不到一个说法。

最后，在陈小元的主持下，大家商量出来的诉求大概三条：一是聘请专业机构对房子质量重新进行检验；二是要求开发商尽快拿出解决问题的方案，得到业主认可后予以实施；三是进行相应的经济和精神赔偿，赔偿金额至少按照房价的百分之十计算。大家散场的时候，月亮已经偏西，大部分路灯已经熄灭，月光洒在水面上和树梢上就有了几分皎洁。

大家带来的酒已经喝光了，有人竟然喝醉了，抱着大树号啕大哭起来；有人把酒瓶子在石头上砰砰地摔得粉碎，仰望着楼顶上闪烁的避雷针大声地骂了一句——

狗日的房子！

第二十三章

陈小元熬了几个通宵，把投诉材料写好以后，让受害的业主们联名签了字，然后递交了上去，但是左等右等，差不多又过去了十几天，柳红才给他打了个电话，约好了在真如老街那边的酒吧见面。陈小元说，那么多业主，酒吧里不合适吧？柳红说，你一个人来就行，我们趁机好好地喝几杯。陈小元挑了一个下班后的晚上，硬是拉上了胥小曼。胥小曼说，我去当第三者吗？陈小元说，你去当警察，你坐在旁边，别人对我就不会有非分之想。胥小曼说，你巴不得和她单独在一起，喝酒啊，开房啊，怕我吃醋是真的。

陈小元带着胥小曼步行来到了真如老街，正是灯火阑珊时，真如寺四周显得格外的热闹繁华，就连真如塔也发出了迷离的光芒。他来到约好的地方一看，柳红选择的正好是他来过几次的如意酒吧，就突然想起了巫叔。巫叔简直是太神奇了，不仅在关键时候点化过他，尤其是关于房子漏水的话，像先知的预言一样。但是，他在房前屋后找了一圈，乞丐倒是发现了两个，却一直没有见到巫叔。

柳红他们三个人到了酒吧，找了个僻静的角落坐下来，陈小元点了两碗意大利面、一些点心和几瓶红酒，又给胥小曼要了一杯白开水。酒吧里灯光暗淡幽蓝，气氛比较温馨浪漫，所以基本是出双入对的恋人。

陈小元说，柳经理你赶紧说说，我们的投诉材料公司研究了吗？柳红说，材料谁写的？陈小元说，我写的。柳红说，你太狠了，哪里是投诉呀，简直是血泪控诉啊！里边的故事都是真的吧？陈小元说，你以为是编的吗？说实话，你让我编，我也编不出来。柳红说，我相信你们，但是我们有一位副总经理就怀疑是编的，说你们穷疯了，想趁机讹诈我们公司。

陈小元说，漏水事件发生到现在，你们就派了几个工人，用稀泥抹了抹光墙，你们公司的领导到现场调查慰问过吗？如今说出这样没有屁眼的话，哪里是副总经理呀，简直就是畜生！柳红说，这些人唯利是图，哪里是畜生呀，简直是畜生不如！我也不瞒你们了，他们给我下了死任务。不说了，说了妹妹又要吃醋了。胥小曼说，你说吧，为了房子，我不吃醋，我喝白开水。

柳红羞涩地说，陈小元你是大家推选出来的头头，他们说擒贼先擒王，暗示我无论用什么手段，先把你给拿下。胥小曼说，他们的意思不会是让你色诱吧？柳红笑吟吟地说，差不多吧，妹妹今天算是来对了。陈小元说，柳经理，你又开始胡扯了，赶紧说说结果吧。

柳红端起酒杯，一边喝酒一边说出了公司的意见。第一条关于检验。在交房之前都是专业机构检验过的，而且出具了合格证书，如果业主不相信，可以委托第三方再检验一次，所有花费业主自己负担；第二条关于维修。里里外外的，不管谁的责任，开发商都包了，一直修到满意为止；第三条关于赔偿。合同里写得挺清楚的，如果严重影响正常居住，业主可以以起诉的方式维权，意思是可以走法律途径，公司听从法院的判决。但是，我从公司律师手中了解的信息，如果打官司，业主赢的概率等于零。

陈小元说，为什么？柳红说，因为墙壁裂缝呀卫生间漏水呀，算不算"严重影响居住"，解释权在法官那里。而且，是业主使用不当造成的，是装修公司或者建筑公司造成的，还是不可抗力造成的，这些都是需要认定的。陈小元说，你的意思是，法院这条路也走不通对吗？柳红说，还有呢，即使被认定存在质量问题，合同中约定的处理办法是退房。

胥小曼说，如果退房，房价涨了那么多，这部分损失算谁的？柳红说，按照律师的说法，赔偿损失包括银行利息，但是不包括涨价部分。陈小元说，他奶奶的原来人家已经把坑挖好了，俗话说无商不奸，现在才明白，简直是骗子！胥小曼说，不是骗子，是强盗！

柳红抿了一口红酒说，你们也不要太悲观，我给你们吐露一个内情，现在有人给区长写信了，也有人直接去政府门口上访，打着标语喊着口号，上边害怕事情闹大了影响不好，要求我们公司妥善处理。陈小元说，这就是妥善处理吗？他们再这样无视我们，我就带着大家去北京。

柳红说，公司就怕你带头闹事，说你如果做做其他业主的思想工作，保证大家不再闹事上访，可以好好地补偿你，保证不让你个人吃亏。胥小曼说，他们想怎么补偿我们？柳红说，具体没有说，比如以后的停车费呀物业费呀，都是可以减免的，但是不宜声张，需要悄悄地操作。胥小曼说，停车费每月一百五十块，物业费每月两百多块，加起来不到四百块。柳红说，天长日久就不是小数目了。

胥小曼算了算，就心动地问陈小元，亲爱的，我觉得还行，你觉得怎么样？陈小元说，行什么行啊？！邻居们这么信任我，我如果只顾着自己，背后干出这么龌龊的事，这不是我陈小元的为人。胥小曼有点生气地说，你记者的脾气又上来了，可惜你现在不是记者了！

三个人谈得不愉快的时候，酒吧外边突然响起了叮叮当当的声音，组成了一首熟悉的《志忑》在夜色中绕来绕去，像一根抽搐的神经一样牵动着整个夜晚。陈小元很激动，走出酒吧，朝着墙角一打量，果然是曾经的巫叔。

巫叔比前一次见到的时候，明显苍老消瘦了许多，披散的头发像乱成一团的白色毛线。他在地上盘腿而坐，手中握着两根筷子，像一个僧人敲打着木鱼，正在敲打着面前的一排空瓶子。

巫叔紧接着又敲打了一首《酒干倘卖无》，陈小元也就跟着哼了起来——

> 没有天哪有地，
> 没有地哪有家。
> 没有家哪有你，
> 没有你哪有我。

陈小元把这首歌哼完了，才走上前去兴奋地说，巫叔，原来真是你呀！但是，巫叔像聋子和瞎子一样毫无反应。陈小元从旁边的一根拐杖，和那双空洞的眼睛里，突然意识到了什么，有些悲怆地问，巫叔，你的眼睛怎么看不见了呀？你的耳朵怎么也听不见了呀？这段时间到底发生了什么啊？

巫叔什么也没有回答，只是把面前的酒瓶子麻木地收进蛇皮袋子，挂着那根拐杖艰难地站起来走了。陈小元赶紧撵了上去，对着他的耳朵大声地说，巫叔，你还记得我吗？你当时说的话真的应验了！巫叔似乎又听见了，抬起头茫然地看着天空问，巫叔是谁呀？陈小元说，你不就是巫叔吗？巫叔不就是你吗？巫叔继续朝前一边走一边说，我不认识他，你又是谁呀？陈小元说，我是记者"陈腐"呀。巫叔说，什么腐不腐的，我也不认识你。

陈小元说，你忘记了吗？你用风力啤酒的官司救过我一次，我一直想谢谢你呢。他从身上掏出两百块钱，塞进了巫叔的口袋里。那两百块钱，不知道是自己撒落的，还是被巫叔扔出来的，像两片飘落的树叶子，在地上打了一个旋涡，被一阵晚风吹走了。

巫叔说了一声"谢谢"，背着他的空瓶子拐进了真如寺旁边的巷子，他的拐杖敲击路面的声音传过来，清脆，委婉，哀伤。陈小元仔细一听，竟然又是一首自己熟悉的孝歌。巫叔在隐没的最后一刻，他空洞地朝着真如塔看了看，又越过真如塔的尖顶朝着远方看了看，然后打了一个趔趄，清楚地说出了三个字——

要倒了！

陈小元苦笑了笑，心想，人到底是老了，又失明失聪失忆，不摔倒才怪呢。他看着巫叔隐没的方向发了一会儿呆，回酒吧的时候猛一抬头，看到那栋倾斜的楼就在远处，如果拿真如塔做参照的话，倾斜的幅度还相当明显。他朦朦胧胧地意识到，巫叔所说的，也许是另一个预言，不是自己要倒了，而是那栋楼可能要倒了。

三个人离开如意酒吧的时候，陈小元拦住胥小曼和柳红，说你们从这个角度看看，那栋楼的倾斜是不是挺明显？柳红瞥了一眼，不屑一顾地说，我原以为你眼睛有问题，或者是心理有问题，现在终于明白了，是你的参照物有问题，你是以真如塔为参照物去看这栋楼的，如果你以这栋楼为参照物去看真如塔，那会说明什么呢？

陈小元说，说明那栋楼要倒了。柳红说，说明真如塔是倾斜的！如果要倒的话，也是真如塔要倒，杭州的雷峰塔就倒过一次！陈小元说，我刚刚遇到一位老人，他可能是先知的化身，他预言过的事情特别准，这个老人告诉我这栋楼"要倒了"。柳红说，那个人是捡破烂的乞丐，他的话你也相信吗？你被他骗了多少钱啊？陈小元说，是捐，不是骗，就两百块。柳红说，你给一个乞丐两百块，陈小元你喝多了吧？

节令已经进入了秋末冬初，气温稍微阴凉了一些，按照往年的经验，免不了还有大风大雨，加上到了天寒地冻的冬季就不好施工了，受害的业主们商量了一下，同意开发商对房子先维修了再说。施工队对每家每户进行了检查，根据情况给出了不同的方案，有的需要拆掉天花板，有的需要把墙皮铲掉，有的需要把地板揭开，有的需要重新布线，有的需要重新粉刷。

施工队正式进入小区开始施工以后，总之动静是蛮大的，从早晨八点到晚上八点，锤子的敲打声，射钉枪的撞击声，电锯的切割声，电钻的嗡嗡声，此起彼伏地响成了一片，吵得小区的人烦躁不安不说，而且严重影响到了正常的生活。没有漏水不需要维修的业主，动不动就拨打环保热线进行投诉，搞得执法人员隔三岔五的就来一趟。

有天晚上，陈小元家的门被几个邻居一起敲开了，其中就有忍无可忍的小马。小马说，那些龟孙子，故意盯着我老婆的奶看。陈小元说，你不能把老婆的奶藏起来吗？小马说，嫂子可以把奶罩起来，然后再穿厚一点，我老婆坐月子，要撸起衣服奶孩子，你告诉我怎么个藏法啊！胥小曼说，奶藏不住，人可以去厕所吧？小马说，厕所里也有工人。陈小元说，你权当他们是你儿子，看一眼就看一眼吧。小马说，我叫你一声爸，可以看嫂子一眼吗？胥小曼笑嘻嘻地说，没有问题，你叫吧。

同时来的还有一个留着小平头的女人，她拍着自己的胸脯说，小马呀，你叫我一声姐，我就可以让你看，所以你老婆的奶不是问题，我们家儿子就惨了，刚刚上高三，本来是班级前十名，明年高考是冲着北大清华去的，但是受到施工的影响，噪音是一方面，另一方面是工人在面前跑来跑去，孩子学习根本静不下心，昨天模拟考试，成绩倒退了好多，自信心饱受打击。

大家诉完了苦，说你是我们的队长呢，你得替我们做主呀。陈小元说，我也很无奈，我们家之所以没有施工，也就是考虑到各种各样的因素，如果重新粉刷的话，肯定是有污染的，对肚子里的孩子不好。

小马说，嫂子怀孕了对吗？陈小元说，我是说有可能。小马说，其实，老婆的奶是次要的，我和你一样是担心孩子。陈小元说，孩子淋巴结肿大去医院检查了吗？小马说，初步检查过了，具体原因不明，老婆为这事急得天天哭。小平头说，要不我们也狠狠心，把维修施工先停掉吧。

陈小元说，停掉也不是长久之计，我有一个主意，可以去酒店过渡一下。胥小曼说，住酒店每天几百块，哪里吃得消呀？小马说，是啊，我打听过了，便捷酒店每月也要六七千，根本负担不起，这是开发商引起的，如果住酒店的话，费用应该由开发商来负责。陈小元说，小马说的有道理，我尽快和他们谈一次。

小马高兴地说，简直太好了！陈哥你有空去我们家坐坐，我好好招待招待你。小平头说，你请陈哥去看奶吗？小马说，如果是看奶的话，你身上不是现成的吗？胥小曼说，你们别只顾着性贿赂陈小元，来我们家一直站着，水也没有喝一口，太不像话了。陈小元说，我们家地方小，你们就先回去吧，有消息再及时通知你们。

送走了小马他们，陈小元赶紧打了一个电话，柳红说马上就反映上去。但是时间一天一天过去了，没有听到一点动静。小马他们天天催陈小元，陈小元就天天催柳红，柳红就天天去催公司。公司给出的回复，无非是老总开会去了，或者是出国考察去了。

过了大概一周吧，陈小元非常生气地问，你们老总是出国了还是上天堂了啊，怎么一去无回呀？柳红说，人家刚刚回来，已经回复了，说施工队已经撤了。陈小元说，还有新刷的油漆污染怎么解决？柳红说，仅仅打了几个补丁而已，能有多少污染啊？何况用的油漆无味无毒零甲醛。陈小元说，啤酒都不能保证零甲醛，我看又是一个骗子。柳红说，你没有看到电视广告吗？为了证明油漆无污染，人家老板像喝饮料一样，咕咕嘟嘟地喝了半桶，什么毛病都没有。

陈小元说，这简直是放屁！柳红说，你也别骂我，这都是公司的原话，公司给出的意见是，你们要住酒店可以，三星级五星级随便挑，只是费用自己解决。陈小元说，你们那是公司吗，是婊子养的妓院！有人已经查出了白血病，还有人正准备跳楼，到时候看你们怎么收场吧。

陈小元一时生气，原本想吓唬吓唬他们，但是第二天，小马就打电话告诉他，女儿初步的检查结果出来了，怀疑是白血病。陈小元的心一惊，问会不会是误诊啊？小马说，但愿吧，还在等待进一步化验。陈小元说，我们去草坪那边见面说吧。

陈小元提着几瓶啤酒下了楼。两个男人坐在草坪上默默地喝了一阵子，听到远处传来婴儿的啼哭声，小马也跟着哭了起来。陈小元说，你千万别着急，医生是怎么说的？小马说，B超显示脾脏肿大和肠系膜淋巴结肿大，血液化验结果还没有出来，听医生的口气，怀疑是血液病，我在网上查了查，白血病就是血液病，如果真是那样的话，我就没有办法活了。

陈小元说，即使真是白血病，现在医疗水平这么高，也是可以治好的，我当记者的时候报道过一对双胞胎，她们最后都痊愈了。小马说，这对双胞胎名字是不是叫大大小小？我还响应你们的倡议捐了款。陈小元说，你积了那么多德，命不会那么差，所以就放心吧。

小马恶狠狠地说，如果孩子得了白血病，我就拿炸药包把小区给炸了。陈小元说，小区是无辜的。小马说，那就炸仁河公司，你把我的话传给他们。陈小元说，你千万不能这么极端，我们有很多路可以走，比如去维权。小马说，维权有用吗？到目前为止，人家屁都不好好放，连开发商的影子都见不到。陈小元说，我们还可以上法院起诉。小马说，我学法律的，法院更指望不上了，说白血病是由房子引起的，我能拿出证据吗？而且他们肯定会抵赖，说我们入住时间不长。陈小元说，我们还有一个办法，我们可以找媒体曝光。

小马说，你的这个办法好，你本身又是记者，写一篇文章在各大报纸上一发，如果能上中央电视台焦点访谈，最后得到市里领导的批示，所有的问题立即就解决了。陈小元说，媒体也很复杂，尤其是报社不景气，很多人为了生存，已经顾不得什么正义，变得唯利是图了，我先去试试看吧。小马说，我明白，我们是不会让你们吃亏的，记者的交通费呀辛苦费呀版面费呀，我找大家商量商量一起分摊吧。陈小元说，兄弟，你什么意思啊？你在糟蹋我对吗？小马说，绝对不是，来来来，喝酒！

陈小元深深地喝了一口，说我告诉你吧兄弟，不是婊子立牌坊，别人怎么样不说，反正我陈小元饿死也不会背叛自己的良心，何况是你们的事情，也是我自己的事情。

秋末的温差比较大，中午还挺炎热的，到了深夜就有些冷，两个人聊着聊着，酒就喝光了，也喝多了。小马脱下衣服，冲出草坪，扑通一声跳下了景观河不见了。陈小元以为他干了傻事，急得使劲地喊叫"救人"，但是过了几分钟，小马从水里露出了头，像一只表演节目的海豚，抹着脸上的水珠说，放心吧，现在还不是自杀的时候，你也下来发泄发泄吧。

陈小元脱下了衣服，真想痛痛快快地跳下去，但是自己一个旱鸭子，毕竟不识水性，而且夜晚的河水显得十分幽暗，水波稍微一荡漾，像一张张面目狰狞的怪物。他顺着河边一步一步地下了水，刚刚泡在深水区呢，胥小曼突然出现了河边。胥小曼说，陈小元啊陈小元，你哪里是喝酒来了，分明是洗鸳鸯浴来了，你就不嫌水脏吗？陈小元说，你曾经说，这水清凌凌的，是可以洗脸的。

胥小曼说，过去天真，以为是活水，现在发现其实是死水，屎呀尿呀，烂树叶子呀，垃圾呀，虫子呀，细菌呀，都在里边泡着，你们会得皮肤病的。小马说，脏水不脏人，嫂子你也下来吧。胥小曼说，我下去给你们搓背吗？小马说，你们打水仗啊，你下来的话，我立即回避。胥小曼说，免了，我们想打水仗的话可以回家，陈小元你赶紧上来吧。

保安听到吵闹声也跑了过来，说你们没有看到禁止下水的警示牌吗？陈小元说，什么警示牌？天这么黑，谁看得见呀。保安说，你们赶紧上来，不然要罚款了。小马说，罚多少款？保安说，上边清楚地写着，罚款两百块。小马说，谁罚谁？保安说，物业罚你们。小马说，物业是谁的？保安说，物业是广大业主的。小马说，他是业主，我也是业主，物业是我们的，景观河也是我们的，我们在自己家里玩玩水，碍你什么事情了？即使真要罚款的话，也是我们自己罚自己。

小马朝着陈小元打了两巴掌水花，说陈哥你赶紧接着，这是两百块钱的罚款。两个人噼里啪啦地疯了一阵子，酒也醒了，心情畅快多了，嘻嘻哈哈地上了岸。但是死活找不到衣服，小马以为是保安干的，保安委屈地说，我们有制服穿，而且你们这五小身材，T恤我当裤衩子穿都不合适。陈小元已经不见胥小曼的影子，就笑哈哈地说，小马你别冤枉保安，是我媳妇干的。

两个人无法，在水里待到了半夜，等到再没有人出没了，才折下几根树枝遮挡着下身，像野人一样偷偷摸摸地回到了家。

其实，在房子漏水这件事情上，胥小曼与陈小元的意见不同，主要是她的心态一直比较好，似乎没有什么不能让她开心的。看到明媚的阳光她很高兴，看到下雨下雪她很高兴，看到白云朵朵的阴天她也很高兴；遇到小草到处弥漫她很高兴，遇到大树使劲摇晃她很高兴，遇到黄叶飘落她也很高兴；遇到一只蚂蚁她很高兴，遇到一只猫她很高兴，遇到一只老虎她也很高兴。她觉得世界如此美好，没有必要为了一些小事情影响心情。

比如陈小元吧，自从维权以后，心事全花在那上面了，和胥小曼慢慢地疏远了。以前他们的眼睛一对视，她心里什么事情都藏不住。但是现在呢，他已经很久没有注意过她的眼神了。他在上下班的路上，总是幽怨地盯着小区的方向，要么默默无语，要么破口大骂开发商下辈子会托生成乌龟王八蛋，要么就自言自语地说二期那房子肯定是倾斜的；他一回到家，要么盯着漏水的地方，要么盯着发黑的墙皮，要么盯着天花板，像老年痴呆患者一样，茫然、空洞而失魂落魄，只有谈到维权的事情，才像注入了一针强心剂，会立即变得兴奋起来。

胥小曼劝陈小元说，我们家多少平方米呀？有一百多平方米呢！你怎么老是盯着巴掌大的几块地方不放啊？陈小元却说，再小的地方都是我们的血汗钱，这叫一只苍蝇坏了一锅汤，我是处女座的完美主义，眼睛里是容不得沙子的。

某一天下班回家的路上，胥小曼说着说着就哭了。陈小元就问，无缘无故的哭什么啊？胥小曼说，我哭自己命苦，我昨天晚上做梦都想吃西瓜。陈小元说，现在的西瓜都过季了，有什么吃头呀。胥小曼说，我现在特别想回去看看我妈我爸。陈小元说，再忍一忍吧，再过两个月就过年了。胥小曼说，我今天晚上不想做饭了。陈小元说，早晨把菜都买好了，不做饭就坏掉了。

胥小曼有些无力地说，你多久没有正面看我一眼了啊？陈小元笑了笑说，老夫老妻的，计较这些干什么呀？胥小曼说，你闭着眼睛，说说我今天穿着什么衣服吧。正好遇到了红灯，陈小元闭着眼睛说，你上边穿着橙色的外套。胥小曼说，下边呢？陈小元说，下边是牛仔裤。胥小曼说，胸罩和内裤呢？陈小元想了想说，胸罩是浅紫色的，内裤是粉红色的。

胥小曼说，你把眼睛睁开吧。陈小元睁开眼睛侧脸一看，胥小曼的毛衣倒是橙色的，外边则穿着一件灰色大衣，下边穿着一条黑色裤子。胥小曼说，这如果算一次测试，我给你打几分知道吗？陈小元说，不及格对吧？胥小曼说，满分是一百分，四件衣服，答对一件得二十五分，凭着"橙色"两个字，我照顾你，给你打十分！陈小元说，内衣呢？我没有看见，不应该计算吧？胥小曼把衣服朝起一撸，说你睁大眼睛看看吧。

陈小元十分尴尬，在过去，别说衣服了，胥小曼哪里沾了一点灰尘，某一根头发开了叉，脸上长出了一个痘痘，他不仅会在第一时间发现，并且还会去关心和呵护。胥小曼说，你再多看几眼吧，恐怕看一下少一下了。陈小元说，你什么意思？亲爱的你别吓唬我啊！

两个人说着话，已经回到了家。胥小曼继续淡淡地问，你看看我有什么变化吗？陈小元说，你是指哪一方面啊？胥小曼说，比如鱼尾纹多了没有呀，腰围长粗了没有呀。陈小元说，我看你越来越漂亮了，起码脸色越来越红润了，不过体重嘛，好像长胖了。胥小曼说，我是长胖了，估计还会胖下去，但这是一种幸福的胖。陈小元说，我不懂，什么叫幸福的胖啊？胥小曼说，你自己好好想想吧。陈小元盯着胥小曼说，你不会有情况了吧？胥小曼说，你猜猜是什么情况吧。陈小元说，你不会怀孕了吧？

陈小元蹲下去搂住了胥小曼的腰，贴着耳朵听了听，哈哈大笑着说，我要当爸了对吗？胥小曼说，当然不是，是我要当妈了！陈小元说，这有差别吗？胥小曼说，当然有差别，你自己慢慢体会吧。陈小元说，这次不会是虚晃一枪了吧？

胥小曼从包里拿出一张化验单，朝着陈小元的脸上拍了拍，终于不再平淡地噘着骄傲的小嘴巴得意洋洋地说，你自己去看吧。陈小元拿着一看，发现诊断结果明确写着已经怀孕。陈小元说，不对呀，我们这些天都没有认认真真同房，孩子是怎么弄出来的呢？胥小曼说，是你用手弄出来的！陈小元说，我的手有这么大本事吗？胥小曼说，那就是我和别人的！所以我才说，你不见得是孩子他爸，但是我一定会是孩子他妈。陈小元说，别人是谁？胥小曼说，别人就是傻瓜！

陈小元再仔细一看，上边写着胎龄大致是五至六周，而刮台风的那天晚上距离现在正好不到两个月。他并不怀疑这个孩子的来历，只是万万没有想到，那次台风的狂暴给他带来了苦恼，但是也给他带来了激情。他是在阳台上听着风声雨声而催生了一个孩子的生命，如果没有那场台风，他的疲软也许会继续，也许就生不出孩子，从这个意义上来说，新生命是台风送给他的。他应该感激台风，不应该恨台风。

陈小元说，我还是觉得不对劲，怀孕这么长时间了，你为什么不告诉我？胥小曼说，我是吸取上次的教训，提前说出来孩子会怪罪我，而且你这段时间的心思根本不在家里。陈小元说，不管怎么说，瞒着我是不对的。胥小曼说，我没有瞒着你，是刚刚下班的时候才拿到报告。陈小元说，现在离下班多久了？差不多一个小时了，这么大的喜讯，迟一分钟都得惩罚你。胥小曼笑嘻嘻地说，从今天开始，我们家里的一切事务都要民主决策，由三个人投票决定，你惩罚我可以，必须得到两票赞成，现在是我们娘俩两票反对，所以惩罚的动议是无效的。陈小元撇了撇嘴说，完了，本以为升级了，这下再添一个反对派，地位反而降低了。

陈小元把胥小曼扶上了床，说你好好躺着，今天晚上我下厨，你想吃什么？胥小曼说，我想吃人参。陈小元说，明白了。他就拿出半块腊肉，切了一个白萝卜，放在锅里熬了熬，然后捞出腊肉炒了一个土豆片，在萝卜汤里下了两碗香喷喷的面条。胥小曼说，人参在哪里呢？陈小元说，萝卜号称大人参。胥小曼说，你就这样糊弄我吗？陈小元说，我怎么糊弄你了？萝卜产量太大，好生长，就不那么金贵了，假设全世界每年只产一百斤萝卜，估计比人参还要贵一百倍，何况萝卜营养价值高，富含维生素，还能消食健胃，孕妇多吃的话孩子会长得白。胥小曼说，我已经很白了，孩子再白下去不成雪花了吗？陈小元说，雪花好呀，雪花浪漫漂亮，肯定是白雪公主。

两个人吃完饭，胥小曼早早地要求陈小元上床睡觉，她把他的手拉过来放在自己的腹部，无限温柔地说，你现在是当爸爸的人了，要有当爸爸的样子了。陈小元说，爸爸是什么样子的啊？胥小曼说，爸爸就像服务员。陈小元说，我明白了，爸爸是家里的仆人。胥小曼说，你错了，电影《美丽人生》中说，上帝是为人服务的，但上帝绝对不是仆人，爸爸其实是家里的上帝，既主宰着一家人的命运，也必须一心一意为家人服务，比如孩子突然想吃草莓，你跑遍整个世界也要满足他。陈小元说，我懂了，你想吃草莓了。胥小曼说，不是我，是孩子。陈小元说，我马上出门，你们等着吧。

胥小曼按住了他，语重心长地说，今天就算了，我想告诉你的是，作为一个称职的爸爸，最重要的还是顾家，充当家里的保护神。陈小元说，放心吧，为了你和孩子，我赴汤蹈火在所不惜。胥小曼说，那你答应我，维权的事情差不多就行了。

胥小曼绕了这么一大圈，把上帝都搬出来了，其实重点只有最后一句。陈小元沉默了一会儿说，我和你的看法不一样，为了保护我们的孩子，应该讨不到说法决不罢休。胥小曼说，你闹了这么久，闹出名堂了吗？唯一的收获是和女老乡联系更紧密了。陈小元说，我们不闹的话，他们会大规模维修吗？胥小曼说，其实，我担心的是你，人家都不愿意出头，你倒好了，当什么队长，不仅捞不到好处，恐怕还会惹出一堆麻烦。陈小元说，这队长是叫着玩的，能有什么麻烦啊？

胥小曼说，你觉得是叫着玩的，人家不那么看，柳红也说了，擒贼先擒王，枪打出头鸟，你就不怕人家打击报复吗？我们在这里要住一辈子，说不定孩子也要在这里住一辈子，你闹来闹去的，替我和孩子考虑了吗？陈小元委屈地说，我考虑了呀，如果问题不解决，等孩子出生了，在世界上第一次睁开眼睛看到的就是黑乎乎的墙壁，听到的就是滴滴答答的漏水声，心里多不舒服啊。胥小曼说，孩子的想法也许不一样，说不定以为墙上是壁画，那滴滴答答的水声是浪漫的音乐。

陈小元爬起了床，落寞地站在窗前，从窗帘的缝隙里又看了看二期的那栋楼，有些自言自语地说，对于倾斜呢，孩子又会怎么理解呢？胥小曼说，孩子会觉得那叫倾斜美。陈小元说，如果倒了呢，那叫什么美呢？胥小曼说，那叫残缺美，维纳斯的残缺美。

陈小元说，你以后就这样教育孩子吗？胥小曼，你说说怎么教育孩子吧！难道要告诉孩子，这个社会到处都是压榨？难道要告诉孩子，好不容易安了个家，房子却漏水发霉？难道要告诉孩子，我们已经活不下去了？我们当爸当妈的，不管世界怎么样，都要让他们感觉很美。我们谈恋爱的时候一起看过电影《美丽人生》，中间还有两句台词，你应该还记得吧——

生活是美好的，哪怕一时被黑暗所笼罩，我们依然能够找到美之所在。

无论什么样的灾难降临，只要生命还在，生活始终要继续。活着，就是最美丽的事。

陈小元说，那是电影，那是演戏，我们活在现实中，我们辛辛苦苦地打工，像奴隶一样还贷，你心态好，可以做到，但是我做不到啊！胥小曼听着听着又哭了，捂着自己的肚子说，亲爱的宝贝，你投错胎了！

他们从相识到相爱，拌拌嘴是少不了的，不过一半是撒娇一半是开玩笑，严格意义上还不算吵架。这一次，算是第一次吵架，搞得两个人心情都非常不好。陈小元披着衣服出了门，说自己一个人下去走走。这几乎是他第一次单独在小区转悠，感觉与以往不同，以往有胥小曼在，玉兰花开了还是谢了，银杏树叶是青的还是黄的，确实一切都是美的，怎么样都是幸福的。如今什么东西都是忧伤的，似乎孤独和大自然的美格格不入。

陈小元顺着景观河转了半圈，刚刚来到健身广场，坐下来看着河水发呆呢，胥小曼也默默地跟了过来，在那里荡起了秋千。她荡着荡着，突然哎哟地叫了一声，然后蹲在地上痛苦地捂着自己的肚子。陈小元被吓了一跳，紧张地跑过去扶她。她也许是故意的吧，趁机一把搂住了他，像一头撒娇的梅花鹿，把头靠在他的肩膀上深情地蹭着。

天蓝得发青，蓝得轻轻动一指头就会破碎，也许是农历下半月，有一轮下弦月挂在天边，像一只泡在海水里的正在融化的冰块。两个人依偎着坐在河边，陈小元指着旁边一个椭圆形的花园说，你认识这里长的是什么植物吗？胥小曼凑上去闻了闻，说是秋菊，还挺香的呢。陈小元说，太巧了，它也叫秋菊，和张艺谋电影里打官司的女人名字一样。胥小曼说，你又想多了，人家是花园里的秋菊花，你以为是胡折腾的女人吗？陈小元说，你又错了，这开着的不是花，这里也不是花园，而是一座坟墓，你知道埋着谁吗？

胥小曼朝着陈小元的怀里钻了钻，害怕地说，你别吓我，这里不会是曾经埋过死人的坟地吧？陈小元说，你记得刚刚开发的时候，我们来这里做爱过几次，当时多痛快多疯狂，甚至那么无忧无虑。胥小曼说，那不过是几年前的事情，怎么感觉过了半辈子似的。陈小元说，那是因为太煎熬了！胥小曼说，煎熬归煎熬，买了房安了家，还是挺有成就感的吧？陈小元说，但是我们为此付出的代价也太大了，我刚刚说的坟墓就是这个意思，这里，不仅仅埋藏了我们的青春年华，还将继续埋藏我们的苍老和余生。

胥小曼说，我都忘记你会写诗，你这是在写诗呢。陈小元说，我不是写诗，我写的是墓志铭，你再好好回忆一下，你曾经听到的蛙声是不是从这里发出来的？胥小曼说，是啊，我就奇怪了，当时哇哇的叫成一片，搬进来以后怎么就不叫了呢？陈小元说，它们死了，然后就埋在了这里，而且是被活埋的！你还记得施工的时候留下的一个坑吗？下雨的时候积了一坑的水，后来修花园的时候把坑填平了，青蛙就被活活地埋在了里边，所以说这个花园就是青蛙们的坟墓，秋菊就是它们长出的呐喊和冤魂。

胥小曼有点忧伤地问，这么一个临时的坑，青蛙是从哪里来的啊？陈小元说，每次一下雨，小青蛙就高兴地到处乱跳，它们就是从别的地方跳过来的。胥小曼说，水坑被填平的时候，它们怎么不逃出来呢？陈小元说，也许正在做梦，还没有来得及吧。胥小曼说，它们太可怜了。陈小元说，你看看面前的这座城市是用什么组成的？是水泥钢筋！钢筋是怎么来的？是用铁矿石炼出来的！铁矿石是从哪里来的？是从山里开采出来的！所以钢筋就是大山的骨头；水泥是怎么来的？是用石头烧出来的！石头是从哪里来的？是从乡下开采出来的！所以水泥就是石头的骨灰。

陈小元更加忧伤地说，其实吧，我们和青蛙一样，都是从乡下一步一步地跳到了上海，原以为这是一个大池塘，是一个美丽的湖泊，是一个极乐世界，是可以安置家小的，回头一看才发现是埋藏我们的地方。我们被一天一天地一点一点地埋了进去，每个花园每栋房子每片天空都成了埋着我们这些人的坟墓。

陈小元说着说着，想到自己的过去和未来的处境，眼泪禁不住唰唰地流了下来。胥小曼抬起袖子替他擦了擦，安慰着说，亲爱的，你不能这么消极，你马上就要当爸了，想想完整的家，想想未来的孩子，我们所承受的一切苦一切痛，其实都算不了什么。等到孩子们长大了，根扎下去了，生活安定下来了，所有的不愉快都过去了，一个漂泊的时代结束了，这里就不是坟墓了。

陈小元说，不是坟墓又会是什么呢？胥小曼说，起码不是孩子们的坟墓，比如这些高大的房子吧，这是他们那一代人真正的幸福的家，是我们父母这一代人的纪念碑。

第二十四章

时间到了九九重阳节的时候，上海被一场比较大的雨水当头一浇，这座实质上没有春秋两季的城市随之迎来了大降温，一头栽进了体感意义上的冬天。千万不要小看江南的冬天，四处仍然绿油油一片，照样是花团锦簇，气温似乎也不低，最低温度大多数都在四五度以上，不过海风又阴又湿又潮，像刀子一样拍打着脸，顺着毛孔直往骨髓里钻，冷得人浑身又软又酸又痛。

这边的人不太喜欢准备大棉袄大棉裤厚袜子棉帽子，顶多穿着轻薄的羽绒服，或者毛衣搭配着外套，再围一条时髦的围巾。尤其年轻的女人，为了保持婀娜的身段，仍然喜欢穿着裙子，而且是超短裙。陈小元刚到上海的时候，发现江南女人的脸皮特别薄，每到冬天脸色就特别白，开始以为皮肤好，或者是涂多了美白霜，后来才明白是冻的，和高原红、热带黑道理一样。胥小曼皮肤也很白，那是真的白，不是没有血色的苍白，不是脂粉乱掉的美白，而是白里透红、红里透白，是任何天气都改变不了的，也是任何胭脂红粉都涂抹不出来的。

陈小元有些后悔，没有答应及时施工，漏水虽然没有台风的时候那么厉害，但是墙壁的湿斑霉块越来越大，搞得家里更加阴冷了。尤其是厕所的天花板里，不管下不下雨都在滴滴答答地响，坐在书桌前根本静不下心，躺在床上彻底睡不着。他忍无可忍，花费好大力气才把天花板拆了下来。天花板上积了好多水，已经发酵成了黄色的液体，像尿一样又臊又臭地浇了他一身。他找到了物业，物业还是找到了开发商，开发商还是派来了工人，在漏水的地方打了几针防渗液，依然没有什么明显的效果。

重阳节那天晚上都半夜了，陈小元正烦躁不安呢，楼上的老牛和楼下的小马分头发来了信息，问他睡了没有，没有的话赶紧下楼聊天吧。北方已经是大雪纷飞了，南方的雨还在淅淅沥沥地下着，那天晚上的雨尤其阴冷而惆怅，三个人只好坐在一楼楼梯口的台阶上。

老牛掏出一包烟给每个人递了一根，自嘲地说，软中华，三块钱一根，我给儿子结婚用的，儿媳妇飞了，便宜了你们两个家伙。三个人点上烟抽了起来，楼道里迅速腾起一股烟雾，陈小元和小马平时不抽烟，随之发出了一阵阵的咳嗽声。

老牛说，我家太惨了，他们一会儿撬这儿，一会儿撬那儿，把家里弄得稀巴烂，怎么也找不到漏水点，后来干脆停工了，我打电话过去催，人家要么忙，要么不搭理。这分明就是故意的，上次施工的时候，他们把地板敲碎了，我让他们小心点，然后就吵了一架。

小马说，我比你有水平，对于那几双贼溜溜的眼睛，不仅忍气吞声，还用啤酒饮料好生伺候着，但是我家修完了，作用不大啊。陈小元说，你家孩子怎么样了？小马说，初步排除了白血病，脾脏肿大的原因没有查明，总归不是什么好事情。

陈小元说，老牛呢，你儿子怎么样了？老牛说，儿媳妇彻底要吹，那吹就吹吧，但是问题更复杂了，当时买房子的时候女朋友拿出了二十万，现在房价涨了，人家要分房子，已经闹到法院去了。陈小元说，这家人也太刁蛮了吧？老牛说，房子问题听从法院判决，但是儿子精神出了问题，整天痴痴呆呆地盯着窗外。老牛深深地吸了两口烟，那烟被吸进去化成了泪水，浑浊地噙在眼睛里。小马说，不会是得了忧郁症吧？老牛点了点头说，是忧郁症，现在正在吃药呢。小马说，心病还得心药治，重新谈一个女朋友，也许就痊愈了。老牛说，医生也是这么说的，但是一时哪有合适的啊。

陈小元听了两个人的事情，再设身处地地想想自己，想想一天天朝着这个世界走来的孩子，越发地气愤和烦恼了。他吸了一口烟，咳嗽着说，你再找儿媳妇的话，别再找上海的了，我给你介绍一个外地的怎么样？

陈小元说着就拨通了柳红的电话。柳红说，半夜呢，你把我的好梦给打扰了。陈小元说，是什么好梦啊？柳红说，当然是春梦。陈小元说，说明你想男人了，正好问问你，你有没有男朋友？柳红说，你想给我介绍一个对吗？陈小元说，对呀，对方要工作有工作，要房子有房子。柳红说，在人世间，如果是个人，谁会没有房子啊，关键房子在哪里？陈小元说，在上海，而且就在米罗公元。柳红说，除非是你陈小元，我还会考虑考虑，其他人那就免谈。陈小元说，为什么啊？我已经是残花败柳了。柳红说，主要是米罗公元的房子不算。陈小元说，你也看不起这里的房子对吧？柳红说，不是看不起，是感觉不喜欢。陈小元说，你在推销房子的时候可不是这么说的。柳红说，推销房子是工作，是被逼无奈的。陈小元说，谁逼你的呀？你这样做良心何安啊？柳红说，我说老乡，我也要生存啊！人家要文凭有文凭，要背景有背景，你说我有什么？我只有一张脸！你不让我卖房子，难道让我卖身去吗？

陈小元一时无语了，从认识柳红起，他看到的都是笑吟吟的她，光鲜而亮丽的她，与昂贵的楼盘一起出现的她，从来没有想过她也是要食人间烟火的，也有着一个外地人的不容易和一个女人的苦衷。陈小元说，不说这些了，你知道小区现在的情况吗？柳红说，维修效果不好对吧？从个人的角度来说，我真的很同情你们，但是从公司的角度来说，我又无能为力，听说有人已经去政府那边拉横幅上访，上边的大领导批字要求妥善处理。陈小元说，你们爱理不理的，算是妥善处理吗？柳红说，看在老乡的分上，我就偷偷地告诉你，公司最怕的其实不是政府，政府害怕的也不是上访。陈小元说，那你们最害怕谁呀？柳红说，不是我们，是他们，他们最害怕的是新闻媒体，你是聪明人，又在报社工作，接下来应该怎么干，不用我明说了吧？

陈小元挂掉了电话，骂了一句"婊子养的"。老牛说，柳经理好像对你有意思，你怎么还骂人家呀？陈小元说，她那么漂亮，我哪里舍得骂呀，我骂的是开发商。小马说，你们的电话我听明白了，她的建议和我想的一样，你如果写一篇文章，肯定顶过千军万马，能在报纸上登出来最好，万一登不出来，我们就发到网上去，现在的网络影响力很大，到那时候，不是我们找他们，而是他们求我们。陈小元说，看来也只有这条路可走了，我这几天先把文章写出来，然后再一起商量商量怎么办吧。

陈小元回到家，反正也睡不着，干脆坐在电脑前，开始写起了投诉文章。好几年不当记者了，原以为笔头子生疏了，但是这次写自己的亲身经历，所以特别有感觉，写起来也特别流畅。天很快就亮了，麻雀叽叽喳喳地叫着，似乎被这些小精灵一叫，雨就停了，东边泛起了一抹红，那是晨曦染的，天空像一头巨鲸正在被凌迟，鲜血透过裹着的白纱布在向外渗，不一会儿太阳隐隐约约地露了出来。

在上班的路上，胥小曼问，你昨天晚上熬了一个通宵在写什么啊？陈小元说，我在给"水桶"写稿子呢。胥小曼说，"水桶"最近几天又在催了。陈小元说，这王八蛋什么时候才能消停啊？胥小曼说，你尽快写完，把这件事情了结掉，也就不用再烦了。胥小曼又问，你昨天晚上偷偷摸摸地跑出去，给小情人打电话去了吧？陈小元说，我是清白的，我和小马、老牛聊天，他们的短消息可以证明。胥小曼说，你敢让我看你的手机吗？陈小元说，你想看就看吧。

胥小曼拿起手机翻了翻，然后呵呵一笑，酸溜溜地说，被我猜中了吧，十五分二十一秒，卿卿我我的时间不短呀！胥小曼一直都爱吃醋，可能由于怀孕了吧，现在的醋与原来的醋味道不一样了。陈小元难受地说，我了解一下维权的进展，主要目的是给柳红介绍对象。胥小曼说，厉害，当起红娘来了！你舍得把她让给别人啊？陈小元说，其实也不是介绍对象。胥小曼说，难道是拉皮条吗？陈小元说，你别说得这么难听好不！老马的儿子因为失恋得了忧郁症，搞不好哪一天就从十五楼跳下去了，医生说如果重新谈个女朋友，也许对治疗有些帮助，所以柳红只是一味药。

胥小曼一下子被逗乐了，笑嘻嘻地说，用柳红来治病，亏你陈小元想得出来！我猜柳红不答应对吧？而且柳红说非你不嫁对吧？陈小元说，天啊，你是怎么知道的？胥小曼说，我长着千里眼顺风耳，你在十万八千里以外腾云驾雾、咳嗽几声，我都是清清楚楚的，所以以后你要老实一点。

新闻稿仅仅写业主们的遭遇和诉求是不行的，陈小元利用午饭后的休息时间，偷偷地溜出了《东海早报》的办公大楼，坐在旁边的一个开放式公园里，又以记者的口气打电话，分别采访了开发商、房管局、消保委和律师。开发商的电话仍然处于忙线中，房管局的说法是采访需要报社开好介绍信找他们的宣传处，消保委的说法是坚决维护消费者的合法权益，周律师则从合同法的角度进行了一些法律解读。

陈小元采访完毕，差不多熬了三个通宵，写好了一篇一万多字的新闻稿，而且收集了不少以前拍好的现场照片。他不想拿到自己报纸上去发表，因为宣传纪律不允许报道自己员工的事情，这容易失去客观公正，而新闻最大的特点就是客观公正。他先给合租的小叶打了一个电话，把自己的经历简单讲了一遍。

小叶是陈小元的老同事，如今在《东海晚报》新闻部专门负责深度调查。小叶十分气愤地说，妈的，太坑人了，我和摄影记者马上去现场，你安排几个业主在家等我。陈小元说，谢谢兄弟，我稿子已经写好了，照片也已经拍好了，保证百分之百不会失实，你相信我的话，放心地署上自己的名字就行。小叶说，我当然相信你，当年关于"陈腐"的那件事情，我们当记者的都心知肚明，纯粹就是一个小小的笔误，只不过被人上纲上线了而已。陈小元说，那好吧，我也不瞒你了，那根本不是笔误。

小叶说，你什么意思？那是你故意埋下的伏笔？陈小元说，算了，不提过去了，你判断一下，我的这篇稿子能刊发吗？小叶说，这么好的新闻，我先争取一个跨版，然后再根据情况进行追踪。陈小元说，真是太好了！有空请你喝酒，业主们说了，他们要好好地报答你。小叶说，你也是有良心的记者出身，我们兄弟喝酒可以，再整一些其他的，那是羞辱你也是羞辱我，你安心等我消息吧。

陈小元十分兴奋，把消息赶紧告诉了小马和老牛，说是《东海晚报》一报道呀，其他媒体都会扑过来，到时候就会形成热点，你们天天上报纸上电视，很快就会变成明星的。小马和老牛说，应该让他们采访你。陈小元说，这你们就不懂了，我在报社工作，是要避嫌的。

时间过去了好多天，小叶每次回复的消息，都是正在协调版面，千万不要着急。直到某一天黄昏，还没有到下班时间呢，小叶就叫陈小元赶紧下楼，一起喝酒去。

陈小元在报社楼下见到了小叶，说真如老街那边有个如意酒吧不错，小叶说酒吧那地方太低俗太嘈杂，只有娘娘腔小白脸才去呢，我们坐在马路边多爽快呀。陈小元说，那酒呢？小叶扬了扬手中的一个白色塑料桶说，我从安徽老家带来的，自己酿的柿子酒，够味道吧？

两个人钻进了旁边的开放式公园，找了一块安静而幽暗的草坪坐了下来。陈小元发现没有杯子，要回报社拿两个过来。小叶阻止了说，喝这种酒用杯子，像新婚之夜戴套子，那是不痛快的。他拧开塑料桶，直接朝嘴里灌了两口，然后递给了陈小元。陈小元说老婆刚刚怀孕，过会儿还得开车接她下班，只能陪他做做样子。小叶说老婆事大，繁殖后代的事情更大，于是就独自一个人提着塑料桶咕咕嘟嘟地喝了起来。

小叶默默地喝了半天都没有开口说话，直到一壶酒差不多喝光了，才淡淡地说，我准备辞职了。陈小元说，干得好好的，辞什么职呀？小叶说，我对不起你，也对不起记者这个职业。陈小元说，是不是稿子被枪毙了？枪毙就枪毙吧，也没有什么大不了的，我们另想办法就行了，没有必要赌气闹到辞职的地步。

小叶叫叶丽亚，看到名字都以为是女的，见到人才明白长得又黑又瘦，脾气也比较干净利落，而且还嫉恶如仇。他是安徽安庆人，毕竟生在黄梅戏之乡，平时喜欢唱几句黄梅戏，在出去采访的时候，或者晚上下班的时候，走在马路上或者坐在乘客稀少的公交车上，经常会放开嗓子唱上那么几句，而且还挎着一个破烂的帆布包，所以大家以为遇到了精神病患者，总是被吓得纷纷地避让他。

小叶原来在《东海早报》当记者，和陈小元是一个部门的同事，也和陈小元的脾性相同，总是看不惯报社的一些歪风邪气，说白了是看不惯淫贼他们为了一点蝇头小利就失去原则，干脆跳槽去了同城的《东海晚报》，谁知道报社的日子普遍不好过，所以也就天下乌鸦一般黑了。他和陈小元在一起合租了好多年，陈小元搬入新家以后，他把老婆从安徽叫到了上海，在超市里找了一份收银的工作，过上了陈小元以往过着的那种露水夫妻似的生活。

小叶已经喝多了，就把前前后后的经过断断续续地告诉了陈小元。当时，小叶拿到陈小元的稿子一看，使劲地啪啪啪地拍了桌子，一是因为稿子写得好，有据有理，有情有感，有说法有思考，是一篇非常难得的深度报道；二是因为业主们的遭遇太令人同情，开发商的态度太令人生气。他把稿件提交上去的时候，部门主任的判断和他是完全一致的，而且立即和编辑部进行了协调，计划不做一锤子买卖，而是拉长战线，进行系列报道：第一天以业主们的投诉为主，发一个跨版；第二天以各方面的说法为主，再发一个跨版，同时刊登热线电话，征求读者的看法和在购房过程中遇到的侵权案例；第三天根据征集来的观点和侵权案例，选择一些有普遍意义的，进行回访以后，再发一个跨版；第四天组织消保委、房管局、开发商和市民代表以及专家进行座谈，寻求解决问题的办法，从深层次进行反思。房子本来就是大家最关心最揪心的，如果这么炒下去，肯定会引起轰动。

第一篇稿子计划见报的那天，小叶兴奋地来到报社，当他打开报纸，从头版翻到最后一版，从最后一版翻到头版，却没有看到一个字。他立即打电话给部门主任，部门主任说出的情况是，昨天晚上大样都已经出来了，外地突然发生大爆炸需要报道，这才临时决定撤换版面的。但是过了一天又一天，刊发日期不断推迟，上边的解释每次都不一样，要么有重大报道任务呀，要么广告太多了版面紧张呀，最后一次给出的理由是元旦前，要营造和谐喜庆的社会氛围。

小叶说，元旦还有几天呢，营造个鸟氛围啊！人家业主的忍耐力是有限度的，等到元旦后再不发，就拿到其他报纸去发。部门主任就私下里暗示小叶，别说元旦过了，即使春节过了，也不见得有版面，你就让他们另寻出路吧。小叶说，另寻出路是什么意思？部门主任说，你去好好翻翻报纸就明白了。

小叶翻了一天报纸，又翻了一天报纸，接连翻了六天，越翻越生气，越翻越热血沸腾。他再也无法忍受了，把一叠报纸啪的一声拍在部门主任的桌子上，质问道，仁河公司的房产广告都是谁干的？！部门主任说，我们是新闻部，这些又不是新闻，我怎么知道啊！小叶又拿着报纸找到了广告部，问这些广告都是谁拉来的？广告部的人都摇摇头，说你去问领导吧。

《东海晚报》分管经营的副社长也姓银，虽然和《东海早报》的银子没有什么关系，不过，在上海滩的报界，大家喜欢把他们以"银大""银二"来区分。小叶拿着报纸找到了银二，问这些房产广告怎么来的？银二笑眯眯地说，人家主动投来的。小叶说，是不是主动投来的我持怀疑态度，不过，我就想问，有关仁河公司损害消费者利益的稿子什么时候能发？银二说，我就老实回答你吧，报社的经营状况特别不好，所以新闻必须为广告让路，你那篇稿子确实不错，因为人家是广告客户，我们只能忍痛割爱，谁让我们穷啊，人穷志短嘛。小叶说，再穷也不能敲诈吧？

银二说，你的话太难听，这不是敲诈，这是保护，人家投广告在先，你写稿子在后。小叶说，你们别骗我了！这广告早不登、晚不登，恰好在我稿子交上来以后就登了，而且不惜代价不惜整版连续登了好多天，你不会用巧合来解释吧？银二说，你也不要生气，按照报社的考评规定，你的稿子发不发都会统计工作量，你个人不仅不受损失，还替报社做了贡献，这叫什么？这就叫双赢，甚至是三赢。小叶说，但是业主们呢？谁去为业主们伸张正义啊？

银二说，我们是报社，又不是法院，他们要伸张正义可以去法院。小叶说，单纯地从另一个角度来讲，开发商如此坑害消费者，如果是有责任心有良知的媒体，这样的广告给再多钱也不应该刊登吧？银二说，道理是这样的，但是光讲道理能发工资吗？光讲道理报纸就能活下去吗？你们当记者纸上谈兵可以，有本事直接拉几个广告进来试试吧。

小叶很气愤地说，你们整天讲，做新闻要有良知，要有职业道德，不能婊子立牌坊！银二更气愤地说，我说小叶呀，谁是婊子呀？你又是谁呀？你是一个记者！稿子发不发，什么时候发，你有权力决定吗？我必须给你解释吗？小叶说，我会调查清楚的，如果你们拿着稿子去敲诈，我会向宣传部门举报的！

小叶私下里得到的消息，这家著名的房地产企业在广告投放上，过去根本不尿《东海晚报》。因为晚报虽然也是早晨发行的，和晨报早报日报没有什么差别，但是以中老年为主要读者群，根本不是房屋的消费对象。副社长银二正苦于无计可施呢，突然看到了系列报道的策划方案，于是两眼放光地骂道，妈的，你牛逼轰轰的，终于落到老子手上了！

银二直接打通了仁河公司总经理的电话，说有篇关于公司的稿子请总经理看看，有没有什么出入。总经理有点不屑一顾，说自己在吃饭呢，这点鸡毛蒜皮的小事，直接找我们的宣传企划吧。银二说，那就太好了，顺便提醒一下，央视焦点访谈明天就来了。总经理愣了一下，警觉地问，央视来干什么啊？银二说，央视和我们是联动媒体，你们开发的豆腐渣工程，我们一报道呀，肯定会轰动全国，他们怎么会不管呢？

总经理态度立即大变，换了一副口气说，哎呀，对不起，刚刚没有听清楚，到底是什么新闻，快点说来听听吧。银二说，是关于米罗公元的，算了，大样已经出来了，就劳驾你明天直接看报纸吧。银二挂掉电话，果然不出半个小时，总经理就亲自带着人急匆匆地出现在了报社。大样确实出来了，不过都是做样子吓唬人的，实际的版面上已经换成了另一条有关爆炸的新闻。总经理看到大样，明白这事非同小可，商量着能不能撤稿。银二说，现在都晚上十一点多了，有些版面已经下印厂了，估计现在已经开印了。

总经理把一份文件推到了银二的面前说，难道就没有什么办法了吗？银二瞄了一眼，发现是一份期待已久的合作协议，但是仍然装作非常为难的样子说，办法肯定是有的，不过损失太大了，如果撤稿的话，印出来的报纸就要作废，不仅版面需要重新制作，而且明天上市时间还要晚点。总经理说，你放心吧，我们十倍地补偿你们，我已经把广告合同带来了。

银二说，总经理呀，也不是钱不钱的问题，关键是媒体不能没有原则，我们看到广告就撤稿的话，怎么向投诉对象交差呢？总经理说，我们舆论监督的目的也是为了解决问题，业主那里我们会妥善处理的，还请社长下令撤稿吧，接下来我们两家多多互惠合作。

银二见时机已经成熟，于是装模作样地说，其实你们企业也不容易，为上海的经济建设也做出了不少贡献，我们从保护企业和维护社会稳定的角度，那稿子撤掉缓几天再说吧。

陈小元听完了小叶的讲述，说不愧都是姓银的，这银二和我们那里的银大简直是一个模子刻出来的，这样的事情我从淫贼那里早就见识过了。小叶把一塑料桶的酒喝了个底朝天，愤愤不平地骂道，妈的，报社原来多干净啊，如今受到了新媒体的冲击，为了苟延残喘地活下去，竟然做出这些不要脸的事情，而且自始至终没有人告诉我，把记者当猴子一样耍，这哪里还是什么报社啊，我哪怕沿街要饭去，也不会和这些杂种同流合污的！

陈小元无奈而又伤感地说，辞职了你又能去哪里呀？传统媒体都一样没落，你的眼里又藏不住一粒沙子，除非改行进军新媒体，不然找不到工作的话，你以后在上海的生活都成了问题，总不能吃软饭让老婆养着你吧？小叶说，我和老婆回安庆老家，搭个台，唱唱戏，日子不要太好过啊！陈小元说，你那小绵羊似的咩咩的嗓子，在上海的大街上随便哼哼可以，真要上台的话还不把人吓晕过去了？

小叶说，我唱戏又不卖票，逗父老乡亲一乐，爱听不听，这有什么好怕的。小叶说着，拍打着喝空了的塑料桶大声唱了起来——

天官岁月太凄清，
朝朝暮暮数行云。
大姐常说人间好，
男耕女织度光阴。
有心偷把人间看，
又怕父王不容情。

冬天的天黑得早，又不到规定的开灯时间，所以就成了这个城市的至暗时刻，人影、树影、楼影模糊一片，老头老太太们已经吃完晚饭，早早来公园里锻炼来了，有的压腿，有的扭腰，有的倒着跑步，听到小叶在唱《天仙配》，就纷纷停下来说，唱得不错，继续唱下去吧。但是小叶忘了后边的词，只能反复地唱这么几句，倒也唱出了几分味道。

胥小曼打电话问，下班了，你人呢？陈小元说，在陪小叶喝酒呢。胥小曼说，我不会搞错了吧，天黑了，还不算夜晚，怎么就莺歌燕舞了啊？而且还什么夫妻双双把家还，我看你把我们娘儿俩都给忘了。陈小元说，我把自己给忘了，也不会忘了你们，我没有喝酒，也不在歌厅，而是在报社楼下，小叶心情不好，我陪着散散心。胥小曼说，小叶怎么了，不会离婚了吧？小叶接过了电话，笑呵呵地说，嫂子啊，我不仅没有离婚，还天天发骚呢，当初合租的时候，从你们那里学到的招数，全部都派上了用场。

胥小曼说，你学到的只是皮毛，陈小元还有压箱底的功夫，尤其花花小姑娘的肠子，那可是天下一绝，你要好好向他讨教讨教。小叶说，你太冤枉他了，他真是天下少有的好男人，为了接你下班，竟然滴酒不沾，四五斤的一桶柿子酒，全灌到我一个人肚子里了。

胥小曼说，叶丽亚，你这个臭娘们，你到底喝了多少？小叶说，四五斤啊，他不喝我有什么办法，总不能剩下来喂狗吧。胥小曼笑嘻嘻地说，陈小元是对的，你让他赶紧过来，晚上回家我奖励他。小叶说，奖励两个馒头对吗？胥小曼说，奖两个人肉包子，外加一份红烧里脊和一杯酥油奶茶。

陈小元把胥小曼接回了家，胥小曼换上了睡袍，说刚刚答应你，要奖励你，不过现在情况特殊，不能乱折腾了，只能兑现两个肉馒头。她把刚刚扣上的睡袍又解开了，把两个弹跳而出的白花花的大奶塞进陈小元的嘴里，无比自豪地说，你趁机多吃几口吧，等孩子出生了，就没有你的份了。

如果放在过去，陈小元一边吃她，她自己也会伸手去揉捏，现在却像一棵枝丫稀少的老树，稳稳当当地甚至有些呆板地站在那里，无论怎么刮风下雨，也没有太多激烈的反应，最多抖掉几片细碎的叶子。胥小曼说，奇怪了，自从怀上宝贝以后，我越来越没有感觉了，会不会因为老了，变成性冷淡了啊？陈小元没有作声，含着她的胸口轻轻地嘬了几下，又移到她的嘴唇上轻轻地亲了几下，就帮着她把衣服扣子扣上了。他从台风那天以后，再一次变得疲软，而且与原来完全不同。原来还可以借助外力，比如手啊嘴呀舌头呀，让胥小曼产生快感，让自己得到心理的满足，但是现在似乎变懒了，内心的那根弦慢慢麻木了。

陈小元既感到庆幸又感到悲凉，庆幸的是，胥小曼的无感，正好让他躲过了尴尬；悲凉的是，如果没有性生活，两个人的关系是不是就从夫妻变成了亲人，从爱情一步一步地滑向了亲情呢？亲情是多元的，是可以相互取代的，而爱情是唯一的，是此消彼长的，像极了潮涨潮落、草长草飞、花开花谢。

第二十五章

小叶本来想以自己记者的名义，把稿子发在网上出一口恶气，但是被陈小元给制止了。因为稿子交上去的时候，署名"《东海晚报》记者叶丽亚"，就意味着小叶写那篇稿子是职务行为，从理论上来讲，发与不发，怎么发，发在哪里，决定权确实在报社，记者已经没有决定权了。如果记者私自发到网上去，麻烦那就更大了，十有八九是要被开除的。

小叶一旦被开除，就会留下不良记录，根据新闻从业者管理办法，记者证不仅会被没收，而且五年以内不能再干这一行，恐怕真的只能回乡下唱戏去了。所以，陈小元把稿子拿了回来，又联系了几个朋友，投给了其他几家媒体，地产报呀，电视台呀，广播电台呀，甚至是北京的媒体，得到的答复基本一致，这都是业主的一面之词，法律风险太大，不方便处理。

陈小元与小马、老牛一商量，决定在网络上做做文章，于是几个人进行了分工，各大网站，业主论坛，市民信箱，新浪博客，腾讯微博，把稿子铺天盖地地发了上去。而且注册了一个微信公众号，叫"米罗的冤屈"，专门用于维权，把业主们的遭遇编辑成一个个小故事，像连续剧一样一集一集地朝外推送。谁也没有想到，网络传播起来更方便，很快就成了房产行业的热点。

开发商非常生气地找到了《东海晚报》，说我们那么多广告等于白投了，你们把报纸上的稿子撤掉了，然后又在网络上发了出来，这样做太不地道了吧？副社长银二连连地赔着不是，解释不是报社干的，可能是记者私下干的，表示立即追查网络源头，进行严肃处理。

银二非常恼火地找到小叶，拍着桌子说，叶丽亚，我告诉你，你把稿子私自传到网上，说轻点是违纪，说重点是违法，要被开除的知道吗？小叶倔强地说，你们开除我好了，我倒要提醒一下，你们进行有偿不闻，违纪违法的是你们。银二说，当初你在早报混不下去了，是晚报收留了你，在报社生死存亡的关键时刻，你不知道感恩图报就算了，为什么还要害报社啊？小叶说，我不是混不下去，那叫弃暗投明，谁知道天下的夜晚都是黑的。

银二说，黑夜给了我们黑色的眼睛，我们要用它去寻找光明！你现在的做法简直是叛徒知道吗！小叶说，你错了！虽然纸媒没落了，但是我们新闻人的人格不能没落，从这个角度来说，我其实是在维护报社的形象，你们看上去是在维护报社的利益，其实是昧着良心。报社的良心是什么？是舆论监督！报社是谁的？是读者的！作为记者我应该报答谁？是读者！读者的生命财产遭到侵害，来求救的时候，我们应该尽自己的职责，但是我们现在却成了坑害他们的帮凶！

银二被气得浑身发抖，近乎哀求地说，你脑子进水了吧？你根本就没有大局意识，皮之不存，毛将焉附？报社经营非常不景气，差不多快要关门了，报社一旦关门了，舆论监督从何谈起？我们好不容易弄点钱，被你这么一折腾，恐怕就要打水漂了，所以我代替几百号员工求你，赶紧把网上的稿子能删的自己删掉，自己删不掉的，就想办法找网站去删，花多少钱报社都给你报销，如果处理不好，开除你事小，下个月发不下去工资，兄弟姐妹们只能喝西北风去了。

小叶说，对不起，我做不到。银二说，为什么啊？就为一点尊严吗？小叶说，因为网络上的稿子根本不是我发的。银二说，稿子是你提供的不会错吧？小叶说，我就老实交代吧，稿子不是我提供的，也不是我写的，我没有这么大的才气。银二说，你的才气是有的，就是经常一根筋，你说说稿子到底是怎么来的吧。

小叶说，有个叫陈小元的人，你听说过吧？是他写的。银二说，是《东海早报》的那个"陈腐"对吗？他写的稿子怎么署着你的名字？小叶说，他在米罗公元买了房子，是受害者之一，他不方便署名，而且他也不是记者了，我当时觉得新闻不错，说服了半天，人家才交给了我，让我挂个名而已。银二说，你真糊涂，你这是造假知道吗？小叶说，是啊，我头脑清醒的话，也不会把稿子交给你们这些狼心狗肺的人手里。

银二压了压火气说，请注意一下你的言辞！这样吧，你们是老同事，肯定还是好朋友，你帮忙做做他的工作怎么样？小叶说，这一点，我也做不到，你换位思考一下，如果是你欠了一屁股债，从银行贷了上百万，贷款要还一辈子，结果花了几百万，买了一个花果山水帘洞，到处漏水发霉不说，旁边的房子还出现了倾斜，而开发商没有确切的说法，更无一点解决问题的诚意，你会答应吗？

银二说，你确定这些都是真实的吗？小叶说，当然是真实的，所以解铃还得系铃人，关键还是开发商，业主的诉求满足了，自然就不会闹了。银二说，目前看来，也只有这条路了，你在外边把自己的屁嘴收紧了，不要老是充当什么英雄好汉，这年头英雄好汉多了，人家的方式不同罢了。

银二把情况与开发商进行了沟通，说稿子不是《东海晚报》写的，也不是《东海晚报》发到网络上的，据说是一个叫陈小元的业主从头到尾牵头的。这个人在《东海早报》工作，也当过几年的记者，轰动一时的"陈腐"事件就是他干的，那是特别难缠的一个角色，所以你们想办法把他安抚好了，一切也就简单了。

元旦前夕的某一天傍晚，陈小元熬到六点，正要准时下班呢，突然接到一个电话，是银子打来的，让他去办公室一趟。自从调回发行部任印务主管，陈小元似乎变成了高高在上的自由人，银子似乎把他给彻底忘记了，不仅不再找他谈工作，每次在开会的时候遇到一起，也都是拍拍他的肩膀眯眯一笑，要么什么也不说，要么说日子过得不错啊，发福了长胖了脸色红润了，要么说新房子住得挺舒服啊，越来越像阿拉上海人了。陈小元不喜欢银子，那不管就不管吧，也乐得逍遥自在了。

银子给陈小元倒了一杯水，仍然笑眯眯地说，坐吧。陈小元说，银总，我站着就行。银子说，怎么不叫表哥了啊？陈小元说，哎，别提了，当时叫着玩的。银子说，都被你叫上瘾了，你现在突然不叫了，我倒有些空落落的了。陈小元看了看手机上的时间说，银总有何指示，请尽管吩咐吧。银子说，其实今天叫你来，没有什么要紧的事情，就是好久没有聊天了，你心不在焉的样子，晚上是不是有约会啊？陈小元说，是啊，和老婆。银子说，老婆怀孕了吧？恭喜你啊。

陈小元有些不快，胥小曼怀孕的事情，他从来没有声张过，是怎么传到银子耳朵里的呢？是医院？是"水桶"？陈小元说，你从哪里得到的消息？银子说，你做了什么，瞒哄别人可以，别想着瞒哄我，你又花了一个女人对不对？陈小元说，谁？我怎么不知道？银子说，她长得和你老婆挺像的，我就佩服你这一点，自己长得不咋样，泡的尽是一些白富美。

陈小元更加不快了，他说的明显不是胥海清而是柳红。这个淫贼和柳红之间什么时候又扯上了关系呢？银子接着说，说到这里，我突然想到仁河公司，他们一直是我们的亲密的合作伙伴，《东海早报》创刊六十五周年纪念的时候，人家祝贺广告就打了整整四个版，我记得你也拉过一个珍爱公司的软文，六个版是十五万元，而人家仁河非常义气，四个版是二十四万元，这么大的一笔感情投入，我们还没有找到机会回报人家。

陈小元顿时明白了银子的用意，说老婆正在催我接她下班呢，你没有事情的话，我改天再陪领导，别说聊天了，上床也行啊！

银子夺过陈小元手中已经接通的电话，笑眯眯地说，小胥呀，我是老银。胥小曼说，老银是谁？银子说，陈小元的领导，我在和他谈点工作。胥小曼说，哦哦，知道了，淫贼好呀。银子说，你叫我淫贼我不生气，倒是陈小元这个白眼狼，在单位一口一个表哥，一口一个银总，原来在家里这么骂我啊。胥小曼说，银总，不好意思，陈小元从来不这么叫你，而且恨不得叫你干爸呢，每次提到你啊，他两眼都是要放光的，他几年才见一次亲爸，也没有这么激动过。银子说，要想会，跟着师傅睡，你这油腔滑调的功夫都是从陈小元身上学的吧？胥小曼说，银总，不说了，你们慢慢谈，我正好去逛逛街。

银子放下电话，阴沉着脸说，你老婆怎么称呼我知道吗？陈小元笑哈哈地说，她一直叫你银总。银子说，是淫贼！不是银总！你坐下来，我们言归正传，我看了网上的那些消息，都是你一手策划的吧？

陈小元坐了下来，装着不懂地问，什么消息？银子说，你就继续装吧，除了你陈小元，别人有这本事吗？我正在考虑以什么名头，把你从发行部调回记者部，关于"陈腐"的事情已经过去那么久，上边的主管领导该换的也换了，"陈腐"也真正因为腐败问题被抓了，你这么大的才子不能闲着，闲着容易无事生非，前提是你得配合我，把网上的那些东西处理掉。

陈小元彻底明白了，就试探着问，仁河公司找来了对吗？银子说，不仅仅是仁河公司，还有更大的背景，我说出来吓你一跳。你扔那么多炸弹，仁河被炸得已经招架不住了。你别看房子那么吃香那么贵，但是层层扒皮，开发商日子并不好过，你再这么炸下去呀，这家著名企业，上海市的纳税大户，也许就被你炸飞了。陈小元说，但是在他们眼里，我们不过是几只蚂蚁。

银子说，有个成语叫蚍蜉撼树，蚂蚁多了也很可怕，这就是仁河担心的原因。他们已经拿出了姿态，让我来问问你，每户补贴三千块可以吗？陈小元说，每户三千块？这是打发叫花子吧？两个巴掌的房子也不止这些钱！银子说，你判断一下大概多少合适？陈小元说，每平方米至少两千块，每户人家少了二十万免谈。银子说，这是你个人的心理价位对吗？陈小元说，是的，其他业主不见得答应，但是我可以做他们的思想工作。

银子说，你们小区大概有多少户？陈小元说，我们一期估计有几千户，加上还在销售的二期，总共应该有上万户。银子说，你聪明，你算算，每户二十万，加起来要赔多少？陈小元，漏水比较厉害的只有几栋楼，总共三四百户，也就六七千万吧。银子说，你聪明，你再想想，仅仅补偿你们，其他业主能答应吗？人家仁河算过了账，按照你提出的要求，加起来就是几十个亿！几十个亿是什么概念？现钞的重量大约二十三吨！可以装整整一大卡车。陈小元说，他们真不要脸，账有这么算的吗？每套房子四百万，整个小区他们收了几百个亿，相对来说不过九牛一毛。

银子用刀子一样的眼睛剜了陈小元一下说，你太无知！土地成本，建筑成本，销售成本，而且其他方面的损失更大，比如引发了退房潮怎么办？比如新开发的楼盘滞销了引起资金链断裂怎么办？比如引起了上访呀跳楼呀这些社会动荡事件怎么办？陈小元说，那是活该，是坑害消费者应得的下场。银子说，道理是对的，你聪明点的话你就是一只大象，你不聪明的话还真就是一只蚂蚁，不要怨我没有提醒你。陈小元说，谢谢你，我不怕。

银子停顿了一会儿，接着说，前边都是朋友之间聊天，现在我以副社长的身份传达一下重点，报社让我找你谈话，你在网络上发布新闻严重违规。陈小元说，我又不是记者，违什么规了？银子说，你不是记者，但是在报社工作。陈小元说，在报社工作的人，被杀了剐了，都不允许吭一声吗？银子说，你可以吭啊，甚至可以去呐喊，但是方式不对。陈小元说，什么方式才算对呢？银子说，比如去法院起诉，而不应该私自发布新闻。

陈小元说，你是报社领导，你告诉我什么叫新闻吧？银子说，我们就不扯这么多了，按照上边的意思，如果尽快删除那就既往不咎，不然将严肃处理。陈小元说，上边是哪里？严肃处理是什么意思？银子说，你被"陈腐"事件害得够惨的了，我就实话告诉你吧，你再固执下去的话，不仅调回记者部的事情前功尽弃，而且连目前的工作都保不住了。

陈小元说，我明白了，要开除我对吗？反正动不动就拖欠工资，开除就开除吧。银子稍微控制了一下语气，说拖欠的工资终究会发的，你现在不是单身汉的时候，可以不考虑自己，也要考虑一下老婆，更要考虑一下未来的孩子，现在就业形势非常不好，如果丢了工作，而且是被开除的，你想想能去哪里呢？我记得你还有不少房贷，孩子一出生也是花钱的机器，弄不好妇产科医院都住不起，你总不能按照乡下的办法，请个接生婆去家里接生吧？

陈小元沉默了。他想到了断断续续的工资，想到了这个月没有着落的房贷，想到了柳红的十万元，想到了堂兄陈武的二十万元，想到了姐姐帮忙贷出来的十万元，想到了胥海清的两万元，尤其想到了胥小曼那来路不明的几十万元以及自己开黑车的那些日子。他同时也想到了惨不忍睹的墙壁，想到了滴滴答答的渗水声，想到了那栋楼倾斜的线条。

陈小元禁不住在心里骂了一句，狗日的，我就不删，你能把我怎么样？但是他没有骂出口，而是嘿嘿地笑着说，事到如今我就坦白吧，那篇稿子确实是我写的，不过交给了晚报的叶丽亚。银子说，你这叫胳膊肘子朝外拐。陈小元说，我本来想找你，看看能不能发在《东海早报》，但是害怕给你带来什么麻烦。银子说，这么好的新闻，能有什么麻烦啊？陈小元说，你刚刚还在指责把稿子发在网络上呢，你难道能在《东海早报》发表吗？银子说，新闻就一定要发表吗？陈小元说，不发表，那还叫新闻吗？

银子说，当然叫新闻了，只不过人家叫内参，你听说过内参吧？陈小元说，什么叫内参？也就是内部参考，这怎么和新闻好比啊！我看这条新闻这么负面，而且又是我自己的事情，为了避嫌才让小叶在稿子上署名的。小叶拍着胸脯保证在晚报进行系列报道，每天两个整版，但是至今一个字没有。银子说，人家妙就妙在这里，据说你给人家带来了上百万元的收入。陈小元装作吃惊的样子说，这怎么可能？银子说，怎么不可能？陈小元说，天啊，我还在纳闷呢，没有登上报纸，却跑到网上去了，难道是晚报干的吗？

银子说，仁河在晚报下了那么大的注，如果是晚报推到网上去的，那不是搬起石头砸自己的脚吗？所以你是在故意装蒜对吧？陈小元说，天地良心，真不是我发的！会不会是小叶发的呢？银子说，小叶为什么要发啊？陈小元说，他在我们这里干过，脾气你是知道的，会不会因为稿子被枪毙，心里不服气啊？银子说，你没有问他吗？陈小元说，我怎么好意思啊！

银子说，我已经打听过了，不是他，人家一口咬定是你。陈小元装作很无辜的样子说，真不是我，如果也不是他，那还有一种可能。银子说，你说说还有什么可能吧？陈小元说，文章你也看到了，在我们小区里，有人损失比我多，火气比我大，说不定是他们发的，比如小马或者老牛，一个孩子疑似白血病，一个儿子得了忧郁症，他们杀人的想法都有了。

银子用手指头敲了敲桌子说，你是他们选出来的队长，他们发稿子不和你商量？我知道你在糊弄我，但是总之一句话，不管是谁发的，删帖的事情是政治任务，就交由你来负责，处理好了，立即回来当记者。陈小元说，处理不好呢？银子说，处理不好就听天由命吧。

银子送陈小元出门的时候，从桌子底下拿出一个手提袋，说女人怀孕的时候千万要注意营养，这点小零食你提回去孝敬老婆吧。陈小元说，免了，领导的东西我们咽不下去，咽下去了也消化不良。银子说，这不是我送的。陈小元说，那是谁送的？银子说，你真啰嗦，赶紧去接老婆下班吧，女人怀孕期间脾气不好，什么傻事都干得出来。

那就简单地说说当时的胥小曼吧。她利用等待陈小元接她的时间去优衣库逛了逛，看到新款的羽绒服在打折促销，红的，黄的，蓝的，又轻又薄，就试穿了几件，都漂亮得不得了。她想，过完这个冬天，自己就没有机会再穿了，因为女人生完孩子基本是要发胖的，她的少女时代，不，是少妇时代，从此就结束了，从而进入了妈妈时代。她真想再臭美一次，但是摸了摸自己包里的银行卡，还是依依不舍地脱了下来。她刚刚收到短信通知，工资已经到账，比上个月少了一千多块，陈小元的工资又拖欠了，十四号的还款日期只剩下几天，她的钱不仅不能乱花，而且正为相差的几千块发愁呢。但是，她发现孩子的衣服更漂亮，自己的宝贝穿在身上应该特别可爱，就咬了咬牙，花了三百多块买了一顶帽子和一件粉红色的羽绒小背心。

胥小曼回到家，拿出孩子的衣服说，陈小元，你过来试试吧。陈小元说，孩子的衣服我怎么试啊？胥小曼说，你不就是我的孩子吗？我们比画比画不行吗？陈小元比画了几下，胥小曼笑嘻嘻地说，多好看的衣服啊，被你一穿怎么就变样了，孩子以后长得像我还好，长得像你那就完蛋了。陈小元说，粉红色的，脂粉味太重，除非是个小丫头，不然谁穿着都不好看，何况我还是一个男人。胥小曼有些生气地说，你嫌弃的话，买一件回来呀！孩子都这么大了，你买过一针一线吗？陈小元笑了，听胥小曼的口气，好像孩子已经长大成人了似的。

陈小元确实有些内疚，就把带回来的手提袋递了过去，说，送你的。胥小曼发现是三盒巧克力，又高兴地说，亲爱的，你多久没有这么浪漫了啊？陈小元说，我一直都很浪漫，只是人穷志短罢了。胥小曼拆开一盒，分给陈小元一颗，自己也小小地吃了一颗，然后又装了起来，说要留着和孩子一起分享。陈小元说，等孩子能吃巧克力的时候肯定已经过了保质期。胥小曼幸福地说，那我每天晚上吃一颗，听说多吃巧克力能生龙凤胎。

第二天晚上，胥小曼再取巧克力的时候，突然大呼小叫地说，陈小元你赶紧过来！陈小元以为爬进了蟑螂，或者有别的什么虫子，跑过去一看，吃惊得心怦怦乱跳。

陈小元像提着一条蛇一样，从袋子里提出一大捆钱，十分胆怯地问，这么多钱从哪里来的啊？胥小曼说，我正要问你呢，不是你拿回来的吗？陈小元说，当然不是！家里不会进了小偷吧？胥小曼说，你傻呀，小偷只会偷钱，怎么会送钱啊？！我看是圣诞老人来了。陈小元说，你想的真美，圣诞节已经过了，何况我们都不认识这个洋鬼子。胥小曼说，那你老实交代，巧克力是从哪里来的？陈小元说，是别人送的。胥小曼说，还以为是你专门买的呢，看来是我自作多情了。

陈小元说，你猜猜是谁送的吧。胥小曼说，你莺莺燕燕的一大堆，最有可能送你礼物的是柳红。陈小元说，胥小曼同志，你又想多了吧？

胥小曼说，你看看手提袋吧，这就是最好的证据，你还想抵赖不成！陈小元心里一沉，他发现手提袋上印着一个地球仪一样的商标，商标里含有"仁河置业"四个小字，这确实是柳红他们公司的。由此可以判断，应该是柳红他们公司送给了银子，再由银子转交给了自己。巧克力不过是一种伪装，送钱才是真正的目的，想以此来收买自己。

胥小曼说，我只是感慨万千，这姓柳的真善解人意，我们欠她的钱还没有还呢，现在知道你手头紧，又出手相助，而且如此的大方，看来对你真是一片情深啊！不过，你也不要太嘚瑟，送巧克力也许是真的，至于里边的钱嘛，说不定是人家忘记在袋子里的而已。陈小元感觉事态严重，干脆实话实说，手提袋不是柳红送的，而是银子送的，昨天谈话结束的时候，他送给我的时候说是小零食，只字未提钱的事情。

胥小曼说，好吧，那算我冤枉了你。胥小曼突然兴奋地说，银子是你的领导，会不会是奖金啊？！陈小元说，领导蹲茅坑都要哼哼几声，发奖金哪有一声不响的呀！我猜是别人送的，银子不过是二传手。胥小曼更兴奋了，笑嘻嘻地说，亲爱的，你出息了，竟然有人送钱给你了，正好可以用来还房贷。陈小元说，出息个屁，我估计是仁河送的！仁河是谁？是我们小区的开发商！他们拐着弯子送来的不是钱，简直就是定时炸弹！我们一旦收下了，小心被炸得粉身碎骨。胥小曼说，那就借，暂时借用一下总可以吧？

陈小元无奈，就把银子那天的谈话内容一五一十地说了出来。陈小元说，假设收下了，就必须删帖，这样对不起邻居。胥小曼说，你不删，他能把你怎么样？而且他应该也收了一份，领导都不怕，你怕什么啊？快点数数看是多少吧。陈小元在手上掂了掂说，应该是十万。胥小曼说，太好了，我们现在有了十万，你知道我准备怎么用吗？陈小元说，你刚才说要还房贷。胥小曼说，这只是其中一点，我最想把柳红的债还了，我们老是欠着她，感觉像你和她签过卖身契似的，而且玉观音押在她那里，我心里感觉空落落的。如果赎回来的话，等孩子出生了，当成长命锁挂在孩子的身上，让观音菩萨保佑孩子长命百岁。

陈小元语重心长地说，这些钱怎么好贪啊！我们先不说良心和道德问题，仅仅是十万块这么大的数额，以受贿罪论处的话，起码要坐三年监狱。淫贼胆子为什么那么大？因为他本身就是腐败分子，而且一把年纪了，对他而言，不被抓，那是侥幸，如果被抓了，坐三年和坐十三年差别不大。但是我们呢，年纪轻轻，清清白白，坦坦荡荡，虽然欠了一屁股债，累是累了点，却活得问心无愧，如果这十万块一收，从此再也没有安宁日子，估计要天天做噩梦了。重点是哪天被抓了，我坐监狱无所谓，全当去体验生活，你怎么办？孩子怎么办？说不定你和孩子都成别人的了。

胥小曼被说服了，抱着陈小元嗲嗲地说，你说对了，你如果坐了牢，我一分钟后就改嫁。陈小元认真地说，你有改嫁的心我反而放心了，我哪天出事了，无论出了什么事，你一定要重新找个好人。胥小曼被这么一说，真要生离死别似的说，老公，你别乌鸦嘴，我们赶紧把钱退掉吧。陈小元亲了一下她的额头，分析说，你是对的，仁河不可能送我一个人，肯定也送了淫贼，甚至不止十万块，如果我们先提出退还的话，淫贼应该非常尴尬，显得他觉悟不高似的。他实际的觉悟本来就不高，但是要给他留点面子，毕竟在他手下过日子，所以得想想怎么个退法。

陈小元当记者的时候，也收过人家的红包，区区几百块，顶多两千块，基本退还了。这次收到这么多，而且是和领导一起收的，他实在没有这方面的经验，又不好告诉熟悉的人，就咨询了几个网友，网友的说法五花八门——直接退给仁河吧，明显不合适；上交纪委吧，纪委肯定要问个来龙去脉，弄得满城风雨，动静未免太大；不动声色地还给银子吧，银子装聋作哑地全部吃进肚子怎么办?

胥小曼说,有什么好纠结的,干脆直接告诉淫贼。陈小元说,妈的,那就这么办吧。他爬起床,对着银子的电话说,银总睡了吗?银子说,现在都凌晨一点了,我又不是小姐。陈小元说,你送的巧克力非常好,我们家胥小曼说谢谢你。银子说,你知道我是借花献佛,你要谢就谢人家仁河。陈小元说,这不是你送的吗,和仁河有什么关系呀?银子说,老实说,还真是人家仁河的一片心意,你就尽情享受吧。陈小元说,我害怕消化不良啊!

银子说,他们也送了我几盒,你尽管放心好了,尽快把帖子删掉就行,这事情千万不能再拖了。陈小元说,不说删帖的事情,你知不知道巧克力下边埋着什么吗?银子犹豫了一下问,除了巧克力还有什么呀?陈小元说,还有炸弹。银子说,什么叫炸弹啊?人家又不是恐怖分子。陈小元说,银总啊,你就别绕了,我们刚刚才发现,袋子下边放着很多钱,整整十万块,这不是炸弹吗?!我和老婆商量了半天,要么交给纪委,要么退给仁河,但是想来想去,觉得还给你比较好,明天上班的时候我把它提过来,麻烦你退给他们吧。

银子沉默了一会儿,然后装腔作势地说,奶奶的,怎么会有钱呢?我以为只是巧克力,就随手送给了司机。现在太晚了,我明天问问司机吧。

这么尴尬难缠的事情,没有想到被淫贼轻而易举地化解掉了。陈小元挂掉电话,嘿嘿地笑了笑,笑自己的天真,笑淫贼的老奸巨猾。那天晚上,似乎没有听到滴滴答答的水声,他以为天花板上的漏水止住了,等把一切处理妥当以后,躺在床上再仔细一听,发现滴滴答答的声音从未中断。

第二天早上,陈小元还在路上的时候,银子就火烧火燎地打电话催他过去。陈小元直接赶到银子的办公室,把手提袋往桌子上一放,说一盒巧克力被老婆拆了，其他都原封未动，请领导查收。银子把一个一模一样的手提袋提出来，不露声色地说，我本来已经送给了司机，司机一直放在汽车的后备厢，所以也是原封未动的，我们就当面打开看看吧。银子在几盒巧克力中间翻了翻，然后拿出了两大捆钱，果然不是十万元，而是二十万元。

银子黑着脸，显得很生气的样子说，这些混账东西，竟然搞出这种鬼名堂，你看看怎么处理比较好？陈小元说，你经验丰富，我都听你的。银子说，按照一般情况，是要上交纪委的。陈小元说，纪委会没收吧？这也太可惜了。银子说，是啊，不仅要没收，送礼的人还要以行贿罪论处。陈小元说，送礼的人是谁？银子说，当然是仁河，具体来说是柳红，我知道你们关系非同一般。陈小元说，我们是老乡，仅此而已。银子说，你骗鬼可以，别想骗我！鉴于你们的关系，我建议把钱不动声色地还回去。为什么要还回去呢？一是替企业和报社着想，钱一旦上交了纪委，企业白白地蒙受损失，肯定会怨恨报社的，合作关系也就破裂了；二是替柳红着想，柳红替公司办事不力，肯定会受到牵连，被解聘的可能性都有；关键是替你着想，如果事情闹开了，大家真正地撕破了脸皮，仁河肯定不会放过你。陈小元哈哈一笑，说那正正好，我也不会放过他们。银子说，不管如何，你听我一句，还是删帖吧。陈小元没有接话，又笑了笑说，我可以走了吗？

两个人正说着呢，门被推开了，走进来的竟然是柳红。陈小元说，你怎么来了？柳红笑吟吟地说，银总一声召唤，我不来能行吗？陈小元说，我立即回避，回头见啊！银子瞪着陈小元说，你要回避对吗？那赶紧提着东西滚吧。陈小元说，银总难道还有别的吩咐吗？柳红也跟着说，银总，你急吼吼地把我叫来，到底有什么吩咐呀？

银子一本正经地说，我说柳经理，你好坏也是陈小元的朋友加老乡，怎么能给我们下这么大的套子呀？《东海早报》是国家办的新闻媒体，我是党培养起来的干部，陈小元是报社的优秀职工，我们不是腐败分子！

柳红以为银子把陈小元的思想工作做得差不多了，今天叫她来是一起商量删帖的事情，讲这些话只不过是矫情矫情，婊子立立牌坊而已，于是笑吟吟地说，这次只是一点小意思，事成以后还要好好谢谢二位。银子说，陈小元是昨天发现的，严格意义上来说，我是不到半个小时之前发现的，陈小元那袋子里是十万块，我这袋子里是二十万块，这还算是小意思吗？你们企业财大气粗，但是我们不敢贪赃枉法！

柳红一下子僵住了，她用眼神懵懵地向陈小元求救，但是陈小元低着头一言不发。银子说，柳经理，你也别紧张，我们没有对任何人声张，因为不想把关系闹僵了，常话说买卖不成交情在，以后仁河和报社还是好伙伴，你和陈小元还是好朋友。你当面数一数，把它们带回去吧。柳红带着哭腔说，如果带回去的话，我交不了差呀！公司不开除我才怪呢。银子说，你就告诉公司，我们本来是要交给纪委的，最后看着你的面子，才退还给了你们，而且陈小元已经答应删帖。柳红又破涕为笑了，感激地问陈小元，老乡，不收钱，还会删帖，这是真的吗？陈小元说，当然是假的！你先把钱拿回去再说吧。

在离开银子办公室的时候，柳红委屈地说，为了伪装这些钱，巧克力是我自己花钱买的。陈小元安慰她说，巧克力我们可以收下，反正已经被我老婆吃了几颗。柳红说，你想的美，我宁愿拿回去喂狗，也不愿意喂你这只白眼狼。银子说，你们要打情骂俏换个地方，陈小元你送送柳经理吧，提着那么多东西遇到强盗就糟了。

陈小元硬着头皮把柳红送下了楼。柳红说，你就送到这里吗？你看看人家银总多绅士，你真不怕我在路上出事啊？陈小元说，我给你叫出租吧。柳红说，叫出租，我不稀罕！陈小元只好把车开了过来，叹着气问，你去哪里？柳红说，你随便开吧。陈小元说，去银行，还是回公司？柳红没有吱声，像赌气的小媳妇一样默默地闭上了眼睛。

陈小元笑了笑，顺着沪太路新村路岚皋路，朝着回家的方向糊里糊涂地开着。柳红沉默了半天，突然淡淡地说，真是乌龟王八蛋！陈小元说，是呀，都上午十点多了，还堵得像乌龟一样。柳红说，我不是说堵车。陈小元说，那你骂谁呀？不会是骂我吧？柳红说，我真想骂你，但是没有资格，你说说你一个大男人一点都不讲义气！陈小元说，我有些糊涂了，我怎么不讲义气了？柳红说，银子今天玩的这一出，打得我措手不及，你如果讲义气的话，为什么不提前通报一声？陈小元说，你真是猪八戒倒打一耙，我还想问你呢，你为什么不直接找我，非得通过淫贼？

柳红说，是领导带着我一起找淫贼的，他事先并没有告诉我。陈小元说，事先没有，事后呢？柳红说，你这又臭又硬的石头，我敢说吗？话又说回来了，我直接送你，你会收吗？陈小元说，当然不会，所以才要退给你们。

柳红睁开眼睛瞪着陈小元说，难怪了，淫贼当时已经收下了，而且收得很痛快，原来是你坏了我的好事！陈小元说，我的亲，我这是在救你啊！我收下的话会是什么结果你知道吗？我就犯了受贿罪，你就犯了行贿罪。柳红说，那更好，我们可以一起去坐监狱。陈小元哈哈大笑起来，说男女犯人会关在一起吗？如果知道是这样，我肯定就收下了。柳红说，你现在收下不迟！

从真如寺旁边经过的时候，柳红要求下车。陈小元说，你不会住在这里吧？柳红说，目前还没有，哪一天被逼急了，我就来这里出家。陈小元说，你尘缘未了，人家不会收你的。柳红说，没有心情和你贫，你可以走了，我进去烧烧香，好好安静安静，想想怎么和公司交差，闹不好要被炒鱿鱼了。

柳红下了车，头也不回地走了，陈小元突然发现两个手提袋还放在车里。陈小元喊了几声，柳红，柳经理，你的东西落下了。柳红像没有听见似的，已经消失在寺庙那边了。陈小元坐在车里等了半天，别说烧炷香了，念十遍经的时间都过去了，依然没有看到柳红出来。他打了一个电话，柳红已经关机了。他觉得有些不对头，赶紧进了寺庙，但是在里边转了两圈，除了几个正在做法事的僧人，和几个零零落落的游客，根本没有柳红的影子。

陈小元从来都是因为没有钱而心慌，此时心慌却是因为身边的钱太多。如果这娘们躲起来了，而且躲上十天半月怎么办？他回到车上，把车门反锁了起来，然后开着车绕着真如寺漫无目的地兜着。午饭早就过了，自己的肚子已经咕咕地叫着了，头顶的太阳先直直地照着，慢慢地就偏西了。他琢磨着这些钱应该怎么处理，由此会带来什么后果——如果放在自己身边，被人偷了抢了怎么办？如果存到银行去，大额存款需要身份证，只能存到自己的账户上，到时候说不清了怎么办？如果还给银子，怎么向银子解释呢？银子又收下了怎么办？自己一不做二不休，干脆全部据为己有，解决自己眼前的困难，但是犯法了怎么办？收了钱就必须删帖，给邻居们交差是一回事，自己的良心何安正义感何在呢？

陈小元远远地看了看那栋倾斜的高楼，他突然拍了一下自己的脑袋，于是向着米罗公元二期售楼处奔去。

售楼处的门开着，已经失去了往日那种热火朝天的场面，保安坐在门前晒着太阳打着盹，有几名售楼员在聊天，有几名售楼员在玩扑克，有的低着头在玩手机。他们看到有顾客进来，一齐喊了一声"欢迎光临"。

陈小元对着迎接自己的售楼小姐说，我第一次来买房子就是你接待的，不过，你当时留着小平头，现在留起了一头秀发。小平头笑眯眯地说，长头发是不是温柔一些？陈小元说，当然了，那次就吵了一架，真是不好意思，你还认识我吧？小平头说，难怪看着面熟，你今天来还是买房子吗？陈小元说，我不买房子，我来找人，柳经理在不在？小平头说，你叫什么名字？陈小元说，我叫陈小元。

小平头顿时拉下了脸，说你就是陈小元啊？！我们现在冷冷清清的，原来都是你干的好事！陈小元说，我来就是谈这件事情的，麻烦你叫一下柳经理吧。小平头气冲冲地说，柳经理不在，她已经请假了！陈小元说，她什么时候回来呢？小平头说，我怎么知道啊？！少则两三天，多则几个月，甚至永远不来了。

售楼员们听到吵闹声都朝着这边围了过来，几个小伙子冲着陈小元嘿嘿一笑，说这里不欢迎你陈小元，趁我们还没有失控发飙，你赶紧给我们滚蛋吧！陈小元本来想把手提袋放在售楼处的，一看这阵势，还是忍了忍，气愤地走了。

第二十六章

在下班回家的路上，胥小曼问那些钱退了吗？陈小元并不想让她知道退钱不成的事情，所以就说，是呀，不退怎么办呢。胥小曼说，我今天听同事们说，我们医院副院长被抓了，原因是拿了药企的回扣和受贿，你把钱退掉是对的，只是可惜了巧克力。陈小元笑了笑说，你想吃巧克力不是分分钟的事情吗？他把车开下了高架，在好德超市买了两盒巧克力。胥小曼很开心地剥了两个，一个自己吃了，一个喂给了陈小元。陈小元说，品牌一样，怎么味道不一样了啊？胥小曼说，前边是你心上人送的，这是我们自己花钱买的，味道当然就变差了。陈小元说，不是变差了，我感觉是变甜了，自己掏钱买的心里踏实，加上老婆亲手喂到嘴里，不由得不甜啊。

胥小曼就又剥了一颗，夹在双唇之间，嘟噜着嘴说，我点对点地喂一口给你，你快点把嘴伸过来，再甜蜜地感受一下吧。她趁机抱住了他的脖子，把巧克力顶进了他的嘴。他又把巧克力顶回了她的嘴。两个人就这么顶来顶去地吻着，他们的舌头像两只狮子在舞动一个绣球，精彩，欢快，威风。巧克力慢慢化了，慢慢小了，慢慢消失了，慢慢化入了他们的舌尖，再由舌头慢慢浸透了全身。

胥小曼的身体像一颗巧克力随之而化。她呢喃着说，我想要！陈小元用眼睛指了指窗外，说大街上人来人往，不方便。胥小曼说，我不管，我下边已经湿透了。陈小元说，你看看交警来了，我们先回家吧。胥小曼失落地说，自从怀孕以后，我这台生锈的拖拉机好不容易发动起来一次，被你这么一磨蹭，回家不熄火才怪呢。

胥小曼回到家，果然没有了兴致，因为太累就直接上了床，晚饭也是从外边订回来的外卖躺在床上吃的，吃完了便眯眯盹盹地睡了。而陈小元一时坐卧不宁，原因是那些没有退掉的钱，他开始想放在汽车的后备厢，但是害怕不安全，想带在身边，但是害怕被胥小曼发现，所以下午已经拿回家藏在了沙发底下。当初买房子的时候，他经手的钱有一百多万元，不过多数存在银行卡上，那只是一个数字、一个概念、一个符号，感受并不具体。如今第一次带着三十万元现金过夜，像和一个貌美如花的亿万富婆住在同一家酒店，他不能睡她，只能意淫她，忐忑，不安，不甘，压抑，各种各样的情绪袭上心来，真他妈的不是滋味。

陈小元的脑海里都是这些钱，它们像无数的小精灵一样，围在一起举行篝火晚会。它们跳跃着，舞蹈着，歌唱着，不时地向他勾勾手指头，诱惑他一起加入狂欢。等进入梦乡的时候，他真的变成了一张水红色的百元大钞——他的肚子上写着大大的 100，像几个金色的铁环在滚动着；他显得很有质感又那么轻盈，当一阵风习习吹过，就轻轻地飘了起来，从陕西老家一直朝东，飘过了那个衰败的小村庄，飘过了父亲雪白的头顶，飘过了山川河流，顺着南阳、信阳、合肥、南京，很快飘到了上海，飘过了真如寺，飘过了外滩，飘过了黄浦江，飘过了东方明珠，朝着茫茫无际的大海而去。

陈小元充满了无穷的魔力，无论飘到什么地方，人们都会抬头仰视，都会大声欢呼，都会跟着奔跑，都想使劲地抓住他。但是没有人够得着他，因为他高高在上，高过了树梢，高过了房顶，高过了白云，甚至高过了星星和月亮。他飘啊飘啊，被一个闪电击中了，像妖怪被打回了原形，身上的花纹不见了，斑斓的色彩褪去了，魔力消失了，突然变成了一只黑色的塑料袋。他显得多么无助、无力而又无用。想回到地面，但是身不由己；想飞得快一点，但是没有力气。

陈小元大声地呼救，但是没有人理他。最后，他被挂在一栋大楼的尖顶上才停了下来。他发现这不就是米罗公元吗？不正是自己家的这栋楼吗？而且自己家的这栋楼都是透明的，像无数的码在一起的玻璃缸。对！鱼缸！玻璃鱼缸！非常易碎的玻璃鱼缸！装满了水的发出幽蓝色光芒的玻璃鱼缸！它们一层一层地码在一起，而夹在十四层的那个鱼缸就是自己的家，老婆胥小曼就是躺在中间的一条鱼。他感觉真是太危险了，那些码起来的鱼缸显得十分脆弱，随时都要倒塌破裂一样，于是就大喊了一声，胥小曼，快跑啊！

胥小曼拍了拍陈小元的脸说，你让谁跑呀？陈小元闭着眼睛迷迷糊糊地说，快跑吧，楼好像要倒了！胥小曼又摇了摇陈小元说，你赶紧醒醒，你是不是做梦了啊？陈小元终于睁开了眼睛，恍恍惚惚地看着胥小曼，心有余悸地说，我梦见我们家变成了一只鱼缸，你变成了一条鱼，躺在好像要破碎的鱼缸里，所以才叫你赶紧跑。胥小曼说，我在你的梦里肯定是一条美人鱼。陈小元说，不是，是一条娃娃鱼。胥小曼说，你见过娃娃鱼吗？陈小元说，我老家的小河里就有，我小时候逮过，它们长得像鳄鱼，叫起来像孩子的哭声。胥小曼说，我有这么丑吗？陈小元说，娃娃鱼一点都不丑，反而像一条小龙一样神奇。

陈小元彻底醒了，万人敬仰的那种风光和被人抛弃的那种失落依然还在。他把自己如何变成一张百元大钞，最后又如何变成一个塑料袋的梦，细细地讲了一遍。胥小曼说，你应该是太想钱了。陈小元说，是啊，不过仔细想想，如果真的变成一百块钱那就好了。胥小曼说，这还不容易吗？我把你拉到菜市场卖掉，肯定远远不止一百块。陈小元说，我这窝窝囊囊的塑料袋，而且是被人抛弃的塑料袋，最多不过三毛钱而已。胥小曼说，你太不自信了吧？你从另外一角度想想，对于急着需要装东西，尤其是装水的人而言，三十，三百，三万，三十万，恐怕都有市场。

陈小元听到三十万这个数目，他的心里一紧，赶紧以上厕所为名，跑到大厅，朝着沙发下边看了看，发现两个手提袋还安全地躺着，也就放心了。为了防止意外，他又去反锁了一下大门，然后重新回到了床上。胥小曼说，你反锁大门干什么啊？陈小元说，你说我值三十万，不锁好大门的话，遇到小偷怎么办？胥小曼说，你想多了，塑料袋在小偷面前，那真是一文不值。

他们两个人都睡不着了，干脆有一句没一句地聊到了天亮，但是始终没有涉及已经过期的房贷。胥小曼不提，是怕陈小元压力大；陈小元不提，是怕胥小曼心烦。似乎他们家根本没有房贷，而像一个腰缠万贯的财主。

连着两天，陈小元送完了胥小曼，再去报社溜达一圈，然后返回米罗公元二期的售楼处，像侦察员一样躲在车里远远地看着。直到第二天中午的时候，那个熟悉的身影出现了。

天气似乎风轻云淡，太阳暖暖和和地照着，毕竟已经到了深冬，还是透着几分刺骨的寒意，但是柳红上穿一件黑色毛衣，下穿一条咖啡色皮裙，脚上穿着一双黑色长筒靴，整个打扮看上去仍然停留在夏天或者秋天，尤其那无精打采的蔫巴巴的神情，像一根刚刚被清除掉的小草遭到了毒日的暴晒。

柳红低着头，把脚下的一个石子踢飞了。陈小元下了车，拦在她的面前，笑哈哈地说，柳经理，你穿这么少不怕冷吗？柳红像早有预料一样，毫不意外地躲开了，低着头继续慢腾腾地朝前走。陈小元就亦步亦趋地跟着说，都什么时候了你才上班，我都等你两天了。柳红说，你等我干什么？我又不认识你。陈小元说，我担心你知道吗？你手机不接，消息不回，到底干什么去了啊？柳红说，我一个小小的售楼处经理，当然是卖房子去了，难道卖身去了不成！陈小元说，你那天说要出家，我以为你真的看破红尘削发为尼了呢。柳红停了下来，回过头眼泪汪汪地看着陈小元说，你如果真的担心我，那就别跟着我好吗？陈小元说，走，上车吧，我请你吃饭去吧。

柳红抹了一把眼泪，乖乖地上了车。两个人来到真如老街，找了一家兰州拉面馆，各自点了一碗面。但是柳红一口不吃，只是呆呆地看着陈小元。陈小元有些不好意思地说，你老是盯着我干什么啊？柳红说，我就奇怪了，你是陕西人，我也是陕西人，为什么差别就这么大呀？陈小元说，虽然都是陕西老乡，但是你是蓝田的，属于关中人，而我是商洛市丹凤县的，属于陕南山里的土鳖，我们中间还隔着一座巍巍的秦岭。柳红说，你这茅坑的石头又臭又硬的性格，我还是挺佩服的。陈小元笑着说，那会不会爱上我呢？柳红平淡地说，我已经爱上你了。陈小元说，拉倒吧。

陈小元埋头吃完了面，然后默默地回到车上，非常严肃地说，你刚刚说佩服我，那就别为难我了，赶紧把钱带回去交给公司，这对我们两个人都是有好处的。柳红说，先去你们家吧，这里说话不方便。陈小元说，我们家更不方便，别人看到了会胡思乱想的。柳红说，你是怕你们家的醋坛子吧？她又不在家，你怕什么呀！陈小元说，这和她在不在家没有关系。柳红说，那就算了。她说着就要下车，陈小元只好叹着气把车发动了。

两个人一前一后进了门，陈小元忙着给柳红倒水泡茶，柳红则在房子里转了一圈，羡慕地说，你刚搬进来的时候我来过一次，感觉并不怎么样，被你们收拾收拾，沙发，书桌，台灯，书架，这么多书，这么大的床，现在倒是挺温馨的了。陈小元说，你好好看看发霉和起泡的墙，仔细听听滴滴答答的漏水声，还会有温馨的感觉吗？柳红说，世界上就没有十全十美的东西，你们家醋坛子倒是挺漂亮的，缺点是屁股大，又向后撅着，从后边看像藏着一条尾巴。所以什么事情都要看主流，你不能因为她屁股大，就不爱她，就不和她上床，对不对？陈小元说，这不是女人，这是四百万的房子！

柳红说，其实吧，你就是心理不平衡，你总觉得自己花了四百万元，天天还房贷，外债欠了一屁股，就应该得到一个完美的毫无缺点的世界。陈小元说，你教教我，怎么样才能保持心理平衡呢？柳红说，第一个办法，你收下那些钱，可以用来还房贷，也可以去旅游，你们醋坛子怀孕了，还可以留着住院生孩子和给孩子买奶粉。陈小元说，估计等不到那个时候我就进监狱了。柳红说，你们那个淫贼，绝对没有少贪，人家怎么好好的？陈小元说，不是不报，那是时辰未到。柳红说，再说了，这事我们不举报，谁会知道啊？陈小元说，起码天知道！而且万一举报了呢？你能保证这不是你们公司的圈套？这些奸商实在太狡猾了，我知道你是做不了主的。

柳红情绪有些暗淡地说，但是第二个办法，我可以做主……她拉上了卧室的窗帘，然后走到陈小元面前，开始一件件地脱衣服。陈小元说，你想干什么？柳红说，我想干什么你看不出来吗？陈小元想跑，但是被柳红顶到了角落里。她先脱掉了长筒靴和肉色的丝袜，然后脱掉了黑色的毛衣和咖啡色的皮裙，最后脱掉了粉红色的内裤。

柳红温柔地抱住了陈小元，正准备去亲陈小元的时候，发现自己忘记摘掉胸罩，于是莞尔一笑，把后背对着陈小元说，你快点帮帮忙，把它摘下来吧。陈小元说，你想的真美！柳红说，我想的比你美。她自己把浅紫色的胸罩拽了下来，挂在了陈小元的肩膀上，然后摸索着去解陈小元的裤带……

陈小元当初觉得柳红长得像胥小曼，其实仅仅限于脸型与身高，但是脱下了衣服，他不得不承认，柳红比胥小曼更漂亮。比如同样是雪白雪白的皮肤，胥小曼像白玉，而柳红像青玉；同样是一对欢蹦乱跳的乳房，胥小曼像两只苹果，而柳红像两只桃子；同样是苗条的身材，胥小曼的屁股确实太大，有点向后撅着的感觉，而柳红不大不小，恰到好处。尤其是柳红身上那扑面而来的淡淡的清香，对人有一种天然的迷醉。

陈小元把她轻轻地推开，有些羞赧地笑着说，这就是你教我的第二个办法？柳红说，对呀，怎么样？心动了吧？陈小元说，老实说，你长得确实挺美，甚至比我们家胥小曼还美，可以说是完美无缺，但是我不明白你这第二个办法的重点是什么？柳红说，我都把自己剥光了，你说重点是什么？重点是以身相许！陈小元笑了说，你确定这能让我心理平衡？万一我们那个完了，我心理平衡不了怎么办？柳红说，那我就天天来，直到你平衡为止。柳红说着，就又扑上去要吻陈小元。

陈小元用手挡住柳红送上来的嘴唇说，柳红，柳经理，我的老乡，我想问问你，你是自愿的吗？柳红把头抵在陈小元的胸脯上说，当然是自愿的，我刚刚说过了，我已经爱上了你。陈小元说，你从什么时候爱上我的？柳红说，从你来买房子的那天，应该算是一见钟情。陈小元说，你确定不是从我退钱给你的时候开始的？柳红说，你缺钱，甚至都缺到了骨头里，但是仍然视不义之财如粪土，竟然把十万块钱退了回来，从那天起我就更爱你了。

陈小元说，我们先不说你是真是假吧，爱了就一定要这样吗？柳红说，有些人是爱了就要做，有些人是做了才能爱，有些人是边做边爱，有些人是不管爱不爱做了再说。陈小元笑哈哈地问，你是哪一种呢？柳红说，我啊，是第一种，爱了就要做，不做心里不痛快。陈小元说，你还没有结婚呢，大道理就一套一套的了，但是我得警告你，我是有妇之夫，好比锅里熬着的油，你看看可以，摸着小心烫手。而且我很快就要当爸爸了，你不怕影响我的家庭，难道不怕影响自己的幸福吗？

柳红竟然哭了，她的泪水冰冰凉凉地顺着陈小元的衣领朝下流。陈小元说，所以说，你别想骗我了，你今天的目的很明显，你难道不觉得羞耻吗？柳红哭得更厉害了，楚楚可怜地说，你别啰嗦了，你权当我不是人，而是仁河公司，你欺负的是仁河公司。陈小元说，我知道你是被逼的，但是任何时候也不能出卖自己。柳红说，我没有出卖自己，我是真心的。陈小元说，你如果是真心的，更不能这样做了。柳红说，那我应该怎么做啊？陈小元说，我已经说过了，你应该马上把钱送回公司。

柳红说，我如果今天把钱送回去，你明天就见不到我了。陈小元说，为什么呀？难道有人要杀你吗？柳红说，这倒不至于，最多被炒鱿鱼而已。陈小元说，不就是被炒鱿鱼吗？房地产公司一大把，大不了再找一家。柳红说，我现在是经理，每月两万多块，再找一家的话，又得从头再来。陈小元说，我还有更好的选择吗？柳红说，当然有，要钱，还是要我，你选择一个就行。

陈小元笑哈哈地说，你怎么又绕回来了啊？快点把衣服穿起来吧，你看看都冻出一身鸡皮疙瘩了。柳红噘着嘴说，你帮我暖暖！柳红把手伸向了陈小元的下身，然后撒着娇说，我对天发誓，现在，此时此刻，我绝对是自愿的，是真心地想要你，而且没有任何企图，你是男人就赶紧要我吧。陈小元抓住柳红的手说，你再怎么真心，我也不能满足你，我就老实告诉你吧，从刮完台风那天起，我就不行了。柳红说，不行了是什么意思？

陈小元从地上拾起了衣服，替柳红穿上了说，我阳痿了。柳红说，你那是和醋坛子，你和我是不一样的，我可以把你的阳痿治好。陈小元说，治不好，即使治得好，也不需要你。柳红笑了笑说，你就装吧，你看看你的电线杆吧，小心把天空戳破了！柳红虽然这么说，不过已经穿好了衣服，说你们家胥小曼快要下班了，你找她帮你解决吧，不过怀孕期间，千万注意孩子。陈小元说，这你就不用操心了。

陈小元从沙发底下拿出两个手提袋递给了柳红。柳红忧心忡忡地说，你要小心一点，他们让我带话给你，敬酒不吃吃罚酒。陈小元笑了笑说，敬酒也好，罚酒也罢，不都是酒吗？

柳红出门后又返了回来，从脖子下边掏出那枚玉观音要还给陈小元。陈小元死活不收，说欠你的十万块一时还不了，继续抵押着比较好。柳红说，你还不了就还不了吧，我拿观音菩萨当人质，是要遭报应的。陈小元说，你这么善良的人，大慈大悲的观音菩萨只会保佑你，不过，我得叮咛一句，这枚玉观音是祖传之物，不缺钱花你就戴着，万一哪天真的缺钱花，而我又还不了你，你再拿去卖掉吧，三五万应该是值的。柳红说，我上次告诉过你，最少值十万块，有个收藏家一直缠着我，已经开价十二万了。陈小元说，会值这么多吗？柳红说，我当时也不信，后来拿到玉器行，让专家看了看，说这是上等的和田玉，而且从精细的雕刻工艺看，很有可能出自明清时期。陈小元说，如果真是这样的话，我心里也就踏实了，不然老觉得亏欠你，每次见你都抬不起头。

柳红笑吟吟地说，你刚刚所说的阳痿也是这个原因吗？陈小元说，有可能，为了下次见你，我能把头高高地抬起来，你就好好地戴着吧。柳红说，那好吧，我继续替你保管着好了。柳红说着，把玉观音捧在手心，闭着眼睛默默地祈祷了几声，才悠然落寞地离去了。

终于到了元旦，上海出现了一波寒潮，虽然没有冷到呵气成冰的地步，却把空气冻成了蓝色的玻璃。但是节日气氛十分热烈，发奖金的，发年货的，搞年终大联欢的，逛商场参与抽奖的，预订出游计划的，这把《东海早报》的员工们刺激惨了。人家大包小包地往回拎，自己却总是两手空空，被亲戚朋友嘲笑不说，连老婆孩子都看不起。

《东海早报》的员工愁眉苦脸地问，拖欠的工资什么时候发？得到的答复是，春节前希望渺茫。大家就气急败坏地开始闹事，主要是行政后勤人员和下边的发行员，他们不像记者还有隐形收入，广告员还有截流提成，可以马马虎虎地生活下去。他们唯一的生活来源就是工资，尤其要租房的，有房贷的，要供应孩子念书的，工资不发就死路一条。所以，他们的情绪非常激烈，每天一上班就开始闹，写信呀，发传真呀，挂横幅呀，拦路上访呀，扬言跳楼自杀呀，搞得整个上海新闻界都乌烟瘴气。

报社领导表面上做做思想工作，说大家的困难报社是清楚的，上边也是清楚的，要想问题得到解决，正确的方式是耐心等待，是加倍努力地干好本职工作，营造积极和谐的环境。但是在暗地里，却盼着事情闹得越大越好。尤其是副社长银志顺，不愧是个大淫贼，偷偷地鼓励员工，去市里闹，去北京闹，甚至像为民请命的英雄一样，从楼上朝下纵身一跳，一旦闹出了人命，哪怕是闹出半条人命，也会造成非常大的社会影响，自然会引起上级主管部门的高度重视。果然，闹到元旦前一天，上级主管部门怕了，赶紧从下属企业那里拿出一百多万元，借给《东海早报》先发一个月工资，平安地度过一个节日再说。

工资到账的那天，陈小元真是百感交集，相对自己退回去的那些不法收入，这点工资真是少得可怜，却拿得如此踏实如此高兴。他立即给胥小曼打了一个电话，报告了这个好消息。胥小曼也很开心，说加上自己的工资，把拖欠的房贷还完以后，还剩余两千块左右。今朝有酒今朝醉，干脆利用三天元旦假期，去杭州或者苏州玩玩，美丽的山水是最好的胎教，可以提前培养孩子的审美。

陈小元哪有心思去游山玩水啊，再过半个月又到了还款日期，而且也要为孩子的出生做准备了。但是，他不想扫了胥小曼的兴，说好久没有出去了，借机散散心倒是挺好的，不过，上海的风景那么多，又何必舍近求远呢？

于是，元旦三天，他们第一天去爬了爬天马山。没有想到的是这座不足百米的山，却是上海第一高，上边的文物古迹特别多，看剑亭、餐霞馆、三仙坡、留云壁、半珠庵、三松台、二陆草堂、濯月泉、双石鱼、来鹤轩，单听听这些名字都让人醉了，还有不少道观寺庙香火十分兴盛，尤其是护珠宝光塔，中间曾经藏有舍利子，后来有人在砖缝中发现宋代钱币，不断拆砖觅宝，致使塔身日益倾斜，但是古塔斜而不倒，不仅倾斜度超过了比萨斜塔，而且在陈小元的眼里，岁月流逝之后留下的沧桑美，根本不是比萨斜塔可比的。陈小元得意地说，你看看，来对了吧？我们等于去了一次意大利。

他们第二天去兜了兜洋山深水港，那是世界上最大的海岛人工港口码头，通向码头的东海大桥就有 32.5 公里，跨过大桥驶向大海深处的时候，真有一种为茫茫无际的大海找到一个出口的那种兴奋，胥小曼深情地唱起了李宗盛的歌《漂洋过海来看你》：不管将会面对什么样的结局 / 在漫天风沙里望着你远去 / 我竟悲伤得不能自已 / 多盼能送君千里 / 直到山穷水尽 / 一生和你相依……他们第三天去逛了逛七宝老街，吃了吃那里的臭豆腐和老鸭粉丝汤，在品尝绍兴风味小吃"扎肉"的时候，看到红亮晶莹的肉块被一根稻草呈十字形绑着，有一个十几岁的小男孩顺口说了一句令陈小元大为震惊的诗：被绑在十字架上的肉，多么像受难的耶稣。

三天玩下来，胥小曼十分感慨地说，两个人谈恋爱的时候，整天只想着找地方做爱，什么荒郊野外都去过，即使到了旅游景点也把风景的优美给忽视了，满眼看到的满心想到的都是情欲与爱恋。陈小元就笑着说，在那时候，你就是我的风景线。胥小曼说，现在呢？现在就不是了吗？陈小元说，这辈子不管天荒地老，你永远都是我最美的风景。胥小曼说，那就让小女子继续天荒地老地臭美下去吧！

元旦假期结束后的第一天上班，陈小元刚刚坐到办公室不到一个小时，就接到了胥小曼的电话。她在电话里无精打采地说，你过来接我下班吧。陈小元说，刚刚上班怎么就下班了，你是不是身体不舒服呀？胥小曼说，等会儿见面了再说吧。

胥小曼见到了陈小元，还没有开口说话呢，眼泪先吧嗒吧嗒地往下流。陈小元追问了半天，她才情绪低落地说，我可能要下岗了。陈小元说，下岗是什么意思？胥小曼说，这还用问吗，也就是滚蛋的意思。陈小元说，你们医院的改革不是结束了吗？胥小曼说，不是结束了，而是因为当时的改革是由副院长负责的，他被双规以后就暂停了，现在他被正式逮捕了，就又重新启动了。陈小元说，你已经接到正式通知了对吗？胥小曼说，我们人事处姓花的处长说，我的合同已经到期了，能不能续签需要上会研究，在研究的过程中，让我把年假先休了，在家里等着他的消息，这明摆着是要我下岗啊！

陈小元沉默了一会儿说，会不会是冲着我来的？胥小曼说，天啊！我想起来了！花处长和我谈完话，又莫名其妙地问，你们家是不是住在米罗公元？我说，是呀。他说，那个小区的房子是不是漏水？我说，还好吧。他说，你是不是到处上访投诉？我说，不是我，是邻居们。他说，你老公是不是姓陈？我说，叫陈小元。他说，陈小元就是你老公对吗？听说他是个十分难缠的角色，网上那些关于仁河的消息都是他发布的。我说，我不清楚。他说，你回家好好劝劝老公，别再出那个风头了，搞不好会影响你的工作。我说，这和我的工作有关系吗？他说，你们是夫妻，他闹出来的事情，你是要负连带责任的。

　　两个人正分析着呢，胥小曼就接到了一个电话，她听到是"水桶"的声音就挂断了。"水桶"又打了过来，急着说，你别挂啊！你现在在在哪里？胥小曼说，我在上班呀。"水桶"说，你恐怕在月亮上上班吧，有关续签合同的事情，我刚刚已经听说了。陈小元夺过电话，愤怒地说，她的合同和你有关吗？"水桶"笑呵呵地说，我这是关心你，也是关心我自己。你想想啊，胥小曼失业了，你还有心思给我写书吗？所以，我是通风报信来的，我就实话实说了吧，胥小曼都是被你害的。陈小元说，你不要挑拨离间好不好！

　　"水桶"说，仁河公司那些负面消息是你弄的对吧？金钱呀美女呀都被你拒绝了对吧？在这一点上，我还是蛮佩服你，像个绿林好汉的样子，不过，你应该明白，她的合同能不能续签，关键要看你的态度。你尽快把帖子删掉，保证不再上访，应该什么都好说；你如果继续到处乱咬，不仅仅是她的工作，估计你自己也很危险。陈小元说，他们让你来威胁我对吗？那老子绝不低头！

　　"水桶"呵呵地笑了两声，说你陈小元看着挺聪明，其实就是个傻瓜！我是有身份的人，我为什么替他们来威胁你？我就老老实实地告诉你，人家软的不行，就来硬的，白的不行，就来黑的，从下边不行，就从上边来。陈小元说，什么下边上边的，你说说人话吧，不然我听不懂！"水桶"说，你是胥小曼的老公呢，不要整天只顾着她的下边，不关心她的上边！她的上边是谁知道吗？不是你，是医院！医院的上边是谁知道吗？不是院长，是局长！局长的上边是谁知道吗？不是区长市长，是人民币！人民币的上边是谁知道吗？不是天空，是上帝！

　　陈小元说，上帝一声不响，一切全由我定，那就让暴风雨来得更猛烈些吧。"水桶"说,唉,可怜的胥小曼,自己男人都不保护她。陈小元说,还有什么屁就快放,不放我挂电话了。"水桶"说,顺便问一句,我的书稿什么时候交?陈小元说,交个球!

陈小元把电话挂断以后,胥小曼收到了一条消息,是"水桶"发来的,说陈小元是不会救你的,你自己也救不了自己,唯一能救你的是你肚子里的孩子。

胥小曼立即明白了"水桶"的意思,她摸着自己的肚皮自言自语地说,在这个世上,只有你对我是真心的。陈小元说,你是说我对吗?胥小曼说,你是谁呀?我不认识你。陈小元,你是指"水桶"对吗?胥小曼说,"水桶"是什么玩意呀?男人就没有几个好东西!

胥小曼仍然摸着自己的肚皮自言自语地说,你还没有出世呢,就可以保护妈妈了,哪里像你的那个爹呀,只顾着投诉呀上访呀,根本不顾及我们娘儿俩的死活。陈小元有些委屈地说,老婆啊,说几句心里话吧,我上访维权都是为了这个家啊!只要你们娘俩能过上好日子,我的命都可以不要,我已经想好了,哪天希望破灭了,我就直接去死……

陈小元早想明白了,最后一步就是死!人生在世,死有时候是一把万能钥匙,是最有力的最有效的最迅速的打开门的方式,不过,用死打开的,也是最后一道门。其实,有关死,他已经有了非常成熟的计划,但是不在万不得已的情况下,他还想再努力努力,再抗争抗争,尽量活下去,不仅为了这个美丽的世界活下去,为了这个热爱的城市活下去,为了自己的生命活下去,更为了胥小曼以及肚子里的孩子活下去。

陈小元想到这里,忍不住已经是泪流满面的了。胥小曼听到陈小元提到了死,心一下子也就软了,叹着气说,亲爱的,你的心意我懂,我只是担心你出事啊。陈小元说,我有什么好担心的啊?倒是你的工作怎么办呀?胥小曼说,我现在是怀孕的人,医院也不敢辞退我,所以我现在是安全的。陈小元豁然开朗地说，这一点，我们都忘记了，是"水桶"提醒的吧？胥小曼说，是啊，他们接下来要对你下手了。陈小元说，他们已经下手了，送钱，色诱，我都顶住了。胥小曼说，色诱是什么意思？他们色诱你了吗？陈小元发现自己把话说漏了，赶紧说，我只是假设，对一个男人，无非就这两招。

陈小元就把那天的事情挑挑拣拣地说了出来。胥小曼说，你带她回家了？陈小元说，没有，在小区外边绿化带的树林子里。胥小曼说，她抱你了？陈小元说，没有没有，碰都没有碰，起码隔着三尺远，水火不容地站着。胥小曼说，她把衣服脱光了？陈小元说，没有没有没有，这么冷的天，她连围巾都没有取下来。胥小曼说，那你怎么知道人家色诱你？陈小元说，她口头上说的，也许是开玩笑的吧，她说要去酒店开房，被我拒绝了。胥小曼说，我不信，你没有想法，她会把你拖进树林子吗？陈小元说，我怕光天化日之下，让人看见了影响不好，其实吧，她也不容易，公司逼着她这样做，说是搞不定我，就开除她。胥小曼说，这公司还真不是东西，和逼良为娼差不多了。

陈小元说，她还要把玉观音还给我们，我也拒绝了。胥小曼说，你傻呀！那本来就是我们的，你为什么要拒绝啊？陈小元说，你想想，那是抵押给她的，一旦还给了我们，那十万块是送的还是借的，我们就说不清楚了。胥小曼搂住陈小元的脖子亲了一口，笑嘻嘻嗲乎乎地说，亲爱的，那你答应我，她哪怕是自愿的，你也不要睡她好不好？陈小元笑着说，她那么漂亮，为什么啊？胥小曼说，你有精力可以睡我啊，而且睡老婆便宜对不对？陈小元哈哈大笑着说，我都忘记了，老婆是免费的！

陈小元把车调转了头，要送胥小曼回医院，把怀孕的消息告诉医院，让他们打消辞退她的念头，尽快恢复上班。但是胥小曼说，这有什么好急的，我正好趁机休息几天，你把我送到真如公园，听说那里正在举办蜡梅花展，我要好好赏梅度假去了。

胥小曼还没有休完年假呢，医院人事处的花处长就急急地打电话问，胥小曼你在哪里啊？胥小曼说，我在植物园赏花呢。花处长说，这么冷的天，能有什么花呀？胥小曼说，花处长，亏你还姓花呢，花与人一样，有怕冷的，也有不怕冷的，除了蜡梅花不说，还有一种花叫酢浆草，迎着寒风开放，黄的，紫的，真是太漂亮了。花处长说，我孤陋寡闻，只知道有炸酱面，第一次听说有酢浆草。

胥小曼说，花处长今天来电话，不会只为了花花草草吧？花处长说，你就不操心自己的工作吗？胥小曼说，我的工作你们操心就行，我得把年假好好休完再说。花处长说，你的心还真宽啊！我今天完全出于个人感情，就把话挑明了说吧，你老公带头投诉的仁河公司是市里的重点企业，又是纳税大户，他如果把那些帖子删掉，保证以后不再上访，所有问题也就迎刃而解了。胥小曼说，包括我的工作对吗？花处长说，你这样做就等于顾全大局，医院破例留下你，也好向职工们解释。胥小曼说，关键问题是我老公他不听我的啊！花处长说，那就麻烦了，大家想帮你说说话都没有理由了。

胥小曼说，我也顺便通知花处长，我已经怀孕了。花处长很意外地说，你怀孕我们怎么一点不清楚呀？胥小曼说，这种床上功夫哪好意思向组织汇报啊。花处长说，这倒是对的，大概什么时候怀的孕？胥小曼说，已经两三个月了，哎哟妈呀，我们的花大处长，我记得《劳动法》第二十九条规定，女职工在孕期、产期、哺乳期内，用人单位不得解除劳动合同，你觉得《劳动法》这个理由怎么样？

花处长说，胥小曼啊胥小曼，看来你是有备而来的，我就恭喜你早生贵子！我立即把情况反映上去，你休完假赶紧回来上班吧。

第二十七章

陈小元虽然誓不低头，但是每每想到胥小曼哭哭啼啼担惊受怕的样子，想到柳红脱得一丝不挂被冻得微微发抖的身体，他慢慢地也就收敛了一些，不再主动参与上访和维权了。小马和老牛经常来找他，他都以各种各样的借口推辞了，比如工作太忙呀，身体不舒服了呀，要照顾怀孕的老婆呀。小马和老牛含蓄地问他，是不是收了对方的好处，就不管别人的死活了？陈小元说，我绝对不是那种人，你们放心吧。

小马和老牛就明白地说，外边风言风语非常多，有的说你拿了人家十万块，有的说你把那个柳经理给睡了。陈小元百口难辩，就红着脸发誓说，我要拿了别人十万块，养出来的孩子没有屁眼！谁要睡了柳红就等于睡了他妈！我之所以不想闹了，是真的因为没有心思，明天又是还款日期，我们工资一分钱没有发，我恐怕只有抢银行去了。

小马和老牛说，那你还维权吗？陈小元说，当然要维权，不过只能以你们为主，我建议以后就由老牛牵头。老牛说，我人老了，脑子不够用，小马有活力，又熟悉网络，还是小马比较合适。陈小元说，那就辛苦小马吧，有什么事情大家可以商量。

小马毕竟年轻，被推为维权队长以后，采取的动作比以往更激烈。他的第一招，是专门制作了一批横幅，什么"打倒黑心商人"呀，什么"血汗钱需要血来还"呀，什么"跪求包青天为民做主"呀，在受害者家的窗外，在二期售楼处的周围，在开发商办公大楼下边，在政府部门门前的梧桐树上，挂得到处都是的，而且城管清理一批，他们再挂上去一批。这些横幅都是白布上写着粗大的黑字，无论挂到哪里，哪里都像办丧事一样显得十分刺眼。有一位老太太干脆把家里跳广场舞的音箱拉着，放在二期售楼处的门前，从早到晚不停地播放着哀乐，远远地听上去特别像葬礼，不知道情况的，以为真的死了人，就被吓得躲开了。

小马的第二招是集资两万元活动经费，请一些小报小刊的记者来采访，发不发稿无所谓，只要在现场露露面，亮亮记者证，吓唬吓唬开发商，给有关部门打打电话，施加一些压力，目的就达到了。他的第三招，是把大家分成三个维权小组，年轻人专门负责在网上发帖，有工作的就在周末两天在市内各大机关上访，退休的和无业的就坐着高铁去北京溜达溜达，以便扩大社会影响。

陈小元只和他们碰碰头，帮忙出出注意，交换一些信息，其他的事情基本不参加了。他想在春节前把"水桶"的稿子交掉，省得心里老是有个疙瘩。某一个周末，吃完早饭以后，他正在家里写稿，突然响起了咚咚的敲门声，而且每隔半个小时就响一次，第一次开门，说是走错了地方，第二次开门，依然说是走错了地方。第三次开门，说是快递公司的，问你们要寄快递对吗？第四次开门，说是煤气公司的，问你们家煤气泄漏要维修对吗？那天，电力公司，有线电视公司，空调维修公司，宽带网络公司，保险推销公司，甚至是殡仪馆的运尸车，全部都上门来了，因为白跑了一趟，都骂骂咧咧地走了。

第二天差不多如此，多数是房产中介公司的销售员，不停地带着客户来看房子，说陈小元家的房子挂牌销售。陈小元说，我什么时候挂牌了？销售员说，就这几天呀。陈小元说，我开价多少钱？销售员说，开价三百万。陈小元说，你知道我买的时候花了多少钱吗？销售员说，大概四百万，不过现在涨价了。陈小元说，那我为什么这么贱，要降价一百多万啊？销售员说，据说家里出事，急需处理。陈小元说，家里出了什么事才会放血大甩卖呢？销售员说，比如惹了官司啊，比如家人得了绝症需要住院啊。

陈小元说，你们家的人才得了绝症呢！我老实告诉你们，我从来没有挂过什么牌，你们赶紧给我滚吧，不然老子就要报警了。陈小元骂了也白骂，看房的还是来了好几波。他找到中介公司，把公司臭骂了一顿，把登记信息从网上撤了下来，才算消停了一阵子。陈小元说，这太蹊跷了吧。胥小曼说，有什么好蹊跷的，应该是仁河雇人干的。陈小元说，我明白了，我们报警吧。胥小曼说，这种无凭无据的事情，报警有屁用啊。

当天晚上，都大半夜了，门又被敲响了，陈小元本来想置之不理的，但是对方十分顽固，他就接了一盆凉水，突然打开门，一下子浇了出去。谁知道，门外空荡荡的，连人影子都没有。

第三天早晨，陈小元就去物业，要求回放监控录像。但是王经理说，监控坏了，正好在维修，你确定有敲门声吗？陈小元说，我又不是聋子。王经理说，你确定那些报修电话不是你打的吗？陈小元说，我家里没有空调，没有宽带，人也活得好好的，除非我脑子有毛病。王经理说，你们同一层楼，住了三户人家，唯独你们家出现这种情况，如果不是你的幻听，不是你脑子有问题，那会是什么情况呢？陈小元说，我猜有人故意报复我。

王经理说，你有仇人吗？你有没有问问你老婆，这些人会不会是找她的啊？陈小元说，她说她不认识。王经理说，我说一句你不爱听的，如果是她的追求对象，她好意思承认吗？陈小元嘿嘿一笑，说你真会编啊，你以为她是林黛玉呀！王经理说，那就太奇怪了，天啊！会不会是闹鬼啊？陈小元说，我看是你们心里有鬼才对，你注意给我听着，树欲静而风不止的话，那别怪老子不客气。王经理呵呵地笑着说，你是在威胁我对吗？鲁迅说了，辱骂和恐吓绝不是战斗，搞不好是要蹲监狱的。陈小元说，你们要是知道这世上还有监狱，那就给我老实一点！

又过了几天的一个下午，陈小元的车刚刚开进小区大门，就被几个彪形大汉给拦住了。他以为是维权的业主，就摇下了窗玻璃说，你们有事情商量的话，去草坪那边等我吧。有个脖子上吊着大金链子的中年男人操着东北口音，张口就骂，操你大爷的，你是干什么的？我为什么要听你的？陈小元说，我是小区业主，我家就住在这里。金链子说，你这个土鳖别装 X 了，这么好的小区你能住得起吗？我看你有点像小偷。陈小元说，你满口胡喷，估计是喝酒了，请快点让开吧。金链子说，你能证明自己是业主吗？陈小元说，你可以去物业查，也可以去看我的房产证，不过，你是谁？你有什么权利查我？

金链子说，我们是小区业委会的，正在义务巡逻，最近小偷猖獗。陈小元说，我怎么不知道有个业委会？金链子说，所以你很可疑，你说自己是业主，那你叫什么名字？住在几号楼？陈小元说，我叫陈小元，就住旁边这栋楼，你们快点给我让开，不然我要报警了。金链子嘿嘿地笑着说，妈了个巴子，你就是陈小元啊！我们正要找你呢！你赶紧给我从车上滚下来！金链子的几个同伙一下子拉开了车门，揪住了陈小元的衣领往下拖。胥小曼被吓蒙了，死死地抱着陈小元大声喊叫，救命啊！有人抢劫啦！有土匪拦路抢劫啦！

保安和业主们听到喊叫声，都纷纷围了过来，加上又是进出高峰，大门一时被堵塞了，喇叭的尖叫声响成一片。金链子挥了挥手，同伙才放开了陈小元。他把头伸进了车窗，嬉皮笑脸地对胥小曼说，大妹子，你说谁是土匪啊？你说谁在抢劫啊？胥小曼说，光天化日之下，你们不是抢劫，为什么拦在前边？金链子说，我就老实告诉你吧，真正要喊救命的是我，真正要报警的也是我，你们知道为什么吗？因为我被你们坑苦了。

陈小元说，我们根本就不认识，你说说怎么坑你的吧？金链子说，你凭良心说说，我们小区盖得怎么样？你看看这么大的冬天是不是还有开放的花？你闻闻空气中是不是飘着一股蜡梅花的香味？陈小元说，这都是表面现象，事实是质量有问题。金链子说，你所说的质量问题是漏水对吧？陈小元说，是呀，滴滴答答的，搞得我都有些神经衰弱了。

金链子缓和了一些语气说，老天是女娲用五彩石补的，动不动还漏水呢，何况是水泥造出来的房子，漏点水有什么了不起的啊？胥小曼说，老天那叫漏水吗？那叫下雨，那是雨露甘霖！我估计你住在天上，根本就不是人。金链子说，大妹子，你看看我不像人吗？我老实告诉你吧，其实我家也漏水，人家已经帮忙修好了，你们拒绝维修，这能怪谁呀？陈小元说，你们家修好了，关键是别人家修不好啊。金链子说，总有一天都会修好的。陈小元说，修好就完了吗？我们的损失怎么办？

金链子说，小老弟啊，我看你长着大脑门，白白剃了个电灯泡，其实贼笨贼笨的，被你们这么一闹，尤其在网络上胡说八道以后，别人真以为米罗公元是豆腐渣工程，小区房价本来涨了不少，现在不仅不涨了，反而还在下跌。金链子转过身，对着围得水泄不通的人群说，各位邻居们，你们仔细想一想，如果小区声誉受到严重影响，最后遭殃的是谁？不是开发商！受到损失的是谁？还是我们业主！因为小区是属于大家的，已经不是开发商的了，开发商已经把房子卖给了我们。

围观的人七嘴八舌地说，确实是这样的，如今闹得满城风雨，房价下降了不说，亲戚朋友知道我们住在这个小区，都笑话我们是一群猴子，住在花果山水帘洞里，这也太没有面子了。金链子说，面子是一方面，面子是不能当饭吃的，我们来算一笔经济账吧，开发商即使补偿我们，我大胆地估计一下，每家补偿二十万怎么样？按照今年周边房价的上涨幅度，我们米罗公元每平方米应该上涨三千，每套房子至少上涨三十万！但是经过这段时间一折腾，我们的房价每平方米下跌了一千多，一颠一倒，每套房子至少损失四十多万！这叫什么？叫得不偿失！关键是房子卖不出去的话那就更惨了。

陈小元明白了，赶紧质问，你住在小区吗？金链子说，不住，目前只是出租，我住在静安区玉佛寺附近，我平时烧香拜佛许愿祈福都不用进去，推开窗子就可以看到玉佛寺的大雄宝殿。陈小元说，你在上海有几套房子？金链子说，总共也就五六套吧，其他几套房子都在北京和重庆。陈小元说，你在米罗公元有几套房子？金链子说，米罗公元就三套房子，所以我的损失比你们大多了。陈小元说，你这里的房子会卖吗？金链子说，当然要卖呀，不然我买房子干什么啊？陈小元说，我明白了，你是炒房子的对吧？金链子说，不能说是炒，应该是做生意。

陈小元从车里走出来，对围观者大声地说，邻居们，你们都听见了，我们买房子是为了安家，这位东北大哥买房子是为了炒，他一下子买了三套房子，从一开始就是为了倒卖！说白了，房子对他来说是商品，他和开发商的目的一样，都是为了赚钱。我们和他的区别在哪里？区别就是，他的家不在这里，我们的家在这里，他在上海有很多房子，我们只有一套房子！我们是不能卖的，如果卖掉的话，我们住到哪里去？所以他和开发商一样，并不关心房子的质量问题，他只在乎房子涨不涨价。小区的房子是涨是跌，对他们来说关系重大，但是和我们一毛钱的关系都没有！所以呀，我们不是折腾，不是无理取闹，我们在维护自己的合法权益。

大家一听，纷纷地响应，说还是陈小元有道理，我们险些被人骗了。小马和老牛刚好从外边回来，他们拉开金链子，说你们继续炒房子，我们继续维权，井水不犯河水。金链子见大家群情激奋又人多势众，就招呼几个兄弟骂骂咧咧地走了。

胥小曼回到家，晚饭也不吃，早早地上了床，流着眼泪说，人家是故意找茬，今天在明处还好，哪天在暗处来那么一下，我看你怎么办？陈小元说，这是法治社会，我怕他们找茬吗？胥小曼说，你不怕我怕，肚子里的孩子怕。胥小曼也许是受到了惊吓吧，那天晚上十一点左右，肚子里像有一条巨蟒，在快速地蠕动着，盘旋着，撕咬着，痛得她在床上滚来滚去，苍白的脸上汗水唰唰地流。

陈小元感觉这条巨蟒很快就要从胥小曼的肚子里钻出来似的。他有了不祥的预兆，人生中多少次面对死亡，别人的死亡和自己的死亡，也从来没有如此害怕过。陈小元哭着说，怎么办啊？不行就去医院吧。胥小曼说，半夜三更的去医院，来回折腾几个小时，情况可能会更糟，还是静养到天亮再说吧。陈小元坐在床边，轻轻地抚摸着胥小曼的肚皮，像安慰一个受伤的孩子，一边哭一边说，宝贝你要乖一点，宝贝你要坚强一点，宝贝你还要来世上保护爸爸妈妈。爸爸没有你就活不成了，妈妈没有你就要失业了……

直到后半夜的时候，胥小曼才慢慢地恢复了平静。天边终于泛白了，由白慢慢地变红了，麻雀叽叽喳喳地叫了。陈小元第一次发现有这么多的麻雀，叫声稠巴巴的一片，似乎比树叶子还要稠密。真是太奇怪了，这么多麻雀平时生活在哪里呢？冬天又冷又荒凉，它们哪有这么多虫子吃呢？

陈小元心有余悸地问，孩子还动吗？胥不曼说，已经不动了。陈小元说，那会不会更危险啊？胥小曼说，应该是睡着了，我们也赶紧眯一会儿吧。两个人醒来的时候，太阳已经升到了楼顶，天气非常不错，风淡淡的，天蓝蓝的，几缕白云像丝巾一样静静地搭着。陈小元正要再睡一会儿，突然听到厕所里呼天抢地，胥小曼几乎带着哭腔叫道，我的妈呀！我的妈呀！

陈小元以为天花板上的积水漏了下来，或者是遇到了蟑螂虫子什么的，但是冲到厕所一看，胥小曼脸色惨白，手中捧着一张卫生纸，像捧着一条蛇一样使劲地颤抖着。她几乎已经说不出话来了，眼睛直直地盯着卫生纸从牙齿里挤出了几个字——血！血啊！

陈小元终于看清楚了，那张颤抖着的雪白雪白的卫生纸上有几点红，分明是刚刚流出来的鲜血。以前有大姨妈，血并不足为奇，可现在是妊娠期，怎么会有血呢？陈小元恐慌地问，你哪里受伤了吗？胥小曼彻底说不出话了，拿着卫生纸再次擦了一下下身，又有几滴血出现在眼前，吓得她瘫软在了地上。

半个小时后，胥小曼被救护车送到了附近的妇幼保健院。在前往医院的路上，陈小元透过救护车后门的缝隙，看到十字路口倒计时的红绿灯，看到每一片轻轻摇晃的叶子，他都能感到生命在一秒一秒地咔嚓咔嚓地消失，他的眼泪随之唰唰地朝下流淌，他从来没有像这个早晨一样因为时光的流逝而如此心痛。

在漫长的等待之后，确切地说是七分二十八秒，B超室的门打开了。陈小元忐忑不安地问，结果怎么样？胥小曼惊魂未定地说，是先兆性流产。陈小元心碎地说，是流产对吗？胥小曼说，你傻呀，如果是流产，我还会活着出来吗？医生给我打了一针黄体酮，又给开了一些药，吃上几天应该就好了。

陈小元亲了亲胥小曼的额头，非常自责地说，对不起老婆，让你受苦了。胥小曼说，我受点苦不算什么，不过，医生交代，以后要格外小心，如果这次流产的话，想要孩子就难了。陈小元说，如果流产了，你就不能再怀孕了对吗？胥小曼说，所以，你要答应我，不要再闹事了好吗？陈小元说，我早就不闹了，老婆你放心吧。

陈小元朝着他们家的方向远远地看了一眼，因为空气特别的好，能看见小区清晰而巍峨地矗立着，把它的尖顶像一把把锥子一样插向了天空，似乎要把蓝色的天空扎出一个个窟窿。尤其是米罗公元二期的那栋楼已经封顶，像用力过猛而插错了地方一样倾斜着。这把倾斜的锥子似乎扎透了天空，然后扎进了他的眼睛，让他的眼睛感受到了钻心的疼痛。他没有勇气再朝西北偏北的方向张望，赶紧收回了自己的目光。

陈小元除了内心深处有些不甘，有些烦躁不安和习惯性失眠，还有房贷又拖欠了半个月以外，其他生活很快都归于了平静，上班，下班，接送胥小曼。孕妇需要多活动，所以早晨起来，按照以往的线路，他陪着胥小曼从小区外的绿化带一直散步到菜市场，在菜市场买点菜，吃完早餐，然后再回到家准备上班；晚上下班以后，他就把下厨的事情全包了，系上围裙开始做饭；吃完晚饭，他收拾完碗筷，再坐到书桌前写作。胥小曼吃完晚饭，看一会儿育儿方面的书籍，听一两首优美的音乐，算是一种胎教。按照她的说法，孩子在肚子里踢她的时候，节奏感非常强，像在指挥一场交响乐，所以应该是音乐方面的天才。

对于房子的事情，陈小元已经联系了物业，同意工人们前来维修，不过，物业说，大冬天的不好施工，等到来年开春了立即联系开发商，把最好的工人派来。不仅要把漏水点堵住，把墙齐齐地刷一遍，把插销呀开关呀都更换成新的，还要把电表箱移到门背后去，这样会美观漂亮很多。胥小曼听到消息非常高兴，得意地告诉陈小元，平安是福，和气生财，其实物业也挺好的。

陈小元就苦笑着想，好个球，都是一伙强盗。果然，平静的日子没有过上几天又出事了。那天吃完午饭，陈小元正在办公室无所事事地玩着电脑，查询如何注册滴滴快车司机，想着工资靠不住了，是不是利用业余时间，重新偷偷地出去拉拉客，赚一点外快补贴一下房贷。这时候人事部的小姚突然通知他，银总让他赶紧上去一趟。

自从那次退钱给仁河公司以后，银子就再也没有单独找过陈小元，只是在一次大会上不点名地表扬了一下他，说某某职工廉洁自律，拒绝接受采访对象的红包。不过，也不点名地狠狠地批评了他，说廉洁自律是对的，不过也是辩证的，有些员工不顾全大局，充当什么维权队长，带着人到处上访，随意发布负面消息，影响极其恶劣，不仅给报社的声誉抹黑，还带来巨大的经济损失，近百万元的广告因此泡汤。近百万元啊！如果不泡汤的话，大家又可以领到一个月工资了！新媒体的冲击越来越大，报社现在处于生死关头，我们每个员工都有责任为报社渡过难关创造条件，不要太自私，不要舍弃大家为了自己的小家，不然报社最后只有一条路，那就是关门，所有人只有一条路，那就是失业。

对于银子的表扬和批评，陈小元只是嘿嘿一笑，自言自语地骂了几句，真是是非不分的狗东西，廉洁自律就是廉洁自律，哪有什么辩证不辩证的！

陈小元推门进去，银子黑着脸坐在桌子后边，头也不抬地用刀子一样的目光盯着电脑，半天并不吱声。陈小元笑了笑说，银总，你今天心情似乎不好啊，是不是被哪个女人给算计了？

银子啪的一声拍了一下桌子，气呼呼地说，陈小元，请你严肃一点！态度给我端正一点！陈小元尴尬地说，对不起银总，你找我有什么好事吗？不会是当记者的事情解决了吧？银子说，本来是好事，但是你自己做了什么你不清楚？！我老实告诉你，除了你陈小元，算计我的人还没有出生！陈小元说，你这话什么意思？我怎么听不明白呀？

银子把办公室的门关上了，然后压低了声音问，上次那些钱，你退还了吗？陈小元说，退还了啊！银子说，你退还给谁了？！陈小元说，我退还给你了呀！银子又啪的一声拍了一下桌子说，你不要信口胡说！你什么时候退还给我了？陈小元说，我那天把钱退给你，还有三盒巧克力，多好多甜的巧克力啊，你把仁河公司的柳红叫来，然后一起退给了柳红，三个人当面锣对面鼓都是可以证明的。银子说，你不要给我耍小聪明，离开我的办公室以后呢？

陈小元就把自己如何开车送柳红，柳红如何消失在真如寺，自己如何把钱退给了柳红，除了柳红"色诱"的那一部分以外，前前后后基本说了一遍。陈小元说，你如果不信的话，可以把柳红叫来当面对质。银子说，不需要对质，我这里有充分的证据，证明你背着我偷偷地收下了十万块！

陈小元笑哈哈地说，充分的证据是什么？你拿出来让我看看吧！银子从抽屉里拿出一张纸，啪的一声拍在桌子上说，你还有什么好狡辩的吗？你表面上口口声声说自己不贪，好像一副干干净净的样子，背后却干了这种龌龊的事情。

陈小元凑过去一看，原来是一张欠条，就笑了笑说，这是我打给柳红的欠条，十万块是我借她的。银子说，你什么借不借的！这叫欲盖弥彰明白吗？陈小元说，你看看欠条上边的时间吧，已经过去将近一年了。银子说，你看看时间在哪里？陈小元再一看，欠条后边没有日期，估计是自己一时疏忽，就问这张欠条从哪里来的？银子说，是仁河公司送来的。陈小元说，是柳红送来的吗？银子说，当然不是，人家派的是律师。陈小元说，狗日的，送这么一个东西，分明要栽赃陷害我，把人往死路上逼啊！

陈小元很生气地拿起欠条撕得粉碎。银子说，你别恼羞成怒，这是复印件，撕了也白撕。他们本来是要报警的，被我给拦住了，如果人家报警的话，无论以敲诈勒索还是以收受贿赂，你上次已经说了，结果是要进监狱的。陈小元嘿嘿一笑，鄙视地说，奶奶的？！他们还要报警？你让他们报警好了，我在这里等着他们！

陈小元拨打了柳红的电话，但是语音提示"你拨打的电话已关机"。银子说，你别费心了，你的柳红已经自身难保，如今哪有能力帮你呀。陈小元说，我老婆也可以做证。银子说，你太天真了，老婆能证明老公是不是阳痿，怎么可以证明是不是受贿呢？陈小元说，这些钱是在交房的时候问柳红借的，柳红刷的是银行卡，仁河公司应该有交易记录，他们也可以做证。银子说，你觉得仁河公司会替你做证吗？陈小元说，那你的意思到底是什么啊？！

银子放下刀子一样的目光，语气软和了一些说，你坐下说话吧，我们两个人在过去，这样那样的误会挺多，但是毕竟同事了一场，你还管我叫过一阵子表哥，我就给你出个主意，现在可以帮你的，不是上帝或者神仙，也不是情人或者老婆，而是你一直不喜欢的人。陈小元说，谁？银子说，我！还能有谁？陈小元说，你凭什么帮我？银子说，其实也不是帮你，而是在帮整个报社，报社刚刚向上边打了报告，正在申请财政补贴，如果发生了敲诈勒索或者是收受贿赂的丑闻，对报社的影响太大了，财政补贴可能就要泡汤了，所以我想和谐解决这件事情。陈小元说，怎么个和谐法？银子说，你主动辞职吧。陈小元说，我为什么要辞职啊？银子说，你不辞职，难道要让报社开除你吗？陈小元说，那你们就开除我吧！

银子又抬起刀子一样的目光说，你仔细想想吧，如果你被抓起来了，根据有关规定，报社照样要辞退你。陈小元说，按照你的意思，抓我是必然的了？银子说，我看是凶多吉少，人家现在证据确凿，你呢？你有什么可反驳的吗？所以你主动辞职的话，我替你擦屁股，保证摆平仁河公司，不仅不予以追究，而且那十万块所谓的借款也一笔勾销。

陈小元说，他们难道就没有别的条件了吗？银子说，他们唯一的条件就是，你得签订一份保证书。陈小元说，什么保证书？银子说，保证从此不再上访闹事，而且帮忙把网上的那些帖子删掉。

陈小元哈哈大笑着说，狐狸终于露出了尾巴，不过，我就告诉你吧，我已经不上访不闹事了，不是迫于你们的淫威，而是为了让老婆孩子安心，至于网络上的那些帖子，我无权也没有本事删除。银子说，这是你耍的障眼法，你们小区的人已经说了，你只不过是从明转暗，从地上转入了地下，他们所有的事情都是你在背后指挥的。陈小元也拍了一下桌子骂道，这话谁说的？简直放他妈的屁！银子说，你也就别管谁说的了，你回家好好想想，要不要主动辞职，要不要和解，人家给了我三天时间，你三天之内答复我吧。

陈小元从银子办公室出来，再次联系了几次柳红，她依然处于关机状态。他凭着一个男人的直觉，不相信把"借款"转化为"受贿"的这个圈套是柳红设计的，中间应该存在着一些不为柳红所知的阴谋。当一个女人开始使用身体作为武器的时候，或者说需要用肉体做交易来生存和保护自己的时候，她肯定已经无路可走了，是非常绝望的了。但是柳红不像，她在他面前脱衣服的时候，从眼神里流露出来的不是愤恨，而是一种惆怅，一丝脉脉的温情，甚至还有几分爱慕。所以，柳红不太可能故意害他，最多是被人蒙骗，或者被人胁迫利用。

陈小元从楼道经过，发现同事们对自己的态度突然变得十分客气起来，有几个平时关系相对好一点的，干脆直接说，祝贺你啊，终于要逃离苦海了。他没有想到，关于自己的不实消息这么快又被泄露了出去。人事部小姚再一次笑呵呵地跑来问，陈老师，今天已经星期四，你有什么手续要办的话，最好趁着明天星期五下班以前。

　　陈小元不知道怎么解释，也没有心情去解释，更没有力气去抗争，只好苦笑着早早地离开了报社。

第二十八章

天气雾沉沉的，还在下午时分呢，却已经像傍晚一样昏暗，许多商店已经开了灯，像得了白内障一样恍惚。突然就起风了，非常非常大的风，落叶是一群走丢的孩子被吹得到处乱撞，各种颜色的塑料袋是一个个泄气的气球被吹上了半空，每一栋高楼大厦都是一只破烂的口琴被吹得乌溜溜地尖叫，似有无数的人在一起绝望地呜咽。陈小元开着车在沪太路上已经漫无目的地走了十几公里。别小看了沪太路,它建成于1921年,从上海静安区由南向北，一直插到江苏太仓的浏河镇，全长近四十公里，是最早通向外省市的马路。他越想越生气，越想越不对劲，猛然掉转了车头，朝着回家的方向疯狂地飙去。

陈小元明白，银子的话是有些道理的，那张没有日期的欠条，确实可以成为收钱的嫌疑，除非有人证明自己的清白，而能够直接证明自己清白的只有柳红一人。万一柳红屈服了，或者消失了，他可能真就难逃一劫了。他陈小元掌握着风力啤酒的内幕，犹如在银子身边埋了一颗地雷，银子必须小心翼翼才不至于被炸得灰飞烟灭。银子把自己调回发行部，给了一个"主管"，那只是缓兵之计而已。如今机会终于来了，他一旦借机干掉了他陈小元，那将是一石三鸟的好事，既解决了心头大患，似乎又维护了报社的声誉，关键是巴结了仁河。仁河必定要投放巨额广告，回扣的数目恐怕也不会太少。

陈小元把车开回了小区，然后步行来到了二期的售楼处。售楼处刚刚播完了费翔翻唱的《冬天里的一把火》，又在播放腾格尔唱的《天堂》——

我爱你

我的家

我的家

我的天堂

具有北方和南方双重生活经历的人都知道，在上海这样的江南水乡很少播放这么粗犷劲爆而又早就过时的老歌，大多数人都喜欢蔡依林呀杨丞琳呀这些又时髦又青春的哆妹妹，就连使用手机里的语音导航，北方人会选择说相声的郭德纲，而江南人肯定会选择柔情似水的林志玲。

陈小元远远地听了《天堂》，恍惚有一种回到了北方似的感觉，那种久违的豪放、雄厚和激情从内心升腾而起。他和小胖子保安打了个招呼，笑着说，新年快乐！小胖子黑着脸说，快乐个屁！元旦都过去了，春节还没有来呢。陈小元说，我这是迟到的祝福，兄弟别板着个脸，其实吧，快乐跟放屁一样简单。

陈小元说着就往大门里边走，却被小胖子伸手拦住了。小胖子认真地说，我放个屁简单，但是不能放你进去。陈小元说，为什么呀？你应该欢迎我。小胖子说，你要是来买房子，我不仅热烈欢迎，敲锣打鼓都可以，但你是来闹事的，放你进去真不如放个屁。小胖子说着，果然噗噗地放了两个臭屁。

陈小元笑哈哈地说，我不闹事，我来找人。小胖子说，你找谁？陈小元说，我找柳经理。小胖子说，你和她什么关系？陈小元说，男人和女人，你想想还有什么关系？小胖子说，你骗鬼去吧！你来过好多次了，如果不是你不停地搅和，我们也不会这么清冷，你知道不知道，在其他楼盘买房子，需要抓阄抽签摇号，而且房子还不停地涨价，但是我们的房子不仅卖不出去，而且还在下跌，因此好多人都下岗了，这都是被你害的！你哪里是屁呀，简直是一堆屎！陈小元收起了笑脸，严肃地说，你骂谁呢？谁是一堆屎？小胖子说，你不仅是一堆屎，还是一堆臭狗屎！

陈小元来之前，好好地调整了一下心情，都不敢抬头去看那栋倾斜的楼。他怕那栋楼会刺激自己的心态，因为他这次的目的确实不是闹事，而是想找到柳红柳经理，问问那张欠条到底怎么回事，是怎么落入仁河公司手里的，又是为何被送到了银子手里。万一见不到柳红，也要探听一下她的下落，他对她的处境总有一种不太好的预感，比如辞职，比如辞退，甚至和自己一样陷入了更加可怕的圈套。

所以，陈小元面对羞辱，第一次咬着牙齿忍了忍，用自嘲的口吻说，好吧，我是一堆屎，你就放我进去吧，我和柳经理约好的。小胖子呵呵一笑，蔑视地说，那你跑错了地方，如果真是一堆屎，就应该去厕所。陈小元说，我警告你，我的忍耐是有限度的，我再问一句，柳红在不在？

有一个戴着黑边眼镜的瘦猴，听到吵闹声跑了出来，他推了推陈小元说，嚷嚷什么？我认识你，你叫陈小元。陈小元说，你是谁？猴子说，我姓侯，是这里的经理。陈小元说，我看你长成这样，是猴子的猴吗？猴子说，你帮帮忙好吧，本经理大名叫侯王，王侯将相宁有种乎的侯，王侯将相宁有种乎的王！"王侯将相宁有种乎"这句话谁说的？陈胜先生说的！陈胜是谁？是秦朝末年农民起义的领袖！说好听点叫农民领袖，说不好听一点，其实和你一样，也就是个带头闹事的农民工。陈小元哈哈一笑，说你还挺有文化的啊！你是经理，那柳红呢？柳红去哪里了？

猴子说，她又不是我老婆，我怎么知道她去了哪里？我估计啊，要么上了天堂，要么下了地狱！我刚来没有两天，但是见过你的照片，本人比照片更丑，简直是丑人多做怪。陈小元说，你一个老男人拿着我的照片干吗？猴子说，你被仁河公司通缉了，我们公司大姑娘小媳妇，每个人怀里都有你的照片，我的钱包里从来没有夹过老婆孩子，但是必须夹着你，这是公司规定的。

猴子从身上掏出了一个黑色的钱包晃了晃，果然有一张陈小元的照片。这是十几年前照的了，那时候他已经进入了报社，是一名意气风发的记者，当然也没有结婚，没有买房子，没有剃光头，而是留着一头自来卷，鼻子下边留着一撮小胡子，猛然看上去像个"小日本"，所以比现在年轻帅气潇洒阳光很多。

猴子说，公司认为你是穷疯了，不断地煽动闹事，说好听一点是维权，说不好听一点就是敲诈勒索，按照公司的交代，在售楼处看到你，那就杀无赦，立即报警！所以我劝你赶紧离开，不然后果很严重。陈小元说，你说说看，有什么后果吧。猴子说，你会遭到惩罚的，第一个惩罚当然是法律层面的，法网恢恢，疏而不漏，小心贪心不成坐大牢；第二个惩罚当然是道德方面的，苍天在上，后土在下，害得那么多人丢了工作，小心遭到报应，生孩子没有屁眼！没有屁眼的孩子，有屁放不出，有屎拉不下，最后是要被活活憋死的。

陈小元听到此处，想到了胥小曼的肚子，想到了她肚子里已经成形的自己的孩子，他的血一下子冲上了脑门。他抬起头，越过猴子的头顶看了看不远处的那栋楼，仍然非常固执地认为它是倾斜的，甚至倾斜得更加厉害了。他再也忍不住了，把目光收回到了猴子的身上，然后对着他狠狠地挥起了一拳。

猴子的黑边眼镜被打飞了，鼻子也被打烂了，几条红色的蚯蚓在向外流窜。猴子像瞎子一样蹲在地上，一边摸着自己的眼镜一边说，妈的，你这堆臭狗屎，竟然敢对老子动手，小胖子你快点拨打110！

陈小元确定这里已经不是久留之地，准备去真如寺那边看看能不能遇到柳红。他离开之前，把猴子的那副脱落在地上的镜片踩在脚下拧了拧，拧出了玻璃破碎的刺耳的声响，拧出了亮晶晶地闪着光的粉末。小胖子赶上来，拦住了他的去路，傻乎乎地说，你想跑没有那么容易！陈小元说，我为什么要跑啊？小胖子说，因为你打了人。陈小元说，你再拦住我，我不仅要打人，还要把你们的售楼处砸了。

陈小元说着，从旁边顺手拾起了一把钢管椅，朝着大门那边扔了过去。大门前有一个圆形的水池，水池中间有一座雕塑，是从一期售楼处那边拆过来的《逃跑的女人》。不过"女人"头顶的喷泉已经断流，水池已经干涸，里边扔满了垃圾。

陈小元的椅子不偏不倚，正好砸在了"女人"的大腿上，整个雕塑原来是陶瓷的，"女人"被瞬间砸得稀烂。小胖子说，你闯下大祸了，那是米罗的作品，你是赔不起的。陈小元说，你还知道米罗啊！但是你知道吗，这是仿制的，臭狗屎不如。小胖子说，反正警察来之前，你不能走。小胖子一屁股坐在地上，死死地抱住了陈小元的双腿。陈小元想走，走不了，想坐，坐不下去，有点好笑地说，你死皮赖脸的样子，哪里像保安，感觉像泼妇。小胖子说，我在保安培训班学来的，老师说了，动手不如动嘴，动嘴不如抱腿，我这招怎么样？陈小元彻底被逗笑了，哈哈大笑着说，你这招蛮灵的，不过也太丢人了吧？小胖子说，只要能制服犯人，再丢人都是英雄。

他们两个人正纠缠着呢，随着一阵闪烁的警灯，一辆警车开了过来。

两名警察下了车，问谁报的警？小胖子说，是我，他想跑，被我制服了。猴子跑了过来，他的鼻子仍然在流血，他像川剧变脸的演员用手一抹，就变成了一个大花脸。猴子指着陈小元说，他打人，破坏公私财物，还有敲诈勒索，你们来了正好，赶紧把这个恶贯满盈的东西抓起来！小胖子说，对，你们赶紧把他抓起来，不然他又要干坏事了。陈小元说，你们这纯粹是诽谤。警察说，你们三个人上车，去派出所说吧。

上警车之前，陈小元停顿了一会儿，回头看了看那个破碎了的雕塑，又看了看那栋倾斜的楼，它上半截被浓雾遮挡住了，似乎深深地陷入了泥潭不能自拔。在前往派出所的路上，他想给胥小曼打个电话，但是被警察制止了，只好偷偷地发了一条简单的信息——

亲爱的老婆，我对不起你。单位派我紧急出差，你下班以后自己回家，记着一定要坐出租，我不在的时候，你要好好吃饭，好好照顾自己，好好照顾我们的宝贝。

永远爱你的老公

陈小元发完信息，禁不住已经是泪流满面。他明白自己此去必定是凶多吉少，所以必须瞒住胥小曼。她刚刚安过了胎，不能再受任何的惊吓，否则孩子就保不住了。

此时的胥小曼已经下班，她换好了衣服正在更衣室等着陈小元接她。冬天冷，风尘大，陈小元不允许她提前站在马路边。她看到他的消息的时候笑了笑，他还在发行部主管印务的话，怎么可能有出差的机会呢？既然可以出差，应该是调回了记者部。杀回记者部当记者，是他这几年的心愿，也是她最大的心愿，她懂他怀才不遇的忧伤，懂他有着韩信一般的胯下之辱。

胥小曼开始下楼，向着公交车站走，她不能听他的，如果打出租的话，从医院到家起码需要四十块，而坐公交车仅仅需要三块，节省下来的钱可以给孩子买一双纯棉的袜子。她坐上公交车以后才发消息，问陈小元去哪里出差，什么时候能回来，发生了什么大新闻，有没有美女相伴，无论是采访还是泡妞，一定要注意安全。

胥小曼已经很久没有坐公交车了，心里还是有一些兴奋，尤其是人家看到她是孕妇，立即站起来让座，让她体会到了做妈妈的幸福，体会到了孩子给自己带来的好处，体会到了这个城市对自己的尊重。天已经快黑了，路灯还没有亮，胥小曼擦掉了玻璃窗上的雾气，静静地看着车走车停，看着人上人下，看着一棵棵梧桐树一步步靠近再一步步倒退。

胥小曼回到家，下了一碗面条吃了，又听了听音乐，就准备早早地睡觉。自从怀了孩子以后，自己特别容易犯困，而且家里没有空调暖气，躺进被窝里比较舒服。她在睡觉前，又发了一条信息给陈小元："亲爱的晚安！"她始终没有收到回复，她觉得他应该在忙，不然不可能不回复自己。但是再忙，回一条信息的工夫应该还是有的吧？她干脆拨打了一个电话，开始一直无人接听，后来就变成了关机。她并不怀疑他，因为采访的时候，尤其调查暗访的时候，比如打入造假黑工厂，比如混入传销诈骗团伙，是不方便接听电话的。接电话容易暴露身份，不仅前功尽弃，甚至会有生命危险。

胥小曼第一次独自在新家里睡觉，感觉对于自己一个人而言，一百平方米的房子太大了，太空了，太安静了，太寂寞了，太恐怖了。她原来觉得陈小元很重要，比自己还重要，因为自己太爱他，而他也太爱自己。但是现在才发现，他不仅仅重要，简直是生命中不可或缺的人。晚上，家里没有他，就没有了生气，就没有了安全感，房子就轻飘飘的了，世界就没有了方向和坐标。有点像什么呢？她像一汪流水，他像一只瓶子，水只有装进瓶子的时候，才会风平浪静，才会气定神闲。同样，瓶子不装水的时候，多么孤独，多么空虚，多么无力。

胥小曼侧身看了看窗台，那两个被陈小元当成宝贝一样的瓶子，静静地空落落地放在那里，像两个无所依托的孤老，好在里边插上了几支笔。她到底还是有些害怕，就把家里的灯都打开了，把窗帘全部拉开了，即便如此依然无法赶走内心的恐惧。她瞪着眼睛看着窗外的时候，隐隐约约地看到了二期那边。她第一次有了非常明确的结论，那栋楼确实是倾斜的，而且第一次体会到了天花板上的滴滴答答的漏水声是多么烦人，像一根根针没完没了地扎在自己的心上……她立即发了一条信息，告诉陈小元他是对的。

胥小曼是在后半夜迷迷糊糊睡着的。她做梦了，梦见自己被一丝不挂地关在一只笼子里，像一名临刑前的囚犯游街示众一样，被拉着从大街上缓缓穿过，四周围着一群凶猛的野兽，它们张着血盆大口，把爪子伸进笼子里。笼子很快要被拆散了，她大声呼喊着救命，呼喊着陈小元的名字。因为在这个世界上，只有他一个人会救她，也只有他一个人能救她。果然，他听到了她的呼救，像天兵天将一样飘然而至。

胥小曼说，老公，你快点把我放出来。陈小元说，我没有笼子的钥匙呀，钥匙在你自己手中。胥小曼伸开双臂说，我手里空荡荡的，钥匙在哪里呀？陈小元朝着她吹了一口气，像魔术师一样说，变！胥小曼的双臂立即变成了一对翅膀，她立即变成了一只小鸟，很轻松地就飞出了笼子，飞上了湛蓝色的天空。而陈小元却像一片梧桐叶，随着笼子一起落在了地上，被那群野兽迅速扑上来，撕着，咬着，践踏着……胥小曼想返回来救他，突然发现自己不是小鸟，而是一只纸糊的风筝，那根线不在自己手中，自己根本控制不了自己。

胥小曼被吓醒的时候，天已经亮了，天气已经由阴变晴，太阳红彤彤地照着。窗外有什么东西飘着，差不多飘过了楼顶。她仔细一看，不是塑料袋，竟然是一只风筝。这么早，怎么就有人放风筝了呢？这只风筝难道是从梦中飞出来的吗？她惊魂未定地拿起手机，仍然没有陈小元的消息；她又拨打了过去，他的手机还是处于关机状态。她再发了一条信息——

老公，我担心你，方便的时候回条信息给我啊。忙完了尽快给我滚回来，孩子刚刚踢了我一脚，你回来好好教训教训他吧。

胥小曼起了床，跟往常一样顺着绿化带散步，到菜市场买菜，吃完早餐回家。她出门上班的时候，仍然选择了公交车，不知道为什么突然就想到了柳红，而且把柳红和陈小元联系在了一起。她心里酸酸的，仔细一想又笑了，陈小元失去音信如果和柳红有关，顶多是一些男欢女爱、花红柳绿的事情，那就无关于生死了，也就没有什么太过于担心的了。她虽然爱吃醋，但是她信任陈小元，他不会无缘无故地背叛她。如果真有什么背叛，肯定也是被迫无奈的，而且很有可能都是为了她。

胥小曼一个人过了两天，心里慢慢地紧张了起来，越来越觉得有些不对头。直到星期六的下午，她实在坐不住了，才想到应该问问《东海早报》，但是这么多年对陈小元的工作关心不够，和他们报社联系甚少，竟然没有任何人的电话；她根据报纸上的新闻热线打过去，也许因为周末没有人上班，电话一直无人接听；她万般无奈地联系到了"水桶"，问能不能把银子的电话告诉她。"水桶"说，你要联系他干什么啊？胥小曼说，我想问问陈小元的情况。"水桶"说，你就放心吧，陈小元出差了。

胥小曼很意外地问，你怎么知道的？"水桶"说，我无意中听说的，他好像去了安徽。胥小曼说，这么说，他已经调回记者部了对吗？"水桶"

说，应该是的吧，我不是报社的人，具体情况不太清楚。胥小曼想了想，还是觉得有些异常，就突然问了一句，陈小元会不会被你绑架了啊？"水桶"说，他要色没有色，要钱没有钱，我为什么绑架他，而不是直接绑架你？你放心好好保胎吧，有什么事情随时叫我。

胥小曼放下电话，总觉得"水桶"的语气怪怪的。她怀疑陈小元的失踪会不会与维权有关，比如，他利用周末的时间，跟着别人一起进京上访了，害怕惹自己不开心，就以出差为名撒了个谎，而且走得匆忙，没有带行李，没有带充电器，关机是因为手机没电了。胥小曼赶紧下了楼，敲了敲小马家的门，但是小马不在家，老婆正在哄着哭闹的孩子；她又上了楼，敲了敲老牛家的门，老牛也不在家，他那个得了抑郁症的儿子隔着门说了一句"不知道"，就再也没有回音了。

胥小曼还是想到了柳红，就朝着二期的售楼处赶去。也许是周末的原因，加上天气特别好，二期售楼处稍微热闹了一点。小胖子保安说，大姐，你要看房子吗？胥小曼说，对呀，我要找柳经理，我是她的老客户，我隔壁的那套房子就是通过她买的。小胖子警觉地说，你是一期的业主？你不会是来闹事的吧？胥小曼说，我住得好好的闹什么事啊？我老公和柳经理是老乡。小胖子说，你老公也是陕西人？胥小曼笑了笑说，是呀，他们之间的关系我就不说了，反正你懂的对吧？

小胖子有些紧张地说，你老公长什么样子？胥小曼说，光头。小胖子说，他叫什么名字？胥小曼说，他叫陈小元。小胖子张了张嘴，回过头对着售楼大厅，慌张地喊道，侯经理，你快出来！你老婆，不不不，他老婆来了！

猴子经理像孙悟空一样，手搭凉篷朝外一边看一边问，谁老婆啊？猴子走到胥小曼面前，从上到下打量了一遍，然后怀疑地问，你是哪位？小胖子抢先回答，她是陈小元的老婆！猴子说，不会吧？陈小元又丑又凶又老,怎么可以讨到这么年轻漂亮的老婆呢?胥小曼说,陈小元比你帅,我看你长得像猴子似的。猴子耸了耸肩说,你是假冒的吧?陈小元说他没有老婆。

胥小曼说,他十年前说的吗?猴子说,怎么可能!就在前天晚上。胥小曼有些吃惊地问,你前天晚上见过他?猴子说,对呀,不管你是正宫还是偏房,我也就不瞒你了,你看看我这鼻子,就是被他打的。

胥小曼发现猴子的鼻子上蒙着白色纱布,像戴错了地方的口罩。胥小曼就问,他为什么打你?猴子说,他来找柳红。胥小曼说,他找柳红干什么?猴子说,我哪里知道啊?也许是私通吧!我们争吵了几句,他不仅打烂了我的鼻子和眼镜,还把我们门前的雕塑给砸了。胥小曼回过头看了看,喷泉中间的那个"女人",像被肢解了一样,胳膊、大腿、胸脯,支离破碎地混杂在一起。她似乎有些明白而紧张地问,你们把他也打了吧?你们快点告诉我,他现在是不是在医院?猴子躲躲闪闪地说,不是,他被派出所抓了。

胥小曼有些惊慌地问,你们两个人打架,派出所为什么抓他不抓你?猴子说,他犯法了,我又没有犯法,我是受害者,而且吧,派出所抓他的罪名有两条,第一条是破坏公私财物,第二条是敲诈勒索。胥小曼更加惊慌地问,敲诈勒索是什么意思?猴子说,他以报社要曝光我们公司的问题为名,敲诈了我们公司十万块!

胥小曼不知道说什么好了。她一屁股坐在了台阶上,也可以说是一下子瘫在了地上,突然想到了巧克力里埋着的那十万块钱。难道他没有把那十万块钱还给仁河公司?如果没有还给仁河公司为什么不拿出来还房贷呢?这个月的房贷拖欠了很久,最后是自己医院发了一笔年终奖才还清的;难道柳红贪污了那十万块钱然后栽赃给了陈小元?或者是柳红拿那十万块钱顶了以前欠她的债?这也不太可能啊!柳红不像贪钱的人,她如果缺钱花的话，首先应该向他们讨债，但是借钱这么久了，很少听她提起还款的事情；难道柳红与陈小元之间真有什么难言之隐？这更不可能了！自己与陈小元天天在一起，他们真有什么腻腻歪歪的事情，一是没有时间和空间，二是不可能没有一点风声，前几天关于柳红色诱的事情，还是陈小元自己说出来的，他能说出来那就证明没有什么。

胥小曼缓了缓气，有点祈求地问，侯经理，你能告诉我，他在哪个派出所吗？猴子说，前天抓他的是真南派出所。胥小曼说，我怀孕了，你们看在孩子的分上帮帮我，能不能把柳红的电话告诉我？猴子说，我现在总算明白了，陈小元这家伙还是有点人情味的，他说自己没有老婆，估计是怕你担心。你一个女人也不容易，柳红的电话是一直关机的，我把号码给你试试运气吧。

胥小曼拦了一辆出租车向真南派出所赶去。她在出租车上首先拨打了柳红的电话，果然处于关机状态。陈小元曾经一再叮咛她，有法律问题赶紧找报社的法律顾问周律师。她就拨通了周律师的电话，非常直接而悲痛地说，我是胥小曼，我老公陈小元出事了！周律师忧心忡忡地说，我们见面聊吧，你现在在哪里？胥小曼说，我在前往派出所的路上。周律师说，他已经不在派出所了，你回小区吧，我们在小区大门外碰头。

小区外边新开了一家全家超市，胥小曼与周律师在超市里的吧台坐了下来。周律师说，孩子几个月了？胥小曼说，四个多月了。周律师说，陈小元的事情你怎么知道的？胥小曼说，我刚刚去了售楼处，是售楼处的经理说的。周律师说，这群王八蛋，我交代过他们是要保密的。胥小曼很气愤地说，周律师，你早就知道了对吧，那为什么不告诉我啊？周律师说，陈小元非常担心你，所以就一再叮咛让我们瞒着你。胥小曼说，那你又是怎么知道的？周律师说，陈小元死活咬定自己一个人在上海，所以刑事拘留的通知书就下达给了我，我是报社的法律顾问，又是陈小元的朋友，就接手处理了这个案子。胥小曼说，我们家陈小元不在派出所，他现在在哪里？周律师说，昨天早晨从派出所转移到了刑警队，如今被关在了看守所，离这里不是很远，柳林路 333 号。

胥小曼一听就哭了，问里边没有空调吧？周律师说，你以为住酒店吗？胥小曼说，这可恶的家伙，他瞒着我，这下好了，没有人送衣服进去，这么冷的天冻死了活该！周律师笑了笑说，也没有你想的那么严重，如果看守所里冻死个人，那可是天大的事情。胥小曼说，周律师，你可要想办法把他放出来啊。

周律师说，我了解了一下情况，他打人，不太要紧，属于轻微伤，之所以以刑事立案，主要是破坏公私财物，据当事人声称，他打坏了人家的眼镜，价值两千块，砸坏了售楼处前边的雕塑，价值应该一万多块。胥小曼说，这是要坐牢的对吗？周律师说，这要看物价评估结果了，根据《刑法》规定，有意破坏别人财物，价值五千块以上的，就构成了刑事责任，处三年以下有期徒刑、拘役或者罚金。胥小曼说，听说还有敲诈勒索是怎么回事？周律师说，关于这一条，陈小元说是借的，仁河公司咬定是敲诈，目前最关键的人物是柳红，可是柳红失踪了。胥小曼眼泪巴巴地说，周律师，你一定要救救陈小元。

周律师说，我尽最大努力吧，这个案子关键在三个方面，一是姓侯的保安，二是仁河公司，三是柳红。如果罪名全部成立，那就要被判刑，这会改变陈小元的一生，比如在报社的工作，按照《中华人民共和国合同法》规定，劳动合同是要被解除的，还有你和孩子以后在社会上，肯定要遭人家的歧视，而且你们还有房贷，陈小元没有了经济来源，日子就没有办法过了。

胥小曼哭得更厉害了，说那怎么办啊？周律师说，解铃还须系铃人，姓侯的和姓柳的都是仁河公司的，只要和仁河公司达成和解，由仁河公司出面协调，得到姓侯的谅解应该不是问题，柳红出来证明那十万块是当初的借款也不是问题，这样陈小元顶多被治安拘留几天，自然就被放出来了。胥小曼说，我明白了，关键还在于仁河，仁河如果不放过陈小元，我就去他们公司上吊。周律师说，你可千万别干傻事呀！看在肚子里的孩子的分上，尽量打一打感情牌吧。

胥小曼送走了周律师，找到一家商场，挑选了一件红色的羽绒服和一条红色的内裤。记得入冬后大降温，两个人一起逛医院门口的商场，陈小元盯着一件红色羽绒服看了半天，而且拿下来试了试问，我穿上是不是太帅？她说，是的，你喜欢就买下来吧。他说，太贵了。她说，有什么贵的，你媳妇都换了，棉袄也应该换换了。他笑了笑，他身上的黑棉袄还是认识她以前买的，有一年春节回家，烤火的时候袖子被烧了一个大洞，后来去菜市场的缝纫店补了补。他说，我不是明星，穿这么红艳艳的，人家会说我是老妖精。她说，你穿衣服给谁看的？给我一个人看的。最后，他只挑了一条红色的内裤笑着说，这下行了吧？我穿上这条内裤，不仅可以给你看，还可以让你脱。

胥小曼又去真如老街买了十个肉夹馍，顺便在超市买了几袋德芙面包、沙琪玛和方便面，这些零食并不是什么山珍海味，却都是陈小元喜欢吃又舍不得吃的东西。她一边挑选一边流泪，心想自己这个老婆太不合格了，平时为什么不买好东西给他吃、不买鲜艳的给他穿呢？人是衣裳马是鞍，自己好好打扮打扮他，他也许没有想象的那么丑，双眼皮，大耳垂，留着小胡子，剃得光溜溜的大头，如果穿上红色的羽绒服，再配上一条白色围巾，那样子肯定像年轻版的郭冬临。但是，这些普普通通的日常生活，他却要等到落难的时候才可以享受。

胥小曼返回家，把自己的红棉袄穿在了身上，然后就迎着灿烂而冰冷的夕阳出门了。她穿上的这件红棉袄曾经引起过陈小元的怀疑与不快，她想如果仅仅从颜色的角度看，陈小元也穿上红棉袄的时候它们一定像是情侣装，尤其在陈小元的心里应该是一种幸福而幸运的色调。

其实，胥小曼的红棉袄和陈小元的红棉袄稍有不同，虽然都是大红色的，但她的是高领子，拖到膝盖那么长，前边有一排银色的金属纽扣，被夕阳一照就反射出了一道道光芒。

第二十九章

柳林路非常僻静，不知道是不是这个原因才把看守所建在这里，也许是建了看守所以后才变得如此僻静的。而且马路两边种的，不是法国梧桐，而是香樟，这种四季常绿的反应迟钝的没有棱角的植物，与带着赎罪气息的看守所的气质似乎也比较匹配。

胥小曼对这条不怎么宽阔的马路并不陌生，旁边那条街上有个社区服务中心，有关暂住证和医保卡的业务都在那里办理。她过去从看守所门前经过的时候，看到黑漆漆的戒备森严的大铁门，以及高高的围墙和深深的院子，有着一种好奇心和神秘感，总以为这里是永远不会属于自己的世界，但是万万没有想到，如今和自己发生了直接的联系，自己最爱的人就被关在里边失去了自由。

胥小曼靠近了大铁门，由于已经接近黄昏，旁边的接待室显得有些暗淡。胥小曼凑上去问，有一个叫陈小元的人住在这里吗？负责接待的是一个两鬓斑白的老警察，他从眼镜上边投来了目光，十分好奇而严肃地说，什么叫住啊，应该是关吧？胥小曼说，关和住是一个意思，请问我能见见他吗？老警察说，你是他委托的律师吗？胥小曼说，不是。老警察说，那见不了。胥小曼说，为什么啊？他是我的老公，我是他的老婆。老警察说，除非你有批准的手续才行。胥小曼说，好奇怪啊，老婆见老公还需要批准吗？老警察盯着胥小曼看了看，真不知道怎么回答，便笑着提醒，你是送东西来的吧？那就赶紧登记一下，不然马上就下班了。

胥小曼就把一大堆东西递了进去，最后还留下了一个信封。老警察告诉胥小曼，按照规定，信中不允许涉及案情，所以需要对信件进行检查。他打开信封一看，里边有一张胎儿的检查报告，上边是模模糊糊的超声图像，下边是有关胎儿成长发育的描述，包括脑袋、心脏、脐带和四肢的情况。老警察说，这是什么？胥小曼说，是他孩子的照片，他看了以后一定会十分开心。老警察说，还有别的吗？胥小曼说，背面还有我的留言。老警察翻过检查报告，发现背面写着一段小字——

亲爱的老公，你这天下最大的笨蛋。你跑进去贪玩，竟然敢瞒着我！我原以为家是这个世界的坐标，现在才明白我真正的坐标是你，确切地说是你三百瓦灯泡子一样的光头。这两天我一个人睡，没有你在家里，不仅睡不着，而且老是做噩梦，所以你要好好的，争取尽快出来。出来的时候，记得穿着红棉袄和红内裤，不仅穿给我看，不仅穿给我脱，重点是可以辟邪，今年是你的本命年。你进去了刚刚好，趁机休息几天，如果太无聊了就看看咱们孩子的照片。等你出来的时候，我是要出题考试的，你考试不过关的话，我要取消你当爸爸的资格。另外，我认同你的看法，我发现你是对的，那栋楼确实是倾斜的，真有被大风吹倒的可能；天花板上的滴水声很烦人，两个晚上就把我的心钻出一个窟窿。老婆大人胥小曼，匆匆于某年某月某日。

老警察看了半天，眼睛里似乎有些潮湿，斑白的两鬓顿时显得更加沧桑了。他见过各种各样的留言，大多数都是抱怨、悔恨和唉声叹气，让人看了更加沮丧，但是面前这个女人，看似轻松，却句句情真意切，字字带着笑和泪，透着乐观和积极的情绪。老警察就问，你还有什么要交代的吗？胥小曼说，我是他的老婆，而且是明媒正娶的，他进来的时候竟然敢骗你们，说自己是单身一人光杆司令，麻烦你替我教训教训他吧。

胥小曼说着，就把他们的结婚证拿了出来。老警察笑了笑说，我们是不允许虐待嫌疑人的，你看看怎么个教训法吧？胥小曼说，揪一下他的胡子或者是拍一下他的光头就行。老警察说，那好吧，我尽量替你效劳。

胥小曼都已经离开了，突然又返回身，流着眼泪说，警察叔叔，我想他了，我想看他一眼！老警察说，我真的无能为力。胥小曼说，他们晚上会放风吗？老警察说，不会。胥小曼说，那明天呢？老警察说，即使放风，你也看不到啊。胥小曼说，他住的房子有窗户吧？他是哪一扇窗户，我看看窗户也行。老警察叹着气说，唉，姑娘，天冷风寒，你还是回去吧。

胥小曼并没有离开，她在看守所大门对面的绿化带里，找到了一棵大树，靠着坐了下来。这段路没有一家商店，随着天慢慢黑了，随着路灯慢慢亮了，就显得更加荒凉了。也难怪了，这种看押嫌犯的地方，除非卖眼泪卖法律书籍，做其他什么买卖似乎都不合适，所以根本形不成消费市场，还不如人家殡仪馆附近，可以卖花圈卖寿衣卖纸钱这些丧葬用品。

胥小曼希望看到看守所里的窗户，甚至看到窗户上的剪影，那将是多么的美好。但是大铁门太高了，越过大铁门朝里看，什么也看不到，只有灰色的天空。她只能多坐一会儿，这样可以离陈小元近一点，虽然他不知道她近在咫尺，但是她知道他此时此刻脑子里肯定装着她，甚至正在播放着她在床上最销魂的身影，即使那封信还没有送到他的手中。

有一只泰迪狗，孤苦伶仃地溜达着。胥小曼向它招了招手，说狗狗你过来。泰迪就蹲在她的面前，警觉地抬起头静静地盯着她。她想喂喂它，但是在身上翻了半天，没有找到任何东西。她就伸出自己的手说，你吃我的肉吧。但是泰迪伸出舌头仅仅舔了一下她的手。她说，你真是奇怪的动物，我活着的肉你不吃，为什么非得我把肉割下来你才吃啊？泰迪又伸出舌头舔了一下她的手。

胥小曼抚摸着它的头说，对不起狗狗，我除了自己，现在只有手机，我把手机送给你，你替我办件事情行吗？泰迪似乎说，手机这玩意有什么用啊？她说，你可以给好朋友打电话呀！泰迪似乎说，我没有好朋友，你有什么尽管吩咐吧。她说，你看看前边那个戒备森严的院子，人不可以随便入内，但是小狗可以。泰迪似乎说，你的意思是，人不如狗？她说，当然了，面对自由的时候。泰迪似乎说，这倒是真的，在这个世界上，还没有我进不了的地方。她说，那你进去帮我找个人，他叫陈小元，剃着光头，留着小胡子，他不是坏人，他是一个笨蛋，你代替我看他一眼，朝着他汪汪地叫几声就行了。

胥小曼把手机朝前一扔，指着大门说，快点冲啊！泰迪冲过去闻了闻，用爪子挠了挠，发现并不是一根骨头，就悻悻地回来了。胥小曼又哭了，大骂道，傻瓜！骗子！神经病！胆小鬼！吹牛大王！你赶紧给我滚远点！胥小曼的声音很大，把泰迪吓坏了，就退到不远处蹲着，委屈地看着她汪汪地叫。她的声音和狗的声音混合在一起传得很远很远。

胥小曼的心头一亮，在人世间，比人自由的东西太多了，比如云，比如风，比如光，比如黑暗。但是，云会消散，风会绕行，光会被遮挡，黑暗会被消灭，最自由的应该是声音。人们之所以压抑而憋屈，是因为已经习惯了保持沉默。

胥小曼爬了起来，开始绕着看守所的围墙，一边转圈子一边高喊着陈小元的名字——你好，陈小元！加油，陈小元！威武，陈小元！乌拉，陈小元！long live，陈小元！My God，陈小元……泰迪则一直跟在她的身后，随着她的喊叫声朝着围墙里使劲地汪汪。

后来，胥小曼不再叫陈小元了，而是一边转圈子一边唱歌，唱陈小元喜欢的《甜蜜蜜》《我只在乎你》《月亮代表我的心》，再后来反复只唱那首《风中有朵雨做的云》，这是他们恋爱期间她经常唱给他的歌——

> 风中有朵雨做的云
> 一朵雨做的云
> 云在风里伤透了心
> 不知又将吹向哪儿去
> 吹啊吹吹落花满地
> 找不到一丝丝怜惜
> 飘啊飘飘过千万里
> 苦苦守候你的归期

胥小曼在学校念书的时候，声音甜美清纯，被称作歌后。走上社会以后，随着年龄不断增长，也许生活越来越世俗，也就越来越缺乏激情，她发现自己的声音越来越浑浊了，原来像一股清凌凌的山泉水，而现在像下雨后的一潭积水，有着很浓的风尘味。有两位行人经过的时候，低声地嘀咕了一句，哎呀，应该是个神经病。但是，此时此刻，胥小曼并不在乎别人的议论，不想取悦其他任何人，只想拥有一个听众。呵，不对，如今她渴望的听众里边，还有肚子里的孩子和一直跟着她汪汪的泰迪。

胥小曼尽量把声音调高、拉长，她相信陈小元应该听得见。他如果听见了她的歌，应该会自豪地对别人说，你们猜猜外边唱歌的是谁？别人也许会说，那是孟庭苇。他会说，再猜吧。别人会说，难道是邓丽君？他会得意地说，都错了，她呀，和我睡过觉，我是她老公，她是我老婆。别人会羡慕地说，原来你老婆是歌星啊！他听到别人的赞美和她的歌声，心里应该就踏实了，漫漫黑夜应该就好打发了。

胥小曼不知道唱了多少遍，也不知道转了几圈，时间已经到了晚上十一点，好多窗户里的灯已经熄灭。胥小曼在离开前，对着大门大声高喊，陈小元，我要回家了！我肚子饿了！我还没有吃午饭呢。她突然感觉孩子踢了她一脚，似乎也在提醒她，爸爸听到你的话，应该会担心的吧？于是，她又回过头补充了一句，我和孩子都好着呢，你就安心休息吧！亲爱的晚安！

第二天，天气更好了，天空蓝得不可思议，没有一片白云，也没有一点杂质，感觉活在没有空气的太空，或者是进入了不食人间烟火的天堂。胥小曼站在窗前，不仅可以清晰地看到隔壁的二期和再远一点的真如寺的真如塔，而且可以清晰地看到东方明珠和上海中心大厦。

胥小曼早早地起了床，坐下来好好地化了化妆。打粉底，搽腮红，涂唇膏，上眼影，拉睫毛，梳一个高高翘起的马尾巴辫子，她很久没有这么认真过了，但是今天必须推出最美好的自己，作为支点去撬动去对抗去弥补并不怎么美好的世界。

胥小曼出了门，先去了一趟菜市场，好好地吃了一顿早餐，又买了几个面包、两盒牛奶和几瓶矿泉水，这是为下一步的战斗而准备的粮草，然后再来到了花卉市场。她期待已久的花卉市场刚刚开张不几天，铺天盖地的玫瑰、百合、菊花，还有干花、假花和植物，摆满了五层楼的商场，与外边苍凉的冬天形成了对比，但是并没有什么零售客户，只有几个前来批发的花店。

胥小曼问了问百合的价格，挺便宜的，三块钱一枝，就顺手买了三枝。她从来不喜欢玫瑰，不仅不喜欢那么凝重的颜色，不喜欢猥琐而干巴的叶子，更不喜欢它带着扎人的刺。她有时候想，如果下辈子托生成一朵花，一定要长成百合，别不自爱，也别扎着了靠近自己的人。

胥小曼最后找到了一家花圈店，买了一个不大的花圈，在两条飘带上写了一副挽联似的"状子"——

老公被冤，请菩萨出手相救；
草民受苦，望仁河讲点仁义！

胥小曼把一切准备齐全，在前往米罗公元二期售楼处的路上，再试着打了一遍柳红的电话，仍然是关机的。她还给小马打了电话，说，小马呀，你赶紧起来吧。小马说，今天不上班，我还在睡觉呢，嫂子有事情吗？胥小曼说，你起来看戏吧，记得叫上老牛他们，二期售楼处今天唱戏。小马说，骗人的吧？谁在那边唱戏呀？胥小曼说，我唱戏，你们要来捧场啊！

虽然是星期天，毕竟还是清晨时分，麻雀才刚刚消停了些，没有什么前来看房选房的人，但是售楼处的工作人员已经上班，整整齐齐地站在门前接受训话。正在训话的不是别人，正是瘦得像猴子一样的侯王经理，他盯着站在前排的小胖子，用半生不熟的普通话说，你们保安尤其要注意，你们知道什么是雷锋精神吗？其中有一条就是干一行爱一行、专一行精一行的敬业精神。你们要好好向雷锋同志学习，对待每一个潜在的客户，像对待同志一样要有春天般的温暖，像对待工作一样要有夏天一样的火热。不过，前来售楼处的人，并不见得都是看房子买房子的，我们要用火眼金睛及时辨别，发现那些专门前来捣乱的，要像对待个人主义一样，用秋风扫落叶一般的气势，毫不客气地将他们扫地出门。

猴子说，总之一句话，细节注定成败。那什么是细节呢？比如，有一位顾客尿急，要上厕所，你不仅要在前边引路，要替人家把厕所的门打开，最好再替人家把裤子的拉链拉开，然后静静地守候在一边，等人家完事以后，替人家把水龙头拧开，让人家净净手，你再递一张卫生纸让他把手擦干。整个过程要像绅士一样彬彬有礼，而且一声不响，面带微笑，我们这么做就是要让他们恍惚以为自己是上帝。他们以为自己是上帝的时候，支配世界的欲望就非常强烈，下单的概率就直线上升。

猴子说完，突然像教官一样喊道，小胖子出列！小胖子从队伍中迈前一步，软塌塌地敬了一个礼，然后笑着说，如果是女顾客怎么办？猴子呵呵地笑着说，如果是女顾客，你就不要胡骚情了，帮人家脱裤子上厕所那是要挨打的。小胖子指了指自己的前边，吞吞吐吐地说，侯经理，你的背后……猴子是背对着喷泉面对着售楼处站着的，他有些得意地说，有顾客来了对吗？我给你们演示一下怎么拉拉链吧！

猴子转过身，深深地鞠了一躬，抬起头才发现是胥小曼。胥小曼已经跪在了喷泉前边的地上，她的前边摆着一个白色的花圈，花圈被砖头压着，上边放着三枝百合，真像是为人送葬一样。猴子说，这不是陈小元的老婆嘛，你来这里搞什么名堂啊？

胥小曼什么话也不说，只是对着猴子磕了三个响头。猴子看了看花圈上的两个飘带，说我明白了，你是为陈小元申冤来的，你要申冤的话应该去公安局。胥小曼仍然一声不吭，朝着猴子又磕了三个响头。猴子说，你要磕头去那边的真如寺，现在只有菩萨能救陈小元。胥小曼还是一声不吭，朝着猴子再磕了三个响头。猴子说，我的天啊，又送花圈，又磕头，这太吓人了吧！胥小曼还是磕了三个响头。

猴子一下子就崩溃了,对着大家喊了一声"解散",赶紧溜回了售楼处。过了半天,小胖子走过来,怯生生地说,妹妹呀,你跪在这里我不反对,只是这样跪下去也不是办法啊!胥小曼像个哑巴,照样一声不吱,朝着小胖子磕了三个响头。小胖子说,你怀有身孕,跪着对孩子不好,你还是站起来吧。小胖子看到胥小曼又磕了三个响头,像遭到了天打雷劈一样,躲到门口远远地说,我的妈呀,我年纪轻轻的,第一次有人对我磕头,你再这样磕下去的话,我估计就活不成了!

　　小马和邻居们陆陆续续地赶了过来。小马看到胥小曼跪在地上,同样不停地朝着大家磕头,就心疼地说,嫂子啊,这就是你唱的戏吗?胥小曼终于开口了,笑着说,对呀,你看看这出戏怎么样?小马说,我看不怎么样,你赶紧起来吧,我们维权也不能伤了尊严。胥小曼说,我命都不想要了,还要什么尊严呀!

　　小马突然问,我陈哥呢?他去哪里了啊?胥小曼说,你是装的不知道,还是真的不知道啊?小马说,我前几天去北京出差了,昨天晚上十二点到家。胥小曼说,你陈哥三天前被抓了。

　　小马很吃惊地说,难怪警察打电话给我,让出差回来立即去一趟公安局,陈哥为什么被抓了呀?猴子跑了出来,抢着说,他呀,一是打人,二是损坏公私财物,三是敲诈勒索我们公司。胥小曼说,侯经理你是坏人,都是你们栽赃陷害的!猴子对着小马说,你是不是小马?你看看我像不像坏人?小马笑着说,你挺像汉奸的。猴子说,我说小马,你们误会我了,其实你们都被利用了,陈小元打着维权的幌子,敲诈了我们公司十万块!

　　小马意外地质问,他拿了你们多少钱?猴子说,有凭有据的十万块。小马说,那不是敲诈,应该是补偿吧?猴子说,公司说是敲诈,利用你们到处投诉闹事进行敲诈,你们忙前忙后地跟着他,得到什么好处了吗?没有吧?

小马怀疑地看着胥小曼问，这都是真的吗？胥小曼说，当然都是假的，那十万块是借的。小马说，借谁的？胥小曼说，借柳红的。猴子说，我们柳经理凭什么借钱给他们？那同样是一个幌子而已！你们看看这张借条，心里就明白了。小胖子把借条递了过来，小马看了看说，难怪了，他原来挺起劲的，后来再不参与了，原来是闷声发大财啊！

小马有些气愤，吆喝着大家准备撤退的时候，有一辆警车开了过来。猴子赶紧迎了上去，讨好地说，你们真是大救星，有人正在闹事呢，你们赶紧管管吧。警察说，他们闹什么事了？猴子说，这个女人跪在这里，前边还摆着花圈。警察看了看安静地跪在地上的胥小曼，说仅仅是下个跪也不算闹事吧？猴子说，她还使劲地朝我磕头。警察说，乞讨呀，祭祖呀，孩子给老人请安呀，信教的人去寺庙许愿祈福呀，都是要下跪磕头的。猴子说，关键是我不认识她啊。

警察说，我也不认识她，她怎么不给我磕头啊？猴子尴尬地说，她这样影响我们正常办公，你们能不能把她赶走啊？警察说，对不起，我们管不了！你们谁是隔壁小区的业主马良？小马说，我是马良，请问警察找我有事情吗？警察说，你和我们走一趟吧。小马说，我犯法了吗？警察说，你不要误会，你不是神笔马良，我们不会找你画画，我们需要向你了解一点情况，是关于陈小元的案子。

胥小曼听到"陈小元"三个字，顿时感觉无比亲切，激动地问，警察叔叔，你见到了陈小元对吗？陈小元他还好对吧？你帮我带句话行吗？警察已经上车了，把头伸出车窗问，说吧，你要带什么话？胥小曼说，也没有什么，麻烦你告诉他，今天是个大晴天。

大家一同抬起头看了看，天果然很晴，晴得让人有几分陶醉，晴得让人有几分忧伤，晴得让人有几分心碎。胥小曼说，谢谢警察。然后对着远去的警车磕了三个响头。谁也说不清楚这三个响头，是磕给小马的，是磕给警察的，还是磕给青天的。

顾客慢慢地多起来了，再有人经过的时候，胥小曼不再下跪磕头了。顾客是无辜的，别吓着了人家，关键是长期跪在那里，确实对肚子里的孩子不利。她拿来一张椅子，站在上边唱起了歌。她不唱别的什么歌，而是一遍又一遍地唱起了《国际歌》——

> 是谁创造了人类世界？
> 是我们劳动群众。
> 一切归劳动者所有，
> 哪能容得寄生虫！
> 最可恨那些毒蛇猛兽，
> 吃尽了我们的血肉。
> 一旦把他们消灭干净，
> 鲜红的太阳照遍全球！

胥小曼开始的声音甜美而洪亮，慢慢地就变得沙哑而低沉，远远地听上去像一阵一阵的哭泣。事实也是如此，她唱着唱着，泪水就禁不住地朝外涌、朝下流。她一边唱一边在脑海里放起了电影——自己踏上上海被霓虹艳影点燃的热血沸腾的第一天，自己与陈小元在熙熙攘攘的人群中相见的第一面，他们打游击找地方做爱的每一个场景，为了买房子的资格回陕西领证结婚的那辆火车，四处求爹爹告奶奶筹措房款的那种喜悦，搬进新家后的第一餐，台风来临时导致怀孕的那一夜，陈小元被抓前的最后一面……

胥小曼大部分的感受都是幸福的，都是美好的。她在医院里工作，看多了有关的生老病死，本来就是乐观主义者，所以下雨是美好的，阳光照耀是美好的，阴天是美好的，不阴不晴也是美好的；春天开花是美好的，夏天结果子是美好的，秋天落叶纷飞是美好的，冬天一片苍凉大雪满天也是美好的；夫妻吵架是美好的，夫妻做爱是美好的，夫妻不做爱拉着手也是美好的；即使房子漏水房子倾斜，她依然感觉是美好的。也就是说，在她的眼里和心里，只要能好好活着，不管如何都是美好的。如今陈小元被抓，被关了起来，当然是不美好的，但是想办法去救他，她再苦再累也是无比幸福的。

太阳升到头顶的时候，就生出了几朵白云，若无其事地挂在天上。保安小胖子送过来一杯水，殷勤地说，大姐你歇会儿，喝点水吧。胥小曼不说话，拿出自己的矿泉水喝了两口。小胖子又送来一份盒饭说，我们候经理给你订的，你下来吃点饭吧。胥小曼仍不说话，她实在没有胃口，但是为了肚子里的孩子，她还是啃了两块自己的面包，又勉强喝了一瓶牛奶。她补充了一点体力，有时候坐在椅子上，有时候站在椅子上，继续唱着她的《国际歌》。不过，她不仅对着售楼处唱，而且像拜佛祈祷一样，朝着东南西北四个方向唱，朝着周围的几条马路和来来往往的行人唱。

胥小曼唱《国际歌》的消息，很快传遍了真如地区，有人说她是疯子，有人说她是在声讨小三，有人说她在祭奠去世的朋友，也有人说她是在闹事。对内情略知一二的人则明白，她的老公不明不白身陷囹圄，她正在苦苦地搭救自己的老公呢。

到了下午太阳偏西的时候，突然就起风了，天空中的云层像老谋深算者的心腹，越来越厚越来越低，把太阳彻底遮挡住了，有种雷穿不透雨下不来的感觉。开始是几个调皮的孩子跑过来，然后是几个老人跑过来，与胥小曼站成一排，郑重其事地跟着她一起唱。那位播放哀乐的老太太，则提来了她的音箱，把哀乐放到了最大，同时把大家的声音扩了出去。

最后是一位披头散发的老人，他盘腿坐在胥小曼的旁边，从袋子里掏出了十几个酒瓶子，都是空的，蓝色的，摆成了长长的一串。他拿出两根筷子，叮叮当当地敲打了起来。胥小曼听得出来，他敲打的正好就是《国际歌》，很明显是在给自己伴奏呢。她隐隐约约地认识他，他就是曾经给陈小元送过两个空瓶子，被陈小元称为巫师甚至是先知的那个人。

胥小曼的腿已经麻木，她的腰非常酸痛，但是她的情绪高涨了起来，不需要顾忌音调，不需要顾忌歌词，放开嗓子唱着唱着。这群老弱病残的歌声和伴奏声，像一匹匹丝绸被撕裂，揪心，模糊，沧桑，断断续续，再被音箱一扩大，被冬天萧瑟的风一吹，就飘过了树梢，飘过了楼顶，传得很远很远。

突然，我们可怜的胥小曼，她感觉眼前一黑，从椅子上摔了下去！歌声随之戛然而止，仅剩下了哀乐伴随着空瓶子的敲击声，像一串风铃被风轻轻地吹动，清脆，细碎，微弱，充满了玻璃瓶子可能随时破裂的忧伤。

放哀乐的老太太心疼地扶起了胥小曼，说我们送你去医院吧。小胖子跑过来了，说嫂子啊，你别再这样唱下去了，我们快被你唱疯了。猴子也跑过来了，说妹妹呀，你是有孕在身的人，再唱下去是要出人命的。

老太太对着猴子说，你们再不给一个说法，真的要出人命。如果出了人命，我看你们怎么收场吧！猴子说，关键的问题是，我们不知道她想要什么样的说法啊！老太太说，白纸黑字写得清清楚楚，陈小元被你们冤枉了。猴子说，冤枉不冤枉，我们说了不算，公安部门会搞清楚的。

胥小曼无论他们怎么说，她还是一声不响，挣扎着爬上了椅子，继续唱了起来。她此时的声音还不如哭，而像是小声地抽泣，再配上那凄凉的哀乐，真像是哭灵送葬一般。猴子急着说，哎呀呀，你再这样唱下去，我就要给你下跪磕头了！妹妹你到底有什么想法，到售楼处里边坐下来聊聊好不好？

周律师出现了，他是接到胥小曼暗中发送的信息赶来的。周律师对着猴子问，你是什么人？猴子说，我是售楼处的经理。周律师说，你能做主吗？猴子说，我就是当事人之一，陈小元那天打的就是我，他出手太快了，而且哪里都不打，偏偏打我的鼻子，我浑身上下最帅的就是鼻子，看相先生都说了，这叫狮子鼻，是大富大贵的命，如今被他破了相，等于是送了我的命。周律师说，得了吧，还有别的吗？猴子说，他还打坏了我的眼镜，把我的眼镜片在地上踩得粉碎，那可是我花了将近三千块钱配的，他还打坏了我们公司的女人，不对，是雕塑，那可是米罗的作品，米罗你们知道吧？

周律师说，你先别说这么多，我是陈小元的代理律师，你们眼看着要惹出人命官司来了，如果有诚意的话就和我谈谈吧。猴子说，有没有诚意不重要，重要的是我们已经被逼疯了。

周律师和猴子几个人正朝售楼处走呢，另一个人急急匆匆地出现了。她不是别人，而是已经消失好多天的柳红。柳红叫道，律师你等等我，我也要和你谈谈！她先走到了胥小曼面前，抹着眼泪说，妹妹，你傻不傻啊？你这样子下去，如果孩子有什么三长两短，你怎么向陈小元交代啊？

胥小曼见到柳红，立即从椅子上下来了。她不仅不唱了，反而笑嘻嘻地说，柳经理你怎么才来呀，我都等你一整天了！柳红抱了抱胥小曼，拍了拍她的后背说，你等我干什么呀？胥小曼说，你是观音菩萨，你一现身陈小元就有救了。柳红说，你相信我会救他？胥小曼说，当然，你以为我不知道呀，你在心里喜欢他。柳红红着脸岔开了话题，说你为什么要唱《国际歌》啊？

胥小曼说，你看看，好多重要会议和重要活动，在闭幕和结束的时候都要唱《国际歌》，这说明《国际歌》也许是世界上最好听的歌，也是世界人民都听得懂的歌，而且吧，我不反复唱《国际歌》，你这个观音菩萨会显灵吗？那些坏人会妥协吗？柳红说，我明白了，你不仅会吃醋，而且还是人精，你今天用的是苦肉计对不对？胥小曼说，我一个柔弱的小女子，不用点计你们会理我吗？说实话吧，如果你不出现，我会一直唱下去的，明天，后天，为了陈小元我会不惜一切。

柳红无比羡慕地说，我总算明白了，陈小元上辈子是许仙，你上辈子是一条白蛇，他是救过你的，所以他才交了桃花运娶到了你。胥小曼笑着说，小娘子谢谢柳红姐夸奖，你赶紧随着律师去吧。柳红也说，你赶紧回家吧，折腾了一整天，应该饿坏了。胥小曼说，我带着干粮呢，我就在这里等着你。柳红说，你呀，有什么好消息，我会及时通知你的。

柳红离开的时候，从包里掏出一块手帕，里边好好地包着玉观音。她把玉观音小心地拿出来，帮着挂在了胥小曼的脖子上。胥小曼说，这怎么可以呀？柳红吟吟一笑，说是物归原主罢了。胥小曼双手握着玉观音祈祷了几声，把玉观音重新塞回了柳红的怀里，说柳红姐多保重啊，你现在比我们更需要它。

天又一次接近黄昏，其他人也都陆陆续续地散了。胥小曼坐在苍茫的暮色中，突然感觉从未有过的饥饿。她打开面包和牛奶狼吞虎咽地吃着，她一边吃一边抚摸着自己的肚子心疼地说，对不起，宝贝你辛苦了，你又救了爸爸和妈妈。她说着说着，笑容里夹杂着大颗大颗的泪水落在地上，在浮尘一片的地上砸出了扑通扑通的声响，像几只大象朝着即将来临的夜晚迈开了沉重的步子。

第三十章

陈小元被放出来的那天已经是腊月二十八，胥小曼专门请了一天假。她早早地起了床，去菜市场买了一大堆菜，还准备了两瓶红酒两瓶白酒，然后坐着公交车向柳林路333号赶去。天气晴好，风微微地吹，树轻轻地摇，她来到看守所门口的时候还不到八点，就静静地盯着那扇黑漆漆的大铁门，朝着深不见底的院子望去。

前几天碰见的那条泰迪还在，它从绿化带里钻了出来，像久别重逢的朋友一样在胥小曼的腿上蹭了蹭。胥小曼蹲下来摸了摸它的头问，你来干什么呀？它似乎在说，我来接人呀。她说，你来接陈小元是吗？你又不认识他。它似乎在说，我认识你，自然就认识他。她说，你带礼物了吗？它就汪汪地叫了两声，让那个晴朗的早晨又朗然了不少。

九点多一点，大铁门哐当一声开了，又哐当一声关上了，胥小曼和泰迪一起冲了上去。陈小元抬头看了看没有一丝白云的天，就目中无人地朝前走了。胥小曼跟在身后弱弱地叫了一声，老公！陈小元依然自顾自地朝前走着。胥小曼又轻轻地叫了一声，亲爱的！陈小元才回过头笑了笑说，你是谁呀？我不认识你。

胥小曼说，你可以不认识这条狗狗，怎么可以不认识我啊！我就告诉你吧陈世美，我是你的糟糠之妻胥小曼！陈小元说，你就是胥小曼啊，我已经把你休了！你竟然敢谋害你的亲夫，指使一个老警察来揪我的胡子！胥小曼笑嘻嘻地说，哎哟我的妈呀，谁让你冒充单身啊！陈小元从看守所出来之前，老警察带着一把刮胡子刀，帮忙把他的那撮小胡子刮得干干净净。陈小元说，我以后不敢了，这次揪光了我的胡子，下次估计要揪光我的头发了。胥小曼摸着他光溜溜的下巴心疼地说，你别乌鸦嘴，哪里还有下次呀！

胥小曼发现他依然穿着黑色的有些年头的旧棉袄，就抱怨着说，我捎进去的红棉袄呢？我还想呢，如果我们都穿着红棉袄，那今天就变成了情侣装。陈小元说，我害怕自己太红了，晃得你睁不开眼睛，所以就送给了一个朋友，他比我惨多了，为了房子杀了人。胥小曼说，杀人？为什么要杀人啊？陈小元说，说来话长，不说了，那天啊把我气的，差点就动了杀人之心。胥小曼说，送就送了吧，你以后冲动之前，要多想想我们的孩子。

陈小元蹲了下去，贴着胥小曼的肚子听了听，那轻轻的蠕动和呼呼噜噜的声音让他长长地舒了一口气，心情也随之宽慰了很多。泰迪钻了过来，夹在他和她之间，汪汪地叫了几声。陈小元说，几天不见，你就结了新欢啊！胥小曼说，是啊，我和它一见钟情。

胥小曼本打算收养了这条陪伴过自己的狗狗，谁知道，在离开的时候，无论怎么讨好引诱，它都不肯跟着他们。陈小元说，说什么一见钟情，我看是你一厢情愿吧？胥小曼说，你不懂，它是一条顾家的好狗，它舍不得它的家，它的家在这里。临别之时，泰迪对着他们汪汪地叫了几声。胥小曼则恋恋不舍地回应道，狗狗，你回去吧，我有空了来看你。

他们两个人坐在出租车上真是思绪万千。后天，就要过大年了，外地人已经陆续回家了，本地人喜欢去暖和的地方度假，这座原本繁华而拥挤的城市立即冷清了下来，加上沿途多是企业的仓库、废弃的厂房和汽车维修点，没有贴对联挂灯笼的必要，所以年味显得格外的寡淡，只有一些重要的大街在电线杆上插着一面面小红旗鲜艳地飘着。

陈小元踏进家门，像走错了人家似的，无所适从地站在厅里愣了半天。不过一个星期没有回家，似乎已经离家多年，显得如此生疏。他本来想控制一下自己的情绪，但是泪水还是不争气地唰唰地流了下来。

胥小曼实在想不出来，除了自己的身体还有什么办法能安慰陈小元。她笑嘻嘻地把他一步一步地逼到卧室，把他轻轻地推倒在床上，然后俯下身去舔他的泪水，舔他的鼻子，舔他的耳朵，舔他的嘴唇。她希望像一头母牛面对初生的牛犊，不仅把他的泪水舔干，把他的每一寸肌肤舔遍，而且用自己的舌头顺着这些器官，伸进他的身体他的血液他的骨头，把他这些天里的愤怒、委屈、郁闷和羞辱统统地舔掉，最后随着一泻千里的高潮，把一切不愉快都抛之脑后。她抱着他的头舔了个遍，连后脑勺和鬓角的头发也不放过。

胥小曼剥掉了陈小元的黑棉袄，搂起了他的毛衣，继续朝着下边移动的时候，他挣扎着想爬起来，她却按住了他，说你今天什么都不用管，只管好好躺着享受就行了，保证让你像第一次那样舒服……他和她的眼前都浮现出了第一次的情景，他的第一次是坠入深渊时的无比痛快，而她的第一次是被撕裂时的痛苦。她是凭着幸福感坚持下来的，能和自己心爱的人在一起，再痛苦都是无比幸福的。

但是，陈小元躲开了胥小曼，有些抱歉地说，你不嫌我脏吗？胥小曼说，你有什么脏的啊，你是天下最干净的人。陈小元说，我七天没有洗澡刷牙了，我自己都闻到了大粪和腐烂的气息。胥小曼说，我也几天没有刷牙了，我们正好是天生的一对。陈小元说，这大白天的，孩子睁着眼睛看着呢。胥小曼说，孩子又不是透视机，他还隔着一层肚皮呢。

胥小曼看陈小元一点情绪都没有，也就沮丧地松开了他，说我去做饭，你去刷牙洗澡吧。她弄了四样菜，腊肉土豆片，西红柿鸡蛋，红烧鲳鱼，青菜豆腐粉条汤，这些都是陈小元平时喜欢吃的。

胥小曼把菜端上了桌子，又倒了两杯红酒，喊叫了半天不见动静，再推开厕所一看，发现花洒的水在哗哗啦啦地流着，陈小元光着屁股雾气蒙蒙地坐在水柱下边的地板上发呆。胥小曼说，开饭啦，亲爱的。陈小元说，我还没有洗好呢。胥小曼说，你是洗澡呀还是杀猪呀？半个小时都过去了。

那顿饭，陈小元吃得很慢很慢，话也特别特别的少，红酒只喝了两三杯。胥小曼看在眼里痛在心里，吧嗒吧嗒地流着眼泪，说人好好的，比什么都强，你还有什么不开心的吗？陈小元笑了笑说，我挺开心的啊，只是像做了噩梦一样，一时还缓不过神来。

吃完饭，两个人拉上窗帘，从下午开始就上床睡觉了。半夜三点多的时候，从窗外的绿化带里传来了酒瓶子的碎裂声，伴随着一个男人一声一声撕心裂肺的"娘啊！我的娘啊！"的哭喊声，小区里的好多人都被吵醒了，先是响起了一阵开窗子的声音，很快又响起了一阵麻木的关窗子的声音。

胥小曼说，他在喊什么呀？陈小元说，他在喊自己的娘，把母亲称为娘的，多数应该是河南人或者山东人，而且还和我们一样是从农村来的。胥小曼说，你怎么知道的呀？陈小元说，城里人，还有把母亲喊娘的吗？人家早就叫"妈妈"了，甚至叫得更加洋气，比如上海叫"姆妈"，香港人和广东人叫"妈咪"，是由英语 mammy 音译过来的。胥小曼说，那哭什么哭啊？而且哭得这么揪心。陈小元说，估计是混得不如意，眼看着年关在即，却有家不能回，就喝醉了，想家了。胥小曼说，我也想家了。

陈小元说，要不我们回家过年吧？胥小曼说，我们还没有放假呢，而且已经买不到车票了吧？

他们再也睡不着了，就醒嗷嗷地盯着天花板继续聊天。胥小曼说，亲爱的，你受苦了。陈小元说，我受的这点苦算什么呀。胥小曼说，在里边吃不下饭对吧？陈小元说，正好减减肥，这几天至少减掉了好几斤臭肉，现在走路都飘飘然，像练了轻功一样。胥小曼说，里边的房子没有窗子对吗？陈小元说，谁说的？人家不仅有窗子，通过窗口还能看到星星。胥小曼说，你们几个人住一间呀？如果是一男一女，数星星多浪漫啊。陈小元说，你猜得太对了，确实是一男一女，不仅可以数星星，还可以尽情地寻欢呢。胥小曼说，早知道这样，让你在里边多待几天好了！陈小元说，其实吧，从另一个角度看，里边比外边清静多了，不用操心工作，也不用操心房贷。

陈小元不想告诉胥小曼，实际的情况是，他被带走以后，裤带，手机，全被没收了，尤其是被投入那间狭小的房子以后，睡觉，吃饭，大小便，坐着，蹲着，躺着，甚至大声咳嗽，都必须请示汇报，得到许可了才行。那间房子确实有窗户，不过，只有几个巴掌那么大，还被大拇指那么粗的钢筋切割成了窄窄的一条一条的缝隙，从目光穿过去都很艰难的缝隙看向窗外，不是天空，更不是日月星辰，而是冰冷的灰白的水泥墙。在那间房子中的一张通铺上，睡着二十六个人，有诈骗的，有家暴的，有嫖娼的，有袭警的，有醉酒驾车的，有偷东西的，有吸毒的，有杀人越货的，每个人都散发着完全不同的气息，也有着截然不同的被抓的理由，睁着二十六双迷茫而恐惧的眼睛，带着二十六张神情暗淡心有不甘的面孔，等待着二十六种完全不同的判决。陈小元深深地记得，有一个长脖子男人犯了毒瘾，流着哈喇子跪在地上，把头磕得砰砰地响；最烦人的是一个邪教分子，整天整夜不睡觉，不停地游说陈小元入教，说一旦信了他们的教，门是关不住他的，神会来把他救出去的。

有一个姓吴的河南小伙子，是华东师范大学的高才生，毕业后留在上海一所中学教数学。小吴的遭遇和邻居老牛的儿子类似，幸运地娶了一个上海本地老婆，不幸的是碰到了一个优越感十足的上海丈母娘。结婚前，丈母娘提出条件，小吴必须在上海买房子，而且房产证上只能写女儿一个人的名字。结婚两年多，小吴便有了一个儿子，他爸他妈高兴坏了，就从河南来上海看望孙子，没有想到却被丈母娘拦在门外，死活不让踏进家门半步。他爸他妈说，这房子是我儿子买的，我儿子的家就是我们的家，你凭什么不让我进门啊？丈母娘说，你帮帮忙好吧，这房子是我女儿的，不信我给你们看房产证。老两口看了房产证，也就傻了眼，只好哀求，我们大老远的来一趟，看一眼孙子总可以吧？丈母娘勉强答应了，把孩子抱出门让两位老人看了一眼。小吴他妈很激动，说孙子在冲我们笑呢，能不能让我抱抱啊？丈母娘还是死活不同意，大概意思是嫌弃老两口布满茧子的手又粗糙又脏。小吴他妈说，我抱抱能怎么了？孩子总归是我儿子的吧？丈母娘说，这可不一定……小吴晚上下班回家，看到爸妈坐在小区楼下的草坪上，等问明原委之后，十分心酸，也十分生气，在和丈母娘争吵的过程中，推了丈母娘一把，不巧，丈母娘的后脑勺磕在茶几上，竟然一命呜呼。……

陈小元十分同情小吴，从看守所出来之前就把红棉袄送给了小吴。也正是在出来的那一天，他的想法彻底改变了。他在里边所经历的，是对自己的怀疑，是对生活的担心，是对时间的厌倦，是对自由的怀念，是对亲朋好友的愧疚，更多的是对世界的妥协，这所有的情绪混合在一起，组成了他对胥小曼对自己的家更深沉的爱。

陈小元说，我错了，我简直就是一个傻X！我这么一个从农村出来的孩子，有了这么好的房子，过上了这么好的日子，竟然整天想着瞎闹。

胥小曼说，你没有错，错的是别人，甚至错的是这个世界；你也没有瞎闹，你那是在维护我们的权利和尊严。你这些天不在家的时候，我也听到了滴滴答答的声音，我也发现那栋楼是倾斜的，感觉它们总有一天也会出事。陈小元说，现在想一想，这些和我有什么关系呢？套用诗人海子的一句话——从此我不关心人类，我只在乎你。

第二天早晨起来，陈小元把胥小曼送到了医院，竟然糊里糊涂地来到了报社楼下，这时候才突然意识到自己已经被辞退了。他被辞退的消息是周律师在去看守所探视的时候顺便传达的，周律师从朋友的角度建议他进行劳动仲裁，因为他没有被追究刑事责任，仅仅被治安拘留了七天而已，解除他的劳动合同是不合法的。但是他不想再纠缠下去，被拘留毕竟不是什么光彩的事情，而且他也累了，即使银子放他一马，他也不愿意与那样的人渣为伍了。

陈小元开着车，围着报社大楼绕了几圈，第一次发现这个自己干了十几年的地方是可以绕圈子的。从少年华发干到了三十而立，没有想到在奔向不惑之年的时候，像绕了一圈一样又回到了起点，不仅看不清楚过去，连未来也变得更加迷茫。

也许是巧合吧，银子打电话来问，兄弟，你在哪里啊？陈小元说，我在报社楼下，正在仰视着你呢。银子说，那你上来一趟，把手续办了吧。陈小元说，被开除还要办手续？这是想羞辱我一下吗？银子说，这不是开除，是解除劳动合同。陈小元说，那只是换一种死法而已。银子说，你办公室的东西呢？陈小元笑着说，你是我的表哥，全都送给你留作纪念吧，不过，别忘记把拖欠的工资打到我的卡里。

陈小元也没有什么值钱的东西放在办公室里，关键是他不想把这些东西带回家，胥小曼知道他被辞退的事情又会担心了。银子说，你总得上来坐坐吧？陈小元说，你对我似乎有点恋恋不舍啊！银子说，毕竟同事了那么多年，我想请你吃顿饭算是送行，在我们食堂的包厢里，你看看还想叫谁？陈小元说，不用了，你就自己请自己吧。

陈小元在离开的时候，在大楼背后看到一匹枣红马，被拴在一根电线杆上。它的鬃毛凌乱，神情黯然，不打响鼻，不甩尾巴，耷拉着脑袋，更别说发出萧萧的鸣叫声，远远地看上去还不如一头牛威风，甚至连推车拉磨的小毛驴都不如。他过去看到的马都在电影里，要么被豪迈的英雄骑着在沙场上征战，要么被潇洒的骑士骑着在大草原上自由飞奔。如今，他第一次看到真实的马，却没有想到在上海这样的城市里，在自己即将告别的伤心地，这到底是马的错还是城市的错呢？城市是不允许骑马的，即使允许骑马，如何跑得起来呢？即使跑得起来，英雄豪杰在何方呢？骑士风度又何存呢？

陈小元问了问，人家告诉他这匹马是剧团从外地租来的道具，准备在春节期间的一场联欢晚会上表演节目。他想，这匹马如果生活在草原上，或者是生活在古代，就有机会随着俊男美女谈一场浪漫的爱情，也有机会随着英雄骑士们自由驰骋，但是现在却被困在了狭窄的楼群里，成为戏子们的道具和大家娱乐的对象。他像遇到了自己一样感慨万分，于是朝着这匹马悲怆地敬了一个礼，禁不住又是泪流满面。

大年三十，胥小曼还要再上一天班，陈小元则谎称报社已经放假，开着车漫无目的地四处溜达着。这不是他第一次在上海过春节，但是从来没有像现在这样没有心情。过去还有工作，而现在工作丢了，没有任何人需要他了；他似乎也不需要任何人了，他和这座城市是没有关系的了。他突然收到两条消息，第一条是银行发来的，看上去是新年祝福，实质上是提醒他当月的房贷又过期了；第二条是胥小曼发来的，问他在哪里？在干什么？如果有时间的话，去买两副对联和一串鞭炮，然后等着她下班去吃年夜饭。这两条消息表明，如果说他和这座城市还有关系的话，第一个是和银行之间的债务关系，第二个是和胥小曼的家庭关系。对于如何处理这两种关系，他在进入看守所之前想法还不够坚决，进入看守所以后他已经想得非常清楚了，只是在等待着成熟的时机而已。

陈小元说，门上的对联还是新的，就别换了吧。胥小曼说，亲爱的，你怎么这么笨呢，搬家是乔迁新居，过年是辞旧迎新，不换怎么行啊！陈小元说，那鞭炮是不是算了呀？胥小曼说，鞭炮更不能少，不放炮还叫过年吗？到时候噼里啪啦地一放，把妖魔鬼怪吓得屁滚尿流，那多爽啊！

胥小曼的乐观感染了陈小元，他立即找了一家超市，挑了两副对联、一对门神和一张"福"字，还买了两只红色的纸灯笼。鞭炮特别难买，差不多跑到了嘉定，找到一个销售点的时候，已经剩下最后一串。陈小元说，好家伙，我跑了几十公里，买伟哥也没有这么吃力。女老板说，你从哪里来的？陈小元说，我从真如寺那边来的。女老板说，远是挺远的，不过也不算白来，今天非常奇怪，鞭炮被一抢而光，这串鞭炮好像专门等着你，你明年肯定要行大运。陈小元笑了笑说，谢谢你，不过，明年吧，我就买不了你的鞭炮了。女老板说，没有关系啊，你如果发了大财，在心里想想我就行。陈小元说，你想让我在什么时候想你啊？女老板说，随便你，最好是放炮的时候。

陈小元过年的心情又好了几分，回到家，把旧对联和门神撕了个干净，全部换上了新的，然后把"福"字贴上了玻璃窗，把纸灯笼挂在了阳台，又仔仔细细地拖了一遍地板，干净的家里顿时就有了新年的气氛。他像第一次走进家门那样，一会儿摸摸墙壁，一会儿拍拍桌子，想到自己也许是最后一次在这里过年，他的心里真有几分依依不舍，但是想到胥小曼再也不用为房子操心，不用为了一个安稳的家而烦恼，他的心里还是挺欣慰的。

陈小元从大厅转到阳台，从阳台转到卧室，从卧室朝着远处望去，无法避免地看到了二期的那栋楼。它依然是倾斜的，但是已经没有以往那么刺眼，甚至真有了一丝倾斜美。

胥小曼建议找一家饭店好好吃一顿年夜饭，但是小饭店都关门歇业了，大饭店在半年前就被预订一空，最后在真如老街的南华火锅店勉强等到了一张桌子。胥小曼坐下来点好了菜，就盯着陈小元问，我们把柳红叫来吧。陈小元说，你叫她干什么啊？胥小曼说，让她来陪陪你呀，我们两个人太冷清了。陈小元说，我们是三个人好不好，你别忘记你肚子里还有孩子。胥小曼说，我不是试探你，我是真心实意的，她来了你就能开心一些了。陈小元说，这是什么话呀，我已经很开心了好吧。胥小曼说，而且她是我们的恩人，尤其这次她不帮忙的话，你说不定还在里边，她站出来做证以后，也不知道怎么样了。胥小曼说着，就拨打了几次电话，但是柳红一直不在服务区。

两个人吃完火锅，胥小曼想去外滩看看新年灯光秀，陈小元则说那边太拥挤，挺着个大肚子不安全，不如回家看一会儿春节联欢晚会。在快到零点的时候，他们把车开出了外环线，在江桥那边找到了一片空地，把鞭炮噼里啪啦地放了。很少下雪的上海突然下起了雪，雪花片子大得出奇，像密密麻麻地飞舞着的白蝴蝶。不过，再大的雪，在上海都是很难存活下来的，落在地上立即就化成了水。

胥小曼像捕捉蝴蝶一样，在空中逮着雪花。她每逮住一片雪花就像模像样地放入陈小元的手心。这么闹了半天，她看着陈小元空荡荡的手心，刁蛮地问，我刚刚逮的雪花呢？我让你保存着的雪花呢？陈小元说，雪花已经化了，你以为我是小冰箱啊。胥小曼说，我不管，你赔我的雪花，不然我……陈小元说，不然你会怎么样？胥小曼说，不然你就让我亲一百下。

胥小曼抱住陈小元吻了很久，然后意犹未尽地说，你知道吗？这些雪花是我带来的。陈小元说，为什么呀？胥小曼说，因为我高兴啊！她真像高兴的雪花一样张开双臂，一边旋转一边大声喊叫——下雪啦！过年啦！过年啦！下雪啦！

年就这么简简单单地过去了，正月初七正式恢复上班，人们又从各个角落冒了出来，很快恢复了往日的繁华、拥挤和喧嚣。胥小曼由于和仁河公司签订了不再闹事的"保证书"，算是替医院解了围，立了一功，加上有孕在身，已经被调到了体检中心。这是医院最轻松的部门，不用加班，没有夜班，周末和节假日都很正常，也看不见生老病死，所以和机关单位几乎没有什么差别。陈小元则和往常一样，开着车把胥小曼送到医院，然后装着要赶紧上班的样子匆匆而去。

胥小曼说，你挺积极的呀。陈小元说，新年上班第一天，我不积极能行吗？报社已经申请到了财政补贴，今天要发拖欠的工资、去年的奖金和十三薪。胥小曼说，你前段时间旷工，他们不会为难你吧？陈小元说，不仅不会，听银子说还要奖励我。胥小曼说，他们为什么奖励你啊？陈小元说，因为有了"保证书"，仁河公司投了一大笔广告给报社，银子从中也拿了不少提成。胥小曼说，也就是说，我们的屈辱条约签对了？陈小元说，是呀，按照银子的说法，那几天不算旷工，算我到看守所拉广告去了。胥小曼说，你没有骗我吧？陈小元说，我什么时候骗过你？我算了算，如果不出意外的话，这一次要发好几万块，几个月的房贷一下子就还清了。

胥小曼高兴地说，亲爱的，真是太好了，我的工资可以留给孩子花了。陈小元说，你自己也可以花，大过年的，你都没有添一件新衣服。胥小曼说，新衣服次要，关键不会做噩梦了。我这几天一直在做噩梦，一会儿中彩票，一会儿抢银行，最不可思议的是去烟花柳巷卖身。

陈小元感觉一阵悲凉，越来越坚定了自己的计划，但是他准备再做最后一次挣扎。每次送走胥小曼，他就像一只蚊子一样，循着血腥味在大街上嗡嗡嗡地搜索着，然后再根据那些金碧辉煌的招牌，挑几家皮薄肉多的大公司钻进去，看看能不能瞎猫逮住一只死老鼠，找到一份足够支撑他活下去的美差。但是上海毕竟是国际化大都市，老外呀，海归呀，硕士博士呀，成群结队地涌了过来，本科毕业生倒像文盲一样，根本找不到像样的工作。他跑了几家，教育培训班呀，保险公司呀，房产公司呀，自然吃了一鼻子灰。有的门还没有进就被保安拦住了，有的简历还没有放下就被回绝了。

　　陈小元就问理由，是不是嫌自己长得丑或者年龄大，人家的回复是不缺人，没有招聘计划。他当过记者的经历，有的公司很看重，但是进行面谈的时候，人家便会问，报社多牛X呀，稳定，风光，隐形收入多，为什么要离开呢？他就会实话实说，一是因为报社不行了，二是因为自己进过看守所。人家就问为什么进了看守所，他也会实话实说，为了讨说法，打伤了售楼处的经理，还砸坏了仁河公司的雕塑，关键是得罪了报社的领导。人家一听，感觉他是一个刺头，于是就再也没有音信了。

　　后来，陈小元又想到了开车，咨询下来的结果令他彻底绝望，网约车已经不像原来那样简单了。司机，在古代，那就是抬轿子的，那就是马夫，但是根据刚刚出台的一套办法，他连当马夫的资格都没有。人家规定了开网约车的两个条件是：你的人不仅要有上海户口，你的车也得具备上海户口，通俗的说法就叫"沪牌"。想当初，因为没有上海户口，为了有资格买房子，胥小曼才和他结的婚。

　　陈小元自言自语地骂道，他奶奶的，作恶多端的上海户口！

第三十一章

　　上海的春天来得特别早，正月刚刚过去呢，柳树已经绿了，许多花已经开了，蝴蝶和蜜蜂在匆匆忙忙的人流中飞来飞去，人们也纷纷脱掉了棉袄换上了五颜六色的春装，整个城市顿时变得轻盈曼妙了起来。陈小元真想再等一等，等过完这最后一个春天，等到把其他的后事全部处理完毕，等到自己的孩子出生了，和孩子好好地见上一面，但是他不能再拖了，再一天天拖下去的话，失业的事情不仅瞒不住胥小曼，银行的起诉书也许就要到了，房子恐怕就要被拍卖了。

　　那些日子，晚上，白天，吃饭，睡觉，上厕所，刷牙洗脸，陈小元满脑子都在琢磨着有关细节。他首先琢磨的是车祸，这种事故实施起来非常容易，因为大街上车流滚滚，而且人人都像有杀父之仇夺妻之恨似的，心态越来越急躁、越来越鲁莽、越来越阴暗，他只要闭着眼睛朝着疾驰而来的汽车冲过去就可以了。但是车祸有太多的不确定性，如果认定是自己的责任怎么办？如果把自己撞不死而撞成了轻伤怎么办？撞死人是要坐牢的，他连累了那些无辜的人怎么办？其次，他琢磨的是溺水，只要装作戏水的样子，欢快地跳进小区的景观河，不会游泳的自己用不了一分钟就会沉入水底，但是被人救起来了怎么办？而且这种情况太像自杀了，被人识破了怎么办？

陈小元最满意的地方是自己家的楼顶，他只要找一个合理的借口，比如赏月，比如透气，比如修水箱，比如查看漏水点，然后一失足，像一块砖头那样，朝着地面滑下去，一切就都完成了。楼顶确实是一个两全其美的场所，自己从那里滑下去以后，被认定为一次意外事故，被认定为走投无路而故意跳楼，无论是什么情况，他都能达到自己的目的，得到自己想要的结果。

陈小元一想到这里，顿时轻松了许多，也有了一丝快感和慰藉。他不再到处晃荡了，开始着手处理自己与这个世界之间的账务。

陈小元处理的第一件事情是"水桶"的书稿。他不想欠"水桶"的，不然会给胥小曼带来纠缠不清的后患，这种夹杂着私欲的债务是需要加倍偿还的。所以，他送完胥小曼就偷偷地返回家，噼里啪啦地敲打着电脑，加上又熬了几个通宵，十几万字的书稿很快就脱手了。胥小曼是书稿的第一个读者，她被深深地吸引住了，认认真真地看了两遍，时而哭，时而笑，等看完了，她拍着桌子说，亲爱的，太精彩了，这是你写的吗？陈小元笑着说，不是，是混账王八蛋写的。胥小曼说，不能便宜了那个王八蛋，你干脆自己署名出书吧。陈小元苦笑着说，我这种无名之辈，出书并非那么容易，而且王八蛋付给我们的稿费怎么办？他本来想亲自把书稿送过去，但是实在不愿意见到"水桶"，更不愿意胥小曼见到"水桶"，于是就发了一封电子邮件，而且要求"水桶"写了一张收条，大意是收到陈小元所写书稿，以前所付稿费全部兑现，从此两不相欠，永不纠缠。

陈小元处理的第二件事情是和仁河公司之间的纠纷。他把自己曾经发在论坛里的帖子，能删除的就删除了，本来想把受损的业主们召集起来，在小区下边的草坪上再聚一次，喝喝酒聊聊天开开玩笑，把各种误会和不愉快解释清楚，然后彻底退出维权小组，并且劝说大家想开一点，但是他实在不知道怎么面对各位邻居，而且大家在路上遇到他都默默地躲开了。他就给小马和老牛各发了一条信息——

　　我陈小元拿自己一家老小的人格担保，我是清清白白的，没有借着维权收过一分钱好处，也没有拿到一分钱的补偿，更没有动过柳红经理的一根毫毛，那十万块纯粹是交房子的时候借的，而且用祖传的玉观音做了抵押。胥小曼之所以签订了"保证书"都是为了救我，因为别人给我设下了重重陷阱，如果不配合的话我将被投入大牢永远不得翻身，虽然敲诈勒索罪的指控是莫须有的。没有进过看守所就无法想象，在那里吃什么住什么，看到的是什么东西，接触的是什么样的人，遭受的是什么样的罪，关键还有被冤枉时的屈辱。在看守所的七天七夜，我们二十六个人睡在一张床上，不分昼夜地盯着天花板，把原来想不通的全都想通了。世界并不完美，有时候还会天塌地陷，我们只能像女娲那样，炼出自己的五彩石，用无尽的善意去弥补。所以不管如何，大家都是好邻居，抬头不见低头见，甚至几代人还要相互为伴；所以在此拜托你们，如果我哪一天发生意外，比如说突然死了，请多多关照我们，关照我可怜的老婆和还未出世的孩子……

陈小元同时给物业打了个电话，说已经春暖花开，方便的话联系一下开发商，可以派人来家里维修了。开发商很积极，第二天就派来了施工队，工人们十分文明，脚上统统地穿着鞋套，为了不扰民，早晨九点后进门，下午六点前撤离，用了最快的速度把起泡的和发霉的墙皮铲了，又用了最环保的油漆把所有的墙壁重新刷了一遍。而且把厕所里的上下水管全部拆了，然后重新铺设了一遍，天花板、淋浴花洒和抽水马桶也都换成了新的。除此以外，工人们吊在半空，把外面的墙缝呀窗沿呀空调机位呀，用防水材料齐齐地涂抹了一遍，连窗子都给擦得一尘不染。

胥小曼看着豪华了不少的家兴奋地说，马桶比原来大，不硌屁股，冲得也干净利落，坐在上边都舍不得起来；尤其是花洒，水多，劲大，冲在身上有一种麻丝丝的感觉，洗着洗着我就想那个了。陈小元说，你到底想哪个了啊？胥小曼红着脸说，被水一撩拨啊，我就想要你了。

陈小元处理的第三件事情是胥海清的那两万元欠款。胥海清除了和胥小曼同姓，也许三百年前是一家以外，和自己真是毫无关系。按照常规人的思维，这样的欠债还不还无所谓，耍耍赖也就黄掉了，但是陈小元的想法不同，觉得越是毫无关系，越不想欠人家的，图的是自己心里踏实。他狠了狠心，打起了恐龙蛋化石的主意，胥小曼像以前一样不同意，说小恐龙没有孵化出来呢。陈小元说，你肚子里不是小恐龙吗？其实不过两块石头而已，放在哪里都一样，我们只是给它们找个更好的归宿。胥小曼说，那你想送谁呢？陈小元说，我想送给你的本家胥海清。胥小曼说，你想顶债对吗？陈小元说，是啊，我们和人家无亲无故的，欠着人家总不是一回事情。

陈小元在某一天的中午，把恐龙蛋化石送到百世可乐公司的时候，胥海清两眼放光地说，天啊，还是连体的，你从哪里弄来的呀？陈小元说，我河南西峡的亲戚送的。胥海清说，这是真的吗？陈小元说，当然是真的，我看着人家从红薯地里挖出来的。胥海清说，你怎么知道我喜欢恐龙蛋化石呢？陈小元说，你是大美女，大美女都比较天真，天真的美女都不喜欢帅哥，不喜欢帅哥的美女一般都喜欢恐龙。胥海清说，无事献殷勤，非奸即盗，你有什么目的吗？陈小元说，没有。胥海清说，真的没有？你在报社还好吧？陈小元说，我挺好的，你帮了我那么多，我就想好好谢谢你，你把这两块石头放在床下，保证你很快就能把自己嫁出去。胥海清咯咯咯地笑着说，我已经把自己嫁出去了。陈小元说，那就保证你春宵苦短命犯桃花。胥海清说，犯什么桃花呀，我看犯法还差不多，恐龙蛋化石是珍贵文物，你不知道个人收藏是犯法的吗？

陈小元说，你别吓唬我。胥海清严肃地说，你信不信，我一报警，你是要被抓起来的。陈小元说，那怎么办呀，总不能扔掉吧？胥海清说，那倒不必，你可以捐献给我，我再转手捐献给学校的博物馆，我是学古生物与地质学专业的，我们学校马上迎来一百周年校庆。陈小元笑着说，这个办法不错，不过，我怎么感觉像敲诈呀？胥海清说，我可以奖励你两万块。陈小元说，你的意思是，不仅洗白了我的罪行，我们之间的债也一笔勾销了？胥海清说，你不愿意吗？陈小元说，上帝啊，我愿意！

两个人又说笑了一会儿，陈小元起身告辞的时候叮嘱胥海清，说你的本家胥小曼曾经像老母鸡一样，把恐龙蛋化石抱在怀里，希望有一天孵出小恐龙。所以她也特别喜欢它们，她总觉得自己是从几亿年前穿越过来的恐龙妈妈。恐龙蛋化石在博物馆展出的时候，别忘记通知她这个恐龙妈妈去参观。

陈小元正想着如何处理第四件事情的时候，突然接到了堂兄陈武的电话，说大作家又把我忘记了吧？陈小元说，你这当哥的又在笑话我，我正在发愁怎么还你二十万呢。陈武说，我说过了，不用还了。陈小元说，还肯定是要还的，只是不知道要拖到什么时候。陈武说，你别说这么见外的话，我正好有事情求你呢，我女儿再过两三个月就要高考了，前几天模拟考试，成绩非常不理想，大学肯定是考不上了。我上次告诉过你，小小年纪和一个王八蛋搞网恋，那人是广州的，三十多岁，给女儿洗了脑子，说上大学有屁用，不如直接创业开公司。陈小元说，你得好好劝劝她，如果没有文凭，别说开公司了，去公司打工都危险。陈武说，我耳光都扇了好几次，她怎么也听不进去，反而以死相逼，说再干涉她的自由，她哪天就从楼上跳下去。陈小元说，青春期的孩子比较叛逆，你要先顺着她，万一落榜了，再复读一年吧。

陈武叹着气说，我看复读就算了，她一直很崇拜你，说愿意到上海上学，其他地方免谈。你认识人多，提前想想办法，看看能不能上上职业大专，只要是上海的学校，学什么专业都行。陈小元说，上海的大专比外地的有些本科都牛，哪里是想上就上的啊！许多在上海做生意的老板，为了把孩子弄到身边，别说上大专了，上中专都愿意。我觉得中专也不错，比如卫校的护理专业，毕业后很吃香，民营医院，美容院，很轻松就能找一份工作。陈武说，那就中专，我们兄弟伙的，也不用拐弯子了，那二十万就给你当活动经费吧。陈小元说，我们不能干违法乱纪的事情，我正好认识一所职业学校的副校长，先打听一下情况再和你商量吧。陈武说，我等你的好消息啊。

陈小元真认识这么一个副校长，他当记者的时候曾经报道过他们学校的女学生，这个女学生品学兼优，可惜被查出了白血病，由于无钱医治只好回家等死。报道见报以后，有一个公司老板匿名捐了六十万，女学生就这样被救了。这个线索就是副校长提供的，采访的时候也是副校长接待的，从此两个人成了好朋友。副校长问，那孩子是你什么人？陈小元说，她是我亲亲的侄女。副校长问，你们那里是贫困地区吗？陈小元说，当然啊，是国家级贫困县，穷人太多了，比如我。副校长说，这就简单了，我们今年有政策，对贫困地区倾斜，委培一批护理专业的大专生，孩子只要考得不是太差，录取应该没有什么问题。等高考结束了，填好了志愿，你把她的信息发给我就行了。

陈武听到消息，高兴地说，哎呀呀，到底是朝里有人好做官，你下次回来的时候，提前招呼一声，我放炮迎接你，另外那钱的事情，你就把它忘了吧。陈小元说，我帮你不是为了钱，我欠你的一直都记在心里，只是请你再缓一段时间而已。

陈小元剩下最后一桩心事是大姐从信用社贷出来的那笔款子。大姐说，你不用再操心了，我们已经还清了。陈小元说，你们哪来的钱呀？大姐说，我们当年养鸡场发生鸡瘟，损失国家补偿了一部分，爸去年木耳天麻大丰收又赚了一部分。陈小元说，姐你不能骗我，爸的身体怎么样了？大姐说，爸的身体一天不如一天，年过一个少一个了，你们怎么不回来过年呀？陈小元说，胥小曼要值班，而且她怀孕了。大姐听到胥小曼怀孕的消息，在电话那边高兴地哭了起来，说陈家终于有后了，我和爸眼睛都望穿了，陈武比你大两岁呢，人家女儿快上大学了。陈小元放下电话，心里既高兴又伤感，犹豫着要不要回家看看父亲，看看那个被生活压弯了腰的大姐，看看喜鹊喳喳叫的已经破落的小山村。

白杨树一样的英子，想考研究生的兰惠，愤世嫉俗的老同事小叶，巫师一样曾经送给自己两个空瓶子的巫叔，当然还有深情款款的与胥小曼有几份相像的柳红，他们像一群站在舞台上谢幕的演员一样，从陈小元的脑海深处一个一个地浮了上来。

英子的电话打通了，说哈尔滨正下大雪呢，上海应该穿裙子了吧？陈小元说，是呀，超短裙都穿上了，我记得你穿着超短裙从楼道走过的样子，两条大白腿像两根剥皮的葱，晃得大家都睁不开眼睛。英子说，葱多臭啊，起码也是两根莲藕，出淤泥而不染，所以我还是喜欢上海。陈小元说，喜欢就回来吧。英子说，放心吧，为了能穿超短裙，我会回去的。

兰惠的电话一打，两秒就通了，她高兴地说，我有喜了，你来得正好，赶紧恭喜我吧。陈小元说，你要当妈了对吗？那我代表全人类恭喜你！兰惠说，你说什么呢！我一个黄花闺女怎么当妈妈啊？陈小元说，在我们陕西方言中"有喜"就是怀孕，你这"有喜"是什么意思啊？兰惠说，初试分数线刚刚公布，我上线了。陈小元说，哎呀，这比怀孕重要，我代表世界上所有的生物，包括动物、植物和人类，恭喜你！兰惠说，这还差不多！不过，下个月还得面试，我会继续努力的，不考到上海决不罢休！陈小元真想告诉她，下个月他就不在了，但他还是高兴地说，加油吧，上海等着你。

小叶的电话一直不在服务区，陈小元向曾经合租过的小孙打听了一下，才知道小叶已经从报社辞职，去云南昭通那边的小学支教去了。小叶辞职前，还写了一篇慷慨激昂的檄文，不仅贴在报社的信息栏里，还站在副社长银二的办公室门口，把檄文用黄梅戏唱了一遍，引得员工们惊叹不已。小孙把其中的几句发给了陈小元，大意如下——千里长堤，毁于蚁足，报业由盛转衰，绝非时代之过。昔日无冕之王，如今纷纷落草，献媚于权贵，屈膝于奸商，拜倒于金玉，丧失于正义，并肩于火盗，被百姓防之，令世人唾之，真乃呜呼哀哉，实在罪过罪过！鄙人羞愧难当，以辞行来雪耻，唯远别而心安……陈小元说，他的黄梅戏唱的又不怎么样，只是喜欢而已。小孙说，但是他把所有的人都唱哭了。

陈小元接胥小曼下班回家的时候，顺便绕到了真如老街，发现如意酒吧那边坐着一个拉二胡的盲人，却不是巫叔。巫叔虽然披头散发、衣衫褴褛，却透着一股洒脱的气息，尤其是面前的那些空瓶子，像巫师手中的水晶球，或者像僧人手下的木鱼，总有着某种宗教和象征的意味。胥小曼说，你是不是在找那个乞丐？陈小元说，巫叔不是乞丐，他是预言大师，他曾经给我指点过迷津。胥小曼说，你被抓起来的时候，在二期售楼处前边我还见到过他。陈小元说，这不太可能吧？他到售楼处干什么呀？胥小曼说，那天，我唱《国际歌》替你申冤，他带着几个空瓶子为我伴奏。陈小元说，那应该就是巫叔，他说什么了没有？胥小曼说，不仅没有开口说话,眼睛也像瓶酒子一样空空荡荡。陈小元绕着真如寺转了几圈,依然没有看到巫叔的影子,于是给拉二胡的盲人扔了十块钱,然后怅然若失地走了。

对于柳红,不管是关机还是不在服务区,陈小元都没有直接拨打电话,而是发了一条简单的信息——

谢谢你,玉观音归你,此乃上天注定,也算是物有其所。玉是通灵的,观音是普度众生的,你是善良的好女人,那就好好保存着吧。今生有幸相识一场,但愿下辈子再做老乡。

陈小元总以为自己欠世界的太多太多,没有想到被自己这么一操作,虽然大部分都是牵强的,带着别人的善意、宽恕和恩惠,毕竟还是把面前的坑坑洼洼糊里糊涂地抹平了。但是,这个世界难道就没有欠自己点什么吗?再具体一点说,难道就没有人欠自己钱吗?他仔仔细细地回味了半天,竟然没有人借过自己的钱,这是否说明自己永远都是最穷的那一个呢?不过,还有一种可能,有人借过自己的钱,已经很快就还清了,或者被自己彻底忘记了。他突然想到了《东海早报》,似乎只有《东海早报》欠着自己的,起码还欠着自己几个月的工资。

陈小元在心里骂了一句,妈的,我必须要回来!他打通了银子的电话,笑呵呵地说,祝表哥新年快乐!银子说,新年早过了,清明节差不多都要来了。陈小元说,那就祝表哥清明节快乐!银子说,清明节是祭祀亲人的,你这分明是在咒我啊!你现在在哪里高就呀?陈小元说,高就个球,被你们开除的人,扫厕所都没有人要。银子说,火葬场呢?应该挺缺人的吧?你是上海滩的大才子,估计是太挑剔了。陈小元说,我挑剔个屁呀,你这种人都活得好好的,火葬场的生意也不景气,照样是天天裁人。我今天打电话就想问问你,《东海早报》缺不缺副社长? 银子说,副社长不缺,倒是缺一个社长,老社长刚刚退休了,你要不来试试吧。陈小元说,我要是当了社长,你知道第一件事情干什么吗? 银子说,是不是开除我啊? 陈小元说,你挺聪明的呀,所以这个位置就留给孙子吧。

银子有些试探地问,你今天打电话就为了骂我? 陈小元说,我又不是疯狗,我就是通知你,把欠我的都还给我。银子说,我欠你什么了? 陈小元说,你欠我的太多了,我也不计较了,只要求你二十四小时内把工资分文不少地发给我,这是我的血汗钱,容不得克扣和贪污,否则后果是什么你心里有数吧? 银子说,你的工资还没有发吗? 这些王八蛋效率真低,我马上去财务部问问。

银子很快就回了电话,说拖欠四个月的工资已经到账,报社财务的账户上没有钱,是他自己拿私房钱垫付的。银子说,这够意思吧? 我是重感情的人。陈小元说,你重不重感情我懒得追究,反正就算是两清了吧! 从此以后,你继续当流氓,我继续当君子,在外边别说你认识我。

陈小元到银行去一查,账户上果然多出了三万多块。他顺便往银行卡里转了两个月房贷,然后溜进了旁边的一座商场,用剩下的一千多块给胥小曼好好地买了一条裙子。春末的天气已经热了,正是漂亮女人穿裙子的季节,所以他这次买的是白色连衣裙,纯棉的,袖子和下摆设计成麦穗形的蕾丝,简洁大气而又时尚。胥小曼晚上下班回家,看到裙子的时候高兴坏了,说要穿着立即上街,保证十步杀一人。但是比试了两下才恍然大悟,自己挺着个大肚子,已经不适合穿裙子了。

陈小元说,对不起,我该死,忘记你已经怀孕了,你留着秋天或者明年穿吧。胥小曼说,生完孩子也许就变成了大肥猪,你还是拿去退掉吧。陈小元说,别退了,权当纪念吧。胥小曼说,有什么好纪念的吗? 陈小元说,纪念你一去不返的少女时光。胥小曼笑嘻嘻地说,还少女呢,少妇都称不上了，应该叫老大妈了，前几天医院来了个实习护士，口口声声地叫我小曼阿姨，我恨不得上去给她两个大嘴巴子。陈小元说，你看上去最多二十一二，但我是真的老了，原来人家叫我小陈，这些天不知道为什么突然喊我老陈，我听着特别辛酸，什么都没有干呢，这一辈子就走到头了。胥小曼说，你虚岁三十六，离一百岁还远着呢，而且你干了那么多大事，比如我们屁股下的房子。

那天晚上，他们两个人在床上默默地躺了很久，没有了墙上斑驳的霉块，没有了天花板上的滴水声，反而显得更不安静了。主要是陈小元的心里不安静，他一直在琢磨着叮咛点什么，但是千言万语不知道从何说起；他想最后再为胥小曼做点什么，但是空空茫茫的夜晚不知道从何做起。

有一个男人在小区外边的绿化带里摆了一套卡拉 OK 设备，从黄昏时分开始，用沙哑的声音反复吟唱着臧天朔的经典老歌《朋友》，也许把自己都唱烦了唱腻了，直到深夜才换成了流行歌曲《成都》。胥小曼说，真好听。陈小元说，是呀，我唱几句给你——

> 让我掉下眼泪的
> 不止昨夜的酒
> 让我依依不舍的
> 不止你的温柔
> 余路还要走多久
> 你攥着我的手
> 让我感到为难的
> 是挣扎的自由
> ……

陈小元唱着唱着就哭了，他想到了过去的无尽，想到了明天的告别。胥小曼说，你想哪个女人了吧，不然哭什么呀？！陈小元翻起身，轻轻地抚摸着胥小曼的脸，带着所有的爱怜无限伤感地说，我这辈子只想一个女人，只放不下一个女人，这个女人就叫胥小曼。胥小曼说，半夜三更的这么抒情，你想干吗呀？陈小元说，我们做爱吧。

胥小曼一听，呼的一声爬了起来，两眼放光地盯着陈小元说，你终于想做爱了对吗？陈小元说，我不想，你一个人想就行了。胥小曼又失落地躺下了，带着几分幽怨，说你都不想，做什么爱呀！你已经很久没有主动过了。陈小元说，我要保护孩子，怎么可以乱折腾啊！你安安静静地躺着享受就行了。他俯下身，开始去亲吻胥小曼，像爱人亲吻着那些去世的人，或者是即将去世的人从天堂的边缘，像上帝一样亲吻着自己的爱人。这些吻是他设计的一个小小的告别仪式，类似于葬礼上举行的遗体告别，所以他的嘴唇触及她的肌肤的时候，从未有过的神圣，从未有过的庄严，从未有过的肃穆，发际，额头，耳朵，眼睛，鼻子，嘴唇，下巴，脖子，肩膀，锁骨，胸脯……

陈小元想到自己的孩子自己的血脉，将从这幅优美的水墨画里钻出来，钻进这个令人向往又令人神伤的世界，就更加庄严、肃穆而神圣了。胥小曼紧紧地咬着被子，揪着陈小元的头发，像一条受伤的蚯蚓一样，扭动着，挣扎着。胥小曼说，亲爱的，你快点爬到我身上来！陈小元说，我说了要保护孩子。他用舌头继续作画，他这一次做的不是水墨画，而是立体的版画或者雕塑。

胥小曼被陈小元这么一弄，没有花费丝毫的力气就颤抖着达到了高潮。她很满足地说，亲爱的，好舒服啊！这一招有什么名字吗？陈小元说，原来那招叫隔空掏火，今天是限量升级版，叫火中取栗。胥小曼说，再升级会不会就是凤凰涅槃了啊？陈小元说，这也是绝版，以后啊，你就自力更生吧。

陈小元很欣慰，他给她重新穿好了内衣，然后躺在了她的身边。胥小曼伸手摸了摸陈小元的下身，问，你呢？你真不想吗？陈小元说，有点想，但是必须忍着。胥小曼说，我也给你来一次火中取栗吧。陈小元说，今天算了，你不能太累。陈小元确实有些想，但是完全局限于心里，他的身体仍然不受支配，只有轻微的反应。胥小曼说，那好吧，等孩子出生以后，我再好好地补偿你。

胥小曼钻进陈小元的怀里，两个人婆婆妈妈地又说了一会儿话。陈小元说，你过段时间记得把爸妈接来照顾你。胥小曼说，嗯，我想他们了，刚好趁机让他们帮忙带带孩子。陈小元说，人怎么那么脆弱呀，我们有个中学同学，查出肝癌晚期不几天就去世了。胥小曼说，我在医院里这种事情见得多了。陈小元说，我哪天突然不在了，你一定要答应我，赶紧再找个好人家嫁了。胥小曼说，你身体好好的呢，想那么多不吉利的干什么呀？陈小元说，世事无常，哪能说得清楚呀。胥小曼说，你放心吧，我如果想改嫁的话，你在不在我都照嫁不误。陈小元说，那千万别找"水桶"。胥小曼说，我偏偏要找"水桶"，气死你，除非你给我好好地活着。陈小元苦笑了笑说，他有钱，对你也不错，你找他也挺好的，只是比我还丑，我死不瞑目。胥小曼说，人家再丑，和你有关吗？

陈小元说，我们给孩子起名字吧。胥小曼说，好呀好呀，你是大才子，这个任务就交给你了。陈小元说，陈小春，陈小夏，陈小秋，陈小冬，你觉得哪个比较好？胥小曼说，非得用季节起名字吗？陈小元说，是呀，你不满意的话，也可以叫陈小兰、陈小梅、陈小竹、陈小菊。胥小曼说，我干脆给你生四个得了，是男孩就叫春夏秋冬，是女孩就叫兰梅竹菊，正好组成四条屏风，或者凑一桌子打麻将。陈小元叹着气说，我这辈子恐怕没有这个福气了。

陈小元突然想起什么似的爬起床，从柜子里翻出一个档案袋，房产证呀，银行贷款合同呀，房贷保证保险合同呀，还有自己的几张银行卡，以及上次写给胥小曼的遗嘱。他像是第一次看到一样，包括上边的文字和图案，都仔仔细细地看了一遍，然后一一交给胥小曼，叮咛她一定要好好保存。陈小元说，你猜猜银行卡的密码是多少？胥小曼说，是你的生日？陈小元说，再猜吧。胥小曼说，难道是我的生日？陈小元说，继续猜吧。胥小曼说，我知道了，是我们第一次见面的日期。陈小元说，差不多了，再猜猜吧。胥小曼笑嘻嘻地说，是我们第一次同房的日期对不对？陈小元得意地说，这下算是猜对了，卡里现在没有什么钱，以后也许以后就有很多钱打进来了，所以你可要记好了啊。胥小曼说，陈小元啊陈小元，你太狡猾了，估计只有我们两个人知道这个数字吧？陈小元说，还有天知地知。

陈小元又回到床上搂住了胥小曼，说周律师是个可靠的人，家里以后有什么纠缠不清的事情就找他商量，尤其是法律方面的问题。胥小曼说，你突然唠唠叨叨这么多干什么呀？时间不早了，赶紧睡吧。

第二天迎来了清明，那天没有细雨纷纷，反而是阳光明媚。不愧是魔都，简直太魔幻了，寺庙多建在繁华的闹市区，比如位于安远路江宁路的玉佛寺，东边紧靠着的就是高档小区玉佛城，南边不到两站就是上海最顶尖的商圈，梅陇镇广场，恒隆广场，金鹰国际，中信泰富，高档商场林立，全世界的明星富婆都涌过来购物消费；比如位于南京西路上的静安寺，一路之隔就是百乐门舞厅，名副其实的是夜夜笙歌纸醉金迷。但是，坟墓就完全不同了，反而都建在清静荒凉的地方。

所以，别看上海人一副城里人的嘴脸牛皮哄哄的，把北京天津重庆广州统统地称为乡下，其实往前倒算一两代人，他们多数是从江浙一带迁移过来的，祖先们多数是埋在乡下的，而这一代人去世以后，也都埋在了边缘地区，比如宝山呀嘉定呀青浦呀金山呀，差不多已经出了上海。所以，每到清明节这天，浩浩荡荡的扫墓大军，把整个城市东南西北的几个出口，都堵成了肠梗阻和脑血栓。

胥小曼央求着说，我们也出城扫墓去吧。陈小元说，我们还没有扫墓的资格呢。胥小曼说，扫墓又不是买房子，还要什么资格啊。陈小元说，起码得有一个亲人死在这里、埋在这里，我们才有资格出去扫墓，等到明年吧，明年清明节的时候，我们的孩子已经出生了，你就可以带着孩子去扫墓了。

胥小曼说，明年能给谁扫墓啊？陈小元说，给我扫墓！胥小曼说，我给你扫墓？陈小元发现自己说错了话，赶紧解释，是呀，我的半条命都埋在了上海，而且世事动荡，人生无常，说不定哪一天，突然扑通一声，我整个人就坠入了地狱。胥小曼说，你到底什么意思呀！陈小元说，我的意思是，明年清明，我们陈家就有后了，不愁没有人扫墓了。胥小曼说，我感觉你从看守所出来以后总是怪怪的，你是不是还有什么瞒着我啊？陈小元说，真的没有！清明清明，风清气明，也是适合踏青的季节，你还记得青浦的福寿园吗？我们在那里黑灯瞎火地做过几次爱，走吧，我们去青浦那边转转吧。

陈小元说这话的时候，内心有了小小的光亮。他当记者的时候，进入福寿园采访过好几次，许多历史文化名人安葬于此，其中就有汪道涵、闻一多、陈望道、吴昌硕、贺绿汀、谢晋、张瑞芳。他本来对坟地与墓地是恐惧的，但是福寿园给他留下了美好的印象，里边的风景极其优美，古树名木，小桥流水，曲径通幽，雕栏玉砌，尤其望不到边的绿油油的大草坪，洒满了明媚的阳光，点缀着各色的小花，感觉像一个大大的高尔夫球场，而那一个个精致的墓穴像高尔夫球洞，那些去世的人像被上天优美地挥了一杆，直接打入了天堂的球洞里一样舒坦。

陈小元当时就感慨，人家城里的墓地和他们农村的坟地差别真是太大了，根本不像埋着死人的地方，或者说被埋在这里的人根本不像死亡，而像是以另外一种方式悠闲地活着，自己百年之后有幸埋在此处那是相当不错的。他记得，当年一个草坪葬是八千块，他想趁着清明节的时候再去看看，如果价格涨得不多的话，就给胥小曼暗示几句，等到自己出事以后，破费把自己安葬在那里。这算是给孩子在上海埋下了一个根，没有亲人埋在这片土地，这片土地还不算孩子的故乡，终究还是漂泊着的。孩子有了房子安顿肉体，再有一座亲人的坟墓来安顿灵魂，也就圆满了，安稳了。而且不把自己埋在上海，总不能拉回陕西老家吧？那样自己也太孤单了，关键是孩子以后扫墓多折腾啊。

不过，陈小元是不抱希望的，房子的价格都翻了几番，墓穴的价格不可能不大涨。因为有生就有死，人活着的时候还可以租房子，人死了，是没有墓地可以租的，只能自己去购买，所以墓地就成了刚性需求。呵，他突然来了灵感，老先人有一句古话，哪里黄土不埋人，人死后不管埋在哪里，不管怎么个埋法，最后不都变成一把泥土了吗？其实吧，大地上的泥土都是骨灰，植物的骨灰，动物的骨灰，人的骨灰，反过来说，骨灰就是泥土。快递员杨晓敏都将骨灰撒入了公园归于泥土，自己完全可以被撒在任何一把泥土里，这样就是免费的了。唯一的差别是没有一块碑，但是自己一介草民，要碑有何用呢？碑上除了自己的名字，自己的生卒年月，还能刻什么呢？什么也刻不了！即使刻了也不可能不朽。将骨灰任意撒在泥土里，那些冒出来的小花小草不就是碑吗？这样的碑看似无名无姓、卑微而渺小，但是野火烧不尽，春风吹又生。

陈小元想，好吧，那就让胥小曼把自己撒在任何一棵树下，最好是曾经见证过他们爱情的树，比如魔都西北角的那棵歪脖子树。他唯一的请求是不要撒在小区里，他不想给小区带来任何的阴影。

他们两个人正要出发呢，胥小曼突然接到一个好姐妹的电话，说自己的孩子感冒发高烧了，请她帮忙代值两天的班。陈小元送胥小曼去医院的路上一句话也没有，默默地开着车不停地侧过脸看她。胥小曼说，亲爱的，你生气了吗？陈小元说，没有啊。胥小曼下车的时候，他紧紧地抱了抱她，拍了拍她的后背说，记得好好地照顾自己！

　　胥小曼已经走进了大门，他又喊了一声"胥小曼"。胥小曼就又折回来问，你还有事吗？陈小元笑了笑说，没有，我就想叫叫你而已。他久久地坐在车里，看着胥小曼消失的背影，看着进进出出的病人，看着医院那一扇扇玻璃窗户，眼泪禁不住流了下来。他真不知道自己的决定对不对，但是他已经没有别的办法了，因为她太爱他了，他也太爱她了，他们都非常爱着他们来之不易的新家。他可以为她做的，有能力为她做的，也只有最后这一件了。

　　陈小元开着车，顺便又去出租屋那边转了一圈。几个月没有从这里经过，那片老弄堂已经被拆除了一大半，到处是残墙断壁和残砖剩瓦，中间夹杂着很多旧鞋子、旧衣服、旧挂历和破碎的镜子。有一台挖掘机正在施工，把一栋楼哗啦一声推倒了，扬起的灰尘在阳光经过的半空中弥漫。弄堂口的一家杂货店依然开着，老大妈坐在门口打盹，听见脚步声就睁开眼睛，说，我认识你，你在这里住过。

　　陈小元说，是呀，住了好多年。大妈说，你女儿呢？陈小元明白，她指的是胥小曼，于是笑了笑说，她呀，上班去了。大妈说，多好的姑娘啊，她嫁人了吧？陈小元说，嫁了，已经怀孕了。大妈说，你看看，多好的房子呀，说拆就拆掉了。陈小元说，拆掉干什么你知道吗？大妈说，能干什么呀，还是盖房子，不过盖的是楼房而已。陈小元说，拆迁安置费很高吧？你怎么还不搬呢？大妈说，我在这里住了一辈子，大半截身子都扎在下边了，他们给多少钱我都不会搬，除非他们把我埋在这里。

陈小元从货架上拿起一只白色的洋瓷缸看了看，上边印着毛主席头像和他写的"为人民服务"，盖子上有一丝红色的锈迹，感觉是有些年月的老东西。陈小元就问多少钱，大妈说你喜欢就送给你吧。陈小元说，这怎么好意思呀？大妈说，我们也算老邻居了，你拿去做个纪念吧。陈小元放下十块钱，说了一声"谢谢"，带着这个洋瓷缸，另外又从废墟上捡了一块青砖，才一步三回头地走了。

陈小元是在午饭的时候回到家的，他真想给胥小曼和未来的孩子留下几句话，最后还是打消了这个念头，他害怕给别人留下了什么破绽。于是，他拿来巫叔送给自己的两个空瓶子，又找来了一个笔记本，把瓶子上的几句诗与一段话分别抄在了扉页上。奥地利诗人里尔克《秋日》中的几句诗是留给胥小曼的——

让枝头最后的果实饱满。
再给两天南方的好天气，
催它们成熟，把最后的甘甜压进浓酒。
谁此时没有房子，就不必建了。
谁此时孤独，就永远孤独。

而演绎自《圣经》中的那一段话是留给自己还未出世的孩子的——

你说要有光，
世界慢慢就有了光……

陈小元的落款是"永远爱着你们和被你们所爱的人"。他不知道为什么突然想到要抄写这些，也不知道这么几句诗和这么一段话与胥小曼以及孩子有什么关系，他只觉得有关"最后"，有关"房子"，有关"孤独"，有关"光"。现在还在春天，他的孩子将在夏天出生，将穿越秋天和冬天，将再次回到春天，如此日复一日，如此循环往复，在这套房子里长大，再在这套房子里孕育孩子，孩子再在这套房子里长大，就这样生生不息延绵不绝，才意味着深深地扎根于这片土地，真正地成为这座城市的主人。

陈小元在那块青砖上写下了自己的名字，然后拿它压着笔记本；在洋瓷缸里倒了半杯水喝了几口，然后放在了旁边。他总觉得还缺少一点什么，当他在家里再次巡视了一番之后，他似乎有些明白了，这种感觉来自于两个空空如也的瓶子。他把两个瓶子拿起来，口朝下、底朝天地倒了倒，除了倒出几粒灰尘以外，自然是什么也没有倒出来。他恍然大悟，瓶子真正的用处并不是装饰生活，更不是为了扔出去听一声痛快的破碎声，而是为了盛装那些容易流失的液体。这些液体包括水、酒和时光。每个人的身体都是一只瓶子，盛装着时光。时光流光了，生命也就走到了尽头。

陈小元想，对于面前的两个瓶子而言，盛装什么液体才是最好的呢？它们原本是以盛装酒的名义被制造出来的，如今如果盛装着酒那不就是最好的归宿吗？他赶紧跑进了厨房，把胥小曼买来的两瓶还没有来得及喝的普通白酒，拿出来打开了，然后慢慢地灌进了两个美丽的空瓶子。随着那一股香味扑鼻的液体被一滴一滴地灌了进去，再用卫生纸拧了一个塞子把瓶口死死地封住，他像把自己封在了不再流逝的甚至可以倒流的岁月里，他的心是装进瓶子的涣漫已久的水，终于感觉到了从未有过的安稳、踏实和坚定。

第三十二章

陈小元是在太阳开始偏西的时候爬上楼顶的，他可以非常清晰地看到整个小区，春天毕竟已经深了，各种各样的花都盛开了。楼下是雪白雪白的白玉兰，不过有些已经开始凋零；小区外边的绿化带已经绿油油一片，中间穿插着几排粉嘟嘟的桃花，四周的栅栏是红艳艳的月季，人工湖上飞起两只鸟，应该是野鸭子，许多人一边赏花一边大呼小叫地拍照。只有米罗公元二期那边的工地裸露在外，被挖掘机捣得稀烂，所以是没有色彩的。其实也有色彩，不过是灰色的而已。灰色是由白色与黑色调出来的，在地球上往往最容易被忽略，或者说最容易被轻视，比如灰尘和荒芜的土地，人们只重视那些鲜艳的东西，比如赤橙黄绿青蓝紫。

陈小元在楼顶上坐了一会儿，先给周律师打了一个电话，若无其事地问，你知道我在哪里吗？周律师说，你还能去哪里啊，肯定是在地球上。陈小元说，不过，有一个逃离地球的出口，你知道在哪里吗？周律师说，我知道的话我早就走了，还在地球上这么辛苦干什么啊。陈小元说，我必须告诉你周律师，这个出口就是楼顶，我现在正在楼顶上。周律师说，好好的日子，你跑到楼顶干什么呀？陈小元说，我准备帮忙清理清理上边的水箱。周律师是极度聪明的人，他沉默了半天，然后说了一句"你多保重吧"，就敏锐地把电话挂掉了。

陈小元又给物业打了一个电话，说家里的水龙头一开，自来水里竟然有几只虫子，我们从搬进来到现在，你们有没有清理过水箱？物业说，你不要急，我们派人来看看吧。陈小元说，谢谢你们，水箱设置在楼顶，我在楼顶等着你们。

物业很快就派来了水电工，姓王，也是光头，不过不像陈小元是故意剃的，而是一个纯粹的秃子。王秃子爬上了楼顶，问虫子在哪里？陈小元说，虫子在家里，差不多被我吃掉了。王秃子说，是什么样的虫子呢？陈小元说，红色的，有点像蚯蚓，真是恶心得要命。王秃子说，那应该是水箱的问题，天气热了，容易生虫子，我早就建议清理了，王八蛋王经理总是置之不理。陈小元说，你也别生气，先歇会儿抽根烟吧。

两个人靠着水箱坐了下来，望着令人不寒而栗的楼下。陈小元从身上摸出一包提前准备好的红双喜，抽出一根递给了王秃子，自己也叼上了一根。他平时不抽烟，吸了几口就被呛着了，不停地咳嗽起来。王秃子说，这么高，你不晕吗？陈小元说，这还不算高，东方明珠有一个悬空玻璃走廊，脚下有几百米，是全透明的，走在上边那才叫吓人呢。王秃子说，我听说过，可惜还没有去过。陈小元说，你有空得去看看，不然待在上海太亏了。

有一只黑白相间的蝴蝶朝着这边飞了过来，飞得那么自在，飞得那么悠闲，飞得那么优美，飞得如此神秘，没有人知道它从何处来，又飞往哪里去。更不知道它要不要睡觉，要不要安家，有没有家小。陈小元心里动了一下，他觉得这是命中注定的，是上天派来协助他的天使。陈小元说，你看看人家蝴蝶，一点都不觉得晕。王秃子笑了笑说，它晕不晕，我们怎么知道呀？陈小元说，我把它抓过来问问吧。王秃子笑了笑说，你怎么像个孩子一样啊？

　　蝴蝶飞过了树梢，飞过了自己家的窗口，而且越飞越高，越飞越近了，陈小元的心随之怦怦地跳动着。他深深地吸了一口烟，然后扔掉手中的烟头，微微地闭上了眼睛，在脑海里最后一次想了想胥小曼，算是想了想全世界，想了想整个人生……他脑海中的最后一个念头，竟然是自己曾经写过的一首叫《楼顶》的小诗。不过，他觉得应该修改一下，尤其应该加上几行才对，于是暂时中断了他的念想，将全诗抄写在了红双喜的盒子上——

　　　　生活就是一栋大楼

　　　　大部分人穷其一生

　　　　也没有抵达楼顶

　　　　我们没有蝴蝶的翅膀

　　　　唯一有机会的一次飞翔

　　　　只能是向低处纵身一跳

　　陈小元正想把"纵身一跳"这个敏感的字眼改为"坠落"的时候，王秃子突然拍了一下他的肩膀，两只眼睛紧紧地盯着前方，十分惊讶地说，你快点看看！二期的那栋楼是倾斜的！陈小元再次闭上了眼睛，淡淡地说，这有什么好吃惊的，我早就看出来了，但是没有人相信我，甚至有人以为我是骗子。王秃子更加惊讶地说，天哪！天哪！它还在继续倾斜！我的天哪，它似乎要栽倒了！陈小元仍然闭着眼睛，深深地吸了一口气，然后如释重负地说，你别打岔呀，我准备抓蝴蝶去了……

　　王秃子呼的一声站了起来，十分恐惧地说，妈呀，我的妈呀，它在使劲地摇晃……王秃子的话还没有说完，只听到嘭的一声，那声音巨大而沉闷，像有人挥起一根棍子，狠狠地抽了大地一下。

陈小元感觉屁股底下随之颤抖了几下，他好奇地睁开眼睛一看，那只蝴蝶已经不见了，远处是一股腾空而起的灰尘。他懵懵懂懂地问，是发生地震了吗？王秃子说，地震个屁啊！那栋楼倒了！陈小元怀疑地说，这太不可思议了吧？王秃子说，是啊，我眼睁睁地看着它一头栽了下去！

王秃子撒开步子就走，一边下楼一边喊，赶紧跑吧，虫子的事情改日再说啊！陈小元顾不得回应秃子，眼睛仔细地盯着前边看，那栋倾斜的楼果然不见了，而是四分五裂地躺在地上，有几个工人还在惊慌失措地朝外跑。随着灰尘慢慢地飘散，飘上了天空，飘向了远方，和云，和雾，和霾，混合在一起，形成了一片异样的气象。

陈小元拨通了胥小曼的电话，大声叫着告诉她，那栋楼倒了！胥小曼说，哪栋楼倒了呀？陈小元说，二期那栋楼是倾斜的你知道吧？胥小曼说，你很久以前不就发现了吗？陈小元说，关键是那栋倾斜的楼刚刚嘭的一声，像喝醉了酒一样晃了晃脑袋，突然就一头栽了下去。胥小曼说，我看是你喝醉了瞎说的吧？陈小元说，我骗你是天上飞的猪！妈呀，好像有人被砸死了！救护车正火烧火燎地向这边开呢！胥小曼应该是听到了呜溜呜溜的声音，便问，什么时候的事情啊？陈小元说，几分钟前吧！胥小曼问，谁告诉你的啊？陈小元说，是我亲眼所见的，我看着它倒下去的！胥小曼说，你现在在哪里啊？陈小元说，我在我们家的楼顶上，所以看得一清二楚。

胥小曼有些怀疑地问，你不在家里待着，你在楼顶上干什么啊？陈小元说，我和物业的水电工一起，在楼顶上清理水箱，你说巧不巧吧。胥小曼说，不巧，我估计啊，人家是专门倒给你看的。陈小元哈哈大笑着说，你以为它是演员吗？

陈小元朝着楼下吐了一口唾沫，痛快地骂了一句"妈的"，然后匆匆忙忙地离开了楼顶。他把胥小曼接回来的时候，包括一期和二期在内，周围已经拉起了警戒线。大部分人出门扫墓还没有回来，小区里的人正在被一批一批地朝外疏散。人越涌越多，有看热闹的，有前来抢险的，有住在一期的，还有刚刚签订了二期购房合同的，大人的争吵声，孩子的啼哭声，小狗的汪汪声，救护车和警车的尖叫声，汇合在一起像一锅粥一样吵闹。陈小元正不知道如何是好的时候，突然收到了物业公司发送来的一条信息——

　　广大业主们注意了，请大家立即撤离小区，前往附近的汉庭酒店铜川路店免费登记住宿，如果在外自行安顿的，我们将按照每户每天不高于五百元的标准，凭相关酒店的住宿发票予以补贴。为了确保大家的人身安全，相关部门将聘请专业机构，对事故楼盘相关联的建筑进行检测和评估，有关善后工作的进展和评估结果，我们将会以短信的形式及时发布，请注意查收。

陈小元在汉庭酒店的大堂里遇到了小马，就关心地问，你怎么一个人，老婆孩子呢？小马说，幸好老婆孩子回老家天水扫墓去了，陈哥你晚上有空没有？陈小元说，你有事情吗？小马有些内疚地说，我想请你们吃顿饭，顺便再喝上几杯。陈小元说，好呀，好久没有喝酒了。小马说，那你带嫂子上去洗把脸，半个小时后在大堂碰头，我再把老牛也叫上吧。

天彻底黑了，霓虹灯亮了。按照江南的习俗，扫墓以后不好直接回家，得先在热闹的地方涮一涮，吃吃饭，喝喝酒，去去身上的阴气，所以商场与饭店比任何时候都要热闹。陈小元他们几个人步行来到了真如老街的如意酒吧，点了几个小菜、四份意大利面和一些点心，一边吃一边喝酒，开始喝了几杯雪花啤酒,觉得不过瘾又换成了红酒,红酒喝了几杯还是不过瘾,干脆换成了烈酒威士忌。

江南自古出才子,不知道哪位高人第一时间以"楼倒倒"一词,通俗易懂地命名了倒楼事件,所以不到几个小时消息就传遍了天南地北。尤其是魔都上海,一旦涉及房子的话题本来就富有磁性,如今遇到这么"三荒"——"荒唐""荒诞""荒谬"的事情,自然是着了魔一样议论着。但是,不得不说,上海人是文雅的,或者说是特别能装,他们无论怎么兴奋和幸灾乐祸,都不会开怀大笑,更不会高声喧哗,而是抿嘴一笑和窃窃私语。如意酒吧也不例外,大家都在暗潮涌动地交流着。有人用上海话说,阿拉晓得吧,有三个外乡人正在拆污呢,当场就翘了辫子!有人就用安徽话反驳,我的同学是公安,刚刚告诉我,其实就死了一个工人,他也不是在大便,而是正在安装玻璃窗户;有个操着东北腔的少妇说,好好的一栋楼就那么哗啦一声卡了大跟头,还不如孩子玩的积木呢,我们家孩子搭出来的城堡,台风来了都是杠杠的。

大部分人都讲普通话,有的说好在还没有入住呢,如果入住了,几百条人命就完了;有的说那小区本来就是埋人的坟地,据说在打地基的时候挖出了许多骨头;有一个似乎是小区居民,说那是豆腐渣工程,居民们投诉呀上访呀静坐呀,已经闹了很长时间。

老牛好奇地问,他们这些消息都从哪里来的呀?小马说,网上,电视上,消息铺天盖地,连国外的媒体都在报道。老牛说,我们小区彻底出名了。小马说,这种臭名不出也罢,房价要大跌了不说,又要被人笑话了,我刚刚接到五六个电话,人家幸灾乐祸地说,你真幸福呀,不仅免费住酒店,接下来还要发大财。胥小曼说,这能发什么财呀?老牛说,他们指的是补偿,二期的楼倒了,从侧面证明一期确实有问题,我们维权是有道理的。

陈小元也陆陆续续收到了好多询问的电话,第一个电话是周律师打来的,他笑着问,你还好吧?陈小元说,我很好呀。周律师说,你找到出口逃出去了?陈小元说,人间和天堂与地狱,还没有开通电话呢,我要是逃出去了,你还能接我的电话吗?周律师说,水箱呢?水箱清理好了吧?陈小元说,我和水电工正准备呢,那栋楼说时迟那时快,抢在我的前边倒下去了。周律师说,你以后不用再清理水箱了吧?陈小元哈哈一笑,说那可不一定,决定权不在我,而在那些害人的虫子。

陈小元的第二个电话是柳红打来的,她笑着说,你在大吃大喝对吗?陈小元说,是啊,我在如意酒吧喝酒。柳红说,看把你开心的,我怀疑那栋楼是被你炸掉的,或者被你施了法术推倒的,记得很久以前你就像一个魔法师,整天对着那栋楼念念叨叨地施法,说什么倾斜了,说什么要倒了,现在果然就倒了。陈小元说,我在心里还真动过这种邪念,可惜我们一群蚂蚁被踩在脚下,想叫都叫不出一声,你们公司是不是又要栽赃陷害我了啊?柳红有些气愤地说,别提那王八蛋公司了,我已经不在那里干了!

柳红对自己毕竟是有恩的,陈小元赶紧关心地问,那你现在在哪里啊?柳红说,我已经回西安了,还是干着老本行,开了一家房产中介,这边房子非常便宜,平均价格才一万多,像米罗公元那种地段,一百多万就搞定了,不用一分钱的银行贷款,你要不要回来买一套?陈小元说,我在那边买房子干什么呢?柳红说,养老啊,或者养二奶呀,这边的二奶都是杨玉环或者武媚娘转世过来的。

胥小曼把电话抢了过去,问是柳红姐吗?柳红说,哎哟哟,妹妹你是不是吃醋了?胥小曼说,我吃醋的心早就死了,你如果想当二房的话,我高兴还来不及呢,不过你不要急呀,等陈小元把我这个大奶养肥了再说吧。柳红说,我当真了啊,我等他两百年怎么样?胥小曼笑嘻嘻地说,我是大方的人，不用那么长时间，两分钟就足够了。柳红说，我总算明白了，你们家的陈小元就是传说中的两分钟。

陈小元又把电话拿了回来，笑着说，我到底能坚持多长时间，等我把你收入偏房以后，你检验一下就知道了。柳红说，我已经检验过了，结论就两个字，阳痿。陈小元说，完全正确。柳红说，说一句正经的吧，我给你寄了一个快递，你注意查收一下。陈小元说，你寄的是什么呀？柳红说，是世界上最好的东西，也是易碎的东西，你收到就明白了。陈小元和胥小曼听了，不约而同地按了按各自的心窝，在心里默默地念了一句"阿弥陀佛"。

陈小元的最后一个电话是银子打来的。银子说，小陈你怎么样？陈小元，不怎么样。银子说，你现在在哪里？陈小元说，我在大街上。银子说，你在散步对吧？陈小元说，我们这种人哪有资格散步呀！我也不怕你笑话，我正在大街上要饭呢。银子说，要饭是什么意思啊？陈小元说，你知道乞丐吧？我已经沦为乞丐了，不然就饿死了。银子说，你乞个屁的丐呀，我都听出来了，又在哪里花天酒地！我看到你们小区的消息，第一个就想到了你，现在听到你的声音，知道你还活着，我就放心了。

陈小元说，仁河老板被抓了，你们是老朋友，你应该担心担心他。银子说，我和他什么时候是朋友了？他是奸商和蛀虫，我是报社的副社长，专门进行舆论监督的啄木鸟，我们根本不是一路的。陈小元说，哎呀我的表哥，被你这么一说，我倒是担心你了，仁河这次肯定搪不住了，会不会牵扯到你啊？银子说，我说陈小元，你这话什么意思啊？！陈小元说，你看看啊，你当一只啄木鸟，逮逮蛀虫多好，非得当什么雀鹰。雀鹰你知道吧？这是啄木鸟的天敌，如今蛀虫出事了，啄木鸟的天敌雀鹰会安然无恙吗？

银子说，什么鸟不鸟鹰不鹰的，你不要这么没有脑子好不？我不是小区居民，又不是建筑公司，更不是仁河的职工，这和我有什么关系？陈小元说，仁河不是你的客户吗？尤其是上一次，你们利用我，谈成了那么多广告，你总不会忘记了吧？银子语气低沉地说，小陈啊，我们不扯这些了行不？我今天打电话来，主要的目的是告诉你，报社现在在进行全媒体改革，急缺有干劲有想法的人才，你如果有兴趣的话，电话里说不清楚，抽空回报社聊聊，或者在外边也行，你还记得凯撒会馆吗？陈小元说，再说吧，谢谢表哥，不过我要告诉你，由于石库门老弄堂改造，凯撒会馆估计被拆了。银子说，我忘记了，凯撒会馆确实关门了，长寿路那边新开了一家天上人间，你好好想一想，征求一下你们家小胥的意见，如果对我的提议有兴趣，我到时候再约一下新来的社长，我们就去天上人间聊聊吧。

陈小元放下电话骂道，这狗日的，贪赃枉法的事情干多了，估计要睡不着觉了。胥小曼说，是淫贼对吗？他打电话干什么啊？陈小元说，他问我，有没有时间见见他。胥小曼说，他是你的领导呢，对你为什么这么低声下气啊？陈小元说，这栋楼一倒，仁河的老板一出事，他害怕把他供出来了，所以用回去上班当诱饵，又想着来安抚我。胥小曼说，你难道没有上班吗？陈小元发现一时说漏了嘴，便把报社如何辞退他，他如何去找工作，半遮半掩地说了出来。

胥小曼说，陈小元你太过分了！你竟然瞒着我，在外边逍遥自在了两个月！陈小元说，不是逍遥自在，是漂泊流浪，如果不是趁机在家里写写书，没有一点寄托的日子真的生不如死。胥小曼说，你死了活该，我在你的心里，根本不算老婆，而是陌路人！也难怪了，我们只是领了结婚证，都没有正式拜过天地，所以每次遇到大事，你都要一个人扛着。

胥小曼说着说着就伤心地哭了起来。老牛说，弟媳妇，你别生气，他是担心你，这叫爱的欺骗。小马说，你们两个别忙着秀恩爱，等过了这段时间，你们补办一场婚礼，让我们好好闹一闹洞房。胥小曼说，我怀孕着呢，婚纱都没有办法穿了。小马说，那就干脆等到坐完月子以后，孩子会走路了，和我闺女一起给你们当花童。老牛说，小马的建议挺好的，这样就可以放心大胆地闹洞房了，按照我们那里的习俗，新婚尽管闹，三天无老少。胥小曼又开心了，说老牛只是嘴上功夫，等到你儿子结婚的那一天，看你怎么闹腾儿媳妇吧。

陈小元他万万没有想到，在芸芸众生中，亲戚，朋友，律师，陌生人，花草树木，飞鸟鱼虫，万物神灵，最后挽留自己或者说救了自己一命的，竟然不是有血有肉的生命，而是一座冷冰冰的钢筋水泥组成的房子。如今危机已经化解了，不仅可以趁机喘口气，好好地思考一下未来，说不定往日所受的损失、冤屈和羞辱都会得到补偿和洗刷。于是，他找出各种各样的理由煽动大家喝酒。

陈小元说，来，干杯，祝老牛早日找到儿媳妇。小马说，这需要干两杯。老牛说，为什么啊？小马说，因为你的儿媳妇肯定长着两个奶。于是三个人仰着脖子碰了两大杯。陈小元说，来，再干杯，祝小马的闺女早日康复。老牛说，这得干四杯。陈小元说，这又为什么啊？老牛说，小马的闺女是误诊，根本不是什么血液病，而且老婆又怀上了二胎，如果二胎生个带把把的，也算是儿女双全了。

等三个人仰着脖子喝完了四杯，陈小元又说，来来来，祈祷我们家的孩子早日出生。胥小曼说，你傻呀，你希望孩子早产吗？老牛说，你们准备剖宫产还是顺产？陈小元说，胥小曼坚持顺产，一来体验一下做妈妈的痛苦，二来不想在肚子上留下一道永不磨灭的疤痕；我却希望剖宫产，这样老婆少受点罪，你想想那么大个胖娃娃，要从那么小个窟窿里钻出来，太不容易了，而且会不会把那里撑大了啊？胥小曼说，陈小元！

你怎么什么都说呀？老牛呵呵呵地笑着说，你们那窟窿很小吗？我怎么感觉挺大的啊！不说了，不说了，既然要顺产，就应该喝六杯，祝你们家的宝贝六六大顺。

等几个人翻着白眼喝完了六杯，陈小元又说，小马呀，你身上这件花衬衫不错，穿着像个东南亚的富豪，是不是弟妹帮你挑的？小马说，是啊，是老婆送给我的生日礼物。陈小元说，那你是不是应该喝几杯？小马说，我喝一杯吧。老牛说，你老婆难道长了一个奶？小马说，好吧，我喝四杯吧。陈小元说，我明白了，你老婆长着四个奶。小马摇了摇头说，错！老牛说，我知道了，你有两个老婆！小马摇了摇头说，两位大哥啊，你们不要忘记了，我身上还有两个奶呢。

胥小曼笑嘻嘻地说，你们这帮臭不要脸的男人，能不能正正经经地想一想，如果我们的房子检测下来，也是危房怎么办？小马说，如果是危房，那开发商得赔偿我们。胥小曼说，然后呢？我们就一直住在酒店对吗？小马说，有了赔偿，我们可以重新买房子呀。胥小曼说，你去哪里买房子啊？全上海还有比这里更好的地方吗？关键是我们对小区已经熟悉了，房子是我们看着盖起来的，花草树木是我们看着活过来的，早上的鸟叫和晚上的蛙鸣是我们已经听习惯了的，如今搬到别的地方去，不知道你们怎么想，我是舍不得的。

胥小曼想到自己与陈小元第一次在小区的工地做爱，想到买房子以后的种种艰辛与期盼，想到搬进来以后的日日夜夜，想到令她怀孕的那次台风，她的心一阵刺痛又一阵温暖，禁不住又哭了起来。陈小元拍了拍胥小曼的手，安慰着说，我也特别喜欢这个小区，我总感觉上辈子就埋在这里，来吧，干两杯，愿上天保佑我们的家平安无事！

除了胥小曼滴酒未沾，其他三个男人早已经喝醉了。小马结结巴巴地说，陈，陈哥，我对对对不起你，曾经误误误会你你了，其实为了咱们的房子，为了咱咱们的家家，陈哥你受到的委委屈最最多，受到的苦苦最最大，而且被人冤冤枉了，还进了一次次看看守所，我是学法法律的，在关关键的时候，却没有帮帮你……陈小元也跟着结结巴巴地说，有什么么好对不不不起的，大大家都是好好好邻居，中国国有句古古话叫，远远亲不如近近邻，以后后还要大家多多多关照……老牛更是结巴得不行了，说都都都过过去了，你你们们都是为了了大家好好，都是我心心里的大大英雄，我敬敬你们两位。胥小曼笑嘻嘻地说，你们的舌头怎么都打结了啊？小马说，奶奶奶的，我们都高高兴兴啊，小小区的问问题应该很快就有说法了了。他说着又干掉了一杯，然后就搂着老牛摇摇晃晃地出门而去。

只剩下了夫妻两人再坐了一会儿，陈小元笑了笑说，如果这栋楼不倒，我现在都不在了。胥小曼说，你不在了是什么意思？陈小元眯着蒙眬的眼睛盯着胥小曼说，不在了，就是去见马克思了。胥小曼说，你说说清楚，到底怎么了？陈小元说，我明白地告诉你吧，那栋楼再迟倒那么三十秒，我就从楼顶掉下去了。他说着，从身上摸出那包红双喜递给了胥小曼。胥小曼看了看《楼顶》那首诗，惊讶地说，陈小元啊陈小元，你要跳楼对吗？

陈小元像拨浪鼓一样摇了摇头，镇定了一下自己，赶紧改口说，我跳什么楼呀！我已经告诉你了，自来水里长虫子了，我在帮忙清理水箱，突然看到一只蝴蝶，简直是太漂亮了，飞到了和我们的楼一样高，我就想抓住它。胥小曼说，你抓蝴蝶的时候险些摔下去了对吗？陈小元说，差不多吧，在这关键的时刻，那栋楼倒下去了。胥小曼说，你抓的蝴蝶呢？陈小元说，蝴蝶也趁机飞走了。

陈小元从来没有喝得这么起劲，也从来没有这么放松过，似乎那栋楼原本是建在他心里或者身上的，如今一下子倒掉了，使他得到了解放一样。他顺着玻璃窗看出去，隐隐约约的米罗公元二期，大多数的楼仍然耸立着，只有那栋倾斜的楼不见了，像一位老人脱了一颗门牙，在天空留着一个大大的豁口。陈小元说，我感觉那栋楼像雷峰塔，我是那个被压在塔下的白素贞。胥小曼笑嘻嘻地说，那我就是许仙，我儿子就是文曲星下凡。陈小元说，我的妈呀，来来来，为我们未来的状元儿干杯。

胥小曼提起白开水碰了一下，痴痴地盯着陈小元说，亲爱的，我好崇拜你呀，你简直就是预言家！陈小元说，我是个屁，真正的预言家你见过，是那个敲打空瓶子的巫叔，他简直太神奇了。胥小曼说，他说不定就是神仙，所以我们大难临头的时候他就现身了。陈小元说，你的意思是，他是真如寺里的菩萨显灵了？胥小曼说，完全有可能，也可能是那枚玉观音……他们说到这里，都不由自主地去摸了摸各自的胸口。

陈小元提着几个喝空的酒瓶子摇摇晃晃地出了门，顺着如意酒吧转了两圈，并没有看到那个需要空瓶子的人。他干脆席地而坐，把空瓶子在自己面前摆成一串，然后拿起两只筷子敲打了起来。他敲打的是老家的孝歌，这声音传得十分悠远，凄凄切切的，宛如真有一场葬礼在举行着。差不多已经晚上十一点，天空开始下起了小雨，那雨似有似无似烟似雾，被风吹得一团一团地飘忽，像从他的空瓶子里冒出来的幽灵。

胥小曼说，真好听。路上的行人也说，真好听。大家就以为陈小元是乞丐，便零零散散地朝这边扔钱，一块的，五块的，十块的。胥小曼整理着地上的钱说，我们发财了。陈小元说，是啊，你想想这么多钱怎么花吧。胥小曼说，明天买早餐？陈小元说，酒店的早餐是免费的。胥小曼说，你继续买酒喝？陈小元说，我已经喝高了。胥小曼说，我们攒着给孩子买衣服？陈小元说，这些钱买两双袜子差不多，而且我们家孩子又不是乞丐。胥小曼说，你说怎么办，我听你的。陈小元说，我们捐献给菩萨吧。胥小曼说，这个办法好，菩萨整天保佑我们黎民百姓，实在是太辛苦了。

但是真如寺早就熄灯止静了，两扇大门像高僧大德一样紧闭着嘴唇。他们两个人把钱一块一块地从门缝里塞了进去，跪在门口拜了三拜，然后回酒店休息去了。

他们在酒店住了几天，胥小曼说是特别想家。陈小元问她想的是哪个家？胥小曼说，想米罗公元的家。陈小元说，我也想，特别特别地想。两个人实在忍不住，在一个周六的黄昏，就溜达着回到了小区门口，警戒线并没有撤除，不过已经没有了警察，换成几名保安在大门口拦着。胥小曼说，保安叔叔，你放我进去吧，我是里边的业主，我想家了。保安说，那可不行，检测部门正在里边调查施工呢。胥小曼说，我孩子马上要生了，上楼拿几件衣服很快就下来。保安说，你是孕妇，我更不能放你进去了。陈小元说，我可以进去吗？保安说，你不是陈小元吗？你回酒店耐心等着吧，调查人员马上会叫到你，请你们业主配合调查，你们不是一直要维权吗，这次肯定会有说法的。

有一只泰迪狗跑过来蹭了蹭胥小曼的腿，然后一溜烟地蹿进了大门。陈小元装模作样地说，哎呀，我们家的狗！他趁着保安不注意，拉着胥小曼撵了进去。他们爬上了楼，咔嚓咔嚓地拧开了门，像第一次入住那样在房子里转了两圈。几天没有进来，厨房、厕所和大厅里已经落上了细细的灰尘，阳台上种着的土豆已经长出一尺来高，中间夹杂着两根藤蔓已经爬上了窗台，上边挂着一片片鹅黄色的心形的叶子。胥小曼问，这是什么植物呀？陈小元说，喇叭花，又叫牵牛花。胥小曼说，我们没有种它，它从哪里冒出来的呀？陈小元说，我猜是种子落在泥巴里，被我们铲了回来，或者被风吹过来的。

胥小曼咋咋呼呼地说，我的妈呀，太神奇了吧？陈小元说，有什么好神奇的，泥巴是一个百宝箱，各种各样的颜色，各种各样的味道，各种各样的营养，各种各样的花草树木，还有冰和雪、水和火，应有尽有。胥小曼说，泥巴里哪里来的火呀？陈小元说，煤不是火吗？树木被点着了不是火吗？胥小曼说，这倒是真的，你看喇叭花已经有花骨朵了，再过些日子紫色的花一开，蜜蜂，蝴蝶，会不会都要飞过来呀？陈小元说，是啊，你不就是小蜜蜂吗？

两个人来到卧室，这一次不是胥小曼，而是陈小元哗啦一声把窗帘拉开了。他看到二期的工地上，"楼倒倒"平躺着像正在打瞌睡一样，一扇扇窗户半睁半闭着像一只只昏花的老眼。夕阳红彤彤的，给依然站立着的几栋楼注射了一种金黄色的液体，景观河弯弯曲曲地从楼群中穿过，像一条金光闪闪的腰带，把一期二期串在了一起。他把窗帘拉开的一瞬间，感觉与当初一样，拉开的不是窗帘，是自己压抑已久的身体。

陈小元从背后搂住了胥小曼，吻了吻她的耳朵喃喃地说，我想了！我们一进门，把窗帘一拉开，我马上就想了。胥小曼说，这话我怎么听谁说过呀？陈小元说，估计是你的另一个情人吧。胥小曼反过身，一边回应一边说，你这次是哪里想？陈小元说，心里想，上边想，下边也想，每根头发每根骨头每块肉都想。胥小曼说，我也想了，是每根毛孔每个眼眼每个穴位都想。她的手朝下一滑，果然发现了那久违的勃起。她逼着他坐在了窗台上，然后蹲了下去，像拉开窗帘一样，把他牛仔裤上的那条同样是金黄色的拉链刺溜一声拉开了。

胥小曼想到了大厅里乳白色的沙发，想到了半面墙那么大的彩电，想到了绛红色的餐桌和四把椅子，想到了几盏中国式的宫灯，想到了一束束橘黄色的光线，想到了放着徐志摩诗集的书架，想到了那张两米宽的大床，想到了印着荷花图案的被子。这就是她久经磨难的美丽的家，这个家太让她陶醉了。

胥小曼每次抬起头的时候，都会忍不住迷离地看向窗外。窗外在陈小元的背后是高深的，是空旷的，是悠远的，玉兰花正在开放，小草正在弥漫，景观河正在潺潺东流，那一座座抽象的雕塑正在成形，再一路朝东，中环线出现了，真如塔出现了，最后出现的是东方明珠，它多么像这个繁华都市勃起的下身，把五彩斑斓的天空戳出了一个深情款款的窟窿。

天又一次黑了，陈小元搂着胥小曼在窗台上坐了半天，说我们再来一次好不好？胥小曼说，至少再来两次，你欠我的太多了。陈小元说，我恨不得一直做下去，只是担心我们的孩子，刚才一激动就把孩子给忘记了。

敲门声咚咚地响了，说你们折腾够了吗？折腾够了赶紧回酒店吧，小心再把这栋楼震倒了。陈小元说，我们走吧。胥小曼紧紧地搂着他不放，问是不是要回酒店了？陈小元说，当然不，我一回酒店恐怕又不行了，我们去二期那边，记得当年还是一片荒地的时候，我就跟吃了伟哥似的。胥小曼说，这个主意不错，骑在"楼倒倒"的身上应该更刺激吧？

那天晚上，天上有一轮圆月，据说四十多年一遇，月光洒在那片工地上，显得格外幽静而浪漫。正是在这少有的月光下，尖叫声一阵一阵地传了出来，方圆几百米的地方都听得清清楚楚，狗叫声，蛙鸣声，蛐蛐的吱吱声，汽车的喇叭声，行人的脚步声，随之响成了一片。有人说那是病人疼痛的呻吟声，有人说是漂泊者想家的哭声，有人说是情人的快活声，甚至有人说是出事的那片工地上闹鬼，反正刺激得西北偏北的半个城市都不安宁，许许多多的人因此而失眠了。

陈小元他们没有失眠，在那栋倒下去的楼上一直躺到了深夜。胥小曼说，还是青蛙的叫声最好听。陈小元说，你知道它们在叫什么吗？胥小曼说，它们在催我们回家。陈小元说，你知道它们住在哪里吗？胥小曼说，它们住在前边的池塘里，池塘里是清水，上边浮着荷花，荷花正开着呢。陈小元说，你把世界想得太美了！我曾经告诉过你，每一片建筑工地都有几个坑，它们就住在其中的一个坑里。胥小曼说，天啊，像我们一期一样，临时挖出来的坑对吗？陈小元说，反正那不是池塘，也不是什么湖泊，而是一潭子死水，更可怕的还在后边呢。胥小曼说，我的天啊，坑是要被填平的，意味着它们将会被埋在里边！

陈小元说，是啊，它们是要被活埋的。胥小曼说，我终于明白了，它们还以为住进了新家，高兴得哇哇大叫呢！我们赶紧提醒它们，从坑里逃出来吧。陈小元说，世界这么大，它们怎么逃呀？能逃到哪里去呀？

陈小元的心里突然跳出了几句诗——

我们不停地挖坑
把自己活活地埋在里边
然后再不停地把坑填平
连坟墓的样子都不保留
我们这些漂泊着的异乡人
至今还没有找到方式
从自己挖的坑里逃离

天上起云了，不时地蒙住了月亮。胥小曼迷茫地摇了摇头，也觉得这些青蛙实在太像他们，或者是他们本来就是几只青蛙。她突然坐了起来，无比激动地说，赶紧走吧，我们把青蛙逮出来吧！她的脑海里浮出了一个湖，这个蓝色的椭圆形的湖并不遥远，里边长满了芦苇和荷花，还有几对野鸭子游来游去。如果青蛙在那样的地方安家，它们的呱呱声应该更加美妙。

想到在自己家里就能听到那美妙的声音，胥小曼的心就像青蛙一样坪坪乱跳。

2021 年 2 月 28 日初稿

2022 年 1 月 16 日二稿

2023 年 6 月 28 日终稿

后　记

　　我很幸运，每在关键的时候，都能遇到来"化"我的人。还是从二十年前说起吧。2003年底，我回老家过春节之前，顺便从上海转了一圈。转一圈自然是为了看看风景，万万没有想到的是，这一圈改变了我一生的走向。我到了上海以后，住在一家很便宜的酒店，酒店叫什么名字现在已经不记得了，只记得中间有一个"沪"，我当时念成了"泸"，打电话预订酒店的时候，前台小姐咯咯地笑着纠正："先生，那个字是上海的简称，不念 lú，而是念 hù。"

　　酒店的地址我却记得很清楚，在静安区康定路上，背后是一片石库门老房子。住下的第一天晚上，我在不远的南京西路逛了逛，也没有觉得那霓虹艳影有什么了不起的。不过，走着走着，竟然走到了一座寺庙，我一下子被镇住了。在我的印象里，寺庙十有八九建在偏僻的优美的山水里，我没有想到会建在这么繁华的地方。我便想进去上炷香，不承想，大门紧闭，一问才知道，出家人也是有上下班时间的。我正遗憾着呢，忽然发现大门东边的墙上开着一个小窗口，下边写着一行小字，大意是施主可以通过这个窗口，把香火钱投进去，也就是说，这是山门关闭以后的功德箱。我觉得很贴心，所以就很大方，投进去了十块钱，然后又许了一个愿。不许愿，那不是吃亏了吗？

也许是许了这个愿吧，第二天一觉醒来去吃早餐的时候，遇到一家报刊亭，我便买了一份报纸，一边吃饭一边翻着。没有想到，翻到最后一页，看到下边报社的地址，竟然就在康定路，而且就在酒店隔壁的艺海大厦。那时的报纸上，都留有热线电话，是专门征集新闻线索的。我赶紧拨打了新闻热线，说自己是媒体同行，想找他们的总编辑或者社长聊聊。我没有瞎说，我当时确实是南方某报的小头目。电话立即被转到了社长的办公室，社长说只有十分钟时间，他马上有会要开。我上去和他一聊，一口气就聊了两个小时，社长还打电话叫来了总编辑，两个人一起请我在他们食堂的小包厢里吃了午饭。废话少说，这么一聊，社长当即邀请我加入他们的团队，我竟然当即做了一个决定，准备独自一人闯荡上海滩。

春节过后的正月初六，我正式来上海报到了，而且是分管采访中心。这时候，改变我的人不经意间出场了，也可以说是点化我的人来了。他姓朱，扬州人，年龄和我不相上下，三十岁左右吧。他是比我早进报社几个月的一名记者，当时联系的条线好像是上海的四套班子。他是特别有想法有才华，又很有商业头脑的一个人。

我的办公室是三角形的，从落地窗看出去，能明显地看到玉佛寺。朱先生经常来办公室坐坐，聊聊有关新闻的事情。有一天，他突然告诉我，他准备去北京买房子，我非常奇怪地问，你又不去北京工作，又不在北京安家。这时候，他才告诉我，房子之所以叫商品房，说明房子也是一种商品，买房子并不一定都是为了住，有时候还可以作为投资，他和姐姐一起在上海等地投资了不少房子。后来，我去过他家，发现他果然厉害，那年代已经是住着大别墅开着私家车的人了。

我从他的嘴里还知道了一个新名词叫"按揭"，也就是从银行贷款，用银行的钱去投资房子，并非有钱了才去买房子。我悟性还算可以，他这么一席话，老祖先给我们留下来的关于房子的传统观念被打破了。我立即上网查询，很快就相中了一个楼盘，这个楼盘在北京的东二环，北边不远就是国贸，西边与东二环一桥之隔的就是龙潭湖公园，东边几百米就是潘家园文物市场。我把这个楼盘告诉了朱先生，令我万万没有想到的是，他非常中意，第三天就带着老婆，专门前往北京考察去了。

他考察回来，立即决定了投资。我其实什么都不懂，不懂什么是CBD，不懂什么是户型图，不懂哪一层性价比高，不懂怎么去按揭，不懂房贷险的用途，更不知道这个楼盘现场的任何情况，就跟着他预交了两万块钱的定金，定金还是通过建设银行汇过去的。不几天，正式开盘，他由于有事情，就全权委托给了一位姓米的售楼小姐，而我亲自去了一趟北京。开盘的现场出乎我的意料，简直是人山人海，我对摇号选房的规则和政策，又都是一窍不通的，估计正是因为我的无知吧，运气就特别的好，很快摇到了一个号，糊里糊涂地选了一套12层的房子。那次，朱先生的运气不佳，没有摇到号，不过，他很聪明，不知道用了什么方法，很快从售楼小姐那里拿到了指标。

我记得非常清楚，办完手续的那天，是2004年3月14日，房子精装修，总价六十多万元，八成是从银行按揭的，首付、保险费和手续费加起来，十四万元多一点，每月还款三千左右。第二年房子交了，我很自然地当起了房东，租给了一个云南的女人，她是一位漂亮的茶叶商人，每月的房租是三千四百块，我拿房租还完房贷竟然还有了一些节余。

我从2001年开始，工资已经非常高了，房贴车贴不算，年底奖金不算，跳槽时候的安家费不算，每月工资拿到手已经不低于八千，相当于现在的六七万吧，当时一碗面才两三块。而且我又特别小气，特别懂得节省，到了买房的这一年，我已经有了不少积蓄。当时，朱先生建议我，你是一个文人，那么喜欢北京，说不定哪一天就去北京了，干脆买两套，一套投资，一套留着自己住。

但是，人的眼界决定了世界的大小，我的小农意识比较严重，认为房子就是用来住的，加上看了一本经营策略方面的书，这破书里边讲了一个观点，大意是有钱的话，在车和房子方面，应该优先考虑买车，因为车可以提高人的效率。所以，买完房子的第二天，就是3月15日，消费者权益保护日，我干脆一不做二不休，直接跑到了北京郊区的汽车销售市场，在什么是排量什么是车险都不知道的情况下，费了不到两个小时，花了和房子首付相同的价钱，直接就提了一辆车，借用北京朋友的身份证，挂上了一张京KB的牌照。那时候，拿到北京汽车牌照很容易，只需要花两百一十块钱。两百块的铁皮，五块钱的铆钉，五块钱的行驶证。又过了两年，北京汽车牌照全面放开，有一张暂住证就行，我就把汽车完全过户到了自己名下。

我买好了车，当天晚上就从北京出发，把车在第二天下午开回了上海！开进上海市区的时候，我特意去外滩和陆家嘴转了一圈，最后开进了华东师大的校园，耀武扬威地停在了丽娃河边。那种感觉，比开宇宙飞船都骄傲，现在想起来都是热血沸腾。那就是青春的气息，胆大，痛快，豪爽，不像现在，人老了，再也没有青春年少时候的大无畏了。所以，这辆车虽然已经买了十九年了，我还是舍不得淘汰，至今依然开着它。它毕竟是自己青春的象征，每次一坐上这辆车，我就特别地亲切，也特别地踏实。

又扯远了，继续说买房子的事情吧。在北京买完房子后的第三年，我在上海也买了自己的房子。当时，所有的报纸受到网络的冲击，越来越不景气了，我所在的报社更加艰难，有一阵子几个月不发工资。我的生活并没有受到太大的冲击，因为我一个人除了吃穿，没有其他任何的花销，而且在上海已经没有一分钱的贷款。但是，我的同事就比较惨，他们要租房，要吃饭，要谈恋爱，尤其是几个买了房子有房贷的人，生活立即陷入了绝境。

其中，有三个记者，两男一女，都是荷尔蒙爆表的年纪，竟然合租在石库门老弄堂中的一个小阁楼里，十几平方米吧，没有门，没有帘子，没有独立的厕所和厨房，就那么一览无遗地住在了一起。对，《浮生》里的出租屋，便是以此为原型的，甚至现实比虚构还要惨。还有一个女记者，是上海本地的，家里本来有房子，只是房子不怎么样，于是和男朋友一起，贷款买了一套新房准备结婚。为了省钱还房贷，她身怀六甲呢，都不敢好好吃饭，经常是以方便面充饥，更别说吃水果牛奶了，后来终究因为房子，两个人闹翻了，结婚证都领了，照样还是分了手，两家人为了分房子，争得不可开交，最后闹上了法院。还有一个男记者，刚刚从大学毕业，新谈了一个女朋友，女朋友过生日的那天，男记者准备请女朋友吃烛光晚餐，但是他已经身无分文。报社的饭卡可以在一楼小卖部消费，他在万般无奈的情况下，就拿着自己的饭卡，守在小卖部里，以替别人刷卡的方式，换了两百多块钱的现金。

在许多同事准备跳槽到其他媒体，继续干自己的老本行的时候，朱先生突然来告诉我，他要辞职了。他当时已经是主任了，为人处事又特别好，无论去哪里都是抢手的人才，当一个职业经理人绰绰有余，但是他没有把自己的事业固定在上海，而是把目光瞄准了江西赣州的偏僻山区。我们这种一心要摆脱农村，削尖脑袋要往城市里挤的人，对于他的决定是非常不理解的。他这种已经住上了大别墅、开上了豪车、财务自由的人，留在上海即使当一个普通的白领，坐坐办公室，喝喝茶，谈谈商业，业余做一些投资，那日子应该多好啊，何必从农村来再回到遥远的农村，受那种苦干什么呢？

但是，几年以后，媒体纷纷倒闭，我的老同事们，有的去了民营企业，有的去了酒吧，有的失业在家，有的干脆回了老家。此时，我了解的情况，却令人大吃一惊，人家朱先生去农村，不是简单地当农民，不是传统意义上的种种庄稼，而是承包了几万亩的山地，进行开垦后，全部种植上了脐橙。后来，朱先生注册了公司，其中有一个商标，名字叫"元气小说"，挂果的脐橙在上海的市场比较热销。每到过年的时候，我都能收到他寄来的脐橙，我的感觉是，甜，多汁，可以去火。

这些年，有很多朋友找到我，说他们的孩子大学毕业了，非常喜欢上海这座城市，希望我在上海给他们找个工作。我给他们的建议是，工作不难找，机会也很多，关键是要想好了，打工？创业？恋爱？安家？流浪？准备以什么状态留在上海，尤其是在上海能不能买得起房子。上海是很现实的，衡量人的标准，真就是房子了。你去相亲，说我没有房子，女孩子就会问，你连房子都没有，我凭什么嫁给你？你说，我有本事呀，博士毕业呀。女孩子会说，你连房子都买不起，算什么本事啊！你说，我在外企，每个月将近三万块的工资，买房子那不是迟早的事情吗？女孩子会说，拉倒吧，我给你算笔账好吧，现在上海的平均房价，最高的黄浦区是十二万，最低的金山区是两万多，我们挑一个相对不太偏僻的郊区，比如青浦、嘉定、松江，至少是四万多一平方米，我们就买一个九十平方米的小房子，加上税费，总价将近四百万，首付四成，是一百六十万，这些钱你拿得出来吗？你砸锅卖铁拿得出来那很好啊！每月好几万的贷款没有问题也很好啊！但是离上班的地方二十公里左右，每天上班在路上需要花费三个多小时，天天月月年年如此，永远都在疲惫地奔波着。好吧，朋友可以告诉我，这辈子永远不买房，租房住也挺好的，但是你有没有想清楚，租金也一样水涨船高，静安区一个小小的阁楼，没有六七千是打发不了的，关键是租别人的房子，房子里的一切都不是你的，你连在墙上贴一幅字画的心情都没有，你还会有家的感觉吗？

其实，小说里的主人公已经算过这笔账，结果与现实是完全相同的。所以，没有在上海生活过，恐怕只知道上海的房价贵，但是根本无法体会到，房子对于人的压迫，对于人生的重要性，它可以左右一个人的人生方向，也左右了一代人的价值观和婚姻观，甚至左右了一个社会的发展。我们见过各种各样的悲剧，官员因为房子贪污，夫妻因为房子反目成仇，恋人因为房子难成眷属，父子因为房子断绝关系，因为房子对簿公堂闹出人命的更是多得数不胜数。房子是一块镜子，不仅照出了人性百态，也照出了生命不能承受之重。

我说这么多想干什么呢？就是想告诉大家，我所写的这个主题，看上去不是什么国家大事，也不是什么民族情怀，更不是时代的主旋律，但是对于每一个普通人而言，尤其是对于追逐梦想的年轻人而言，房子是一个生死攸关的大事，关系到一个家庭一个城市，甚至一个国家的安宁和未来。国家的未来和安宁不正是系于年轻人的活力、幸福和情爱吗？我们不得不思考一个问题，人就真的离不开房子吗？答案是显而易见的。像小说里所说的一样，房子都没有，何以安家？房子就像瓶子，我们每个人就是一滴水，水装在瓶子里才会风平浪静。尤其在这样一个大移民时代，水不装在瓶子里，那是动荡不安的，社会怎么可能稳定呢？

每一个时代，都有一些东西深刻影响着一代人的命运。影响我们这一代人的，至少是底层人和外来人的，便是房子了，许多人毕生都在为房子而奋斗着。我当年从学校毕业的时候，工作实行的是分配制，住宿也会随之得到解决，只是房子大小的问题。所以，那一代人是幸福的，不用操心房子和工作，没有任何后顾之忧，只需要一心一意地为理想和事业，充满激情地去拼搏就行了。那么下一代人呢？我儿子今年十岁，这么一个孩子，包括我们老祖先遗留下来的几间平房，不管房子多大多小，不管地理位置多繁华多偏僻，他起码不用费一丝力气便会拥有房子，甚至生个三胎也不需要为房子问题太烦恼。儿子大概率还会给我娶一个家里有房子的儿媳妇，到那个时候房子还会成为问题吗？房子会不会出现过剩的问题呢？其实，这一现实离我们并不遥远，下一代到适婚年龄最多不过二十年的时间了，二十年内的房市会怎么样答案是明显的。

我们不得不说，朱先生是富有远见的人，他决定离开都市去农村发展的时候，脱贫攻坚、乡村振兴和美丽乡村建设还没有大张旗鼓地启动。所以，一个人的成功，不仅仅是才华的问题，还要看是否能走在时代的前面。这不是一个题外话，比如那些赶上了炒房时代的人，在经济层面都获得了巨大收益，但是任何一个时代像任何一次海潮一样，不可能一成不变，都会是潮涨潮落，所以炒房时代有没有结束的时候，或者说在什么时候结束呢？用通俗的话来讲，房子会不会一直热下去，会不会继续主导人们的幸福、前途和命运，这不仅仅是个体化的"房事"问题，也不是集体化的"家事"问题。

正因为房事、家事、国事是一脉相承的，所以从很多年前开始，全国各地就在不停地出台各种各样的政策。比如限购、限贷、限售、限价等措施，控制房价过快上涨和遏制投机炒作；比如公共租赁房、经济适应房、廉租房等，为住房有困难的市民提供保障或者优惠。尤其是为了解决优秀人才的后顾之忧，政府部门出资开发的人才公寓，配套设施非常齐全，关键是租金特别低。记得是 2016 年年底，国家在经济工作会议上正式提出："房子是用来住的，不是用来炒的。"让房子的概念回归了真正的本意。几千年前，从山洞，到茅草屋，到泥巴房，到青砖大瓦房，到今天的高楼大厦，在中国人的思想中，结婚，生子，盖房子，是人生的三件大事。但是盖房子干什么呢？当然是为了遮风挡雨和安居乐业了。我必须强调的是，小说里所写的基本故事、基本人物是有原型的。我准备写这本小说的时间，可以推到十三年前了。大家估计还记得"楼倒倒"吧，那是 2009 年 6 月 27 日发生在上海市闵行区的一次事故，正好，在事故发生的时候，北京有一位朋友受一家影视公司的委托，希望我能给他们写一个三十集的电视连续剧，主题是年轻人在上海的爱情与生活。我很快就写了一个故事大纲，题目都起好了，《我的爱情我的楼》。但是，大纲发往北京的影视公司以后，再也没有任何消息了。这事情，我也就放下了。也许是天意吧，不久之后，我认识了一位诗人，他开始是做红酒生意的，后来又做起了股指期货。他的生意做得特别好，人也特别好，大概是 2012 年的某一天，他突然打电话向我求救，说他们小区的房子有质量问题，最直接的问题是到处漏水。我为了了解情况，专门去他们小区看了看，小区像个大公园一样优美，房子也都很豪华，有独立的游泳池，有独立的电梯，院子里种的都是名贵花木，不过价格也非常贵，每套一千多万到三千多万不等，大部分人是通过银行按揭买的，每个月要还近十万的房贷。朋友专门组织了几位业主，向我讲述了他们维权的经历，他们给我提供的各种资料，整整装了一大纸箱，足足三十多斤。我翻了翻，非常气愤，就派了一位记者，去现场进行了详细的调查。这位记者，特别优秀，而且更有正义感，也更有同情心，曾经写出了很多深度报道，运用记者的身份做了很多善事。可以说，小说里的陈小元和小叶，在地位、金钱、美女等各种诱惑下，依然经受住了考验，守住了新闻人的职业道德底线，都有这位记者的影子，是以他为原型写出来的。

但是，后来朋友看我小说写得风生水起，也许因为维权的故事太精彩了，便又找到我，希望我换一种身份，以小说家的名义，把他们的遭遇写成小说。他还告诉我，业主们说了，如果小说写成了，他们将会购买一批，以此来报答我。在此，我对天发誓，对于他们各种各样的恩惠，我都一一拒绝了，仅仅是采访几位业主的时候，喝过他们一次咖啡而已。我一如既往地认为，如果收了他们什么东西，那是对一名作家和记者的羞辱。

我实在太同情他们了，他们花费一生的心血甚至几代人的努力，买下的房子竟然是那个样子。2013年春节的时候，我还真的动了笔，但是由于各种各样的原因，写到一万多字的时候就放下了。不过，胥小曼，柳红，胥海清，这些善良、漂亮、乐观的女主人公的名字，便是当时就取好了的。谁知道一放将近十年，直到2021年春节，我一口气就写了下来。说实话，写着写着，我总觉得陈小元和胥小曼，他们就是我们，都是现实中存在的人，都是力图在城市安家的每一个人。尤其写到陈小元和小叶，在传统媒体十分不景气的背景下，依然能够坚守一个媒体人的底线，他与胥小曼在经受各种打击之下，依然保持着初心和忠贞不渝的爱情，再联想到当下的人与人之间的关系，有时候不由自主地落起泪来，当然有时候也会会心一笑。小说写完了，我非常自信的是，你读着读着，也许就会与自己迎面相遇，就会深深地陷入这个精神动荡的或者称之为漂泊的时代。漂泊时代，据说是丁帆老师总结出来的，所以顺便提一下，有几位老师读了小说比较激动，就纷纷给它起起了名字，《房事》，《亲爱的房子》，包括《漂泊时代》，每一个名字都很精彩，但是"儿子"就这么一个，什么名字好像都无法涵盖我的喜爱，所以还是决定用最初的《浮生》。浮生，本指短暂虚幻的人生，很容易让人想到《浮生六记》，我不妨在原有词意的基础上再作一些延展——漂浮如萍的生命，虚浮无定的生活，浮躁不安的时代，竭力刻画一群勇敢飘泊、悬浮生长的人物形象。

我还得再说几句，我父亲于前年小雪那天去世了，他在农村留下的几间房子已经风雨飘摇，随时都有倒蹋的可能。它已经空无一人，丧失了住人的本义，但是已经成为故乡的象征，所以我不能让它倒掉了。它倒掉了，我的故乡也就倒掉了。我准备重建一下，可是一咨询，盖房子需要得到批准，原因是农村的土地包括自留地和宅基地，都是归集体所有的。而我们在城市买的商品房只有七十年的产权，七十年后土地使用权就过期了。但是，大家也不必担心，产权到期了，国家自然有新的政策出台，真正让百姓做到安居乐业。

最后，给大家报告一件开心的事，也算是我对房市的预言吧。我刚刚又买了一个院子，位于秦岭东坡的商洛市丹凤县，坐落在城北的凤冠山下，离县城不过三公里，相比老家塔尔坪的房子，出入是方便了很多。我的老家塔尔坪离丹凤县城毕竟还有四十公里，关键是不通班车，也没有手机信号，真正是与世隔绝的。我买的这种房子，在衰败的农村到处都是，房子是平房，十分破旧，甚至已经漏水，门上挂着一把大锁，院子里荒草连天。但是地盘非常宽大，站在门口可以俯视整个县城，院子里有一口清清亮亮的水井，西边有一条哗哗流动的小溪，还有几棵参天大树，应该有上百年的历史了。

当然，这样的房子也很便宜，不过上海两三平方米的价格而已。我的家人，包括城里的爱人，也包括农村的两个姐姐，他们异口同声地问我，你会去住吗？如果不住，买它干什么啊？我的回答是，也许有一天，我真的会回去的，在院子里养一匹汗血宝马，早晨或者是黄昏，骑着它在山花烂漫的乡间小路上哒哒哒哒地散步，而中间的大把时间，完全可以付之于生活本身，像海子在诗中所言的那样，喂马，劈柴，周游世界，写自己的文章，种花种草也种蔬菜和粮食，给每一条河每一座山取一个温暖的名字，空了就和每一个亲人通信，告诉他们我的幸福，那幸福的闪电告诉我的，我将告诉每一个人……

说不定哪一天，大家突然都转过了身，像当年进城的时候一样，一窝蜂地涌向农村呢。我在城市和农村，都有相当长相当深入的体验，实在看不出农村和城市，有什么实质性的差别，甚至农村更加接近于生活的本意，更加接近生命的本源，因为除了吃饭睡觉穿衣思考，没有什么是人的必需品。何况人活着不能只考虑生前，还应该考虑身后，得留下一点证据供后人去辨认。比如墓和墓碑，新买的这院房子和新写的这本书那就全当是我留下的两块墓碑吧！

2023 年 5 月 29 日于上海